항몽전쟁

그 상세한 기록

❷ 참혹한 산하

항몽전쟁

그 상세한 기록

구종서 지음

2 참혹한 산하

살림

차 례

1권 차례

3권 차례

일러두기

- 인명·지명·중요 관직이름의 한자나 영문 표기는 괄호 또는 각주에 넣었다.
- 나이는 요즘의 법정 방식대로 만으로 표시했다. 그러나 출생 연대가 불명한 것은 자료의 표기대로 따랐다.
- 사료에 음력으로 되어 있는 사건 발생 날짜는 그대로 두었다.
- 구체적인 사실이나 개념은 알기를 원하는 독자와 원치 않는 독자의 편의를 고려하여, 따로 각주 또는 칼럼으로 써서 선택할 수 있게 했다.
- 문자가 없던 시대의 몽골어가 후세에 한문이나 영문으로 번역되는 과정에서, 표기 형태나 발음이 저자마다 다른 것들은 한국인들에게 익숙한 것을 선택하여 쓰고, 채택되지 않은 것은 병기 또는 각주로 소개하는 다른 책과 혼란이 없게 했다.

제 1 장

천도논쟁

몽골의 수탈

　몽골군은 그 주력은 고려 정부와 강화를 맺고 철군했지만 군관과 약간의 수비병들은 남아있었다. 이 군관들이 관인(官人)이라 불리는 행정관으로 이른바 다루가치(darugachi, 達魯花赤)들이고, 수비군은 탐마적군(探馬赤軍)이다.

　다루가치란 본래 수령이나 임금의 인장(印章, 직인)을 관리하는 사람이다. 몽골의 영역이 넓어지면서 이 인장관리자는 상관을 대리하여 관할지역 안에서의 결정권을 행사하기에 이르렀다.

　외국 점령지에 주둔하는 다루가치의 주임무는 조세징수, 군사징발, 역참시설 유지, 호구조사, 공납물자 발송 등이다. 그러나 더 중요한 것은 토착 귀족들과 관리들을 감시 통제하는 기능이었다.

　고려에 남아있는 다루가치 72명은 수도인 개경과 몽골이 점령하고 있는 황해도와 평안도 일대의 주요 주와 현에 주둔했다.

　다루가치들은 고려의 내정에 깊이 간섭했다. 그들은 여몽 강화조약 규정에 따라 조공을 받아내고, 금품을 징수하면서, 동남동녀(童男童女)를 징발하느라 성화를 부렸다.

　고려 정부가 몽골이 요구하는 인질과 물품을 제대로 보내주지 않자, 다루가치들이 직접 자기네 탐마적군을 앞세워 징발해 가고 있었다. 그 때문에 나라 전체가 뒤숭숭했다. 온 국민은 불안과 공포에 떨어야 했다.

강화협정을 체결하기 위해 몽골측에 갔던 왕정(王侹, 회안공)이 고종 19년(1232) 2월 17일 개경으로 돌아왔다. 그때 거란인으로 몽골 사신이 된 도우단(都旦)도 함께 왔다. 도우단은 수행원 24명을 이끌고 있었다.

도우단은 개경과 서북 14개 지역에 배치된 몽골 다루가치 72명을 총괄적으로 지휘 감독하는 책임자였다. 말하자면 일종의 점령국 총독이었다.

도우단은 개경에 이르자마자 조정에 나타나 자기네 정부의 요구를 털어놓았다.

"고려에서 선박과 수군을 좀 보내줘야 하겠소."

"아니, 몽골에서 수군을 어디다 쓰려고요?"

"동진의 푸젠완누가 배반하여 우리를 적대시하고 있소. 이는 절대로 용서할 수 없어요. 우리는 앞으로 동진국(東眞國)을 멸하고 다시 송나라를 쳐야 하는데, 아무래도 고려 수군의 도움이 필요할 것이오."

"몽골이 원하는 배와 수군의 규모는 어느 정도요?"

"고려도 전란으로 피해가 컸기 때문에 그리 무리하게 요구하지는 않겠소."

"그러면 우리 형편에 따라 우리가 정해서 하도록 하겠소."

"그렇게 하시오. 허나 최소 선박 30척에 척 당 수수(水手, 선원) 1백 명은 돼야 하오."

"그렇다면 배 30척에 수군 3천 명이군요."

"그보다 많다면 우리로서는 더욱 좋지요."

그 보고를 받고 최우는 말했다.

"몽골 놈들은 땅에서는 범 같으면서도, 물에서는 생쥐만도 못한 놈들이다."

"그렇습니다, 영공."

"우리가 그만한 배와 군사를 몽골에 보내줄 수 있겠소?"

"그 정도면 큰 어려움은 없습니다."

"그렇다면, 저들의 첫 요구이니 들어주도록 합시다."

이래서 고려에서는 다음 달 3월 정응경(鄭應卿, 서경도령)과 박득분(朴得芬, 전 정주부사)으로 하여금 배 30척과 수군 3천 명을 인솔해 몽골로 넘겨주었다. 고려가 지원한 이들 전함과 수군은 그 후 몽골의 동진국 정벌에 동원되어 동진을 멸망시킨 힘이 됐다.

도우단의 도착 직후인 그해 2월 26일이었다. 고종이 양제방(楊堤防) 별궁으로 옮겨 앉으려 하자, 도우단이 이 얘기를 전해 듣고 추밀원으로 달려왔다.

도우단은 유경현(庾敬玄, 우승선)을 붙잡고 말했다.

"나는 고려의 국사(國事)를 지도하기 위해 여기에 왔소. 그러니 앞으로 대궐에 들어가 임금과 가까운 자리에 있어야겠소. 마침 임금이 양제방 별궁으로 옮긴다고 하니, 양제방 궁전 안에 내 방을 하나 준비해 놓으시오."

도우단의 두 번째 요구는 자기가 궁궐에 들어가 임금 곁에 앉아 있겠다는 것이었다.

유경현이 난색을 표하며 말했다.

"우리 고려는 오래 전부터 사신을 위해 객관을 준비하고 관리를 보내 수발을 들면서 공무연락과 업무처리를 하도록 하고 있소. 이것은 고려가 지금까지 모든 나라에 대해서 해온 관례입니다."

도우단은 윽박지르듯이 말했다.

"우린 전승국이오. 과거의 그 나라들과 우리 대 몽골제국이 같소? 이제부터 나는 사신이 아니라 다루가치요. 사신으로서의 내 임무는 모두 끝났소. 지금부터는 다루가치로서 고려의 서울(개경)에 주둔하는 것이오. 따라서 나는 사신들이 묵는 객관에 머물러 있을 수는 없소. 앞으로는 내가 수시로 왕과 협의할 일이 있고, 왕도 나를 필요로 할 일이 생길 것이니, 그리 알고 나의 집무실을 궁궐 안에 마련해 놓으시오."

그 말을 듣고 고종은 난처했다. 조정에서 여러 가지로 논의했지만 뾰족한 수가 나오지 않았다.

최우가 단호하게 말했다.

"광화문을 아주 폐쇄해 버려야 하겠습니다."

최우의 결정에 따라 조정에서는 광화문을 아예 없애버렸다. 그러나 고종은 불안하기만 했다. 그래서 유경현을 다시 불렀다.

"도우단을 내버려두면 무슨 심술을 부릴지 모른다. 우리가 그의 요구를 일방적으로 묵살한다면 그가 가만히 있겠느냐. 그러니 네가 가서 잘 타일러 그의 요구를 스스로 철회하게 하라. 그리고 짐이 그를 궁중연회에 초대한다고 일러주어라."

유경현이 도우단에게 가서 말했다.

"집무실 관계는 차차 생각해보기로 하고, 오늘 우리 폐하께서 그대를 위한 연회를 베푸시기로 했소. 꼭 참석해 주시오."

"차차 생각하다니? 그렇지 않소. 이건 중요한 문제요. 내가 궁궐 안에 있어야 내 임무를 제대로 수행할 수 있고 고려도 편할 것이오. 꼭 내 방을 마련해 두시오. 임금이 나를 궁궐 연회에 초대한다고 하니 고마운 일이오. 내 기꺼이 참석하리다."

도우단은 연회에 응하여 일단 대궐로 들어왔다.

연회장 안에서도 도우단은 심술을 부리며 떼를 썼다.

"어차피 이번 연회는 나를 위한 것일 터이니 내가 임금과 한 자리에 나란히 앉아야 하겠소. 그리고 이왕 여기에 들어왔으니 연회가 끝난 뒤에는 나가지 않고 계속 대궐 안에 머물러 있겠소. 내 집무실은 궐 안에 준비돼 있겠지요?"

유경현이 안색을 붉히며 말했다.

"아니, 나라 사이의 문제인데 일을 어떻게 그리 간단히 처리할 수 있겠소. 절대로 그리 할 수는 없소. 그 문제는 우리가 알아서 정할 문제요."

"당신네 고려인들은 우리가 무슨 요구를 할 때마다 이런저런 구실을 붙여 시일을 미루다가 얼버무리고 마는데, 나는 이제 더 이상 속지 않을 것이오. 빨리 방을 정해 놓으시오! 그리고 연회장에서 나는 임금 곁에 앉을 것이오. 꼭 임금께 할 말이 있소이다."

"황제를 대신하여 우리 고려에 왔다는 그대가 무슨 일을 그렇게 처리하려 하시오. 나라 사이의 일에는 할 일과 안 할 일이 있고, 절차와 격식이 있는 법. 그 일은 우리에게 맡기시오!"

"그러면 나를 어디에 앉히겠다는 것이오? 그리고 방도 내주지 않겠다는 것 아니오?"

도우단이 너무 무리하게 서두른다고 생각한 유경현이 차분한 말씨로 물었다.

"도우단 사절, 하나 물읍시다."

"무엇이오?"

"그대는 몽골인 같지 않소이다. 듣기로는 거란인이라는데, 그 말이 맞소?"

도우단은 성품이 매우 간사하고 교활했다. 거란인인 그는 같은 거란족의 후요국(後遼國) 장수로 있었다.

후요국이 분열될 때 도우단은 대몽 투항파인 옐루류게의 편을 들어 진샨(金山, Jinshan)의 자주파 거란을 배반하고 몽골군에 붙었다.

지난번 거란군이 고려에 침입하여 강동성을 점거하고 있을 때, 몽골군을 안내하여 강동성을 치게 한 장본인이 바로 도우단이다. 도우단은 기분이 언짢은 듯한 표정으로 유경현을 말없이 노려보다가 입을 열었다.

"그렇소. 나는 거란인이오. 나는 지난번 강동성 작전에서 연합군을 도와, 당신네 고려 땅에서 진샨의 거란군을 쫓아내는데 공을 세운 사람이오. 고려가 자기 나라를 구해준 공신을 이렇게 푸대접해도 되는 것이오."

평소 점잖고 조용하던 유경현이 참다못해 버럭 소리를 지르며 말했다.

"그대가 강동성에서 어떤 일을 했는지, 우리는 다 알고 있소. 그대가 귀국 조정의 문책을 면할 수 있겠소?"

그 말에 결국 도우단은 물러섰다. 그는 고종으로부터 멀지 않은 자리에 유경현과 함께 앉아서 술을 마시고 연회를 즐기다가 조용히 자기 사관(使館)으로 돌아갔다.

그러나 도우단의 행패는 그 후로도 계속됐다.

다음달 3월초 도우단은 영송판관(迎送判官) 민회적(閔懷迪, 낭중)이 자기에게 공대를 제대로 하지 않는다고 신경질을 부리고 마구 때렸다. 민회적은 급소를 얻어맞아 숨지고 말았다.

도우단은 자기가 머물고 있는 사관(使館)이 너무 심심하다고 트집을 부리면서 대궐에 들어앉지 못할 바에는 차라리 민가로 옮겨가 머물겠다고 법석이었다. 접반사가 금주전자 한 벌과 저포 80필을 주었더니 그제서야 잠자코 주저 않았다.

그런 보고를 받고 최우가 말했다.

"저 야만한 놈의 행패가 '갈수록 더욱 심하다'(去去益甚). 근본적인 대책을 세우지 않으면 수모는 끝이 없을 것이야."

몽골 진영에 갔다가 도우단과 함께 돌아온 왕정은 고종을 알현하는 자리에서 편지 한 통을 내놓았다. 살리타이가 고려 정부에 보내는 서찰이었다.

"이건 무슨 서찰인가?"

"살리타이는 고려 백성들에게 땅을 줄 터이니, 사람을 뽑아서 보내라고 요구하고 있습니다."

"어디의 무슨 땅을 주겠다는 것인가?"

"몽골이 점령한 만주의 개주관(開州館, 지금의 봉황성)과 선성산(宣城山) 밑에 고려 백성을 이주시켜 농사를 짓도록 하겠다고 합니다."

"이런 판에 어떻게 백성들을 이국땅에 보낸단 말인가! 그런 말을 들었으면 그 자리에서 그 부당성을 진언하고, 이런 서찰을 받지 않겠다고 했어야지, 이런 걸 받아오면 어떻게 하나? 그대는 왕족이면서 사직의 문제를 어떻게 이리 소홀히 할 수 있는가?"

왕정은 자기의 당고모부가 되는 고종으로부터 엄한 질책을 받고 물러났다.

몽골은 그때 농업국가들을 점령하고 농경사회와 접촉하면서 농업을 도입하려는 계획이었다. 그래서 고려의 우수한 농업기술자들을 이주시켜 농업기술을 배우고 농업을 장려하려 했다. 이것은 몽골 점령정책의 새로운 일면을 보여주는 것이다.

살리타이의 요구를 받고 고려에서는 고민 끝에 농민송출(農民送出)을 거부키로 방침을 세웠다.

고종 19년(1232) 3월이었다. 마침 도우단 일행의 사절 중에서 6명이 먼저 돌아가게 됐다. 고종은 그 편에 지의심(池義深, 통사)에게 글을 써 주면서 고려의 뜻을 살리타이에 전하게 했다.

고종이 살리타이에 보낸 표문

귀국에서 땅을 분양하여 우리 백성들로 하여금 농사를 지어먹게 하려는 것을 생각하니, 그 정의는 감사할 일이오. 그러나 우리나라는 도처에서 죽은 사람과 손실된 역축(役畜)이 대단히 많기 때문에, 얼마 되지 않는 땅도 다 경작하지 못하여 무성한 풀밭이 되어있소. 하물며 머나먼 귀국의 경내에 어느 지역 백성을 뽑아 보내서 농사를 짓게 하겠소? 감당하지 못할 일을 억지로 시키기는 것은 도리 상 어려운 일이니, 넓은 도량으로 이해하여 주기 바라오.

제시한 물품에 대해서는 마땅히 회보토록 하겠소.

그때 고려는 몽골측이 요구하는 물품을 제대로 갖추지 못한 상태였다. 지의심이 살리타이에게 고종의 표문을 전하고 말했다.

"원수께서 요구한 물건들을 가져오지 못해 죄송합니다. 뒤에 반드시 구해서 보내드리도록 하겠습니다."

"뭐라? 뒤에 보내 줘? 그건 네 말일 뿐이다. 임금은 다만 뒤에 회보한다고만 하지 않았는가? 이는 분명 고려왕이 또 무슨 변명을 늘어놓아 우리의 요구를 거부하려는 것이다. 이것은 우리 대몽골제국의 다칸을 모욕한행위다."

살리타이는 분노한 나머지 지의심을 잡아서 몽골 황제 오고데이가 있는 수도 화림(Khara Khorum, 喀喇, 和林)으로 압송했다. 지의심을 수행했던홍거원(洪巨源, 녹사)·송입장(宋立章, 교위) 등 나머지 고려 관원들은 요양(遼陽)의 살리타이의 군막에 구금됐다.

그 무렵 몽골 군사 삼십 명이 우리 경내에 침입하여 선주(宣州, 지금의평북 선천군)의 창고에 있는 쌀 30석을 약탈해 갔다.

최우는 몹시 분노했다.

"아니 사절을 구금하고, 군인들이 들어와 민간인 집을 도적질해! 이대로는 안 되겠다. 몽골과는 함께 살아갈 수가 없다. 무슨 중대한 결단을 내려야 하겠어."

최우는 이때부터 천도항전(遷都抗戰)을 생각하고 있었다. 그는 불굴의장기전쟁을 각오하고, 계획을 꾸며나갔다.

고려는 다음 달 4월에 조숙창(趙叔昌, 상장군)과 설신(薛愼, 시어사)을 몽골에 보냈다. 살리타이의 분노를 덜어보기 위해서다.

고종은 자신을 신하라고 칭하는 표문을 써서 몽골 황제에게 전하고, 비단과 금은 제품을 선물했다. 살리타이에게도 편지와 각종 예물을 보냈다. 고종은 살리타이의 부하들에게도 선물을 나누어주었다.

살리타이에 보낸 편지 내용은 이러했다.

고종이 살리타이에 보낸 서찰
전번 편지에서 귀국 황제에게 좋은 수달피 1천 장을 보내라고 했소. 그

러나 우리 나라에서는 이전에 그런 것을 잡은 일이 없소. 귀국이 수달
피를 요구한 뒤부터 처음으로 온갖 방법을 다하여 잡았으나 많이 잡을
수 없었기 때문에, 매번 보내는 공물을 다 준비할 수 없었소. 이번에
요구한 것도 수량이 너무 많고, 구할 수도 없소. 사방으로 탐색하여 다
달이 모으고 나날이 저축했으나 수를 채울 수 없어서, 겨우 9백 77장
을 보내니 그렇게 알기 바라오.

왕실과 대신들의 자제 5백 명과 처녀 5백 명을 보내라고 했으나, 우리
법령에는 임금이라도 잉첩(媵妾)[1]을 둘 수가 없기 때문에, 왕실의 자손
이 번성하지 못하고 있소. 또한 나라가 작기 때문에 정부 대신도 그 수
가 많지 않소. 한 여인에게만 장가들기 때문에, 대신들은 더러 자녀가
없기도 있기도 하나 그 수가 아주 적소이다.

만일 이 적은 인원을 귀국에 다 보낸다면, 왕위를 누가 이으며, 정부
관직을 누가 계승하여 귀국을 받들겠소? 만일 귀국이 우리 나라를 보
호하여 영원히 우호관계를 유지하려거든, 작은 나라가 감당할 수 없는
요구를 삭감하여 너그러운 태도를 보여주면 고맙겠소.

이 서신을 받고 살리타이는 분개했다.

"아니, 고려가 우리에게 이럴 수가 있어? 이제 와서 고려왕이 이렇게
나올 수가 있는 것이오?"

살리타이가 지의심을 구속한 사실을 알고 있는 조숙창은 겁이 나서 죄
인처럼 공손한 자세로 말했다.

"죄송합니다, 장군."

조숙창은 항복한 뒤로 계속 몽골의 철저한 주구 노릇을 하고 있었다.
그 때문인지 사절로 간 조숙창을 건드리지는 않았다.

---

1) 잉첩; 귀인이 아내가 시집 올 때 데려온 여인을 첩으로 맞아들인 것. 과거에 귀인가 사이에 결혼이 이
뤄지면, 이런 풍습이 시행됐다. 잉첩은 주로 신부의 조카딸이거나 여동생이었다.

당시 몽골 사신들이 막대한 물자와 인질을 요구하고, 도우단이 행패를 맘대로 부리자 고려의 지도층 사이에서는 강압적인 여몽관계(麗蒙關係)를 개선할 방도를 거론하기 시작했다.

그 흐름은 크게 두 가지였다. 하나는 외교적인 방법으로 몽골을 순화시키자는 온건론이고, 다른 하나는 군사적인 방법으로 몽골에 저항해 보자는 강경론이었다. 강경론은 무인들 사이에서 조심스럽게 거론되고 있었다.

최우는 최충헌을 생각했다.

역시 아버님은 달랐다. 남보다 멀리 보는 원견지능(遠見之能)이 계셨고, 남보다 먼저 보는 선견지명(先見之明)을 가지셨다.

최우는 선친인 최충헌에 대해 감사의 마음과 존경의 뜻을 되새기고 있었다.

최우는 최충헌이 임종을 앞두고 자기에게 '병을 핑계대고 내게는 문병도 오지 말라'고 명령해서 자식의 안전과 권력 승계를 가능케 했고, '외적이 성해지고 나라가 어지러우니 병가(兵家, 군사학)·법가(法家, 법률학)·종횡가(縱橫家, 외교전략) 등의 난세의 학을 배워 두라'고 해서 지금의 시국에 대처할 능력을 키우게 한 것에 대해서 곰곰히 생각하고 있었다.

치자의 근본은 나라를 지키고, 국익을 확보하여 나라를 안정시키고, 백성을 보호해야 한다.

조정 신료와 장수들 사이에서 일고 있는 대몽 강경론의 중심은 최우였다. 가장 주목되는 것이 천도문제였다. 그 논의가 은밀히 진행되고 있었다.

최우는 몇몇 무인들을 만나 국면 타개책을 논의하고 정방의 관료들을 시켜 방법을 찾아보도록 하여 자신의 구상을 정리해 나갔다.

최우 진영의 밀회

몽골 사신이 잇달아 개경에 들어와서 궁궐의 의전(儀典)을 무시하고 무리하게 물품을 요구하며 내정간섭이 계속되자, 최우는 측근들을 불러 모았다. 평장사인 최종준(崔宗峻)과 처가쪽 사람인 재상 정묘(鄭畝), 장인이 된 대집성(大集成) 등 원로 신료와 사위인 김약선(金若先)이 최우의 집에 모였다. 이들은 최우의 주변에 포진하여 최우를 보좌하고 권세를 부리던 당대 고려의 문무 실세들이었다.

최우가 말했다.

"요즘 몽골의 태도를 보니, 우리가 이대로는 있을 수 없을 것 같습니다. 나라는 종속되고, 신료들은 저들의 하수인으로 떨어지며, 백성들은 저들의 노비가 되고 맙니다. 몽골의 행패는 끝이 없이 계속될 것 같습니다. 저들의 사신이 올 때마다 우리는 자존심을 다 버리고 하마연(下馬宴)과 상마연(上馬宴)을 빠짐없이 정성껏 베풀어주었지만, 저들의 개인적인 행패와 몽골의 과중한 요구는 계속되고 있습니다."

하마연은 몽골 사신이 도착했을 때 고려에서 열어주는 환영 연회이고, 상마연은 그들이 떠날 때 베푸는 환송 연회다.

이런 행사는 몽골뿐만 아니라 고려가 상국으로 받드는 나라의 사신들이 올 때마다 여는 것이 관례였다. 반대로 송나라나 금나라와 같은 상국들도 고려에서 사신이 가면 그런 대로 환영연과 환송연을 베풀어주었다.

그러나 최우는 몽골 같은 야만족 사신에게 연회를 베푸는 것이 마음에 들지 않았다. 더구나 그런 환대에도 불구하고 몽골 사신들의 무례와 행패가 심했을 뿐만 아니라, 몽골의 끈질긴 요구를 더 이상 참을 수 없었다.

송이나 금은 몽골과는 달랐다. 송나라는 처음부터 그랬지만, 금나라도 고려와 상하관계가 형성된 뒤에는 무리한 물질적 요구나 인질을 강요하지는 않았다.

최우가 먼저 말하고 나서 물었다.

"우리가 이곳 개경에 있는 한몽골로부터의 압력과 수모와 위협을 면할 수는 없습니다. 그들의 엄청난 인적 물적 요구사항이나 도우단의 횡포만 보아도 알 수가 있습니다. 우리가 몽골에 어떻게 대처해야 할 것인지, 무슨 좋은 방법이 없겠습니까?"

아무도 입을 여는 사람이 없었다.

최우의 말이 계속됐다.

"그렇다고 정면으로 저들과 싸우자니, 우리 보군(步軍)으로는 저들의 기군(騎軍)을 당해낼 수 없습니다. 또 이 개경이 얼마나 쉽게 저들에 포위됐습니까? 변경에 적군이 들어오면 우선 현지에서 격퇴하고, 격퇴하지 못하면 중앙군을 보내 격퇴하는 것이 우리 고려의 용병정책(用兵政策)이었습니다. 이번에도 그렇게 시도했으나 중앙에서 보낸 삼군이 몽골군에 괴멸되어, 이제는 중앙군을 복원하는 것조차 어렵게 됐습니다."

최우가 말하자, 대집성의 자세가 움츠러들었다.

"면목이 없습니다, 영공 어른."

대집성이 중앙 삼군의 후군 진주(陣主)로 출전했다가 패전하여 돌아온 패장이었기 때문에, 그가 최우에게 사과 비슷하게 한 말이다. 최우는 그런 일에는 괘념하지 말라는 투로 이어나갔다.

"경인년(1170)의 무인정변 이후 중앙군은 축소일로(縮小一路)를 걸어오다가, 거란 침공으로 다시 타격을 받았습니다. 그런 중앙군이 몽골 병란을 맞아 안북에서 대파되어 재기불능(再起不能), 약화될 대로 약화돼 있습니다. 그런 우리 중앙군이 '말 위에서 태어나 말 위에서 살다가 말 위에서 죽는다' 는 승마에 능숙한 유목민족 몽골 기병대를 이길 수는 없었죠."

대집성은 저으기 안도하는 빛이었다.

최우의 말은 이어졌다.

"문제의 핵심은 저들에 항복할 수가 없으니 항전해야겠는데, 항전하자니 맞서서 싸울 군사력이 없다는 점입니다. 그래서 이런 난국을 어떻게 헤쳐 나가느냐 하는 방책을 의논하고자 합니다."

아무도 입을 여는 사람이 없었다. 누구도 이 문제를 풀 만한 준비가 돼 있지 않았다.

얼마간 시간이 흐르자 사위 김약선이 나섰다.

"장인어른의 복안을 먼저 말씀해 주시지요."

"저들은 임금이 있는 중앙의 개경부터 점령하자는 전략입니다. 도성의 임금과 조정을 장악하면 나머지는 모두 제압된다는 생각이지요. 그래서 우리에겐 도성의 안전이 제일 시급한 문제입니다."

침묵이 계속됐다.

"내 생각으로는 수도를 해도(海島)로 옮겨 장기적으로 항전하면 저들이 우리 임금과 조정을 장악하지 못해 결국은 물러서지 않을까 생각됩니다. 물러서지 않는다 해도 협상할 때 우리가 유리하게 버틸 수 있습니다. 지금 우리가 저들과 맞붙어 싸우면 백전백패일 터이니 정규전으로 맞설 수는 없습니다. 정규전으로 안 된다면 비정규전 곧 유격전(遊擊戰)으로 나서야지요. 적에 대한 '공격전' 보다는 우선 이 개경을 피해서 '방어전' 으로 전환하고, '조기결전' 보다는 '장기항전' 으로 임하면서, 기회를 보아 유리할 때 유리한 장소에서 '유격기습' 으로 적을 공격하자는 것입니다."

최우의 말에 참가자들 모두가 놀라는 표정이었다. 해도입보·방어전략·장기항전·유격기습 등 자기들로서는 생각조차 못했던 문제를 최우가 불쑥, 그러나 소신을 가지고 구체적으로 내놓았기 때문이다.

최우가 계속했다.

"말을 잘 타는 유목민은 기병을 위주로 군을 편성하기 때문에 평지전(平地戰)과 속결전(速決戰)에는 아주 능합니다. 몽골은 고려를 복속시켜야 금나라와 송나라를 점령하고, 나아가서 일본도 빨리 정벌하여 동아시아를 평정할 수 있습니다. 따라서 그들은 우리에게 속전속결로 나올 것입니다. 그러나 우리와 같은 농경민은 보병을 위주로 하기 때문에 평지전보다는 산악전(山岳戰), 속결전보다는 지구전(持久戰)에 능합니다. 따라서 저들의 속결전 전략에 대해서 우리는 지구전 전략으로 맞서고, 저들의 평지전을 피해서 산으로 들어가 산성을 거점으로 하여 산악전으로 대응하자는 겁니다. 또 저들은 지전(地戰)에는 강하나 수전(水戰)에는 약합니다. 따라서 우리는 육지를 피하여 해도로 입보해서 장기항전으로 나가야 합니다."

최우가 한 얘기의 요점은 정규전을 피해서 유격전으로, 속결전을 피하고 지구전으로, 평지전을 피해서 산악전으로, 지상전을 피해서 수상전으로 나가야 하고, 이런 전략을 실행하기 위해서는 해도나 산성으로 정부·관청·백성들을 옮겨야 하겠다는 것이다.

최우는 말을 대충 다 했다는 듯이 거기서 말을 멈췄다.

잠시 침묵이 흐르자, 정묘가 나섰다.

"무인정권이 존재하는 이유의 하나는 무인들이 임금과 문신을 견제하고 지도하는 데 있습니다. 그러나 고려가 지금처럼 이렇게 계속 몽골에 굴종하고 있다면, 몽골은 언제까지나 고려를 통제하고 지배하게 됩니다. 차츰, 몽골은 국왕 한 사람을 통해서 고려를 지배하려 할 것이기 때문에, 그들은 지금과 같은 권력구조를 허용하려 하지 않을 것입니다. 따라서 저들은 집정자인 영공을 퇴진시키려 할 우려가 있습니다. 그러면 무인정권은 설자리를 잃어, 고려는 몽골에 굴종하는 '신하의 나라'가 되고 맙니다."

최우가 나섰다.

"내가 여기서 물러나면 우리 국가체제에 중대한 변화가 오지요. 오늘의 무인정권과 선친의 노력으로 형성된 모든 게 무너집니다. 그리되면 고려는 다시 허약한 임금과 간사한 문신들이 지배하는 무능한 나라로 돌아갑니다. 임금과 문신들은 지금도 항전을 포기하고 몽골과 타협하려 하고 있어요. 그리 할 때는 나라가 약해서 몽골의 뜻에 무조건 따르지 않을 수 없습니다. 현재 우리의 집정체제(執政體制)가 계속 유지돼야만 합니다."

모두들 고개를 끄덕였다. 최우정권의 최대의 수혜자이자 중심인물인 그들로서는 당연한 반응이었다.

대집성이 나섰다.

"그러면 해도로 천도하시지요. 이대로 가면 몽골의 내정간섭이 더욱 심해져, 결국은 영공에게 권력을 내놓으라고 할 것입니다."

최우가 답변했다.

"그러나 꼭 그것 때문에만 천도하자는 것은 아닙니다. 내 권력을 유지하기 위해 천도한다면 명분이 없고 오히려 무인정권이 유지되지도 못합니다. 우리 가문의 권력유지 문제는 내가 재상으로 앉아 있으면 됩니다. 몽골이 그것까지야 막으려 하겠습니까? 아직은 내가 저들에게 두드러지게 저항한 일은 없으니까요. 다만 우리가 군사력으로 싸워 저들을 이길 수가 없고, 그러면서도 항복해서는 안 되기 때문에 장기 항전을 계속하기 위해서 천도해야 합니다. 내 입장은 현재의 무인 권력체제를 유지하면서 나라의 독립성을 지켜나가자는 것입니다."

김약선이 말했다.

"옳은 말씀입니다. 그러나 조정이 육지를 포기하고 해도로 천도하면 전국이 적군의 말발굽에 짓밟히게 되지 않겠습니까? 그리되면 우리가 아무리 섬으로 들어간다 해도 나라를 유지할 수 없습니다. 우리만 살기 위해서 천도했다는 말이 나오지 않겠습니까?"

최우가 설명했다.

"우리가 섬으로 들어간다면, 조정의 수중입보(水中立保)가 되지요. 이미 지난번에 몽골군이 들어왔을 때, 북계의 여러 곳에서는 해도(海島)나 하도(河島)에 입보하여 적군의 공격을 피하고, 산성에 입보해서는 적에 대항하여 그들을 물리쳤습니다. 즉, 서해도의 황주(黃州)와 봉주(鳳州)의 관민이 황주 관내의 철도(鐵島)에 입보하자, 몽골군이 얼씬도 못했습니다. 북계의 귀주(龜州)와 자주(慈州)와 경기의 광주(廣州)에서는 산성, 충청의 충주(忠州)에서는 읍성을 근거로 몽골군을 격퇴했습니다. 이런 실제의 경험을 토대로 입보전략을 잘 수행하면 몽골에 항복하지 않으면서도 장기항전을 계속할 수 있습니다."

그러자 최종준이 나섰다.

"옳은 말씀입니다. 따라서 지금으로서는 입보가 국가를 방위하는 최선의 전략입니다. 그러니 영공께서 빨리 천도를 결단하십시오."

최종준은 중서시랑평장사와 판예부사를 지낸 최유청(崔惟淸)의 손자이고, 중서문하 평장사와 판이부사를 지낸 최선(崔詵)의 아들이다. 이런 가문의 후손인 최종준은 과거에 장원급제한 문관으로 최우정권을 떠받쳐주는 큰 버팀목이었다.

김약선이 최종준을 지지하면서 말했다.

"맞는 말씀입니다. 몽골은 푸젠완누의 동진국을 치려 하면서 우리에게 전함 30척과 수병 3천명을 청병(請兵)해 왔습니다. 이것은 그들이 수전에 무능하기 때문입니다. 하오니, 바다 건너 해도로 천도하여 조정이 입보하는 것이 좋겠습니다."

최우가 그런 말을 기다렸다는 듯이 말했다.

"바로 그것입니다. 항몽전쟁을 위해서 바로 그 입보(立保)를 국가정책으로 정하자는 겁니다. 우리는 몽골의 오만 무례한 간섭과 한량없는 요구들을 거부하고, 저들이 재침하면 계속 싸우는 것이죠. 그러나 정면에 맞서서 적극적으로 공격하기보다는 우회적·소극적인 방어전으로 장기항전을 펴자는 겁니다. 조정만 입보하면 관리와 양반들만 살기 위해 도망한다고 할 수도 있겠지요. 그러나 전국의 백성과 군사들도 해도나 산성으로 입보시켜 대항하면, 그런 비난을 면할 수 있습니다."

참가자들은 고개를 끄덕여 동의를 표했다.

"백성들이 입보할 때 식량과 기타 적이 사용할 수 있는 물자를 모두 가지고 들어가고 가져가지 못하는 것은 모두 태워 없앤다면, 모든 전쟁물자를 현지에서 조달해야 하는 몽골군은 오래 버틸 수가 없습니다."

청야전략(淸野戰略)의 제기였다.

최우의 말을 듣고 정묘가 물었다.

"그러나 저들이 물러나지 않을 것도 예상해야 합니다. 만약 그들이 계속 머물러 있으면서 나라의 시설과 백성들의 재산을 파괴하고 입보하지 않은 백성들을 마구 살해한다면, 그것도 큰 불행입니다."

최우가 대답했다.

"우리는 입보하여 소극적으로 대항하면서, 두 가지 전략을 병행해야 합니다. 첫째는 유격전략입니다. 정예군사로 별초부대를 편성하여 어둠을 기다려 기습하면, 지리에 어두운 저들은 피해를 면할 수 없을 겁니다. 더불어 청야전략을 펼쳐야 합니다. 해도나 산성으로 입보할 때 백성과 관청이 물건을 남기지 않으면, 외국에 들어온 저들은 물자부족으로 전쟁을 계속할 수 없습니다. 그런 유격전투와 청해전략으로 적의 피해를 늘려 나가면, 저들은 전쟁을 계속하는 것이 무익하다고 판단하여 결국은 물러갈 것입니다."

"그렇겠지요."

"타국에 침공하여 전쟁한다는 것은 물자부족·지리미숙 등등 어려움이 많습니다. 우리가 나라 안에서 적과 싸우는 것은 피해는 많겠지만, 전쟁 자체는 유리합니다. 그래서 적을 괴롭히면서 지구전으로 나가면, 저들은 결국 화해를 청하고 물러갈 것입니다. 지구전은 침공국 군대에는 불리하지만 토착국 군대에는 아주 유리한 전법입니다."

'입보'와 '청야'의 전략을 병행하면서, 여기에 '유격전'과 '지구전'을 연결시키려는 것이 최우의 한 전략구상이었다.

정묘가 물었다.

"영공께서는 두 가지 전략을 병행해야 한다고 말씀하셨습니다. 다른 하나는 무엇입니까?"

"지구전과 유격전을 근본으로 하는 군사전략(軍事戰略)과 병행할 또 하나의 전략이 있습니다. 외교전략(外交戰略)입니다. 화전 양면전략이지요. 유격전을 계속해 나가면서 한편으로는 외교교섭을 부단히 벌여 나가야 합니다. 싸워서는 이길 수가 없으니 교섭을 포기해서는 안 되지요. 우리는 이미 몽골과 형제의 의(義)를 맺었으니 침공을 규탄할 수 있는 명분과 구실은 충분합니다."

대집성이 말했다.

"우리의 천도와 전략에 대해서는 임금과 조정의 결정이 필요합니다. 영공께서 결단을 내리십시오. 그러면 우리는 따를 것입니다."

다시 침묵의 시간이 계속됐다.

최우가 물었다.

"그래도 되겠습니까?"

그러자 모두가 입을 모아 말했다.

"그렇게 하시지요."

"고맙습니다. 전투에는 지휘부가 건재해야 하듯이 전시에는 중앙정부가 건재해야 합니다. 지난번 몽골군 침공 때는 수도 개경이 쉽게 포위되어 조정이 위기에 놓였기 때문에 우리는 굴할 수밖에 없었습니다. 그래서 조정은 안전한 해도로 입보하도록 하겠습니다."

최우는 이미 모든 것을 정해놓고 있었다. 이 자리에서는 그것을 알리고 검증을 받아보자는 것이었다. 그러나 다른 참석자들은 아직 최우의 구상을 검증할 만큼 생각이나 지식이 정리돼 있지 않았다.

정묘가 다시 물었다.

"조정은 어느 곳으로 입보합니까?"

"해도로는 강화(江華)가 좋습니다. 강화는 개경에서 50리 밖에 안 되고, 바다로 격해 있을 뿐만 아니라 해안이 험해서 방어에도 유리합니다. 강화는 땅이 넓고 토지 또한 비옥해서 식량을 얻기가 쉽습니다. 남부지방에서 올라오는 조운선(漕運船)이 안전하게 접근할 수 있어서, 강화도는 장기항전의 기지로는 아주 적합한 땅입니다. 게다가 강화 주변의 바다는 한강이나 임진강·예성강에서 흘러내린 모래들이 싸여있어 배가 항해하기에는 아주 힘듭니다. 그 때문에 항해에 미숙하고 수로를 모르는 몽골인들은 그곳에서 배를 움직일 수 없습니다."

최종준이 덧붙여 설명했다.

"그렇습니다. 강화는 재정과 방어에 유리할 뿐만 아니라 나라의 중앙에 위치하여 전국을 다스리기에도 편합니다. 다시 몽골과 전쟁하게 되면 육지는 몽골군에 점령된다고 보아야 합니다. 그러나 강화로 천도하면 그 뒤로 전국의 수로가 열려있기 때문에 본토를 관리하기에도 유리합니다. 강화도 이외에는 달리 천도를 생각할 만한 섬이 없습니다."

정묘가 물었다.

"그러면 일반 백성들은 어찌합니까?"

최우가 말했다.

"조정뿐만 아니라 전국 지방의 관아와 백성들도 가능한 한 가까운 해도로 입보시키고, 해도로 가기 어렵거나 산성이 있는 곳에서는 가까운 산성으로 입보시켜 항전케 하겠습니다. 앞으로 이 해도입보와 산성입보 방안을 조정회의에 제안하여 뜻을 물을 것이니, 이대로 통과되도록 다른 대신들에게 미리 설명하고 손을 써 주시기 바랍니다."

"예, 그렇게 하겠습니다."

"강화로 도읍을 옮기면 우리가 몽골에 이길 수는 없다 해도 항복하는 수모는 없을 것입니다. 공격해온 적이 항복받지 못하면 패한 것이오, 공격받은 나라가 항복하지 않고 적이 물러가게 하면 승리한 것입니다. 우리는 그런 방향으로 적을 물리치도록 합시다."

"예, 영공."

"그러면 평장사께서는 천도의 시기와 절차 등에 관한 문제들을 가려서 미리 준비해 주어야 하겠습니다."

최우가 최종준에게 천도절차를 마련하라고 지시했다.

"아직은 극비리에 추진해야 합니다. 그러니 김약선, 자네가 심복들을 시켜서 최 시중을 돕도록 하게."

"예, 영공 어른."

이래서 최우 측근의 권력실세들 사이에서는 장기항전과 강화천도의 기본 전략을 결정해 놓고 그 사전 준비에 착수하는 한편, 조정 신료들을 개별적으로 만나 천도의 필요성을 설득하기로 했다. 남은 것은 조정의 승인 뿐이었다.

최우의 항몽전략

1) 현상분석

　—몽골군은 기병체제이기 때문에 정규전·지상전·평지전·속결전에 유리

　—고려군은 보병체제이기 때문에 유격전·수상전·산악전·지구전에 유리

2) 고려의 전략원칙

　—도서천도: 수도를 개경에서 강화로 이전.

　—입보전략: 군인과 백성을 산성이나 도서로 이전.

　—방어전략: 공격전보다는 방어전에 주력.

　—장기항전: 속결전보다는 지구전에 주력.

3) 군사전략

　—청야전술: 산성이나 도서로 입보할 때는 적이 사용할 수 있는 모든 물자를 가

　　　　　　저가거나 불태워 없앤다.

　—외병전술: 중앙군이 부족하기 때문에 지방군이나 평민장정으로 조를 편성하

　　　　　　여 대응한다.

　—유격전술: 지리에 미숙한 몽골군을 매복기습·야간공격으로 타격한다.

4) 외교전략: 유격공격과 함께 외교협상을 벌이고 양면전략을 수행한다.

항전론과 화친론

　최우 진영의 개별적인 설득으로 시작된 천도 논의가 정부 차원으로 옮아가 본격화되었다. 고종 19년(1232) 2월 20일, 중신들이 전목사(典牧司)에 모여 대몽 정책을 공식적으로 토의했다.[2] 이날 회의에는 최우가 참석하지 않았다.

　권신이 참석하지 않았기 때문에 많은 사람들이 발언했고 토의는 열띤 논쟁을 일으켰다.

　논쟁은 두 가지 논점을 중심으로 전개됐다.

　첫 번째 쟁점은 화해냐, 항전이냐, 화전(和戰) 문제였다.

　어떤 피해를 감수하더라도 몽골과 계속 항전하여 국가의 체제와 독립을 지킬 것인가, 아니면 굴욕과 예속을 받아들여서라도 그들과 화해하여 평화와 안전을 누릴 것인가였다.

　여기서 몽골과의 일전불사를 주장하는 항전론(抗戰論)과 몽골과 화의를 맺어서 어떻게 해서든지 전쟁을 피해야 한다는 화친론(和親論)이 갈려서 서로 다투었다.

　이것은 결국 우리 역사의 전통적인 대외전략 논쟁인 명실논쟁(名實論

---

2) 전목사(典牧司); 전국의 목장을 관리하고 군마(軍馬)와 역마(驛馬)의 조달을 관장하던 고려 시대의 관아.

爭), 곧 명분 위주의 자주론(自主論)과 실리 위주의 화평론(和平論) 사이의 대결이다.

항전파는 국가와 백성의 자주를 강조하는 명분파(名分派)였다. 반대로 화평파는 국가와 백성의 현실적인 이익을 강조하는 실리파(實利派)였다. 이런 명분파와 실리파가 벌이는 '명실논쟁'은 가치관에 입각한 우리 역사의 오랜 논쟁으로서, 결론이 나기 어려운 '철학논쟁' '사상논쟁'이다.[3]

두 번째 쟁점은 군사력이 강한 몽골과 계속 항전할 경우 수도를 새로 옮길 것인가, 그대로 둘 것인가의 천도(遷都) 문제였다.

임금과 조정이 현재의 왕도인 개경을 고수하며 싸울 것인가, 아니면 방어에 유리한 다른 곳으로 수도를 옮겨 장기적으로 항전해 나갈 것인가 하는 문제였다.

여기서는 개경을 떠나 나라의 서울을 해도로 옮겨 장기항전에 대비해야 한다는 천도론(遷都論)과 죽든 살든 서울인 개경을 지키면서 싸워야 한다는 수경론(守京論)이 갈려서 다투었다.

따라서 논점의 갈래는 화친론과 항전론, 천도론과 수경론의 네 가지였다.

그러나 논의하는 사람들은 실리와 안전을 내세우는 '대몽화친파'와 명분과 자주를 내세우는 '천도항전파', 결사항전을 주장하는 '개경고수파'의 셋으로 나뉘어 있었다. 화친론은 몽골과 강화조약을 맺어 조공을 바치고 전쟁을 피하면서, 조정은 그대로 개경에 머물러 있자는 주장이었다. 따라서 그들은 항전과 천도에 반대하고, '화친'과 '수경'을 주장했다.

이미 화친투항론은 피해를 막을 수 있어 현실적으로 유익하기는 하지

---

3) 고려 말기의 원명교체기(元明交替期)에 신생 명나라 정벌을 주장한 최영의 정명론(征明論)과 명나라를 도와 원나라 배격을 주장한 이성계의 친명론(親明論)의 대결, 조선 중기 호란(胡亂) 때의 김상헌 중심의 주전론(主戰論)과 최명길 중심의 주화론(主和論)의 논쟁, 조선 말 서세동점 시기에 벌어졌던 대원군의 쇄국론(鎖國論)과 민후의 개국론(開國論)의 쟁투 등이 모두 자주론과 화평론의 대결이었다. 정명론·주전론·쇄국론은 자주론(自主論)에 속하고, 친명론·주화론·개국론은 화평론(和平論)에 속한다.

만, 나라의 주체성과 독립성을 포기하고 외세에 대한 신복과 조공을 감수해야 한다는 점에서 한계가 있었다. 당시 화친론의 대표자는 선비 문신인 유승단(兪升旦, 참지정사)이었다.

천도파는 몽골이 근접하기 어려운 해도로 수도를 옮겨 장기전을 수행하자는 견해였다. 따라서 그들은 화친과 수경을 반대하고 '항전'과 '천도'를 주장했다. 이 천도항전론의 민족적 주체성과 독립성은 인정할 만하나, 승산 없는 전쟁을 계속하여 국력을 낭비하고 백성들의 피해를 강요한다는 단점이 있었다. 천도론의 대표자는 집정자인 최우였다.

수경론은 몽골과의 항전을 계속하되, 왕도를 그대로 개경에 두고 싸우자는 주장이었다. 따라서 그들은 '수경'과 '항몽'을 함께 주장했다. 그러나 수경항전파는 수도 방위와 대몽 항전을 병행하는 것이 현실적으로 불가능했다는 점에서 타당성을 잃고 있었다. 따라서 지지자도 별로 없었다. 수경론의 대표자는 행동파 무인인 김세충(金世忠, 야별초의 지유)이었다.

그날 2월 20일 전목사에서 열린 재추회의에서는 그런 세 가지 주장들이 평행선을 달려 한 치의 접근도 이뤄지지 않았다.

정묘·최종준·김약선·대집성 등 최우 진영의 사람들이 나서서 화친파 신료들을 개별적으로 만나 천도와 항전의 필요성을 말하고, 그것은 최우의 뜻이라는 것을 전했다.

최우를 들먹이자 많은 사람이 수그러지기는 했지만 생각 자체를 바꾼 것은 아니었다. 그들은 최우나 그 진영 사람들로부터 천도항전론을 들으면 그저 면시배비(面是背非), '앞에 마주 대해서는 시인했지만 등 뒤로 돌아서면 부인하고 비난'했다.

그해 5월 21일과 23일에는 4품 이상의 관원들이 모여 이 문제를 다시 논의했다.

최우의 처족인 정묘(鄭畝, 재상)가 먼저 나서서 천도론을 폈다.

"현재로는 우리 고려가 저 몽골의 군사와 맞서 싸워서는 이길 수 없습니다. 이길 수 없는 싸움을 한다는 것은 병법상 가장 어리석은 일입니다. 따라서 항복하지 않고도 전쟁을 피할 수 있는 천도 방법을 찾아야 합니다."

그때까지도 천도 반대론이 숫적으로 많았고 설득력도 강했다.

"해도로 천도한다면 어떤 섬을 말하는 것입니까? 혹시 강화도(江華島)입니까?"

"그렇습니다. 하긴 강화도 이외에는 천도할 만한 섬이 우리 고려에는 없지요."

유승단(兪升旦, 참지정사)이 나서서 천도항전론에 이의를 제기했다.

"나라의 도성을 옮기는 것이 그리 쉽겠소이까. 천도란 예로부터 어렵고도 중요한 일이어서, 쉽사리 행하지 않았습니다. 더구나 지금 조정이 이 넓고 다듬어진 개경을 두고 좁고 조야한 해도로 천도하면, 많은 백성을 버리고 왕실과 조정 신하들만 난을 피해 섬으로 숨어든다는 비난을 면할 수 없습니다."

많은 문신들이 고개를 끄덕여서 찬의를 표했다.

유승단과 같이 사관(史官)을 지낸 김인경(金仁鏡, 이부상서)이 말했다.

"몽골은 우리에게 화친할 것을 요구하고 있습니다. 과거 여진의 금나라에 했듯이 몽골을 상국으로 대하면 우리는 평화를 누릴 수 있습니다."

김인경도 화친론이었다.

다시 유승단이 나섰다.

"옳은 말씀입니다. 우선 몽골과 강화하도록 하고, 강화가 안 되면 싸울 수밖에 없겠지요. 싸우다 안 되면 그때 가서 항복하는 것이 전쟁의 당연한 수순이 아닙니까?"

김인경이 다시 말했다.

"이번에 천도한다면 일시적인 몽진은 아닐 것이니, 그곳에 장기간 있게 됩니다. 그러면 모든 궁궐과 시설·주택·도로·성곽을 모두 새로 만들어야 하는데, 그 비용을 어떻게 충당합니까. 수도를 옮기는 것은 함부로 할 수 있는 쉬운 일이 아닙니다."

유승단이 나섰다.

"그렇소이다. 궁궐을 하나 더 늘여짓는 것도 나라의 큰일인데, 하물며 강화 좁은 땅에 들어가 궁궐과 주택·성벽을 모두 다시 영조(營造)해야 하는 것이 쉽지 않습니다. 심한 전쟁을 치른 이 전시에 거기에 들어가는 막대한 물자와 비용과 인력을 어떻게 조달한단 말입니까?"

대다수의 의견은 화친수경론이었다. 몽골과 강화하고, 강화가 안 되면 수도인 개성을 지키면서 싸우다가, 당해 낼 수 없으면 그때 가서 항복하여 계속 개경에 머물러 있자는 것이었다.

그러나 천도항전파 사람들은 물러서지 않았다.

최우의 장인인 대집성(大集成, 수사공)이 화친론에 포문을 열었다.

"우리는 엄연한 왕조국가입니다. 적이 쳐들어오면 왕조를 지키기 위해 당연히 군사로써 싸우는 것이 국가의 과업이요, 신하의 도리가 아닙니까? 싸움을 포기하는 것은 국가와 왕조를 포기하자는 것밖에 안됩니다."

정묘도 나서서 화친론을 반격했다.

"강적이 쳐들어와서 막아낼 수 없으면 수도를 옮겨 항전해서 적을 물리친 다음에 다시 환도하는 것은 절대로 잘못된 일이 아닙니다. 고구려 11대 임금 동천왕(東川王)은 요동지방의 실권자인 공손씨(公孫氏)와 친선하고, 양자강 이남의 오(吳)나라와 통교해서, 고구려 북방의 위(魏) 나라를 견제하며 위협했습니다. 그때 동천왕은 다시 중국의 요충지인 서안평(西安平)을 쳐들어 갔었지요. 이런 고구려의 포위망 구축에 위기감을 느낀 위나라는 공손씨를 정복하고, 다시 장수 관구검(毌丘儉)을 보내 고구려를 쳤습니다. 동천왕은 역습 당해 수도가 점령되자, 수도를 버리고 도망하면서도 항전을 계속하여 결국 관구검의 위나라 군사를 몰아내고 다시 환도하여 고구려 국가를 유지할 수가 있었습니다. 이때 밀우(密友)와 유유(紐由)의 활약이 컸습니다."

최종준도 나서서 천도론을 폈다.

"그렇습니다. 백제도 여러 차례 남쪽으로 천도하여 나라의 수명을 연장시켰습니다. 천도가 불행한 일이기는 하지만 나라를 지키기 위해 필요하다면 주저해서는 안 됩니다. 지금의 우리 고려는 관구검의 침공을 받은 동천왕의 고구려와 같고, 고구려의 남침을 당해 남쪽으로 천도하던 당시의 백제와도 사정이 같습니다."

정묘가 다시 나섰다.

"그런 예는 우리 국조에 들어와서도 있었지요. 제8대 현종 임금 원년(1010) 10월에 거란의 왕 성종(成宗)이 손수 군사 40만을 이끌고 침공해 왔습니다. 이듬해 정월에는 거란군 일부가 개경을 점령하자, 임금은 남으로 난을 피하여 전라도 나주로 몽진(蒙塵)했습니다. 거란은 고려의 수도와 북녘 땅을 점령하고 있었지만, 임금이 멀리 가 있어 점령의 실효가 없게 되자, 그들은 이레 만에 개경에서 철수했습니다. 그래서 현종은 다시 개경으로 환도했습니다. 그때 현종이 몽진하지 않고 개경에 남아있었다면, 이 나라와 종사는 과연 어찌 됐겠습니까? 이처럼 나라를 구하기 위해 필요하다면 수도 이전은 언제든지 할 수 있는 겁니다."

이렇게 정묘와 최종준·대집성 등은 '도읍을 옮기고 난을 피해서 항복을 거부하고 끝까지 항전해야 한다'고 주장했다. 여기서도 논쟁은 끝없이 계속될 뿐, 의견의 접근이나 합의를 끌어내지는 못했다.

세 갈래의 천도 논쟁은 서로 타협할 수 없을 만큼 상충적이었다. 그만큼 그 논쟁은 치열할 수밖에 없었다.

천도 여부에 대해서는 이렇게 강력한 찬반 논쟁이 벌어졌다. 그러나 천도할 경우 강화도(江華島)를 새 수도로 한다는 점에는 아무런 이견이나 반론이 없었다.

이런 천도 논의가 공식화되기 전인 고종 18년(1231) 12월이었다. 고려와 몽골 사이에 마지막 강화협상이 이뤄지고 있을 때, 최우는 혼자서 강화 천도를 검토하고 있었다.

그 무렵 개경 쪽 승천부의 부사(副使) 윤인(尹繗)과 녹사 박문의(朴文檥)가 최우를 찾아왔다.

윤인이 말했다.

"개경은 전시에 강한 적을 막아 싸울 만한 곳이 아닙니다. 그러나 강화는 가히 병란을 피할 만합니다."

최우가 관심을 보이며 물었다.

"어째서 그런가?"

"지난번의 경험으로 보아서 기마병 위주의 몽골군 앞에서 개경은 속수무책(束手無策)이었습니다. 그러나 저들이 물에는 약했습니다. 강화는 바다 가운데 있고, 해변의 지세가 절벽이 아니면 늪지여서, 적군이 상륙하기도 어렵습니다. 강화도는 또 경지가 넓고 토지가 비옥하여 곡물 생산이 많기 때문에 몽골군을 맞더라도 오래 견딜 수 있습니다."

박문의가 나섰다.

"바다로 격해 있기 때문에 수전에 약한 몽골군이 침공하지 못합니다."

윤인과 박문의는 이미 몰래 가속을 강화에 옮겨놓고 최우를 찾아가서 천도항전을 건의했다.

최우가 말했다.

"그러나 개경의 왕실이나 귀족·문신들은 천도를 강력히 반대하고 있다."

"그것은 개인적으로 지켜야 할 재산이 많은 사람들입니다. 천도반대는 몽골 오랑캐에 투항해서라도 그 사재를 지키자는 것 외에는 아무 것도 아닙니다."

박문의의 말에 윤인이 동조하고 나섰다.

"그렇습니다, 영공. 우리가 몽골에 투항을 거부하고 나라를 지키자면 반드시 강화로 도읍을 옮겨야 합니다. 거기서 오래 버티면 저들도 물러설 것입니다."

박문의가 다시 말했다.

"또한 강화는 육지나 개경과 가까워서 본토와의 연락이나 진출이 용이합니다. 게다가 섬이어서 지방과 수로로 연결돼 있기 때문에 지방을 관제하기 쉽고 조운도 계속 유지될 수 있습니다."

강화도의 전략적 강점이나 수도 후보지로서의 이점은 이미 최우가 알고 있는 것들이어서 새로운 것은 아니었지만, 자기 견해를 확인해 주었다는 점에서 최우의 마음에 들었다.

최충헌의 집권 이래 고려는 오랫동안 나라가 안정되고 태평했다. 서울인 개경에는 집이 십만 호(戶)였고, 인구는 70만 명이 넘었다.[4]

당시 개경에는 귀족들과 사원이 많이 있었다. 귀족들은 가족과 노비들을 많이 거느렸다. 절에는 수천의 승려와 승도·노비들이 살고 있었다. 호수가 10만이면, 인구는 적게 잡아서 칠십 만이라는 추산이다.

그때 개경에는 중국의 송나라와 일본·거란·여진 그리고 동남아와 멀리는 중동의 아라비아 상인들까지 몰려들어, 외국인이 많을 때는 수 천 명에 이르렀을 정도로 국제화된 도시였다.

시가도 화려하고 아름다웠다. 금벽(金碧) 색으로 찬란하고 호화롭게 단청한 집들이 거리의 양편에 즐비해서, 개경은 국제도시로서 조금도 손색이 없었다.

이런 개경의 도시 구획이나 건물의 건축은 정부의 엄격한 통제 하에 이루어졌다. 큰길 옆에 집을 지으려면 추녀를 길 쪽으로 여섯 자(180cm)씩 뽑아내어 끝을 서로 맞추게 했다.

---

4) 개경의 호구수; 개경십만호(開京十萬戶)에 대해 가구 십만이라는 설과 인구 십만이라는 설이 대립해 있다. 사료에서는 호(戶)가 인구와 가구의 두 가지 뜻으로 사용돼 왔기 때문에 그 내용이 불명하다. 게다가 개경의 인구가 십만이었다면 너무 적고, 가구가 십만이었다면 너무 많다고 생각되어 해석이 갈려있다.

그러나 최충헌과 박진재가 같은 시대에 각각 전국 각지에서 모여든 3천 명의 가신을 거느렸다는 기록으로 보아 당시 개경 인구가 많았을 것으로 상정해서, 여기서는 호를 가구로 전제했다. 조선조의 이수광(李睟光)이 쓴 「지봉유설」(芝峰類說)에는 개성의 주민호수가 13만여 호, 김육(金堉)이 쓴 「송경지」(松京志)에는 10만여 호라고 돼있다.

이런 추녀의 모습은 개경의 도심에서부터 서쪽으로 40리 떨어진 국제 항구 벽란도(碧瀾渡)까지 이어져 있었다. 길고도 가지런한 추녀는 보기에도 좋았을 뿐만 아니라, 보행자들이 그 밑으로 걸어가면 비가 오는 날에도 우장(雨裝) 없이 다닐 수 있었고, 무더운 여름날엔 시원한 그늘을 만들어 주었다.

　　이렇게 도성인 개경의 거리가 번화하고(康衢) 세월이 태평하니(煙月), 당시의 고려는 과연 '강구연월의 시대'였다. 나라가 풍족하고 도시가 화려한 만큼, 개경 사람들은 편하게 살고 있는 집을 버리고 서울을 떠나 낯설고 불편한 강화도로 옮기는 것을 매우 꺼려했다.

실록에 기록된 강화도

국가 방비에서 강화(江華)가 차지하는 비중은 크다. 조선조에 와서도 외적이 침공할 때마다 강화도의 전략적 가치가 중시되어, 임금과 조정의 피난처가 됐다. 정묘호란 당시의 1626년(인조 4년)과 1627년(인조 5년)의 조정회의 기록.

"특진관 이귀(李貴)가 아뢰기를 '강화의 형세는 참으로 하늘이 만든 요새입니다. 만일 사변(事變)이 있게 되면, 육지에서는 남한산성이 제일이고, 섬으로는 강화가 제일입니다. 고려 때는 강화에 저장된 곡식이 많아서 곳간이 1만이나 되었으며, 내포(內浦) 등지에도 곡식이 쌓여 있었다고 합니다. 그런데 지금은 강화에 저장된 곡식이 수천 석 뿐이며, 내포에는 저장된 것이 없습니다. 불행하게도 사변이 있어 강화로 들어간다 하더라도 식량보급의 계책이 없으니, 강화의 전세(田稅)를 받아서 그곳에 비치해 두어야 합니다.' 하니, 상(上, 임금)이 이르기를 '그 말이 옳다. 이후로는 (강화의 전세는) 강화에다 저장해 두도록 하라.' 하였다."(1626년 10월 3일)

"이귀가 아뢰기를, '해서 지방도 반드시 지켜지게 될지는 보장하기 어려우니 강화도를 피난처로 정해 놓았다가, 만일 안주(安州)에서 패보가 오거든 상께서는 곧바로 강화도로 들어가소서.' 하니, 상이 이르기를 '이런 의논은 서서히 하라.' 하였다."(1627년 1월 17일)

— 조선왕조실록(仁宗篇)

최우의 4호론과 유승단의 4반론

최우가 서울을 강화로 옮긴다는 방침을 내밀히 정해놓고 있던 고종 19년 (1232) 6월 15일 보름날이었다.

지의심 등과 함께 고려의 사절로 살리타이 진영에 갔다가 구금돼 있던 송입장(宋立章, 교위)이 탈출하여 석 달만인 이날 개경으로 돌아왔다.[5]

그는 최우에게 달려가서 그간의 경위를 설명했다.

"우리 일행이 살리타이의 처소에 가서 표문과 물품을 전했더니, 살리타 이는 자기가 앞서 보낸 공문에서 언급한 물품을 왜 구해오지 않았느냐고 화를 내면서, 지의심을 잡아 자기네 수도로 압송하고 우리는 영내 구치소 에 구금했습니다. 저는 그곳을 탈출하여 도망해 왔습니다."

---

5) 고려 관계 자료에 자주 등장하는 송입장(宋立章) 송득창(宋得昌) 송의(宋義)는 모두 동일 인물인 듯하 다. 그의 계급 교위는 지금의 중위에 해당된다. 지의심과 함께 몽골에 갔다가 구금된 송득창은 몽골군 감옥에서 탈출하여 고려에 돌아오면서 이름을 송입장으로 고친 것으로 보인다. 그러나 송입장과 송득 창은 지의심을 따라간 일행일 뿐이지, 같은 사람은 아니라는 견해도 있다. 김상기(金庠基)는 송입장과 송득창은 별개의 인물이나, 송입장은 송의와 같은 사람이라고 보았다. 그러나 송입장이 몽골군 진영 에 갔다는 기록은 없고 그가 탈출하여 돌아왔다는 기록이 있는 반면, 송득창은 몽골군에 가서 구금됐 다는 기록은 있으나 그후 어서 됐다는 기록이 전혀 없다. 이런 점으로 보아 여기서는 그 둘을 동일 인 물로 보고자 한다. 송입장은 몽골의 재침설을 퍼뜨려 최우로 하여금 강화로의 천도를 단행케 한 장본 인이다. 그 때문에 몽골이 계속 그의 인도를 요구하자, 그는 다시 송의로 이름을 고쳤다. 송의는 고려 의 개경환도 후에 몽골이 두려워 스스로 고려를 배반하고 몽골에 귀부했다.

고려 조정에서는 그때 비로소 지의심 일행이 구금된 것을 알았다.

"그런가? 몽골 놈들은 더불어 상종할 수 없는 못된 놈들이로구나. 잘했다. 오느라 수고가 많았겠구나."

"몽골은 장차 대군을 발동해서 우리나라를 친다는 계획 하에 준비를 서두르고 있습니다."

"그들이 왜 우리를 다시 친다는 게냐?"

"고려가 저들을 무시하고 자기네 말에 고분고분하지 않는다는 것입니다. 우리가 보내는 물품이 자기네가 요구한 대로 오지 않는다고 하면서, 우리 고려의 버릇을 고쳐주겠다고 했습니다."

"그런가. 대충 짐작은 하고 있었다. 우리도 서둘러 무슨 대책을 세워야 하겠구나. 그래 알았다. 가서 편히 쉬도록 하라."

송입장의 몽골 재침설은 팽팽한 줄다리기 싸움을 벌이고 있는 항전파와 화친파 사이의 세력균형을 무너뜨렸다. 그 후 대몽 강경파의 입지는 결정적으로 우세하게 돌아갔다.

송입장을 접견한 다음날 6월 16일, 최우는 자기 집으로 재추들을 소집했다.

최우는 무인정권의 권위와 집정자인 자신의 권력으로 천도반대론을 제압하고, 4개월 째 끌어온 천도문제를 이날로 확정시킬 심산이었다.

그래서 최우는 회의 장소를 자기 집으로 정했다. 회의도 자기가 직접 주재하여 다시 천도문제를 제기했다. 따라서 이날 회의에서는 반대론이 과거처럼 우세하게 나타나기는 어려운 상황이었다.

최우가 먼저 입을 열었다.

"어제 살리타이에 구금됐다가 돌아온 송입장을 만나 얘기를 들었습니다. 그의 말은 몽골이 곧 우리를 다시 쳐들어온다는 것입니다. 고려가 몽골을 무시하고 자기네 말에 순종하지 않는다는 이유로, 우리 고려의 버릇을 고쳐놓고야 말겠다면서, 전쟁 준비에 바쁘다고 합니다."

항몽파는 이 말을 듣고 '그것 봐라' 하는 표정이었고, 화친파는 '그 말을 믿을 수 있느냐' 고 회의적이었다.

그런 대조적인 모습을 읽으면서 최우가 말했다.

"송입장은 3개월 동안 몽골 군막 안에서 그들과 생활을 같이하면서, 그들의 말과 행동을 직접 보다가 탈출해서 돌아왔습니다. 그의 말은 그대로 믿어도 될 것입니다."

최우는 그런 사실을 밝히면서, 임금과 나라·백성 그리고 재산을 보호하기 위해서는 몽골과의 결사 항전과 강화로의 천도가 필요하다고 역설했다. 이것이 이른바 최우의 '천도4호론(遷都四護論)이다.

"우리가 수도를 옮겨야 할 이유는 자명합니다. 첫째는 임금을 지키기 위해서입니다. 몽골 사신들의 행패로부터 폐하의 권위와 위신을 지켜야 합니다. 우리는 저구유와 도우단 등의 행패를 보았습니다. 언제까지 허리를 숙이고 그들의 행패를 감수해야만 합니까. 더구나 저들의 전략은 국가의 심장부인 도성을 공파해서 임금부터 붙잡아 항복 받자는 것입니다. 그래서 지난번에는 북계가 저들에게 정복되지 않았는데도, 정예 기병을 개경으로 직진시켜 도성부터 포위했습니다. 우리는 그때 꼼짝하지 못하고 항복할 수밖에 없었습니다. 여기서 교훈을 찾고 대책을 세워야 합니다. 그 대책이 바로 천도입니다. 천도하면 그런 수모는 면할 수 있습니다."

이것은 호왕론(護王論)이다.

장내에는 무거운 정적이 흐르는 가운데 최우의 열변은 계속됐다.

"그러나 더욱 중요한 것은 천도만 하면 우리는 나라를 지킬 수 있다는 점입니다. 능히 몽골의 간섭과 부담과 치욕을 떨쳐버리고 우리의 나라와 독립을 지켜낼 수 있습니다. 강화로 가자면 험한 수로를 건너야 하고, 섬의 주변이 모두 절벽이나 습지로 둘러 싸여있기 때문에, 수운과 수전에 약한 몽골로서는 감히 범접할 수 없습니다. 이것이 우리가 강화로 천도해야 하는 두 번째 이유입니다."

이것은 호국론(護國論)이다.

최우의 말은 소신에 차 있고, 그의 표정에는 불퇴전(不退轉)의 결의가 담겨 있었다.

"우리가 서울을 옮겨야 할 셋째 이유는 백성을 보호하자는 것입니다. 우리들 중에 누가 저들의 요구에 따라 스스로 적국에 들어가 인질로 잡혀 있을 것이며, 누가 자기 자녀를 저들의 인질로 보내기를 바라겠습니까? 그리고 우리 백성이 언제까지 저들에게 잡혀가 저들의 노예가 될 것입니까? 그래서 조정을 강화로 옮기고 백성들을 가까운 해도나 산성으로 대피시켜, 우리의 자녀와 인재와 백성들을 보호하자는 것입니다."

이것은 호민론(護民論)이었다.

최우의 말을 들으면서 재추들의 심정은 점차 가라앉는 것 같았다.

"우리가 천도해야 할 넷째 이유는 국가 재부(財富)의 보호입니다. 그 동안 여러분도 금고와 창고를 털어서 귀중한 재보를 많이 내주셨습니다. 그것은 얼마나 부담스럽고 치욕적인 일이었습니까. 우리가 이대로 있으면, 그런 일은 앞으로도 무한정 계속됩니다. 결국 우리의 국가적인 자산과 재력은 탕진되고 맙니다. 이걸 막아야 합니다. 그래서 우리가 감당하기 어려운 몽골의 과중한 물적 요구로부터 벗어나야 합니다."

이른바 호재론(護財論)이다.

신료들은 각자 나라에서 몽골로 보내는 물품을 조달할 때, 자기들이 모아 둔 금은이며 보화를 할당받아 바쳤던 일들을 상기하고 있었다.

"물론 강화로 옮기면 불편하고 고생이 많습니다. 그러나 국난에 처하여 그 정도의 어려움을 견뎌내지 못한다면, 우리가 어떻게 나라의 독립과 자주를 지킬 수 있겠습니까. 강화로 천도하게 되면, 국력을 기울여서라도 여러분의 불편을 최소화하도록 우선적으로 노력하겠습니다."

이미 강화도로의 '천도항전' 방침을 정해 놓고 나온 최우가 거기서 말을 끝내자, 모두가 위축되어 아무도 말하는 이가 없었다. 최우가 참석하지 않았을 때는 그렇게도 열심히 '수경화친'을 주장하던 재추의 문신들도 모두 입을 닫아버렸다.

그러나 오직 한 사람, 유승단(兪升旦, 참지정사)만이 최우를 정면으로 공격하면서 반대론을 폈다. 유승단이 나섬으로써 회의장은 유승단의 명론(名論)과 최우의 탁설(卓說)이 맞붙어 불꽃 튀는 대결장으로 변했다.

유승단이 입을 열어 천도반대론을 폈다.

"소가 대를 섬기는 것은 의(義)입니다. 약이 강을 따르는 것은 이(理)입니다. 질 싸움을 피하는 것은 이(利)입니다. 따라서 그것들은 잘못이라 할 수 없습니다. 작고 약한 우리가 무강(武强)한 저들을 예(禮)로써 다루고 신(信)으로써 사귀면, 저들 또한 무슨 명목으로 우리를 곤욕스럽게 하겠소이까?"

이것은 우리의 전통적인 외교방법의 하나인 사대론(事大論)이다.

유승단은 최춘명을 처단하겠다는 최우의 주장에 정면으로 반대한 유일한 신료였다. 만만찮은 유승단이 다시 반대하고 나서자, 순간 최우는 움찔했다.

저 영감이 또 나를 반대하는구나.

최우는 속으로 그렇게 생각하고는, 최춘명 처형 논의 때 유승단이 홀로 나서서 자기에게 강력히 반대했던 사실을 떠올리면서 재반론을 폈다.

"저 몽골인들은 무지몽매한 야만족입니다. 우리가 어떻게 저들을 믿어 예로써 섬기고 신으로 사귈 수가 있겠습니까? 우리와 저들은 근본이 다릅니다. 생활양식과 문화상태·사고방식이 모두 다릅니다."

유승단이 재차 반박했다.

"우리 고려는 오래 전부터 야만족이라고 멸시해 오던 거란이 발해를 멸하고 송나라와 패권을 겨루면서 화친을 요구하며 쳐들어오자, 그들의 요구를 받아들여 송과의 관계를 끊었습니다. 문종시대의 찬란한 고려 문화는 그런 대륙 세력과의 화친으로 이뤄진 결과입니다. 그 후 여진이 강대해져서 나라를 세워 거란을 물리치고 송나라를 남으로 쫓아내어 중원을 제압하자, 우리는 저들의 요구를 받아들여 거란과의 관계를 끊고 여진과 군신관계(君臣關係)를 맺었습니다. 그 후 우리는 금나라를 상국으로 섬겨

전쟁 없이 평화 속에서 나라를 유지해왔습니다. 지금 몽골이 여진처럼 강성해져서 금을 남으로 몰아내고 중원을 제압했으니, 금나라 대신 몽골에 대해 의례적으로 사대의 예를 갖추면 됩니다. 이것은 문명되고도 약한 나라가 야만적이면서 강대한 나라로부터 국가를 지키는 지혜입니다. 영공은 이것을 살펴야 합니다."

이것은 사대론과 함께 우리의 전통적인 평화추구 방법인 교린론(交隣論)이다.

최우의 반격도 만만치 않았다.

"몽골은 거란이나 여진과는 다릅니다. 거란-여진은 고구려·발해 때에는 우리의 지배를 받는 예속민족이었고, 그 후로 때때로 우리와 충돌을 빚기는 했지만 경계를 넘나들며 같이 살아온 이웃 종족들입니다. 말하자면 그들은 고구려·발해 시대에는 우리와 한 지붕 밑에서 같이 살아온 예속민이었고, 통일 신라 이후에는 담을 같이하고 살아온 이웃사촌들입니다. 그러나 몽골은 우리와 그런 교린관계가 전혀 없는, 낯설고 거친 야만족입니다."

유승단 또한 만만치 않았다.

"우리나라는 일찍부터 '문명 되고 강대한 나라는 섬기고 야만적인 이웃과는 사이좋게 지낸다'는 사대교린(事大交隣)을 대외정책의 원칙으로 세워서 지켜왔습니다. 그것은 우리 국토와 백성을 지켜온 현명한 지혜였습니다. 영공은 이 점을 잊어서는 안 됩니다."

문신과 무인이 국가수호 방략을 놓고 불꽃을 튀기면서 싸우고 있다.

최우의 말이 계속됐다.

"유 참정(參政, 참지정사의 약칭)이 말한 사대교린과 같은 대외관계는 우리의 수치이지, 명예는 아닙니다. 고구려나 백제만 해도 힘을 가지고 중국의 여러 나라와 교류하면서도 국가의 독립과 자주를 지켰습니다. 다만 힘이 약하고 나라가 작았던 신라가 당나라를 끌어들여, 고구려 땅을 빼앗기고 백제를 병합하는 부끄러운 방식으로 삼국을 통일한 뒤에는, 중국을 군주로 올리고 자신은 신으로 내려앉아, 조공과 종속을 근본으로 하는 국가 관계를 정형화했습니다. 이런 부끄러운 관계는 빨리 청산돼야 합니다."

유승단이 다시 나섰다.

"그러나 우리가 성곽을 놓아두고 종묘와 사직을 버리고서 해도에 들어가 숨어 엎드려서 구차히 세월을 보내면, 나라와 국토는 어찌 되겠습니까. 조정이 국토를 버리고 섬으로 옮기는 것은 우리 양반만 살자는 것입니다. 우리는 나라의 터전인 땅을 지켜야 합니다. 따라서 몽골과 화해하여 국토와 개경을 지키고, 천도는 삼가야 합니다."

이것은 조정이 나라의 땅을 지켜야 한다는 수토론(守土論)이다.

유승단을 지지하는 대몽 화친론자들은 의외로 많았다. 그러나 최우 앞에서 유승단을 지지하거나 자기주장을 펴는 사람은 아무도 없었다.

유승단의 말은 외롭게 계속됐다.

"백성으로 하여금 장정은 칼과 창에 찔려죽게 하고 노약자는 노예가 되게 하는 것은 국가를 위해 좋은 계책이 아닙니다. 조정과 종친·양반·관리들이 백성들을 버려둔 채 자기네들 끼리 짐을 싣고 가족들과 함께 도성을 떠날 때, 함께 갈 수 없는 백성들의 심정은 어떠하겠습니까. 그 중에 백성들의 불평을 선동해서 난이라도 일으켜 천도하는 대열의 뒤라도 친다면, 최 공은 어떻게 할 것입니까? 이리 되면 우리가 어떻게 외적을 막을 수 있겠습니까? 조정은 백성들과 고락을 같이하며 함께 살아야 합니다."

이것은 임금과 조정이 백성과 고락을 같이해야 한다는 동민론(同民論)이다.

천도파 최우가 '천도4호론'을 내세우자 수경파(守京派) 유승단이 사대론·교린론·수토론·동민론을 들어 '천도4반론'(遷都四反論)를 폈다. 최우는 결코 물러서지 않았다.

"백성들의 반역은 걱정하지 마십시오, 유 참정. 군대는 두었다 뭘 합니까. 임금을 모시고 조정이 천도하는데, 누가 이를 방해한다면 용서할 수 없지요. 군대를 풀어서 그런 자를 모두 벨 것이니, 그 점은 염려하지 않아도 됩니다. 나를 믿으십시오, 유 공."

최우는 단호하면서도 위협적인 표정으로 장담하듯 말했다.

고려 조정의 전략논쟁

1) 원칙론

　―몽골정책: 항몽론·화친론

　―수도문제: 천도론·수경론

2) 실천론

　―항몽천도론: 최우·대집성·최종준·정묘·김약선

　―수경화친론: 유승단·김인경

　―항몽수경론: 김세충

3) 논리

　―최우의 천도4호론: 호왕론·호국론·호민론·호재론

　―유승단의 천도4반론: 사대론·교린론·수토론·동민론

끝없는 천도논쟁

천도를 위한 논쟁은 무한정 계속되고 있었다. 최우의 말이 끝나자, 다시 유승단이 나서서 최우의 4호론을 공박하기 시작했다.

"영공, 금나라가 몽골과 화해하고는 몽골을 피해 남쪽 개봉으로 천도했다가 다시 몽골의 침공을 받아 지금 멸망의 일보 앞에 와 있다는 사실을 알 것입니다. 처음에 요동에 있던 푸젠완누(蒲鮮萬奴)의 동진도 몽골의 간섭을 피해 간도로 동천했기 때문에, 몽골이 다시 쳐들어가서 굴복시켰습니다. 우리가 천도하면, 마찬가지로 몽골의 재침을 당합니다. 그리되면 우리 국토와 백성들은 다시 저들의 말발굽에 짓밟히고, 사직(社稷, 나라) 자체가 없어지고 맙니다."

최춘명 때와 마찬가지로 오직 유승단만이 자기의 말에 반대하고 있는 것에 최우는 몹시 불쾌했다. 그러나 유승단을 건드릴 수는 없었다.

우선 유승단은 사심이 없는 사람이다. 그는 자기의 사적인 이해관계를 떠나 오직 나라와 백성의 입장에서 말하고 행동하는 선비다. 더구나 그는 최우의 권력에 도전하는 것도 아니다. 그는 고종의 시강으로 왕사(王師)의 입장에 있는 임금의 측근이다.

"강화로 가면 방비는 문제가 없습니다. 그 점은 염려하지 않아도 됩니다."

최우의 말에 다시 유승단이 반박하고 나섰다.

"강화는 비록 난을 피한다 해도 온 나라가 저들에게 짓밟힙니다. 나라의 대사(大事) 치고 전쟁만한 것은 없습니다. 일단 전쟁이 나면 백성들이 죽고 나라의 재부(財富)가 탕진됩니다."

그의 말은 계속됐다.

"전쟁을 함에는 빨리 이겨야 하는데, 지금 우리가 몽골과 싸워서 단기에 승리할 수는 없습니다. 영공의 의견대로 강화로 천도하게 되면 불가피 장기전이 될 것이오. 그것도 우리 땅에서 말입니다. 몽골과의 전쟁이 오래 계속되다 보면, 우리는 병기가 무디어지고 군사와 백성들은 사기가 꺾입니다. 그리되면 적을 이길 수 없을 뿐만 아니라, 설사 나라를 보전한다 해도 재정이 결단나서 사직을 이끌어 갈 수 없습니다. 자기 땅에서 외국군을 맞아 장기항전을 벌인다는 것은 병법이나 치국의 입장에서 볼 때 현명한 일이 아닙니다."

그 말에는 최우도 반박할 논리를 찾지 못해 잠자코 듣기만 했다.

정적 속에서 유승단의 차분한 발언이 계속됐다.

"우리 땅에서 오래 싸우기 때문에 우리는 백성이 죽어가고 국부가 말라가지만, 남의 땅에 들어와 싸우는 몽골군은 모든 전쟁 물자를 우리에게 빼앗아 충당하기 때문에 장기전을 한다 해도 몽골이 손해날 것이 없습니다. 따라서 밑질 것이 없는 그들은 우리가 항복할 때까지 계속 침공해 올 것입니다. 전쟁이 오래 계속되면, 우리 군사와 백성들도 많이 죽게 됩니다. 그리되면 호민도 호재도 안 됩니다. 국가의 존망도 그 전쟁에 달려있습니다. 따라서 호왕과 호국도 위험해집니다."

유승단은 최우의 천도4호론인 호왕론·호국론·호민론·호재론을 모조리 부정했다.

최우가 나섰다.

"유공께서는 우리나라에서 장기전을 벌이면 우리의 손해라면서 장기

전에 반대하고 있습니다. 나라가 크고 힘이 강해서 단기전으로 끝낼 수 있다면, 그보다 좋은 일이 어디 있겠습니까. 그렇지 못하니까, 우리가 장기전으로 나가려는 것입니다. 몽골군이 아무리 강하다 해도 약점이 많습니다. 우선 그들은 수전에 무능합니다. 지난번 저들이 처음 쳐들어 왔을 때 가까운 섬으로 입보한 북계의 백성들은 모두 안전했습니다. 이런 경험을 귀하게 받아들여야 합니다."

유승단이 나섰다.

"영공, 금나라가 남천해 간 개봉도 황하 이남에 있어서, 북으로 넓은 수로가 있었습니다. 그러나 그들은 결국 패전을 거듭하여 이제 나라가 아주 없어지게 됐소이다."

최우가 말을 이었다.

"몽골의 약점은 또 있습니다. 그들은 병참거리가 멉니다. 유 공의 말씀대로, 몽골군은 자기 나라에서 물자를 운반해 올 수 없기 때문에, 우리 땅에서 전쟁 물자를 조달해야 합니다. 이것도 몽골군의 약점입니다. 저들의 이런 약점들을 우리는 섬으로 천도하고 백성들을 산성이나 해도로 입보시키는 한편, 청야작전(淸野作戰)으로 대처할 것입니다. 우리 백성들이 입보하기 위해 살던 곳을 떠날 때는, 식량이나 철물 등 적이 군용으로 쓸 수 있는 것은 모두 가져가고, 가져갈 수 없는 것은 태우고 부숴 없애거나 깊이 감춰두고 가는 겁니다. 그러면 저들이 무엇을 먹고 싸우며, 무엇으로 전쟁을 하겠습니까. 우리 백성들이 다 입보하여 마을을 비우면, 저들이 누구를 동원해서 전쟁을 치를 수 있겠습니까."

최우는 능변가였다.

병법·전국책 등 난세지학(亂世之學)의 책들을 읽은 것이 참으로 다행이라고 다시 생각하면서, 최우는 도도하게 자기 변설을 펴나갔다.

"우리는 입보해서 가만히 들어앉아 있기만 하는 것은 아닙니다. 항상 만반의 공격준비를 해 놓고 적을 엿보고 있다가, 적이 틈을 보이기만 하면 곧장 출격해서 적을 치는 것입니다. 준비된 실(實)로써 준비 없는 허

(虛)를 치면, 백전백승이라 했습니다. 우리는 지리에 익숙하기 때문에 야간기습을 주로 하는 유격전을 벌여 적을 피곤케 해서 견딜 수 없게 할 것입니다. 그러면 저들이 어떻게 물러가지 않을 수 있겠습니까."

그때 최우는 자기 말에 스스로 도취된 듯했다.

그러나 유승단은 물러서지 않았다.

"나라에서 아무리 입보를 종용해도 백성들이 모두 입보한다고는 생각하기 어렵고, 남아있는 사람은 잡혀가거나 죽게 될 것입니다. 또 남겨두고 있는 집이며 재산을 적군이 모두 불태울 것이고, 산성에 대해서는 물샐틈 없이 포위하여 물자의 출입을 봉쇄하다가, 성의 인내가 끝날 무렵이면 공성작전을 펴서 함락시켜 도륙할 것이 뻔합니다. 그러는 사이에 우리는 나라가 결단나고, 결국은 만신창이(滿身瘡痍)가 되어 항복하지 않을 수 없습니다. 그리되면 금나라나 서하·서요·요수국과 같은 망국의 운명이 되고 맙니다. 영공은 이 점을 헤아려야 합니다."

"그러면 유공에게 한 가지 묻겠소이다. 지금까지 몽골에 패전 당하고도 국체를 유지한 나라가 있습니까?"

이런 기습적인 질문을 받고 유승단은 당황했다. 그러나 잠시 머뭇거리다가 그는 말했다.

"당초 성길사(成吉思, 칭기스) 시대에는 몽골군이 항복을 받고 공물을 거둬 물러갔기 때문에, 비록 침략을 당해 패전했어도 국체가 유지됐지요. 서역의 회흘(回紇, 위구르)이나 갈라록(葛邏祿, 카를루크) 등 몽골 인근의 약한 왕국들은 미리 항복해서 명맥을 유지하고 있다고 들었으나, 성길사의 사후에는 항복하고도 임금과 국체를 유지하는 나라는 없는 것 같소."

"그렇소이다. 요수국이 몽골의 침략을 받고 항복했으나, 결국은 나라가 멸망했습니다. 임금도 군대도 없고, 백성들은 모두 몽골의 종이 됐습니다. 저 중국의 서쪽에 있는 서하국도 나라가 없어졌다고 들었소. 몽골에의 항복은 곧 나라의 멸망인데, 대책을 말씀해 보시오."

"그런 나라들은 일단 항복하여 몽골군이 철수한 다음에 다시 약속을 어기고 도망하거나 도전했기 때문에, 몽골이 다시 쳐들어와서 정복하고 국체를 말살한 것이외다. 우리가 그런 불운의 전철을 밟자는 것이오이까? 우리가 천도하면 필시 몽골은 다시 쳐들어옵니다."

최우가 다시 나섰다.

"우리는 금나라나 동진국·요수국의 운명을 받아들일 수 없습니다. 그러기 위해서는 항전을 계속해야 합니다. 항전을 계속하기 위해서는 강화도 섬으로 천도해야 합니다. 일반 백성들도 가까운 산성이나 해도로 입보토록 할 것입니다."

"입보한들 저 강적 몽골을 이길 수 있겠습니까?"

유승단이 묻자, 최우는 자기가 구상하고 있는 전략론을 폈다.

"전승은 못해도 망국은 면할 수 있습니다. 우리는 농경민입니다. 그러나 몽골족은 유목하면서 살아온 사람들입니다. 유목민은 바로 기마족이고, 기마족은 말을 타고 싸우는 기병을 군사의 기본으로 하고 있습니다. 유목민과 농경민의 싸움은 주로 말을 타고 있는 유목민의 공격으로 시작되어 성을 사용하는 농경민의 방어로 이어집니다. 그러나 말은 헤엄을 잘하지 못합니다. 물살이 약하고 좁은 강은 헤엄쳐 건널 수 있으나, 깊은 물에서 멀리 헤엄쳐 건너가지 못하고, 바위나 나무가 많고 경사가 심한 산에서는 기동이 어렵습니다. 따라서 기병은 산성과 해도에는 약합니다. 그들은 도로나 평지에서 기습과 속전에는 유리하지만, 산지나 바다에서는 무능합니다. 그래서 중국에서는 북방의 기마민족을 막기 위해 만리장성을 쌓아왔습니다. 지난 번 우리나라에 몽골이 침공해 왔을 때, 서해도(西海道, 황해도)에서 여러 고을이 신도(薪島)와 철도(鐵島)로 입보하여 적을 막아냈고, 북계에서는 산성에 입보하여 적을 격퇴했습니다. 해도입보나 산성입보는 그런 경험에서 얻은 교훈을 따르려는 것입니다. 이런 경험을 근거로, 우리는 앞으로 입보(立保)와 청야(淸野), 유격(遊擊)을 전술의 3대 기본 축으로 삼아, 몽골의 적과 싸울 것입니다. 우리는 절대로 투항하지 않습니다. 육지의 산성에서는 항전을 계속하고, 해도의 섬에서는 농성을 계속하면서, 장기전(長期戰)으로 저들과 싸워나갈 것입니다."

장기전과 입보·청야·유격. 항전파 최우는 이 네 가지를 몽골과 싸워서 이길 수 있는 방략으로 제시했다. 실제로 이 전술의 병합 운용은 그 후의 여몽전쟁에서 고려의 일관된 전략이었다.

그러나 화친파 유승단은 전략의 우열이나 선악에는 관심이 없었다. 몽골과의 전쟁은 이길 수 없는 전쟁이고, 싸우다 보면 나라와 백성이 결단난다는 생각이었다. 따라서 그는 전쟁 그 자체를 반대하고 나섰다. 그는 싸워서 이기는 방법이 아니라, 처음부터 아예 싸우지 않는 길을 주장하고 있었다.

"전쟁은 피해야 합니다. 전쟁에 이겨도 나라는 피폐하게 마련입니다. 그래서 자고로 전쟁을 많이 한 나라는 비록 백전백승하여 모두 이겼다 해도 화를 당했습니다. 중국의 진나라와 수나라는 천하를 얻고도 전쟁과 역사(役事)를 많이 하다가 백성과 나라가 피폐해져서 결국 망했습니다. 저 강대했던 고구려가 왜 작은 신라에게 망했겠습니까? 잇단 전쟁으로 국력이 탕진되고 백성들이 고달팠기 때문입니다. 국력을 키우고 백성을 쉬게 해야 하는데, 그러려면 전쟁을 피하고 역사를 줄여야 합니다. 그래서 '나라가 비록 강대하다해도 전쟁을 좋아하면 반드시 망한다'(國雖大好戰必亡)고 한 것입니다. 이런 옛사람들의 경고를 겸허하게 받아들여야 합니다."

"고구려는 집권세력인 연개소문 자제들의 내분과 신라의 외세차용으로 망한 것이지, 꼭 전쟁을 많이 해서 망한 것은 아닌 것으로 알고 있소이다."

유승단이 진지한 얼굴로 나섰다.

"영공, 그대는 젊어서부터 책을 많이 읽었고, 집정이 된 뒤에도 책을 많이 읽는다는 소문을 나는 듣고 있소이다. 독서가 많은 그대는 기억할 것이오. 참고 참다가 한 번 싸워 이긴 자는 천하를 얻어 황제가 되고, 두 번을 이기면 국왕이 되고, 세 번을 이기면 영주 중의 최강자인 패자(覇者)에 그친다고 하지 않았소? 그래서 네 번을 이기면 나라가 피폐하고, 다섯 번을 이기면 나라가 화를 당한다고 한 것입니다. 싸움을 많이 하면 비록 모두 이긴다 해도, 결국 나라는 망한다는 얘기지요. 우리가 천도하면 몽골은, 우리가 나와서 항복할 때가지 계속 쳐들어올 것입니다. 어떻게 우리가 망하지 않을 수 있겠소이까? 지도자가 호전하면 결국 나라는 망하고 맙니다."[6]

"유공은 왜 자꾸만 내가 호전(好戰)한다 하십니까? 나는 전쟁을 좋아하는 것이 아닙니다. 나라와 백성을 지켜야 하고, 이를 위해 필요하다면 싸워야 한다는 것이 내 입장입니다."

"나도 나라를 지키자고 말하는 것입니다. 몽골을 상대로 나라를 지키자면 항전해서는 안 되고, 백성들의 고충을 생각해서 몽골과 화친해야 한다고 말하고 있는 것입니다."

목이 마르는 듯 유승단은 앞에 놓인 식은 찻잔을 들어서 한 모금 마셨다.

유승단이 찻잔을 놓기를 기다렸다가, 최우가 다시 역공하기 시작했다.

"동서와 고금의 역사에 능통하신 유 공이시니까, 역사를 들어서 말하겠습니다. 우리 제6대 성종 12년(993)에, 새로 일어나 만주와 화북을 통일한 거란의 대요국(大遼國)이 소손녕(蕭孫寧)에게 군사 80만을 주어 우리 고려를 침공해 온 적이 있습니다. 그때 조정 대신들은 거란을 두려워하여, 서경 이북의 땅을 거란에 떼어주자는 할지론(割地論)을 내놓으며, 적과 화친하자고 주장했습니다. 성종 임금도 이런 패배주의에 동조했습니다. 그러나 서희(徐熙) 장군이 나서서 반대하고, 나아가 소손녕과 담판해서 전쟁도 하지 않고 강동 6주의 땅까지 얻어 들여 나라의 강역을 넓혔습니다. 만약 그때 서희 장군이 화친파들의 할지론을 받아들였다면 어떻게 됐겠습니까?"

최우는 말을 멈추고 좌중을 둘러보았다. 조용했다. 유승단도 눈을 감은

---

6) 이 말의 원문은 중국 전국시대의 병가였던 오기(吳起)의 저서인 오자(吳子) 도국편(圖國篇)의 '五勝者 禍 四勝者弊 三勝者覇 二勝者王 一勝者帝'.

채 잠자코 있었다.

최우가 계속해 나갔다.

"제8대 현종 임금 때 거란의 소배합(蕭排押)이 40만 대군을 이끌고 다시 침공해 왔을 때도, 임금과 문신들이 할지론을 내걸며 화친론을 폈습니다. 그러나 그때는 강감찬(姜邯贊) 장군이 나서서 임금이 몽진하는 한이 있더라도 적과 싸워야 한다고 주장하여, 현종이 남쪽으로 몽진하고 항전을 계속했습니다. 그때 개경의 백성들은 우물을 메우거나 찾을 수 없게 덮어버리고 식량을 모두 가지고 피난했습니다. 거란군들은 개경에 들어와 마실 물과 먹을 식량을 찾아 헤매다가 결국 찾지 못하고 물러났습니다. 이래서 우리는 다시 저들을 축출해 냈습니다. 천도와 입보·청야의 전술로 이겨낸 사례입니다. 그 후로도 거란은 한 차례 더 침입했으나, 강감찬 장군의 귀주대첩으로 괴멸되어 다시는 쳐들어오지 않았습니다. 만약 그때 강감찬 장군까지 화친론자들의 할지론을 받아들여 대동강 이북의 서경과 북계 땅을 떼어주고 항복했다면, 우리는 어떻게 됐겠습니까? 우리는 우리 선조들의 그런 용기 있는 항전과 현명한 대응에서 교훈을 얻고 지혜를 배워야 합니다. 이번에도 우리는 몽골과의 항전을 계속하기 위해 개경을 비우고 청야와 입보, 그리고 유격전술로 적을 격퇴해 나갈 것입니다."

그러면서 집정자 최우는 유승단의 말을 그 이상 들으려 하지 않았다. 그는 다른 신료들을 바라보면서 강화 천도의 당위성을 설득했다. 그 설득은 강요에 가까웠다.

신료들은 찬부의 표현 없이, 눈을 감고 앉아서 침묵으로 일관했다. 그래서 회의는 제자리를 돌면서 무한정 길어지고 있었다.

피 흘린 토론장

고종 19년(1232) 6월 16일. 최우의 집에서 화친론의 유승단과 항전론의 최우가 전날에 이어 다시 천도문제를 둘러싸고 격론을 계속하고 있었다.

밖에서 회의장 경비를 맡고 있던 야별초(夜別抄)의[7] 군사들은 피곤하고 지루했다. 그들은 회의가 길어지는 것이 불만이었다. 야별초의 지유(指諭, 참모장)[8]인 김세충(金世沖)이 야별초의 불평을 보고, 군사들 앞에서 외쳤다.

"그 간단한 문제를 가지고 왜 이리 회의가 길어! 적이 쳐들어오면 군사를 동원해서 싸워야지, 임금이 가긴 어디로 가고, 도성을 옮기긴 어디로 옮긴단 말인가. 나라가 도망할 수야 없지 않겠는가."

오랫동안 천도논쟁을 지켜보며 참고 지내온 그는 목소리를 높여 비난

---

7) 야별초(夜別抄); 밤도둑을 잡기 위해 최우가 설치한 무장단체. 고려사관계 사서에 야별초에 관한 기사가 맨 처음 등장한 것은 이 김세충의 경우다. 삼별초는 사병조직으로 출발했으나 공기능을 차츰 담당했다. 처음엔 그 조직과 활동이 개경에 국한되었다가 후에 전국적으로 확대되고, 기능도 경찰과 군사임무를 겸하게 됐다. 조직과 병력이 확대됨에 따라 이것이 좌별초와 우별초로 나뉘고, 다시 신의군이 조직되어 삼별초(三別抄)가 됐다.

8) 고려의 주진군이나 삼별초의 직책 가운데, 도령(都領)은 단위부대 지휘관이고, 지유(指諭)는 참모장 격이다. 계급은 부대 규모에 따라 차이가 있었으나, 보통의 경우는 지유나 도령은 낭장(郎將, 지금의 중령)급이었다.

을 계속했다.

"평소에 막대한 비용을 들여 군사를 기르는 뜻은 무엇인가. 전쟁 나면 나가서 목숨을 바쳐 싸우게 하기 위한 것이 아닌가. 싸울 생각은 않고, 도망할 일부터 생각하자는 게야?"

그는 최우의 집 문을 박차고 들어가, 곧바로 회의장으로 들이닥쳤다. 회의장 시선이 온통 김세충에게 쏠렸다.

김세충은 들어서자마자, 최우를 바라보며 큰 소리로 외쳤다.

"영공! 이 송도는 우리 태조이신 왕건 성조(聖祖)이래 역대 왕들이 무릇 2백여 년이나 고수해 온 도읍이오."[9]

그 말만으로도 김세충이 무엇을 말하려는지는 분명했다. 강화천도론자들의 표정은 긴장하기 시작했다. 개경고수론자들은 관심 있게 경청하고 있었다.

김세충이 계속했다.

"더구나 이 개경은 성곽이 견고하고 군량이 유족하니, 마땅히 있는 힘을 다하여 지켜서 사직을 사수해야할 것이거늘, 이곳을 버리고 장차 어디로 가서 도읍을 정하겠다는 것이오? 천붕지탁(天崩地坼)의 날이 올지라도 저들에 항복하거나 이 개경을 떠나서는 안 됩니다. 목숨을 걸고 싸워서 지켜야 합니다."

천붕지탁이란 하늘이 무너지고 땅이 꺼진다는 말이다. 김세충은 수경항전론(守京抗戰論)을 편 것이다.

김세충의 수경항전론은 화친론이 아니고 항전론이고, 천도론이 아니고 수경론이다. 몽골군이 오면 끝까지 싸워서 왕도를 지키라는 주장이다. 그런 점에서 김세충은 최우·유승단 모두에게 반은 지지하나 반은 반대하는 논리였다.

---

9) '태조이래……무릇 2백여 년'이라는 김세충의 말은 '3백여 년'의 잘못이다. 고려 태조 왕건의 재위기간은 서기 918-943년이었고, 천도논쟁을 벌인 것은 1232년이었다. 이것은 사관의 과오로 보인다. 상식적으로 생각할 때, 김세충이 고려의 존속기간을 잘못 말했을 가능성은 거의 없고, 설사 김세충이 잘못 말했다 해도 사관들이 그 잘못을 알았다면 바로 잡아 썼을 것이다.

김세충의 말을 듣고 나서 최우가 말했다.

"그러면 묻겠다. 그대는 몽골과 싸워 개경을 지키라고 했다. 이 도성을 지켜낼 무슨 탁책(卓策)이라도 있는가?"

성급한 김세충은 말이 막혔다. 그는 아무런 대답을 못하고 씩씩거리며 그대로 서 있었다.

"그대에게 몽골 기병을 상대로 우리가 개경을 고수할 방책이 있느냐고 물었다!"

"군인인 나에게 목숨을 걸고 나아가 싸우는 것 이외에 무슨 방책이 있겠소이까? 우리 고려 군사 모두가 그런 각오로 결사항전(決死抗戰)한다면, 우리는 반드시 몽골군을 물리치고 개경을 지킬 수 있을 것이오."

"그렇다면 그대는 지난번 몽골군이 개경까지 쳐들어왔을 때 왜 결사항전하지 않았는가?"

김세충은 대답을 못하고 당황했다.

"김세충, 그대도 보고 겪어서 잘 알 것이다. 거란군이 이 개경을 위협했을 때, 우리는 속수무책이었다. 몽골군이 들어온 지 석 달 만에 놈들은 이 개경에 와서 4대문 밖에 진을 치고 수도를 포위했다. 개경은 이처럼 적 앞에 취약했다. 저들이 다시 쳐들어 오겠다고 하면서 준비를 서두르고 있다. 그러나 지금 우리에겐 저들을 막아낼 힘이 없다. 그대가 이 개경을 지킬 좋은 계책이 있으면 말해보라!"

그래도 김세충은 대답을 못하고 어물거리고 있었다.

"개경을 고수하면서 몽골과 싸우겠다는 그대의 의지는 가상하다. 그러나 그 주장은 실현 불가능한 망상일 뿐이다! 야별초 지유로서 구국의 중대사를 논의하는 이런 자리에 무단 입장하여 그런 무책임한 말을 함부로 토로할 수가 있는가!"

최우가 대성일갈(大聲一喝)했다.

그걸 보고 대집성(大集成)이 나섰다.

"김세충은 아녀자처럼 함부로 말해서 국가의 큰 논의를 그르치려 하니, 이는 대역죄를 범한 것입니다. 저자를 죽여서 세상에 본을 보여줘야 합니다."

대신들은 눈살을 찌푸렸다. 특히 화친수경파 사람들은 개탄조의 표정을 지으며 앉아서 지켜보고 있었다.

최우가 다시 다그쳐 물었다.

"김세충은 말해 보라. 몽골의 대군을 상대로 싸워서 이 도성을 지킬 대책은 무엇인가? 대답하지 못하면 그대는 처형을 면치 못할 것이다."

개경을 고수하며 막강한 몽골과 항전을 계속한다는 것은 현실적으로 불가능했기 때문에, 누구도 타당한 방법은 찾아낼 수 없었다.

김세충은 한동안 말을 못하다가 입을 열었다.

"말하지 않았소이까. 군인인 나는 적이 오면 도망하지 않고, 나의 휘하 군사들과 함께 목숨을 걸고 싸울 것입니다. 나의 수도 방어책은 그것이오. 조야와 군민이 모두가 이런 자세로 나가면, 우리는 개경을 지키며 적을 물리칠 수 있소."

"김세충. 그대의 용기와 애국심은 인정한다. 그대는 혈성(血性)이 강해서 의협심과 열의가 왕성하다는 것도 잘 알고 있다. 그러나 그대는 포호빙하(咆虎馮河)다. '맨손으로 범을 때려잡고 배 없이 강을 건넌다'는 것이 가능하겠는가. 용기는 가상하나 꾀가 없어 무모하다는 뜻이다."

그래도 김세충이 말을 못하고 계속 어물거리고 있었다.

최우가 다시 말했다.

"김세충, 왜 말이 없는가. 사람이 비록 '태산을 옆구리에 끼고 북해를 건너뛰는'(挾泰山超北海) 능력이 있다 해도, 그것은 개인의 역량일 뿐이다. 그러나 나라를 이끌어 가자면, 적과 아의 힘을 살피고 전과 후의 사정을 고려해서 방침을 정해야 한다. 그러나 그대는 전혀 그런 생각이 없이 개경을 고수하자고만 한다. 무책임한 망발일 뿐이다."

최우의 질책이 떨어지자, 응양군 예하에 있는 상호군(上護軍)의 김현보(金鉉寶, 장군)가 나섰다.

"비록 몽골이 군사를 철수시켰다고는 하나, 전쟁이 끝난 것은 아닙니다. 지금은 엄연한 전시입니다. 김세충의 망발은 대역죄에 해당합니다. 대역죄인 김세충을 처형하여 전시국론을 합일시키고 국법의 지엄함을 보여줘야 합니다."

김현보도 천도항전파였다.

최우가 말했다.

"김세충이 적과 야합한 것은 아니오. 그러나 '작은 충성을 행하는 것은 큰 충성의 적이 되는 것이오.'[10] 소충(小忠)이 대역(大逆)을 가져올 수 있다는 말이외다. 김세충은 바로 대역을 가져올 소충을 범하고 있소. 밖에 누구 없느냐!"

최우의 말이 떨어지자, 밖에서 군사들이 들이닥쳤다.

"저 김세충을 끌어내라!"

김현보가 군사들을 지휘해서 김세충을 끌고 나갔다. 대집성이 따라 나갔다. 대집성이 밖에서 회의장을 둘러싸고 있던 최우의 도방 군사들에게 명령했다.

"이 김세충의 목을 쳐라."

그 말을 듣고 김세충이 외쳤다.

"이 전시에 충신의 목을 베려는가?"

"영공의 명령이다. 영공은 소충으로 대충을 저해하는 너의 대역죄를 용서할 수 없다고 하셨다."

김세충은 곧 즉결형에 처해졌다.

같은 항전론이면서도, 서울인 개경을 지키면서 싸우자는 김세충의 '수경항전론'은 최우의 '천도항전론'에 밀려 결국 피를 보았다. 최우와 유승단의 논쟁이 한창이던 그날 6월 16일이었다.

김세충의 처단을 보면서 모든 재추들이 공포에 떨었다. 김세충이 처형

---

10) 원문; 行小忠 則大忠之賊也(행소충 즉 대충지적야). 『韓非子』십과(十過)편.

됨으로써 개경을 지키며 몽골과 싸우자는 수경항전론은 자취를 감췄다. 남은 것은 최우 중심의 천도항전론(遷都抗戰論)과 유승단 중심의 수경화친론(守京和親論) 뿐이었다.

회의가 속개되자 유승단이 다시 나섰다.

"군사를 출동시켜 전쟁을 하려면 우선 나라가 화합해야 하고 다음에는 군대가 화합돼야 합니다. 진영이 화합한 연후에 적과의 싸움이 가능합니다. 그러나 전쟁이 다가오고 있는 이때, 김세충 같은 요직의 군관을 처형하는 것은 인재를 아끼는 측면에서 보나 군 화합의 입장에서 보나 결코 바람직하지 않은 처사입니다."

"유공께서 말씀하신 바와 같이 나라가 화합해야 적과 싸울 수 있습니다. 그러나 모두가 보았듯이 김세충은 나라와 군대의 화합을 방해한 자입니다."

최우의 이 말을 듣고 있던 조신들에게는 그 말이 유승단도 나라와 군대의 화합을 저해하고 있다는 경고로 들렸다.

그러나 최우의 이 말로 유승단과 최우 사이에 유강약강(柔剛弱强)을 둘러싼 논쟁이 일어났다.

유승단이 말했다.

"적과 싸우는 데는 모든 것이 다 쓸모가 있는 법입니다. 부드러운 것(柔)도 쓸 곳이 있고, 굳센 것(剛)도 쓸 곳이 있습니다. 약한 것(弱)도 소용이 있고, 강한 것(强)도 소용이 있습니다. 장수는 휘하에 유와 강, 약과 강을 모두 갖추고 있다가, 그때 그때의 형편과 변화에 따라 적절하게 선택하여 신속하게 사용해야 합니다. 그런데 집정인 최 공이 자기에 반대한다고 해서 강경하게 나오는 사람들을 처단한다면, 그것은 적과 싸우는 것이 아니라 부하와 싸우는 것입니다. 그것은 나라의 지도자다운 자세가 아닙니다."

최우는 조금 난처해 하는 빛을 띠었다.

"이런 시국에 장군인 김세충을 벤 것은 나의 부덕의 소치라 하겠습니다. 그러나 누군들 사람을 해하고 싶어서 해했겠습니까? 다 대국(大局)을 위해서입니다. 개인의 존재보다는 국가의 안전이 더 중요합니다."

최우는 자기 부덕의 소치라고 말하면서도 조금도 후회하거나 반성하는 기색이 없었다. 오히려 그는 천도문제를 빨리 끝내야겠다는 자세로 서둘러 말했다.

"이제 이 문제로 무한정 시한을 끌 수는 없습니다. 옛말에 '부드러운 것이 군센 것을 이길 수 있고, 약한 것도 강한 것을 이길 수 있다' 고 했습니다.[11] 이것은 전략 여하에 따라서, 유약(柔弱)한 쪽이 강강(剛强)한 쪽을 이길 수 있다는 얘기입니다. 몽골이 강강이라면, 우리는 유약입니다."

최우는 거기서 다시 말을 쉬었다. 아무도 반응을 보이지 않았다.

최우가 다시 입을 열었다.

"몽골은 언제 다시 들어올지 모릅니다. 군사의 힘으로는 우리가 저들을 이길 수 없으니 방략으로 이겨야 합니다. 그 방략의 하나로 우선 도읍을 강화로 옮길 것이니 여러분들도 각자 만반의 준비를 갖추고 이 일에 협력해 주셔야 하겠습니다. 김세충은 바로 천도를 반대하다가 죽어야 했던 고구려 왕자 해명(解明) 같은 자입니다. 아무쪼록 '해명의 비운' 이 다시는 반복되지 않기를 바랍니다."

천도를 반대하다 죽은 해명의 비운. 이것은 천도반대론자들에 대한 집정자 최우의 협박이었다. 고구려 유리왕의 태자였던 해명은 부왕의 천도론을 반대하다가 비운에 간 용기있는 청년이었다.

김세충이 처형되는 것을 보고 또 최우의 위협적 발언을 듣자, 신료들의 입은 더욱 굳어졌다. 그러나 천도반대론이 없어진 것은 아니었다.

---

11) 원문은 柔能制剛(유능제강) 弱能制强(약능제강); 옛 중국의 예언적 병서인 군참(軍讖)에 나오는 말.

해명 왕자의 비운

해명(解明)은 고구려 시조인 동명성왕 고주몽(高朱蒙)의 손자이고, 제2대 유리왕(瑠璃王)의 세 아들 중 차남이었다. 유리왕의 첫아들인 태자 도절(都切)은 원래 나약하고 무능했다. 그때 신생국 고구려는 북방의 강대국인 부여의 간섭을 받고 있었다. 도절은 부왕 유리로부터 부여에 인질로 가라는 명령을 받았다. 그러나 그는 부여에 가기를 두려워하여 혼자서 고민하다가 자살했다.

반면에 그 아우 해명은 힘이 세고 용감하며, 말타기에 능하고 활도 잘 쏘았다. 언뜻 보아도 그는 위풍당당했다. 그래서 사람들은 해명이 꼭 조부인 주몽을 닮았다고 말했다. 도절이 죽자 해명이 도절에 이어 유리왕의 태자가 됐다.

그때 유리왕은 북방 부여의 계속된 압력에서 벗어나기 위해, 주몽이 개척한 건국의 도읍지인 졸본(卒本)을 버리고 압록강변 통구지방의 국내성으로 수도를 옮기려 했다. 그때 해명이 반대하고 나섰다.

"북쪽의 넓은 대륙을 떠나 비좁은 반도 쪽으로 남천하는 것은 국가의 미래에 도움이 되지 않습니다."

"내가 도읍을 옮기려 하는 것은 부여와 한나라의 위협으로부터 백성을 안정시키고 국가의 위업을 다지기 위한 것이다. 네가 나의 천도에 반대하다니, 그게 태자의 도리인가?"

유리왕은 외국에 대해 항상 굴욕적인 저자세를 취하여 졸본 사람들로부터 신망을 잃고 있던 터였다. 졸본인들과 마찬가지로 해명도 나약한 부왕의 태도에 불만이었다.

"아버님, 그렇게 도피하는 약한 임금이 되지 마시고, 맞서서 싸우는 강한 임금이 되소서. 부여를 두려워하시고 한나라를 무서워하여 도읍을 옮긴다면, 백성들이 따르지 않을 것입니다. 백성이 임금을 따르지 않으면, 나라가 설 수 없습니다. 아버님, 할아버님의 영용한 기상을 따르십시오."

해명은 이렇게 말하면서 천도반대 졸본고수론을 폈다. 고구려판 수경론(守京論)이다. 대신들 앞에서 아들에게 모욕을 당한 유리왕은 몹시 불쾌했다. 그러나 유리왕은 해명의 천도반대를 받아들이지 않고, 끝내 국내성으로 천도를 강행했다. 태자 해명은 유리왕의 남천에 불응하여 그대로 졸본에 남아 있었다.

"아버님은 비록 조정을 이끌고 남쪽으로 도읍을 옮겨갔으나, 나는 이곳에 남아 나라의 번병(藩屛)이 되어 북에서 오는 적을 막을 것이다."

해명은 구도 졸본에 남아 있으면서 군사를 기르고 무기를 장만했다. 졸본의 백성들은 해명을 받들어, 임금처럼 복종하며 도왔다. 유능한 인재와 용감한 무사들이 해명 주위에 모여들어, 그 세력이 유리왕을 위협할 정도였다.

그런 보고를 받고 유리왕이 말했다.

"태자라는 자가 왕명을 어기고 나의 왕권에 도전하고 있구나. 그것은 장차 반란을 일으키려는 것이 틀림없다."

유리왕은 해명이 도전해 올 것으로 걱정하여, 해명에게 국내성으로 오도록 명령했다. 그러나 해명은 부왕의 부름에 응하지 않았다. 화가 난 유리왕은 해명에게 칼을 보냈다. 임금의 사신이 칼이 든 상자를 가지고 해명에게 가서 전했다.

"이것이 무엇인가?"

"폐하께서 태자 전하게 보내는 검입니다."

불화한 사람에게 칼을 보내는 것은 자결을 명하는 것이다. '외적에 그처럼 나약한 아버님이 나에게는 왜 이렇게 엄중하신가.'

해명은 그렇게 한탄하다가 말했다.

"그래, 알았다. 왕명이라면 태자가 따르지 않을 수 없지."

해명은 다음 날 말을 타고 여진족들이 사는 벌판으로 달려가서 부왕이 보낸 칼로 자살했다. 이것이 최우가 말한 '해명의 비운'이다.

무휼 같은 장수가 있습니까

"아무쪼록 해명의 비운이 반복되지 않기를 바랍니다."

천도문제를 논의하는 자리에서 최우가 한 이 말은 노골적인 위협이었다. 최우가 천도 결행을 서두르며 그렇게 위협적으로 말하자, 장내는 숨 쉬는 소리만 들릴 뿐 죽은 듯한 정적이 흘렀다.

당시 고려 문단의 혜성 같은 존재였던 이규보(李奎報)가 동석해 있었지만, 그는 시종 입을 다물고 있었다.

당시 64세였던 이규보는 2년 전인 고종 17년(1230)에 무슨 사건에 연루되어 위도(蝟島)로 유배돼 있다가, 8개월 만에 풀려나 아무 보직이 없는 산관(散官)으로서 대외문서 작성의 일을 맡고 있었다.

그 때문에 이규보는 말할 입장도 아니었지만, 원래 그는 최충헌 이래 권문에 출입하기를 좋아했고 권력의 눈치를 살피며 처세해온 사람이었다.

아무도 대꾸하는 사람이 없자 피로에 지친 듯 눈을 감고 듣고만 있던 유승단이 다시 나섰다.

"천도나 항전과 같이 중대한 문제는 조정에서 충분히 논의하여 다수의 합의로 결정해야지, 이런 사가에 와서 일방적으로 서둘러서 힘으로 결정해서는 안 됩니다."

유승단은 조기결정을 서두르는 최우의 태도부터 비판했다. 일종의 규칙발언이다.

유승단은 계속했다.

"영공의 말은 귀에 듣기는 좋은 듯하나, 나라에는 '망국의 화'(亡國之禍)가 되고 백성에게는 '멸민의 화'(滅民之禍)가 될까 두렵소이다. 지금 천도한다면 몽골이 재침할 것은 명약관화합니다. 따라서 천도를 강행하는 것은 자칫 임금과 조정이 백성들의 생명과 재산의 상실, 생활의 곤궁을 외면하는 처사로 받아들여질 수 있습니다. 그렇게 되면 나라의 화합이 안 되어 백성들이 나서지 않을 것이고, 백성이 나서지 않으면 전쟁을 할 수 없습니다."

유승단의 발언으로 화친수경론과 천도항전론이 다시 충돌했다.

최우가 반박했다.

"어차피 몽골의 무리한 요구를 우리가 들어줄 수 없는 한, 저들이 다시 쳐들어 올 것은 자명합니다. 전쟁이 날 것이니까 천도하려는 것이지, 천도해서 전쟁이 나는 것은 아닙니다. 유 공은 무엇이 원인이고 무엇이 결과인지 혼동하지 마시오."

연로한 유승단은 나이에 어울리지 않게 반짝이는 눈으로 최우를 바라보면서 말했다.

"최 공께서 해명을 들어 말씀했으니, 나는 그의 아우인 무휼(無恤)을 들어 말하겠습니다. 우리나라에 지금 무휼같이 지혜와 용기를 겸비한 인물이 다시 나온다면 모를까, 그렇지 않은 상태에서 몽골과 맞서 싸우겠다는 것은 무모한 얘깁니다. 무휼같이 용기와 지략이 있는 인물이 있어 적을 물리칠 수 없을 바에는, 강경하게 맞설 것이 아니라 적의 요구를 들어줘야 합니다. 그것이 바로 호국·호왕이고 호민·호재가 됩니다."

천도4반론을 폈던 유승단은 최우의 천도4호론을 뒤집어 화평4호론(和平四護論)을 제시했다. 몽골과의 전쟁을 피하여 임금과 나라와 백성과 재산을 보호해야 한다는 것이었다.

최우는 몽골군과 싸워 성을 지켜낸 장수들을 떠올리면서 반박했다.

"몽골군을 맞아 지혜와 용기로 싸워서 이긴 박서 장군이나 김경손 장군 같은 장수들이 있지 않소이까? 그들이 무휼만 못하단 말씀이오?"

유승단은 최우와 대집성 등 천도론자들이 박서를 파직하여 지방으로 보내고 최춘명의 목을 베려했던 사실을 떠올리면서 응대했다.

"그런 장수들이 있었지요. 그밖에도 최춘명 장군 등 많이 있었소이다. 그러나 그런 장수들을 파직하고 목을 베려 했으니, 다시 그렇게 싸울 장수가 있겠습니까. 내 생각으로는 무휼만한 장수가 있어도 무휼같이 싸워서 이길 장수는 다시 나오지 않을 것 같소이다."

무휼이란 이름이 계속 등장하자 긴장이 흐트러지며 장내가 약간 수선거렸다.

"무휼?"

"무휼이 누구야?"

"무휼이라는 장수가 있었나?"

참석자들은 서로를 바라보며 수군거렸다.

최우의 해명 거론에 반박하여, 해명의 동생 무휼을 거론한 유승단은 다시 최우를 향해 말했다.

"역사상 중국의 한(漢)나라와 당(唐)나라가 어떤 나라였습니까. 지금까지 강하고 부유하며 발전하기가 그들만한 나라는 없었습니다. 그러나 한나라는 흉노에 대하여, 당나라는 돌궐에 대하여 스스로 신하로 칭하기도 하고, 혹은 공주를 그곳 임금에게 시집보내기도 하여 굴욕적인 화친을 맺은 적이 있습니다. 지금의 송(宋)나라도 거란의 조카가 되었다가, 다시 아우가 되어 야만족들을 섬기면서 대대로 화친하여 서로 교통한 적이 있습니다. 한이나 당나라·송나라도 사직을 지키고 국가를 유지하기 위해서는 그런 고육책(苦肉策)도 피하지 않았습니다. 금나라도 공주 하나를 칭기스에게 시집보내 철수시켰다고 합니다. 아무리 야만족이라고 멸시하는 족

속이라도, 그들의 힘이 강대해지면 섬기지 않을 수 없습니다. 강대해진 오랑캐 나라에 굴복하고 그를 섬기는 것도 나라를 보전하는 방책의 하나입니다. 항복도 국방의 한 가지 방책입니다."

유승단의 말이 끝나자, 척화파 대신인 정묘가 반박하고 나섰다.

"그것은 절대로 안 될 말입니다. 문명의 근본은 농사이며, 농사는 천하의 근본입니다. 반농반목(半農半牧) 상태에 있는 거란이나 여진, 반농반어(半農半漁) 상태의 왜국도 아직은 모두 똑같은 야만국가이거늘, 하물며 농사를 전혀 모르는 완전한 유목국가(遊牧國家)인 몽골이겠습니까. 농업 문명국인 우리 선진 문화국가가 어찌 저들 야만 유목국가에 항복하여 상국으로 받들겠습니까? 천부당만부당입니다."

유승단이 반박하고 나섰다.

"지금 중요한 것은 문명의 수준이 아니라 힘의 강약입니다. 상대의 힘이 강하면 그 현실을 인정하고 대책을 세우는 것이 나라와 사직을 구하는 길입니다. 맹자가 제나라 선왕에게 뭐라고 가르쳤습니까. 이미 맹자를 읽은 우리 모두가 다 아는 바입니다. '진실로 작은 것이 큰 것에 대적할 수 없고, 적은 것이 많은 것을 대적할 수 없고, 약한 것이 강한 것을 대적할 수 없다' 고 맹자가 말하지 않았습니까.[12] 지금 몽골은 우리보다 나라가 커졌고, 인구와 물산은 우리보다 많으며, 군사력은 우리보다 강합니다. 몽골과의 전쟁은 국가 존망의 문제입니다. 함부로 다룰 문제가 아니니, 잘 생각해서 처리해야 합니다."

정묘가 다시 나섰다.

"우리 고려는 국초 이래 거란과 여진의 침입을 받아 왔습니다. 거란의 요를 물리쳤기 때문에 우리는 나라의 자주와 독립을 떳떳이 지켜 왔습니다. 그러나 여진이 금나라를 세웠을 때는 어떠했습니까. 우리가 금나라의 요구에 따라 아우가 되고 다시 신하가 되어 지금까지 상국으로 모셔왔습니다. 이것은 이자겸·척준경 등 당시 국가권력을 장악한 권신들이 자기

---

12) 원문; 小固不可以敵大 寡固不可以敵衆 弱固不可以敵强; 맹자 梁惠王章句 上.

네 눈앞의 작은 이익에 집착하여 그 뒤에 오는 나라의 큰 손해를 생각지 않았기 때문입니다. 이것은 태조 왕건 성왕 이래의 우리 북진정책에서 벗어난 치욕입니다. 우리가 잊지 말아야 할 것은 '작은 이익에 사로잡히면 큰 이익을 해친다'[13]는 것입니다. 이번에는 우리의 모든 장수를 무휼 같은 용기 있는 지도자로 만들어, 그 힘으로 몽골에 저항해서 반드시 저들을 물리쳐서, 나라의 자주와 독립을 지켜나가야만 합니다."

용감한 왕자, 무휼

무휼은 고구려 시조인 고주몽의 손자이고 유리왕(瑠璃王)의 셋째 아들이다. 따라서 무휼은 곧 해명의 바로 아래 동생이 된다. 낙랑공주의 연인이었던 왕자 호동(好童)은 바로 이 무휼의 아들이다. 무휼의 두 형, 연약했던 도절과 주장이 강한 해명이 모두 자결함으로써, 무휼이 유리왕의 맏아들처럼 됐다.

당시 동부여는 동북아의 강대국이었으나, 고구려는 건국한 지 얼마 안 되는 약소국이었다. 무휼이 어렸을 때인 유리왕 28년(서기 9년) 8월. 동부여의 대소왕(帶素王)이 고구려에 사신을 보내 조공을 요구하며 유리왕을 위협했다.

"나의 선왕이신 금와왕(金蛙王)은 그대의 부왕인 동명왕(東明王)과 사이가 좋았다. 그러나 동명왕이 다른 마음을 먹고, 우리 동부여의 신하들을 유인하여 무리를 모아 남쪽으로 도망쳐서 고구려를 세웠다. 무릇 나라에는 대소(大小)의 차이가 있고, 사람에게는 장유(長幼)의 순서가 있다. 따라서 작은 나라는 큰 나라를 섬겨야 하는 예의가 있고, 또 어린 자는 어른에 순종하는 법도가 있다. 지금 그대 고구려왕이 예의와 법도를 다하여 나 대소를 섬기면, 하늘이 반드시 그대를 도와서 국운이 오래 갈 것이다. 그러나 그렇지 않으면, 그대의 사직은 보존되기 어렵다."

이런 말을 전해 받고 유리왕은 속으로 생각했다.

우리 고구려는 나라를 세운 지 얼마 안되어, 백성은 허약하고 군사는 유약하다.

---

13) 원문; 顧小利 則大利之殘也(고소리 즉 대리지잔야). 『한비자』 십과편.

지금의 이 치욕을 참으며 힘을 길러 후일에 가서 동부여를 도모하는 것이 좋을 것이다.

유리왕은 그렇게 생각하고 여러 신하들을 불러 의논한 끝에 이런 요지의 답서를 대소왕에게 보냈다.

"과인은 바닷가 벽지에서 살아왔기 때문에 아직 예절과 법도를 듣지 못하였으나, 지금 대왕의 가르침을 받고서야 어찌 명령에 따르지 않겠습니까."

이때 나이 어린 왕자 무휼이 이 말을 듣고 크게 노하여 말했다.

"이건 부여의 협박에 굴하여 투항하겠다는 것이 아닌가. 할아버지 동명성왕께서 나라를 세운 이래 국민이 단결하여 국가가 나날이 번창해가고 있는데, 지금 아버지 유리왕이 싸우지도 않고 부여에 항복하여 조공을 바친다면 이 나라가 어찌 될 것인가."

무휼은 즉시 부여의 사신들이 묵고 있는 객관을 찾아가서 말했다.

"동명성왕은 신령의 후손으로, 어질고 재간이 많았다. 그대 부여의 대소대왕께서 이를 질투하여 부왕인 금와왕에게 우리 선조를 참소했다. 그래서 금와왕이 우리 조부에게 목마(牧馬)의 직을 맡아 말을 돌보게 하여 욕을 보였다. 그 때문에 우리 조부께서는 불안하여 동부여에서 망명하여 나왔다. 지금 그대들의 대소왕은 전일에 우리 조부를 질투 참소한 장본인으로서 자신의 허물을 돌보지 않고, 다만 군사가 많은 것만을 믿고 우리를 경멸하고 있다. 이에 본인은 그대 사신에게 청하노니, 돌아가 대왕께 말하라. '대소왕께서 자신의 위태로운 것은 모르고 남의 조공만 바라서 평탄한 것을 오히려 위태롭게 바꾸어 놓았다. 이는 스스로 자신의 일을 편안하게 다스려 가는 것만 못하다'라고 단단히 일러라."

부여의 사신은 돌아가 대소왕에게 그대로 일렀다. 대소왕은 크게 노하여 말했다.

"아니, 하룻강아지 범 무서운 줄 모른다더니, 그 어린놈이 발칙한 소리를 했구나. 내 이를 용서치 않을 것이다. 그러나 어차피 잘 된 일이다. 내 그렇지 않아도 고구려가 더 강해지기 전에 쳐서 없앨 구실을 찾던 중이다. 이제 고구려를 쳐서 멸할 것이니, 전쟁 준비를 서둘러라."

그로부터 4년 뒤인 유리왕 32년(서기 13년) 11월, 대소왕은 군사를 일으켜 고구려를 침공했다. 고구려 유리왕은 왕자 무휼에게 군사를 주어 나아가 막도록 했다. 무휼은 자신의 군사가 약세임을 알고 적과 대적하기를 두려워하여 기계(奇計)를 꾸몄다. 매복전이었다. 무휼은 우선 군사를 이끌고 산으로 들어가, 부여군의 진로로 예상되는 계곡에 매복하고 부여군이 이르기를 기다렸다.

마침내 부여군이 무휼이 예상한 대로 학반령(鶴盤嶺) 아래에 이르렀다. 부여군이 미처 진을 치기도 전에 무휼은 매복병을 일으켜 부여군을 기습했다. 부여군은 크게 패하여 말을 버리고 산으로 올라갔다. 무휼은 산악전에 능한 고구려 군사를 종횡무진으로 움직여서 끝내 부여군을 멸하고 대승을 거두었다.

유리왕은 크게 기뻐하여 이듬해 정월 무휼을 태자로 봉했다. 그때 무휼의 나이는 11세였다고 한다.[14] 4년 뒤인 서기 18년 유리왕이 사망하자 무휼이 왕위에 올랐다. 그가 고구려 3대 대무신왕(大武神王)이다. 그때 고구려는 국력이 나날이 번창하고 있었다.

"동부여는 비록 패하여 물러가 있으나 나라가 크고 물산이 많다. 그대로 두면 반드시 군사를 길러 다시 쳐내려 올 것이다. 저들이 강해지기 전에 우리가 먼저 치지 않으면, 다시 이 땅에서 전쟁을 맞아야 한다. 이왕 피할 수 없는 전쟁이라면, 먼저 저들의 나라에 들어가서 벌이는 것이 상책이다."

대무신은 동부여 원정준비령을 내렸다. 대무신왕 4년(서기 21년) 12월 왕은 군사를 일으켜 동부여를 원정코자 군사를 북진시켜 고구려의 북부 변경지대인 비류수(沸流水) 근처에 주둔시켰다. 이듬해 2월 날씨가 풀리려 하자, 대무신은 부여의 남쪽 국경선을 넘어 쳐들어 갔다. 왕은 평탄한 들판에다 군사를 주둔시켜 놓고 있었다. 동부여 왕 대소는 군사를 총동원하여 대무신의 원정군과 맞섰다. 백전노장과 약관소년의 대결이었다. 대소의 부여군은 경계가 약한 방면을 쳐서 대무신의 고구려군을 깨뜨리고, 대무신이 있는 본진 가까이에 왔다. 그러나 동부여 군사들은 늪지에 잘못 들어가 한발도 전진할 수 없었다. 대무신은 이때를 놓칠세라 공격명령을 내렸다. 군사들이 칼을 빼어들고 함성을 지르며 진격하여 활을 쏘았다. 기동이

---

14) 무휼의 이 나이는 삼국사기의 기록이다. 이것을 그대로 믿는다면 무휼이 동부여 사신을 꾸짖은 것은 7세 때의 일이다. 학자들은 무휼의 나이가 너무 어리게 기록됐다는 견해를 내놓고 있다.

자유롭지 못한 동부여군은 이를 당해내지 못해 우왕좌왕했다. 이때 고구려 장수 괴유(怪由)는 사자처럼 달려 나가 곧바로 적진의 중앙을 돌파하여 동부여왕 대소의 목을 베었다. 노장과 소년의 대결에서 소년이 이겼다.

동부여 군사들은 왕을 잃어 사기가 떨어졌다. 그러나 대국의 군사답게 굴복하지 않고, 오히려 고구려 군을 겹겹이 에워쌌다. 자국을 침입한 고구려군을 한 명도 살려보내지 않겠다는 태세였다. 적국의 영토 안에서 포위된 대무신의 고구려 군사들은 곧 군량이 떨어져 가고 있었다. 승리의 기쁨도 사라졌다. 이제는 어떻게 해서든지 포위망을 뚫고 살아남는 것만이 문제였다. 날이 저물기 시작하여 사방이 어두워지면서 안개가 짙게 내려 캄캄했다. 어디가 어딘지 방향을 분간하기 어려웠다. 대무신은 크게 두렵고 당황하여 하늘에 빌었다.

"하늘이시여, 나를 버리셨나이까. 저희는 지금 대소 군사들의 포위망 안에 갇혀 있사옵니다. 여기서 벗어나 부여군을 다시 칠 수 있게 하여 주시옵소서."

잠시 후 안개가 길게 깔리기 시작했다. 안개가 짙어 지척의 사람도 분간하기 어려울 정도가 됐다. 대무신은 기뻐서 말했다.

"하늘이 나의 기도를 들어주셨다. 이 안개는 하늘이 우리를 돕는다는 징표다. 빨리 풀을 베어 허수아비를 만들라."

어둠 속에서 군사들이 움직이기 시작했다. 풀로 만든 허수아비가 쌓여가기 시작했다. 대무신의 지시에 따라 고구려 군사들은 허수아비에 무기까지 들려준 것처럼 만들어서 군영 주변에 삥 둘러 배치했다.

"자, 이젠 됐다. 적군은 속을 것이다. 날이 밝아오기 전에 여기를 떠나야 한다."

그들은 야밤에 안개 속으로 숨어 들어가 사잇길로 도망하여 마침내 포위망에서 벗어났다. 이렇게 해서 고구려군은 7일 만에 겨우 부여 땅에서 철수했다.

왕을 잃은 동부여는 패전을 수습하지 못한 채 혼란을 거듭했다. 부여왕의 동생은 형 대소왕이 전사하자, 이제 동부여는 망했다고 생각했다. 그는 자기를 따르는 일백 여명을 데리고 압록곡(鴨淥谷)으로 도망했다. 그들이 갈사수(曷思水)에 이르렀을 때, 그곳의 소국인 해두국(海頭國)의 왕이 사냥 나와 있었다. 부여인들은 숲 속에 숨어 있다가 왕이 짐승을 쫓아 접근하는 것을 보고 달려가 기습 공격하여 그를 살해했다. 왕제는 해두국을 아주 없애고, 그곳에 갈사국을 세워 그 나라의 왕이 됐다. 동부여가 이렇게 혼란을 겪게 되자, 대소왕의 사촌동생이 백성들을 모아놓고 말했다.

"대소 선왕은 자신을 망치고 나라까지 멸망시켰다. 왕제는 도망하여 갈사국(曷思國)을 세웠다. 이제 우리 동부여 백성들은 의지할 데가 없어졌다. 나 또한 불초하여 나라를 일으킬 수가 없다. 그래서 나는 고구려에 항복하려 한다. 나의 뜻에 따르는 백성들은 나를 따라나서라."

그러자 동부여 백성들 일만 명이 그를 따라나섰다. 그는 그들을 영솔하고 고구려에 귀부했다. 대무신왕은 그를 봉하여 연나부(椽那部) 족장으로 삼았다. 그때 고구려의 국가발전 수준은 부족연맹 단계였다. 연나부는 고구려를 구성하는 5부족의 하나가 됐다. 이리하여 동방 강대국의 하나였던 동부여는 강성해 가는 고구려 세력에 눌려 붕괴했다. 고구려의 큰 적국 하나가 소멸했다. 그것은 전적으로 무휼, 곧 대무신의 공로였다.

강화로 갑시다

고종 19년(1232) 6월 16일은 유난히도 무덥고 긴 날이었다. 그날 천도를 둘러싼 논쟁도 뜨겁게 계속됐다. 그 때문에 최우의 집에서는 회의에 참석한 조신들에게 점심을 내야 했다. 회의는 다시 저녁때까지 계속됐다.

그때 64세였던 유승단은 연로한 데다 노환이 겹쳐 기동조차 힘들었다. 그는 말을 하다가도 수시로 콜록거리며 기침을 했다. 그런 유승단은 마지막 남은 힘을 다 쏟아가며 열심히 강화천도의 불가함을 토했다.

"원컨대, 무휼 같은 위인이 없다면 장기 안전을 생각해서 국가를 보전해야 합니다. 군사에 관한 일이니 병법을 들어 말하겠습니다. 손자병법의 핵심은 크게 두 가지입니다. 첫째는 '전쟁은 싸우지 않고 이기는 것이 최상' 이요, 둘째는 '승산이 없으면 절대로 싸우지 말라' 는 것입니다. 영공이 병법에 능하다는 것을 우리는 다 압니다. 아무쪼록 영공은 후회됨이 없도록 결단하시오."

유승단은 거기까지 말하다 말고 다시 콜록콜록 기침을 서너 차례 한 뒤에, 말을 계속했다.

"나 같은 늙은이야 산다 한들 얼마나 더 살겠소? 내가 알거니와 나는 결코 오래 살지 못합니다. 그러나 나라와 백성은 살아야 합니다. 망하지 않고 오래오래 이어가며 살아야 합니다. 곧 죽을 내가 이렇게 열심히 천도를 반대하는 것은 그 때문입니다. 약소한 우리가 강대한 저들과 싸워서 장수와 군사와 백성이 다 죽고 나면, 이 나라는 어찌되겠습니까. 나라가 태평한 평시에는 명분이 중요하나 국가의 운명이 걸린 전시에는 실리가 중요합니다. 영공, 이 점을 명심하시오."

유승단이 평시명분(平時名分) 전시실리(戰時實利)의 논리를 펴자, 최우파의 최종준이 나섰다.

"지금 이렇게 같은 말을 되풀이하면서 시일을 끌어서는 안 됩니다. 계속 심해져 가는 몽골의 요구를 우리가 모두 들어줄 수는 없습니다. 그 요구들을 거절하면 저들이 군사를 끌고 옵니다. 이래서 어차피 저들은 다시 쳐들어오게 돼 있습니다. 지금 우리에게 급한 과제는 전쟁의 피해를 줄이면서 저들과 싸울 준비를 갖추는 일입니다. 천도문제에 대해서 빨리 결말을 지어야 합니다."

대집성이 나섰다.

"그렇습니다. '길가에 집을 지으려면, 3년이 돼도 짓지 못 한다'고 해서, 작사도방 삼년불성(作舍道傍 三年不成)[15]이라 했습니다. 주변의 그 많은 얘기를 다 듣다가는 때를 놓치고 맙니다. 영공, 빨리 결단을 내려 강화도로 도읍을 옮기고, 전국의 장수들로 하여금 전쟁 준비를 서두르게 해야 합니다."

유승단이 나섰다.

"도방에다 작사를 하니까 그런 것이 아니오? 왜 길옆에다가 집을 짓습니까? 천도문제는 집을 짓듯 함부로 정할 수 없는 나라의 막중지사(莫重之事)이니 철저히 논의해서 신중히 결정해야 합니다."

최우는 결국 노신 유승단의 간곡하고도 열띤 설득과 반론을 묵살했다.

"유공의 말은 몽골에 항복해서 나라는 저들의 속국이 되고 백성은 저들

---

15) 도방(道傍)은 길옆이고, 작사(作舍)는 집을 짓는다는 말이다. 이론이 분분해서 일을 결정하지 못하는 것을 두고 하는 말이다.

의 노비가 되자는 것입니다. 그 동안 우리는 얼마나 비참한 모욕을 당해 왔습니까! 과거 우리가 금나라에 신복했을 때, 금은 우리에게 물자를 강요하지는 않았습니다. 그러나 우리가 공물을 바치면 금은 그 이상의 많은 물자를 회사품으로 보내 주었습니다. 그러나 몽골은 우리에게 무리할 정도로 많은 물자를 강요했고, 우리가 그 요구를 들어주어도 반례품은 없었습니다. 오히려 물건이 마음에 들지 않으면 사신들이 임금 앞에 그 물건들을 내던지거나 돌아가다가 들판에 버리곤 했습니다. 유 참정은 이런 무례한 야만인들과 계속 사이좋게 지내자는 것입니까. 나는 이 나라의 집정자로서 더 이상 몽골의 속박과 모욕을 당할 수는 없습니다."

최우는 결론 삼아서 말했다.

"재신과 추신 여러분, 오랜 시간 수고들 많았습니다. 나라가 있고 싸울 방략이 있는데도 싸우지 않고 투항할 수 없는 일입니다. 지난 번 몽골의 침공 때 우리 군사들은 잘 싸워 저들을 물리쳤습니다. 다만 수도 개경이 적의 기병대 공격에 너무나 취약했고 전쟁 준비가 부족해서 항전을 계속할 수 없었기 때문에 급한 대로 우선 우리가 저들의 요구를 받아들여 강화를 맺었습니다. 이제 저들은 물러갔습니다. 서둘러 전쟁 준비를 갖추고, 수도를 강화로 옮겨 장기항전으로 임하면, 우리는 이길 수 있습니다. 이제 우리는 이 취약한 개경을 떠나 금성탕지(金城湯池)인 강화로 도읍을 옮깁니다. 각 부처에서는 각기 서둘러 만반의 천도 준비를 갖추도록 하시오."

최우가 그렇게 말함으로써 천도논쟁은 끝나고 강화천도가 확정됐다. 유승단의 필사적인 천도반대론도 무위로 끝났다. 고종 19년(1232) 6월 16일 저녁 최우의 집에서였다. 최우가 최충헌으로부터 권력을 물려받아 전권을 독천해 온 지 13년만의 일이다.

유승단은 눈을 감은 채 아무 말 없이 듣고만 있었다. 이미 그렇게 될 줄 알았다는 표정이었다.

대몽 화친론자이자 개경 고수론자인 유승단은 최우의 천도항전론을 부정하면서 한 치도 물러서지 않고 논변을 계속했지만, 무인정권의 집정자로서 국권을 장악하고 있는 최우 앞에서 그는 너무나 무력했다.

항몽전쟁 기간 중에 첫 번째의 화평파의 대표주자였던 참지정사 유승단은 결국 국략논쟁에서 자주파에 패했다. 이것은 곧 화평파의 패배였다. 그 후 최우의 척화주전론·천도항전론은 오랫동안 고려의 국시(國是)가 되어 누구도 이의를 제기하지 못했다.

일단 천도방침이 결정되자 모든 일은 일사천리(一瀉千里)로 숨 가쁘게 진행됐다. 고종에 대한 결정통보와 백성들에 대한 입보공고, 강화도의 궁궐건설 개시 등이 모두 하루 이틀 사이에 이뤄졌다.

이틀동안 아침 일찍부터 저녁 늦게까지 계속된 열띤 논쟁을 거쳐 천도의 단안을 내린 최우는 회의가 끝나자 곧바로 고종에게 달려갔다.

"조정회의에서 충분히 논의한 끝에 강화천도를 의결했습니다. 몽골군이 재침할 준비를 서둘러 갖추고 있다고 합니다. 폐하께서도 빨리 강화로 파천(播遷) 하실 준비를 서둘러야 하겠습니다."

"아니, 천도를……"

"예, 폐하. 조정 중론에 따라 그렇게 결정했습니다. 지금의 우리 사정으로는 그 이외의 다른 대안이 없습니다. 백성들의 고초가 있겠지만 우리가 폐하와 사직의 자주성을 지키면서 나라를 보전하는 것은 천도항전 이외 다른 길은 없습니다. 이미 강화천도를 결정했으니 이렇게 좌고우면(左顧右眄)하며 시일을 천연하실 때가 아닙니다. 곧 준비를 서두르십시오."

그래도 고종은 마음을 정하지 못해 주저하고 있었다.

최우는 강박하듯이 말했다.

"이런 비상시국에 폐하께서 마음을 정하지 못하고 우유부단(優柔不斷)하시면 안 됩니다. 이러시면 시일과 노고의 낭비일 뿐입니다."

"논의는 자유롭게 충분히 이뤄졌소?"

"반대 의견이 나올 정도로 조정 논의는 자유롭게 이뤄졌고, 며칠 동안 여러 차례에 걸쳐 회의가 계속될 정도로 논의가 충분하게 이뤄져 결정됐습니다. 그 이상의 논의나 검토는 시간 낭비일 뿐입니다, 폐하."

"그러나 천도라는 것이 어디 그리 쉬운 일입니까?"

"폐하, 이러시면 안 됩니다. 이제 더 이상 시일을 지체할 수 없습니다. 폐하께서 곧 몽진하실 수 있도록 준비를 시켜놓겠습니다."

그때 고종은 상처한 지 보름밖에 안되어, 마음이 아직 가라앉지 않았다. 그해 6월 1일 안혜왕후(安惠王后)가 사망하고 12일에 장례를 치렀다. 고종은 왕후의 시신을 묻어둔 채, 왕도를 떠나는 것은 남편의 도리가 아니라고 생각했다.

최우는 지독한 사람이구나. 자기도 상처(喪妻)의 경험이 있으면서 아내 잃은 임금의 마음을 이렇게 몰라주다니. 권력은 사람을 독하게 만들어.

그러나 최우의 위세에 눌려 고종은 모든 것을 체념한 듯이 힘없이 말했다.

"그럼, 언제 떠나는 것이오?"

"칠월 엿새 날 을유일로 잡았습니다. 간조와 만조의 차가 가장 적은 조금이어서 해류가 급하지 않기 때문에, 몽진을 그 날로 정했습니다. 스무날 정도 남았습니다. 그만하면 채비할 시간은 충분합니다."

고종은 속으로 기어드는 목소리로 말했다.

"왕후의 사십구재(四十九齋)도 지내주지 못하고 떠나게 되는군."

최우는 분명히 그 말을 들었으면서도 들은 척도 안하고 자리를 떴다.

고종은 임금인 자기를 배제하고 그런 중대사를 결정하여 사후 통보한 사실에 몹시 기분이 나빴다. 그러나 왕권보다는 신권이 우월한 시대였다. 고종의 왕권으로는 무인정권의 집정자 최우의 결정에 따르는 길 외에는 달리 어떻게 할 수가 없었다.

다음날 아침 고종은 두 아들을 불렀다. 태자 왕전(王倎)과 차자인 왕창(王淐)이 들어섰다.

"이제 우리는 강화로 천도한다. 다음 달 7월 6일 왕도를 떠나기로 됐다는구나. 돌아간 모후(母侯)의 사십구재도 못 올리고 무덤을 놔둔 채 떠나는 것이 못내 한스럽다. 얼마나 미안하고 죄송한 일이냐. 허나, 나라 일이니 어쩔 수가 없다. 20일 정도 남았으니 그 동안 너희가 어머니의 묘지도 자주 둘러보고 재도 정성스럽게 올리도록 하라."

한편으로 최우는 천도키로 결정한 다음날인 고종 19년(1232) 6월 17일 군사 2령(2천명)을 풀어서 강화성에 궁궐을 짓고, 기존의 강화성곽을 보수하여 방비태세를 강화하기 시작했다.

천도가 시작되기도 전에 최우는 관리들의 녹봉을 나르는 녹전거(祿轉車) 1백여 대를 징발하여 자기 집과 친척의 가재(家財)를 모두 실어 강화로 수송했다. 최우 일가의 짐바리가 길을 메워 승천부로 향하는 모습을 보고 개경의 인심은 더욱 흉흉해졌다.

그때 개경의 양반 귀족과 관리·군인들은 강화로 입보하고, 일반 백성들은 가까운 산성이나 섬으로 들어가도록 추진하고 있었다.

천도를 결정한 다음 날 최우는 중앙의 해당 관청들로 하여금 자율적으로 기일을 정해서 조정 관리들과 개경 5부의 인호(人戶)를 모두 강화로 가도록 했다. 그리고는 방을 써서 시가에 내다 붙였다.

'제 기일 안에 떠나가지 않는 자는 군법으로 논죄한다.'

(不及期登途者以軍法論)

각 도에는 지방 수령들이 백성들을 이끌고 식량을 모두 가지고 산성이나 섬으로 들어가게 했다. 역시 입보전략이다. 최우의 이 입보전략은 곧 청야작전과 유격작전을 수반했다. 즉 입보-청야-유격을 종합적으로 적절히 운용한다는 전략이었다.

입보전략(立保戰略)은 내륙지방에서의 산성입보(山城立保)와 해안지방에서의 해도입보(海島立保)로 구성된다. 모든 백성을 가까운 산성이나 바다의 섬으로 이끌고 들어가 장기항전 태세를 갖추자는 것이다.

청야작전(淸野作戰)은 백성과 재물을 모두 산성이나 해도로 옮기고 성 밖의 것은 모두 불태워 버리는 전술이다. 이것은 몽골군과 백성을 차단시 키고, 침공군의 현지 물자조달을 저지하는 일종의 초토화 전략이었다.

유격전략(遊擊戰略)은 매복기습(埋伏奇襲)과 인병출격(引兵出擊)으로 구 성된다. 즉 적이 통과할 만한 지점에 미리 군사를 숨겨두었다가 적이 접 근해오면 기습 공격(매복기습) 하는 한편, 군사를 산성에 집결해 두고 있 다가 적군에 적절한 틈이 생기면 군사를 이끌고 나가서 적을 공격하여 쳐 부순다(인병출격)는 것이다.

이런 청야-입보-유격 전술의 운용은 고려의 무인정권이 장기 항몽전쟁 을 이끌어 가면서 채택한 3대 전략축(戰略軸)이다.

입보전략은 적극전법이기보다는 소극전법이다. 강대한 군사력을 보유 한 몽골의 기병전략에 맞서야 하는 고려의 보병위주 군사력으로는 그런 방어적인 소극전략을 쓸 수밖에 없었다.

그러나 이것은 몽골군의 약점을 찌른 전략이기도 했다.

강화도의 역사문화사적 위치

한반도의 중심부에 위치해 있는 강화는 한국 도서 중에서 제주·거제·진도·남해
에 이어 다섯번째로 큰 섬이다. 한강·임진강·예성강의 하구에 위치하여, 3강지대
의 거점으로 교통과 방어의 요충이 되어왔다. 강화의 마리산(摩利山)은 서울의 삼
각산(三角山)·개성의 송악산(松嶽山)과 함께 역사적으로 유서 깊고 심성적으로는
신령한 명산으로 돼있다.[16]

강화도는 '한국역사의 박물관' 이자 '한국문화의 전시장' 이고 '국가수호의 거점'
이라고 할 만큼, 한국의 통시적인 유산들을 종합적으로 담고 있다. 강화도에 있는
유물들은 어느 특정시대나 특정국가의 것이 아니다. 선사시대와 역사시대에 걸쳐
북국과 남국의 모든 시대 모든 나라의 유물들이 생생하게 남아있다.

구석기·신석기 시대의 유물들이 강화도에서 발견됐고, 청동기 시대의 고인돌이
50여개나 널려있어, 그 역사는 선사시대부터 계속돼 있다. 단군이 천제를 지낸 마
리산의 참성단(塹城壇, 화도면)과, 단군의 세 아들이 쌓았다는 삼랑성(三郞城, 길상면)
이 남아있다. 참성단은 단군의 제천의식이 이뤄지고, 건국이념(홍익인간)이 선포된
기념지다.

강화에는 전등사·보문사·백련사·적적사 등 고구려·신라 시대의 사찰과 유물들
이 많다. 역사적 사실이나 지리적인 위치로 볼 때, 강화가 삼국 중에서는 최초로
백제의 영토였음은 확실하다. 그러나 백제의 유물은 아직 발견된 것이 없다.

고려·조선 시대의 유물은 강화도의 어디에서나 볼 수 있다. 팔만대장경의 조판과
금속인쇄술·조선술을 비롯하여 고려청자가 꽃을 피웠던 곳도 강화다. 조선시대
에 성리학(性理學)에 눌려 금기시됐던 양명학(陽明學)이 강화에서 발달하여 조선 양
명학의 발상지가 됐다. 그 때문에 근래에 와서는 한국 양명학을 특히 '강화학' (江

---

16) 참성단이 있는 산의 명칭에 대해서는 '마리산설' 과 '마니산설' 이 있다. 지금 마니산(摩尼山)이 보편
화돼 있으나, 실제로는 마리산(摩利山)이 맞는다. 토착 강화인들은 이 산을 마리산으로 부르고 있다.
강화 태생의 사람들은 문자를 해독하기 이전의 어릴 적부터 마리산으로 익혀왔기 때문에, 성장하여
마니산이라는 기록을 보면 자기가 잘못 알아온 것으로 생각하기 쉽다. 그러나 이 산의 원래 명칭은
'마리산' 이다.

華學)이라 한다. 2개의 향교(鄕校, 강화·교동)도 남아있다.

고구려의 연개소문(淵蓋蘇文)과 조선조의 권율(權慄)이 태어난 곳도 강화다. 연개소문이 말을 타고 무술을 연마한 장소와 말에 물을 먹였다는 샘터가 고려산에 남아있다. 강화와 수도를 지키는 방어시설로는 12개의 진(鎭, 대대급 지휘소)과 보(堡, 중대급 전투단), 53개의 돈대(墩臺, 분대급 초소) 등 65개의 석조 요새들이 강화도 해안일대에 놓여있다.

강화는 대륙세력의 침공이 있을 때는 '최후의 거점' 이었고, 해양세력이 침입할 때는 '최초의 전초지' 였다. 13세기의 몽골침공이나 17세기의 청나라 침입 때는, 조정이 수도를 강화로 옮겨 나라를 지켰다. 19세기 제국주의 열강의 서세동점기에는 프랑스의 병인양요(1866), 미국의 신미양요(1871), 일본의 운요호(雲揚號) 사건(1875)을 모두 강화에서 막아냈다. 대원군이 외세를 물리치고 세운 척화비(斥和碑)도 아직 보전돼 쇄국정치와 외세배격의 상징으로 해안가에 서있다.

삼국이 싸울 때는 강화를 차지하기 위해 혈전을 벌였다. 백제가 북진하여 수도 평양을 위협하자, 고구려가 반격을 가하여 장수왕이 남진정책을 썼다. 고구려가 남하하여 강화를 장악하자, 이를 막기 위해 신라와 백제가 나제동맹을 맺어 대항했다. 그때 강화를 장악하는 나라가 항상 우세를 차지했다. 후삼국이 다툴 때도 강화를 포섭한 왕건이 신라와 후백제를 제압하여 통일을 이룰 수 있었다.

대륙세력들이 패권을 다툴 때도 조선을 장악해야 중국을 지배할 수 있었다. 그래서 대륙의 패권국가들은 항상 한반도를 침범하여 강화도에서 결판을 내려했다. 고려가 몽골의 침입을 받아 강화로 천도한 것도 그런 국제권력의 상충과정에서 최우가 선택한 국방전략이다.

이래서 강화사람들은 '강화를 지배하는 자가 한반도를 지배하고, 한반도를 지배하는 자가 동아시아를 지배한다' 고 말하고 있다.

천도 전야

거리마다 조기입보(早期立保)를 명한 조정의 방문이 나붙자, 개경사회 특히 양반 관료층의 상류사회는 충격을 받았다. 아낙네들이 만날 때마다 주고받는 말은 일정했다.

"댁에서도 떠나시나요?"

"떠나지 않을 수 있겠습니까?"

"가긴 가는데, 가도 문제지요. 이곳의 집은 어떻게 하며, 강화에 가면 들어앉을 방 한 칸이라도 얻을 수 있을는지?"

"가 보십시다. 어떻게 되겠지요."

"언제 떠나십니까?"

"짐을 싸는 대로 빨리 떠나야지요."

"하긴 먼저 가야 방이라도 얻을 수 있을 것 같군요."

걱정되기는 천민 노비들도 마찬가지였다.

"자네도 떠나나?"

"주인집은 온 식구가 간다는데, 어떻게 안 갈 수 있겠어?"

"이젠 나라도 없고 주인도 없어. 안 가면 그만이야."

"어떻게 안 가는가?"

"피난 짐이나 싸준 다음엔 내빼는 거야. 강화로 가면 잘 방도 없고, 밥도 얻어먹을 수 없어. 그러나 양반들 다 떠나면 집이고 뭐고 이 개경이 다 우리 것 아닌가? 주인집의 피난 짐 쌀 때 좋은 것을 빼서 넉넉히 챙겨둬, 이 사람아."

이규보의 집 노비 명석(明石)은 다른 집의 노비로부터 이런 말을 듣고 고민하기 시작했다.

안정이냐, 자유냐? 주인을 따라 강화로 가서 안정된 노비생활을 계속할 것인가, 아니면 적군 치하의 개경에 남아서 불안전하지만 자유의 몸이 될 것인가.

명석으로서는 도무지 가늠되지 않는 중대 문제였다.

그때 당대의 대 문호인 이규보(李奎報)는 임무가 주어지지 않은 산관으로 있다가 새로 보직을 얻어 비서성(秘書省)의 판사가 되어 경적(經籍, 경서)의 관리와 주문의 작성을 맡고 있었다.

명석의 원래 이름은 맹돌이었다. 명석은 이규보가 고쳐 준 이름이다. 이규보가 맹돌이를 불러 명석이라는 이름을 써주자, 그가 말했다.

"전 맹돌이가 좋은데요."

"그래서 발음은 별로 바꾸지 않았다. 맹돌이란 이름이 좋을지는 모르나, 좀 어리고 천해 보여서 고쳐주는 것이다. 이젠 너도 나이가 있지 않느냐. 밝은 돌. 햇빛처럼 밝으면서(明), 단단하기가 돌(石) 같으니, 이 또한 좋지 않느냐. 한자(漢字)도 있고."

명석은 아주 순직하고 충실했다. 힘도 세고 부지런해서 열심히 집안일을 챙겨 주었다. 그래서 이규보 내외를 비롯해서 모든 가족들이 명석을 잘 대해주었다. 명석도 그걸 알고 주인을 고맙게 여기며 다른 생각하지 않고 살아가고 있었다. 일만 해주면 되는 안정된 생활이었다.

명석의 일이 힘들고 고된 것은 아니었다. 다만 그에겐 자유가 없었다. 항상 바빠서 잠시도 조용히 혼자 있을 시간이 없었다. 명석에게는 그것이

제일 큰 불만이었다.

도대체 사람이 산다는 게 뭐냐. 자기의 삶이 있어야 한다. 가난하고 천하게 태어나 노비가 됐다고 해도, 그래서 고생하며 산다고 해도, 그래도 일을 일찍이 끝낼 수 있어야 하고, 그 나머지 시간은 자유롭게 자기 생각대로 살 수 있어야 하는 것이 아닌가. 혼자서 자기 마음대로 친구도 만나고, 고향 생각도 해보고, 잠도 실컷 자 보고…… 그렇게 살아야지. 그러나 지금 나에게 자유시간이란 잠잘 때 외에는 잠시도 없잖은가. 그러나 잠은 졸릴 때는 언제나 잘 수 있는 것도 아니다. 내 삶이 없는 거야. 나는 내가 아냐. 주인의 도구일 뿐이다.

명석은 늘 이런 생각을 해왔다.

곧 이규보의 집에서도 피난 짐을 쌌다. 짐을 모두 싼 다음에 명석이 말했다.

"주인 어른, 강화에 가면 밥이라도 넉넉히 먹을 수 있겠습니까요?"

"넉넉히는 몰라도 굶기야 하겠느냐?"

"잘 방은요?"

"그게 좀 문제다. 많은 사람이 일시에 몰려가니, 당장은 쉽지가 않을 거야. 강화에 가게 되면, 우선 남의 집 방을 얻어서 협호(夾戶, 곁방살이)를 하게 될 거다. 그것도 남자는 남자들끼리, 여자는 여자들끼리 한 방을 쓰게 되겠지. 그것도 우리 식구끼리만이 아니고 다른 집 식구들과 함께 말이다."

"저희 노비들은요?"

"너희는 너희들끼리 자야겠지."

"다른 집 노비들과 함께요?"

"그래야 될 거다."

명석은 도무지 마음이 내키지 않았다. 그때 그의 머리에서는 며칠 전에 들은 그 얘기가 떠나지 않고 있었다.

양반들 다 떠나고 나면, 집이고 뭐고 이 개경이 다 우리 것 아닌가? 주인집 피난 짐을 쌀 때 좋은 것 빼돌려서 넉넉히 챙겨 둬, 이 사람아!

천도준비가 불철주야 계속되고 있던 그해 고종19년(1232) 7월 1일이었다.

최우는 조정이 강화로 천도한 다음에 개경에 남아서 왕도를 지키고 다스리기 위해 김중귀(金仲龜, 지문하성사)를 왕경유수로 임명했다. 소극적이지만 천도반대론을 펴온 김인경(金仁鏡, 일명 金良鏡, 지추밀원사)은 왕경의 병마사가 됐다. 최우는 이들에게 군사 8천명을 주어 개경을 수비토록 했다.

바로 그날 칠월 초하루날 오후. 몽골의 사절 9명이 느닷없이 개경에 나타났다. 조정에서는 몽골이 천도사실을 알고 사람을 보낸 것이 아닌가 해서 크게 놀라고 있었다.

최우는 접반사들에게 일렀다.

"저들이 우리 천도계획을 알고 왔을지도 모른다. 혹시 천도에 대해서 물으면 강력히 부인하라."

"그러나 거리에 천도에 관한 방이 붙어있지 않습니까?"

"야별초를 시켜 모두 떼도록 지시했다. 지금 떼어내고 있을 것이야. 몽골 사절들이 개경 거리를 함부로 나다니지 못하도록 잘 단속하라. 몽골 놈들은 의외로 겁이 많다. 요즘 불량자들이 개경에 많이 들어와 있고 괴질이 돌고 있어서 나다니면 위험하다고 경고해 놓아라. 그러면 그들이 밖에 나다니지는 못할 것이다."

"그래도 눈치를 채고 나가겠다고 하면 어떻게 합니까?"

"안전에 책임질 수 없다고 버텨라. 그래도 나온다면 우리 군사를 불량배로 가장해서 위협하도록 해놓겠다."

"알겠습니다, 영공."

"그 대신 그들에게는 최대의 성의를 다해서 안심시키도록 하라. 잔치를 열어 좋은 음식에 술도 넉넉히 먹이고 선물도 많이 주어라. 만에 하나 그들이 눈치를 채면 그대는 책임을 면할 수 없다."

최우도 그렇게 말하면서 몹시 긴장하고 있었다.

몽골 사신이 왔다는 소식을 듣고 고종도 당황했다. 그는 스스로 서대문인 선의문까지 나가서 몽골 사절을 맞고, 몽골 황제 오고데이가 보내는 국서도 받았다. 밤에는 연회까지 성대하게 베풀어서 그들을 대접했다.

고종은 다음 날 몽골 사신들을 편전으로 불러서 접견했다.

그들이 말했다.

"이미 우리 대몽골 제국의 황제폐하께서 국서에 밝힌 대로 우리는 고려 국왕의 친조(親朝)와 동진국 정벌을 위한 고려의 원병을 바라고 있습니다."

몽골의 요구에 고종은 기분이 언짢았지만 다행히도 몽골 사신들이 고려의 천도계획은 모르고 있음이 분명해 한시름 놓았다. 기일 안에 강화로 떠나라는 방문이 개경 시내 곳곳에 붙어있었지만 이미 철거해서 몽골 사신들은 그것을 보지 못했다.

고종은 그런 사실을 확인하고 조용히 안도의 숨을 쉬면서 말했다.

"어제 받은 황제의 국서를 잘 보았소. 그러나 나는 병이 깊어 지금 먼 길을 떠날 수 없고 지난번의 전역(戰役)으로 군사가 많이 손실되어 원병을 보낼 입장도 못되오. 황제에게 그리 전해 주시오."

고려는 이미 수도를 강화로 옮기고 몽골과의 항전을 계속한다는 국책을 정해 놓았기 때문에 고종은 아무 것도 두려워하지 않고 단호하고도 명백하게 고려의 입장을 밝혔다.

"최근 고려가 우리 다루가치들을 위협하고 있습니다. 최근에 북계에서는 그들을 살해하려는 기도까지 있었습니다. 이런 일이 없도록 해주셔야 합니다."

"그런 일이 있었소이까? 혹시 다루가치들이 도에 지나친 언동으로 우리측 사람들을 자극한 일이 있었던 것은 아니오?"

고종은 시치미를 뗐다.

몽골 사신들은 사관(使館)에 돌아와서 저희끼리 숙덕거렸다.

"고려의 태도가 과거와 달리 좀 이상하지 않았는가?"

"달라졌습니다. 임금의 태도나 말씨가 아주 도도합니다. 무슨 속내가 있는지도 모릅니다."

"무엇일까?"

"그것을 우리가 알 수 있겠습니까? 내일 개경시내 구경을 나서서 이곳 분위기라도 알아보는 것이 좋을 듯합니다."

"그렇게 하지."

다음 날 그들은 고려 접반사에게 시내를 나가보겠다면서 안내하라고 말했다. 접반사는 최우가 시킨 대로 말해주었다. 그러자 그들은 굳이 개경 거리에 나가려 하지는 않았다.

이래서 몽골 사신들은 나흘간 개경에 머물다가 아무 것도 얻지 못한 채 잔치 대접만 받고 7월 5일 돌아갔다.

몽골 사신이 개경에 도착한 지 이틀 뒤인 그해(고종 19년, 1232) 7월 3일이었다. 최우가 윤복창(尹復昌, 내시)을 불렀다.

"우리가 이렇게 몽골의 지배를 계속 받을 수는 없다. 북계에 와있는 몽골 다루가치들의 무장을 해제해야 하겠다. 저들의 활과 화살을 압수하라. 그대라면 잘할 수 있을 것이다."

윤복창은 군사 몇 명을 이끌고 곧 북계로 떠났다.

그러나 북계에 간 윤복창이 평북 선주(宣州, 선천)에 도착했을 때였다. 다루가치들이 그것을 보고 숙덕거렸다.

"요즘 고려의 태도가 나빠졌다. 저 놈은 개경에서 온 것이 분명하고 무장한 군사들을 데리고 온 것으로 보아 우릴 해하려 하는 거다."

다루가치들은 그를 활로 쏘아 맞혔다. 윤복창은 그 자리에서 숨졌다.

이 사건을 계기로 몽골에 대한 항몽 강경파들의 적개심은 더욱 고조됐다. 강화천도 계획도 한층 가속됐다.

폐하, 저희를 버리고 정녕 떠나십니까

천도 예정일로 정해진 고종 19년(1232) 7월 6일 을유일 아침이었다. 출발 시간이 다가왔는데도 고종은 아직도 떠나기를 주저하고 있었다.

그 얘기를 듣고 최우가 말했다.

"아니, 임금이 아직도 궁궐을 나서려 하지 않고 꾸물거리고 있다는 말인가."

최우는 그 길로 말을 달려 궁궐로 달려가서 고종을 강박하듯이 다그쳤다.

"폐하께서는 뭘 그리 주저하십니까. 정해진 시간이 됐습니다. 빨리 궁전을 내려와서 마차에 오르십시오!"

최우는 끌어내다시피 고종을 내몰아 강화천도를 강행했다.

그날도 전국적으로 비가 몹시 내렸다. 장마가 열흘째 계속되고 있었다. 고종은 비를 맞으며 백마 네 마리가 끄는 마차에 올랐다. 그는 마차 안에서 밖을 내다보았다. 비는 계속 뿌려대고 있었다.

"고우(苦雨)가 왜 이리 심한가. 국난에다 천후마저 우리를 괴롭히는구나."

고우란 오래도록 계속 내려 사람들을 괴롭히고 있는 비다. 고종과 백성들은 그 고우에 시달리며 피난길을 떠났다.

그날 아침, 끝까지 강화 천도를 반대했던 유승단의 집에서 가족들은 병이 깊어 기동을 못하는 유승단의 주위에 모여들었다.

부인이 말했다.

"폐하께서 오늘 강도로 떠나신다 합니다."

"오늘이 엿새지. 그럼 우리도 떠나야지."

"영감이 편찮으시고 장마가 계속되고 있는데 어떻게 그 험한 뱃길을 가시겠습니까. 그게 걱정입니다."

"나는 임금의 신하요. 신하는 항상 임금의 곁을 멀리 떠나서는 안 되는 것이오. 더구나 지금은 난국이오. 임금이 몽진하시는데 신하가 어떻게 신병을 구실로 제 집에 누워있겠소. 도중에 죽어도 좋으니 장마 따위는 가리지 말고, 빨리 떠날 준비를 하시오."

이래서 유승단은 병든 몸을 이끌고 강화로 향했다. 유승단에게는 아들이 없었다. 딸들은 모두 출가했다. 그래서 부인과 하인 한 사람을 데리고 고종의 뒤를 따라 나섰다.

강화천도는 살라타이의 제1차 몽골 침공군이 철수한 지 6개월 뒤의 일이다.

고종의 마차는 황성의 광화문을 나서서 십자가를 지나 저교(猪橋)를 건넜다. 태자를 비롯한 왕실과 조정의 피난 대열이 어가를 뒤따랐다. 태자 왕전은 그때 13세였다. 양반과 관리들도 일족을 데리고 임금을 따라 나섰다.

그러나 강화로 피난 갈 수가 없는 남녀노소의 백성들, 특히 홀아비와 과부, 부모 없는 아이들과 자녀 없는 노인들은 수도를 버리고 떠나는 임금을 원망했다.

이른바 사궁(四窮)인 그들 환과고독(鰥寡孤獨)[17]은 '사방을 둘러보아도

---

17) 환과고독(鰥寡孤獨); 사회에서 가장 곤궁한 사람들. 환(鰥)은 늙고 아내가 없는 남자, 과(寡)는 남편을 잃은 여인, 고(孤)는 부모를 잃은 어린이, 독(獨)은 자식이 없는 노인을 말한다. 이들을 사궁(四窮)이라 했다.

가까운 사람이 없는' 사고무친(四顧無親)의 외로운 사람들이었다. 그들은 어디에 의지하거나 호소할 데가 없어서, 무고지민(無告之民)[18]이라 하여 나라에서 특별히 보살펴주는 어려운 사람들이었다.

어디로 피해갈 곳이 없는 그들 환과고독은 떠나가는 임금을 바라보면서 울부짖었다.

"폐하, 저희를 버려두고 정녕 떠나십니까?"

"저희를 적군 앞에 던져두고 어디로 가십니까?"

"개경을 버리고 기어코 떠나십니까, 폐하."

"우리 백성을 저 이리떼 앞에 던져 주시려는 겁니까?"

"저희는 폐하의 백성입니다. 저희를 버리지 마십시오!"

그러나 간혹 임금을 존경하는 사람들의 목소리도 섞여 있었다.

"폐하, 강령하십시오."

"부디 만수무강하소서, 폐하."

그렇게 울음소리로 터져 나오는 백성들의 외침을 고종은 마차 안에서 귀를 기울여 들으면서 눈물을 닦았다.

"저들은 어떤 백성들인가?"

"주로 환과고독들입니다."

"오, 가련한지고. 과인의 죄가 크구나."

고종의 가슴은 착잡했다. 그러나 입으로는 그 이상 말이 없었다. 그는 그저 덜컹덜컹 흔들리며 마차에 실려 가고 있었다.

고종은 그들의 외침과 호소를 뒤로 남긴 채 천도행렬에 묻혀 계속 남쪽으로 내려가 나성 남쪽의 회빈문(會賓門)을 나섰다. 개경의 도성문을 나가서 진봉산을 오른 쪽으로 바라보며 나갔다. 곧 왼쪽으로 부소산(扶蘇山)이 나타났다.

호종관이 외쳤다.

---

18) 무고지민(無告之民); 이를 無故之民(무고지민)이라고도 쓴다. '아무 연고가 없는 사람' 들이기 때문에, 외롭고 무력할 수밖에 없어 구민(救民)의 대상자들이었다.

"어가를 경천사로 모신다!"

경천사(敬天寺, 또는 擎天寺)는 개풍군 광덕면 중련리 쪽의 부소산 기슭에 자리 잡고 있었다. 고종과 최우는 가까운 일행과 함께 그날 경천사에서 밤을 묵었다.

다음 날도 장마비가 계속됐다. 고종의 어가는 다시 남쪽으로 가서 백마산(白馬山)을 끼고 옆 돌아 풍덕(豊德) 쪽의 승천부(昇天府)로 갔다.[19] 양가집의 부녀자들이나 높은 직위의 관료들도 비를 맞으며 짐을 이고 지고해서 계속 승천부로 나왔다. 발이 부르터서 맨발로 가는 사람들도 많았다. 진흙탕이 정강이까지 빠지고 사람과 말이 엎어지고 넘어져서 서로 뒤엉키기도 했다.

따라오던 노비들은 어느 새 반 이상이 줄행랑을 쳤다. 지고 오던 짐까지 아주 지고 사라져 버린 녀석들도 많았다. 이규보의 노비 명석이도 결국 도망했다.

"명석이도 갔어?"

명석이 도망했다는 말을 듣고 이규보는 그렇게 말할 뿐이었다.[20]

주인은 후덕했지만 자유 없는 안정을 누리던 명석은 끝내 안정을 버리고 자유를 택해 사라졌다. 그러나 순직하고 충실한 명석은 다른 노비들처럼 짐을 가지고 도망하진 않았다.

고종은 그날 7월 7일 승천부 나루터에서 강화행 배를 탔다. 배들은 얕은 갯벌을 피해 이리저리 뱃길을 찾아 돌면서 가야 했다. 결국 그들의 피

---

19) 승천부는 원래 승천포였다. 승천포는 태조 왕건의 첫째 부인인 신혜왕후 유씨와 여섯째 부인인 정덕왕후 유씨의 출신지인 정주(貞州)다. 어향(御鄕)이 된 정주는 예종 8년(1108)에 부로 승격되면서 이름이 승천부로 됐다. 그러나 조선조에서 다시 승천포(昇天浦)로 격하됐다.

20) 그때의 일을 이규보는 뒤에 그의 시 노포(奴逋)에서 이렇게 쓰고 있다(東國李相國後集 권1).
西江已渡僕逋亡(서강이도복포망);서강 이미 건넜으나 종놈은 도망했네
應恐新京飯爾腸(응공신경뇌이장);새 서울로 가면 굶주릴까 해서겠지.

난선은 출항한 지 한 시간 남짓되어 그 맞은편의 강화도 송해면의 승천포(昇天浦)²¹⁾에 닿았다.

혼란스럽기는 강화 쪽도 마찬가지였다. 배는 포구에 댔지만 승객들은 뭍에 오를 수가 없었다. 해변이 온통 무릎까지 빠지는 늪지대였다.

늪지대에 익숙한 그곳의 강화도 주민들이 동원되어 난민들을 하나씩 업어서 뭍에다 내려놓았다. 고종도 강화도 뱃사람들에 업혀서야 겨우 땅을 밟을 수 있었다.

고종은 강화 승천포에 도착하여 강화성 안에 있는 객관에 들어 유숙해야 했다. 강화의 궁궐이 아직 완공되지 않았기 때문이었다.

고종에게는 강화가 전혀 낯선 땅은 아니었다. 부왕 강종이 명종의 태자로 있다가 최충헌에 의해 쫓겨나 강화도로 유배됐을 때, 고종은 아버지 왕숙을 따라 강화에 와 있었다.

그러나 나그네 신세가 되어 섬 땅인 강화도 객관에 들어있던 그날 고종의 심기는 허탈하기 한량없었다. 강화도에 있을 때 글 친구였던 강화 출신의 선비 위원(韋元, 내시)이 신하가 되어 옆에 있었지만 아무런 위안이 되지 않았다.

개경 거리에서 외치던 백성들의 원망 소리가 고종의 귀를 떠나지 않고 맴돌았다. 그는 하염없이 눈물만 흘리면서 칠흑같이 흐려있는 송도 쪽 하늘만 쳐다보고 있었다.

오늘이 7월 7일(음력). 헤어졌던 사람들도 만난다는 칠석(七夕)인데, 이런 날에 우리 백성들은 서로 헤어지고 있구나. 모두 다 임금인 나의 죄로다.

며칠 전에 개경 땅에 묻고 온 왕비의 생각이 또한 고종의 가슴을 아프도록 저미고 있었다.

---

21) 강화도의 '승천포' 와 개경의 '승천부' 는 이름이 비슷하지만 격이 달랐다. 강화의 승천포는 조선조에 와서는 이름이 승천보(昇天堡)로 바뀌었다. 그러나 일반적으로는 개경의 승천부나 강화의 승천보를 모두 승천포로 불렀다.

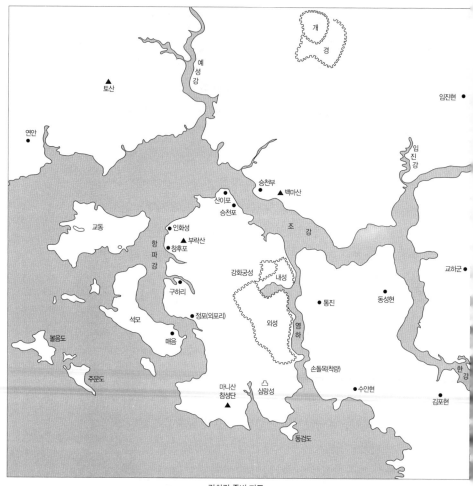

강화경 주변 지도

　강화에 대한 유승단의 감회도 남다른 데가 있었다. 강화는 유승단이 유배 중이던 왕숙에게 불려와서, 왕숙(王璹, 강종)과 왕진(王瞋, 고종) 부자를 가르치던 곳이었다.

　고려의 항몽 기간 중 제1세대 화친파였던 유승단은 최우에 맞서 마지막 남은 힘을 다 쏟으며 천도를 반대하다가 패배한 뒤로 노환이 심해졌다. 고종이 전의를 보내 병을 돌보게 했지만 유승단의 몸은 계속 약해졌다.

결국 유승단은 천도가 결정된 그날로부터 두 달 반이 지난 뒤에 강화도의 비좁고 어두운 피난 방에서 눈을 감았다. 강화천도 51일째 되는 8월 29일 이었다. 그때 유승단은 64세였다.

"내가 비록 천도반대를 관철하지 못했고 늙고 병들어 국난에 처한 나라를 위해 일할 수는 없으나, 임금이 계시고 인연이 있는 이곳 강화에 와서 죽게 되니 신하로서 여한은 없다."

이것이 유승단의 마지막 말이었다.

강화는 이제 과거의 고요하고 평화롭던 강화가 아니었다. 개경에서 양반과 관리들이 떼를 지어 모여들었다. 팔도의 군대들은 사방에서 이동해왔다. 강화 천지가 온통 장날의 저자거리처럼 시끌벅적했다.

성 안에서는 군인들이 북산(北山)을 깎아내려 새로 궁궐과 관청을 짓느라 바빴다. 해안 주변에서는 성을 고쳐 쌓는다고 야단이었다. 관청과 부대에서는 강화도 백성들을 남녀노소 없이 마구 끌어내어 공사판에 보내 부역을 시켰다.

강화도 사람들은 조정이 식량의 자급을 위해 개를 질러 막아 개펄을 농지로 만드는 간척사업에도 동원됐다. 문어발처럼 들쭉날쭉하게 생겼던 강화도 해안이 지금처럼 된 것은 그때부터 시작된 간척사업의 결과다.

강화 사람들은 작년 가을에 거둬들여 먹고 남은 벼농사는 물론, 그해 봄에 지어놓은 보리농사도 고스란히 나라에 바쳐야 했다. 그 때문에 그 후로는 세 끼니를 채울 수가 없었다.

그러나 이렇게 해서 고려는 강화로의 천도를 끝냈다. 그 후 송악산이 있는 개경은 송경(松京) 또는 구경(舊京)·구도(舊都)로, 강화는 강도(江都) 또는 신도(新都)·신경(新京)으로 불리게 됐다.[22]

---

22) 이 책에서 필자는 당시의 강화를 강화경(江華京)으로 썼다. '강화경'은 강화군 군사편찬위원회의 『新編 江華史』에서 처음 사용된 호칭이다.

대쪽같은 선비, 유승단(兪升旦, 1168-1232)

고려의 문신으로, 인동 유씨. 성품이 침착하고 겸손하며, 지식이 넓고 기억력이 남달리 좋았다. 문장에도 능했을 뿐만 아니라, 고전과 경전을 깊이 알고 불전(佛典)에도 능통했다. 경전에 관한 뜻을 묻는 사람이 있으면, 이를 쉽게 해석하여 의문이 없게 했다. 그는 매사에 소신이 분명했고, 소신에 어긋나지 않으면 양보하지 않는 원칙주의자였다.

강종(왕숙)이 태자로 있을 때 요속(僚屬)으로 임명되어 동궁에서 그에게 글을 가르쳤고, 과거에 합격하자 명종이 그를 시학(侍學)으로 삼았다. 최충헌이 정변을 일으켜 집권하면서 명종을 폐위할 때, 태자도 함께 폐봉(廢封)하여 강화로 유배하면서 유승단도 해임됐다. 희종 때 다시 임명되어 남경(南京, 지금의 서울)의 사록참군(司祿參軍)으로 일하다가, 남경유수 최정화(崔正華)와 갈등이 생겨 사퇴하고, 고향인 경북 선산에 가서 지냈다. 그때 왕숙의 부름을 받아 강화로 가서, 왕숙과 그의 아들 왕진(고종)에게 학문을 가르쳤다.

고종이 즉위하자 다시 기용되어, 임금의 사부(師傅)가 됐다. 그는 여러 가지 벼슬을 거쳐 승상급인 참지정사(參知政事)까지 올라갔다. 1231년 몽골군이 침공하여 패전을 거듭할 때, 유승단은 무인주전파들에 맞서서 몽골과의 화친을 주장했다. 1232년 최우가 조정 핵심자들이 모인 재추회의(宰樞會議)에서 최춘명의 처형과 강화천도를 제의하자, 유승단이 홀로 나서서 반대했다. 그때 벌인 최우-유승단 논쟁은 유명하다. 최우의 강행으로 강화천도가 이뤄지자, 중환에 걸려있던 유승단은 임금과 함께 강화로 갔다가, 다음 달에 그곳에서 죽었다. 그의 시문은 동문선(東文選)과 청구풍아(靑丘風雅)에 실려 있다.

백성들의 천도 저항

조정과 귀족들이 송도에서 빠져나가자 백성들의 불만이 도처에서 폭발했다. 유승단이 우려한 대로 반정부 반란이 본토의 여기저기서 잇달아 일기 시작했다. 대도시에서 특히 심했다.

반란이 맨 먼저 일어난 곳은 개경이었다. 반란의 주동자는 어사대의 조례(皁隸) 이통(李通)이다. 조례란 서울(개경)의 각 관청에서 부리는 노비와 하인들을 말한다.

조정이 개경을 빠져나간 바로 그날 7월 6일. 이통은 일군의 관노들을 이끌고 거리를 헤매면서 외쳤다.

"우리에게 임금은 없다. 조정도 없다. 그들은 우리를 버리고 해중(海中)의 강화도로 도망했다. 우리는 우리가 지켜야 한다."

그들은 잔류민들을 상대로 이렇게 선동하면서 십자가(十字街) 거리의 광장으로 갔다. 이통은 널찍한 광장의 한 가운데 단을 만들고 그 위에 올라서서 연설을 시작했다.

"저들, 권력 있고 재산 있는 사람들은 가산을 모두 거둬 가지고 강화도로 갔소. 오늘 이 자리에 모인 우리는 강화로 갈 수가 없었거나 주인을 따라 강화도로 가기를 거부한 사람들이오."

이통의 말이 시작되자 분노해 있던 개경 사람들이 그를 둘러싸고 모여들었다. 청중의 수가 거리를 메웠다. 군중들이 박수를 치고 '옳소'를 연발했다.

"조정과 귀족·양반들이 빠져나간 지금 이 개경은 우리 것이요. 우리가 개경의 주인이며 이 고려의 주인입니다. 남아있는 관리와 양반들을 몰아내고, 우리가 그들의 집과 관아와 재산을 차지합시다."

청중들은 다시 '그렇소'를 연발했다.

이통이 그런 함성에 극도로 고양되어 다시 외쳤다.

"우리가 강도에까지 따라가서 저들의 종살이를 계속할 수가 있겠소이까?"

그러자 청중들은 '없소이다'를 연발하다가 자기네들끼리 수군거리기 시작했다.

"저들 권력 있고 재산 있는 놈들만 빠져나가 살면 다인가. 우린 어쩌란 말이야."

"다 그 최우, 그자가 한 짓이오. 그놈이 유승단을 뿌리쳐서 천도를 결정하고, 임금을 협박해서 억지로 끌고 갔다지 않소?"

이런 수군거림 속에서 청중들의 함성이 잇달았다. 양반규탄과 노비해방을 강조하는 이통의 선동연설도 계속돼 나갔다.

청중의 함성과 이통의 고함이 이어지는 가운데 청중 속에서 느닷없이 한 사람이 큰 소리로 말했다.

"자, 나도 한마디 합시다."

"말씀하시오."

"이통 조례, 그대의 말은 구구절절 옳소. 허나 이제 조정은 떠났고 곧 몽골이 다시 돌아온다고 하오. 그러면 우리가 단결해서 이 성을 지키며 몽골군과 싸우는 것이 먼저가 아니겠소?"

그 말에 흥분했던 대중들이 갑자기 조용해졌다. 그러면서 다시 수군거리기 시작했다.

"하긴 그것이 옳은 일일지도 몰라."

"그게 순서일 것이요"

"옳은 말이야. 나라가 먼저지, 양반들 징계가 급한가."

이런 말들을 주고받으면서 청중들이 계속 수군거리고 있었다. 이것은 이민족의 침공에 대한 호국전쟁으로서의 '민족투쟁'과 지배계급으로부터의 노비해방이라는 '계급투쟁'을 놓고 생긴 생각의 차이였다.

기습 질문에 좀 당황해 하던 계급투사 이통이 군중들의 모습을 살피다가 다시 말했다.

"조정은 가깝고 몽골은 멉니다. 몽골이 가까이 들어와 있는 것도 아니요. 우리는 몽골이 들어오기 전에 이곳에 남아있는 관리들을 몰아내고, 그동안 우리를 가혹하게 착취하고 부려먹은 양반놈들을 처단해야 하오."

다시 박수가 나오기는 했지만 아까처럼 그렇게 우렁차지는 않았다. 함성도 없었다. 그저 일부가 여기저기서 치는 정도의 힘없는 박수뿐이었다.

이통의 무리는 즉시 행동을 개시하여 개경 안의 노비(奴婢)들과 불평분자, 그리고 인근 경기 일대의 유이농민(流移農民)의 집단인 초적(草賊)들, 사원의 승도(僧徒)들을 불러 모아 반란을 일으켰다.

승도란 사원에 속해 있으면서 사원의 잡역에 종사하거나 사원전을 경작하는 사람들이었다. 전시의 승군은 주로 이들로 구성됐다.

사원과 그 주변의 토지와 백성들을 근거로 유복한 삶을 누릴 수 있었던 승려와 승도들은 조정이 빠져나가자 맨몸으로 조정을 따라갈 수는 없었다. 그런 점에서 그들은 유이농민과 이해관계가 비슷했다.

구도 개경에 남아있던 사람들은 나라의 위기에 처하여 민족투쟁과 계급투쟁을 놓고 논란하다가, 강경파인 반란주모자들의 주도로 계급투쟁으로 돌아갔다.

이통 일파는 이렇게 해서 증강된 반란군들로 삼군을 편성하여 송도의 행정을 맡은 왕경(王京) 유수 김중귀와 수비를 맡은 병마사 김인경을 내쫓았다. 그리고는 개경 성내의 관리와 백성들을 위협해서 나라 창고와 개인 집을 털어서 돈과 곡식을 빼앗았다.

성 밖으로 쫓겨났던 김중귀와 김인경은 개경 수비군 군사들을 이끌고 수문(水門)을 타고 성안으로 다시 들어가 반격을 가했다. 시가전이 벌어졌다. 폐성처럼 황폐해진 개경에 전화가 휩쓸었다.

그러나 김중귀와 김인경은 결국 반군을 이겨내지 못하고 다시 도성에서 쫓겨났다.

최우는 피난 수도 강화경(江華京)에서 이 소식을 듣고 크게 분노했다.

"내우외환(內憂外患)이라더니 지금이 바로 그런 상황이구나. 나라가 위급하면 백성들이 단결해서 나라를 지켜야 하는데 오히려 반란을 일으키다니. 이런 내적(內賊)이 있는 한 외적(外敵)을 칠 수는 없다."

그렇게 말하면서 최우는 조염경(趙廉卿, 추밀원 부사)을 중군진주로, 최근(崔瑾, 상장군)을 우군진주로, 이자성(李子晟, 상장군)을 후군진주로 진압군을 편성하여 '이통의 난'을 토벌케 했다.

삼군이 강화에서 강을 건너온다는 소식을 듣고 개경의 반군들은 강화 건너편의 강가에 나와서 반격태세를 갖췄다.

견룡부대 행수로 있는 이보(李甫, 별장)와 정복수(鄭福綏, 별장)가 먼저 야별초를 거느리고 몰래 승천부에 상륙했다. 그들은 반군들을 피하여 바로 개성으로 갔다.

그때 이보-정복수의 야별초를 뒤따라오던 본군은 승천부 동쪽 교외에 상륙했다. 거기서 관군과 반군 사이에 일대 회전이 벌어졌다. 그러나 급조된 민군(民軍)인 이통의 개경반군들은 잘 훈련된 관군을 당해낼 수 없었다. 반군은 초전에 격파됐다.

개경에 도착한 이보와 정복수의 선발 특공대가 개경의 성문에 도착했을 때, 반란군들이 문을 닫고 성을 수비하고 있었다.

이보가 성루에 대고 소리 질렀다.

"우리는 이미 관군을 파하고 돌아오는 길이다. 빨리 문을 열어라. 증파된 관군 후속부대가 우리를 추격하고 있다."

"그런가. 수고했다. 기다려라."

문지기가 그 말을 믿고 성문을 열었다. 이보와 정복수가 나아가서 수문병들의 목을 벴다. 그들은 다시 군사를 이끌고 이통의 집으로 가서 숨어 있던 그를 끌어내어 참했다.

뒤이어 승천부 동쪽 교외에서 반군을 쳐서 크게 이긴 삼군이 속속 개경으로 모여들자, 나머지 반군과 그 지도자들은 뿔뿔이 흩어져 도망했다. 개경의 노비반란은 어렵지 않게 진압됐다.

한편 지난 번 정월에 일어났던 충주 관노의 반란이 수습된 뒤 충주는 다시 조용해졌었다. 그러나 조정이 강화로 옮겨가자 8월달, 지난 해 충주 반란을 주도했던 우본이 다시 군사를 일으켰다.

"강화로 도망한 조정은 우리 조정이 아니다. 이제 고려는 없다."

우본은 이런 말로 백성들을 모았다. 충주의 군중들은 읍성을 점령하고 재물을 약탈했다. 창고를 점령하여 곡식들을 백성들에게 나눠줬다. 제2차 충주 노비반란이 일어난 것이다.

"몽골군을 물리친 우본이 이번에 또 반란을 일으켰단 말이냐!"

충주반란을 보고 받은 최우는 개경반란을 진압한 삼군의 후군진주 이자성(李自成)을 충주로 보내 우본의 반란을 진압케 했다.

이자성이 삼군을 이끌고 달천(達川, 달내)에 이르러 보니 물이 깊고 빨라서 건널 수가 없었다.[23]

이자성은 전군에 명령했다.

"지금부터 다리를 놓는다. 이것은 작전을 위해 임시로 만드는 다리이니

---

23) 달천(達川); 한강 지류의 하나. 충북 보은군 속리면 쪽의 속리산에서 발원하여 보은과 괴산 충주를 거쳐 남한강으로 흘러 들어간다.

잘 만들 필요는 없다. 사람이 건널 정도면 된다. 마침 가까운 산에 큰 나무가 많으니 베어다 쓰라. 다리는 오늘 중으로 완성돼야 한다.”

군사들이 다리 건설 공사를 시작하려 할 때였다. 반란군 두 세 명이 달천의 건너편에 와서 외쳤다.

“장군! 군사들을 수고롭게 하지 마십시오. 저희가 수모자(首謀者)의 목을 벤 다음 장군께 바치고 항복하겠습니다.”

“어느 수모자를 베어 오겠는가?”

“대원사의 승려 우본입니다.”

“그렇게만 한다면 너희 무리들을 다 죽이지는 않겠다.”

이자성의 얘기를 듣고 그들은 성으로 되돌아가서 밤에 몰래 우본의 목을 베어 가지고 왔다. 그러나 나머지 반군들은 투항하지 않고 농성을 계속하고 있었다.

관군은 곧바로 성안으로 진격하지 않고 이틀 동안 성 밖에 그대로 둔영을 치고 있었다. 그러자 반란군 가운데 무예가 뛰어나고 건강한 자들은 모두 도망해 숨었다.

반란군의 주력이 빠져나가자 그때서야 이자성은 군대를 몰아 성으로 들어갔다. 관군은 반란군 잔당을 잡아 죽이고 노획한 우마와 재물을 가지고 강화로 돌아왔다.

그때의 충주반란은 우본이 대원사(大院寺)[24]의 승도들을 중심으로 일으켰으나, 그의 지도력 부족으로 자체의 내분을 수습치 못해 단기간에 끝났다.

고종 19년(1232) 정월에 일어났던 충주 관노의 반란이 성공할 수 있었던 것은 용력과 덕망과 판단이 빨랐던 지광수의 지도력 때문이었다. 그러나 이번 반란이 실패한 것은 우본의 지도력이 지광수를 따르지 못한 탓이었다. 지광수는 관노의 반란 뒤에 최우에 의해 군관으로 임관되어 그때는

---

24) 대원사; 영호남의 경계를 이루는 대원령(하늘재)에 있는 절. 한강과 낙동강을 연결시키는 지점에 있어 경제적으로 번영했다.

강화경에 들어가 있었다.

그해(1232) 7월 하순 최우가 참모와 측근들을 강화경 궁궐에 불러놓고 말했다.

"이제는 우리 땅에서 몽골의 다루가치들을 몰아내고 우리의 통치권을 회복해야 하오. 다루가치가 이 땅에 주류하는 한 우리의 독립과 자주는 없소. 윤복창은 단순히 다루가치의 무장해제만 시키려했지만 이제는 저들을 축출해야 하는 것이오."

최우의 동서이자 핵심 책사인 주숙(周肅, 장군)이 말했다.

"그러면 북계에 지시해서 다루가치들에게 위해(危害)를 가하여 스스로 돌아가도록 하시지요. 몇 놈만 처치하면 나머지는 모두 제 발로 도망할 것입니다."

가신인 이공주(李公柱)가 나섰다.

"저를 보내주시면, 별초들을 데리고 가서 저들을 하나하나 처치하겠습니다. 그래야 죽은 윤복창의 원혼을 달래주게 됩니다."

최우가 말했다.

"군이 여기서 갈 필요는 없소. 서경 순무사(巡撫使)에게 맡겨도 될 것이오."

이래서 최우의 밀서를 가진 파발마가 평양으로 달려갔다.

마침 그때 서경 순무사인 민희(閔曦, 대장군)가 최자온(崔滋溫, 서경 사록)과 함께 그들 스스로 장교들로 특공대를 조직해서 몽골 다루가치들을 살해할 계책을 꾸며놓고 있었다.

다루가치들의 횡포가 심해진 데다 다루가치의 무장해제를 위해 갔던 윤복창이 피살된 데 대한 서경 당국의 보복기도였다. 바로 그럴 때 최우의 지시를 받자 민희는 행동을 서둘렀다.

민희는 밤에 특공대를 이끌고 몽골인들이 모여 있는 진지로 갔다. 다루가치 일당이 잠들어 있을 때 특공대가 기습했다. 찌르고 베는 동작들이 신속하게 진행됐다. 도망하는 자들에게는 쫓아가 창을 쏘았다.

이래서 몽골 다루가치들이 대부분 고려군에 의해 살해됐다. 겨우 살아남은 몇 명은 도망했다. 이래서 몽골 진수관(鎭守官)인 다루가치들은 고려에서 일소됐다. 남은 것은 압록강변의 함신진(의주)에서 살리타이가 머물러있는 만주의 요양(遼陽)을 왕래하던 책임 다루가치 샤다(Shada, 沙打)뿐이었다.[25]

민희와 최자온이 다루가치를 살해하고 있다는 소문이 돌자, 8월 1일 평양사람들이 뒤늦게 그 말을 듣고 들고일어났다.

"다루가치들을 죽이다니, 그게 무슨 소리야! 그들을 죽인다면 우리는 어떻게 되라는 겐가?"

"만약 다루가치들이 여기서 살해된다면 우리 서경이 무사할 수 있겠는가. 이 서경도 평주 꼴이 되고 말거야."

평주(平州, 황해도 평산)는 살리타이의 몽골 사절들을 구금했다는 이유로 몽골군에 의해 도륙 당해 사람은 물론이고 닭이나 돼지 한 마리도 남지 않은 비극의 땅이었다.

"옳은 말이오. 그리되면 우리는 몽골병들에게 평주처럼 도륙되고 말 것이야."

"개경의 권력자들은 가족과 노비들까지 데리고 강화도로 들어가 안전하고 편안하게 살겠지만, 우린 다시 몽골군의 말발굽에 짓밟혀 쑥밭이 되고 말 거야. 우리 가족과 형제를 살리기 위해서라도 이대로 앉아있어서는 안 된다구."

---

25) 고려측 사료에는 다루가치 살해계획에 관한 기사는 있으나, 실제로 살해했다는 기사는 없다. 그러나 중국측 사서인 원고려기사(元高麗紀事)에는 '이 나라(고려)가 반역하여 각 현에 주둔해 있는 다루가치를 죽였다'(本國叛 殺各縣達魯花赤)고 했다. 또 원사(元史)의 고려전(高麗傳)에는 '조정이 배치해 놓은 다루가치 72인을 모두 죽였다'(盡殺 朝廷所置 達嚕噶齊七十二人)고 돼 있다. 원사(元史)의 다른 기록에는 '태종 4년 6월 왕철(王皦, 고종의 이름)이 다루가치를 모조리 죽이고, 서울과 모든 고을의 백성들을 거느리고 바다 섬으로 들어갔다'고 돼 있다. 이런 고려와 중국의 기록을 볼 때, 당시 고려는 다루가치 72인 모두는 아닐지라도 그 대부분을 살해했다고 볼 수 있다.

"백성을 버리고 저희만 살겠다고 도망한 조정 놈들을 혼내줘야 해. 우리 서경의 맛을 좀 보여주자구."

"다루가치를 건드리는 것은 무슨 수를 써서라도 막아야 해."

"그러면 어떻게 해야 하겠는가?"

"선수를 쳐서 막아야지."

그렇게 해서 고종 19년(1232) 8월 14일 평양 사람들은 청년들로 무장 공격대를 만들어 최자온을 잡아 가두었다.

그러자 서경유수 최임수(崔林壽)를 비롯해서 판관과 분대어사, 육조의 관원 등 서경의 분사관(分司官)들이 모두 배를 타고 대동강 입구의 저도(楮島)로 도망하여 숨었다.[26]

그러나 그때는 이미 다루가치의 대부분이 살해되고 나머지는 철수한 뒤였다.

여몽전쟁 초기에 정부에 귀순하여 종군을 자원하던 초적들도 강화천도 이후에는 종군한 예가 없었다. 주로 경기 지역에 집결해 있던 유이농민들의 초적들은 그 후 오히려 빈발하는 민란의 주동세력으로 등장했다.

이처럼 강화천도는 일시적으로 몽골 침략군으로부터의 국가존립을 유지했는지는 모르나 백성들로부터 크게 유리되는 결과를 가져왔다.

---

26) 분사관(分司官); 당시 서경은 제2의 수도로서, 개경의 조정에 준하는 체제와 관원을 두고 있었다. 이런 체제를 분사라 하고, 분사에 소속된 관리들을 분사관이라 했다.

제 2 장

항전과 반역

제2차 몽골 침공

　고려에 들어와 있는 몽골 다루가치 책임자인 샤다(Shada, 沙打)가 평양에서 도주한 다루가치로부터 고려의 강화천도에 대한 보고를 받은 것은 십여 일이 지난 뒤인 7월 중순께였다.

　"아니 고려가 강화도로 도읍을 옮겨 갔다는 말인가? 그게 사실인가?"

　"그렇습니다. 분명합니다. 최우가 측근의 소수 강경파들과 작당하여 반대하는 자를 처형하고 임금을 겁박하고 신하들을 윽박질러 천도를 단행했다 합니다."

　그만큼 최우의 강화천도는 감쪽같이 수행됐다.

　"이건 큰일이다. 어떻게 그것을 이제야 보고한단 말인가?"

　"죄송합니다. 고려 놈들이 간사한 줄을 알았지만 이럴 줄은 몰랐습니다. 정말 죄송합니다."

　"그러나 이게 어디 죄송하다 해서 해결될 일인가. 정주국가(定住國家)에서 도성을 옮기는 것이 하루 이틀에 될 일인가. 수많은 다루가치가 있었지만 북쪽에만 주둔시킨 것이 잘못이었다."

　"고려 놈들은 우리 다루가치들도 살해했습니다."

　"뭐라? 다루가치들이 살해됐어?"

"죄송합니다. 저도 죽을 고비를 넘기며 겨우 여기까지 도망해 왔습니다."

"그래, 너라도 살았으니 다행이다."

그때 샤다는 몹시 당황하면서 한편으로는 크게 분노했다.

"고려는 용서할 수 없다. 이건 배반이야. 천도만으로도 크나큰 배반인데, 게다가 우리 다루가치들을 살해했어! 이것은 고려가 스스로 제 무덤을 판 것이다."

샤다는 자신도 죽지 않고 살아남은 것이 다행이라고 생각하면서 고려의 강화천도와 다루가치 살해 사실을 중국 방면에 주둔하고 있는 살리타이에게 급보를 띄워 보고했다. 한편, 자신은 급히 말을 몰아 개경으로 달려갔다. 신변에 위협을 느낀 샤다는 개경으로 가면서 데리고 있던 몽골 탐마적군의 갑사 십여 명과 함께 갔다.

개경에 도착한 샤다는 바로 개경유수 김중귀를 찾아가서 성난 목소리로 따졌다.

"고려는 지금까지 우리와 교섭하면서 교묘한 말로 우리를 설복시켜 우리 군사를 철수하게 했소. 그러나 우리가 떠나오자 태도를 바꾸더니 이제는 아주 섬으로 들어갔소. 정말 이럴 수가 있소!"

김중귀가 말했다.

"우리와 몽골이 관계를 맺은 지는 퍽 오래됐고 그 동안 많은 사신들이 왕래했소. 그러나 그 동안 몽골의 태도를 보건대 우리에게는 너무 부담스럽고 모욕적이었소. 연 10명으로 제한된 사신의 수는 그 다섯 배가 넘었고, 몽골이 요구하는 물품의 양은 우리의 생산량을 넘는 것이었소. 그리고 몽골 사신들의 오만불손한 태도가 우리 고려의 조야를 분노케 했소. 그러면서 몽골 측은 지의심(池義深) 등 우리가 보낸 사신들을 구속해서 감금했소. 이런 일이 있을 수 있는 것이오? 이래서 우리는 수도를 해도로 옮기지 않을 수 없었소."

"설사 그렇다고 해서 우리와는 아무런 상의 없이 이렇게 몰래 수도를 옮길 수 있단 말이오?"

"우리가 몽골과 상의했다면 몽골이 동의했겠소?"

"금나라나 동진국이 우리와 강화를 맺은 다음에 수도를 마음대로 옮겼다가 겪은 우리의 응징을 그대들은 모르는가!"

샤다의 협박조 말에 김중귀가 설명했다.

"더 들어보시오. 그것뿐이 아니었소. 지난번에 몽골에 갔던 우리 사신 송입장(宋立章)이 구금되었다가 탈출해 돌아와서 하는 말이 '몽골이 장차 대군을 동원하여 고려를 치려한다' 는 것이었소. 우리가 어떻게 그의 말을 믿지 않을 수 있었겠소. 백성들은 놀라 기운이 꺾이고 반 수 이상이 도망하여 성읍(城邑)은 거의 비어 있소. 우뢰가 한 번 크게 치면 온 천하가 동시에 놀라는 것과 같은 격이오."

"더구나 고려는 우리 다루가치를 살해했소. 이래도 무사할 줄 아는가?"

"그래요? 그건 우리가 모르는 일이오."

"시치미 떼지 마시오. 개경유수가 그걸 모를 수 있소?"

"사실이오. 나는 모르고 있소. 혹시 다루가치가 사적인 잘못이 있어 백성들로부터 보복 당한 것은 아닌지 모르겠소."

"한 두명이 죽은 게 아니오. 우리 다루가치 모두가 죽었소. 고려가 도읍을 강화도로 옮기고 다루가치를 살해한 것은 우리 몽골에 대한 중대한 도전이오! 우리로서는 가만히 있을 수가 없소이다!"

"그럼 어찌하겠다는 말씀이오?"

"최종적인 것은 오고데이 다칸 폐하가 정할 일이오. 그러나 금나라나 동진국이 겉으로는 우리와 화해하고 뒤로는 몰래 천도하자 몽골은 곧 그들을 쳤소. 고려에 대해서도 그리 하지 않겠소?"

"만일 몽골이 다시 고려에 쳐들어온다면, 우리 백성들은 모두 도망하여 흩어집니다. 백성들이 흩어지면 나라의 근본이 없어지는 것이오. 그러면 우리가 장차 누구와 더불어 매년 몽골에 공물을 보내겠소. 남은 백성들이라도 불러 모아 섬으로 들어가 있으면서, 변변치 않은 토산물이나마 구해 몽골에 보냄으로써 우리의 체면을 차리는 것이 상책이라고 우리 군신(君臣)들은 생각했소. 우리가 강도로 들어간 것은 실로 이처럼 몽골을 잘 받들어 우리 고려를 스스로 보위하기 위한 것이지 몽골에 도전한 것은 아니오. 따라서 몽골이 의심할 바는 아니라고 생각하오."

"고려인들은 모두 말의 천재들이야! 고려가 진심으로 몽골에 순종하려거든 당신네 고종 임금이 강도에서 나와서 오고데이 몽골 황제를 찾아가 배알해야 하오. 그러지 않으려거든 군사를 출동시켜 우리와 싸우는 길밖에 다른 길은 없을 것이오!"

"몽골에서는 자꾸 우리 임금이 친히 몽골 수도로 가서 몽골 황제를 배알하라 하는데, 오늘과 같은 고려의 입장에서는 임금이 하루라도 자리를 비울 수가 없소. 우리가 비록 몽골의 군사들을 피해 강도에 들어가 있으나 몽골에 대해 순종하는 마음은 한결 같은데 어찌 몽골을 배반하여 몽골 군사와 싸우겠소? 우리 임금과 조정의 뜻이 이러한데 도읍이 어디 있든, 임금이 어디 있든, 무슨 상관이 있겠소."

"최근 들어 조숙창 장군의 모습을 볼 수가 없는데 그것은 어인 일이오. 그를 우리 몽골에 다시 보내 주시오. 그리고 거짓말로 우리를 모함해서 우리 두 나라를 이간시키고 고려로 하여금 강화로 천도케 한 송입장이라는 자를 우리에게 넘겨주시오."

"조숙창이든 송입장이든 제 나라 백성을 타국에 넘겨주는 일이 어디 있소? 그렇지 않아도 여러 사정이 있어 그들을 보내주기는 어렵소."

"조숙창이 있으면 일이 쉽게 잘 풀리는데, 최근 고려와의 일이 계속 어렵게 되어가고 있어 그를 찾고 있는 것이오."

"물론 그런 점이 있을 것이오. 그러나 그는 병이 깊어 즉시 보내지 못하오."

샤다의 항변은 별다른 소득이 없었다.

그 무렵 샤다의 장계를 가지고 떠난 일단의 몽골인들이 만주 요양(遼陽)에 있는 살리타이의 군막에 도착했다.

"고려는 강화조건들의 이행을 거부하면서 오히려 우리에 대한 항쟁태세를 강화하고 있습니다."

"구체적으로 어떻게 하고 있다는 것인가?"

"다루가치들에 대한 무장해제와 살해 기도가 잇따르더니 끝내는 백성들을 해도와 산성으로 피신시키면서 수도를 강화로 옮겼습니다. 이는 최우를 핵심으로 한 항몽 강경파의 소행이 분명합니다."

"뭐? 수도를 옮기고 백성들을 피신시켰어?"

"그렇습니다, 원수 어른."

"그렇게 중대한 일을 왜 이제 보고하는가? 그 동안 모르고 있었단 말인가? 다루가치들은 뭐하고 있었는가?"

"고려 놈들은 우리 다루가치들도 살해했습니다."

"다루가치들을 살해했어?"

살리타이는 미간을 크게 찌푸리며 말했다.

"천도에다 다루가치까지 살해했다니 이것은 우리에 대한 고려의 배신 기만이다. 폐하에게 주청해서 다시 고려를 징벌할 것이니 출동준비를 서둘러 갖추라."

살리타이는 참모들에게 고려침공 준비를 지시하면서 이렇게 일렀다.

"고려의 관리들은 간교하고 현명해서 말로는 당해 낼 수 없다. 군사들과 백성들은 끈질기고 용감할 뿐만 아니라 애국심과 단결심도 강해서 외국군이 들어가면 도처에서 기습당하기 쉽다. 더구나 저들이 섬과 산으로 피했다면 식량과 물자를 모두 가지고 갔을 것이니 현지에서의 물품 조달이 어려울 것이다. 그런 점을 감안해서 준비에 만전을 기하도록!"

"예, 원수."

"그리고 황제 폐하의 이름으로 고려왕을 질책하는 조서를 작성해라. 곧 고려에 보낼 것이다."

그러면서 살리타이는 고려의 강화천도와 다루가치 살해에 관한 사항을 몽골 수도 카라코룸(Khara Khorum, 喀喇和林)에 있는 몽골 황제 오고데이(Ogodei)에게 급보했다. 고려의 행동에 관한 보고를 받고 분노하기는 태종 오고데이도 마찬가지였다.

"마침 잘 됐다. 고려가 우리와는 아무런 상의 없이 수도를 강화 섬으로 옮겼고, 조공과 공물 약속을 이행치 않으면서 우리 다루가치들을 박해했다면, 이것은 우리에 대한 후면 공격이다. 이를 용서할 수는 없다."

오고데이는 살리타이의 보고를 받고 바로 그 자리에서 고려공격을 결정했다.

"더구나 우리는 중원에서 금 나라를 쳐서 곧 평정하게 될 것이다. 고려와 금이 상호 연계되지 않도록 살리타이는 고려를 쳐서 복속시키도록 하라고 일러라."

그래서 몽골은 중국에 와있는 몽골 동부군(東部軍)의 기병 1만기를 동원하여 고종 19년(1232) 8월 다시 고려를 침공했다. 제1차 침공이 있은 지꼭 1년 뒤다. 이것이 몽골의 제2차 고려 침공이다.

몽골군 원수는 제1차 침공 때와 마찬가지로 중국방면 몽골군의 동부군을 맡고 있는 살리타이였다. 그의 부장들도 고려 사정에 익숙한 제1차 침공 때의 장수들을 그대로 데리고 들어왔다.

최우는 이미 몽골이 다시 공격해 올 것으로 예상하고 미리 작전계획을 세워 예하 장수들을 불러 놓았다.

"우리는 지난번의 제1차 몽골 침공에서 교훈을 찾아야 한다. 몽골군의 내용과 전술을 잘 모르고 있었던 우리는 너무나 많은 군인을 동원하여 인명 피해가 많았다. 이제는 몽골군과의 정면대결을 피하면서 끊임없이 항전을 계속해야 한다."

장내는 조용하고 긴장돼 있었다.

"몽골군의 공격이 있으면 모두 산성에 피신하여 성을 방어하면서 산악전을 통해서 저들을 쳐야 한다. 그리고 다수의 병력을 동원하지 말고 소수 정예를 특공별초로 동원해서 몽골군의 핵심부대를 기습해 타격을 주라.”

이래서 고려군은 평소의 기지를 떠나 대부분 산성으로 들어갔다. 최우의 입보전략에 따라 백성들도 숨거나 집을 두고 산이나 섬으로 피했다. 그 때문에 평지에서는 사람을 볼 수가 없었다.

기병 1만여 기를 이끌고 고려에 들어온 살리타이는 군을 넷으로 나누어 각 군에 똑같이 기병 2천 5백기씩을 배속시켰다.

제1군은 주력부대였다.

그들은 선발군이기도 했다. 제1군의 진로는 남로를 택하였다. 북방 지역에서의 전투를 피하고 함신진에서 용주·철주·박주를 거쳐 안북으로 가서 막 바로 평양을 지나 개경으로 직행했다.

그들은 말을 타고 빠른 속도로 달려갔다. 성문을 닫고 몽골군의 내습을 기다리고 있던 고려군의 여러 성에서는 그대로 지나치는 몽골 기병대의 뒷모습을 바라만 보고 있어야 했다. 고려의 보병으로서는 말을 타고 달려가는 몽골기병을 추격하여 싸울 수 없었다.

몽골 제1군은 아무런 저항을 받지 않고 개경에 이르렀다. 그들은 개경성을 완전히 포위 봉쇄하고, 한강과 예성강·임진강 등 이른바 삼강의 하구지역 일대를 점령하여, 새로운 수도인 강화와 구도인 개경 일대의 수상교통을 차단했다.

제2군은 별동대였다.

그들은 제1군과 일정한 간격을 두고 개경까지 가서 제1군과 합류하였다. 제2군의 임무는 주력군인 제1군에 대한 후면공격을 차단하는 것이었다. 그들은 개경에 주둔해 있으면서 송도와 강화에 대한 압력을 강화했다.

제3군은 후방군이었다.

제2군이 지나간 뒤를 따라서 이동하면서 평안남북도의 여러 성들을 공략하여 선발부대들이 지나간 뒤의 후방지역을 평정해 나갔다.

고려의 변경부대들은 이들 몽골 제3군인 후방군의 견제에 걸려 꼼짝할 수 없이 성안에 묶여 있었다. 그 때문에 몽골의 제1군과 제2군은 고려군의 후방 반격을 걱정하지 않고 맘 놓고 남쪽으로 전진할 수 있었다.

몽골의 제3군은 소수의 병력을 점령지에 주둔시켜 고려인들의 동태를 감시하고 본대 주력은 개경으로 가서 제1, 2군과 합류했다. 거기서 그들은 강화도 대안의 풍덕(豐德) 해안에 방어선을 쳐서 강화의 고려정부를 위협했다.

제4군도 후방군이었다.

그들은 북로를 택해서 벽동·창성·귀주·영변 등 평안북도 내륙지방에 있는 고려군의 성들을 공략하여 후방을 평정해 나갔다. 이들도 제3군과 마찬가지로 북부 지역을 평정한 다음에는 점령지에 소수의 병력을 잔류시키고 개경으로 가서, 먼저 가있는 부대들과 합류하여 공동작전을 폈다.

총지휘관인 살리타이는 제3군과 함께 안북에 이르렀다. 그는 고려의 북계 도호부 청사가 있던 곳을 몽골군의 사령부로 삼고, 소수의 친위대와 함께 거기에 앉아서 몽골군의 고려정벌 작전을 총괄했다. 그들의 지휘체제와 인원은 제1차 침공 때와 같았다.

과거 빛나는 전과를 기록했던 박서의 귀주성이나 최춘명의 자주성은 장수와 군대가 없어져 아무런 저항 없이 몽골군 지배하에 들어갔다. 몽골군은 과거 완강히 대항했던 이들 성벽을 마구 무너뜨렸다.

몽골군은 성벽이 견고한 서경에 대해서도 별다른 공격 없이 그대로 지나쳐 남진했다.

한편 살리타이도 고려가 수도를 강화로 옮긴 데다가 군민이 모두 입보해 있기 때문에 과거처럼 전면전을 벌이지는 않고 소수 정예의 선공부대를 앞세워 공격전을 벌였다.

역적과 충신

몽골군이 침입하자 서경에서는 낭장(郎將)으로 있는 홍복원(洪福源)이 필현보(畢賢甫)와 만났다.

홍복원이 말했다.

"조정은 힘도 없으면서 도대체 어쩌자고 몽골에 자꾸 싸움을 거는지 모르겠소. 다행이 이번엔 몽골군이 서경을 그냥 지나갔지만 그들이 언제 다시 공격해 올 지 알 수 없소. 싸움만 나면 우리 북계는 몽골군의 통로가 되어 저절로 전쟁에 말려들고, 그 때문에 우리 지역의 인명과 재산이 크게 손실되고 있으니, 언제까지 이렇게 참고만 있어야 하는지 모르겠소."

필현보가 동조했다.

"내 생각도 그렇소. 자기네들만 강화도로 들어가 엎드려 있으면 되는 줄 아는 모양인데, 백성을 떠난 임금이 무슨 임금이며 백성 없는 조정이 무슨 조정인가."

"그러나 우리가 살아남고 이곳 백성을 편안케 하는 길이 아주 없는 것은 아니오."

"그게 뭔가?"

홍복원이 말했다.

"지금 몽골은 금과 송을 치고 세계를 정복해 나가고 있소. 곧 천하를 통일하는 대제국이 될 것이오. 우리가 몽골에 항복하면 우리는 영달을 누리고 이 지역 백성들은 전쟁 없이 평화와 안정을 누릴 수 있소? 일거영일(一擧永逸)의 팔자가 되는 것이오. 어떻소?"

일거영일은 '한번 궐기해서 평생동안 영원히 안일을 누리는 것'을 말한다.

홍복원이 반역을 제의하자, 필현보가 솔깃했다.

"일거영일? 한 번 일어나서 백성과 땅을 떼어 아주 몽골에 바치면, 우리가 이곳의 지배자가 되어 평생동안 떵떵거리며 명예롭게 살게 된다는 말씀이군."

"그렇지 않겠소이까? 고려가 어떻게 몽골에 항복치 않고 견딜 수가 있겠소? 더구나 임금과 최우는 우리 서경과 북계를 고려라고 생각지 않고, 마치 귀찮은 전실 자식인 양 천시하고 있단 말이오. 그들은 이미 우리를 저버렸소. 우린 저들의 한낱 칼받이나 창받이일 뿐이오. 그런데도 우리는 언제까지 고려에 붙어서 짓밟히고 고생해야 한단 말이오?"

"정말, 일거할 작정이오?"

"그대와 같이라면 못할 것도 없지."

"그러면 같이 해봅시다."

그래서 홍복원과 필현보는 반역키로 합의했다.

그들은 바로 살리타이를 찾아 개경으로 가서 말했다.

"저희는 우리가 거느리고 있는 군사와 군중을 이끌고 성을 들어서 장군에게 항복하겠습니다. 저희들의 요구를 받아주십시오."

"그렇소? 고맙소. 그대들의 공을 인정하여 지금의 직위와 권한을 계속 누릴 수 있도록 하겠소."

이래서 몽골은 평양성을 무혈점령했다. 그 후 이 지역 세력은 몽골군에 합세하여 고려를 괴롭혔다.

홍복원은 고종 5년(1218) 몽골군이 거란군을 추격하여 고려의 경내에 들어왔을 때, 인주(麟州, 평북 신의주 동린동) 도령으로 있다가 그들에게 항복한 홍대순(洪大純)[27]의 아들이다. 홍대순은 몽골군이 들어오자 일찍이 투항했고, 강동성 싸움 때는 자진하여 몽골군에 협력하던 부몽분자(附蒙分子)였다.

홍복원은 홍대순의 뒤를 이어 인주 도령으로 있으면서 고종 18년(1231) 몽골군의 제1차 침공 때 편민(編民) 1천 5백의 가호(家戶)를 거느리고 제 발로 살리타이 군영에 찾아가서 항복했던 바로 그자다.

몽골군이 철수한 뒤 고려 조정에서는 몽골과의 관계를 고려해서 투항자 홍복원을 서경낭장(西京郎將)에 임명해 놓고 있었다.

최우의 강화천도 후 다시 몽골이 침범하자 이번에는 항복 정도가 아니었다. 홍복원은 고려에 반기를 들고 자기 관할의 백성들과 영지를 아주 몽골에 바치고 스스로 몽골에 귀부했다. 고려의 영토와 인구도 그만큼 줄어들었다.

그 무렵인 고종 19년(1232) 9월 개경에 주둔해 있던 몽골군은 태주(泰州, 평북 태천군)의 향리 변려(邊呂)를 사로잡았다. 변려는 태주가 함락되자 개경으로 내려와 강화로 건너가기 위해 기회를 찾고 있다가 생포됐다.

살리타이의 지시에 따라 몽골 군관이 그를 심문했다.

"우리가 어떻게 하면 저 강도에 쳐들어 갈 수 있겠느냐?"

이때 변려의 머리에는 얼마 전에 들은 얘기가 떠올랐다. 몽골인들이 미신을 믿고 신을 두려워하며 무당의 말에 복종한다는 내용이었다.

변려는 아직 미천한 직위에 있었지만 책을 많이 읽어 현명하고 지략(智略)에도 능한 책략가였다.

몽골군의 물음에 변려가 대답했다.

"그것은 불가능합니다. 몽골에 여러 신이 있듯이 우리나라에도 천신과 지신·수신 등이 있소. 바다를 지키는 해신(海神)이나 큰 강들을 맡은 강신(江神) 등 수신(水神)들이 모여 있는 수부(水府)가 이 강화도 주변 해역에

27) 홍대순이 원사(元史)에는 홍대선(洪大宣)으로 나온다.

있습니다. 수부에는 상수부·중수부·하수부의 3부가 있어요. 각 수부마다 여러 명의 수신들이 있어 신군(神軍)들을 거느리며 강화를 보호하여 지키고 있기 때문에 누구든지 강화도를 쳐서 이길 수는 없습니다."

수부란 해저에 있다는 수신(水神)의 궁부, 곧 '해신의 궁전'을 의미한다.

"우린 우리들의 신을 믿을 뿐 너희 고려인들의 신은 믿지 않는다. 만일 고려의 신들이 우리 군사를 막는다면 우리 몽골의 신들이 가만히 있겠는가? 우리 몽골의 신들이 더 위대하기 때문에 신들의 싸움이 붙는다면 몽골의 신들이 고려의 신을 물리쳐 이길 것이다."

"당신네 몽골에는 큰 강이나 바다가 없으니 바다를 맡은 해신이나 큰 강을 지키는 수신이 없을 것이 아닙니까?"

"바다는 없어도 강들은 있다."

"그렇소이까? 우리 고려는 삼면이 바다일 뿐만 아니라 강이 많소. 위로는 압록강·청천강·대동강이 있고, 이 개경 주변에는 한강과 임진강·예성강이 있소. 저 남쪽으로 가면 낙동강·영산강 등 큰 강들이 있어요. 이 여러 강의 강신과 동해·남해의 해신들도 각기 휘하의 신군들을 이끌고 이 강화도로 모여와서 수신들의 중앙인 수부의 지휘 하에 강화도 주변 바다 밑에 배치되어 있다고 합니다."

"그걸 누가 믿겠나?"

"수선이나 수부를 본 사람은 없소. 그러나 우리 고려 사람들은 다 그렇게 믿고 있소. 그래서 몽골군이 강화도만은 어쩌지 못할 것이라고 온 백성들은 믿고 있습니다."

"그런 무당들의 얘기를 믿고 전쟁을 멈출 수는 없다."

"당신네 칭기스칸도 무당들을 믿어 텡거리를 거느리고 다녔다고 들었소만."

몽골군관은 '이 놈은 보통이 아니구나. 주요한 것을 많이 알고 있으니 심문할 가치가 있겠다'고 생각하며, 계속 물었다.

"수부나 수신은 그렇다 치고, 우리 몽골군이 강도를 공격해서 이길 수 있는 방법은 무엇이라고 생각하는가?"

"용병법에 대해서 물으니 용병술을 가지고 말하겠소. 강화는 예로부터 천부(天府)²⁸⁾라고 일컬어져 온 우리 고려의 요처(要處, 중요한 땅)였습니다. 또 자체의 농지와 주변의 바다에서 양곡과 어물이 많이 나기 때문에 물산이 풍부하다고 해서 천연의 창고라 했습니다. 또 주변이 바다와 절벽, 늪지로 되어 있어 강화도 전체가 천연의 아성입니다. 뿐만 아니라, 경치가 좋고 인심과 풍속이 또한 순후하여 가히 천부지토(天府之土)²⁹⁾라 할 수 있는 곳입니다. 이런 곳은 외국이 군사로 칠 수가 없습니다."

"네 말을 들으니, 강화의 육지는 천부(天府)이고 강화 주변 해역은 수부(水府)란 말이구나. 그렇다면 강화는 과연 하늘이 내려 준 곳이다. 그러나 아무래도 좋다. 묻는 것에만 대답하라. 지금 내가 우리 군사들을 이끌고 강화를 쳐들어가려 한다. 내가 이길 수 있는 방법은 무엇인가."

"알겠습니다. 말씀 드리지요. 강화도는 바다 가운데 있는 섬입니다. 강화를 치려면 바다를 건너야 하는데 몽골군에 수군이 없지 않습니까."

"지금 배를 만들고 있지 않느냐? 이 배들이 완성되면 우리 기병을 태워서 강화도에 상륙해서 싸우면 되겠느냐?"

"상륙이란 배만 가지고 되는 것이 아니지요. 우선 몽골군이 배를 타고 나가면, 저쪽에서 고려의 수군이 배를 몰고 달려 나옵니다. 고려는 수군이 강합니다. 우선 바다 위에서 고려의 수군과 싸워 이겨야 합니다. 헌데, 몽골군이 수전에서 고려 수군을 이길 수 있겠습니까?"

"쉽지는 않겠지."

"그 수전에서 이기면 그 다음에는 상륙전으로 들어가야 합니다. 몽골의 함선이 강화도에 상륙하기 위해 연안에 접근하면 육지에는 고려의 지군(地軍, 지상군)이 기다리고 있습니다. 몽골군은 노출되어 출렁거리는 배

---

28) 천부(天府); 천연적인 요새의 땅, 또는 비옥하여 물산이 많아 부유한 땅을 말한다. 강화도 마리산 정상의 참성단(塹城壇)과 같이 하늘에 제사를 지내는 곳도 천부라 했다.

29) 천부지토(天府之土); 비옥하여 물산이 많고 좋은 점을 많이 갖춘 양질의 땅을 일컫는다. 줄여서 천부(天府)라고도 한다.

위에서 싸우고, 고려군은 안정된 육지의 숲 속에 숨어서 싸우는 겁니다. 이 싸움에서 반드시 이겨야만 합니다. 배 위에 노출된 몽골군이 숲 속에 숨어있는 고려군을 제압하고 이길 수 있겠습니까?"

"어려울 것이다."

"설사 여기서 이긴다고 해도 바로 상륙이 되는 것은 아닙니다. 강화도 연안은 모두 지독한 늪지가 아니면 깎아지른 절벽으로 되어 있습니다. 늪지는 사람이 들어가면 허리까지 묻히고, 절벽은 사람이 기어 올라갈 수가 없을 정도지요. 그곳을 무사히 통과해야 상륙이 되는 겁니다. 그러나 고려의 군사나 백성들이 몽골군의 상륙을 보고 가만히 있겠습니까?"

"백성들까지?"

"물론이지요. 전쟁이 나면 군인과 백성의 구별이 없습니다. 모두가 군인이지요. 몽골도 그렇다면서요."

"그들이 어떻게 나오겠는가?"

"절벽 위에 있으면서 기어오르는 몽골군에게 돌을 던지거나 활을 쏘아 댈 것이고, 숲 속에 숨어서는 늪지를 나오는 몽골 군사들에게 화살을 퍼부을 것입니다."

"절벽이 끊긴 곳이 있지 않은가. 그래서 강화도 사람들이 배를 타고 고기잡이를 드나들지 않는가."

"그런 곳이 있지요. 그러나 얼마 되지 않고 폭이 좁습니다. 고려군은 그런 곳만 지키면 되기 때문에 군사력을 그런 곳에 집중시켜 놓고 있습니다. 고려의 유능한 갑병과 궁사·무기들이 다 그곳에 모여 있습니다."

"음, 그렇겠군."

"설사 상륙작전에 성공한다 해도 그것으로 끝나는 것은 아니지요. 그 다음으로 공성작선에서도 이겨야 합니다. 고려의 강도성은 견고합니다. 그것도 이중삼중의 성이 겹쳐 있습니다. 그래서 강도는 옛적부터 난공불락의 금성탕지라고 불려왔습니다. 고려 조정이 저 험한 강도로 들어간 것은 그 때문이지요. 그래도 살리타이 원수가 몽골군을 몰아서 강화도 상륙을 시도하겠습니까?"

변려의 말을 듣고 몽골의 심문 군관은 화가 났다.

"네, 이놈! 너는 왜 우리 몽골군을 그리 비아냥거리고 우리를 상륙치 못하게 막느냐? 너는 우리의 강화 진공을 방해하려는 거지!"

"내 말이 틀렸습니까? 정 믿지 않으려거든 마음대로 하십시오. 내가 뭐라 해도 공격 여부를 결정하는 것은 그대들이 아닙니까?"

몽골군은 변려에게 단근질까지 해 가면서 화풀이를 했다. 그리고 나서 다시 물었다.

"우리는 어떻게 해서든지 강화로 쳐들어간다. 어떻게 쳐들어가야 하겠는가? 네 생각을 말해보라."

변려가 다시 말했다.

"다른 방법은 없소이다. 우선 배를 많이 만들고 능한 수사(水師, 선원)를 충분히 확보해야 하오. 고려의 함선은 1천 척이 넘소. 몽골군은 그 이상의 배를 확보해야 합니다. 수사는 배 한 척에 최소 5명에서 10명은 있어야 배를 움직일 수 있소. 그런 다음에는 배 위에서 고려군의 수군과 지군을 물리칠 수 있는 훈련된 군대를 확보해야 합니다. 군사는 배 1척에 적으면 50명, 많으면 1백 명까지 태워야 하오. 그러면 강화를 쳐들어 갈 수 있소. 그 외에 다른 방법이 없소이다."

변량은 상당히 부풀려서 말해 주었다.

"야, 이놈아. 강화에 고려군이 얼마나 되기에 우리 군사 10만이 있어야 된단 말이냐. 너 거짓말하고 있지?"

"모르는 말씀이오. 물에서 상륙하는 측은 땅에서 방어하는 측의 최소한 5배 이상의 군사가 있어야 이길 수 있소."

몽골 군관이 변량의 심문 결과를 가지고 살리타이의 막사로 들어갔다. 살리타이가 보고를 다 듣고 말했다.

"변량의 말이 맞을 것 같다. 우리가 직접 강도를 침공할 수는 없다. 따라서 강도 침공을 포기하고 본토에서 정벌을 확대해 가면서 외교적으로 압력을 가해야 한다."

"예, 원수."

"변량은 어떻게 했느냐?"

"다시 구금해 놓았습니다."

"고문했나?"

"거짓말을 할까봐서 미리 좀 했습니다."

"그가 고마운 생각이 든다. 풀어줘라."

"예?"

"놓아주란 말이다."

이래서 변량은 석방되고, 몽골군은 강화에 대한 직접적인 공격작전을 펴지 않기로 했다.

"이미 만들어 놓았거나 만들고 있는 배들은 모두 불살라 없애라. 만약 고려인들이 그 배를 몰고 가는 날이면 저들의 전력만 강화해 주게 된다."

"예, 원수."

"강화 상륙을 중단하는 대신 남쪽으로 진격한 선공부대로 하여금 고려를 철저히 분쇄하여 '푸른 이리' 몽골군의 힘과 무서움을 보여주도록 하라."

살리타이의 명령에 따라 몽골군은 짓고 있던 배를 모두 불태워 없앴다. 한편 변려는 밤에 배를 저어 강도로 들어갔다.

강도에서는 최우가 변려에 관한 얘기를 듣고 말했다.

"홍복원같이 땅과 백성을 떼어 제 발로 걸어가서 투항하는 반역자가 있는가 하면, 변량같이 잡혀서 고문을 받아가며 나라를 위해 애쓰는 충신도 있구나."

조정에서는 애국심이 강하고 지략이 풍부한 변량의 공을 높이 인정하여 일개 향리였던 그에게 대장군의 벼슬을 주어 강화를 지키게 했다.

대장경이 불타다

　방비가 허술한 북계지역의 무혈점령으로 사기가 오른 살리타이는 개경 일대에 머물러 있는 몽골 4개 군의 주력을 모두 그대로 있게 하면서, 공격 작전을 멈추고, 외교협상을 벌여 나갔다.

　그는 먼저 사신을 고려에 보내 강도로 천도한 책임을 물었다. 그의 요구는 크게 두 가지였다. 첫째는 조정이 강도에서 나와 수도를 다시 개경으로 옮기라는 이른바 출륙환도(出陸還都)이고, 둘째는 고종이 직접 자기 앞에 나와서 항복하라는 국왕친항(國王親降)이었다.

　살리타이는 그 두 개의 요구를 던져놓고는 고려 정부의 반응을 기다렸다.

　최우가 그것을 받아보고 코웃음을 쳤다.

　"이자들이 아직도 뭘 모르고 있구나. 어림없는 소리다. 항복하지 않겠다고 우리가 강화로 입보했는데 뭐 출륙환도에 국왕친항이라."

　고려가 두 요구를 모두 거부하자 살리타이는 일보 물러나서 수정안을 내놓았다.

　"임금이 나와서 항복하기 어렵다면, 집정자인 최우가 나에게 와서 항복하라."

　최우는 다시 코웃음을 쳤다.

"얼간이 같은 놈들. 점입가경(漸入佳境)이로구나. 내가 저희들에게 항복하려면 우리가 뭣 하러 반론을 누르고 어려움을 무릅쓰며 천도를 강행했겠는가."

최우를 중심으로 하는 고려의 강경파들은 살리타이의 요구를 다시 일축하고 항복을 거부하면서 항전을 계속했다.

"모든 것이 우리가 예상한 대로다. 우리가 세워놓은 전략에 따라 대처해 나가자."

최우는 기세등등했다.

자기 요구가 거부되자 살리타이는 더 이상 기다려 주지 않겠다는 자세였다. 그는 개경에 와있는 몽골군 중에서 기병 1천기를 뽑아 별동대(別動隊)를 편성하여 개경 이남으로 남진시키면서 말했다.

"평지에는 고려군이 없을 것이다. 고려의 보군 정도는 아무리 많아도 우리 몽골 기군의 길을 막지는 못한다. 따라서 진격에 어려움은 없을 것이다. 다만 복병(伏兵)을 조심하라. 고려군은 우리 기병과 정면 대결하기 어렵기 때문에 숲 속에 잠복해 있다가 우리 기군을 기습하려 할 것이다."

한편 살리타이는 개경에 머물러 있으면서 고려의 조선(造船) 기술자들을 끌어내어 배를 만들기 시작했다. 수군의 힘으로 바다를 건너 강화를 침공할 생각이었다.

제1차 침공 때 살리타이는 안주에 계속 머물러 지휘하고 있다가 철수했지만, 이번에는 손수 군사를 이끌고 개경으로 남진했다. 이것은 그만큼 그가 이번 고려 정벌에 열의를 올리고 있다는 증거였다.

선발부대로 떠난 별동대는 주력군에 앞서 요지를 진격하여 인명살상·시설방화·재물약탈을 자행했다. 고려인들에게 겁을 주어 대항치 못하게 하면서 전리품을 확보해 두는 것이 별동대의 임무였다.

살리타이가 보낸 별동대는 남쪽으로 진격하여 남경·광주·충주를 거쳐 문경 새재를 넘어 상주·선산을 지나 대구까지 갔다. 그들은 경상도에 이르기까지 중요 지방을 공략하고 가는 곳마다 유린했다.

그때 대구 사람들은 옛날부터 피난의 성소(聖所)로 전해져 오는 팔공산으로 피신해서 산꼭대기에 있는 공산성(公山城)으로 들어갔다.

몽골군은 그들을 추격하여 팔공산으로 올라가다가 그 중간에 거대하게 지어진 부인사(符仁寺)를 보았다.

당시 부인사에는 39개 동의 크고 작은 당우(堂宇)와 수 천 명의 승려가 있었다. 신자들이 많아서 절 앞 광장에는 승시장(僧市場)이라는 상설매장이 설 정도로 부인사는 거찰이었다.

몽골군 별동대들은 부인사로 갔다. 그들은 절간의 여기저기를 뒤져 거기에 보관돼 있던 금은보화를 모두 약탈하고 절에다 불을 질렀다. 그 통에 부인사는 전소됐다.

불교서적을 포함하여 부인사가 가지고 있던 각종 전적(典籍)들이 불에 타서 없어졌다. 현종 때 만들어진 대장경(大藏經)[30]과 그 판본(板本), 그리고 문종 때 만들어진 속장경(續藏經)이 소실된 것도 그 때였다.

그 보고를 듣고 최우는 화를 냈다.

"아니, 몽골 놈들은 쳐들어왔으면 싸움이나 할 일이지 불경이 무슨 죄가 있다고 대장경과 그 판본에 속장경까지 불태웠단 말인가? 야만인들이란 할 수 없구나. 그놈들이 부처님의 가르침을 담은 대장경을 불태우고도 무사할 줄 아는가? 살리타이와 그의 장수들에게는 분명히 어떤 재앙이 있을 것이다."

최우가 다시 말했다.

"그것들은 우리의 호국정신을 담고 있는 신성한 장경들이다. 거란군이 쳐들어 왔을 때, 우리는 대장경을 만들어 부처의 힘으로 적군을 몰아내지 않았는가."

---

30) 대장경(大藏經); 석가의 설법을 결집한 경(經)과 교단의 계율을 결집한 율(律), 교리 연구논문을 결집한 논(論) 등 3장(三藏)의 불교경전을 총칭해서 이르는 말.

"그렇습니다. 거란은 우리 6대 성종 12년(993)에 처음 쳐들어왔다가 서희 장군의 외교담판 끝에 그들이 살고 있던 강동 6주[31]를 우리에게 내어 주고 물러난 뒤 잠잠했습니다. 우리가 송나라와 외교관계를 계속 유지하자, 17년 뒤인 8대 현종 1년(1010)에 다시 쳐들어왔습니다."

"그랬지."

"그때 우리 조정에서는 불력(佛力)의 힘을 빌려 거란군을 내쫓아야 한다는 의론이 결정되어 장경 판각에 들어가 대장경을 만들었습니다."

이 대규모 국가사업은 60여 년 걸려 불경을 총 6천여 권으로 결집하여 덕종·정종을 거쳐 11대 문종에 이르러 완성됐다. 이것이 후세에 초조대장경(初彫大藏經)이라고 부르는 우리나라 최초의 대장경이다.

속장경은 문종 때 대각국사 의천이 우리 대장경과 송·요·일본 등의 장경에서 누락돼 있는 불경들을 모아 보완하여 만든 장경이다. 의천은 흥왕사에 교장도감을 설치해서 10년에 걸쳐 총 4천 7백 60권으로 속장경을 판각하여 초조대장경과 함께 부인사에 보관하고 있었는데, 이번에 몽골군에 의해 모두 소각된 것이다.

고려에서 이렇게 대장경의 판각이 활발하게 이뤄지고 종합적인 불경이 널리 보급되면서, 불교는 호국불교(護國佛敎)·기복불교(祈福佛敎)로서의 위치를 확고하게 다져나갔다.

최우가 다시 말했다.

"알겠다. 불교는 우리의 국교일 뿐만 아니라 나라를 지키는 지주다. 우리 선조가 대장경을 판각해서 불력으로 거란군을 물리쳤듯이 우리도 대장경을 다시 만들어 몽골군의 침공도 불력으로 물리치자."

---

31) 강동6주(江東六州); 의주(흥화진) 철주(철산) 곽주(곽산) 용주(용천) 귀주(귀성) 통주(선천) 등 압록강 (하류)의 동쪽 6개 주. 이땅은 발해가 망한 뒤 거란족의 요나라가 차지하고 있었으나, 성종 12년 거란의 소손녕이 침공했을 때 서희가 나가 외교담판을 벌여 거란이 고려에 되돌려준 땅이다. 지금의 평안남도 남부 일대 지역. 이것은 신라의 삼국통일로 상실된 고구려의 영역을 되찾은 것이라는 점에서 윤관의 함남 여진정벌, 조선조 세종의 함경도 북부 6진(두만강 이남)과 평안도 북부(압록강 이남) 4군의 회복과 함께 우리 역사상 매우 중요하다.

최우는 조정회의를 소집했다.

"우린 대장경을 다시 만들어야 합니다. 시간이 걸리고 돈은 들겠지만 무슨 일이 있어도 우리 능력과 정성을 다해서 크고 상세한 장경을 만듭시다. 나라와 조정과 백성들의 마음을 담아 장경을 충실하게 만들어야 몽골의 적이 패하여 물러나고 나라가 잘 보전됩니다. 아직 전쟁이 계속되고 있지만 우선 장경재조 작업을 시작하시오."

부인사의 대장경이 소실됐다는 소식이 퍼지자 강화경에서는 전국의 민심이 동요하기 시작했다. 그때의 분위기를 이규보는 이렇게 전하고 있다.

이규보의 대장경 기고문

달단(몽골)의 환란의 심함은 참으로 큽니다. 그들의 잔인하고 흉포한 성격은 말로써 형언할 수 없나이다. 이보다 더한 어둠이 어디 있겠으며, 이보다 더한 금수가 어디 있겠습니까. 달단의 군사들은 불상이고 범서고 할 것 없이 닥치는 대로 모조리 불살라 없애고 말았습니다. 부인사에 소장된 경판들 역시 이들의 마수에 걸려 하나도 남은 것이 없게 되었나이다.

아, 지난날의 공이 하루아침에 재가 되었고, 나라의 보배들을 한 순간에 잃었나이다. 비록 부처님과 천신들께서 대자비심으로 참으실 만한들 어찌 이 일까지 참으실 수 있겠나이까.[32]

최우는 대장경 재조에 대한 자신의 의지를 다시 강조했다.

"나는 사재를 털어서라도 대장경을 다시 만들 것이다. 지금부터 경판으로 쓸 나무들을 마련해서 곧 판각에 들어갈 수 있도록 준비하라. 대장경 재조는 불교라는 종교의 문제가 아니라, 외적을 물리치고 나라를 구하는 구국의 사업임을 잊지 말라."

이래서 거제도·완도·제주도 등 남부의 섬에서 자생하는 자작나무(白

---

32) 출처; 이규보가 쓴 大藏刻版君臣祈告文(대장각판군신기고문)의 한 구절.

樺木)를 베어다가 바다 물에 담그는 작업이 시작됐다.

몽골군의 3대 전술원칙

1) 작전의 신속성(迅速性)

전투가 시작되면 기습과 속전속결을 기본으로 한다. 전광석화(電光石火)와 같은 섬격전과 속도전에 중점을 둔다.

2) 적에 대한 잔혹성(殘酷性)

적국에 대해서는 공포심을 전파하는 심리전을 펴서, 전투가 끝나면 살인·약탈·방화 파괴를 무차별 가한다. 저항이 심한 곳에서는 특히 잔혹성을 발휘한다.

3) 전술의 다양성(多樣性)

가능한 모든 전술을 미리 익혀, 수시로 변하는 전투 상황에서 적이 예상하지 못하도록 각종 전술을 활용한다.

여몽 정상의 서신교환

고려 북계를 쉽게 점거하고 남부에 대 타격을 가한 살리타이는 고려에 다시 외교전략을 펴기 시작했다.

얼마 뒤 살리타이의 사절이 몽골 황제 오고데이의 이름으로 된 천도문 책 조서를 개경으로 가져왔다. 그때 개경에서 강도로 보내온 몽골의 국서 내용은 이러했다.

오고데이가 고종에게 보낸 조서

고려는 우리 군사가 철수한 뒤에 대번에 태도를 바꿔 강화도로 도성을 옮겼다. 이것은 우리에 대한 배신이며 우리에게 도전하겠다는 것이 아 닌가. 고려에 가있는 우리의 다루가치들은 모두 죽을 지경에 있다가 대부분이 살해됐다는 보고를 받았다. 또 고려는 우리가 보낸 사신들을 포박하여 감금했다. 이것들은 용서받을 수 없는 일이다.

그대가 진심으로 몽골에 순종하려 한다면 즉시 강화도 섬에서 나와 짐 에게로 와서 짐을 만나고, 순종하지 않으려면 군사를 내어 우리와 싸 우자. 우리는 우리를 배신한 동진의 푸젠완누를 치려한다. 그대가 나 에게 순종하겠다면, 군사를 보내어 완누의 토벌을 도우라. 성과 섬에 들어가 있는 백성들을 모두 나오게 하고 우리 살리타이 원수로 하여금 백성들의 수를 알게 하라.

오고데이의 문서는 고려의 강화도 천도와 다루가치 살해, 사절 구속 등에 대한 문책이었다. 문책에 이어 푸젠완누 토벌지원, 입보 국민의 복귀 등을 의무로 지워주었다.

고종은 그 서신을 받고 최우를 비롯해서 신료들을 불러들여 말했다.

"우리 천도에 관한 보고를 받고 오고데이가 몹시 화가 난 모양이오. 그럴 것이오."

최우가 나섰다.

"그러나 오고데이의 문서에는 저구유 피살 등 실상을 잘 모르고 쓴 부분이 있고, 우리로서는 받아들일 수 없는 점도 많습니다. 우리가 어떻게 푸젠완누의 토벌에 나서고, 입보한 백성들을 끌어내겠습니까."

"그렇소. 그러나 저쪽은 강대국이고 우리는 힘으로는 몽골에 대항할 수 없소. 그러니 자세를 낮게 갖추어 회신을 쓰되 할 말은 당당히 다 넣도록 하시오."

그래서 고종은 그해(1232) 11월 몽골 황제 오고데이에게 회신을 보냈다. 그 진정표(陳情表)의 내용은 이러했다.

고종이 오고데이에게 보낸 회신

하국(下國, 고려)과 상조(上朝, 몽골)와의 관계는 날이 갈수록 떼려야 뗄 수 없이 더욱 밀접해 졌습니다. 그런데 갑자기 뇌성벽력과도 같은 책망을 받게 되니, 글을 읽고 어찌할 바를 몰라 이에 신의 심정을 호소하는 바입니다.

신이 용렬한 자격으로 외람되이 한 나라 임금의 직책을 띠고 귀국을 하늘처럼 믿으며 북극성처럼 우러러보고 있는데, 어찌 이렇게도 추궁과 요구가 큽니까. 자기 힘으로 감당하지 못할 일은 성의껏 얘기해야 할 것이며, 말을 할 바에는 사실대로 진술해야 하겠습니다.

지난번에 몽골군 진영에 갔던 우리의 송입장이 돌아와서 말하기를 '몽골에서 대군을 동원하여 장차 우리 고려를 치려한다'고 했습니다. 일국의 안전을 책임지고 있는 나라의 임금으로서 어찌 그 말을 믿지 않을 수 있었겠습니까. 그 말을 듣고 백성들은 놀라 기운이 꺾이고 절반 이상이 도망하여 성읍이 거의 비어있게 되었습니다.

보내주신 조서에 우리의 강화 천도는 몽골에 대한 도전이며, 몽골군과 싸우려면 싸우자고 했습니다. 그러나 우리는 몽골에 도전할 생각이 없을 뿐만 아니라, 몽골군을 상대로 다시 싸울 생각도 전혀 없습니다. 우리가 어찌 몽골과 싸울 생각을 할 수가 있겠습니까.

몽골의 다루가치로서 우리 서경에 와있는 자들에게는 우리가 대접을 잘 했고, 그들의 뜻에 거슬리게 한 것은 조금도 없습니다. 그런데 귀국에서 어찌 그런 소문을 듣지 못했습니까. 또 그 밖의 여러 곳에도 지시를 내려, 다루가치들에게 후하게 했습니다. 그 중에 혹 나라의 지시대로 못한 곳이 있다면, 그것은 신도 일일이 알지 못하고 있는 일이니, 귀국에서 좀 더 명백히 알아보기 바랍니다. 또 귀국 사신을 포박했다 했는데, 그럴 리가 있을 수 없으니 이는 뒤에라도 증명될 것입니다.

군사를 보내어 푸젠완누를 토벌하라 했는데, 우리 고려는 궁벽한 곳에 있는 약소국인 데다가 귀국 군사가 들어와 한바탕 동란을 겪는 바람에 많은 백성과 대부분의 군사가 죽어 없어졌습니다. 게다가 얼마 남지 않은 백성들조차 난리 끝에 흉년과 질병으로 많이 죽었기 때문에, 귀국의 병력을 도울 수가 없습니다. 폐하의 명을 쫓지 못하니 책임은 면치 못해도, 그 사정만은 용서받을 수 있다고 생각합니다.

신이 직접 폐하를 만나야 한다고 말했습니다. 폐하께서 황제의 자리에 올랐다는 말을 들었을 때, 응당 바로 찾아가서 인사를 치렀어야 했을 것입니다. 더군다나 멀리 떨어져 있는 나로서 귀국 구경을 하는 것이 숙망이기도 했습니다. 그러나 국왕의 자리는 하루라도 비우기가 어려우니, 사실은 이것이 걱정스러운 일입니다.

백성들을 산성과 섬에서 나오게 하고 살리타이로 하여금 우리 백성의 인원수를 알게 하라고 했습니다. 뜬소문으로 귀국 군사가 장차 우리나라를 친다는 말이 있어, 어리석은 백성들로서는 속기 쉬운지라 재산을 걷어 가지고 도망한 자가 많습니다. 여러 백성들이 다 같이 한 일이어서 막아낼 수도 없거니와 그들이 떠나고 난 뒤 가옥들은 쓸어버린 듯이 쓸쓸하고 그곳은 풀밭으로 변했습니다. 만일 임금과 관료들만 남아있게 된다면 귀국에 공납인들 어떻게 바치겠습니까. 남은 백성들을 수습하여 길이 귀국을 받들려고 합니다.

비록 강화의 섬 속에 들어와 있으나 마음만은 귀국을 잊지 않고 있습니다. 이는 실로 나라를 보위하기 위한 조치이니, 폐하가 의심하실 바가 아닙니다. 마음만 시종이 한결같다면, 신이 어디에 있든 그 있는 곳을 따질 필요가 있겠습니까. 약소한 나라로 하여금 안전을 유지하게 한다면, 토산물의 공납을 다른 나라에 뒤지지 않게 할 것입니다.

이 진정서는 고종이 지시한 대로 몽골에 대한 자세는 바짝 낮추는 대신 할 얘기들을 당당하게 다 하면서도, 동진 정벌에 대한 군사지원이나 호구조사와 같이 거절할 것은 주저 없이 거절했다.

그러나 고종은 뒷맛이 개운치 않았고 몽골 황제에게 할 얘기도 많이 남아있었다. 그래서 진정표 외에 다시 하나의 긴 글을 써서 함께 보냈다. 그 서신의 내용은 이러했다.

고종이 오고데이에게 보낸 서찰 요지

신의 한 두 가지 희망을 이미 진정표에 자세히 말했습니다. 그러나 아직도 마음에 맺혀있는 바를 다 토로하지 못했고, 표문에 일일이 다 쓸 수도 없어서, 다시 이 글을 보냅니다.

우리 고려는 본래 해외의 약소국으로서, 역대로 내려오면서 반드시 인접 강대국과의 우호관계를 맺어야만 나라를 보존할 수 있었습니다. 그렇기 때문에 얼마 전에는 금나라를 받들어 오다가 금나라가 망한 뒤에야 비로소 그 나라에 대한 조공을 중지했습니다.

다음해 병자년(고종 3년, 1216)에는 거란이 많은 군사를 거느리고 우리 나라에 침입하여 횡포한 짓을 함부로 감행했습니다. 그러다가 기묘년(고종 6년, 1219)에 귀국에서 원수인 하칭(河稱, 일명 哈眞, 카치운)과 찰라(札剌, 살리타이) 등을 시켜 군사를 거느리고 와서 단번에 거란인들을 소탕하여 우리를 구원해 주었습니다. 이리하여 우리는 귀국의 적지 않은 은공을 생각해서, 귀국과 우호관계를 맺고 자손만대에 서로 잊지 않겠다는 것을 하늘을 두고 약속하는 동시에, 해마다 공물을 보내기로 하고 많지는 못하나마 공물을 바쳐왔습니다.

얼마 전에 우리 북계의 한 두 성에서 일어난 반역의 무리들이 그 성의 다루가치를 설유해서 평민들을 살육하고 또 우리가 보낸 사람들을 죽였습니다. 우리가 보낸 사람은 바로 귀국의 사신을 영접하기 위해 그곳에 가서 기다리고 있다가 사신이 도착하면 서울로 안내하기 위하여 간 영접사였습니다. 그런데도 반역의 무리들은 이렇게 그를 죽인 뒤에, 반란을 일으키고는 몽골의 군사가 온다고 떠들어댄다는 말이 들렸고, 또한 귀국 사신이 의주에 와서 큰 배 1천 척을 준비하여 군사를 도강시키려 한다고 퍼트리는 말이 들렸습니다.

이리하여 상하의 사람들이 모두 놀라 도망한 자가 태반이나 되고, 빈집들이 도처에 허다하여 풀밭이 되었으니, 한심하기 짝이 없었습니다. 이에 임금과 신하들이 은밀히 상의하여 '만약 백성들이 다 흩어지면 어떻게 공물을 만들어 몽골에 바칠 수 있겠는가. 이제 남은 백성이라도 모아 섬으로 들어가 있으면서 토산물을 보내 우리의 체면을 차리는 것이 상책이다. 대개 성의를 다하는 것은 어디서 한들 지역에 관계없는 것이다. 우리가 한결같은 마음으로 몽골을 대한다면, 몽골에서 왜 도읍을 옮겼다고 우리를 탓하겠는가'라고 하면서, 드디어 도성을 이곳 강화도로 옮길 방침을 정했습니다. 그런즉 우리나라가 이곳으로 도읍을 옮긴 것은 이런 의도에 지나지 않는 것이니, 무슨 딴 마음을 가졌겠습니까. 이는 천지신명(天地神明)이 다 아는 바인데, 귀국에서 뜬소문만 듣고 우리 나라에 다시 대군을 보낼 줄이야 어찌 생각이나 했겠습니까.

귀국 군사는 가는 곳마다 노약자나 부녀자 할 것 없이 서슴지 않고 닥치는 대로 죽이고 있습니다. 그러므로 온 나라가 아무런 경황도 없이 허둥지둥 공포에 싸여 살고 싶은 생각을 가지지 못하고 있습니다.

무릇 '임금이란 하늘이요 부모입니다'(君是天也父母也). 바야흐로 이런 엄중한 환난 속에 처해 있으면서, 하늘과 부모를 두고 또 어디에 호소하겠습니까. 황제 폐하는 천지와 부모의 사랑으로 우리 고려가 딴 마음이 없음을 양해하고, 명령을 내려 군사를 철수케 하고, 우리나라를 길이 보호하여 주십시오. 그러면 신은 있는 힘을 다하여 해마다 토산물을 보냄으로써 신의 성의를 표하고, 특히 황제의 천만세수(千萬世壽, 만수무강)를 축원할 것입니다. 이것이 바로 신의 뜻입니다.

고종은 이렇게 몽골에 대해 변명하고 애원하면서 몽골군의 철수를 요구했다. 살리타이나 샤다 등 몽골의 책임자들에게도 서찰을 쓰고 예물을 보내면서 몽골군의 만행 중지와 철수를 요구했다.

그러나 그것은 아무런 효과가 없었다.

"고려가 아직 버티고 있다. 좀 더 혼을 내줘야 하겠다."

고종의 간곡한 서신이 있었음에도 살리타이는 오히려 남진을 계속했다.

강을 건너 남으로 가면 당신은 죽는다

　　살리타이는 제4군을 새로 강화하여 주력군으로 편성했다. 그는 나머지 소수의 군사들은 그대로 남아서 개경과 강화에 대한 압력을 계속하게 하고, 자신은 제4군을 이끌고 선공 별동대가 먼저 지나간 길을 따라 남으로 내려가려 했을 때였다.

　　고려인 한 사람이 외쳤다.

　　"여보시오, 군관!"

　　몽골군에 사로잡혀 몽골군 영내에 갇혀 있던 설신(薛愼, 어사잡단)이 지나가던 몽골 군관을 불렀다.[33]

　　"이 부대가 남으로 가는가?"

　　"그렇다. 왜 묻나?"

　　"그렇다면 내가 꼭 살리타이 원수를 만나야 한다."

　　"왜 만나려는가?"

　　"원수를 위해 긴히 할 말이 있다."

　　"그대는 갇혀있는 포로다. 어떻게 감히 우리 권황제(權皇帝)를 만나려

---

33) 어사잡단(御使雜端); 어사대의 종5품 벼슬. 어사대는 지금의 감사원과 비슷하나 권한이 더 방대했다. 사헌대, 금오대, 감찰사, 사헌부 등으로 이름이 바뀌어왔다.

하는가. 내게 말하라. 그대로 전해 주겠다."

"제3자가 알아서는 큰일 날 얘기다."

군관은 괘씸하다는 표정을 짓고 물러났다. 그는 살리타이에게 가서 설신의 얘기를 전했다.

"그런가. 불러오라."

설신이 살리타이의 막사로 안내됐다.

"원수께서는 남쪽으로 가시려 하십니까?"

"그렇다. 왜 그러나?"

"원수는 가시면 안 됩니다."

"무슨 소린가?"

"원수께서 남진을 하시면 강을 여럿 건너야 합니다. 우선 임진강이 있고, 그 남쪽에 다시 한강이 있습니다."

"그래서 어쨌단 말이냐. 빨리 말하라."

"우리 고려에 이런 말이 전해오고 있습니다. 외국의 대관이 와서 남쪽 강을 건너는 사람은 불길하다는 참위설(讖緯說)입니다. 그래서 원수께서는 남쪽으로 가시면 안 됩니다."

"거짓말하는 것은 아닌가?"

"거짓 참위설을 말하면 천벌을 받게 됩니다. 내가 그것을 알면서 어떻게 감히 거짓을 말하겠소이까?"

"고려의 참위설은 그렇다 치자. 그러면 네 생각은 어떠냐? 내가 강을 건너 남쪽으로 가면, 내가 죽을 것으로 생각하느냐?"

"그렇습니다. 우리나라 도참은 정확합니다. 그래서 가지 마시도록 이렇게 권고하는 것입니다."

"우리가 아는 바로는 고려는 동소서밀(東疎西密)에 남다북소(南多北少)다. '사람은 동쪽에 적고 서쪽에 많으며, 물자는 남쪽에 많고 북쪽에 적다'는 얘기지. 그래서 우리 작전은 동쪽과 북쪽보다는 서쪽과 남쪽에 더 집중하고 있다. 그리고 내가 물자가 풍부한 남쪽으로 직접 군사를 몰고 가려하는데, 너는 가지 말라고 하는구나."

"우리 고려에 대한 장군의 말은 맞습니다. 그러나 저는 장군의 안전을 위해서 남행하지 말라는 것입니다."

"고려의 관리가 적장의 안전을 걱정해 주니 고맙구나."

"적장에 대한 충고가 아니라 인간에 대한 자비입니다. 내 말을 믿고 따르십시오."

"알았다. 물러가라."

살리타이는 다음 날 예정대로 남정(南征) 길에 오르면서 말했다.

"설신을 불러와라."

곧 설신이 들어갔다.

살리타이가 말했다.

"내가 오늘 남쪽으로 간다. 강들도 건널 것이다. 설신, 네가 앞장서라."

"나는 강을 건너 남쪽으로 가도 무방하나 장군이 그리 하시면 불행을 당합니다. 장군은 도대체 목숨이 몇 개나 되시기에 이리 망령되이 행동하십니까?"

살리타이는 망령이라는 설신의 말에 기분이 나빴다. 그러나 그는 사람이 컸다.

"망령되다니? 너는 맹랑하면서도 무엄하구나. 당장 목을 칠 것이로되, 네 언행이 재미있어 그냥 놔두는 것이다. 앞으로는 말조심하라."

살리타이는 설신을 앞세워 남쪽을 향했다.

그들이 임진강을 건너려 할 때, 설신이 다시 말했다.

"이것이 임진강입니다. 임진강은 원수님에게 마의 강입니다. 그래도 건너시겠습니까?"

"한 번 말하지 않았나! 그따위 말로 나를 귀찮게 하지 말라, 이 맹랑한 고려인아."

살리타이는 무사히 임진강을 건너 군사를 거느리고 계속 남진해서 한 양산성(漢陽山城, 지금의 서울)을 함락시켰다. 한양성은 큰 저항 없이 쉽게 접수됐다. 살리타이는 다시 남진을 계속했다. 강이 보였다. 한강이었다.

한강이 나타나자 살리타이는 또 설신을 불렀다.

"나는 임진강을 건넌 지 오래됐다. 전투도 했다. 그러면서도 이렇게 이기고 살아있다. 내가 왜 죽지 않고 아직 살아있는가?"

살리타이는 재미있다는 듯이 웃으면서 말했다.

"살리타이 원수는 좋으신 분인 모양입니다. 그래서 하늘이 반성할 시간을 주시는 겁니다. 너무 오만하시면 안 됩니다. 하늘은 교만을 미워합니다. 지금이라도 되돌아 가십시오."

"그대는 나를 우롱하는가, 아니면 진정으로 아끼는 것인가?"

살리타이의 말에는 농기(弄氣)마저 어려 있었다.

"목숨을 놓고 우롱하는 일은 죄받을 일입니다. 진정입니다, 원수."

"설신, 나는 이 한강도 건너 남으로 가야겠다."

"지금도 늦지 않습니다, 살리타이 원수. 아직 건너지 않은 강은 넘지 마시고, 넘은 강은 되돌아 건너가십시오."

"그래. 내 걱정을 해줘서 고맙다."

그러면서 그는 앞서서 강 쪽으로 갔다.

"참으로 답답하십니다, 원수. 나는 원수에게 할 얘기를 다했습니다. 앞으로 무슨 일이 있더라도 나를 원망하지는 마십시오."

"설신, 그대는 참으로 재미있는 친구다. 내게서 멀리 떠나지 말고 항상 내 곁에 있으면서 재미있는 얘기를 계속하라."

살리타이는 한강을 건너 계속 남진하여 광주(廣州)로 갔다.

살리타이는 길가에 우뚝한 광주성을 바라보았다.

"산성이 크고 험하구나. 이 산성을 포위하라."

몽골군이 광주성을 포위하려 했다. 이때의 광주성은 일장산성(日長山城), 곧 지금의 남한산성이다.

그때 참모 하나가 살리타이에게 말했다.

"이 성은 지난번 제1차 고려원정 때에도 우리가 함락시키지 못한 성입니다. 성이 험준해서 방어에는 이점이 많으나 공격하기는 지극히 어렵습니다. 더구나 성주가 현명하고 유능할 뿐만 아니라 성민이 또한 굳세어서, 우리 군은 결국 성을 포기하고 그냥 남진했습니다. 이번에도 그냥 지나치는 것이 좋겠습니다."

"나 살리타이는 권황제인 몽골군 원수다. 내게 그따위 말이 통하겠는가. 앞서는 설신이 찾아와서 내 길을 막으려 하더니 지금은 너까지 와서 나를 막는구나."

"소수의 유기(遊騎, 유격기병) 정도면 모를까, 원수가 영솔하는 주력부대의 대군이 이 성 하나에 시간과 군사를 낭비할 필요는 없습니다, 원수."

"아니다. 일장산성은 고려가 믿고 있는 요새다. 이 성이 강한 채로 남아있으면 개경의 우리 군이 강화의 고려정부에 대해 아무리 압력을 가한다 해도, 그 압력은 힘이 없다. 무슨 수를 써서라도 이 성을 쳐서 항복받아라!"

살리타이는 공성 명령을 내렸다.

몽골군은 세를 몰아 성의 문을 부수고 벽을 넘어서려 했다. 그러나 광주부사 이세화(李世華)[34]를 중심으로 한 광주의 군과 민은 끄덕도 하지 않고 저항을 계속했다.

몽골군은 여러 겹으로 성을 포위하고 밤과 낮을 가리지 않고 공격을 계속하며 성벽을 파괴했다. 그러면 이세화는 관리와 백성들을 거느리고 와서 무너진 성을 다시 쌓고 방비를 철저히 했다. 그는 상황에 따라 군사들을 끌고 나가서는 임기응변으로 의외의 다양한 계략을 써서 몽골군을 살해하거나 생포해 들여왔다. 이른바 최우의 인병출격(引兵出擊) 전술이다.

광주는 그렇게 해서 몽골군의 공격을 두 달째나 꿋꿋하게 막아냈다.

---

34) 고려 광주산성의 이세화(李世華)는 조선조 숙종대의 문신 이세화와는 동명이인.

몽골의 부장(副將)이 다시 살리타이에게 말했다.

"광주성을 포기하고 남진을 계속하라는 명을 내리십시오. 우리 기병으로는 좀처럼 이 성을 함락하기도 어려울 뿐만 아니라, 이 성에 너무 매달릴 필요도 없습니다."

살리타이도 지치고 자신을 잃었다.

"그래. 그대 말이 옳았다. 이 성을 그냥 내버려두고 남으로 진격하라."

그때서야 살리타이는 부끄럽지만 광주성을 그냥 두고 남진키로 했다. 살리타이는 결국 광주성을 함락하지 못했다. 몽골군은 이번에도 광주성을 포기한 채 남쪽으로 갔다.

살리타이를 물리친 이세화는 무가출신이지만 어려서부터 학문에 힘써 고종 3년(1216)에 문과에 합격하여 임관됐다. 이듬해 거란군이 침공해 왔을 때는 조충의 휘하에 들어갔다가 백령도 진장(鎭將)을 지내고 다시 시어사와 안찰사 등을 역임했다.

이세화는 맡은 일에는 항상 열의와 정성을 다하는 사람이었다. 그가 경상도 안찰사로 나가 있을 때, 몽골의 제1차 침공이 있었다. 그는 침공 사실을 통고 받고 즉시 경상도 군사들을 소집했다. 그는 경상 군사들을 정돈해서 가장 먼저 개경에 도착하여 개경을 포위하고 있는 몽골군을 배후에서 교란시킨 열성분자(熱誠分子)다.

몽골군의 원수 살리타이가 친솔하는 몽군의 본대를 일장산성에서 격퇴함으로써, 이세화는 몽골군 전체의 기세를 꺾었다. 그 후 몽골군은 잇달아 실패하다가 결국 장수를 잃고 스스로 물러갔다.

살리타이의 죽음

살리타이의 몽골군은 그해 고종 19년(1232) 12월 16일에 처인성(處仁城) 공격에 나섰다.

처인성은 수주(水州, 지금의 수원) 관할에 속한 자그마한 토성이다. 이 성은 지금의 용인시 남사면 아곡리의 구릉에 위치해 있었다. 둘레 3백 50여 미터에, 높이는 곳에 따라 차이가 있었지만 대체로 오륙 미터였다.

용인 서남쪽 25리 지점에 있는 처인성은 전투를 위해 험한 산 위에 쌓은 산성(山城)이 아니었다. 사람들이 모여 살고 행정관서가 들어서 있는 평지에 세워진 지방 읍성(邑城)이다. 서울에 비유하면 처인성은 군사 목적의 남한산성이나 북한산성이 아니고, 4대문을 연결하여 만들어진 행정 목적의 도성과 마찬가지 성이었다.

처인성은 지금은 작은 농촌마을에 불과하지만 당시엔 처인부의 관아(官衙)가 있던 마을이라 해서 그 동네 이름은 지금도 아곡(衙谷, 용인시 남사면 아곡리)이라 불리고 있다.

처인성 부근에는 별도로 동쪽 십여 리에 보개산성(寶蓋山城)이 있고, 주변 일대에 함봉산·부아산·석성산·심교산·삼봉산·시궁산 그리고 광교산(光敎山)이 있어서 전시에 입보하여 피난할 수 있도록 되어 있었다.

그런데도 몽골군이 접근해 오자 처인부곡의 사람들 대부분은 난을 피해 산성으로 가지 않고 평지의 처인성으로 모여들었다.

그것은 덕망이 있고 도량이 넓은 것으로 널리 알려진 백현원(白峴院)의 승려 김윤후(金允侯)가 거기에 와서 천민들로 구성된 의병을 편성하여 지휘하고 있었기 때문이었다.

김윤후는 천하고 가난한 사람을 아끼고 병서를 많이 읽어 전략전술 면에서도 높은 역량을 갖춘 인물로 처인 일대에서는 잘 알려져 있었다.

고려의 행정 단위는 양민들이 모여 사는 군현(郡縣)과 천민들이 모여 사는 부곡(部曲)으로 구분돼 있었다. 처인성은 천민들이 모여 사는 부곡 마을이었다. 부곡은 중앙의 관할을 받는 정통의 행정 단위에 들어가지 못하고, 지역 군현의 지배를 받았다. 처인성은 수주(水州, 수원) 아전들의 지배를 받고 있었다. 그만큼 정부와 관리들에 대한 착취는 이중으로 강요되고 있었다.

김윤후는 그때 백현원 절에서 나와 부곡의 천민들과 약간의 승병들로 구성된 의병 1천 명을 이끌고 처인성에서 몽골의 내습에 대비하고 있었다. 이곳은 토성인 데다 성벽이 낮고 끊어진 데가 많아서 몽골군을 적대하여 싸우기는 어렵겠다고 생각했다.

그렇게 판단한 김윤후는 활에 능한 사람들을 뽑아서 저격대를 조직하고, 처인성 동문 밖 3백 미터 지점에 있는 언덕의 숲 속에 저격병을 배치해 놓고 그들과 함께 몽골군의 접근을 기다렸다.

그때 살리타이는 몽골 제4군의 주력을 김포-부평-군포-용인을 잇는 선에 배치하고 있었다. 자신은 기병 5백기를 거느리고 용인을 거쳐 12월 16일 관청이 있는 남쪽의 처인성으로 갔다.

살리타이는 처인성 동북방에 군사를 배치해 놓고는 부장과 수행원 몇 명, 정찰 기병 오륙 기를 데리고 아주 가벼운 마음으로 처인성의 동태 파악에 나섰다. 살리타이는 처인성 동문을 향해서 접근해 가고 있었다. 성은 이상하리만큼 조용했다.

"전시에 관아와 난민이 모여 있는 성이 이렇게 조용할 수가 있나. 관리와 백성이 모두 도망해서 성이 비어있는 것은 아닌가?"

"그럴 리가 없습니다. 전략적으로 요지에 있는 이 성을 약은 고려인들이 싸우지도 않고 포기할 리가 없습니다."

"그럴 테지."

살리타이는 말을 타고 천천히 다가가고 있었다.

처인성의 저격병 하나가 말했다.

"저것 보십시오, 스님. 저놈들이 제 발로 이 함정 속으로 들어오고 있습니다."

김윤후가 말했다.

"그렇구나. 저 앞에 오는 자는 보통 놈이 아니다. 그가 입은 복장이며 말과 안장, 그리고 서있는 위치와 태도가 모두 일반 군관과는 다르다. 저자는 분명히 장수다. 저놈을 놓치지 않도록 하자."

"예, 스님."

"그가 접근해오면 내가 명령한다. 모두 그놈만을 향해서 일제히 사격하라. 그놈을 떨어뜨리기 전에는 딴 놈에겐 눈을 주지 말라."

이렇게 집중공격의 목표가 돼있는 살리타이는 아무 것도 모르는 채, 성을 향해 다가오고 있었다.

그때 김윤후의 저격병들이 각자 사격하기 좋은 자리를 찾아 움직이고 있었다. 병사들의 움직임에 놀라 그 주변에 있던 꿩 몇 마리가 날아 하늘로 올라갔다.

그것을 보고 살리타이 뒤에 붙어 따라오던 몽골의 군관 하나가 말했다.

"저걸 보십시오. 아무래도 이상합니다. 저곳에 복병이 있는 것 같습니다."

살리타이가 그 꿩을 바라보다가 말했다.

"꿩이야 다람쥐만 움직여도 날아가는 새가 아니냐."

그는 대수롭지 않다는 듯이 계속 전진했다.

"하오나 고려인의 복병전술은 대단합니다. 자주성에서도 우리는 저격병에 당했습니다. 저곳을 피하는 것이 좋겠습니다."

"저곳은 높은 언덕이 아니냐. 복병하는 곳은 어둡고 낮은 곳이라야 한다. 약은 고려인들이 저런 곳에 군사를 매복시킬 리가 없다. 아무 염려 말고 나만 따라 오라."

"강을 건너 남쪽으로 가지 말라고 한 고려관원 설신의 말이 생각납니다. 우리는 이미 강을 둘이나 건너 남으로 가고 있습니다. 너무 무리하지 마십시오, 원수님."

"왜 너까지 그런 불길한 소릴 하는가!"

살리타이는 불쾌하다는 말투를 내뱉고는 계속 갔다. 참모 군관은 미심쩍어 했지만 그 이상 말할 수가 없었다.

얼마 후 그들은 꿩들이 날아오른 언덕에 바싹 접근해 왔다. 김윤후의 군사가 매복해있는 지점이다. 몽골 군사들이 완전히 활의 사격권 안에 들었다고 생각되자, 김윤후가 조용히 명령했다.

"자, 사격!"

화살이 새카맣게 튀어나갔다. 살리타이는 도망할 겨를도 없었다. 저격병들의 사격은 조용히 그러나 민첩하게 계속됐다.

비 오듯이 퍼붓던 김윤후 특공대 저격수들의 화살 몇 개가 드디어 살리타이의 목과 얼굴에 명중됐다.

"앗!"

살리타이는 그 한마디를 끝으로 말에서 미끄러져 내리더니 그대로 땅에 눕고 말았다. 살리타이와 함께 오던 몽골 기병들은 화살이 어디서 날아오는지도 모르는 채 당황해 하다가 말에서 내렸다.

대장이 땅에 떨어져 있자, 그들은 도망하지도 못하고 서성거리다가 모두 활에 맞아서 땅위에서 허덕이기 시작했다. 말들도 화살에 맞아 이리 뛰고 저리 뛰면서 소리쳐 울고 있었다.

이번에는 김윤후의 목소리가 커졌다.

"자, 출격이다. 모두 전진!"

김윤후가 외치며 앞장서서 칼을 높이 들고 뛰어 나갔다. 저격병 모두 칼을 뽑아들고 고함을 지르며 김윤후의 뒤를 따라 달려 나갔다. 김윤후가 먼저 가서 살리타이의 목부터 벴다. 활을 맞아 부상당한 다른 몽골군들도 모두 그 자리에서 목이 잘렸다.

뒤에서 이것을 지켜보던 몽골 군사들이 달려 나왔다. 처인성에서도 고려 군사들이 동문을 열어젖히고 뛰쳐나왔다. 양국군 사이에 백병전이 벌어졌다. 택견에 능한 고려인들이 몽골 군사들을 닥치는 대로 때려 눕혔다.

군사의 태반이 살상 당한 몽골군은 말과 활·창을 빼앗기고 창망하게 도망했다. 고려 군사들이 그들을 추격했다. 그러나 민병 의용대인 그들이 말을 타고 달리는 몽골 정규군 기병들을 따라갈 수는 없었다.

이렇게 해서 몽골의 고려원정군 원수 살리타이는 처인성에서 공격조차 해보지 못한 채, 저격병들에게 살해되고 말았다. 그는 몽골의 제1, 2차 고려 침입군의 원수이자 거란군 침입시의 몽골군 부원수였던 고려 전문 장수였다.

그가 사살됐다는 보고를 듣고 최우는 쾌재를 불렀다.

"내 그럴 줄 알았다. 죄 없는 백성들을 함부로 살상하고, 부처님이 들어 있는 절에 불을 질러 없앤 뒤, 대장경을 불태운 무도한 놈들이 전쟁터에서 어떻게 살아남기를 바라겠는가."

최우는 대구 부인사의 대장경이 소실됐다는 보고를 받고, 살리타이와 그 장수들에게 반드시 하늘의 재앙이 있을 것이라고 했던 자기의 말이 떠올랐다.[35]

---

35) 살리타이의 피살 시기; '고려사절요'나 '동국통감'은 처인성 전투와 살리타이의 피살을 고종 19년 (1232) 기록의 마지막 부분에 넣으면서, 그것을 그해 9월로 표기하고 있다. 그러나 '고려사'는 그것을 그해 12월 조에 넣어 기록하고, 같은 달에 고려가 동진에 보낸 문서에서 '금년 12월 16일 수주에 속한 고을인 처인부곡의 조그마한 성에서 몽골군과 대전하다가 그들의 괴수인 살리타이를 쏘아 죽였

살리타이가 죽자, 몽골군 부장이자 제1군 원수(사령관)였던 테케(Teke, 鐵哥)가 지휘권을 맡아 패잔병들을 수습해서 철수했다.

쫓기기 시작한 몽골군은 그 이상 남으로 내려가지 못하고 소부대로 나뉘어서 여러 방향으로 북상했다. 대구까지 내려갔던 선발대들도 곧 철수령을 받고 모두 북으로 후퇴했다.

낯선 외국 땅에서 여러 곳에 흩어져 있던 군사들이 새로운 지휘관 테케에 의해 돌연히 철수하자니 전열은 금세 걷잡을 수 없이 와해됐다. 지휘체계가 무너지고 전투태세도 흩어졌다.

침공군의 질서가 허물어지자 전국(戰局)은 지리멸렬(支離滅裂) 상태가 됐다.

그때를 타서 고려군의 반격이 시작됐다. 그것은 기습이었다. 기습은 도처에서 일어났고 공격은 맹렬하고도 철저했다. 그 때문에 전세가 역전되면서, 몽골군은 많은 사상자를 내고 물러갔다.

처인성의 패배는 몽골로 하여금 고려에서 스스로 철수토록 촉구했다. 이와 함께 몽골군은 고려에 대한 유화책을 썼다. 우선 그들은 생포하여 데리고 다니던 고려인 포로들을 석방했다.

개경으로 올라온 몽골군은 참모회의를 연 끝에 설신을 불러 들였다.

테케가 말했다.

"강을 건너 남으로 가지 말아야 한다는 그대의 말은 불길했지만 정확하게 들어맞았다. 살리타이 원수가 그대의 말을 들었더라면 이렇게 되지는 않았을 것이다. 그대의 식견과 정직한 간언 그리고 고려인의 지혜를 높이 인정하여 그대를 여기서 석방한다. 그대가 가고 싶은 곳으로 가라."

설신은 몽골군에서 풀려나 강도로 들어갔다.

고려에서도 몽골의 태도에 반응을 보여 몽골군 포로들을 석방해서 테케에게 보내주었다. 이와 함께 고종 20년(1233) 1월 들어 몽골군의 철수가 시작됐다. 고려는 몽골 침입군을 완전히 자력으로 축출하고, 몽골의 제2차

다'고 분명하게 기록하고 있다. 여기서는 고려사 기록에 따랐다.

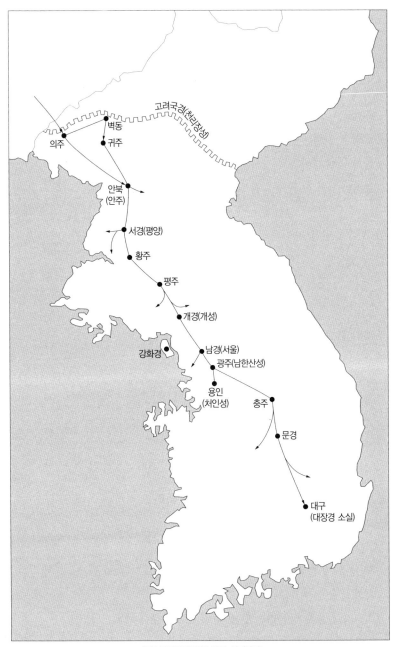

제2차 몽골침입(1233, 몽장: 살리타이)

고려침공을 종결시켰다.

처인성의 승리는 관군이나 삼별초와는 상관없이 순수 민간인들이 거둔 큰 전승이었다. 더구나 그 백성들이 부곡에 속해있는 천민신분이었다는 점에서 처인성의 전승은 남다른 의미가 있다.

몽골군이 처인성에서 격퇴되어 물러간 뒤 곧 여진 토멸에 참전하게 됨으로써 처인성의 승리는 여진족의 두 나라, 금과 동진의 멸망을 가져왔고 몽골의 중국지배를 촉진시킨 결과가 되었다.

살리타이의 사후 몽골은 고려북방 지역에 주둔하고 있던 다루가치 제도를 폐지하면서 그들을 군에 편입시키거나 본국으로 소환했다. 그 때문에 그 후 2년간 고려는 몽골의 위협에서 벗어나 일시적이지만 평화를 누릴 수 있었다.

살리타이가 죽고 몽골군이 철수함으로써 강화도의 고려 조정에서는 안도와 기쁨이 넘쳤다.

"승장 김윤후의 공이 실로 크다."

고종은 살리타이를 사살하여 몽골군을 철수하게 만든 김윤후와 처인부곡민의 공을 가상히 여겨 김윤후를 강화경 왕궁으로 불렀다. 김윤후는 승전감에 들뜬 처인성의 군사들을 정리해 놓고 급히 강화도로 올라갔다.

김윤후가 들어오자 고종이 말했다.

"전쟁을 하다보면 군사와 장수를 잃고 패전해서 돌아오는 패군망장(敗軍亡將)이 있는가 하면, 그대같이 적군을 파하고 적장을 살해하여 돌아오는 파군살장(破軍殺將)도 있다."

"황공합니다, 폐하."

"전쟁을 맞고 있는 나라가 바라는 것은 그대 같은 파군살장의 장수다. 그대의 공을 높이 인정하여 상장군을 제수한다."

그러자 김윤후가 놀라는 표정을 지으며 말했다.

"과분한 처사입니다, 폐하. 한창 싸울 때 신은 화살이 떨어져 더 이상

쏘지 못하였사옵니다. 그런 제가 어떻게 감히 헛되이 중상(重賞)을 받아 높은 직에 오르겠습니까?"

"살리타이를 쏘아 맞히고, 그의 목을 벤 것은 그대의 부대가 아니었는가."

"모두 처인성 부곡민들의 충성과 용전 때문이었습니다. 저들은 비록 천인들이나 폐하에 대한 충성과 적군에 대한 증오심이 대단했습니다. 그것이 싸움을 승리로 이끌었습니다. 이 점을 헤아려 주십시오, 폐하."

"그래도 그대의 훌륭한 지휘와 병술이 없었다면 어떻게 저들의 장수를 살해하고 적군을 물리쳐 이길 수 있었겠는가?"

"폐하, 이 소승보다는 처인의 백성들을 보살펴 주십시오. 그들은 천민으로 부곡에서 살고 있지만 국난을 맞아 사력을 다해 싸웠습니다."

"알겠다. 그대의 주청을 가납하노라."

김윤후가 굳이 상장군을 사양하자 조정에서는 그를 섭랑장(攝郎長)으로 낮추어 군의 계급을 달아주었다. 섭랑장은 지금의 중령에 가까운 계급이다. 어려서 가출하여 승려가 된 김윤후는 그 전공 때문에 결국 환속(還俗)해서 무반의 벼슬길로 들어서서 나라의 공직자가 됐다.

한편 조정은 처인부곡을 처인현으로 승격시켜 중앙에서 직접 관리를 보내 다스리게 했다. 이런 지역의 승격은 지역 거주민 전체의 공로가 있을 때 시행하는 조정의 포상이었다.

김윤후가 군사를 매복시켰다가 살리타이를 사살한 그 언덕은 '장수를 죽인'(殺將) 곳이라 해서 '살장터'라 했다. 지금까지도 그곳은 살장터로 불리고 있다.

진란의 명장, 이자성

    살리타이의 몽골군이 고려를 제2차 침공했을 때 전국 도처에서 불만 세력들이 반란을 일으켰었다. 그동안 압제에 시달리고 가난에 지쳐있던 백성들이 국가의 통제가 허술해지자 들고 일어난 봉기(蜂起)였다. 몽골군과의 전쟁이 계속되고 있을 동안 조정으로서는 그들을 방치하고 있을 수밖에 없었다. 그러나 몽장 살리타이가 살해된 뒤 몽골이 고려에서 물러나자 최우는 내적 소탕에 나섰다.

    대부분의 반란 원인은 빈곤 때문이었다. 굶주린 백성들이 초적들과 결합하여 정부 창고를 턴 예가 바로 용문창(龍門倉) 반란이다. 용문창은 개경의 선의문 밖 예성강변에 있는 고려 최대 규모의 군량미 창고였다. 여기에는 군인 19명이 배치되어 창고를 지키고 있었다. 나라가 전란에 휩싸여 있던 고종 20년(1233) 4월, 경기지역 초적의 두목인 거복(居卜)과 왕심(往心)이 무리를 이끌고 용문창에 와서 간수군을 몰아내고 창고를 점령했다.

    반군들이 외쳤다.

    "다들 모이시오. 창고미를 나눠줄 터이니, 우선 굶주린 배부터 채웁시다."

    허기진 백성들이 모여들었다. 반군들은 용문창의 문을 열어 그들에게 곡식을 나눠주었다.

최우는 강화천도 때 개경에서 일어난 이통의 난을 진압한 이자성(李子晟, 상장군)을 중군원수로 삼아 용문창을 치게 했다. 이자성은 군사를 이끌고 강화도를 떠나 용문창으로 갔다. 그러나 용문창에 반란은 있었지만, 반군은 조직돼 있지 않았다. 이자성은 반란의 두목 거복과 왕심을 어렵지 않게 잡아서 처형하고 난을 진압했다.

그해 6월에는 경주에서도 대규모의 반란이 일어났었다. 반란의 주동자는 경주의 토착 세력인 최산(崔山, 경주 최씨)과 이유(李儒, 경주 이씨)였다. 그때 반군의 규모는 수만 명이 넘어 관군을 압도할 정도였다.

오래 전부터 신라부흥(新羅復興) 운동의 진원지인 경주는 반란이 잦은 반정부 지역이었다. 더구나 경주 출신의 이의민 타도 이후 최씨정권은 경주에 대한 핍박이 심했다. 그 때문에 경주의 이반(離叛) 성향은 강했다.

최우는 몽골군이 패퇴하기를 기다려서 고종 20년(1233) 5월 이자성을 경주로 보내서 토벌케 했다.

용문창의 난을 진압하고 돌아온 이자성의 군사들은 쉴 틈도 없이 바로 출정해서 밤낮으로 달려갔다. 그들은 영주(永州, 지금의 경북 영천)에 이르러 영주성안으로 들어가서 진을 쳤다.

경주의 반란군들은 주변 지역을 초유하면서 북상하다가 이자성의 관군이 영주성(永州城, 영천의 臨川城)[36]에 이르렀다는 정보를 입수했다.

최산이 명령했다.

"관군이 피로한 틈을 타서 공격해야 한다. 행군 속도를 가속하라."

반군들은 신속히 영천 쪽으로 이동했다. 그들의 선착 부대가 영천 남쪽 교외에 이르러 진을 치기 시작했다.

그때 관군의 군관이 초병들을 데리고 주변을 살피다가 이런 상황을 탐지하고 이자성에게 보고했다.

---

36) 임천성; 경북 영천시 완산동에 있다. 과거의 임천현(臨川縣).

"동경(東京, 경주)의 반적들이 가까이 와서 남문밖에 진을 치고 있습니다."

"그러냐. 어디 보자."

이자성이 성루로 올라갔다. 그는 경주 민란군을 자세히 살펴보고 말했다.

"저 도당의 무리가 수만이 넘는데 관군은 수도 적고 약하다. 저들을 어떻게 진압해야 할까."

한 참모가 말했다.

"우리 군사는 더위를 무릅쓰고 멀리 와서 피로합니다. 거기에 비해 가까이에서 온 적의 무리는 기세가 강성하고 예봉이어서 우리가 당해 내기는 어려울 것 같습니다. 성문을 닫고 며칠간 사졸들을 휴식시킨 다음에 치는 것이 좋겠습니다."

점진공격론(漸進攻擊論)이다.

그러자 다른 참모가 말했다.

"그렇지 않습니다. 저들은 수는 우세하나 조직력이나 작전체계는 허술할 것입니다. 그 점을 노려 지금 우리가 기습하면 되지 않겠습니까?"

기습공격술(奇襲攻擊術)이다.

"그대 말이 맞다. 그리 하자."

이자성이 기습공격으로 마음을 정해놓고 지휘관과 참모들을 불러 말했다.

"우리 관군은 지금 피로가 쌓여있다. 그러나 피로가 회복되기를 기다려 적을 치자는 것은 불가하다. 무릇 피로에 지친 사졸이 쉬게 되면 더욱 나태해져서 싸우기를 꺼려한다. 만약 여기서 오랜 시간을 끌면 적이 오히려 우리 실정을 알게 되어 다른 변고가 생길까 두렵다. 반적이 아직 진을 다 치지 않았다면 지금이 공격의 호기다. 즉각 성문을 열고 나가서 적을 쳐라!"

이자성의 공격명령이 떨어졌다. 영주성의 관군은 일제히 함성을 지르며 성문을 열고 나섰다.

"아아아!"

막 도착한 반군들은 그때 한창 진지작업을 시작하는 중이었다. 뒤로는 후속부대가 계속 몰려들었다. 따라서 아직 대열조차 짓지 못하고 있었다.

그때 관군은 적을 기습해서 크게 깨트렸다. 오고 있는 반군을 쫓아가 맞아서 쳤다. 반군들은 쫓기다가 대항하지 못하고 쓰러져 죽었다. 길에 넘어진 시체가 수 십리에 널려 있었다고 전한다. 두목 최산도 이때 죽었다. 많은 반군들은 포로가 되어 묶여 있었다.

이자성은 다시 명령을 내렸다.

"생포된 반군들을 심문하여 협박에 못 이겨 따른 자들은 건드리지 말라."

백성들은 크게 기뻐했고 경주는 평정됐다.

이자성은 제1차 몽골 침공 때, 고려 중앙군인 삼군의 장수로 출정하여 동선역 전투에서 적을 격퇴했으나 화살을 맞아 부상했고, 이듬해는 강화 천도에 반발해서 개경에서 일어난 '관노 이통의 란'을 진압했다.

1232년 개경 이통의 반란에 이어, 1233년의 용문창의 반란과 경주반란·충주반란 등을 모조리 진압함으로써, 이자성은 반란 진압의 명장으로 그 이름이 고려 사회에서 빛나고 있었다. 그 후로 이자성은 진란장수(鎭亂 將帥)로 통했다.

이자성은 품성이 굳세고 성질이 격렬했다. 용력이 있어서 두려움을 몰랐고 활 쏘고 말타기를 좋아해서 무예에도 뛰어났다. 그의 궁술은 '백발 백중의 신궁(神弓)'이라고 소문나 있었다.

그가 영주성에서 경주반란을 평정하고 돌아오자 강도성의 서문밖에 있던 그의 집에는 매일 장사(將士)들이 모여들어 공을 치하하고 위로했다. 그러나 이자성은 항상 겸손했다. 몽골의 침공이 있을 때마다 잇달아 일어난 반란들을 네 차례나 진압하고도 그는 자기 공을 내세우지 않았다.

"내가 무슨 공이 있다고 이렇게들 찾아 주시오. 장수의 공이란 많은 군사들의 희생 위에서 이뤄진 것입니다. 그러니 공은 부하들에게 가야지요."

"장군은 전공에 못지않게 덕망 또한 크십니다. 이 장군은 이런 전란시대에 필요한 나라의 재목입니다."

장수들이 사가에 모여든다는 것은 세력이 커진다는 것을 의미한다. 이런 세력 강화는 권력자들이 가장 싫어하는 일임을 이자성은 잘 알고 있었다.

"그 동안 전장을 헤매느라 지금 나는 피곤합니다. 좀 쉬고 싶으니 날 좀 내버려두시오."

그 후로 이자성은 방에 들어앉아 바깥출입을 일체 삼가고 있었다. 그래도 장수들이 찾아들었다.

"장군님께서는 몸이 불편하셔서 손님을 대할 수가 없습니다. 죄송합니다."

손님이 찾아올 때마다 하인은 이렇게 말하며 들이지 않았다. 그것을 보고 사람들은 말했다.

"이자성 장군은 참으로 훌륭한 장수야. 그분은 권력을 멀리하고 오로지 전공을 세워 나라를 지킬 뿐이니 말야."

"꼭 그럴까? 오히려 그는 아주 감각이 있는 분이야. 공이 크고 명성이 올라가면 오히려 신상이 위험하다는 것을 알고 하는 행동일 것이야."

이자성은 지금의 국방차관격인 병부상서를 지낸 이공정(李公靖)의 아들이다. 이공정은 이자성이 자라는 것을 보면서 이런 말로 아들을 훈육했다.

"너는 크게 될 인물이다. 그러나 다른 사람의 미움을 받으면 재능이 빛을 보지 못한다. 앞으로 너는 '총명하고 생각이 투철하더라도 어리석은 듯이 함으로써 이를 지켜나가고, 공덕이 천하를 덮을지라도 사양함으로써 이를 지켜나가고, 용기와 힘이 세상에 떨칠지라도 겁내는 듯이 함으로써 이를 지켜나가고, 부(富)를 온 누리에 가득히 가지고 있을지라도 겸손하게 행동으로써 이를 지켜나가야 한다'. 이것은 공자의 말씀이시다. 이런 겸양을 갖추지 않으면 재능과 공로는 오히려 적을 불러온다."[37]

"예, 아버님."

"너무 자신을 드러내지 말고 항상 자세를 낮추어 겸손하고 양보하면서 세상을 살아가야 한다. 내가 보기에 너는 재주가 뛰어나고 성품이 선량한지라, 앞으로 크게 현달할 수 있을 것이다. 그러나 사람이 현달하면 타인의 질시와 모함을 받기 쉽다. 공이 크고 지위가 올라갈수록 내가 한 말에 항상 유념토록 하라"

이자성은 아버지의 가르침을 잘 지켜, 공을 세우거나 계급이 올라가도 항상 겸손하고 상냥하게 남을 대했다.

항몽전쟁 기간에 일어난 반란을 잇달아 진압함으로써 '진란장군'의 자리를 굳힌 이자성은 군의 최고 계급인 상장군, 재상인 문하평장사가 되어 고종 38년(1251)에 수도 강화경에서 눈을 감았다.

그의 부음을 듣고 고종은 몹시 애도하면서 그에게 의열(義烈)이라는 시호를 내려주었다.

---

37) 한자 원문; 聰明思睿 守之以愚, 功績天下 守之以讓, 勇力振世 守之以怯, 富有四海 守之以謙.

반역자 홍복원

살리타이가 죽고 몽골군이 패하여 철수하자 가장 두려워한 것은 부몽분자들이었다. 그 중에서도 주구노릇을 한 홍복원과 필현보가 가장 심했다.

최우가 대장군 정의(鄭顗)를 불렀다.

"가서 그 역적 놈들을 달래서 다시 돌아오게 하시오. 말을 듣지 않으면 그 일당을 잡아서 처치해도 됩니다."

"알겠습니다."

"더구나 그곳 평양과 북계지역은 몽골에 협력한 사람이 많은 부몽지역(附蒙地域)입니다. 친몽세력들을 가려내어 철저히 단속하고 돌아오시오."

정의는 과거 필현보의 상관으로 있었다. 그때 평양에서 최광수(崔光秀)가 주동하여 병사들의 난이 일어나자, 정의는 필현보를 데리고 난을 평정했다. 그런 이유로 최우가 정의를 특별히 뽑았다.

최우의 명령에 따라 조정에서는 고종 20년(1233년) 5월 정의를 선유사(宣諭使)로 삼아 평양으로 보냈다.

정의는 출정명령을 받고 떠나면서 묘한 생각에 잡혀 있었다.

왜 내 가까이 있던 부하들이 이렇게 반역을 많이 하는가? 과거 최광수가 서경에서 군사들을 선동해서 반란을 일으켰는데, 이번엔 또 필현보가 반역하다니……

정의는 과거 그들의 모습을 떠올리며 자기 과거를 생각하고 있었다.

꼭 내 부하였기 때문만은 아닐 것이야. 서경이라는 지방이 문제다. 서경은 반역이 많았던 곳이다. 국초의 강조의 난(목종 2년, 1009), 중기의 묘청의 난(인종13, 1135), 조위총의 난(명종 4년, 1174) 등의 큰 사건을 포함하여 대소의 반란이 잇따랐다. 평양 사람들의 불만을 근본적으로 해결하지 않으면, 이런 불행은 계속되지 않겠는가?

정의가 그런 생각을 하면서 대동강에 이르자 그를 가까이 따르는 부하가 말했다.

"장군님, 아무래도 서경에는 들어가지 않는 것이 좋겠습니다. 반군들의 사정상 안 가는 것이 낫겠습니다."

"네 그 무슨 소리냐. 군인으로서 명을 받고 나왔는데 조금인들 지체할 수 있겠느냐? 임무를 수행하다 죽는 것은 진실로 신하의 '분수에 맞는 의리'(分義)다."

정의는 곧바로 대동강을 건너 평양성으로 들어갔다.

정의는 평양성에 들어서자 바로 반란군의 수령 필현보를 불렀다. 필현보가 달려왔다. 그는 반가이 웃으며 정의에게 말했다.

"잘 오셨습니다, 대장군 어른. 참으로 어려운 길을 와 주셨습니다. 이왕에 오셨으니, 여기서 우리를 잘 지도해 주십시오."

필현보는 정의를 설득해서 반란군의 주군(主君)으로 삼아 받들려 했다.

"네, 그게 무슨 소리냐! 나는 너희를 선유하러 왔다. 딴 생각 말고 빨리 투항하라. 투항하면 목숨을 보장하겠다."

"정 장군, 지금 와서 선유 당할 우리가 아닙니다. 이곳 서경의 민심은 이미 최우가 좌지우지(左之右之)하는 조정을 떠나 있습니다. 저의 충정을 깊이 헤아리십시오, 장군."

"날보고 반군의 충정을 헤아리라니? 지금 빨리 너희들의 살길을 찾아

행동하라!"

"장군, 이곳은 서경입니다. 고구려 수도였고, 왕건 태조 이래 우리 국조가 중시해 온 곳입니다. 이곳의 민심을 배려하고 사태를 정확히 헤아려 신중히 처신하십시오. 자칫하면 불행을 자초합니다."

"야, 필현보! 너는 16년 전 나와 함께 이곳 서경의 반적 최광수의 목을 친 일을 잊었느냐! 거란 적이 쳐들어와 나라가 환난에 처했을 때, 나라를 지킬 생각은 하지 않고 반란을 일으켜 우리가 그들을 처단했다. 그때 필현보, 네가 도끼로 최광수의 머리를 내리쳐서 반란을 진정시켰다. 너는 그런 공신이었다."

"그렇습니다, 장군."

"헌데, 공신인 네가 바로 서경에서 똑같은 반란을 일으켜 최광수의 일을 반복하다니? 그러면 네 운명도 최광수의 운명을 반복할 뿐임을 왜 알지 못하느냐?"

필현보는 말을 못하고 홍복원을 바라보았다.

홍복원이 나섰다.

"여기는 서경입니다. 여기서는 우리가 왕입니다. 장군이 저희 요구를 거절하면 신변의 안전을 기약할 수 없습니다."

"너희가 왕이라니, 그 무슨 불충한 얘기냐. 나는 폐하의 신하요, 고려의 장수다. 나의 임무는 너희를 선유하여 다시 나라에 충성케 하는 것이다. 너희는 모두 칼을 던지고 빨리 조정에 용서를 빌어야 할 것이야!"

정의의 그 말이 떨어지자, 필현보와 홍복원의 눈이 다시 마주쳤다.

필현보가 말했다.

"다시 한 번 기회를 드립니다. 스스로 헛된 죽음을 택하지 마십시오."

"기회를 줘? 헛된 죽음? 어허, '남아의 말 한마디는 천금같이 무거운 것'(男兒一言重千金)이거늘, 장수의 일언에 어찌 바뀜이 있겠느냐. 지금도 늦지 않다. 너희는 빨리 투항하라."

홍복원이 군사들을 돌아보며 말했다.

"정의는 참으로 답답한 장수구나. 처형하라!"

반군들이 달려들어 정의를 묶고 목을 베었다. 정의는 최춘명과 함께 평남 성천의 쌍충사(雙忠祠, 일명 武學祠)에 향사됐다.

정의가 반도들에 의해 살해됐다는 보고를 받고 최우는 대노했다.

"아니, 반군을 친 것도 아닌데, 말로 달래는 설유 장수를 죽여? 이것은 용서할 수 없다."

최우는 그해 1233년 12월 북계 병마사 민희에게 자기 가병 3천 명을 보내어 필현보와 홍복원의 무리를 토벌토록 했다.

민희의 지휘 하에 반군토벌이 시작되자 홍복원은 평양을 빠져나가 압록강을 건너 몽골로 도망했다. 민희는 홍복원의 아버지 홍대순(洪大純)과 아우 홍백수(洪百壽), 그리고 그의 자녀 등 일가를 모두 잡아 가두었다.

민희는 도망해 숨어있던 필현보를 잡아서 강화도로 압송했다. 민희가 거느린 고려 관군은 무자비한 토벌전을 벌여 반란 가담자들을 대거 처형했다. 그는 나머지 평양 사람들을 모두 섬으로 옮겼다. 이제 평양은 텅 비어 폐허처럼 돼버렸다.

이것도 몽골에 저항하는 일종의 입보전략이었다.

최우가 필현보를 인도받고 명령했다.

"나라에 반역하고 은상(恩上, 은혜 입은 상사)을 살해한 반역배 필현보를 참수형(斬首刑)에 처하여 효수경중(梟首警衆)토록 하라."

참효경중(斬梟警衆) 명령이다. 참효경중이란 '참수형에 처하여 목을 벤 다음(斬), 그 목을 잘 보이는 곳에 내다 걸어서(梟), 많은 사람들(衆)에게 보여 경각시킨다(警)'는 말이다. 이것을 줄여서 효경(梟警)이라고도 한다.

최우의 명령에 따라서, 필현보는 그날로 강화경 중심지의 시가에서 허리가 토막 나고 머리가 잘린 다음, 그 머리가 도성 중심거리에 높이 내걸렸다.

필현보를 조사하다가 조숙창이 역모에 관련됐음이 밝혀졌다. 홍복원과 필현보는 반역을 모의할 때 조숙창과 의논했고, 조숙창은 반역에 참여하지는 않겠지만, 실패할 경우 몽골에 알려 도움을 받을 수 있도록 해주겠다고 약속했다.

"조숙창은 장수로서 아직도 반성의 기미가 없다. 이 자도 참형에 처하라."

"조숙창이 필현보처럼 반역을 일으켜 사람들을 죽이지는 않았는데 똑같이 처형해도 되겠습니까."

"나라에 반하고 적국에 찬동한 것은 마찬가지다. 반역사범에선 앞에 나서서 직접 범행한 실행범(實行犯)이나, 남을 시켜 뒤에서 죄를 짓게 한 교사범(敎唆犯)이나, 범행을 도와준 방조범(幇助犯)이 다를 게 없다. 조숙창의 참형을 즉각 집행하여 효경(梟警)하라."

고종 21년(1234) 3월 6일. 최우는 몽골에 붙어 반역행위를 계속하고 반란을 후원하여 고려를 배반한 조숙창을 잡아 목을 베고, 그 목을 필현보와 함께 강화 시가지에 나란히 효수했다.

조숙창의 아버지 조충의 부장으로 있으면서 거란족 축출 때 큰 공을 세운 김취려(金就礪, 문하시중)는 그때 노환으로 기동조차 제대로 하지 못하고 있었다. 조숙창이 처형됐다는 소식을 듣고 김취려가 힘없는 목소리로 개탄했다.

"오, 그랬어. 조숙창이 부친을 존경하거나 부친으로부터 제대로 배웠다면 저런 부끄러운 죽음을 당하지는 않았을 터인데…… 자식된 자가 선친이 힘들어 쌓아놓은 그 찬란한 공로와 가문의 명성에 먹칠을 해놓고 죽었구나."

김취려는 그로부터 두 달 뒤인 그해 5월 21일 강화도 피난 집에서 노령으로 세상을 떴다. 조정에서는 그에게 위열(威烈)이라는 시호를 내려 그가 이룩한 공로를 치하했다. 김취려의 묘는 지금 강화군 양도면 하일리에 있다.

김취려는 문신의 강감찬·윤관·김부식·조충, 무인의 두경승·이의민 등과 함께 전쟁터에 나가서는 장수가 되어 적과 싸워 공을 세우고, 돌아와서는 재상이 되어 나라를 경영하는 출장입상(出將入相)의 한 사람으로서, 문무를 겸한 고려의 동량지재(棟梁之材)였다.

몽골로 도망한 홍복원은 몽골의 환영을 크게 받았다. 얼마 후 그는 동경총관(東京摠管)[38]이 됐다. 동경은 지금의 요양(遼陽)이고, 총관은 지역통치를 전담하는 총독(總督)과 같다.

홍복원은 그 후 요양에 머물면서 그 일대에 와있는 고려의 군민을 다스렸다. 그때 압록강 이북의 요양과 심양 일대에는 몽골에 투항한 고려인 2천 명 정도가 살고 있었다. 몽골은 홍복원이 이끌고 간 북계의 백성 1천 5백 호도 동경(요양)과 심주(瀋州, 선양) 사이에 흩어져 살게 하고 그로 하여금 그들을 다스리게 했다.

몽골은 뒷날 홍복원이 몽골에 바친 압록강 이남의 북계 40여 성까지도 홍복원에게 주어서 총관토록 했다.

홍복원은 동경총관으로 있으면서도 고려를 계속 몽골 조정에 참소했다. 임시 수도가 된 강화경에서는 강경파 군관들이 최우에게 달려갔다.

최영(崔瑛, 대장군)이 말했다.

"잡혀있는 홍복원의 일족을 살려 두어서는 안 됩니다. 그들의 목을 베어, 전시국가의 기강이 엄중함을 천하에 보여줘야 합니다."

개경 이통의 난을 평정하는데 공을 세워 진급된 이보(李甫, 낭장)가 말했다.

"그렇습니다. 반역의 대가가 얼마나 비참한 것인가를 반역자와 백성들

---

38) 몽골은 고려를 지배하면서 고려에는 다루가치(達魯花赤)를 두어 내정을 감독하고, 자국의 영토에는 총관(摠管)을 두어 고려인을 다스렸다. 몽골은 후에 그들이 병합한 서북의 평안도와 동북의 함경도, 그리고 제주도를 자국령으로 편입시킨 뒤에는 그곳에 각각 총관과 총관부를 두어 지배했다.

에게 엄중히 보여줘야 합니다."

이보와 함께 공을 세운 정복수(鄭福綬, 낭장)도 나섰다.

"몽골을 의식해서 홍복원 같은 반역자의 일족을 처형하지 않는다면 나라의 위신이 서지 않을 뿐만 아니라, 그런 부몽분자들이 계속 생겨날 것입니다. 당장 그 일족을 모두 거리에서 처형하여 필현보·조숙창과 같이 장터에 효수하십시오."

그러나 최우는 신중했다.

"몽골과 그들에 부역한 자들에 대한 미움이야 내가 그대들보다 못하겠는가. 그러나 일에는 계모(計謀)가 있어야 한다. 홍복원은 원래 우리 군사였지만 지금은 살아서 몽골에 도망하여 저들의 공신으로 대접받고 있다. '내 칼도 남의 칼집에 들어있으면 뽑아 쓰기 어려운 것' (吾刀入他 鞘難拔, 오도입타 초난발)이다. 그러나 홍복원이 비록 남의 칼집에 들어가 있지만, 나는 언젠가 그것을 꺼내어 사용할 참이다."

"어떻게 쓰시렵니까?"

"홍복원은 몽골에 가 있지만 붙잡힌 그의 가족은 모두 우리 손안에 있다. 그들은 이제 한갓 인질일 뿐이다. 군이 죽일 필요까지야 있겠는가. 이제부터는 그 인질을 이용해서 홍복원을 견제해야 한다."

이 방침에 따라 최우는 홍복원에게 무마책을 썼다.

먼저 그 아비 홍대순에게 대장군의 벼슬을 주고 중이 되어 있던 아우 홍백수는 속화시켜 머리를 기르게 한 뒤 낭장으로 삼았다. 그리고는 홍복원에게 계속 뇌물을 보내 주었다. 그 후로 홍복원의 참소는 많이 완화됐다.

그러나 홍복원은 몽골이 고려를 침입할 때마다 그 앞잡이가 되어 길을 안내하고, 성을 지키며 싸우는 고려의 장수들에게 항복을 권유하고 다녔다. 그래서 고려 사람들은 그를 '주인을 보고 짖는 개' (吠主狗, 폐주구)라고 손가락질했다.

그러나 홍복원은 조금도 부끄러운 빛이 없었다.

고려가 지은 다섯 가지 죄

몽골 황제인 태종 오고데이는 칭기스의 네 아들 중에서 가장 인자하고 놀기를 좋아하는 사람이었다. 그 때문에 그가 다칸에 오르기 전에 많은 사람들이 제위불신론(帝位不信論)을 펴기도 했다.

그러나 황제에 오르자 그는 과거의 나약한 자태를 씻어버리고 사나운 정복자로 등장했다.

살리타이가 죽고 몽골의 제2차 침입이 실패로 끝나자 확장정책을 맹렬이 추진하고 있던 오고데이는 몹시 화가 났다.

"아니, 어떻게 되었기에 우리 몽골군이 소국인 고려 따위 하나 제대로 복속시키지 못하고 원수 살리타이가 살해됐는가?"

"아뢰옵기 황송하오나 고려는 임금이 해도로 도피해 웅거하고, 군사들은 충용하며, 지세 또한 험한지라 우리 몽골의 기병으로는 쉽게 떨어뜨릴 수가 없었습니다."

"그러나 중국의 금나라와 서하, 서역의 서요(西遼)와 코라슴을 복속시켜 동양의 대부분을 제압하고, 나아가 멀리 킵차크와 러시아 그리고 유럽의 몇몇 나라들까지 정복한 우리 몽골 군사들이 고려에 휘둘린대서야 말이 되는가?"

"화전양면(和戰兩面)으로 저들을 달래고 때렸으나, 그들은 말로는 복속하면서도 실제로는 항복을 거부하고, 약속을 하고도 실제로는 지키지 않아 우리를 곤혹케 하고 있습니다."

"살리타이와 같은 능한 장수가 저들의 화살에 맞아 죽다니? 허 참, 대몽골제국(大蒙古帝國)의 체면이 말이 아니구만."

"고려는 활을 잘 만들어 멀리 가고 정확합니다. 게다가 백성들이 애국심이 강해서 스스로 군에 자원하여 전선에 나와 싸우고 있습니다. 살리타이 원수를 살해한 사람도 정규군이 아니고, 불교 승려 김윤후라는 자가 거느린 의용민병군(義勇民兵軍)이라 합니다."

"허, 참. 고려의 민간인한테 '푸른 이리'의 몽골제국 장수가 맞아 죽다니. 고려는 과연 훌륭한 백성을 가진 나라로구나. 그런 나라를 정복하기는 쉽지 않을 것이야."

"그래서 다칸께서 고려에 다시 한 번 조칙을 내려 엄히 꾸짖고 항복하도록 위협하는 것이 좋을 듯합니다."

"그리하라."

그래서 몽골 태종은 고종 20년(1233) 4월에 고려의 죄를 신랄히 지적하여 위협하는 조서를 보내왔다. 그 요지는 이러했다.

오고데이가 고종에게 보낸 조서

그대는 짐에게 지은 죄가 실로 크고도 많다.

짐의 몽골군이 그대의 나라에 침입한 거란의 적을 평정해 주었음에도 우리 살리타이를 죽이고 사신 한 명도 보내오지 않았으니 그 죄가 하나요(살리타이 살해죄),

내가 사신을 시켜 지시를 보내기만 하면, 사신을 활로 쏘아 돌려보냈으니 그 죄가 둘이며(사절위협 추방죄),

고려가 모의하여 우리 사신 저구유를 죽이고도 여진인 푸젠완누의 부하가 죽였다고 책임을 전가하였으니 그 죄가 셋이요(저구유 살해죄),

그대를 군문(軍門)에 나오라고 명하고 이어서 그대의 대신을 이곳 대궐로 보내라고 했는데도, 그대가 감히 항거하여 바다 섬으로 도망해 숨었으니 그 죄가 넷이며(친조 불응죄),

백성들의 수를 조사하여 우리에게 알리라고 했음에도 듣지 않고, 걸핏하면 현재의 수효대로 거짓말로 망령되게 보고했으니 그 죄가 다섯이다(호구조사 불이행죄).

이래가지고도 그대의 소국 고려가 어떻게 주멸되지 않고 살아남기를 기대한단 말인가.

이것이 이른바 몽골 황제가 책한 '고려 국왕의 5죄' 다. 곁에 있으면 당장이라도 후려치고 잡아 가둘 듯한 추상같은 질책이자 위협이었다.

그러나 그때 최우는 살리타이를 사살하고 몽골군을 힘으로 축출하여 기고만장해 있었다. 그는 다섯 가지 죄를 물은 몽골황제의 격한 조서를 받고도 코웃음을 쳤다.

"제 아무리 강대한 몽골 임금의 노발호통이라 해도 우리에겐 수천 리 밖의 헛소리일 뿐이다. 하긴 자기네 장수가 우리 화살에 맞아 쓰러지고 목이 베어 죽었으니 화가 날만도 하지. 그러나 이 강도는 고비사막이 변하여 울목창림(鬱木蒼林)이 된다 해도, 몽골군으로서는 절대로 들어올 수 없는 금성탕지(金城湯池)가 아니겠느냐."

강화천도를 강행한 최우는 의기양양해서 몽골의 질책을 묵살했다. 그는 자기의 천도전략이 정치 군사적으로 효력을 보고 있다고 확신하고 있었다. 그것이 최우의 항몽정신을 더욱 강화시켰다.

살리타이가 처인성에서 사살되어 참패당하고 오고데이가 고려 국왕의 다섯 가지 죄를 들어 질책했으나, 최우의 단호한 배격으로 아무 소용이 없게 되자 몽골도 어쩔 수가 없었다. 김윤후가 살리타이를 사살한 여력이었다.

오고데이가 말했다.

"고려 놈들. 장수들이 권력을 잡아 강화 섬에 들어가 저항하더니 세상 무서운 줄을 모르는구나. 그러나 별 수 없다. 이번 공격에선 우리가 졌다. 우리 군사를 압록강 방면으로 철수하라. 동진국(東眞國)부터 치자."

오고데이는 몽골 침공군을 고려의 북부지역으로 철수하여 집결시켰다가, 다시 여진족의 국가들을 토멸하는 데로 돌렸다. 고려 정벌을 일시적이나마 유보한 것이다.

고종 20년(1233) 9월에 몽골은 푸젠완누(蒲鮮萬奴)의 동진국을 쳐서 수도인 남경성을 함락시켰다. 동진의 국왕 푸젠완누는 생포됐다. 몽골은 동진국을 아주 멸망시켜 흡수해 버렸다. 이래서 만주 땅은 완전히 몽골 직할령으로 편입됐다.

몽골은 동진을 공격할 때, 그동안 고려에 강요해서 얻어간 수군을 활용하여 도하작전(渡河作戰)을 벌였다. 산악이 많은 동만주에서 몽골의 기병은 기동이 어렵기 때문에 하천을 이용한 수전(水戰)에 의지할 수밖에 없었다.

그때 고려의 수군들이 조전(助戰)에 참가해서 도강작전을 벌여 몽골의 동진 토멸에 크게 기여했다.

그 소식을 보고 받고 오고데이가 말했다.

"고려는 참으로 기이한 나라야. 백성들은 재주 있고 충성심이 강하며 나라 위해 싸우는 투지도 대단한 나라다. 앞으로 우리는 주변국이 정벌되면 다음으로 멀리 남송과 일본을 쳐야 한다. 그때 고려의 배와 수군을 부리면 될 것이다. 그 안에 고려를 점령해서 우리 번국으로 삼아놓아야 한다."

새로운 몽골의 정복자 오고데이는 세계정벌 전략상 고려정복의 필요성을 더욱 절감하고 있었다.

살리타이의 전사로 고려 침공은 실패로 끝났지만, 오고데이가 2대 황제 취임 초에 설정한 몽골의 3대 대외전쟁 목표들은 거의 실현돼 가고 있었다.

몽골은 고려에서 살리타이가 살해되기 전해인 1231년에는 중동의 코라슴을 정복했다. 1233년 9월에 만주의 동진국을 멸하고, 이듬해 1234 정월에는 다시 금나라를 멸망시켰다.

몽골이 금나라를 멸망시킨 군사들을 철수시키고 남송이 그 빈 영토를 차지하기 위해 북진하고 있을 때인 그해 6월. 몽골은 수도인 카라코럼 북쪽으로 1백여 리 지점에 있는 달란 다바스(Dalan dabas, 荅蘭荅八思)[39] 초원에서 대규모의 국가회의를 열었다.

이 1234년 달란 다바스 쿠릴타이에서 오고데이는 대외정벌에 대한 향후의 전략방침을 선언했다.

"지난번 회의에서 우리는 고려정벌과 금나라·코라슴의 정복을 결정하여 원정에 나섰습니다. 금나라와 코라슴에서는 성공을 거두었습니다. 문제는 고려입니다."

오고데이가 고려를 특별히 지적해서 외치자, 장내가 갑자기 숙연해졌다.

"고려는 분명히 우리에게 항복한다는 뜻을 밝히고, 공물도 바치고 있습니다. 그러나 우리는 고려의 항복을 받지 못했습니다. 저들은 우리에게 항복하고는 수도를 해도로 옮겼습니다. 우리가 그 동안 두 번이나 공벌했으나, 그들은 우리에게 맹렬히 저항하여 우리의 피해가 컸습니다. 천도 후의 제2차 원정에서는 우리의 살리타이 장군이 저들의 화살에 맞아 전사했습니다. 아울러 우리에게 협력했던 사람들을 역적죄로 몰아 처형하거나 추방했습니다. 그러면서도 우리가 죄를 물으면, 그들은 우리에게 이미 항복했다고 말합니다."

오고데이의 고려에 대한 설명조 연설은 계속되고 있었다.

"저 고려라는 나라는 비록 소국이긴 하지만 무인들이 중심이 된 조정의 신료들은 현명하고 끈질깁니다. 백성들은 애국심이 많고 완강합니다. 저들은 우리 기병의 약점을 알고 바다와 산성에 입보하여 우리에게 저항을 계속하고 있습니다. 그러나 우리 대 몽골제국이 고려의 항복을 받지 못한

---

39) 한문서적의 達蘭達葩, 영문서적의 Talan-tepe 또는 Dalan-daba 등도 모두 달란다바스의 표기차이다.

대서야 말이 되겠습니까. 안됩니다. 절대로 안 됩니다. 더구나 고려를 점령하지 못하면 우리는 남송을 정벌할 수 없습니다. 이번에는 기필코 고려를 정벌하고야 말 것입니다. 이번 고려 정벌은 그 동안 살리타이 장군과 함께 고려에 출정했던 탕구(Tanggu, 唐古) 장군에게 맡기겠습니다."

항상 그런 것처럼 이번에도 참석자들은 긴 박수로 오고데이의 선언에 지지를 표시했다.

"금나라와 코라슴을 정복한 이제, 우리의 다음의 목표는 중국의 송과 저 북국 러시아입니다. 물산이 풍부하고 넓은 중원 전체를 우리의 영토로 한다는 것은 우리의 확고한 방침입니다. 이제 금나라를 멸망시켜 중국을 우리의 영토로 삼았으니, 다음은 그 남쪽에 있는 송나라입니다. 송나라 정벌에는 나의 두 아들 코추(Kochu, 曲出)와 쿼두안(Kuoduan, 闊端) 장군을 보낼 것입니다."

여기서도 큰 박수가 오래 계속됐다.

"러시아 정벌은 우리 황실의 유능한 장수인 바투(Batu, 拔都, 조치의 아들) 공과 쿼유크(Quyuk, 貴由, 오고데이의 아들) 몽케(Monke, 蒙哥, 톨루이의 아들) 공에게 맡길 것입니다. 러시아는 넓은 대지에서 많은 식량이 산출되고 있습니다. 러시아 저 너머 유럽에는 기독교를 믿는 백인들의 나라가 있습니다. 그러나 나라는 통일되어 있지 않고, 강력한 국왕도 없으며, 사회는 정체되어 있습니다. 우리가 치면 능히 이길 수 있습니다."

오고데이의 두 번째 세계원정 선언이었다. 또 한 번 억센 고함과 긴 박수가 터져 나왔다.

이 제2차 3대 대외전쟁에서도 몽골은 세 방향으로 정벌을 전개키로 했다. 제1차 때는 코라슴·금나라·고려의 3개국이었으나, 제2차에서는 멸망한 코라슴과 금나라가 빠지고, 러시아와 송나라 그리고 고려가 다시 선정됐다.

이번에는 칭기스 직계의 황족 청년들을 대거 투입했다.

조치의 둘째 아들 바투와 후에 황제가 되는 오고데이의 맏아들 쿼유크,

톨루이의 맏아들 몽케 등 칭기스의 손자들을 유럽방면으로 보내 러시아를 정벌케 하고, 오고데이 자신의 두 아들 코추와 코돈을 중국방면으로 보내 남송을 멸하며, 장수 탕구를 고려로 보내 다시 치도록 결정했다.

새로 선정된 오고데이의 제2차 세계정벌 사령관들은 고려의 탕구를 제외하고는, 바투·퀴유크·몽케·코추·코돈이 모두 칭기스의 손자들이다. 이들의 등장으로 전선 책임자들의 세대가 대폭 교체되어, 제3세대들이 사령관으로 포진됐다.

오고데이의 이런 대외전쟁 선포에 따라 몽골군은 원정준비를 서둘렀다. 이듬해 1235년(고종 22년)에는 수도건설 공사도 마무리됐다. 오고데이는 새로 건설된 수도 카라코룸[40]에서 다시 쿠릴타이를 열어 대외원정군 환송연을 베풀었다. 잔치는 한 달 동안 계속됐다.

카라코룸 쿠릴타이가 끝나자, 몽골은 바로 대규모 원정군을 보내 동부의 고려와 남부의 송나라, 북부의 러시아 등의 세 방향에 대한 대대적인 대외정벌 전쟁을 재개했다.

고려를 맡은 탕구가 오고데이의 출정명령을 받고 고종 22년(1235) 고려를 침공할 때, 러시아와 남송 정벌을 맡은 장수들도 군사를 이끌고 몽골의 초원을 떠났다.

---

40) 새 수도 카라코룸 준공축제는 별도로 이듬해 1236년에 궁전 안에서 열었다.

제 3 장
내우외환

제3차 몽골 침공

고려 고종 22년(1235) 몽골의 고려 정벌군 원수로 결정된 장수는 탕구(Tanggu 唐古 또는 Tangwutai 唐兀台)였다.

탕구는 살리타이의 부하장수였다. 그는 살리타이와 함께 두 번이나 고려를 침입했던 세 명의 원수 중의 하나다. 따라서 그는 이미 고려정벌의 전문가가 돼있었다. 탕구는 중국의 정벌과 통치를 맡았던 무칼리(Muqali, 木合黎)와 함께 중원의 동북지역, 곧 요서와 요동 지방의 정벌에 공이 컸던 장수다.[41]

몽골군이 고려로 출진하기 며칠 전이었다. 탕구는 고려에 반역하여 몽골에 귀부한 동경총관 홍복원(洪福源)을 불렀다.

"홍 총관, 우리 몽골은 다시 고려를 치기로 했소. 고려는 이미 그대를 추방하고 가족들을 납치했소. 이번 고려 원정엔 그대가 앞장서야 하겠소. 그리하겠소?"

공을 세워서 몽골의 환심을 사는 문제에 골몰하던 홍복원에게는 더없

---

41) 중국의 몽골사기(蒙兀兒史記)에는 탕구타이를 주로 오야이(唵也而)라고 쓰면서, 별칭으로 당올(唐兀)과 당올대(唐兀台)를 병기하고 있다. 한국사에서는 당고(唐古) 또는 당올대(唐兀臺)라고 쓴다. 탕구타이의 둘째 아들 아카이(Aqai, 阿海)는 뒤에 몽골의 고려주둔 다루가치가 되어 삼별초 토벌장수가 된다. 아하이(Ahai)라고도 한다.

이 좋은 기회였다.

"당연한 일이지요. 저는 고려 지리에 능숙할 뿐만 아니라, 고려의 북부 지역 민심을 잘 알고 지방 지도자들도 내 말을 잘 들을 것입니다."

"고맙소. 그럼 함께 갑시다. 이번 원정에 앞장서서 큰 공을 세워주시오."

"고맙습니다, 원수님."

이래서 탕구는 홍복원을 앞잡이로 삼아 압록강을 건넜다. 그해 윤 7월이었다. 이것이 몽골의 제3차 고려 침공이다. 살리타이의 제2차 침공에서 패퇴한 지 3년만의 재침이다.

홍복원은 몽골 침략군의 적극적이고도 악랄한 향도(嚮導)가 되어 고려를 괴롭혔다. 그때까지 그는 몽골로부터 '동경총관'으로 임명되어 몽골 동부군의 본부가 있는 만주의 요양(遼陽, 당시는 東京)에 머물러 있었다. 홍복원은 그곳에서 고려의 군인과 백성들을 다스린다고 해서 '고려군민장관'(高麗軍民長官)이라는 또 하나의 몽골 관모(官帽)를 쓰고 있었다.

정복한 현지의 백성들을 몽골군에 편입시켜 대외 정복전쟁에 앞세우는 용병법은 칭기스 이래 몽골 정복정책의 특징이었다. 적국인을 동원해서 적국을 정벌한다는 이른바 이적벌적(以敵伐敵)의 전략이다. 총인구가 25만에 불과한 몽골이 세계를 정복하기 위해서는 불가피한 용병법이었다.

이적벌적 전략은 고려에 대해서도 적용됐다. 몽골은 고려를 다시 침공하면서, 그들이 점령한 지역의 고려인과 여진족을 징집하여 앞세웠다. 홍복원은 몽골의 이적벌적 전략에 의해 고용된 고려인이었다.

고려에 침입한 몽골군이 만주에서 출정할 때는 주력군과 별동군의 두 갈래였다. 주력은 탕구가 홍복원과 함께 지휘했다.

몽골의 제3차 침공 때 제일 먼저 고려에 들어온 것은 별동군이었다. 그들은 동진국을 멸하고 차지한 여진 지역에서 여진인들을 징집하여 동계 지역으로 침공했다. 그래서 이 별동군을 동로군(東路軍)이라 했다. 동로군은 동진국 땅이었던 지금의 평안북도 북부지역에서 함경도 남부의 동계 방면으로 진격했다.

이 동로군은 평북의 위주(渭州, 영변)에서 동진하여, 평남 영원(寧遠)을 거쳐 함남의 화주(和州, 영홍)를 지나, 용진진(龍津鎭, 문천군 북성면 용진리)과 진명성(鎭溟城, 문천군 덕원면 성라리)까지 진입했다. 주로 동계지역인 함남과 강원의 동해안 지역이다.

주력군(主力軍)은 압록강을 건너 함신진으로 침입했다. 이 주력군이 고려에 들어와 두 방향으로 나뉘어, 서로군과 중로군이 됐다. 서해 연안을 따라 남진한 것이 서로군(西路軍)이고, 북계 내륙지방으로 해서 남진한 것이 중로군(中路軍)이다.

중로군(中路軍)은 벽동(碧潼, 평북 벽동군)으로 해서 내륙방면으로 진격해 나갔다. 그들은 삭주·귀주·영변·자주·강동을 거쳐 황해도의 수안, 경기도의 연천·포천으로 해서 지평(砥平, 경기 양평)으로 진격했다. 주로 한반도의 중앙 내륙 지역이다.

서로군(西路軍)은 서쪽 평야지대를 따라 평북 해안 쪽의 용주·철주·곽주로 해서 평남의 안북·평양을 거쳐 개경으로 내려왔다. 서로군은 주력은 개경 주변에 머물러 있고, 선봉부대를 남진시켜 충청도·경상도·전라도의 삼남지방(三南地方)으로 진격시켰다.

몽골 침공군의 선봉군 운용은 본진에 앞서 멀리 남쪽으로 내려가서 강화도를 중심으로 배치돼 있는 고려 저항군의 배후를 교란하면서 남과 북에서 협공하려는 전략이었다.

기병으로 구성된 몽골군 선봉부대는 고려군과의 충돌을 피하면서 남진을 계속하여 동쪽으로는 충북을 거쳐 경북의 경주까지, 서쪽으로는 충남을 거쳐 전북의 고부까지 내려갔다.

최우는 몽골 침공 보고를 받고 장수들을 불렀다.

"우리가 폐하와 조정을 이끌고 이 강화경(江華京)으로 입도(入島)한 것은 오랑캐들에 항복하지 않고 장기항전을 계속하기 위해서였소. 이제 적의 공세가 다시 계속됐고 그 무도함이 더욱 거세어 졌소. 이럴 때일수록 우리 군부가 전의를 고양하고 임전태세를 강화해야 할 것이오."

"그렇습니다, 장군."

"적군이 이 강화도 주변을 넘보고 있소. 따라서 강화도 북부와 동부의 방수(防守)가 중요하니, 이 지역에 군사를 집중 배치하고 경계태세를 강화합시다."

그때 최우의 일차적인 관심은 조정이 들어와 있는 강화경의 방어였다.

"각 주현으로부터 일품군(一品軍, 작업병)을 징발하여 강화 연안의 제방을 개축 강화할 것입니다. 이 지역에 군사를 집중 배치해서 몽골군의 도강침공(渡江侵攻)에 대비해야 합니다."

일품군이란 지방의 주현군에 소속돼 있던 노동부대를 말한다. 주로 현지 농민들로 구성되고, 유사시에는 공역(工役)에 동원됐다.

조정에서는 다시 민심의 결속과 통일을 위해 몇 가지 선심정책(善心政策)을 폈다. 우선 사형과 유배의 이죄(二罪) 이하는 모두 죄를 감면해 주었다. 멀리 귀양 간 자의 죄를 감등하여 가까운 곳으로 옮겨주는 양이령(量移令)을 내렸다. 지난 2년간 체납된 공부(貢賦)는 모두 면제했다.

한편 전국의 사찰들은 나라의 안녕을 비는 서원행사(誓願行事)를 벌였다. 각지의 절에는 항상 불안에 쫓기는 백성들이 몰려가 시주를 내고 합장하며 무사와 평안을 빌었다.

고려는 이렇게 수세적으로 임했다. 따라서 과거처럼 중앙군을 투입해서 몽골군에 정면으로 대항하지는 않았다.

그때 도방의 야별초 도령인 이유정(李裕貞)이 나서서 최우에게 말했다.

"장군, 제가 별초를 이끌고 가서 적을 치고자 합니다. 허락해 주십시오."

"그런가. 고맙다. 소규모 별초결사대 단위로 유격전·특공전을 벌이는 것이 우리가 정해 놓은 전술원칙이다. 야별초 군사를 영솔하고 나아가 특공전을 벌여 공을 세우라!"

그때 최우의 대응 방침은 전략적으로는 수세전략을 펴면서 전술적으로는 유격전에 의한 공세전략을 편다는 대응이었다.

"저들의 병력은 많고 우리 군사는 적다. 따라서 넓은 평지에서 적과 싸우지 말고 좁은 은폐지에서 적을 맞아 치도록 하라. 평지는 기병과 대병에 유리하고, 협소한 곳은 보군과 소병에 유리하다는 것을 항상 명심하라."

"예, 장군."

이유정은 야별초 1백 60명을 인솔하여 그날 밤으로 배를 타고 강화도를 떠났다. 그의 공격목표는 경상도 지역에 진출해 있는 몽골 선봉부대의 격파였다.

이유정은 그해 9월 22일 해평(海平, 경북 선산군 해평면)에 이르러 적을 만났다. 별초가 먼저 기습하여 격전이 벌어졌다. 그러나 수적으로 우세한 몽골군에 의해 야별초 전원이 몰살했다.

이것은 곧 강도 조정에 보고됐다. 용명을 날려 온 야별초로서는 치명적인 불명예였다.

야별초 수뇌들이 모였다.

"이유정도 최선을 다했을 것이나 몽골군사가 많으니 어쩔 수 없었을 것이오. 그러나 이는 우리 야별초의 수치임엔 틀림없소."

"해평의 치욕을 해평에서 씻지 않으면 이 치욕은 만회하지 못합니다. 따라서 우리는 후속부대를 그곳에 파견해야 합니다."

"옳은 말씀이오. 그리 합시다."

이 결의에 따라 야별초는 다시 정예부대를 경북 선산으로 급파했다. 새로 해평에 도착한 야별초는 현지 군민과 함께 밤에 잠자고 있는 몽골군을 기습했다. 불시에 공격 당한 몽골군은 대항조차 못한 채 창에 찔리고 칼에 베였다. 도망하던 몽병들도 곧 붙잡혀 죽었다. 이번에는 야별특공대의 대승이었다.

"드디어 패전의 치욕을 씻고 원수를 갚았다."

야별초 특공병들은 승전을 기뻐하며 강화로 갔다. 그들은 몽골군으로부터 노획한 말과 당나귀·칼·창 등을 가져다 최우에게 바쳤다.

"수고했다. 과연 고려의 야별초다. 지금은 제1차 침공 때와는 사정이 많이 다르다. 우리의 전력은 크게 손상돼 있다. 이제는 우리가 몽골 기병을 상대로 정규전을 할 수는 없다. 우리는 병력을 소단위 부대로 나누어서 지리에 미숙한 저들을 야간에 기습 공격하는 유격전으로 나가야 한다. 이번 야별초의 승리는 바로 그런 전술의 효험을 증명한 쾌거다."

"고맙습니다, 장군."

"작고 약한 나라가 자국에 침입한 크고 강한 나라의 군대와 싸워 이기려면 앞으로도 그런 유격전과 특공전으로 나가야 한다. 당초부터 우린 그런 전략을 세워 지금까지 그렇게 해왔다. 이를 전군에 널리 알려 더욱 적극화하도록 하라."

몽골군에 대한 전면전이나 정규전이 아니라 국지전이나 유격전이었다. 이것은 최우가 강화천도를 생각하면서 구상한 대몽 전략개념이다.

최우의 작전지시 이후 고려 전역에서는 군민이 합세하여 몽골군에 대한 야간 유격전을 벌였다. 고려군은 각 지역의 산성·읍성을 지키면서 몽골군이 주변에 와서 집결하면 특공전을 벌여 몽골군을 괴롭혔다. 유격전은 규모가 작기 때문에 일시에 큰 전과를 올리기는 어렵다. 그러나 유격군의 특공대가 도처에서 지리에 미숙한 몽골군을 밤에 불시에 공격하여 타격을 주었다. 유격 특공전은 적지에 들어와 있는 몽골 기마군에게는 골치 아픈 존재였다.

몽골 선봉군이 충청·경상 지역을 교란하자 강경정부(江京政府)는 그해 9월 11일 상장군 김이생(金利生)을 동남도 지휘사로, 충청도 안찰사 유석(庾碩, 시랑)을 부사로 삼아 현지로 보냈다.

김이생은 최우의 측근이다. 유석은 문신으로 경략이 풍부했던 고려 중기의 외교관 유응규(庾應圭)의 손자다. 모두 당시 고려 사회에서 신뢰받는 문무의 간부들이었다.

그때 안동 사람들이 피해를 막기 위해 몽골군을 경주 방면으로 유도한 것으로 알려졌는데 그 때문에 경상도 민심이 무척 나빴다. 최우는 그런 민심의 혼란을 진정하고 몽골군을 격퇴하기 위해 김이생과 유석을 보냈던 것이다.

그들은 곧 부임길에 올랐다.

김이생이 유석에게 말했다.

"이번 몽골군 선봉부대의 위세는 대단한 모양이오. 우리 군사의 힘으로 어떻게 당해내야 할지 묘안이 없구료."

유석이 받았다.

"부처님의 힘을 빌리기로 하십시다. 마침 통도사에는 부처님의 진신사리(眞身舍利)가 있으니, 우리가 가서 예배를 드리기로 하지요."

"좋은 생각이오. 고대로 우리나라에서도 불력(佛力)으로 외척을 막아 왔소. 불력을 빌릴 수 있다면 얼마나 큰 힘이 되겠소이까?"

그들은 양산에 있는 통도사로 갔다. 주지의 허가를 받고 군사들을 시켜 석계단(石戒壇)의 돌 뚜껑을 들게 했다. 그 속에 작은 석함(石函)이 있고, 석함 안에는 유리통이 들어있었다. 유리통을 열어보니, 그 안에 사리 네 알이 가지런히 놓여있었다.

군사들과 승려들이 서로 돌려보면서 예를 표했다. 그런데 가만히 살펴보니 유리통에 금이 나있었다.

"진신사리를 깨진 그릇에 모실 수는 없소."

유석은 마침 그가 가지고 있던 수정함 하나를 절에 시주하여 사리를 그 안에 모시게 했다.

불력의 도움이었을까. 어쨌든 그해 겨울 몽골군은 모두 철수하여 압록강을 건너서 돌아갔다. 그러나 몽골군이 아주 철군한 것은 아니었다. 일시적인 전술적 이동일 뿐이었다.

언 땅에서는 기마가 넘어지기 쉽다. 그 때문에 몽골군은 겨울에는 전투를 피해서 군사들을 쉬게 하고 전쟁준비를 하는 것이 상례로 되어 있었다. 이런 방식은 중국 원정 때도 마찬가지였다.

몽골군의 제3차 침공에서 경주까지 내려갔던 탕구의 첫 출격은 끝났다. 피해지역은 북계와 황해도·경기도·충청도와 경상도였다.

전선이 진정되자, 해를 넘겨 이듬해 고종 23년(1236) 1월 29일 최우는 인사를 단행했다. 이영장(李令長, 대장군)을 동북면(동계) 병마사로, 손습경(孫襲卿, 소부감 판사)을 서북면(북계) 지병마사로 임명했다.

그해 5월 17일에는 최우의 장인이며 대몽 항전파의 선봉장이었던 대집성(大集成, 수사공)이 사망했다.

안성 죽주성의 승리

　겨울에 철군했던 몽골군이 이듬해인 고종 23년(1236) 6월 5일 다시 압록강을 건너 의주로 침입해 왔다. 이것이 몽골의 제3차 고려 침공전쟁의 두번째 출격이다. 출격군의 규모는 지난해보다 훨씬 증강돼 있었다.

　이번에도 탕구가 이끄는 주력이 북계 방면으로 들어오고, 동계방면으로는 여진인 별동 부대를 진격시켰다. 방어전에서는 지극히 불리한 양면 공격이었다.

　탕구의 주력부대는 북계의 여러 성을 빠른 속도로 함락시켜 석 달이 채 안되어 북계를 완전히 정벌해버렸다.

　최우는 보다 적극적으로 몽골군에 대항키로 했다. 이에 따라 6월 12일 조정에서는 각 도의 산성에 방호별감(防護別監)을 지휘관으로 보내 전투를 지휘케 했다. 방호별감은 전권을 갖는 지역별 전쟁책임자다. 최우는 능력과 경험이 있는 사람들을 주로 뽑아 보냈다.

　경기도 안성의 죽주성(竹州, 경기 안성군 이죽면 죽산리)에는 송문주(宋文冑, 낭장)가 방호별감으로 나갔다.

　그해 8월 중순 추석 무렵이었다. 송문주는 죽주에 부임하면서 주민들을 상대로 정신교육부터 시켰다.

그가 읍성 광장에 주민들을 모아놓고 말했다.

"이 죽주는 군사적으로나 경제적으로 대단히 중요한 곳이오. 그래서 조정에서 여기에 특별히 방호사(防護使)를 두기로 하고, 나를 방호별감으로 파송했소이다."

죽주 사람들은 실리적이고 계산에 빨랐다. 그들은 신임 방호별감으로 온 송문주가 무슨 얘기를 하려는가에 귀를 기울였다.

"죽주는 나의 향촌인 진주(鎭州, 지금의 충북 진천)와 인접해 있어 내가 잘 알고 있는 이웃이오. 이제 몽골군이 곧 이곳에 몰려 올 것이오. 그러면 우리는 모두 저쪽 매산(梅山, 매산리)에 있는 산성으로 입보해야 합니다."

몽골군이 올 것이라는 것은 죽주인들도 예상은 하고 있었다. 그러나 방호별감이 새로 부임하여 이렇게 사람들을 모아놓고 직접 몽골침공을 말하자 새삼 위기를 실감하기 시작했다.

"바로 이 죽주는 몽골군의 제1차 침공 때 항몽전쟁 영웅인 귀주성 박서 장군의 향촌이오. 여러분은 박서 장군과 동향인이라는 것을 자랑스럽게 여기고 있습니다. 박서 장군이 지휘한 귀주성의 용전 분투로 몽골군은 여러 차례 치명적 타격을 입고 후퇴했소. 그들은 끝내 귀주성을 함락하지 못한 채 우리 조정과 강화를 맺고 철군한 것이오."

박서의 얘기를 시작하자, 죽산의 백성들은 더욱 숙연하게 경청했다.

"그때 나는 박서 장군을 모시고 귀주에서 저들 몽골군과 싸운 사람이올시다. 그래서 나는 박서 장군의 방어전략과 몽골군의 공격전략을 잘 알고 있소. 나는 몽골군이 들어와도 물리칠 자신이 있습니다."

군중들은 자기네들끼리 수군거리기 시작했다.

"새로 온 방호별감은 믿을 만한 사람 같아."

"귀주성에서 박서 장군을 모시고 몽골군과 싸워 이긴 경험이 있다니까 믿어볼 만하지."

"바로 진주 사람이니까 죽주에 대해서도 깊은 관심이 있을 거야. 죽주에서 지면 진주가 밟힐 테니까."

그들은 송문주에 대해 신뢰감을 보이기 시작했다.

"몽골군이 틀림없이 수일 안에 이곳으로 옵니다. 그러니, 여러분은 지금부터 산성으로 입보하시오. 가서 우리 군사들과 함께 몽골군과 싸웁시다. 입보할 때는 몽골군이 사용할 수 있는 것은 모두 가져가야 하오. 가져갈 수 없는 것은 감춰두거나 없애야 합니다. 이것을 잘 지켜야 하오. 여러분이 잘만 따라준다면 우리는 몽골군과 싸워 백전백승할 수 있습니다. 여러분, 나를 믿고 빨리 저 죽주산성으로 입보합시다."

송문주의 연설이 끝나자 청중들은 술렁거리며 흩어졌다. 그들의 발걸음은 가볍고 빨랐다. 그들은 집에 돌아가 짐을 싸기 시작했다. 다음 날부터는 가족들을 데리고 줄을 이어 죽주산성으로 들어갔다.

탕구의 몽골군이 죽주에 들어왔을 때, 그곳 사람들의 대부분은 이미 죽주산성(竹州山城, 안성군 이죽면 매산리)으로 입보해 있었다. 죽주산성은 피난 백성들로 꽉 차있었다. 성 안에는 큰 우물이 있고 물이 항상 넘쳐흘러 다행이었다.[42]

평지에서 100m 남짓한 거리에 있는 죽주성은 둘레 1.5 킬로미터의 작은 석성이었다. 그러나 가파른 산 위의 높은 성벽을 몽골군이 말을 타고 치기에는 결코 쉽지 않은 요새였다.

며칠 뒤인 그해(1236) 8월 하순 어느 날, 죽주산성 성루에서 근무하던 초병이 말했다.

"저기 길에서 먼지가 뿌옇게 올라오고 있습니다. 아마도 몽골 기병이 달려오는 것 같습니다."

급보를 받고 송문주가 성루로 올라가 보았다. 사졸(私卒)인 임연(林衍)[43]이 그를 따라갔다. 임연은 송문주의 고향인 진주(鎭州) 출신으로 송문주

---

42) 지금도 죽주산성 안에 있는 우물에서는 수돗물보다도 떠 강하고 빠르게 물이 나오고, 주변은 흙이 젖어 습지를 이루고 있다.

43) 임연은 후에 진주성에서 몽골군을 격퇴하고, 그 공로로 군관이 됐다. 최우의 슬하에 들어간 그는 뒤에 고려 무인정권의 집정이 된다.

휘하에 들어와 그의 말 관리를 담당하고 있었다.

그들이 가서 보니, 과연 먼지가 길을 따라 하늘로 솟고 있었다.

"그렇다. 네 관측이 맞다."

송문주는 참모들을 불렀다.

"적이 오고 있다. 전투태세를 갖춰라."

초병이 관측하고 송문주가 판단한 대로 잠시 후 과연 몽골군이 말을 타고 와서 죽주읍성을 유린하기 시작했다. 입보하지 않고 있던 사람들을 잡아 살해하고 재물을 약탈한 뒤 집에는 불을 질렀다. 주변의 절들도 습격하여 재물을 탈취하고는 반드시 불을 지르고야 물러갔다.

군사와 백성들이 죽주산성에 입보하고 있다는 말을 듣고 며칠 후 일단의 몽골 군사들이 죽주성으로 왔다. 그들은 성의 정문인 동문 앞으로 와서 성에 대고 외쳤다.

"죽주성은 항복하라! 우리 몽골은 항복하는 자는 관용하고 저항하는 자는 도륙한다. 우리 말을 믿고 항복하여 살 길을 찾아라."

송문주가 말했다.

"저건 몽골군이 항상 공격하기 전에 써먹는 수법이다. 싸우지 않고 항복 받겠다는 것이지."

송문주는 정예 사졸들로 구성해 놓은 특공군을 만들어 놓고 적의 허점을 살피다가 기회가 되면 그들을 성 밖으로 보내 공격케 했다. 남달리 힘이 세고 무예가 있는 임연도 특공대에 넣었다.

"보아하니 저들은 수도 적고 준비도 약하다. 그러나 저들은 적군이다. 용기를 갖되 절대로 방심하지 말고 무슨 수를 써서라도 물리쳐라. 저들은 곧 도망할 것이다. 그러나 도망해도 함부로 추격하지 말라."

"그럼 쳐 죽이지 말고 축출만 하란 말씀입니까."

"격파하는 것이다. 명령대로 하라."

죽주성 특공대는 남문을 나가 동문 쪽으로 가서 몽골군을 맞아 싸웠다. 동문을 공격하고 있던 몽골군은 뒤에서 특공대의 공격을 받자 별다른 저항 없이 철수했다.

특공대가 몽골군을 쫓아내고 다시 성으로 돌아오자, 송문주가 말했다.

"수고했다. 너희는 몽골군을 완전히 격파하여 축출했다. 그러나 저들은 정탐대(偵探隊)다. 정탐대는 우리 사정을 알아보고 투항을 권고하다가, 항복하지 않으면 싸움을 걸어보는 정도의 임무만 띠고 있다. 저들이 물러갔으니 곧 대부대가 와서 성을 포위하고 공격할 것이다. 대포도 가져와서 쏘아댈 것이야. 우리도 포격전을 준비하라. 진짜 싸움은 이제부터다."

죽주성은 동문 북쪽의 포루에 포탄을 준비하여 기다리고 있었다.

잠시 후 몽골군의 본대가 몰려왔다. 송문주가 말한 대로 그들은 과연 성을 포위하고 사면에서 성안으로 포를 쏘아대기 시작했다. 죽주성 동문이 포에 맞아 부서졌다.

"자, 우리도 포를 쏜다. 저쪽 포대와 군사 집결지에 집중 발포하라!"

성안에서도 포격을 시작했다. 포탄과 포탄이 공중에서 맞부딪칠 것만 같았다. 몽골군은 성 가까이 오지 못하고 다시 물러섰다.

송문주가 외쳤다.

"이제 저들이 화공(火攻)을 펼 것이다. 화공에 대비하라! 백성들은 성 가까이 오지 말라. 진흙물을 만들어 놓았다가 불이 붙으면 그것을 부어 불을 꺼라."

죽주성 내부 곳곳엔 물을 모아 흙을 퍼 담았다. 흙물 구덩이가 여기저기 생겨났다.

잠시 후 몽골군은 과연 기름과 관솔·쑥풀 등을 준비하더니 거기에 불을 질러 성 안으로 던지며 화공을 펴기 시작했다. 송문준의 예상은 사사건건 적중했다.

"저들이 쓰는 기름은 인유(人油)다. 우리 백성들을 죽여서 짠 사람의 기름이다!"

송문주가 그렇게 외치자 군사들은 흥분했다.

"아니, 사람을 죽여 기름을 짜서 쓴단 말인가. 몽골 놈들은 정말 사람이 아니군."

"무서운 놈들이야."

"하지만, 저놈들이 정말 인유를 짜서 쓸까?"

설마 인유를 쓰리라고는 아무도 생각지는 못하고 있었지만 신명(神明)하기 그지없는 송문주가 그렇게 말했으니 틀림없을 것이라고 사람들은 믿고 있었다.

그때 몽골군이 쓴 기름은 과연 인유였다. 그들은 전쟁터에서 사람을 죽인 뒤에는 그 시체를 불에 지져 기름을 짜내어 화공작전에 쓰고 있었다. 그러나 진흙물을 맞아 불길은 번지지 못했다. 몽골군의 화공은 실패로 끝났다.

"우리 별감은 사람이 아니라 신이야. 사람이 어떻게 저렇게 신명할 수가 있어."

성안에서 그런 소문이 돌기 시작하더니 이윽고 밖으로까지 퍼져나갔다. 성 밖에 있던 백성들이 한밤중에 식량을 지고 활과 화살을 만들어 성안으로 가져오기 시작했다. 군사들과 백성들의 사기는 충천했다.

송문주가 외쳤다.

"자, 이제 밖으로 나가 저 몽골 살인마들을 쳐부수자!"

성문이 열리자 송문주가 앞장서서 나갔다. 송문주를 따라 죽주성의 군졸들이 일시에 모든 성문을 열고 내달아 몽골군을 공격했다. 임연도 따라 나섰다. 고려의 항몽전술의 하나인 유격전의 인병출격(引兵出擊)이었다.

고려군은 택견과 수박으로 육박전을 벌이면서, 칼과 창으로 치고 찔렀다. 몽골군들은 곧 패하여 도주했다.

몽골군의 시체가 가을 논의 볏단처럼 널려 있었다. 그때의 전과에 대해서 동국통감은 '몽골군의 죽은 자는 이루 다 셀 수 없었다'(蒙兵死者不可勝數)고 기록하고 있다.

몽골군도 끈질기기는 고려군에 못지 않았다. 그들은 온갖 방법으로 공격하기를 15일 간이나 계속했다. 그러나 죽주성이 완강히 저항하면서 기습을 감행해 오는 바람에 몽골군은 견뎌낼 수가 없었다.

"안 되겠다. 그냥 가자."

몽골군은 죽주성 공격을 단념하고 결국 그해 9월 8일 자기네 공전(攻戰) 장비들을 모두 태워 없앤 뒤에 밤을 이용해서 도주했다.

몽골 군사가 물러난 뒤 죽주성에서는 전승을 자축하는 잔치가 벌어졌다. 그 자리에서 사람들이 물었다.

"백성들은 송 별감을 보고 신인이라고들 합니다. 별감의 예언이 어찌 그렇게 하나도 틀림이 없이 들어맞았습니까?"

"그야 간단하지. 저들의 공격방법을 내가 다 알고 있으니까."

그러면서 송문주는 몽골군 공성작전의 정형(定形)을 말하기 시작했다.

"저들은 성을 공격할 때, 먼저 소규모의 정찰대를 보내서 적정을 탐지하고 항복을 권유한다. 몽골 침공 초기에 북계의 많은 성들은 이런 투항 권고를 받고는 싸우지도 않고 성을 열어주었다. 그러나 정주성(定州城)의 김경손 장군은 몽골군이 접근하자 항복을 권하기 전에 먼저 공격해서 쫓아버렸지. 귀주성에서도 마찬가지여서 몽골군은 정주성이나 귀주성에 대해서는 항복 권고도 못해보고 기습당해 대패했어."

북계에서의 항몽전투 실상을 설명하자 죽주의 참모진들은 숨을 죽이고 경청했다.

"항복을 권해도 항복하지 않으면 몽골군은 싸움을 걸어 우리의 반응과 전력을 시험한다. 그러나 당해낼 수 없으면 그들은 곧 철수하지. 자주성에서는 몽골군 선발대가 와서 우리 사정을 탐지하고 항복을 권고했으나 최춘명 장군의 사격명령으로 몽골군들은 바로 쫓겨 갔지. 그들은 적정을 탐지하고, 항복권고·반응탐색을 마치고 철수한 것이야. 임무를 끝냈으니까 물러간다는 것이지."

"그 다음은 뭡니까."

"대규모의 군사와 대포를 몰고 와서 포위공격을 계속하지. 그래도 안 되면, 다음에는 화공을 펴는 거야. 그때 저 놈들은 사람의 기름을 쓴다. 저들로서는 인유가 가장 조달하기 쉬운 화공물자(火攻物資)니까."

"몽골군은 예외 없이 언제나 그런 절차를 거쳐서 공격해 왔습니까?"

"아니야. 이건 일반원칙이지. 몽골군이 크고 강한 성을 공격할 때는 대체로 이런 수순에 따라 행동한다. 성이 작거나 저항이 약하다 싶으면 그런 절차 없이 바로 공격하기도 했어. 그러나 대체로 이런 절차를 거친다고 생각하고 대응하면 낭패하는 일은 없을 것이야. 나는 이런 것을 귀주성에서 박서 장군을 모시고 싸우면서 보고 배웠지. 나는 그때 보고 배운 대로 이번에 몽골군의 공격에 대응했을 뿐이네."

송문주는 귀주성에서 박서·김경손 등과 함께 몽골과의 전투를 경험했다. 그때 별장(소령)이었던 송문주는 전공이 많아 두 계급 위인 중랑장으로 진급됐다. 그때 송문주는 귀주의 전투경험에서 몽골군의 일반적인 전투방법과 그때그때 변하는 상황에 대처하는 대응전법을 익혀두었다.

죽주의 승첩이 있은 뒤에 조정에서는 송문주에게 두 계급 특진시켜 좌우위장군(左右衛將軍)을 주었다. 송문주가 승진하여 옮겨가자, 그를 따르던 임연은 부대에서 나와 죽주의 동남쪽에 붙어있는 고향 진주(鎭州, 지금의 충북 진천)로 갔다.

죽주는 경기 남부의 교통 요지다. 게다가 충청도를 거쳐 전라도나 경상도로 통하는 분기점이다. 그런 이점 때문에 죽주에는 각지의 사람들이 많이 모여들었다. 그 덕택에 일찍부터 상업이 발달하여 부유한 성읍으로 성장해 있었다.

신라 말기에 기훤(箕萱)이 초적의 무리를 모아 죽주에서 봉기한 것도 그런 교통상의 이점과 상업적인 재력을 기초로 가능했다. 강화도 정부에서는 죽주의 그런 점을 중시하여 방호별감을 두기로 하고 송문주를 파견했다.

송문주는 중서시랑평장사(정2품, 부수상)를 지낸 송순(宋恂)의 아들이고, 예빈성(禮賓省)의 소경(少卿, 종4품)과 장작감(將作監)의 판사를 지낸 송언기(宋彦琦)의 동생이다.

귀족출신인 송문주는 충북 진천출신으로 성품이 올곧고 백성을 위하는 마음이 남보다 컸다. 그의 전공을 기리기 위해 후세에 충의사(忠義祠)라는 사우(祠宇)를 지어 재를 받들어 지금도 죽주성 안쪽 높은 곳에 서있다.

고려군의 연승

　죽주에서 참패한 몽골군이 평택·천안을 거쳐 그해 고종23년(1236) 9월
초에는 충청도 온수(溫水, 지금의 충남 온양)에 이르렀다. 그때 성을 지키고
있던 사람은 온수군의 하급관리 현려(玄呂)였다.

　온수의 수령과 책임 관리들이 모두 도망하여 숨자 현려를 중심으로 하
급 서리들이 모여 백성들을 이끌고 싸울 준비를 갖춰나갔다.

　몽골군이 온수에 접근한다는 정보를 듣고, 현려는 관민들을 이끌고 먼
저 그 고을의 성황당으로 가서 승리를 빌고 성안으로 들어갔다. 그는 장
정들을 성의 요소에 배치하고 정예한 청년들을 모아 특공대를 만들었다.
성벽 위에 자갈을 모으고 백성들을 안쪽 낮은 곳에 대기시켰다.

　9월 3일. 일단의 몽골군이 온수성 밑으로 다가왔다. 소위 정탐군이었
다. 그들은 온수성에 대해 항복을 권유했다.

　"항복하라. 항복하면 살고, 대항하면 모두 죽는다."

　어느 성에서나 같은 권항 소리였다.

　온수성에서는 아무런 반응을 보이지 않고 가만히 있었다. 그러자 몽골
군이 성을 공격하기 시작했다. 송문주가 말한 대로 고려군의 반응과 전력
을 떠보기 위한 시험공격이었다.

현려가 외쳤다.

"모든 성민은 성벽으로 올라와라. 군사들은 활을 쏘고, 백성들은 돌을 던져 저들을 쳐라!"

몽골군은 성 밑에 이르렀다가 화살과 돌이 빗발치는 바람에 대오가 흩어지는 등 한만(閑漫)해지기 시작했다. 잠시 후 그들은 견디지 못하고 물러섰다. 그들은 떨어진 건너편에 모여 있었다.

성루에서 적의 동태를 주시하며 때를 기다리고 있던 현려가 명령했다.

"몽골군이 쉬고 있다. 특공조 출동준비!"

현려는 특공조 군사들과 함께 성의 옆문을 열고 나가 보이지 않게 접근하여 몽골군을 기습했다. 그들은 말을 타고 있던 적군 두 명의 목을 벴다. 살아남은 몽골군이 달아났다. 멀찌감치 떨어져서 이 광경을 목격한 몽골군들이 떼를 지어 덤벼들었다. 중과부적(衆寡不敵)이었다.

현려는 온수 특공대가 맞서 싸우기에는 역부족이라고 생각했다.

"전원 후퇴!"

현려는 군사들을 이끌고 성안으로 들어갔다. 몽골군이 그들을 추격하여 성에 접근했다. 온수성 안에서는 다시 돌과 화살을 퍼부었다. 몽골군은 다시 흩어져 혼란에 빠졌다. 그때 특공조들이 뛰쳐나가 육박전을 벌였다. 기습을 당한 그들은 많은 전사자를 남겨두고 철수했다. 돌과 화살에 맞아 죽은 몽골병은 2백여 명이었다. 현려는 많은 무기와 마필들을 빼앗았다. 그들은 관군의 도움 없이 민군의용대를 만들어 몽골군과 싸워 이겼다.

그 보고를 받고 고종은 크게 기뻐했다.

"대단히 장한 일이로다. 그 고을의 성황신이 은밀히 도와준 공이 있으니, 그 온수의 성황당에 신호(神號)를 가봉(加封)하고, 현려에게는 온수군의 호장을 제수하노라."

호장(戶長)은 지방 향리의 으뜸 자리다. 현려는 온수 수령을 받드는 관원단의 책임자가 됐다.

온수에서 패배한 몽골군은 다음 달인 그해(고종 23년, 1236) 10월 남쪽으로 이동했다. 그들은 전북의 전주와 김제·부안·고부(古阜, 지금의 정읍) 지역에 이르러, 그 일대에 진을 치고 있었다.

그때 의사(醫師)였던 전공렬(全公烈)은 전북 부령현(扶寧縣, 지금의 부안군 계화면)의 별초에 들어가 항몽전에 대비하고 있었다. 전공렬은 이른바 의업거인(醫業擧人)이었다. 지방에서 실시한 과거시험 향시의 의업잡과에 합격했으나 아직 본시에는 이르지 않아 의관직(醫官職)은 못 얻고 있었다.

몽골군이 그 지역에 이르자 전공렬은 장정들을 모아 의용대로 만들고, 그 군사들을 이끌고 북으로 올라가 충남 부여의 부소산 기슭의 백마강변에 있는 고란사(高蘭寺)로 갔다. 그는 낙화암 근처로 가서 인마의 통행이 많은 고란사 산길에 자기의 병졸을 매복시키고 몽골병이 오기를 기다리고 있었다.

전공렬은 주위를 살펴보았다. 말라 가는 고란초(皐蘭草)의 잎사귀들이 보였다.

"희귀한 고란초가 이렇게 많이 자생하고 있는데, 절에서 왜 높을 고(高) 자를 써서 고란사(高蘭寺)라고 했을까. 차라리 고란초의 언덕 고(皐)자를 써서 고란사(皐蘭寺)로 할 것이지."

전공렬이 그렇게 한가한 얘기를 하고 있을 때였다. 저쪽에서 먼지가 높다랗게 솟아오르고 있었다.

그걸 보고 군사 한 명이 말했다.

"저쪽 나무 위를 보십시오. 먼지가 아주 높고 날카롭게 솟아오르고 있습니다. 바람 때문에 이는 먼지 같지는 않습니다."

"그렇다. 저건 분명히 여러 마리의 말이 달려오는 것이다. 아마도 몽골 기마병들일 것이다."

잠시 후 과연 산자락을 돌아서 전공렬이 기다리고 있는 곳에 몽골 기병대 20기가 나타났다.

"맞다. 모두 공격태세!"

몽골군들이 지근거리에 육박하자, 전공렬이 외쳤다.

"자, 공격!"

전공렬이 먼저 칼을 높이 들고 뛰쳐나갔다.

"와아아!"

부령별초의 매복병들이 고함을 지르며 일시에 내달아 몽골 기병들을 공격했다. 기습당한 몽골 군사들이 우왕좌왕하다가 자기들끼리 부딪쳐 휘청거렸다.

부령별초들은 칼을 휘두르고 창으로 찔렀다. 택견과 수박도 나왔다. 몽골군들은 견디지 못하여 잽싸게 도망했다. 별초들은 이 요격에서 몽골병 두 명을 베고, 말 20여 마리와 많은 병장기를 빼앗았다. 민간 의용별초들의 승리였다.

"의군별초(醫軍別抄)가 몽골 정규군을 쳐서 이겼구나."

최우는 전공렬을 포상하여 의관(醫官)으로 임명했다.

그해 여름 야별초의 이임수(李林壽, 지유)와 박인걸(朴仁傑, 지유)이 각각 1백여 명씩의 관군 병력을 거느리고 몽골군의 집결지를 찾아 강화도를 떠났다. 일종의 기습특공대다.

그때 몽골군은 전국의 중요 성읍(城邑) 지역에 군사를 분산해서 배치하고 있었다. 그들은 전투보다는 지역을 점령하여 횡포 부리는 일에 재미를 들였다.

배를 타고 떠난 박인걸은 12월 5일 충남 공주에 주둔하고 있는 몽골군을 찾아냈다. 박인걸은 어두운 밤을 이용하여, 공주 효가동(孝加洞, 지금의 신기동 효포 일대)에 있던 몽골군 부대를 동서 양면으로 기습했다.

야간기습이었던 만큼 몽골군은 대항조차 못하고 당했다. 거기서 몽골병 16명이 죽었다. 갑자기 타격당한 몽골군은 군막을 걷어 싣고 도망했다.

고려의 관민 별초군이 여러 곳에서 유격전에 크게 성공하자, 최우는 우쭐해졌다. 국정의 총괄자이자 국가안보의 책임자 입장에서만은 아니었다. 그가 지시한 항몽 전법이 크게 효험을 보였다는 개인적인 승리감 때문이기도 했다.

최우는 재추들을 불러서 말했다.

"지금 우리 군사들은 성을 지키는 수세적 전략에서 벗어나 소부대 단위로 야간에 적을 기습하는 유격전을 벌여 전국적으로 크게 승리하고 있습니다. 몽골군은 그 피해를 견디다 못해 수시로 이동하고 있으니 곧 물러가게 될 것입니다."

"영공의 용병 지휘가 주효하고 있는 것입니다."

"그러나 아직도 적의 공세가 만만치 않습니다. 강화의 해안 제방을 더욱 튼튼히 쌓아야 하겠습니다. 각 주현의 일품군(一品軍)을 징발하여 곧 공사를 착수할 것이니, 각자 소임을 다해주기 바랍니다."

그 후 강화 해안의 제방은 더욱 높아지고 약한 곳은 보수되어 방비태세는 더욱 강화됐다.

그때 몽골군은 경기·충청·전라·경상 등 고려 전역의 내륙에서 약탈과 살육을 벌이고 있었으나, 고려인들의 집요한 유격항쟁과 지연전술에 직면하면서 곤경에 처하게 됐다. 고려군의 기습으로 현지보급이 두절되고 지휘체계가 혼란되어 몽골군은 한곳에 계속 주둔할 수 없었다.

그 결과 전라 지역으로 진출한 몽골군은 전주와 고부 일대에서 그 이상 전진하지 못하고 그곳에 정지해 있었다. 겨울이 깊어가자 몽골군은 다시 북으로 올라가 휴식기에 들어갔다.

물론 철군한 것은 아니었다. 겨울 전쟁을 피하면서 군사들을 쉬게 하기 위해 스스로 올라간 것뿐이었다. 올라가면서도 그들은 각지에서 약탈과 살상을 자행했다. 전쟁은 다시 소강국면(小康局面)으로 들어갔다.

이로써 탕구의 두번째 출격은 변산반도의 부령(전북 부안)까지 진출했다. 전라도가 몽골군의 침공을 받기는 이때가 처음이었다.

몽골군이 북쪽 압록강 지역으로 철수하자 고려에는 다시 평화가 왔다.

겨울엔 쉬었다가 봄이 되면 공격을 재개하던 몽골군은 이듬해 봄이 되어도 출격하지 않았다.

거기엔 몇 가지 이유가 있었다. 우선 전선이 길어지면서 군수품 조달이 어려워졌다. 게다가 고려의 청야입보(淸野立保) 전략으로 현지조달이 불가능하면서 도처에서 돌출하는 고려의 민군·관군의 기습공격으로 피해가 많아졌기 때문이었다.

몽골의 제3차 침입으로 혼란하던 때에 나라 안에서는 많은 반란 사건이 일어났다. 조정은 반군들에 대해 손을 쓸 수가 없었다.

조정회의에서 최우가 말했다.

"나라가 국난에 처했을 때 민간인으로서 이를 물리친 사람이 있는가 하면, 오히려 뒤에서 반역을 일으킨 자도 있습니다. 이는 절대로 용서할 수 없습니다. 반란을 일으킨 요망한 죄인들과 두목 놈들을 찾아내어 '허리를 베고 목을 자를 것(妖腰亂領)' 입니다. 투항을 거부하는 잔당을 모조리 소탕할 것입니다."

이래서 평정기(平靜期)를 맞아 고려는 반란진압에 나섰다. 최우는 반란지역에 토벌군을 보내기 시작했다.

백제 재건의 반란

고종 23년(1236) 겨울. 경기도 죽주(竹州)의 송문주에 이어 충청도 온수 (溫水)의 현려, 부여(夫餘)의 전공렬, 공주(公州)의 박인걸 등이 한창 몽골 군과 싸워 적을 격퇴하고 있을 때였다.

전라도가 처음으로 몽골군 침공의 피해를 입기 시작한 그 무렵, 담양 일대에서는 백제재건을 내건 반란이 일어났다. 두목은 항상 최씨정권을 비판해온 이연년(李延年) 형제였다. 그들은 고향을 등지고 떠도는 호남지 역 농민의 무리들을 끌어들여 반군을 편성했다. 그래서 그 반군들을 '이 가당'(李家黨)이라 불렀다.

이연년 형제는 담양 토착인으로 원율 이씨다. 그들의 선조는 후백제에 서 벼슬하며 견훤과 깊은 관계에 있었던 호족이다. 선대 중에서 문종 시 대의 이영간(李靈幹)은 재상급인 참지정사를 누렸다.

원율 이씨 출신의 선비들은 문관으로 벼슬하다가, 정중부·이의방 등의 무인정변(1170) 때 벼슬을 버리고 향리로 내려왔다. 그 때문에 무인정권 에 대한 그들의 감정은 좋지 않았다.

몽골군이 전라도에 접근했을 때, 최우는 그 지역 주민들을 원율현(原栗 縣, 담양군 금성면-영면 일대)의 금성산성(錦城山城)에 입보시키라고 명령했다. 그러자 금성산성엔 주민들과 초적들이 섞여 북적거리게 됐다. 그들은 조정과 최우에 대한 불평불만과 대몽정책을 비난하였다.

그해 10월 이연년이 금성산에 반군들을 불러놓고 말했다.

"무엇이 우리나라인가? 신라도 고려도 우리나라가 아닙니다. 이곳에 세워졌던 마한과 백제와 후백제만이 우리나라입니다. 마한은 백제로 통일됐으니 문제될 게 없지만 그러나 백제는 신라가 당나라를 끌어들여 멸망시켰고 후백제는 고려와 신라가 연합하여 멸망시켰습니다."

그러자 함성이 울려 퍼졌다.

"그렇다!"

"옳소!"

"저들 고려-신라의 집권세력은 우리 백제의 문화를 파괴하고 전통을 말살했습니다. 그 때문에 백제의 찬란했던 문화유산은 지금 어디에서도 찾아볼 수 없소. 또 그들 신라와 고려는 백제의 유민들을 얼마나 탄압하였소. 몽골군이 우리 땅에 와 있는 지금 우리가 일어나서 백제를 다시 찾아야 하오. 몽골의 침입은 우리에게 백제를 재건할 수 있도록 하늘이 내려준 절호의 기회요."

다시 함성이 터졌다.

"옳소!"

"백제 만세!"

"그렇소. 우리는 신라인이나 고려인이기 이전에 백제인이오. 우리 담양 지역에 왜 백제석탑이 아직도 서있겠소이까. 그건 우리가 바로 백제의 중심이기 때문이오. 우리 힘을 모아 백제를 재건합시다."

"옳소!"

"그럽시다."

이연년의 역사의식은 분명했다. 그래서 반란의 명분도 분명했다. 매몰된 백제의 전통을 복원하고, 파괴된 백제의 문화를 재건하여, 백제의 영광을 되찾겠다는 의지였다.

이연년은 호남인들 사이에 의인으로 전해지고 있는 전우치(田禹治)를 내세워 주민들을 선동했다.

"우리 전라인들은 담양의 영웅 전우치 의사를 존경해 왔습니다. 우리는 그분의 주장을 되새겨 따르고 실현해야 합니다."

전우치는 담양지역에 실존했던 인물이다. 그는 행동파이기보다는 이론 가였고, 실천자이기보다는 변설가였다.

전우치는 전설적인 설화를 많이 남겨놓았다. 그는 백성을 착취해서 재화를 모으고 있는 지방 관리들의 부정을 폭로하고, 나라 창고를 털어서 빈민을 구제했던 얘기를 만들어 낸 의인으로 기억돼 있다.

"그렇소."

"전우치 만세!"

이연년은 전우치의 전례에 따라 관리들의 부패를 규탄하고 빈민을 구제해야 한다는 것이었다.

이연년의 말은 계속됐다.

"이곳 사람들은 다 아는 얘기지만, 외지에서 온 유민들에게 묻겠소. 그대들은 신비에 싸인 저 운주사(雲住寺)[44]의 전설을 아시오?"

그러나 아무 대답도 없었다.

"아마 모를 것이오. 운주사는 통일 신라 때, 도선(道詵)[45] 스님이 창건한 명찰입니다. 도선 스님은 운주사가 있는 땅은 '왕이 나타날 땅'(王侯之地) 이고, 그 자리에 천불석탑을 세우면 왕도가 그쪽으로 온다는 풍수를 믿어

---

44) 운주사: 전남 화순군 도암면 대처리 천불산(千佛山) 계곡에 있는 조계종 송광사의 말사(末寺)다. 창설자는 도선설(道詵說)과 운주설(雲住說)·마고설(麻姑說, 마고 할머니설) 등의 서로 다른 주장이 있다. 그러나 운주나 마고보다는 도선이 만들었다는 설이 가장 유력하다. 운주사(運舟寺)라고도 한다.

45) 도선은 우리 나라 지세가 '움직이는 배 모양의 지형'(行舟形)이라고 주장했다. 그러나 동쪽은 산지가 많아 무겁고 서쪽은 평야가 많아 가볍기 때문에 배가 균형을 잡지 못하고 동요가 심해 항상 전쟁과 난리가 끊이지 않는다고 생각했다. 이런 도참설에 따라 그는 배의 배(船腹) 부분이 되는 서쪽 호남의 담양에 천 개의 부처를 만들어 놓으면 땅의 균형이 잡혀 나라가 태평해진다고 하여 운주사를 짓고 그곳에 천 개의 부처와 천 개의 석탑을 만들었다는 전설이 있다. 구름이 사는 절이라는 운주사(雲住寺)를 '배를 움직이게 하는 절'이라는 뜻의 운주사(運舟寺)로도 쓰는 것은 그런 행주형 설화에 따른 것이다. 지금 운주사에는 석불 70개와 석탑 12개가 남아있다.

운주사를 짓고 천불을 만들었소. 이 땅은 분명히 임금이 나고 왕도가 설 명당이오. 지금 고려는 그 말기에 왔습니다. 무인들이 일어나 나라를 휘어잡았고, 외란이 겹쳐 일어나고 있어 나라와 백성 모두가 이제는 더 이상 견뎌내기 어렵게 되어 있소. 바야흐로 새 왕이 나오고 새 나라가 일어설 때입니다. 이래서 우리가 백제를 세우기 위해 일어선 것이오.”

다시 함성이 터져 나왔다.

“이 땅에 백제를 세웁시다.”

“백제 만세!”

“고맙소. 나는 백제도원수(百濟都元帥)[46]가 되어 여러분과 함께 이 땅에 다시 백제를 세울 것입니다.”

이연년은 그 자리에서 스스로를 ‘백제도원수’라 칭했다. 그는 호남지역에 근거를 두고 건국했던 온조의 백제와 견훤의 후백제를 재건한다는 구호를 공식적으로 내걸었다.

이연년 일당이 원율(原栗, 담양군 금성면 원율리)[47]과 담양(潭陽) 일대의 초적과 무뢰배들을 끌어 모아 해양(海陽, 광주)과 그 주변의 주현을 공격하여 함락시켰다. 담양-광주 일대를 장악한 그들 ‘이가당’은 전라도의 수부인 나주를 점령할 준비를 갖춰 나갔다.

전라지역 반란세력이 힘을 떨치자 조정에서는 이듬해(1237, 고종 24년) 정월 전라도 지휘사 전보구(田甫龜, 상장군)를 해임하고, 그 후임으로 김경손(金慶孫, 대장군, 지어사대사)을 임명했다.

그때 나주는 현실주의적인 문신 최린(崔璘)이 부사를 맡아 지키고 있었

---

46) 고려사 열전의 최린편에는 이연년을 ‘백제도원수’라 하지 않고 ‘백적도원수’로 기록해 놓았다. 이것은 조선조의 사가들이 고려사를 편수하면서 이연년이나 백제(百濟)를 고의로 폄하했거나 또는 실수로 백적(百賊)이라 표기한 것으로 보인다. 백제의 고토인 호남지역에서 궐기하면서 스스로 백제도원수라고 칭하는 것은 당연하지만, 자기를 칭하면서 백적도원수라 하여 도적이란 의미의 적(賊)자를 쓰리는 만무하기 때문이다. 원문은 時原栗縣人李延年 自稱百賊都元帥 嘯聚山林 寇掠州郡(그때 원율현 사람 이연년이 스스로 백적도원수라 칭하면서, 산중의 도적떼를 불러모아 주와 군을 노략질했다).

47) 원율: 지금은 원율리이지만 당시는 原栗縣이었다.

다. 김경손은 이가당을 토벌키 위해 관군을 이끌고 전라도로 갔다. 관군 부대가 나주에 이르자, 최린이 나가서 맞아들였다. 김경손은 우선 나주성으로 들어가 성안에 진을 쳤다.

광주에 있던 이연년이 그 소식을 듣고 말했다.

"전라도 지휘사로 발령 받은 김경손이 우리 거사를 진압하기 위해 관군을 이끌고 나주에 들어가 있다. 김경손은 바로 몽골병란 시에 귀주에서 크게 이겨 공을 세운 장수다. 그는 용병술이 매우 뛰어나고 인망이 두터운 장수이니 절대로 죽여서는 안 된다."

아우 이장년(李長年)이 이의를 제기했다.

"그러면 도대체 어쩌자는 겁니까? 적장을 보고도 쏘지 말라는 거요?"

"그렇다. 절대로 쏘아서는 안 된다. 베어서도 안 된다. 내가 반드시 김경손을 산 채로 잡아서 우리 도통(都統)으로 삼을 것이니 활을 쏘거나 죽이지는 말라."

"우리를 반군으로 몰아 진압하기 위해 나온 관군의 장수가 우리 요구에 따르겠소!"

"노력해 봐야지. 따를 것이다."

"김경손은 조야가 존경하는 고려의 전쟁영웅이오. 더구나 그는 최우의 사위인 김약선의 아우인 데다, 신라왕가의 후손인 경주인(경주김씨)입니다. 경상도 사람인 그가 우리 전라도 백제의 도통을 맡으려 하겠소?"

이연년이 대답했다.

"임금을 준다는데 인척이나 본향을 따져 마다하겠는가? 권력이나 왕위는 인연을 초월한다. 고구려 시조 동명성왕은 부여에 부모를 두고 남만주로 내려와 나라를 세웠고, 우리 백제 시조이신 온조대왕은 고구려에 부모를 두고 이 땅에 내려와 마한의 군소국가들을 통합하여 백제를 건국하고 고구려와도 싸웠다. 또 후백제의 견훤 황제도 경상도 상주 사람이 아닌가. 꼭 가족이나 친인척을 떠나지 말라는 법이 어디 있고, 자기 본향이 아닌 타향 땅에 건국하지 말란 법이 어디 있는가! 인재란 혈연이나 지역이나 국경을 생각하지 말고 널리 구해서 쓰는 것이야. 중국에서도 그랬다. 그래서 초재진용(楚材晉用)이란 말이 생겼다. '초나라 인재를 진나라에서 썼다'는 얘기지."

"그러나 형님. 외부의 인재를 쓸 때는 능력도 중요하지만 더 중요한 것은 마음입니다. 인재를 영입할 때는 우리 조직과 대의에 절대 복종하고 지지하는 충성심이 가장 중요한 기준이 돼야 합니다."

"그대 말은 맞다. 능력보다는 충성이다. 그러나 자리가 주어지면 충성심이 생겨날 것이야."

이장년은 마음으로는 납득되지 않았지만 더 이상 말이나 행동으로 반대하지는 않기로 했다.

이연년이 무리를 향해 명령했다.

"자, 방향을 서남쪽으로 돌려라. 이제 우리는 관군이 둔영을 치고 있는 나주로 간다!"

이가당의 초적들은 숫적으로 관군을 압도하고 있었다. 초적들은 나주에 이르러 성을 두 겹, 세 겹으로 둘러쌌다. 그 뒤로 군사들이 계속 밀려오고 있었다.

특공별초 30명의 반란진압

이연년의 백제재건 반란군이 나주성을 포위했다는 급보를 받고, 김경손이 최린과 함께 성루로 올라갔다.

김경손이 그들을 보다가 말했다.

"아니, 초적의 무리가 저렇게 많을 수가? 반군에 포위된 관군은 마치 무성한 숲 속에 들어와 있는 한 그루의 대나무 같은 느낌이군."

적의 무리가 의외로 많은 것을 보고 김경손은 놀랐다. 그때의 반군들은 마치 거목들이 빽빽이 서있는 밀림의 모습이었다.

최린이 나섰다.

"대나무는 곧고 질깁니다. 단단하기 때문에 숲을 이루고 있는 납목들을 모두 이겨낼 것입니다."

"반군 이가당의 수가 너무 많아요."

그러나 김경손은 결코 당황해 하지 않았다.

"최 부사의 말대로 저들은 납목이오. 대나무의 강인함을 믿겠소이다."

김경손은 곧 참모와 지휘관들을 불러들여 상황을 설명하고 명령했다.

"군사들을 집합시키라."

곧 군사들이 정렬했다.

김경손이 연단에 올라섰다.

"초적의 무리가 이 성을 둘러싸고 있다. 적들이 비록 수효는 많으나 겁낼 것은 없다. 내가 올라가 살펴보니 그들은 모두 짚신을 신은 촌민들이다. 훈련도 전혀 되어있지 않고 무기도 제대로 갖추지 못했다. 조직도 엉성하다. 저들은 굶주리며 떠도는 유리농민(遊離農民)을 모아서 꾸민 오합지졸(烏合之卒)일 뿐이다."

그러면서 공격 방침을 말했다.

"이제 특공대를 구성해서 적을 무찌르려 한다. 저들은 훈련과 기강이 전혀 없는 백도(白徒)들이니 우리 군사 30명이면 된다. 별초 지망자는 앞으로 나서라."

백도란 전혀 군사훈련이 없어 전투를 할 수 없는 민병을 말한다.

김경손의 말이 떨어지자 곧 70명 정도의 지원자가 나섰다. 김경손은 그들을 정돈시키고 스스로 사열하면서 그 중에서 30명을 추려냈다.

"너희는 나에 의해 선별된 특공별초(特功別抄)다. 가서 무장을 갖추고 별명이 있을 때까지 대기하라."

김경손은 다음으로 마을 사람들을 불러 모았다. 나주성의 촌로들과 장년 그리고 부녀자들이 모여들었다.

김경손이 나서서 말했다.

"지금 이연년 형제가 담양 일대에서 불량배들을 끌어 모아 초적당(草賊黨)을 만들어 인근의 관아를 습격하고 양민을 약탈하여 피해가 많습니다. 그들의 위협에서 벗어나려는 피난민이 속출하여 길을 덮고 있습니다. 그러나 저들을 보건대 숙련된 군사가 아니고 짚신을 신은 촌민들이었습니다."

나주 사람들은 숙연히 듣고 있었다.

"더구나 저들은 백제를 건국하겠다고 나섰습니다. 이것은 고려 왕조를 부정하는 반역행위입니다. 그러나 여러분의 고장인 이 나주는 고려 왕조를 만들어낸 어향입니다. 이 고려국은 바로 여러분의 나라입니다. 따라서 이 나주성은 다른 주군(州郡)들처럼 백제를 건국하겠다는 초적들에게 항복해서는 안 됩니다."

어향(御鄕)이란 왕가나 왕비가의 내향과 외향을 일컫는 말이다. 왕비와 후비들을 낸 평주(平州, 황해도 평산)와 정주(貞州, 경기도 개풍군 대성면 풍덕리)를 비롯해서 이자연-이자겸의 인주(仁州, 인천), 왕자와 공주들이 태어나고 자란 강화(江華) 등이 모두 고려의 이름 있는 어향들이다.

김경손은 나주의 향민들에게 태조 왕건의 제2왕비이자 제2대 경종(景宗) 제3대 혜종(惠宗) 제4대 광종(光宗)의 생모인 장화왕후(莊和王后) 오씨가 바로 나주 출신이고, 경종이 된 왕무(王武)는 바로 나주에서 탄생했음을 강조하여 나주를 어향이라고 강조한 것이다.

나주는 고려가 견훤의 후백제를 토벌할 때 왕건(王建)이 자주 왕래했던 곳이다. 제8대 임금 현종(顯宗)은 거란의 난을 피해 나주로 갔던 일이 있다. 이런 점에서 나주 사람들은 스스로 고려의 어향임을 자랑해 왔다.

김경손은 그런 나주인들의 민심에 호소했다.

"이 고려 황실의 어향이 이제 '이가당'의 반군에 포위돼 있습니다. 저들은 이 나주를 유린하려 합니다. 나는 관군을 지휘하여 이 어향이 절대로 저 더러운 반군의 손에 넘어가 짓밟히지 않도록 이 목숨을 걸고 싸울 것입니다."

김경손이 그렇게 말할 때 그의 눈에서는 눈물이 흘러내렸다. 거기 모인 부로(父老)들과 마을 사람들도 엎드려 울었다. 이래서 김경손은 우선 주민들의 마음을 끌어들여 하나로 묶어놓았다.

김경손은 나주성 내부에 있는 관군의 지휘와 성의 방어를 최린에게 맡기고 자기는 출전을 서둘렀다. 병력은 무용이 뛰어난 특공대 30명이 전부였다. 그것을 보고 주변 참모들이 말했다.

"장군, 별초 삼십 명으로 저 많은 반군을 치신단 말씀입니까?"

"그렇다. 저들은 농민들로 구성된 오합지졸이라 하지 않았느냐. 그러나 우리 군사는 선발된 정예다. 질기고 단단하여 태풍도 견뎌내는 대나무 군단이란 말이다. 이 죽군별초(竹軍別抄)를 믿고, 걱정하지 말라."

그러나 참모 장령(將領)들의 걱정은 사라지지 않았다.

"오늘의 형편으로 보면 우리 병졸은 그 수가 너무 적고 적의 무리는 대단히 많습니다. 우리 군사는 멀리서 오랫동안 행군하여 지쳐 있으나 가까이에서 온 이가당은 원기가 왕성합니다. 청컨대, 다른 주군에서 지원군이 올 때까지 기다렸다가 싸우도록 하십시오."

김경손은 성내어 꾸짖었다.

"무슨 소리야! 우리 군사는 '죽군별초'라 하지 않았느냐! 전쟁의 승패는 군사의 수가 아니라, 전투의 주도권에 달려있다. 전장에 먼저 도착해서 준비를 갖추고 적을 기다리는 측이 주도권을 잡게 되어 있어. 우린 이미 먼저 와서 진용을 갖췄으나 반군은 이제 겨우 도착을 끝냈다. 저들은 아직 자리를 잡지도 못했고 이제 겨우 진을 치기 시작했다. 저들이 진 치기를 마치기 전에 기습해야 한다."

김경손은 목소리를 낮춰서 다시 말했다.

"적을 너무 두려워하지 말라. 전장에 임해서 장수가 적을 경시해서도 안 되지만 적을 두려워해서는 더더욱 안 된다. 겁이 많고 패전을 겪은 군사들은 적을 두려워한 나머지 나무만 보고도 적군인 줄 알고 도망하려 한다. '풀과 나무가 전부 적군'(草木皆兵)으로 보일 뿐이야. 그것은 '바람 소리와 학의 울음소리를 듣고도 적이 온 줄 알고 도망'(風聲鶴唳)[48]하는 격이다. 내가 성에 올라가 반군을 살펴보았더니 반군의 무리가 너무 많아서

---

48) 풍성학려(風聲鶴唳); 겁을 집어먹은 사람이 하찮은 일에도 놀라는 것을 말한다. 오호십육국(五胡十六國)시대에 천하통일의 꿈을 가지고 있던 전진(前秦)의 제3대 임금 부견(符堅, 338-385)이 동진(東晉)을 치려고 장안(長安)을 떠나 전장에 나섰다. 그러나 비수(淝水)에서 동진군에 대패한 뒤 도망해서 쉬고 있을 때, 갑자기 바람 부는 소리와 학의 울음소리가 들리자 추병이 가까이 온 줄 알고 도망했다는 고사에서 나온 말이다. 부견은 이 비수전투(淝水之戰)에서 패배하여 나라는 분열됐고, 자기는 반란을 일으켜 후진(後秦)을 건국한 강족(羌族)의 장수 요장(姚萇)에게 사로잡히자 자결했다. 전진은 저족(氐族)의 나라였다. 부견은 서기 372년에 중 순도(順道)에게 불경과 불상을 주어 고구려에 보내 우리나라에 최초로 불교를 전해준 사람이다.

가히 울창한 밀림의 형세지만, 내 눈에는 개병초목(皆兵草木)이었다. 모든 적군이 군사로 보이지 않고 한낱 움직이지 못하는 풀과 나무로 보였을 뿐이야. 저들을 두려워할 것 없다."

김경손은 그렇게 말하고는 길거리에 나가서 금성산신(錦城山神)에게 제사를 지냈다. 금성산신은 나주 뒷산인 금성산(해발 450m)의 산신으로 나주사람들은 그것을 나주의 수호신으로 숭상하고 있었다.

김경손이 석 잔의 술을 산신에게 올리며 승전을 빌었다. 그러나 그는 손수 두 잔을 올리고는 절하며 말하기를

"마지막 잔은 싸움에 이기고 와서 올리겠나이다."

하였다.

김경손은 전차의 덮개(車蓋)를 펼치고 나가려 했다. 그러자 다시 주위에서 말했다.

"이와 같이 하면 장군의 모습이 노출되어 적이 알까 두렵습니다. 거개를 덮으소서."

"나는 김경손이다. 적이 나를 알면, 오히려 두려워하지 않겠느냐. 그냥 둬라."

김경손은 질책하여 그들을 물리치고는, 성문을 열어 별초 30명을 이끌고 달려 나갔다.

특공별초가 적진 앞에 이르자, 김경손은 벌떡 일어나 큰소리로 외쳤다.

"나는 김경손이다. 너희는 반역군이다. 빨리 무기를 던지고 나와서 항복하라! 나는 확실히 말해둔다. 항복하면 살고 저항하면 죽음을 면치 못할 것이다."

그것을 바라보면서 이연년이 부하들에게 말했다.

"활과 살을 모두 내놓아라. 단병(短兵)으로만 싸워야 김경손을 사로잡을 수 있다."

단병이란 단거리 무기다. 가까운 거리에서 적과 싸울 때는 단병을 쓴다. 당시로는 칼이나 창은 단병이고, 활이나 포는 장병(長兵) 곧 장거리 무기에 속했다.

장병을 버리고 단병으로만 싸우라는 이연년의 명령이 떨어지자 초적들은 모두 활과 화살을 앞으로 내다 쌓아놓았다. 그들의 무기는 칼과 창뿐이었다.

"돌격!"

이연년의 명령을 받은 초적들 백여 명은 관군을 향해 돌진했다. 그들과 김경손의 별초들 사이에 백병전이 시작됐다.

이연년은 물러가지 않고 버티고 있는 김경손의 말고삐를 잡고 말했다.

"김 장군! 저희가 어른으로 모시겠습니다. 자, 빨리 가십시오."

이연년은 김경손의 말고삐를 손으로 잡고 끌었다. 그러나 말은 버텨 서서 끌려가지 않았다.

"이 반적의 무리가 무슨 괴변을 지껄이느냐!"

"장군, 우리는 백제국을 재건할 것입니다. 우리와 함께 가서 우리 백제국의 제왕(帝王)이 되어 주십시오."

"이 역적놈아, 이 칼을 받아라!"

김경손은 칼을 빼어 이연년을 치려 했다. 그러나 칼이 짧아서 이연년의 팔에 닿지 않았다. 김경손은 칼을 높이 휘둘러 군사들을 향해 말했다.

"이 자는 반군의 두목 이연년이다. 이 자의 목을 베라!"

별초들이 달려 나갔다. 그것을 보고 반군진영에서 승려 법연(法蓮)이 외쳤다.

"내가 저 미소년을 사로잡아 어깨에 얹어 메고 돌아올 것이니 잠시만 기다려라."

미소년이란 김경손을 일컬음이다.

법연은 용감할 뿐만 아니라 무예가 출중해서 이연년이 특별히 영입해 온 승도였다. 그는 칼을 꼬나 잡고 휘파람을 불면서 김경손 쪽으로 달려

나갔다.

이것을 보고 관군 쪽에서는 박신유(朴臣蕤)가 날으는 범처럼 달려 나왔다.

두 장수의 칼이 숨 가쁘게 부딪쳤다. 칼 부딪치는 소리가 처절했다. 혈극이었다. 그러나 칼이 마주치기만 할 뿐 승부가 나지 않았다. 그때 박신유가 몸을 날려 법연을 발로 찼다. 택견이었다. 거구의 법연은 쓰러졌다. 박신유가 칼을 내리쳐서 법연의 목을 끊었다. 피가 솟구쳐 올랐다.

"와아아!"

관군 진영에서 함성이 터지면서 별초의 공격이 개시됐다.

이걸 보고 이가당의 반군들은 도망하기 시작했다. 그때 성을 지키고 있던 최린이 성루에 올라 이 광경을 지켜보고 있었다. 이가당 반군이 도망하자, 그가 명령했다.

"성문을 열어라. 출동한다!"

최린은 성 안에 주둔해 있던 군사들을 몰고 나와 후퇴하는 반군을 가로막고 쳤다. 반군은 제각기 흩어져 도망가기 바빴다. 관군이 십여 리나 쫓아가서 그들을 쳤다. 반군들은 궤멸됐다.

이연년은 놀랐다. 그러나 몸이 느린 그는 빨리 도망치지 못하고 뒤쳐졌다. 관군의 별초들이 달려들어 이연년을 잡았다.

별초들이 김경손에게 말했다.

"이놈은 장군을 사로잡으려 했던 두목입니다. 이 자를 어찌할까요."

"이연년은 고려를 멸하고 새로 나라를 세우려 한 반역범이다. 반란의 두목 치고도 그자는 간사하고 악랄한 놈이다. 당장 참하라."

이래서 반란을 일으킨 요망한 죄인들과 반란두목 놈들을 찾아내어 요요난령(妖腰亂領)하겠다고 공언한 최우의 말대로, 이연년은 허리가 베이고 목이 잘렸다.

이래서 백제의 고토 호남에 백제를 재건하려던 이연년의 난은 진압됐다.

서른 명으로 수만의 반군을 격퇴한 김경손이 별초 군사들을 격려하면서 말했다.

"전장에서는 적을 두려워해서도 안 되지만 적을 얕봐서는 더더구나 안 된다. 오늘 적장(賊將) 이연년은 자기 휘하 군사의 수가 많은 것만 믿고 우리 관군을 과소평가했다. 그 때문에 이연년은 사기가 충천한 수만의 군대를 거느리고서도 30명밖에 안 되는 별초들에 패전하여 목숨까지 잃었다."

김경손은 관군 쪽으로 갔다.

"여러분의 출격이 없었다면 반군의 다수를 놓칠 뻔했다. 최린 부사가 적기에 진압군을 출동해 주어 이가당을 완전히 소탕했다."

김경손은 반란군을 궤멸한 다음 최린과 함께 금성산으로 갔다. 그들은 거기서 금성산신에게 다시 제사를 올렸다.

김경손이 상 앞에 엎드려서 말했다.

"하늘이 돕고 신이 보살펴서 반적을 소탕하여 어향이 다시 평안을 찾았나이다. 그 음은(陰恩)에 감사하며 약속한 나머지 술잔을 올리오니 기쁘게 흠향(歆饗)하옵소서."

김경손은 이기고 돌아와서 올리겠다고 남겨둔 세 번째 술잔을 금성산신께 올렸다. 고종 24년(1237) 정월이었다.

흥룡동(興龍洞) 전설

장화왕후(莊和王后)가 혜종(惠宗, 제2대)을 낳을 때의 얘기를 다룬 나주 지역의 민속
설화.

장화왕후는 이 지역 출신인 오다련(吳多憐)의 딸이다. 장화왕후 오씨는 어느 날 포
구에서 금빛 찬란한 용이 나타나 자기 품에 안겼다가 배속으로 들어가는 꿈을 꾸
었다. 여인은 놀라서 깨어나, 부모에게 가서 꿈 얘기를 했다.

그때 수군 장수로서 후백제 토벌에 나선 왕건은 나주 지역에 원정 나가 있었다. 그
가 나주관내 목포(木浦)항에 함선을 대놓고 시내가에 이르러 보니 오색구름이 찬
연하게 떠 있었다. 왕건이 이상하게 여겨 살펴보니, 그곳에 한 여인이 빨래하고 있
었다. 그녀가 오씨였다.

그들은 서로 기이한 인연이라 생각하여 그날 동침했다. 왕건은 그녀의 가문이 한
미하다 해서 임신을 시키지 않으려고 돗자리에 사정했다. 오씨가 용꿈을 생각하
면서 그것을 손으로 거둬 자기 안에 넣었다. 그렇게 해서 태어난 것이 혜종이라는
전설이다. 그 때문에 혜종의 얼굴엔 돗자리 자국이 새겨져 있어서, 당시 사람들은
혜종을 '주름살 임금'이라 불렀다고 전한다.

혜종이 태어난 오씨의 생가터는 '용이 일어난 곳'이라 해서 흥룡동(興龍洞)이라
하여, 지금까지 그 이름으로 불리고 있다. 흥룡동은 지금의 나주시청 바로 북쪽
동네다.

― 고려사 열전(후비)

불타는 문화재

군수보급의 어려움과 잇단 고려군의 기습공격을 견디지 못해 1236년 (고종 23년) 12월 북으로 물러나 겨울을 지낸 몽골군이 2년 뒤인 1238년 봄이 되어 날씨가 풀리자 다시 남진했다.

"굶주린 사막의 이리떼들이 다시 내려오는군."

"그런데 이상한 일이 아닌가. 그동안 왜 싸우지 않고 쉬었을까?"

"잇단 공격으로 지치고 굶주려 견딜 수 없었던 것이겠지."

고려인들이 그렇게 말하면서 새로 시작될 전쟁에 공포를 느끼기 시작할 무렵 몽골군은 1차 진격 때와 같이 경상도 쪽으로 방향을 잡았다. 그들은 황해도와 경기도·충청도를 거쳐, 그해(고종 35년, 1238) 윤 4월 경주에 들어갔다. 몽골군은 몇 개 부락을 약탈한 다음 황룡사(黃龍寺, 경주시 구황동)로 갔다.

몽골 군사들이 말했다.

"이 작은 나라에 절은 왜 이리 커?"

"오랫동안 마른 목조건물인 데다 기름까지 먹였으니 불만 지르면 잘도 타겠다."

"제법 크게 잘 지은 절이야. 저 안에 좋은 물건들이 많이 있을 것 같구나."

몽골군은 군침을 삼키며 황룡사에 들어갔다. 승려들이 놀라 저항하지 못하고 그 자리에 주저앉았다. 그들은 두 손을 모아 불력이 그들을 막아주길 빌 뿐이었다. 그러나 몽골군들은 아랑곳 없이 그들을 걷어차고 찔러 많은 승려가 죽거나 다쳤다.

몽골군은 보화부터 탈취한 다음, 절에다 불을 질렀다. 황룡사는 검은 연기를 하늘 높이 뿜어 올리며 타기 시작했다. 이 거대 사찰은 그날로 전소됐다. 황룡사의 9층 목탑과 무게 3만 5천근의 장육존상(丈六尊像)이 사라졌다. 무게 50만 근의 신라 최대의 거종인 황룡사 종도 이때 불타버렸다.

6세기 후반 신라 진흥왕 때 건립된 황룡사는 전각(殿閣)이 웅장하고도 아름다워서 마치 공중을 향해 날아가는 듯했다고 한다.

"아니, 그 몽골 놈들이 아무리 무지몽매하기로 부처님을 모신 황룡사까지 소각했단 말이냐?"

대장경과 부인사의 소실에 남달리 분개했던 최우는 황룡사가 소실됐다는 보고를 받고 다시 대노했다.

"그렇다 합니다. 절의 그 웅장한 전각들뿐만 아니라 장육존상과 구층목탑도 불에 타서 없어졌다고 합니다. 거기에 걸려있던 솔거의 노송도(老松圖)가 타버렸고, 황룡사의 거종(巨鐘)도 자취를 알 수 없다고 하니 이 또한 불에 타서 녹아 없어진 모양입니다."

"어허, 전쟁 통에 그 아까운 문화재들이 자취 없이 사라졌으니 이 또한 나라의 큰 손실이구나."

최우는 그렇게 통탄하다가 다시 물었다.

"황룡사 목탑의 초석 중에서 한 중앙에 있는 심초석(心礎石) 안에 부처님의 사리함이 있었다. 그 사리함은 어떻게 됐는가?"

"심초석은 육중한 돌로 덮여 있었기 때문에 몽골인 군사들은 그 돌을 움직이려 하지 않았다고 합니다. 절의 구조에 대해 무지한 몽골군들은 그 안에 사리함이 있는 것을 알지 못해 다행히 심초석 사리함만은 손을 대지 않았다고 합니다."

"오, 그래? 불행 중 다행이군."

비록 무가에 태어나 무인으로 입신하여 무인정권의 집정이 되었지만, 최우는 학문과 문장이 선비 이상으로 능하였다.

몽골군은 황룡사의 분탕을 마지막으로 경상도 지역에서도 진격을 멈췄다. 몽골군은 고려의 유격전에 대비하여 다시 자체의 전열(戰列) 재정비에 들어가 전황은 다시 소강상태에 빠졌다.

최우가 신료들을 불러놓고 말했다.

"이제 몽골군도 다시 북쪽으로 올라갔고 반군들도 평정됐습니다. 무지몽매(無知蒙昧)한 몽골 군사들이 지난 번 전란에서는 대구 부인사에 있던 우리 대장경을 불태우더니, 이번에는 다시 계림(경주)의 황룡사 등 많은 사찰을 약탈하고 소각했습니다. 부처님도 이에 크게 노하셨을 것이오. 우리는 불력을 빌어 몽골의 적을 격멸해야 합니다."

그러면서 최우는 주변을 돌아보며 물었다.

"대장경 재조(再彫) 사업은 어떻게 되고 있는가?"

고종 19년(1232) 제2차 몽골 침공 때 부인사의 초조대장경이 소실됐을 때, 제주도와 완도·거제도 등에서 자라고 있는 자작나무들을 베어다가 바닷물에 넣어 절이도록 하고 있었다.

이것은 나무가 썩는 것을 막기 위한 일종의 방부 처리이자 나이테 등 딱딱한 나무 결을 부드럽게 하기 위한 예방조치다. 최우의 대장경재조 명령에 따라 조정이 지방 수령들에게 지시해서 이뤄지고 있는 사업이었다.

"나무를 베어다가 바닷물에 절이고 있습니다. 이 작업은 거의 끝나가고 있습니다."

"그러면 곧 판각에 들어가겠군. 전쟁 중에 어려움이 많소. 비용도 만만찮게 들 것이오. 나는 약속대로 나의 사재를 내겠소. 이것을 대장경 재조에 쓰도록 하시오."

최우는 소실 2년 뒤인 고종 21년(1234)에는 거대한 사재를 내놓으면서 대장경 판각준비를 서두르도록 명령했다. 최우의 사재란 그가 강화도의 창고 안에 쌓아놓은 그의 재산과 최충헌이 마련해 놓은 진주 농지의 산물, 그리고 출가한 아들들이 마련해 놓은 양곡 등이었다.

대장경 재조 과정을 지켜보던 최우는 다시 2년 뒤인 고종 23년(1236)에는 대장경 판각을 본격화하여 그 사업을 총괄하여 수행할 관청으로 대장도감(大藏都監)을 설치했다.

대장도감의 본사(本司)는 수도인 강화도에 두고 선원면의 선원사(禪源寺)에 그 청사를 두었다. 선원사는 강화로 천도한 직후 대몽항쟁을 위해 창건한 최우 자신의 원찰이다.[49]

대장도감 밑에는 분사(分司) 두 개를 두었다. 하나는 강화에 두어 본사인 도감에서 직접 관할 지휘하게 하고, 다른 하나는 진주 관하의 남해(南海, 고현면 대사리)에 두었다. 강화분사의 경판 판각장은 강화성의 서대문 밖에 설치됐다.

강화와 남해는 섬이어서 몽골군의 위협에서 벗어날 수 있는 데다가 갯벌이 넓어서 나무를 절이기가 좋았다.

더구나 남해는 진주와 진양 일대의 최씨집 재산을 동원하기 쉬운 데다가 제주도·완도·거제도에서 나는 자작나무를 구하기에도 유리한 지역이었다.

얼마 뒤 대장경 판각을 위한 보고를 받고 최우가 말했다.

"대장경을 만드는 데는 불교경전의 수집과 경판을 만들 판목의 준비가 가장 중요하오. 판목은 이미 준비시켜 놓았으니 지금 중요한 것은 경전에 익숙한 인재를 구하는 것이오. 대장경에는 부처님의 설법을 기록한 경(經)과 승려들이 지켜야 할 율(律), 그리고 경이나 율에 대한 후대의 해석

---

49) 선원사; 위치는 강화군 선원면의 지산리(智山里)에 있었다는 설과 그 부근의 선행리(仙杏里)에 있었다는 설이 나와있어 아직 명확하지 않다. 지산리설은 1976년의 동국대 강화도학술조사단의 주장이고, 선행리설은 강화도 향토사학자들과 현지 주민들의 주장이다. 대장경이 만들어졌기 때문에 선원사(禪源社)라고도 했다.

을 기록한 논(論)을 담아야 하는데, 이 삼장(三藏)에 능한 사람이 대장경 재판을 직접 관장해야 할 것이오."

그러자 주변 사람들이 말했다.

"그렇습니다, 영공."

"대장경을 새로 만듦에는 기존 경전의 잘못된 부분을 고치는 교정 작업도 병행해야 할 것이오. 이것이 가장 어렵고 중요하오. 학문과 지식이 뛰어나고 문장에 능한 승려라야 할 것이야. 누가 가장 적임자이겠는가?"

"도승통(都僧統)인 개태사(開泰寺)의 주지 수기(守其)만한 사람이 없습니다. 그는 학문이 뛰어나고, 지식이 정밀할 뿐만 아니라, 문장이 담백 수려한 학승입니다. 불경에 관해서도 수기만큼 깊은 사람은 없을 것입니다."

"그런 사람이 있었소이까. 수기가 좋겠소. 그는 지금 어디 있습니까?"

"천호산의 개태사에 있습니다."

천호산(天護山)은 충청남도 논산군 연산에 있다. 논산은 원래 황산(黃山)이라 했다. 고려 태조 왕건이 후삼국 통일 전쟁 때 황산의 숯고개를 넘어가 마성(馬城)에서 후백제의 제2대 임금 신검(神劍, 견훤의 맏아들)을 쳐서 항복 받아 백제를 멸했다.

왕건은 이를 '하늘의 도움'이라 해서 황산을 천호산으로 이름을 고치고, 통일 대업의 완성을 기념하여 천호산에 절을 지어서 개태사라 했다.

최우가 다시 명령했다.

"수기를 빨리 불러오시오."

조정의 소환령을 받고 수기가 강화경(江華京)으로 올라오자, 최우가 수기를 데리고 신료들과 함께 궁궐로 들어갔다. 고종이 그들을 대전으로 불러들였다.

"불태워 없어진 대장경을 재조하는 일은 대단히 중요하고 큰 국가 대사요. 과거 대장경을 만들어 불경을 정리하고 그 불력으로 거란군을 물리쳤듯이 이번에도 사라진 불경을 다시 정리하여 대장경을 불태운 몽골군을 불력으로 물리치기 위한 것이니, 군신(君臣)이 힘을 모아 이 일을 성사시 켜야 하오."

고종이 수기에게 말했다.

"짐은 대사(大師)의 문장과 학문·지식에 대해서는 일찍부터 익히 들어 알고 있소. 그대가 이번에 재조하는 대장경의 교정과 편찬의 책임을 맡아 착오가 없도록 하여, 천하제일의 대장경이 되도록 해 주시오."

"예, 폐하. 소승이 비록 미력하나마 분골쇄신(粉骨碎身) 힘을 다해서 어 명을 거행하겠습니다."

이래서 수기가 재조 대장경의 교열과 편찬의 총책임을 맡았다.

고종은 최우를 향해서 말했다.

"이 대장경 재조 사업은 진양후(晉陽侯)의 발의로 일으킨 국가 대사이 니, 앞으로도 아무쪼록 진양후가 대장도감에 물심양면의 지원을 다해서 훌륭히 완성되도록 독려해 주시오."

"예, 폐하. 무슨 일이 있어도 어명을 성실히 수행하겠습니다."

고종은 다시 동석해 있는 이규보를 바라보면서 명했다.

"곧 대장경 판각의 성공을 비는 기고재(祈告齊)를 올릴 것이니, 그대는 기고문을 짓도록 하라."

"예, 폐하. 성은이 망극합니다."

수기는 전국에서 뽑은 학승 30명을 뽑아 대장도감에 배치했다. 수기와 승려들은 이미 전해져 내려오는 우리나라의 모든 경전과 인도·송·거 란·금에서 새로 구한 경전들을 읽으면서, 내용을 연구하고 잘못을 잡아 내기에 여념이 없었다.

어느 날 수기는 편찬 승려들을 데리고 입궐했다.

고종이 그들과 함께 차를 마시면서 말했다.

"그대들의 노고가 많소. 대장경 재조가 어찌 쉬운 일이겠는가. 그것이 어찌 아무나 할 수 있는 일이겠는가. 그러나 우리는 소실한 대장경을 복원해서 부처의 말씀을 다시 모으고 정리하여 나라를 침공한 몽골 외적을 불력으로 퇴치하려는 것이니, 이를 유념해서 우리 장경이 천하제일의 훌륭한 대장경이 되도록 진력해 주시오."

고종이 '천하제일의 대장경'을 반복하여 강조하며 당부하자 승려들이 일제히 일어나 큰절을 올리면서 말했다.

"어찌 소승들이 일신을 사리고 지식을 아끼겠습니까. 어명을 받들어 부처님이 기뻐하실 천하제일, 만세불간(萬世不刊)의 대장경을 만들어 올리겠습니다."

"그래, 고맙소."

그 후 수기는 강화도 선원사의 도감에 들어앉아 대장경 판각 사업을 총지휘했다.

구양순 필체의 완전한 대장경

이듬해인 고종 24년(1237) 대장경 판각 사업을 본격화하면서 부처에게 발원하고 그 성공을 비는 군신기고제(君臣祈告祭)를 올리는 날이었다.

고종은 모든 양반 귀족들과 전직 현직의 문무백관들을 거느리고 서대문을 나가 대장도감으로 갔다. 전국의 사찰에서 고승들이 모여 재(齋)를 올렸다. 각종 다양하고 화려한 행사가 진행되면서 이규보는 고종의 명을 받아 그가 지은 8만 대장경 판각 군신기고문을 읽었다.

기고문의 내용은 이러했다.

대장각판(大藏刻板) 군신기고문(요약)

국왕은 태자와 공후백과 재상들과 문무백관들과 더불어 목욕재계 분향

하며 온 누리에 무량(無量)하신 부처님들과 보살님, 제석천[50]과 삼십삼

---

50) 제석천(帝釋天); 부처의 보좌관으로서 불교와 불법을 수호하는 신은 둘이다. 하나는 범천왕(梵天王)이고, 또 하나는 제석천이다. 제석천은 수미산 꼭대기에 있는 도리천에 살면서 불법을 지키는 신. 석가가 득도해서 부처가 된 뒤 보리수 아래에서 수 주일간 그 진리의 즐거움 속에 빠져 있었다. 어느 날 그는 자신이 깨달은 진리를 욕망에 빠져있는 중생들에게 설법해도 중생들이 알아듣지 못할 것이라고 생각하여 고민하면서 대중설법에 나서기를 꺼려하고 있었다. 그때 범천왕이 나타나서 연꽃을 가리키며 반드시 진리를 알아들을 사람이 있으니 설법에 나서 주기를 세 번이나 간청해서 석가가 설법에 나서기로 결정했다고 한다. 이것이 이른바 범천권청(梵天勸請)이다. 이 범천왕의 권청으로 불교는 비로

천[51]의 일체의 불법을 지키는 영관(靈官)들께 고하나이다.

금구옥설(金口玉說)[52]에는 본디 이룸과 스러짐이 없는 것이요, 그 당시 처소로 삼으셨던 것은 그릇일 따름이라. 그릇의 이룸과 스러짐은 자연의 도리요, 깨어지면 다시 만드는 것 또한 그러하옵니다.

달단(몽골)이 닥치는 대로 불상(佛像)이고 범서(梵書, 불경)고 할 것 없이 모조리 불살라 없애고 말았으며, 부인사에 소장된 대장경 경판들 역시 이들의 마수에 걸려 하나도 남은 것이 없게 되었나이다. 그러나 국가가 있어 불법을 숭봉하고 있으니, 주저하며 망설이고만 있을 수는 없는 일이옵니다. 이 큰 보배를 잃었는데, 어찌 감히 역사(役事)가 거창함을 두려워하여 그 고쳐 만듦을 꺼리고 망서려 마땅하겠습니까. 이제 재상 및 문무백관들과 더불어 큰 원을 발하여 그 부서를 해당 관사(官司)에 두고 이를 좇아 경을 판각하기 시작하게 하였나이다.

옛날 현종 2년의 일이옵니다. 거란병이 대거 침입하여 현종이 난을 피해 남행하였습니다. 그때 거란병이 송악에 머물러 물러가지 않으므로 군신들이 위없는 대원을 발하여 대장경 판본을 서각(書刻)한 뒤에 비로소 거란병이 스스로 물러갔나이다.

생각건대 대장경은 오직 하나요, 선후의 조판도 하나이며, 군과 신의 발원이 또한 하나일 뿐입니다. 어찌 유독 저 때에만 거란병이 물러가고 지금의 달단은 그렇지 않겠습니까. 다만 모든 부처님과 하늘의 보살피심이 한결같을 뿐이옵니다. 이제 지성으로 발원하는 바가 전 임금님 때에 비해 부끄러움이 없사오니, 엎드려 바라옵건대 부처님들과 성현들과 삼십삼천은 이 간절한 기원을 들으사, 신통한 힘을 빌리시어

소 대중 속에 들어오게 되어 진리의 수레바퀴가 굴러가게 됐다고 한다.

51) 삼십삼천(三十三天); 불교 우주관에 나오는 33개의 하늘. 욕계(欲界)의 6천, 색계(色界)의 18천, 무색계(無色界)의 4천, 그리고 사천왕천(四天王天) 아래에 있는 5천을 통칭한 말. 또는 욕계 6천의 하나인 도리천(忉利天)을 구성하는 33개의 하늘을 말하기도 한다.

52) 금구옥설(金口玉說); 금구는 석가의 입. 옥설은 귀중한 말. 따라서 금구옥설은 석가의 귀중한 설법을 말한다. 금구 자체만으로도 석가의 설법이라는 뜻으로 쓰인다.

완악하고 추악한 무리들의 자취를 거두어 멀리 달아나 다시는 이 강토
를 짓밟지 못하게 하시어, 나라 안팎이 편안하고 모후와 태자가 만수
무강하고 삼한의 국조(國朝)가 영원무궁토록 하소서.

그 후 수기는 매일 아침 승려들을 모아놓고 대장경 판각의 원칙을 토의
하고 사업의 추진사항 등을 점검했다.

"이번 대장경은 지금까지 나와 있는 모든 경장과 율장·논장을 총괄적
으로 결집해서 천축국은 물론 중국이나 다른 나라들이 만들어 낸 기존의
모든 장경보다도 우월한, 세계에서 가장 훌륭하고 완벽한 장경이 되도록
할 것이오. 이런 일이 비록 쉽지는 않겠지만 이미 우리가 시작한 대로 해
나가면 될 것이오."

"예, 대사님."

"이제는 우리 대장경에 수록할 원문을 정하고 이를 붓으로 써 나가야할
때가 됐소. 헌데 필체는 어떻게 하면 좋겠는가?"

여러 가지 필체를 놓고 논의가 이뤄졌다. 당나라의 구양순(歐陽詢) 필체
를 천거하는 사람이 많았다.

오랜 시간 견주고 검토한 끝에, 수지가 결론을 내렸다.

"역시 만인이 어려움 없이 보기에는 구양순[53] 필체가 좋을 듯하오. 여러
스님들의 뜻이 또한 그러하니, 구양순체로 하겠소."

이래서 대장경의 필체가 선정됐다.

다시 수기가 말했다.

"여러분은 각자 자기 필체가 있고 그 필체는 또 서로 다를 것이오. 그
러나 모든 대장경의 필체는 하나여야 하니 이제부터는 모두 구양순 필체
를 익혀야 하겠소. 물론 사경원(寫經員)이 따로 있어 그들이 자형을 최종
적으로 확정하겠지만 원고를 쓰는 그대들도 구양순 필체로 써야 합니다.

---

53) 구양순(歐陽詢, 557-641); 중국 당나라 초기의 서예가. 왕희지(王羲之)에게서 글씨를 배운 해서체(楷書
體)의 대가로서, 초당 3대가의 한 사람이다.

그래서 여러분 모두의 글씨가 마치 구양순이 혼자서 쓴 것같이 똑 같아
야 하오."

"예, 대사님."

"유능하고 재주있는 사경원을 전국에서 뽑아 올려 우리가 직접 구양순
필체를 쓸 수 있게 가르치고 훈련해야 하오."

간경도감에서는 전국의 경험있는 사경원들을 뽑아 필사교육을 시켜나
갔다. 그들은 재능있는 서예가들이어서 능숙하게 사경기술을 향상시켜
나갔다.

수기는 승려들을 시켜 우선 원고를 작성하게 했다. 기존의 경전을 가능
한 한 원본대로 살리지만, 먼저 수기가 읽고 교열을 본 다음 그것을 승려
들에게 나누어 주어서 붓글씨로 쓰게 했다.

그러나 필체가 아직도 많이 서로 달라서 수기는 그것을 버리고 다시 쓰
게 했다. 그렇게 한 달을 지내자 그때부터는 마치 한 사람의 글씨처럼 구
양순 필체로 통일되어 있었다.

수기가 말했다.

"이만하면 됐소. 이제부터는 판각에 들어가야겠는데 판각준비는 어떻
게 됐는가."

"예, 이미 준비가 거의 끝났습니다. 이미 5년 전부터 진양공(晉陽公, 최
우)의 명령으로 거제·제주·완도의 삼도에서 백화목(白樺木, 자작나무)을
베어다 바닷물에 잠겨 절여놓았습니다. 그래서 나무가 썩거나 벌레가 먹
을 일은 없습니다. 소금을 먹어서 나무의 재질도 견고합니다. 이런 일은
남해분사에서 맡아서 열심히 잘 하고 있습니다."

"거 다행이군. 그러면 경판의 크기를 어떻게 할 것인지 결정합시다. 그
동안 많이 연구 조사가 되어 있고 토의도 몇 차례 있었으니 오늘은 확정
해야 하겠소."

다시 진지한 논의가 이어졌다.

승려들의 논의 끝에 수기가 정리해서 말했다.

"좋소이다. 그러면 경판은 가로가 2척 3촌(69.7센티미터)에 세로가 8촌(24.2센티미터), 두께는 1촌 2분(3.6센티미터)이 되도록 하겠소. 그러면 판의 무게는 얼마나 되오."

"판목이 만들어지면 다시 소금에 삶아서 절여야 하고 파여 나가는 나무가 있고 판이 뒤틀리지 않게 마구리를 붙이고 옷 칠을 해야 하니, 경판이 완성되면 그 무게는 열 엿 냥이고 근으로는 6근(3.5킬로그램)이 조금 못 미칠 것입니다."

"알겠소. 그러면 글자의 크기는 어떻게 하면 좋겠소?"

"과거의 것을 검토하고 여러 모로 생각해 보건대 글자 하나는 사방 5분(1.5센티미터)이 가장 적절해 보였습니다. 그러면 하나의 판목은 23행이 되고 행마다 14자씩 앞 뒤 양변에 4백 44자가 들어갑니다."

그러면서 승려 하나가 그 크기에 써놓은 견본 하나를 수기에게 들고 나갔다.

수기가 보고 말했다.

"좋소. 이대로 합시다."

이래서 대장경 판각에 필요한 원칙들은 모두 결정됐다.

그러나 판각은 대단히 어렵고도 복잡한 일이었다.

대장도감에서는 수기가 최종적으로 정하고 교열을 마친 원고를 사경원들에게 넘긴다.

이 사경원들은 수기의 엄격한 교육과 훈련을 거듭한 끝에 구양순 필체를 거의 완벽하게 익힌 서예가들이었다. 사경원들은 글자의 크기와 숫자 등 이미 정해진 규격에 맞춰서 그 경문을 구양순 필체로 종이에 쓴다.

수기는 이런 것에 대해서도 직접 철저하게 교정을 보았다. 수기는 불경을 읽어서 버리고 추림에는 민첩했고 글자와 내용이 잘못된 곳을 찾아내어 바로 잡는 데는 귀신같았다.

수기는 '불경에 대한 지식이 굉활(宏闊)하고 불법을 관찰하는 눈이 명쾌하여, 각종 자료를 변증하고 옥석을 가리는 것이 헌헌장부(軒軒丈夫)가 칼 휘두르듯이 막힘이 없이 자유자재하여, 그가 대장경을 교정봄에 조금도 어려운 기색 없이 마치 자신의 저술을 검열하듯이 했다'고 전한다.

한편 남녘의 현장에서는 우선 백화목을 베어다 그 원목을 3년간 바닷물에 잠겨두어서 염분을 먹였다. 이런 작업은 이미 고종 21년(1234)부터 시작됐다. 삼 년이 되면 나무를 건져서 대장도감에서 정해준 규격대로 잘라서는 그것을 다시 소금물에 삶았다. 소금물에 삶은 나무는 그늘에서 말렸다. 나무가 잘 마르면 그것을 대패로 잘 밀어서 판목으로 만들었다. 판목이 만들어지면 그것을 강화의 대장도감으로 보냈다. 대장도감에서는 이를 받아서 판각하는 장소인 서문 밖의 강화분사로 옮겨서 판각수(板刻手)들에게 넘겨준다.

분사에 배치되어 있던 판각수들은 대장도감에서 전해 받은 내용의 경문을 판목에 새겨 넣는다. 판각수들도 모두 구양수 필체를 오랫동안 익힌 사람들이었다. 그들은 대장도감에서 정해준 규격에 맞춰서 글자를 하나하나 정성껏 새겨 넣었다.

원문의 판각이 끝나면 그 경판은 조작단계로 들어간다. 여기서는 경판이 뒤틀리지 않도록 양끝에 각목으로 마구리를 붙이고 옷 칠을 해서 마무리 손질을 한다. 그 작업이 끝나면, 마지막으로 네 귀에다 동판을 장식하여 비로소 한 장의 경판이 완성된다. 이런 작업이 수년 째 계속됐다.

처음에는 강화분사에서만 하였으나 일이 본격화하면서 업무량이 많아지고 시일이 예상보다 길어지자 판각 업무의 일부를 해남 현장에서도 맡게 했다.

그래서 대장경 판각은 강화도와 남해 두 곳의 분사에서 이뤄져 나갔다.

난항 겪는 종전협상

전쟁은 소강상태에 들어갔으나, 몽골군은 경기·충청을 거쳐 경상·전라 지역에 이르러 각지에서 살인·방화·약탈을 일삼았다. 참화는 연일 계속됐다.

장정들은 살육되고 부녀자와 어린이들은 끌려가 노예가 됐다. 점령지역 전체에서 이런 재난이 계속되어 고려는 견디기가 어려웠다.

당대의 대문호 이규보(李奎報)는 그때 쓴 '이월노병유재남'(二月虜兵猶在南, 2월에 오랑캐군이 아직 남쪽에 있다)이라는 시에서, 당시의 심정을 이렇게 전하고 있다.

이규보의 「이월노병유재남」

기러기는 벌써 북으로 돌아갔는데 　(候雁已歸北)

오랑캐는 아직도 남쪽에 남아있네 　(胡雛猶在南)

남쪽은 주조의 소굴인데 　　　　　(南方朱鳥窟)[54]

어째서 모두 쪼아 죽이지 않나 　　(何不啄皆殲)

---

54) 주조(朱鳥); 중국 남방에 사는 붉은 새의 통칭. 실제로 존재하기보다는 신화적으로 상징하는 상상의

전쟁이 장기화하고 각지의 피해가 계속 늘어나자 고려는 몽골에 강화를 제의하고 몽골군의 철수를 요구키로 했다.

그해 고종 25년(1238) 12월 24일 고려는 김보정(金寶鼎, 장군)과 송언기(宋彦琦, 어사)를 몽골에 보냈다. 이때 신의군의 유능한 군관으로 주목받으면서 의주진의 도령으로 나와있던 박희실(朴希實, 별장)도 동행했다.

김보정은 고종이 몽골 황제 오고데이 황제에게 보내는 표문을 가져갔다.

고종이 오고데이에게 보낸 표문

궁벽하고 고루한 곳에 있는 소방(小邦)은 반드시 대국에 의탁해야 하는 것입니다. 더구나 운기를 타고난 성제(聖帝)께서 바야흐로 너그러이 대해 주시는데, 어찌 감히 정성을 다해 복종하지 않겠습니까.

지난 기묘년(1219)과 신묘년(1231)의 두 차례 강화 이후 스스로 의뢰함이 더욱 굳건해졌는데, 일이란 기필(期必)하기 어렵고 믿음은 혹 의심을 당하게 되어서, 도리어 군부(君父)의 계책을 번거롭게 하여 여러 번 군사를 보내어 징힐(懲詰)할 줄이야 어찌 생각이나 했겠습니까.

백성은 정착할 땅이 없고 농사는 제때에 수확하지 못하니, 돌아보면 풀만 무성한 이 땅에 무슨 소출이 있겠습니까. 하오나, 이 척토(瘠土)의 산물을 다 모아 변변치 못하나마 미신(微臣)의 정성을 바칩니다.

바라건대, 다만 병혁(兵革)의 위엄을 더하지 말고 우리의 유속(遺俗)을 그대로 보전케 한다면, 비록 풍부하지 못한 해산(海山)의 공물이나마 어찌 해를 비우는 일이 있겠습니까. 지금에만 그치는 것이 아니고, 영원토록 그리 할 것을 기약합니다.

한편 몽골도 그때 남송과 유럽에 대한 전쟁을 크게 벌이고 있었기 때문에 성과 없는 고려와의 싸움을 빨리 종결시킬 필요가 있었다. 몽골은 고

새다. 그 중의 하나가 '붉은 봉황'을 이르는 주작(朱雀). 주작은 사납고 쪼기를 잘 하여 예전부터 시신을 지키도록 무덤과 관의 앞에다 그려 넣었다.

려를 무력으로 정복하기는 힘들다고 판단하여 결국 고려의 강화제의를
수락했다.

이듬해 고종 26년(1239) 4월, 몽골 태조 오고데이는 고려에서 사신으로
간 김보정과 송언기를 협상의 인질로 억류하여 몽골 수도 카라코럼에 머
물러 있게 하고, 푸케(Fuke, 甫可)와 아지(Achi, 阿吡) 등 20여 명의 교섭 사
절단에게 자기 조서를 주어 고려에 보냈다.

고종은 강화의 북쪽 해안가에 있는 승천포에 나가서 그곳에 있는 객관
인 제포관(梯浦館)에서 몽골의 사신들을 맞았다. 이들은 고려의 강화천도
이후 최초로 강화에 도착한 몽골 사신들이었다.

오고데이의 조서에서 몽골은 고려의 조공과 국왕의 입조(入朝)를 조건
으로 고려의 강화제의를 받아들이겠다고 밝혔다.

그러나 조공은 이미 사실상 시행돼 왔다. 따라서 문제되는 것은 고종의
입조다. 입조란 고종이 직접 몽골 황궁에 가서 칭신(稱臣)의 예를 갖추는
이른바 국왕친조(國王親朝)다. 이것은 곧 항복이다.

이 조건에 대한 수락 여부를 둘러싸고 고려 조정에서는 반몽(反蒙) 항
전파와 화몽(和蒙) 협상파 사이에 다시 논란이 일었다.

최우의 사위인 김약선이 먼저 말했다.

"임금의 입조라니? 이는 절대로 안 됩니다."

정묘도 나섰다.

"그렇습니다. 임금의 입조에는 절대로 응하지 않는다는 것이 우리의 일
관된 입장이었습니다. 이것은 기본정책이었던 만큼 계속 유지해야 합니
다. 이제는 몽골도 지쳐가고 있습니다."

항몽론자들의 말이 계속돼 나갔다.

"몽골은 북국의 야만적인 유목인들 중에서도 가장 포악무도(暴惡無道)
한 자들입니다. 어떻게 저들을 상국으로 모신단 말씀이오?"

"그렇습니다. 우리가 이렇게 해도로 천도한 이상 계속 버텨나갑시다.
계속 버티면 저들도 지쳐서 물러날 것입니다. 이제 얼마 남지 않은 것 같

습니다."

최우파 무인석에서는 강경파의 모험적인 항전론이 계속 터져 나왔다. 신중한 대몽 주화파들은 조용히 듣고만 있다가 강경파들의 발언이 대충 끝나자 나섰다.

나주부사로 있다가 올라온 최린(崔璘)이 먼저 말했다.

"국가의 안위와 존망이 걸린 문제입니다. 좀 더 실리와 가능성을 찾아야 합니다. 몽골군이 하루라도 오래 머물러 있으면 그만큼 우리는 인명과 재물의 손실을 더 치르게 된다는 것을 생각해야 합니다."

문하시랑평장사로 있다가 물러나 있는 이규보(李奎報)가 나섰다.

"그렇습니다. 우리에게 가장 급한 일은 몽골군의 철수입니다. 지금 전국적으로 피해가 많습니다. 사람들이 살육되고, 문화재가 불타고, 재산이 약탈되고 있습니다. 여기 강화경에 들어와 있는 우리가 그런 사정을 외면하고 항전을 계속한다면, 그것은 나라와 백성을 생각하는 것이 아닙니다."

"그렇습니다. 항복을 거부하는 것도 나라의 자존이지만 백성이 학대 받고 나라가 수난을 당한다면 오히려 자존을 해치는 일입니다."

최린과 이규보가 나서서 잇달아 화친론을 펴자 다른 문신들도 말하기 시작했다.

"이제 바야흐로 강화할 때가 이르렀는데도 우리는 계속 몽골을 의심하고 할 일을 하지 않아서 나라와 백성에게 큰 피해를 주고 있습니다. 이 엄연한 현실을 명심해야 합니다."

최린이 다시 나섰다.

"지금은 우리가 해결책을 내놓을 때입니다. 조공은 받아들이지 않을 수가 없습니다. 임금의 입조가 어렵다면 차선책을 내놓는 방법도 있지요."

"차선책이라면 무엇이오?"

"가령 대신이나 왕자들이 입조할 수도 있다는 얘깁니다."

무인 강경파들의 항전론과 문인 온건파들의 강화론이 뜨겁게 계속 터져나와 평행선을 달리자, 최우가 나섰다.

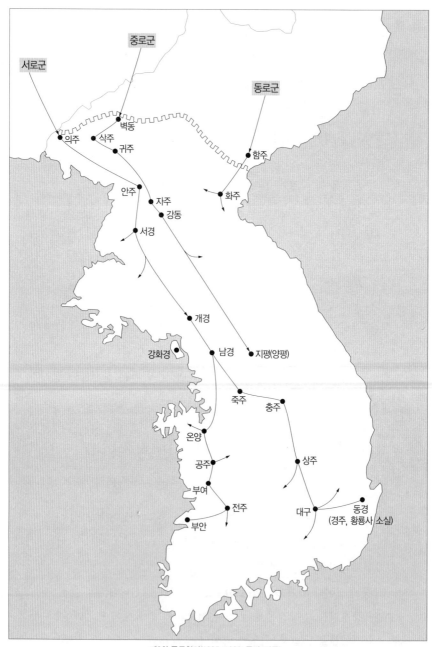

중로군

서로군

동로군

벽동
의주 삭주
귀주

함주

안주 자주
강동 화주
서경

개경

강화경 남경 지평(양평)

죽주 충주

온양

공주 상주

부여
전주 대구 동경
(경주, 황룡사 소실)
부안

제3차 몽골침입(1235~1239, 몽장: 탕구)

"여러분도 모두 아시는 바이지만 우리의 대몽정책은 자명합니다. 조정은 이곳 강도로 천도하고 백성들은 가까운 해도나 산성으로 입보하여 난을 피하는 한편, 군사적으로는 군민이 결속해서 항전을 계속하고, 외교적으로는 사신을 보내 교섭을 벌이는 것입니다. 이른바 천도 입보와 화전(和戰) 양면전략으로 시간을 끄는 지구전 전략입니다."

장내는 무거운 침묵이 흘렀다. 최우는 참석자들의 수많은 눈동자를 하나하나 둘러보면서 말을 계속했다.

"몽골 철군이 지상과제라는 말은 맞습니다. 우선 무슨 수를 써서라도 저들이 이 땅에서 나가게 해야 합니다. 그러기 위해서는 우선 저들의 조건을 모두 받아들인다고 해야 합니다. 임금의 입조 여부는 그 다음에 있을 양국간의 외교교섭을 통해서 해결할 문제입니다."

그러자 강경파 쪽에서 물었다.

"그러면 저들이 요구하는 몽골에의 조공과 임금의 입조를 받아들인다고 해놓고 저들을 우선 철수시킨 다음에는 입조를 거부한다는 말씀입니까?"

"나는 그렇게 할 생각입니다. 일단 물러난 몽골이 다시 들어오기는 쉽지 않습니다."

"그렇다면 좋습니다."

최우의 절충안에 강경파들이 승복하자 온건파들도 승복했다.

"좋습니다."

이래서 고려는 몽골 측의 강화 조건인 국왕친조를 받아들이기로 했다.

몽골의 두 가지 요구조건 중에서 이미 되어있는 '조공' 은 계속 받아들이되 임금이 직접 몽골의 수도에 들어가 몽골 황제의 조회에 참석해서 신하가 되는 이른바 '친조' 는 거부하겠다는 것이 지금까지 고려의 방침이었다.

고려 조정에서는 몽골 사신들에게 말했다.

"우리 고려는 계속 몽골에 조공할 것이니 그리 아시오."

몽골 사신 아치가 물었다.

"그러면 고려왕은 언제 몽골로 가서 우리 황제 폐하의 궁전에 친조할 것이오?"

여러 번 고려에 속아왔다고 생각하는 몽골 사신들은 시기를 아주 정해놓자고 요구했다.

"그것까지 어떻게 미리 정할 수가 있겠소. 추운 겨울을 피해서 적당한 시기에 친조토록 하겠소."

푸케가 나섰다.

"그 동안 고려는 너무나 많이 약속을 어겼소. 이번에는 그런 일이 없도록 해주시오."

"나라가 조공하면 되는 것이지 어떻게 연로하고 병약한 임금이 그 먼 몽골 황도에까지 가서 친조해야 된단 말이오?"

몽골은 원정의 목적을 달성하지 못한 채 고려가 몽골의 요구를 모두 받아들이겠다고 한 말 자체에 만족하여 고종 26년(1239) 4월 탕구의 몽골 군사를 철수시켰다.

그 동안 몽골군은 겨울이 되면 일단 북으로 철수했다. 그들은 압록강 양쪽에 나뉘어 쉬면서 전쟁 준비를 갖추고 있다가 봄이 되면 다시 쳐들어오곤 했다. 이렇게 세 차례를 거듭하던 몽골군이 이번에는 압록강 이북의 만주 쪽으로 아주 철수했다.

이래서 고종 22년(1235) 윤7월에 시작된 몽골의 제3차 고려 침공은 4년 만에 끝났다.

탕구는 만주에 머물러 있으면서 여몽 협상 과정과 고려의 대몽 태세를 지켜보고 있었다.

고려는 국왕친조에 응하지 않으면서 그때마다 사신을 보내 임금이 갈 수 없는 이유를 달아 임금의 친조(親朝)를 거부하고 시일만 끌어갔다. 고려가 임금 친조 불능의 이유로 제시한 근거는 고종이 노령에다 병약하고 고려의 여러 가지 사정으로 임금의 자리를 한시라도 비울 수 없다는 점이었다.

고종은 그해(1239) 6월 노연(盧演, 기거사인)과 김겸(金謙, 첨사부주부)을 몽골에 보냈다. 몽골 황제 오고데이가 그들을 접견했다.

노연이 말했다.

"다칸 폐하, 폐하의 너그러운 명령으로 몽골군을 철수시켜 주신 데 대한 사례를 표하기 위해 우리 임금께서 저희를 보내서서 저희가 이 황도를 방문하게 되었습니다. 저희 임금과 나라를 대표해서 폐하에게 감사의 뜻을 올립니다. 여기 저희 임금의 표문이 있습니다."

노연이 고종의 표문(表文)을 내놓았다.

오고데이가 그것을 받아보고 말했다.

"그대들의 말을 믿고 우리는 군사를 철수시켰다. 헌데, 고려 국왕은 왜 아직 들어오지 않는가?"

"우리 국왕께서는 지난 달 5월에 모친상을 당하셨습니다. 따라서 황도 친조는 당분간 어렵게 됐습니다."

강종의 제2부인으로 고종의 생모인 원덕태후(元德太后) 유씨(柳氏)가 사망한 것을 친조 거부의 이유로 들었다.

오고데이는 대외원정의 욕망은 컸으나 인간적인 성품이 온건한 편이었다.

"정 그렇다면 입조시기를 늦춰줄 수는 있다. 그러나 고려는 강화조건으로 합의한 약속을 지켜야 한다. 고려는 지금까지 우리 몽골군을 철수시키기 위해 여러 가지 약속을 해놓았다. 그러나 약속을 실행할 뜻을 전혀 보이지 않고 오히려 전쟁준비에 힘을 기울였다. 이렇게 나오면 문제는 해결되지 않는다. 짐은 고려의 진의를 알아보기 위해 다시 강화에 사절을 보내겠다."

그러면서 오고데이는 몽골이 억류해 놓고 있던 김보정과 송기언을 석방하여 그해 8월에 귀국케 하면서 푸케(Fuke, 甫加)와 보샤(Boxia, 波下) 등 사신단 1백 37명을 다시 고려에 보냈다.

몽골 사신들은 강도에 도착해서 고종의 몽도친조(蒙都親朝)를 거듭 요구했다.

"국왕께서 모친상을 당하셨다고 해서 우리 대몽골 황제폐하께서는 애도의 뜻을 표하면서 고려왕의 친조를 내년으로 미뤄주셨습니다. 이 조치에 어긋남이 없게 해 주시오."

푸케가 개경에 도착해서 한 말이었다.

그러나 고려는 친조에 응할 생각은 없었다.

고려는 임금의 친조를 거부하는 대신, 종실의 자제인 신안공 왕전(王佺)을 인질로 몽골에 보냈다. 왕전은 8대 임금 현종(顯宗)의 8대 손이고 21대 희종(熙宗)의 사위였다. 따라서 종실이면서 고종과는 동서가 된다.

고려의 왕족이 몽골에 들어가기는 왕전이 처음이다. 몽골의 1차 침공 때, 고종의 외당질인 왕정(王侹, 회안공)이 북계의 안북에 있던 살리타이의 군문에 강화사절로 가기는 했지만 몽골국으로 들어간 것은 아니다.

최우는 협상을 맡은 사신들을 불러놓고 말했다.

"몽골이나 여진·거란 등의 유목민족들은 원래 성격이 급하다. 성격이 급한 자들에게는 지연전술(遲延戰術)이 특효다. 시간을 계속 끌어 확답을 주지 말고 버텨야 한다. 그러면 성질 급한 몽골은 기다리다 못해서 제풀에 물러서게 되어 있다."

이런 최우의 방침에 따라 고려와 몽골 사이에 진전 없는 외교교섭이 길고도 지루하게 계속됐다.

신안공 왕전은 그해 12월 몽골로 떠났다. 그때 김보정(金寶鼎, 장군)과 송언기(宋彦琦, 소경) 등 1백 48명이 왕전을 수행했다. 김보정은 몽골 방문이 이번으로 세 번째였다.

왕전의 몽골 입조는 고종의 친조를 끈질기게 주장하는 몽골의 요구를 완충시키려는 대처방식이었다. 왕전이 몽골에 가서 열 달 동안 머물러 있었지만 협상에 진전이 있을 수는 없었다. 고종의 몽골 입조를 지연시키는 것이 고려의 방침이었기 때문이다.

그러나 무인 출신인 김보정은 몽골을 자주 왕래하게 되면서 점차로 여몽화친의 필요성을 절감하기 시작했다.

왕전은 이듬해 고종 27년(1240) 9월 몽골 사신 두오케(Duoke, 多可)와 포샤(Boxia, 坡下)를 데리고 돌아왔다. 출국 10개월만의 귀국이었다. 몽골 사절들은 강도에 이르러 고종을 만나서 오고데이의 조서를 전했다.

고종이 그것을 받아 읽고 말했다.

"몽골 황제께서 과인의 황도 친조와 조정 환도, 그리고 해도에 입보해 있는 백성들을 출륙시키고 호구를 조사해서 보고할 것, 인질을 보낼 것, 고려의 반몽 행위자들을 처벌할 것 등을 요구하고 있소. 그러나 지금 우리 형편으로는 그런 조건들을 다 들어드릴 수가 없소. 섬에 들어가 있는 우리 백성들을 내륙으로 다시 옮기고 고려의 호구수를 조사하여 보고하는 것은 상당히 시간이 걸려야 해결될 수 있는 문제요."

"우리 몽골 황제께서는 고려 임금의 입조와 인질 파견을 더 중요시하고 있습니다."

그러나 고종은 입조할 생각이 없었다.

"그대들도 알다시피 지금 나라 사정상 임금이 자리를 비울 수는 없소. 게다가 나는 연로한 데다 몸이 성치 못해서 먼 길을 갈 수가 없소이다."

"고려왕의 황도 입조는 우리 다칸 폐하의 확고한 뜻입니다. 고려가 이런 황제의 뜻을 뿌리치기가 벌써 몇 번째입니까?"

"귀국 황제의 뜻이 정 그렇다면 나는 비록 황도에 갈 수는 없지만 나를 대신해서 나의 애자(愛子)를 다시 볼모로 황도에 보낼 수는 있소. 그래도 되겠소?"

"아, 왕자 말씀입니까? 지난번에는 종실인 왕전 공을 보내셨는데 이번에 왕자를 보낸다면 우리 황제 폐하의 노여움을 어느 정도는 풀 수가 있을 것입니다."

"알았소. 생각해 보리다."

"생각해 보시다니오?"

"누구를 언제 어떻게 보낼 지 생각하겠다는 말이오."

"그렇습니까? 고맙습니다."

고종 28년(1241) 정월이었다. 고종은 왕실 종친의 조카뻘인 영녕공 왕준(王綧)을 임금의 '애자'라고 일컬어, 똘루가(禿魯花, 인질 또는 볼모)로 삼아 몽골로 보냈다.

벼슬해 있는 사람들의 자제(衣冠子弟) 10명도 왕준과 함께 볼모가 되어 몽골로 갔다. 나주부사를 지낸 최린(崔璘, 추밀원사)과 김보정(金寶鼎, 대장군)·김겸(金謙, 좌사간) 등이 보호자로 왕준 일행을 수행했다.

왕준은 신안공 왕전이 몽골에 들어간 지 2년 뒤에 다시 인질로 보낸 왕족이다. 이것도 고려 임금의 친조를 요구하는 몽골의 독촉에 대한 대안적인 미봉책이었다.

그러나 이번에 네 번째로 몽골에 가는 무인 김보정은 함께 가는 현실주의자인 문신 최린과 많은 얘기를 나누면서 여몽전쟁의 종결과 조기화친의 필요성을 더욱 강하게 느끼고 있었다.

왕준이 인질로 몽골로 들어간 뒤로는 여몽 사이에 화평이 계속됐다. 고려는 계속 강도에 머물러 있으면서 몽골에 대한 대항태세를 유지하고 있었지만 몽골은 그 이상 다른 압력을 가해오지는 않았다.

제 4 장

몽골의 황권투쟁

러시아 전선에서 벌어진 몽골의 권력투쟁

유럽전선의 몽골군이 전진을 계속하여 오스트리아의 수도 비엔나의 성벽에 접근하여 공격을 노리고 있었다. 그런데 바로 그 무렵 갑자기 몽골군의 전진이 멈춰졌다. 그리고 곧 철수했다.

점령된 일부 지역에서 몽골군에 대해 큰 저항이 없었는데도 몽골군사들은 스스로 철수했다. 이유인즉, 몽골군 진영 안에서 내분이 일어났기 때문이었다. 사령관 바투(Batu, 拔都)와 그의 부장인 쿠유크(Quyuk, 貴由) 사이에 잠복해 있던 불화가 끝내 폭발했던 것이다.

바투는 칭기스의 맏아들 조치의 아들이다. 황제 오고데이의 아들인 쿠유크는 조치(Joci)를 칭기스의 순수한 혈통이 아니고 메르기트 부족의 사생아로 치부하고 있었으므로 바투 또한 당연히 메르키트의 피가 흐르는 불순한 황족이라고 생각했다.

4촌 형제간인 바투와 쿠유크는 오고데이와 차가타이가 혈통을 이유로 조치를 제위 계승에서 배제하고 끝내는 살해한 것으로 알고 있었다. 그런 혈통과 정통성의 관점에서 쿠유크는 자기가 바투보다 더 많은 권한과 더 높은 지위를 가져야 한다고 생각했다.

그러나 실제는 그 반대였다. 바투는 자기가 칭기스의 장자인 조치의 아

들이라는 점에서 자긍심을 가지고 있었다. 더구나 몽골제국의 서북부 킵
차크(Kipchak)는 조치가에 주어져 있기 때문에 러시아는 필시 바투의 영
역이 될 것이었다.

바투의 영역이 빠르고도 성공적으로 확대되고 있는 것을 쿠유크는 바
라지 않았다. 오히려 반대하고 싶었다.

쿠유크는 1240년 봄에 부친인 오고데이에게 서찰을 띄웠다. 분량은 길
었지만 내용은 간단했다.

쿠유크가 오고데이에게 보낸 서찰

유럽 정복은 완료됐습니다. 바투의 사적인 욕심에 붙잡혀, 우리 군사
가 더 이상 여기서 작전을 계속할 이유가 없습니다. 황군을 조속히 회
군토록 명령해 주십시오.

오고데이는 쿠유크의 요구를 받아들였다. 그해 12월 오고데이는 황족
인 바투·부리·쿠유크·몽케와 장수인 수브데이에게 귀국령을 내렸다. 그
들이 거느리고 있는 군사들에게도 철수령을 내렸다. 이래서 게르만에 대
한 몽골군의 공격 계획은 파기됐다.

그러나 바투로서는 도저히 철군에 찬동할 수 없었다.

애써서 점령한 영토에서 철수하다니? 이건 무엇인가 크게 잘못된 일이
다. 지금 군사작전이 더 계속돼야 할 뿐만 아니라 지휘권이 있는 나 이외
의 다른 사람이 황제에게 그런 보고를 할 수는 없다. 그런 보고는 군령위
반이다.

바투는 분노했다.

그러나 황제의 명령이 떨어진 이제는 다른 도리가 없었다. 그 명령에
거역하는 것이 오히려 반역죄가 된다. 바투는 성질은 과격하면서도 상사
의 명령에는 잘 복종하는 사람이었다.

바투는 한 걸음 물러서서 말했다.

"칸의 명령이 떨어졌으니 우리는 그것을 지켜야 한다. 하나의 전선에서 생명을 걸고 싸운 우리가 헤어지기 전에 크게 이별잔치를 열자."

바투는 잔치를 베풀었다.

바투는 현지 울루스(Ulus, 국가)의 책임자인 데다 최고사령관이었다. 그는 스스로 먼저 술을 마시고 다른 황족과 장수들에게 잔을 돌렸다.

이것에 대해서 쿠유크가 불만을 터뜨렸다.

"바투는 아무리 나이가 위이고 지휘권을 가진 사람이지만, 우리와 동등한 황실의 사촌 사이다. 술을 먼저 마셔야 할 사람은 바투가 아니다. 어째서 바투가 먼저 술을 마시는가."

쿠유크는 일어서서 술잔을 들어 바닥에 내던졌다. 술잔이 박살이 나면서 조각들이 사방으로 흩어졌다.

부리(Buri, 황족)도 불평을 토했다.

"군에서 질서를 맘대로 정하면 분열과 혼란이 있을 뿐이다. 바투가 왜 술을 먼저 마셨는가!"

그러자 바투가 일어섰다.

"나는 다칸이 임명한 최고사령관이다. 그대가 왜 이렇게 판을 깨는가. 이런 자는 용서될 수 없다. 저런 몰상식한 자는 맛을 봐야한다."

바투가 욕을 하며 쿠유크에게 달려갔다. 쿠유크도 화를 내면서 일어섰다. 격투가 벌어질 단계였다. 일촉즉발의 그때 바투 쪽에서는 수베테이(Subetei, 장수)가 일어나 바투를 껴안았다. 쿠유크 쪽에서는 몽케(Monke, 多哥, 톨루이의 아들)가 일어나 쿠유크의 팔을 잡았다. 황족들 사이의 싸움은 겨우 진정됐다.

"나는 바투 따위와 같이 있을 수 없다. 자, 가자!"

이런 말을 남기고 쿠유크는 자리를 떠났다.

"나도 갈 것이다."

부리도 일어서서 나갔다.

칭기스의 공신 장수인 엘지기데이(Eljigidei)의 아들 카르카순(Qarkasun)

을 포함하여 그들을 따르던 여러 황족과 장수들도 따라 나갔다. 축배 잔치는 거기서 끝났다.

"나는 돌아갈 것이다."

쿠유크는 군사를 이끌고 철수했다. 차가타이의 손자 부리와 톨루이의 아들 몽케, 그리고 장수인 수베데이도 쿠유크의 뒤를 따라 귀국했다.

그러나 바투는 발바닥에 상처가 나서 말을 탈 수 없다는 이유를 대고 오고데이의 소환을 거부했다. 그는 오고데이에게 편지를 써서 쿠유크가 돌아가게 된 과정을 상세히 알렸다.

바투가 오고데이에게 보낸 서찰

다칸 숙부의 음덕으로 저는 메케디아(Meqedia) 성을 부수고, 러시아의 오르소바(Orsova)를 약탈하고, 11개국의 외국 백성들을 투항시키고, 황명을 받들어 황금의 고삐를 돌려 잡으며 이별의 잔치를 벌였습니다. 제가 연장자로서 그리고 최고사령관으로서 한 두 잔의 술을 먼저 마셨습니다. 그런데 부리와 쿠유크가 제게 기분 나쁜 언동을 벌이며 자리를 박차고 떠나가는 바람에, 저는 크게 모욕을 당하고 승전의 잔치도 서둘러 끝났습니다. 이것은 우리 몽골 황실과 몽골군의 상처입니다.

바투는 이렇게 시작되는 긴 서한에서 그 동안의 작전 상황과 잔칫 날의 불쾌했던 일에 대해 상세히 적어 보냈다.

편지를 읽고 오고데이는 화가 났다.

"쿠유크는 내 아들이지만 형편없는 놈이다. 도대체 누구 말에 부화뇌동하여 형 되는 바투에게 그런 과오를 범했는가. 쿠유크는 분명히 바투의 가슴에 적개심을 심어놓았다. 달걀 한 개쯤이야 썩어도 된다. 쿠유크가 돌아오면 혼내줄 것이다."

오고데이는 쿠유크를 달걀 한 개 정도로 비하하면서 무거운 징벌을 내리겠다고 다짐했다.

"쿠유크는 러시아를 원정하면서 현지 백성들을 엉덩이가 남지 않을 만큼 때리고 군사들을 혹사하여 사기를 떨어뜨렸다. 그리고 형인 바투에게 모욕을 주었다. 그래서야 어떻게 황실의 단합과 제국의 발전을 이룩할 수 있겠는가."

오고데이는 주변에 명령했다.

"쿠유크와 카르카순이 도착하면 다섯 손가락의 손톱이 모두 빠지도록 높은 성벽에 오르게 하라. 오르지 않으면 몽둥이로 쳐서라도 올라가게 하라."

그러자 유럽에서 며칠 전 돌아온 몽케가 나섰다.

"할아버님인 칭기스 다칸께서는 초원의 일은 초원에서 처리하고, 집안 일은 집안에서 처리하셨습니다. 쿠유크의 일은 야전 중에 일어난 초원의 일입니다. 이것을 바투에게 맡겨 처리하게 하십시오, 숙부 다칸."

유럽전선에 출정한 다른 왕족과 장수들은 아직 귀국 도중에 있었지만 매사에 적극적이고 과감한 몽케는 이미 카라코럼에 돌아와 있었다.

몽케의 권유를 듣고 오고데이는 잠시 후 화를 누그러뜨리며 말했다.

"알겠다. 쿠유크와 카르카순의 일은 바투로 하여금 처리하게 하라. 부리(Buri)는 그의 조부인 차가타이 형님에게 보내 알아서 조치하게 하라."

유럽에 남아있는 바투는 소수의 자기 병력으로 볼가강 유역 킵차크 지역의 넓은 점령지를 관리하면서, 한편으로는 유럽에 대한 원정을 다시 계속하기 위한 준비를 진행했다. 바투에게는 이것이 구사일생(九死一生)의 기회였다.

얼마 뒤 오고데이가 사망했다. 누가 그의 후계자가 될 것인가. 그것은 미지수였다. 칭기스-오고데이 시대까지만 해도 몽골에서 황위를 둘러싼 논쟁은 있었지만 투쟁은 없었다.

그러나 오고데이 사후부터는 사정이 달라졌다. 칭기스의 후손들 사이에서 제위를 차지하기 위한 음모와 투쟁, 고문과 살상이 이어졌다. 그 유혈투쟁(流血鬪爭)의 발단이 된 근원이 바로 쿠유크와 바투의 충돌이었다.

과음으로 죽은 오고데이

칭기스의 제3자이고 몽골제국의 제2대 황제인 오고데이(Ogodey, 窩闊
台)는 취임하자 칭기스를 넘어서는 정복자가 되어 점령전쟁을 확대하더
니, 말년에 와서는 다시 황자 시절의 낙천적인 쾌락생활로 되돌아갔다.

1234년의 쿠릴타이에서 제2차 원정계획을 선포한 뒤, 오고데이는 계속
수도 카라코룸에 체류하고 있었다. 그때 고려는 항복했으면서도 귀복(歸
服)하지 않고 항전을 계속하고 있었다. 남송정벌전이 계속되면서 유럽원
정도 진행 중이었다. 그러나 황제 오고데이는 대외전쟁을 장수들에게 맡
기고 국사에 대해서는 신경 쓰려하지 않았다.

이제 나라는 커졌고 골치 아픈 대외문제는 없어졌다. 안으로도 아무런
문제가 없다. 나도 지쳤다. 이젠 편안하게 살고 싶다.

실제로 그때 몽골은 대내·대외적으로나 정치·군사적으로 안정돼 있
었다.

송나라 정벌전쟁에서는 오고데이의 아들 코추가 죽었고 전황도 성공적
인 것은 아니었지만, 그렇다고 송나라가 몽골을 위협하는 것도 아니었다.
고려가 국왕친조(國王親朝)는 거부하지만 스스로 공격해 오지는 않았고 유
럽도 몽군의 공격을 받을 뿐 몽골로 반격해 들어가는 것은 아니었다.

몽골 국내에서도 권력내분은 없었다. 개성이 강하고 세력이 컸던 형인 차가타이가 욕심을 버리고 도와주어, 오고데이는 아무 걱정 없이 편안하게 황제의 자리를 누릴 수 있었다.

이런 대외적인 안정과 대내적인 평온, 그리고 아들의 죽음이 오고데이로 하여금 술을 찾게 한 것이었다. 그것은 느슨한 통치와 역할축소 그리고 향연의 추구로 이어졌다.

이제 우리 대몽제국(大蒙帝國)의 2세대는 뒤에 물러나 앉아서 3세대인 자식이나 조카들의 행동을 보면서 조언이나 해 주면 된다. 제국경영의 전면에 나서서 이끌어 나가는 '주도'에서 손을 떼고 그 대신 후면으로 물러나 '지도'나 해 주면 되지 않겠는가.

그러면서 그는 자기가 수도로 정한 카라코룸을 보다 아름답게 꾸미고 치장하면서 원래 젊은 시절의 심성으로 되돌아 갔다. 그는 궁전 주변에 쌓여있는 각국의 조공물들을 바라보면서 시종들에게 말했다.

"가서 사람들을 불러와라."

곧 수도에 머물러 있는 제국의 원로와 공로자들이 몰려들었다. 몽골인 황족과 귀족·장수는 물론, 거란인·아랍인·터키인·중국인·여진인들도 많았다. 오고데이는 색깔이나 종족을 가리지 않고 모든 사람들에게 잔치와 공연을 베풀어 음식과 술을 대접하고 물건을 나눠줬다.

어떤 덩치 큰 사람을 보자, 오고데이가 말했다.

"그대는 힘이 세겠구나. 마음에 드는 물건들을 골라서 지고 갈 수 있는 만큼 지고 가라."

마시고 놀기를 즐기는 오고데이의 화려한 연회와 푸짐한 인심은 매일 신나게 계속됐다.

오고데이는 다칸에 취임한 뒤, 상인이 얼마를 요구하든 그 값에 10프로를 더 얹어주겠다고 약속했다. 각국의 상인들은 보물과 같은 귀중품은 물론 각종 사치품과 필수품, 심지어 귀한 나무, 꽃, 동물들까지 싣고 몽골에 와서 팔았다. 오고데이는 마음에 드는 대로 샀다. 그는 아주 귀중한 수입

품에 대해서는 값을 따지지 않고 상인이 부르는 값의 두 배를 주는 일도 잦았다.

오고데이는 카라코럼 주변의 경치 좋은 곳에 이궁(離宮)도 많이 지었다. 그것은 왕들이 별장처럼 옮겨 다니며 쓰는 일종의 행궁이었다.

오고데이는 카라코럼에서 말을 달려 하루 정도의 거리인 70여 리쯤 되는 차간호수(Chaghan Nuur) 변의 케르차간(Kerchagan)[55]에 가족들을 위한 사설의 가용(家用) 궁전을 지었다.

수도 카라코룸의 궁전은 중국 양식이었지만 케르차간의 사저는 이슬람 양식의 건물이었다. 수도의 왕궁을 지은 중국인 건축가들을 부러워하면서 질시해왔던 코라슴 건축가들은 중국인들에게 지지 않겠다는 심정으로 훌륭하게 케르차간 이궁을 지어놓았다.

오고데이는 그밖에도 카라코럼에서 남쪽으로 30리쯤 떨어진 우르마크투(Urmaktu, 月兒滅怯土)에도 새로 이궁을 지어 주로 여름에 사용했다. 내부를 금실로 수놓은 비단으로 장식한 이 대규모의 궁전에는 1천명이 들어갈 수 있는 게르도 있었다. 그래서 푸른색의 초원이 하얗게 반짝이며 서있던 이 궁전은 특히 '시라 오르두' (Sira Ordu)[56]라는 이름으로 불렸다.

카라코럼에서 하루 정도 거리인 우순골(Usungol) 지방의 쿠케누루 (Kuke nuur) 호수 부근에도 이궁을 지었다. 이것은 투울 강과 케를렌 강의 상류지대에 있었다. 우순골 이궁은 주로 가을에 썼다.

겨울철 이궁은 옹킨(Ong-khin, 翁金)에 지었다. 옹킨 주변의 산에는 짐승들이 많아서 이 동궁은 주로 오고데이가 겨울사냥을 나갈 때 사용됐다.

오고데이는 정궁인 수도 카라코럼 왕궁에는 1년에 추울 때의 한 달 정

---

55) 영문사서의 Kerchagan, Kahaz Chaghan, Kar-chaghan, Gegen-chaghan, Qar-caqa'an이나, 한문사서 (元史)의 迦堅茶寒, 揭揭察哈 등은 모두 케르차간의 표기차이일 뿐 모두 같은 이궁이다.

56) 'sira' 는 흰색(white)이나 황색(yellow)을 의미한다. 글의 문맥상 그 색갈이 분명치 않을 때는 '백황색' 이라 한다. 몽골인들은 흰색을 부정하거나 악평할 때는 황색으로 쓰는 관습이 있다. 'ordu' 는 천막·본부·군영·궁전 등 다양한 뜻으로 쓰인다.

도밖에 머물지 않았다. 나머지는 형편과 계절에 따라 옮겨 다니면서 각지의 이궁에서 보냈다. 웬만한 행사나 결재도 이궁들에서 보았다.

술을 남달리 즐기는 오고데이는 낮에는 사냥을 즐기고 밤에는 주연을 베풀며 세월을 보내고 있었다. 그 악습은 고쳐지지 않았다. 중서령으로 있는 야율초재가 나섰다. 그는 어느 날 녹이 슨 술통의 쇠뚜껑을 오고데이에게 보이면서 말했다.

"술의 독은 이렇습니다. 술은 쇠도 이렇게 썩게 만드는데, 사람이 주독에 걸려 과음을 계속하면 어떻게 되겠습니까."

"주독? 과음?"

"예, 폐하. 술이 도에 지나치면 사람의 오장(五臟)은 견뎌나지 못합니다. 사람은 오장이 튼튼해야 건강하게 오래 살 수 있습니다. 아무리 건강한 장사라도 과음을 계속하여 주독에 걸리면 건강을 유지할 수 없습니다."

"그렇겠지."

오고데이는 고개를 끄덕이며 술의 피해를 절감했다. 그러나 그의 음주습관은 조금도 고쳐지지 않았다.

오고데이가 술을 너무 마시는 것을 보고 마침내는 친형이자 든든한 후원자인 차가타이가 나서서 간섭하기 시작했다.

차가타이는 어느 날 오고데이의 시종들을 불러 명령했다.

"너희가 황제를 어떻게 모시고 있는가. 요즘 다칸의 주량이 너무 과하다. 그래 가지고 이 넓고 복잡한 제국을 어떻게 이끌어 가겠는가. 하루 마시는 주량을 정해놓고 그 이상은 들여보내지 말라. 다칸은 우리 몽골의 지존(至尊)이 아니신가. 정성껏 잘 모시도록 하라."

"저희가 어떻게 하면 되겠습니까?"

"하루 주량을 20잔으로 정해 놓고 그 이상은 만류하라. 그것도 적은 양은 아니다. 그러나 처음이니까 우선 그렇게 하다가 두어 달 뒤에는 15잔으로, 다시 10잔으로…… 그렇게 차츰차츰 줄여나가라."

"예, 전하."

차가타이의 지시는 다음날부터 시행됐다.

오고데이가 15잔째 마실 때다.

시종이 오고데이에게 와서 일렀다.

"지금 열다섯 잔째입니다. 다섯 잔만 더 드시고 오늘은 그만 하시지요."

"거, 무슨 얘기냐?"

"차가타이 전하께서 폐하의 주량이 너무 과하다 하시며 하루 20잔 이상은 올리지 말라고 명하셨습니다."

"차가타이 형님이 짐에게 절주령을 내렸단 말이냐?"

"그렇습니다, 폐하."

"그런가. 하긴 그 형님처럼 짐을 아끼고 돌보는 사람도 없지. 짐의 자식인들 그러하며, 황후인들 그러하겠느냐. 차가타이 형님의 말씀이니 다칸인들 듣지 않을 수 없다. 알았다. 그리 하도록 하라."

그래서 오고데이의 주량은 하루 20잔으로 정해졌다. 며칠은 그대로 잘 지켜졌다. 어느 날 주연이 있는 날이었다.

오고데이는 시종을 불렀다.

"짐은 형님의 심려에 감사하여 그대로 시행하고 있다. 앞으로도 20잔 이상은 마시지 않도록 하겠다."

"황공합니다, 다칸 폐하."

"그런데 말야. 지금 잔은 너무 작아서 술맛이 나질 않는다. 오늘부터는 좀 큰 잔을 놓도록 하라."

"예?"

"잔이 커야 한단 말이다."

"폐하, 그러시면 주량이 다시 많아지게 됩니다."

"하여튼 그리하라. 형님 말씀대로 20잔은 절대로 넘기지 않을 것이다. 오늘부터 시행하라."

그 후 오고데이의 술잔은 보름에 한 번씩 커졌다. 그렇게 계속 주량을 늘여나가다 결국 주독에 걸렸다. 그는 틈만 나면 술을 마셨고 취하면 잠에 빠져 누워있었다.

　그 무렵 차가타이가 죽었다.[57]

　진심으로 성심껏 도와주던 친형의 부음을 듣고 오고데이는 가슴 깊이 슬퍼하면서 말했다.

　"오, 형님이시여."

　측근들이 위로하며 말했다.

　"차가타이 공은 폐하의 큰 후원자였습니다. 이제 튼튼한 기둥 하나를 잃으셨습니다, 다칸."

　"그렇지. 4형제 중에 남은 것은 우리 둘 뿐이었는데, 나를 도와주고 가르치던 그 형님이 돌아가시다니, 정말 외롭다."

　오고데이의 목소리에는 슬픔과 걱정과 그리고 해방감이 묘하게 섞여 있었다. 그의 가슴속에서 밀려오는 그 외로움은 더 심한 폭음으로 증폭되었고, 술잔은 더욱 커져가고 마시는 회수도 제한이 없어졌다.

　오고데이의 몸에 이상이 생기기 시작했다. 황실의 가족·친척들과 시종들이 의논한 끝에 전의를 들여보내 설득토록 했다.

　전의가 다가가서 말했다.

　"아뢰옵기 황공하오나 지금 다칸 폐하의 주량은 건강을 위협할 수준을 넘어섰습니다. 폐하의 강녕과 제국의 장래를 위해 차가타이 전하의 뜻을 지켜 절주해 나가심이 지당합니다, 폐하."

　"형님의 서거를 짐이 얼마나 슬퍼하는 줄을 그대는 알고 있을 것이다. 술이 아니면 짐은 그 애통의 감정을 다스릴 수 없다. 차차 줄여나갈 것이니 그리 알라."

　그러나 차가타이의 죽음을 빙자한 오고데이의 음주량은 그 뒤로도 계

---

57) 차가타이의 사망 원인이나 시기는 아직 불명이다. 사망 시기는 오고데이가 사망하기 7개월 전이라는 설이 가장 유력하나, 사망 직후일 것이라는 설도 나와있다. 그러나 오고데이 사망 전후 나타난 차가타이의 움직임이 없는 것으로 보아, 오고데이보다 먼저 사망했다는 주장이 더 설득력을 얻고 있다.

속 올라갔다.

1241년(고종 28년) 12월 어느 날이었다. 오고데이는 병환 중이었음에도 사냥을 나갔다. 오고데이 자신이 직접 활로 멧돼지 등 몇 마리의 짐승을 잡았다. 궁전으로 돌아와서는 그날 사냥 성과가 좋다는 이유로 대규모 자축 연회를 벌였다.

이 날도 오고데이는 흥분된 상태에서 시뻘건 짐승 요리를 들면서 밤늦게까지 많은 술을 마셨다. 오고데이는 몸을 가누지 못했다.

그는 혀가 굳은 소리로 말했다.

"여러 형제들 중에서 아버지에 의해 내가 대위(大位)에 올랐다. 그런데도 술에 빠져있는 것은 나의 잘못이다."

그는 비틀거리면서 잠자리로 들어갔다.

다음 날 아침이었다. 기상 시간이 됐는데도 오고데이의 침실은 조용했다. 기다리던 시종들이 문을 열고 들여다보았다. 황제는 계속 침대에 꼿꼿이 누워있었다.

"이상하다. 이럴 리가 없는데……"

그 소식을 전해 듣고 황후 토레게네(Toregene, 脫列哥那)와 가족들이 달려가 보았다. 그러나 오고데이의 몸은 써늘하게 굳어져 있었다. 절명이었다. 사인은 과음으로 판명됐다. 아무 소리 없이 죽은 것으로 보아 그는 술에 취해 정신을 잃은 상태에서 절명한 모양이었다.

오고데이는 칭기스가 한창 세력을 확대하고 있던 1186년에 태어났다. 그가 사망한 것은 1241년 12월 11일. 그의 형이자 후원자 차가타이가 죽은 지 7개월 뒤였다. 그때 오고데이는 55세. 1229년에 제위에 올랐으니 재위 12년 만의 사망이었다. 이래서 칭기스가 사망한지 14년 만에 그의 아들 네 명이 모두 사라졌다.

오고데이의 사망은 곧 예하의 지방 군주와 장수·귀족들에 통고됐다. 외국에 나가있는 사람들이 황제의 죽음을 아는 데는 30일에서 40일이 걸렸다.

고려에서 왕족인 왕준(王緯, 영령공)을 왕의 애자라 하여 인질로 몽골의 수도 카라코럼에 파견한 바로 그해였다.[58]

오고데이가 죽고 몽골에서 황권투쟁이 계속되는 동안 몽골의 대외정복 전쟁은 중단됐다. 그 때문에 네 차례의 항몽전쟁을 치른 고려도 8년간의 전쟁 없는 시기를 가질 수 있었다.

고려로서는 오랜만에 만난 비교적 긴 평화였다. 백성들은 섬과 산에서 나와 다시 자기 고향에 가서 농사를 짓고, 제 집에서 식구들과 함께 온기가 있는 구들방에 둘러앉아 김이 솟는 밥을 먹을 수가 있었다.

그러나 최우는 긴장을 풀지 않았다.

"이것은 일시적인 소강상태다. 몽골에서 정쟁이 끝나고 새 황제가 들어서면 몽골군이 다시 침공해 올 것이다. 우리는 이 기회에 몽골군의 다음 내습에 대비해야 한다. 이 일을 담당할 순무사와 산성별감·권농별감을 새로 임명할 것이다."

최우는 그렇게 말하면서 고종 30년(1243) 2월에는 경상·전라·충청의 3남 지방에 각각 순무사를 파견하고, 다시 각 군현에는 산성별감과 권농별감 37명을 보냈다.

순무사(巡撫使)는 담당 지역의 도내를 순시하면서 전쟁으로 시달려온 백성들의 사정을 살피고 그들을 위로하는 일을 맡았다.

산성별감(山城別鑑)은 산악지대의 군현에 파견되고 권농별감(勸農別鑑)은 평야지대의 군현에 보내졌다. 그들은 몽골의 재침에 대비하여 전쟁 준비를 맡은 직책들이었다. 몽골군이 침공하면 별감들은 각기 백성들을 이끌고 주변의 산성이나 섬에 들어갔다가 그들과 함께 몽골군을 격퇴하는 것이 임무였다. 이것은 최우 정권이 몽골과의 대결을 계속할 것임을 분명히 한 정책이었다.

---

58) 독로화(禿魯花); 중국말. 남에게 인질로 맡기는 아들, 곧 질자(質子)를 의미한다.

몽골은 침공 초기부터 고종이 직접 몽골의 황궁에 출두하여 조공해야 한다는 이른바 국왕친조(國王親朝)와 고려 조정이 강도로부터 수도를 다시 개경으로 옮겨야 한다는 출륙환도(出陸還都)를 기본조건으로 제시하고 있었다.

몽골은 그밖에도 백성들의 복귀, 민가 호수의 파악 보고, 역참제(驛站制) 실시 등을 요구했다.

항전파의 중심인물인 최우는 이에 응하지 않았다. 그러나 도전하지도 않았다. 최우는 '조공은 하되 입조하지 않는다'는 원칙을 고수하면서 몽골과 진전 없는 외교협상을 끌어만 갔다. 일종의 지구전 전략이었다. 그러면서 최우는 몽골군의 재침이 있을 것을 예상하고 안으로는 동원태세를 갖춰 나갔다.

고종 33년(1246) 8월 11일에는 4년 째 문하시중으로 지내오던 항몽파의 거두 최종준(崔宗俊)이 사망했다. 철원 최씨인 최종준은 최충헌 시대부터 최씨가를 떠받쳐온 문신이면서도 강화천도와 대몽항전에 앞장서서 최우를 도와 고려의 항몽론을 이끌어왔었다.

최우는 최종준의 공로에 감사하면서 강화에다 거대한 저택을 하나 지어주었다. 그 공사는 불과 이틀만에 끝났다고 고려사는 기록하고 있다. 그만큼 당시 고려의 건축술은 발전돼 있었다. 최종준은 그 저택에 들어가 산 지 한 달 만에 사망했다.

쿠유크 황제의 등장

오고데이가 죽자 그의 부인 소자황후(昭慈皇后) 토레게네(Toregene, 脫列哥那)가 섭정이 되어 몽골 황제의 권한을 대행했다.

토레게네는 의지가 강하고 활동적인 여장부였다. 그는 원래 칭기스의 원수인 메르키트의 우와르 부족장 타이르 우순(Tayir Usun)의 아내였다. 몽골-메르키트 전쟁에서 타이르가 포로가 됐을 때 토레게네도 함께 생포됐다.

칭기스는 명민하게 생긴 토레게네의 인상을 보고 그를 오고데이에게 주어 며느리로 삼아 총애해 왔다.

오고데이의 사후 황제 공위시대(空位時代)가 다시 시작되면서 황위계승 문제를 둘러싸고 몽골제국은 곧 혼란에 빠져 들어갔다.

유럽전선에 나가 있다가 오고데이 생전에 소환령을 받아 귀국 길에 오른 맏아들 쿠유크는 아직 도착하지 못하고 있었다.

그 소환령을 거부하고 러시아에 계속 머물러 있던 바투가 오고데이의 사망 통보를 받은 것은 이듬해 1242년 봄이었다. 바투는 그해 8월 독자적으로 추진하고 있던 유럽 공격을 중지하고 군사를 철수했다.

몽골군이 갑자기 철수하자 대치하고 있던 오스트리아 군사들이 추격했다. 수시로 전투가 벌어졌다. 그러나 몽골군의 임무는 철수였기 때문에 방어전일 뿐이었다.

하루는 공격전을 계속하고 있는 오스트리아 기병대에 몽골군이 포위됐다. 전투는 몽골의 패배였다. 그때 몽골군 군관 8명이 생포됐다. 그들은 오스트리아 사령관 프레데릭(Frederick) 공에게 불려갔다.

프레데릭은 포로 중에 백인이 있는 것을 보고 기이하게 생각되어 물었다.

"그대는 기독교를 믿는 유럽인이 아닌가."

"그렇습니다. 영국인입니다."

"그대를 팔레스티나에서 본 기억이 난다. 십자군 전쟁(十字軍戰爭)에 종군한 적이 있지 않나?"

"1218년 제4회 십자군전쟁에 참전했습니다."

"그렇다. 나도 그때 참전했다. 팔레스티나에서 그대를 만난 적이 있다."

영국인은 그때 참전하여 싸우다가 터키군에 패전하는 바람에 부대에서 벗어나 혼자서 방황하다가 고난 끝에 바그다드에 도착했다. 거기서 회교 이맘의 보호를 받아 살았다. 그러나 이듬해 몽골군이 코라슴을 침공했을 때, 그는 바그다드에서 몽골군 포로가 됐다.

몽골은 그가 인물이 준수하고 지식과 교양이 눈에 띄게 훌륭할 뿐 아니라 아랍어와 유럽 여러 나라 말을 고루 잘하는 것을 보고 그를 장교로 썼다. 그 후 오고데이가 러시아 원정군을 출정시킬 때 유럽어에 익숙한 영국인 장교를 파병했다.

그는 두 차례나 바투의 사절로 헝가리 임금 벨라(Bela) 4세에게 사절로 갔었다. 그는 벨라에게 몽골제국의 발전상을 소개하면서 무조건 항복하는 것이 벨라 자신과 백성들에게 이롭다고 설명했다. 그러나 벨라는 항복을 거부하고 계속 항전했다.

그때 벨라는 몽골 사절들을 모두 연금했다가 후에 사형에 처했다. 그러나 이 영국인은 탈출하여 도망왔다. 그는 몽골부대에 돌아와서 몽골군의 전위부대 지휘관이 되어 유럽 공격에 앞장 섰다.

프레데릭 사령관은 영국인 장교의 신상에 대해 조사했다. 그는 1215년 영국의 다른 귀족들과 함께 마그나 카르타(Magna Carta, 대헌장) 문서를 들고 임금인 존(John)을 위협해서 승인케 만든 사람이었다.

프레데릭이 말했다.

"그대의 죄상은 용서할 수 없다. 그러나 그대는 영국의 저명한 귀족이고 착실한 기독교 신자로서 기독교를 위해 십자군 전쟁에까지 참전했다. 몽골군에 복무한 것은 그대의 자발적인 선택이 아니라 몽골에 선택된 불가피한 운명이었다. 따라서 나는 그대를 석방한다. 영국으로 돌아가도 좋다."

영국 장교[59]는 풀려났다. 그 후 그가 어떻게 됐는지에 대해서는 기록이 없다.

오고데이의 부음을 듣고 전선에서 물러나온 바투는 자기의 본부인 킵차크 초원의 볼가(Volga) 강변에 있는 사라이(Sarai)[60]로 돌아가 군사를 키우면서 카라코럼에서 일고 있는 동태를 주시하고 있었다. 그러나 좋지 않은 소식들이 계속 들려왔다.

황위승계에 있어서 오고데이가 생전에 후계자로 정해 놓은 쿠추(Kucu)의 셋째 아들 쉬라멘(Shiramen)[61]이 아직 어리다는 것과, 섭정인 황후 토레게네가 황제 선정에 너무 편파적으로 개입하고 있다는 점에서 문제가 일어났다.

쉬라멘이 아직 열 살 밖에 안 된다는 이유로 황제 선출권을 가지고 있

---

59) 이 영국인의 이름은 분명히 확인돼 있을 것이다. 그러나 필자가 본 자료에서는 그의 이름을 찾을 수 없어, 쓰지 못하고 있다.

60) 사라이(Sarai)는 두 개다. 하나는 카스피아 해로 흘러 들어가는 볼가 강 입구에, 다른 하나는 그 중류에 있다. 입구의 사라이는 종래부터 있었기 때문에 구 사라이(Old Sarai), 중류의 사라이는 1260년대 초부터 사용되어 신 사라이(New Sarai)라 한다. 바투는 시기적으로 보아 구 사라이를 사용했을 것으로 보이나, 그 지역이 초원이었던 만큼 두 곳을 함께 기지로 사용했을 가능성도 있다.

61) 쉬라멘은 기독교 신자였던 할머니 토레게네가 지은 이름이라 한다. 쉬라멘은 성경에 나오는 솔로몬(Solomon)의 몽골식 발음이다.

는 몽골의 귀족들은 그의 승계를 반대하고 있었다.

"쉬라멘으로는 우리 몽골제국을 끌고 나갈 수 없다. 이것이 어떻게 이룩된 제국인가. 돌아가신 오고데이 다칸에게는 죄송한 일이나 제국을 위해서 어쩔 수 없다."

쉬라멘 즉위에 가장 앞서서 반대한 것은 그의 할머니 토레게네였다.

"나라가 커진 만큼 튼튼하고 성숙된 사람이 아니면 다칸이 될 수가 없다."

후계 황위를 둘러싼 혼란은 더욱 가중됐다. 그 싸움은 칭기스칸의 며느리들, 곧 토레게네와 그의 동서들 사이에서 벌어졌다.

유목사회에서는 전통적으로 남자들은 주로 가축을 돌보고 사냥을 나갔다. 전쟁이 벌어지면 남자들이 나가서 싸웠다. 여자들은 남자가 없는 집에서 자녀들을 키우고 살림을 꾸려나갔다.

이런 풍습이 몽골제국에 들어와서는 황가의 여성들이 제국을 통치하는 형태로 발전했다.

남자들이 중국·서하·코라슴에서 몇 년씩 계속되는 전쟁에 나가있는 동안 아내나 며느리들이 국가나 가정의 살림을 맡아서 관리했다. 전쟁이 계속되고 있는 한 몽골은 여자들이 다스리는 제국이었다.

칭기스의 며느리들이 모두 몽골족은 아니었다. 그들은 점령된 부족의 왕족들로서 혼인정책에 의해 칭기스 집안으로 시집온 여자들이었다.

칭기스의 맏며느리는 차우르 베키(Chaur Beki)다. 그녀는 케레이트(Keryit) 왕국의 임금 옹칸(Ong Khan, 王汗)의 맏딸이다. 그는 칭기스의 맏아들 조치의 왕국인 코라슴 북부(중앙아시아)와 남부 러시아를 통치했다. 바로 바투가 장악하고 있는 킵차크 지역이다.

둘째 며느리는 차가타이의 부인 에부스쿤(Ebuskun)이다. 그는 차가타이 왕국인 중앙아시아의 투르키스탄을 경영했다.

칭기스의 셋째 며느리는 오고데이 다칸의 황후 토레게네다. 그는 대황후(Yeke Khatun)로 불렸다.

오고데이가 술에 빠져 정사를 제대로 보지 않는 동안 몽골의 통치는 사실상 토레게네의 손에서 이뤄졌다. 남편의 사후 그는 몽골의 공식 섭정이 되어 더 큰 권한을 가지고 있었다.

넷째 며느리는 톨루이의 아내 소르카타니 베키(Sorqaghtani Beki)다. 케레이트 왕국의 임금 옹칸의 조카 딸인 그는 톨루이에게 주어진 칭기스의 고향인 몽골 동부를 관리했었다. 칭기스의 4개 진영의 본부도 그 안에 있었다.

그러나 오고데이가 다칸이 되자 톨루이는 칭기스의 본부들을 모두 오고데이에게 넘겼다. 오고데이는 그 대가로 중국북부의 초원지대를 톨루이에게 주었다. 톨루이 사후 이 지역은 소르카타니가 맡았다.

소르카타니는 아들들에게 통치자에 맞는 전문교육을 시키는데 치중했다. 둘째 아들 쿠빌라이에게는 각 분야의 전문가 중에서 뽑힌 거란인·중국인 가정교사가 붙었다. 그와 함께 농경문화(農耕文化)에 대한 이해도 높아졌다. 뒷날 쿠빌라이의 본거지가 되는 개평(開平, 후에 上都)이 그 안에 있다.

오고데이 사후 권력투쟁의 주체는 칭기스의 며느리들 중에서 둘째 토레게네와 넷째 소르카타니 사이에서 벌어졌다. 그들은 각자 자기 아들을 후계 다칸으로 삼으려 했다.

토레게네는 황후로서 섭정을 맡고 있어 경쟁에서는 유리한 입장이었다. 소르카타니는 현명하고 꾀가 많았지만 국가의 결정권을 장악하고 있는 토레게네와 맞서 싸울 수는 없었다.

그러나 정세는 유동적이고 귀족들이 각자 자기 이해관계에 따라 행동했기 때문에 토레게네도 승리를 장담할 수는 없었다. 그는 유리한 입장을 이용하여 민첩하게 활동했다.

토레게네는 먼저 오고데이가 생존시에 내린 귀환령에 따라 러시아에서 귀국중인 맏아들 쿠유크에게 사람을 보내 카라코럼의 상황을 알려주고 서둘러 귀국토록 지시했다. 한편 자기 측근을 각지의 귀족들에게 밀사로 보내 다가올 쿠릴타이에서 쿠유크를 지지해 달라고 설득했다.

그러나 몽골의 귀족들은 쿠유크의 승계에도 반대하고 있었다.

"나는 쿠유크도 다칸이 되기엔 적당치 않다고 생각하오."

"나도 그렇소. 쿠유크는 오만하고 남과 싸우기를 좋아하기 때문에 그가 황제가 되면 제국 내부의 단결에 지장이 있을 것이오."

"더구나 쿠유크는 바투와 불화관계에 있으니, 그가 다칸이 되면 황실에 내분이 일어날 것이오."

의견 통일이 이뤄지지 않아 후임 다칸의 취임은 늦어졌다. 이와 함께 토레게네의 섭정도 길어졌다. 토레게네는 단념하지 않고 쿠유크를 추대하려는 공작을 계속했다.

그때 토레게네의 심복으로 있으면서 쿠유크 추대 계획을 수립하고 추진해 준 사람은 코라슴에서 잡혀와 시녀로 채용된 파티마라는 여자였다. 그는 토레게네의 신임을 얻어 권한이 막강했다. 파티마가 토르게네 황후의 그림자라고 해서 사람들은 그녀를 '파티마 후(后)'(Fatima Catun)라고 불렀다.

파티마의 진언에 따라, 토레게네는 쿠유크를 반대하는 대신들을 가차없이 해임하고 지지자를 그 자리에 임명했다. 쿠유크 지지자는 몽골 지배층에서 서서히 증가되어 나갔다.

그때 황실의 원로인 칭기스의 막내 동생 테무게 오치긴(Temuge Ochigin, 帖木格斡赤斤)이 이런 사정을 알고 제위를 탐내고 있었다. 그는 몽골의 동부지역(동북아시아)을 맡아 동방왕(東方王)이라고 불려왔다.

오치긴이 군사 동원을 서두르고 있을 때였다. 그의 아들 지부(Jibu)가 극력 반대하고 나섰다.

"몽골제국의 제1세대인 아버님은 황실의 어른이시자 제국의 원로이십니다. 벌써 세대가 바뀌어 제2세대가 다칸을 지냈는데 부친께선 손자급의 3세대와 경쟁해서 조카의 뒤를 이어 제위에 오르신단 말씀이십니까. 제발 고정하십시오, 아버님."

"무슨 소리냐. 지금 적절한 승계자가 없으면서 하려는 자들은 너무 많다. 러시아 전선에 나가있던 쿠유크와 바투는 서로 다투어 사이가 나쁘다. 바투는 그곳에서 힘을 키우고 있고 쿠유크는 귀국 중이라고 하지 않느냐."

"그렇다고 들었습니다."

"나는 황실의 원로다. 내버려두면 저희들끼리 싸워서 황실은 부서지고 제국은 흔들리게 될 것이야. 이럴 땐 어른인 내가 나서야 한다. 나 같은 원로가 다칸(황제)이 돼야 황실의 분란이 없어지고 제국이 안정된다."

그러면서 오치긴은 자기 군대를 동원해서 수도 카라코럼으로 진격했다. 토레게네는 그 얘기를 보고 받고 코웃음을 쳤다.

"욕심쟁이 오치긴의 노욕이 발동했구나. 걱정하지 말라."

그러면서 토레게네는 파티마를 불러들였다.

"오치긴이 군사를 몰고 왔다. 노망이 든 게야. 그는 탐욕이 많다. 그런 자에게는 땅을 한 덩어리 떼어주면 물러선다. 어떤가."

"태후마마, 그런 사람에 영지를 떼어줄 필요는 없습니다. 제게 맡겨주십시오. 가서 돌려보내겠습니다."

"그래. 그대가 가서 오치긴을 돌려보내라."

토레게네는 파티마를 오치긴에게 보냈다. 파티마가 토레게네의 측근들을 데리고 오치긴을 찾아갔다.

"오치긴 전하. 어차피 다음 황위는 쿠유크 전하에게 가기로 되어 있습니다. 황후섭정의 노력으로 이미 많은 황족과 귀족들이 그를 추대하기로 은밀히 서약했습니다. 일은 다 돼있습니다. 쿠유크 공이 곧 카라코럼에 도착합니다."

"그게 사실인가? 벌써 그렇게 됐단 말인가?"

"내 말엔 한 치의 거짓도 없습니다."

"바투는 어떻게 하고 있는가?"

"바투 전하는 러시아의 자기 영지를 관할하는데 전념하고 있습니다. 그는 이번 쿠릴타이에 불참할 것입니다. 바투 공은 현명하게 행동하고 있습니다."

그러나 파티마의 말이 아직은 사실이 아니었다. 다만 토레게네 진영의 희망사항이거나 그들이 앞으로 시행하려고 하는 계획일 뿐이었다. 그러나 그것을 기정사실로 가장하며 말하고 있었다.

"오, 그래."

"황실의 어른이시자 제국의 원로이신 오치긴 전하. 이렇게 군사를 끌고 여기 오래 계시면 황족끼리 피를 보고 영지마저 빼앗기십니다. 빨리 물러나서 조용히 영지를 보전하면서 동방의 왕위를 누리고 계심이 전하의 당대와 후대를 위해 좋을 것입니다. 이것은 토레게네 황후께서 전하는 말씀입니다."

"돌아간 다칸에게 조의를 표하려 했는데, 그럼 그냥 돌아가겠소."

몽골의 동부와 중국의 동북 지역을 영유하고 있던 오치킨은 결국 영역의 안전을 보장받고 군사를 철수시켰다.

그런 얘기들을 전해 듣고 러시아의 킵차크에 머물러 있는 바투가 성을 내며 말했다.

"잘들 놀고 있구나. 황후가 황권 대행을 맡았으면 동요하고 있는 제국의 안정을 위해 공정하게 최선을 다해야지, 고작 자기 아들을 즉위시키기 위해 간신배 포로를 시켜 그따위 뒷 공작이나 벌이면서 황족과 귀족들을 협박하고 있단 말이냐?"

"그렇다고 합니다. 벌써 상당수의 귀족들이 그들 편에 들어섰다 합니다."

"황궁에서 그렇게 설쳐대니 귀족이나 장수들도 별수 없겠지. 그러나 어림없는 일이다. 그래가지고서야 황실이 화합하고 제국이 안정될 것 같은가."

그러나 바투의 말과는 달리 황족과 귀족들에 대한 토레게네의 설득과 위협은 먹혀 들었다.

쿠유크 지지세력이 많이 확보되자 토레게네는 오고데이가 사망한지 5년이 지난 1246년(고려 고종 33년) 7월 코케나구르(Kokenaghur, 靑海)의 타미르 황궁(Yellow palace of Tamir)에서 쿠릴타이를 소집했다.

거의 모든 귀족들이 말을 달려 코케나구르 야영지 궁궐로 모여들었다. 그러나 킵차크의 지배자인 강력한 황족 바투는 참석하지 않았다. 회의가 지연되는 동안, 연일 연회가 벌어지고 각지에서 약탈해온 진귀한 물품들이 선물로 주어졌다.

다칸 추대가 늦어진 것은 황실의 막강한 실력자 바투가 참석하지 않았기 때문이다.

"바투는 일부러 오지 않고 있다. 그가 참석하지 않는다고 해서 국가의 중대사가 천연될 수는 없다."

결국 토레게네는 다칸 추대를 위한 쿠릴타이를 강행해 나갔다. 황족들과 그들이 거느린 제 지역의 왕후(王侯)들, 점령지에 나가있는 총독들과 장수들이 2천명 정도가 들어갈 수 있게 지어진 황금색 게르로 모여들었다. 그 자리에는 소르카타니도 휘하의 제후들을 데리고 참석하고 있었다.

이것이 쿠릴타이에 앞서 다칸 후보를 확정하는 황족회의(皇族會議)다. 황족들의 모임인 이 자리에서 다칸을 추대하면 귀족들의 회의체인 쿠릴타이는 그대로 결정하여 통과시키는 것이 관례다.

오고데이가 다칸으로 취임할 때 쿠릴타이에서는 향후의 몽골 황제는 오고데이의 자손 중에서 뽑기로 결정했다. 오고데이는 후계자로 생각하고 있던 셋째 아들 쿠추가 송나라 정벌전선에서 전사하자 쿠추의 아들 쉬레멘을 자기 후계자로 정해 놓았다.

그러나 이번 황족회의에서 토레게네는 손자 쉬레멘은 너무 젊어서 제국을 이끌어갈 수 없다고 말하고 맏아들 쿠유크를 후보로 추천했다. 황족회의는 토레게네의 제안을 받아들였다.

쿠유크는 관례에 따라 다칸의 취임을 사양했다. 그는 몸이 약해서 다칸이 될 수 없다는 이유를 들어 바투·몽케 그리고 자기 형제 등 다른 유력

황족들의 이름을 거명하며 차기 다칸으로 추천한다고 말했다.

이런 황위사양의 관습은 칭기스칸 때부터 있어왔다. 칭기스에 의해 후계자로 지명됐던 오고데이도 이 관례에 따라 즉위를 사양했고, 관례에 따라 간곡한 수락권유가 계속됐다. 오고데이는 앞으로 오고데이 가(家) 출신 중에서 다칸을 뽑는다는 조건하에 황제취임을 수락했다.

쿠유크도 그 전례를 따랐다. 참석자들도 역시 관례에 따라 쿠유크에게 계속 취임해 달라고 호소했다.

쿠유크가 말했다.

"그러면 조건이 있습니다. 이 조건이 수락되면, 여러분의 권고에 따르겠습니다."

"그 조건을 말씀해 주시오."

"오고데이 다칸 때와 같이 앞으로의 다칸은 나의 후손 중에서 임명키로 해주십시오. 가능하겠습니까."

"가능합니다. 과거 오고데이 가의 후손 중에서 다칸을 임명하도록 결정했듯이 이번에도 그대의 후손 중에서 다칸을 임명하기로 약속하겠습니다."

"그러면 문서에 서명해 주십시오."

곧 문서가 작성되어 돌아가면서 서명했다. 소르칵타니는 그 조건이 마음에 들지 않았다. 그러나 현명한 그는 그것을 밖으로 드러내지 않고 조용히 서명했다. 서명이 끝나자 쿠유크는 마지못해 응한다는 자세로 다칸 승계를 수락했다. 모두 일어나 차례대로 쿠유크에게 다가가서 충성을 서약하는 예를 표했다.

황족회의는 그 결의를 쿠릴타이 회의로 넘겼다. 쿠릴타이도 황족회의의 제의를 받아들여 쿠유크를 차기 다칸으로 선정했다.

이래서 결국 모든 것이 결말났다. 거기서 쿠유크는 아무런 문제없이 다칸으로 추대됐다. 그가 몽골의 제3대 황제 정종(定宗)이다.

이번 쿠릴타이에서는 앞으로의 다칸은 모두 오고데이-쿠유크 가계에서 추대한다는 결의까지 있었다. 섭정인 토레게네 황후의 끈질긴 회유와 위협의 성과였다.

쿠유크의 즉위식에는 몽골인들만이 아니라 외국의 저명인사들도 많이 초청됐다. 각국에서 아미르와 총독·귀족·대공들이 카라코룸으로 모여들었다.

터키에서는 술탄인 셀주크(Seljuk)가 왔고, 바그다드의 이슬람 칼리프(caliph)가 보낸 사절도 왔다. 그루지아의 왕자 다비드(David) 형제와 러시아의 대공 얄로슬라프(Yaroslav) 2세도 축하사절로 몽골을 방문했다.

그러나 가장 기록할 만한 인물은 교황 인노센트(Innocent) 4세의 사절 카르피니(Carpini)다. 그는 1245년 부활절 날 프랑스의 리용에서 출발하여 5천 킬로미터 떨어진 몽골 수도로 향했다. 하루 백 리길인 평균 40킬로미터 씩 106일 석 달 반 동안 달려 양력 7월말에 카라코럼에 도착했다.

카르피니가 교황을 비롯한 유럽 여러 나라 임금들의 항복문서를 가지고 온다고 해서, 몽골에서는 기대를 걸고 환영했다. 그러나 그는 누구의 항복문서도 가져오지 않았다. 오히려 몽골의 침략을 꾸짖는 내용이었다.

로마교황 인노센트가 몽골 황제 쿠유크에게 보낸 서찰

몽골군의 유럽 침략은 비난받을 수밖에 없다. 그대들은 무엇 때문에 다른 나라들을 파괴하고 있는가. 그대들이 앞으로 무슨 목적을 가지고 있는지를 우리에게 상세히 알려달라. 하느님은 모든 지상의 권력을 로마의 교황에게 위임했다. 지금 세상에서 하느님을 대신하여 말할 권한이 있는 사람은 로마 교황인 나 인노센트 4세밖에 없다.

교황 인노센트 4세는 몽골의 침략을 규탄하면서 몽골 다칸이 하늘을 대신한다고 주장하는 데 대해 정면 공격했다. 일종의 신관논쟁(神觀論爭)이다.

쿠유크는 그 서찰을 받고 기분이 나빴다. 그러나 사절을 박해할 수도 없었다. 그는 교황에 대해서 이렇게 반박했다.

몽골 황제가 교황에게 보낸 서찰

신이 누구를 용서하고 누구에게 자비를 베풀지, 그대가 어떻게 알겠는가. 그대가 하는 말을 신이 승인한다고 어떻게 자신하고 있는가. 신은 해가 뜨는 곳에서 해가 지는 곳까지 세계를 다스릴 힘을 로마의 교황이 아니라 몽골인에게 주었다. 신은 칭기스 다칸의 대법전(yeke jasag)을 통하여 자신의 명령과 신법을 세상에 펼 뜻을 가지고 있다. 몽골의 황제인 내가 신의 뜻을 대행할 것이다. 교황은 유럽의 모든 군주들과 함께 카라코룸에 와서 몽골 다칸에게 경의를 표하라.

이런 내용은 1246년 11월에 교황 인노센트에게 보낸 편지에 기록되어 지금까지 전해지고 있다.

카르피니의 왕래는 유럽과 동아시아 사이에 벌어진 역사상 최초의 외교접촉이 된다. 그러나 그 결과는 발전적인 것은 아니었다. 인노센트와 쿠유크의 권위와 신관을 놓고 서로 우월권을 주장하고 상대방을 비난 반박하는 부정적인 문서 교환이었다.

그 결과, 로마 기독교는 동아시아로 전파될 수 있는 절호의 기회를 잃었고 동북아에 진출하기까지는 여러 세기를 더 기다려야 했다. 특히 몽골에서는 기독교 대신 불교와 이슬람이 뿌리 내릴 발판을 얻게 됐다.

몽골 황실의 분쟁

그해 1246년 가을이 되자 쿠유크 즉위의 축제 분위기는 진정됐다. 지방과 외국에서 온 축하사절도 모두 돌아가고 없었다.

쿠유크는 성대하고 화려한 의식을 통해 비록 황위에 올랐으나 마음은 그렇게 편치 않았다. 우선 지지층이 적었다는 것이 걸렸다. 게다가 자식을 다칸으로 삼으려는 어머니 토레게네의 집요한 집념과 무리한 술책 때문에 등극에 대한 평판이 그렇게 좋지도 않았다.

그러나 이미 다칸의 대권을 장악한 쿠유크는 권력을 강화하여 명실상부(名實相符)한 다칸이 되려고 생각했다.

나의 권력이 강화되고 제국을 편안히 이끌어 나가려면 지배층 내부가 단결돼야 한다. 그러나 지금은 지배층뿐만 아니라 황실 내부마저 분열돼 있다. 이것을 먼저 극복하고 화목을 찾아야 나의 황권이 강화된다.

제국의 안정과 자신의 권력강화를 위해서는 먼저 지배층의 미움을 사고 있는 파티마를 제거하고 적대적인 인물들을 없애야 한다고 쿠유크는 생각했다.

파티마는 어머니를 도와 나를 황위에 오르게 한 공로자다. 그러나 그는 지배층 사회에서 인심을 잃었다. 어머니에 대한 귀족과 황실의 불신과 원망을 가져온 것도 파티마다. 일개 포로로 잡혀온 이국 여성이 우리 제국의 상층부에 흙탕물을 끼얹어서는 안 된다. 이런 마녀 같은 자를 처형하면 모든 불안요인이 없어질 것이다.

쿠유크는 토레게네의 뜻에 반해서 먼저 그의 시녀인 파티마를 희생물로 삼아 처형키로 마음을 정했다.

"파티마의 과오가 컸다. 황후궁에 머물러 있는 마녀 파티마를 나의 궁전으로 옮겨오게 하라."

그러나 토레게네가 들어주지 않았다.

"파티마가 없으면 나는 살지 못한다. 그녀는 나의 모든 것을 도와주고 있는 충실한 신하다."

쿠유크는 몇 차례 같은 명령을 내렸지만 그때마다 토레게네가 여러 가지 이유를 대어 실패했다. 그것으로 모자 사이에 결국 불화가 싹트기 시작했다.

어느 날 쿠유크는 친위대를 불러 단호하게 말했다.

"가서 파티마를 잡아와라. 황모가 반대할 것이다. 그러나 구애되지 말고 파티마를 이곳으로 데려와라. 내가 그를 재판할 것이다."

친위군이 토레게네의 모후궁으로 갔다. 그들은 다칸의 파티마 출두명령을 전했다. 그러나 마티마는 듣지 않고 토레게네에게 달려갔다. 토레게네가 다시 반대하여 파티마를 내주지 않았다.

"이것은 다칸의 친명입니다. 황모께선 비켜주십시오."

친위대 군사들은 토레게네를 밀어내고 방으로 들어가 숨어있는 파티마를 끌어냈다. 그는 쿠유크의 궁전으로 끌려갔다.

파티마에 대한 쿠유크의 심판이 시작됐다.

"그 마녀의 옷을 벗겨 밧줄로 묶어서 계단 아래 꿇어 앉혀라."

파티마는 다칸의 명령대로 옷이 벗긴 채 맨몸이 동아줄에 묶여 꿇어앉았다.

"파티마, 너는 지은 죄가 많다. 너는 몽골인의 신뢰를 잃고도 그것을 알지 못했고, 황모를 잘못 모셔 누를 끼쳤다. 네 죄를 숨김없이 자백하라."

파티마는 입을 다물어 침묵을 지켰다. 묵비권(默秘權) 행사다.

쿠유크는 몇 차례 자백을 명령했지만 파티마는 비석처럼 입을 다물고 있었다.

"과연 너는 마녀구나. 입을 열어 죄를 자백할 때까지 파티마에게 물과 음식을 주지 말라."

파티마 심판에 실패한 쿠유크는 금식령(禁食令)을 내리고 물러났다.

그 후 파티마에겐 음식도 음료도 주어지지 않았다. 그녀는 며칠이 지나도록 그렇게 버텼다.

"과연 그녀는 악마다. 여자의 몸으로 어떻게 저렇게 견뎌낼 수 있는가."

사람들이 계단 쪽으로 모여들어 헐벗긴 채 묶여있는 파티마를 구경했다. 파티마에 대해 감정이 나빴던 사람들은 말채찍이나 쇠몽둥이로 파티마를 때렸다. 어떤 사람은 돌을 던지기도 했다. 그것은 유럽 기독교 사회에서 마녀를 처리할 때나 이단자를 처벌할 때 쓰던 방법이었다.

그러나 파티마는 모진 고통을 당하면서도 동요하지 않고 계속 입을 다물고 있었다.

토레게네가 그 보고를 받고 탄식했다.

"쿠유크가 다칸이 되더니 변했구나. 아무리 죄인이라 해도 여자에게 그렇게 옷을 벗겨 밖에 내세워 대중 앞에 공개하고 모질게 고문하다니? 우리 초원에서 그렇게 처벌하는 법은 없다. 칭기스 다칸께서는 적을 죽이고 원수를 엄하게 다스렸지만 죄인을 고문하거나 고통을 주지는 않았다. 더구나 여자에 대한 고문은 우리 전통에 유례가 없다."

그러나 쿠유크는 들은 척도 하지 않았다.

"파티마가 입을 열 때까지는 아무것도 먹이지 말라. 황후실의 누구라도 접근시키지 말라. 황후가 와도 가까이 오지 못하게 하라. 그 대신 사람들을 불러내 파티마의 맨 몸을 보게하라."

치욕과 고문을 견딜 수 없었던 파티마가 드디어 입을 열었다.

"제가 마녀의 죄를 졌습니다. 황후의 섭정을 돕겠다는 심정으로 토레게 네 예케 카툰 자신과 황족 분들을 미혹했습니다."

파티마의 강제된 자백을 듣고 쿠유크가 명령했다.

"파티마는 황족들을 미혹하여 악행을 저질렀다. 그 때문에 아버님 오고데이 다칸의 많은 신하들이 불운과 모욕을 당했다. 그 악마의 몸에 있는 모든 구멍을 꿰매라. 구멍을 철저히 봉해서 그녀의 영혼이 밖으로 새어나와 우리 대지를 더럽히지 못하게 하라."

군사들이 쇠바늘을 가지고 나서서 파티만의 눈과 귀·입·코를 꿰매기 시작했다. 피가 흘러나와 파티마의 몸은 뻘겋게 변했다. 파티마는 고통을 참으며 발버둥 치다가 정신을 잃고 쓰러졌다.

"마녀의 몸을 담요로 감아 묶어서 강물에 내다버려라."

이래서 토레게네의 의지를 실현해 준 심복조언자로서 당대 몽골을 주름잡던 실력자였던 아랍인 여성 '파티마 후'는 자신의 공로로 황위에 오른 쿠유크에 의해 처형됐다. 파티마의 시신은 오르콘 강으로 실려가서 강물에 던져졌다.

토레게네는 그 소식을 듣고 눈물을 닦으면서 말했다.

"시신을 강에다 버리다니? 강물은 초원에 살고 있는 사람과 말과 양이 마시고 사는 생명의 기름이다. 강물은 하늘이 우리에게 내려준 은혜의 음식이다. 그래서 칭기스 다칸은 강물을 청결히 하도록 법으로 정해놓지 않았는가. 불교식으로 화장을 하거나, 초원식으로 풍장을 해도 될 일인데, 왜 강물에 수장했어. 힘들여 다칸에 올려놓았지만 쿠유크는 오래가지 못하겠구나."

이것은 자식에 대한 저주와도 같았다. 토레게네는 여러 날 눈물을 흘리며 파티마의 죽음을 슬퍼했다.

그로부터 얼마 후 토레게네도 숨을 거두었다. 그녀가 아팠는가. 분노와 슬픔 때문에 죽었는가. 아니면 살해됐는가. 세계에서 가장 큰 나라를 움직인 가장 강한 여성이었던 토레게네의 사인은 아무데도 기록돼 있지 않다.

코라슴의 역사가 주자니(Juzjani)는 이렇게 적어놓았다.

'토레게네는 남편 오고데이가 죽은 지 6년 만에 남편과 함께 영원히 있도록 보내졌다. 그러나 그의 죽음에 대한 진실은 신만이 알고 있다.'

쿠유크는 파티마가 처형됐기 때문에 그로부터 피해를 입은 많은 귀족들이 기뻐하여 자기를 지지해 줄 것으로 생각했다. 그러나 분위기는 조금도 호전되지 않았다.

내겐 적이 많구나. 그들이 기뻐하지 않는 것은 나를 미워하기 때문이야. 이런 버릇을 고쳐줘야 황권이 강화되고 나라가 편해질 것이다.

쿠유크는 새로운 복수전을 생각했다. 쿠유크를 반대하던 사람들이 처음에 우려한 대로 그는 황위에 오른 뒤 더욱 교만하고 싸우기를 좋아하는 다칸이 되어갔다.

쿠유크가 다음으로 보복의 손을 댄 것은 파티마의 보호를 받은 추종자들이었다.

"파티마를 추종한 사람들이 우리 몽골을 더럽혔다. 그런 자들을 색출해서 모두 잡아들여라. 그들을 남김없이 처단할 것이다."

이래서 많은 몽골의 대신과 귀족들이 목숨을 잃었다. 파티마 처형의 후속조치다.

그 다음 손을 댄 것은 황권에 도전하여 군사력까지 동원했던 작은 할아버지 테무게 오치긴이었다.

"오치긴은 우리들이 존경해 마지않는 칭기스 다칸의 충실한 아우다. 그는 우리 제국의 건설에도 공이 컸다. 그러나 오고데이 황제가 사망했을 때, 그는 황위를 탐내어 군사력을 몰아 황도를 위협했다. 이건 반역이다. 반역자를 놓아 둘 수는 없다. 그를 잡아들여라."

황궁의 경호군이 동방의 오치긴(Temuge Otchigin) 궁으로 갔다. 칭기스의 막내 동생인 역사(力士) 오치긴이 잡혀왔다. 이어서 오치긴을 단죄하는 재판이 열렸다. 법정은 밀폐된 게르 안이었다. 재판관들은 황실가의 사람들이었다.

판사들은 오치긴을 신문한 끝에 극형을 선고했다.

"칸의 종조부인 테무게 오치긴은 선거를 통하지 않고, 휘하 군사의 힘으로 다칸의 자리를 강탈하려 함으로써, 우리의 법률과 관습을 위반했다. 이런 반역행위에 대해 사형을 선고한다."

동방의 노왕(老王)이자 황실의 원로인 오치긴은 곧 처형됐다.

오치긴은 칭기스가 천하를 통일하여 황제가 됐을 때, 샤먼인 코코추(테브 텡그리)와 충돌하여 그 일족과 그 일당을 없애고 살아남은 장사다. 그 후 그는 동방의 제왕이 되어 만주와 동몽골을 지배하는 국왕이 됐다. '대왕'의 이름으로 고려에 사절을 보내 공물을 독촉하고 개경 조정을 핍박한 배후도 오치긴이다.

그런 오치긴이 손자뻘 다칸인 쿠유크에 의해 사형수가 되어 생을 마쳤다.

쿠유크는 이어서 많은 토지와 세력을 장악하고 있던 황실가문의 여성들에게 도전했다.

쿠유크가 먼저 손을 댄 것은 숙부로서, 오고데이를 황위로 앉히는 데 결정적으로 기여한 차가타이 쪽이었다. 그는 차가타이 왕국의 영지를 다스리고 있는 차가타이의 미망인 에부스쿤을 권좌에서 축출했다.

쿠유크의 다음 목표는 황실의 빼어난 능력가인 숙모 소르칵타니였다. 칭기스의 막내며느리인 소르칵타니는 미모와 재능과 머리가 남달리 뛰어났다. 게다가 바투와 가까운 관계를 유지하고 있었다. 그는 우수한 아들 네 명도 거느리고 있었다. 이것인 쿠유크에게는 위험요소였다.

쿠유크는 톨루이의 미망인인 소르칵타니의 영지문제를 조사하여 보고하라고 명령했다. 소르칵타니는 실권을 휘두르고 있는 다칸에 정면도전하지 않고 조용히 순종하면서 반격의 기회를 찾고 있었다.

이래서 부부가 될 수도 있었던 황제 쿠유크와 숙모 소르칵타니 사이에 냉전이 흐르기 시작했다.

제4차 몽골 침공

몽골 황제 오고데이가 죽고 후계를 둘러싼 황권투쟁이 계속되는 동안 고려가 전쟁 없이 누린 시기는 어디까지나 '불안 속의 평화'일 뿐이었다. 6년째 몽골의 침입이 없어 평화롭던 고종 32년(1245) 10월이었다.

북계의 강은 얼음이 두껍게 얼었다. 그 두께가 사오 척이었다고 하니 1미터 50센티미터 정도다. 그 얼음들이 어느 날 갑자기 갈라지면서 녹아 엄청난 물이 되어 흘러내려 갔다.

그것을 보고 노인들이 근심스런 어조로 말했다.

"이건 분명히 오랑캐 군사가 다시 국경 안으로 쳐들어올 징조야."

그리고 2년이 흐른 뒤 1246년(고종 33년), 몽골제국의 제3대 황제가 된 쿠유크는 사촌형인 바투와의 일전을 준비하면서, 고려에 대해서는 사신을 보내 출륙 환도와 임금의 입조를 이행하지 않은 책임을 물었다. 그는 출륙 입조를 조속히 실행하지 않으면 무력으로 응징하겠다는 최후통첩을 보냈다.

쿠유크가 즉위한 그해 10월, 몽골은 수달을 잡는다는 구실로 정예 기병 4백기를 선발하여 고려에 침투시켰다.

그들은 압록강을 건너 평북 중앙부인 벽동(碧潼)으로 상륙해서 내륙 깊은 산 속으로 들어가 북계의 위주(威州, 평북 희천군)와 평로성(平虜城, 평남 영원)을 거쳐 황해도 수안(遂安)까지 내려왔다.

그러나 그들은 사냥꾼이 아니었다. 침공을 위한 현지 정찰대였다. 그들은 고려 북부 여러 지방의 방비태세와 군사배치·주민분포 등을 샅샅이 조사했다. 그들은 산 속에 숨어있던 고려인들을 납치·약탈하여 해를 당하지 않은 사람이 없었다고 기록돼 있다.

이듬해 고종 34년(1247) 7월, 몽골군은 압록강을 건너 평안북도 벽동에 상륙했다. 이것이 몽골의 제4차 고려침입이다. 탕구(Tanggu 또는 Tanggutai, 唐古)의 제3차 침입이 끝난 지 8년만의 재침이었다. 2년 전 시월에 한 길이나 되던 얼음이 갑자기 녹아 내렸을 때, 북쪽 오랑캐들이 침공할 징조라고 불안해 하던 고려인들의 우려가 불행하게도 현실화된 것이다.

제4차 침공 때의 몽골군 원수는 아무칸(Amuqan, 阿母侃)이었다. 몽골은 이번에도 고려의 반장(叛將) 홍복원을 앞세워 쳐들어 왔다.

아무칸이 말했다.

"이번에는 종전과는 달리 해안지방의 선로를 피하고 내륙의 중부 노선을 공격한다. 우리 정찰대의 탐정에 의해서 고려의 내륙 진지의 위치와 방어 태세, 민간인들의 산성입보 상황 및 물자소재지 등이 소상히 파악돼 있다. 고려 내륙의 지세는 험하나 경비는 의외로 허술하다."

아무칸의 몽골군은 고려군의 큰 저항을 받지 않고 창주-삭주-귀주를 잇는 내륙의 북로를 따라 남하하여 황해도의 수안과 평주를 거쳐 쉽게 염주(鹽州, 지금의 연안)에 이르렀다. 수달 사냥을 빙자한 정찰대의 행군 진로를 그대로 밟았다. 아무칸은 '실한 곳을 피하고 허한 곳을 친다'는 피실격허(避實擊虛)의 전술을 택했다. 이것은 고려 방어태세의 허점을 찔러 주효한 용병술이었다.

염주는 강화에서 북쪽으로 바다와 강을 건너 50리 거리다. 어느 날 아무칸이 휘하 장수들과 고려인 통역을 끌고 바닷가로 나와서 좁은 해협 너머로 강화도를 건너다보면서 말했다.

"물 건너 저 땅이 바로 고려의 수도인 강화도란 말인가?"

통역이 나섰다.

"그렇습니다, 장군."

"아주 가깝구나. 물은 좁고 대부분이 갯벌이다. 물도 아주 얕아 보인다. 우리가 여기서 바로 강화도로 건너갈 수는 없는가?"

"어렵습니다. 갯벌은 늪이어서 말과 사람이 빠지면 발을 뺄 수가 없어 기동하기 어렵고 물은 좁고 얕으나 한길은 넘고 흐름이 빨라 수영을 잘하는 장정이 아니면 건널 수 없습니다."

"고려인이나 중국인들이 속수무조(束手無措)·속수무책(束手無策)·수수방관(袖手傍觀)이라는 말을 많이 쓰던데, 지금 우리가 바로 그런 꼴이 되어 있구나."

그러면서 그는 일행과 함께 돌아갔다.

그후 아무칸의 몽골군은 경기도를 초토화하면서 남진을 계속하여 충청도와 전라도를 휩쓸고 전남의 강진에까지 이르렀다. 허를 찔린 고려는 별감들을 독려하여 백성들과 물자를 해도나 산성으로 옮기는 청야작전(淸野作戰)으로 대응하는 것 외에 다른 방법이 없었다.

이때 청야작전을 가장 성공적으로 수행한 장수는 김방경(金方慶)이다. 김방경은 그때 36세로 북계의 병마판관(兵馬判官)을 맡고 있었다. 몽골군이 접근해 오자 김방경은 북계의 백성들을 위도(葦島, 평북 정주)로 입보시켰다.

위도는 청천강 입구의 서한만(西韓灣)에 있는 군도 중의 한 섬이다. 이 섬에는 폭이 십여 리나 되는 넓은 벌판이 있었지만 바다 물이 드나들어 농사를 지을 수 없었다. 위도에는 우물이 없었다. 주민들은 배를 타고 육지로 건너가서 물을 길어와야 했다. 그래서 몽골군에 사로잡히는 일이 잦았다.

넓은 펄에 바닷물이 들어오지 못하게 막아서 논밭으로 만들어야지.

김방경은 이 황무지를 개간키로 했다. 우선 백성들을 동원해서 제방부터 쌓았다. 제방의 위 부분은 수레 두 대가 나란히 다닐 수 있을 만큼 폭이 넓고 두터운 길로 만들었다.

피는 생존력이 강해서 거친 땅에서도 잘 자란다. 그 때문에 염분을 빨리 없애 줄 것이다.

제방 공사가 끝나자 김방경이 명령했다.

"올해는 제방의 안쪽 땅에 피를 심어라."

백성들은 좀처럼 나서려고 하지 않았다.

뚝을 쌓고 저수지를 만드느라 고역을 치른 백성들은 김방경을 원망하기 시작했다.

"피를 심으라니? 우리보고 피나 먹고 살란 말인가?"

"군인이 뭘 안다고 피를 심어라 말라 하는 게야."

"맛 좋고 넘쳐나는 물을 놔두고 이 섬에 들어와 별 고생을 다하는구만."

"입보인지 뭔지 해서 왜 이리 백성들을 들볶고 고생시키는 거야, 원."

"이기지 못할 싸움을 왜 이리 길게 해. 빨리 강화도에서 나와 항복하지 않구서."

그런 백성의 볼멘 소리가 김방경의 귀에 들어갔다. 그러나 그는 흔들리지 않았다.

"갓 간척한 갯벌의 흙은 짜다. 그런 땅에 벼가 되겠는가? 우선 생존력이 강한 피를 심어 소금기를 제거한 다음에 벼를 심어야 한다. 피는 짠맛이 있는 땅에서도 잘 될 것이다. 두고 봐라. 식량이 떨어지고 목이 마르면 내 생각이 날 것이다."

백성들은 내키지는 않았지만 군사들이 나서서 독려하는 바람에 새로 개간한 개펄 땅에 피를 심었다. 저수지 공사도 끝나 거기에다 빗물을 채웠다.

육지에서는 쉽게 물러갈 것으로 알았던 몽골군들이 물러가지 않고 약탈을 일삼았다. 농민들은 식량이 떨어져가고 있었다.

벌써 여름이 지나가고 있었다. 피는 잘 자랐다. 열매도 잘 여물었다. 김방경은 피를 거둬들이게 했다. 대풍이었다.

그해 가을이 오고 겨울이 되도록 몽골군은 물러가지 않았다.

위도에 입보한 북계의 백성들은 저수지에서 물을 길어다 먹었다. 새로 개간한 간척지에서 거둬들인 피로 그들은 그해 겨울을 굶지 않고 넘길 수가 있었다. 그렇게도 불평을 많이 했던 위도인들은 겨울이 되어서야 김방경의 뜻을 이해하고 고맙게 생각했다.

이런 고려의 청야작전은 주효했다. 식량과 물자를 현지에서 조달해 쓰는 몽골군은 그해 말부터는 물량부족으로 극심한 곤경에 빠져들기 시작했다. 상황이 계속 불리해지자, 아무칸은 초조해졌다.

이런 기미를 알아챈 고려는 황해도 염주(鹽州, 연안)에 자리 잡고 있는 아무칸의 진영에 중서문하성의 김수정(金守精, 기거사인. 종5품 벼슬)을 사신으로 보냈다.

아무칸이 김수정을 불러들였다.

"이번에도 우리에게 철군하라고 요구할 참인가?"

"그렇습니다. 몽골군을 즉각 철수시키십시오. 그러면 우리는 몽골과 강화할 것입니다."

"강화를 하자구? 고려가 출륙 환도할 진의가 있음을 알기 전에는 강화에 응할 수 없다."

"우리의 안전이 보장된다면, 우리가 왜 그 비좁고 불편한 강화도에 들어가 있겠습니까. 우리 임금과 조신들은 누구나 출륙 환도를 원하고 있습니다."

"우린 그것을 믿을 수 없다."

"그러면 사신을 우리측에 보내서 확인해 보시지요."

"알겠다. 그러면 사신을 보내 고려 조정의 출륙 환도 의사를 확인한 다

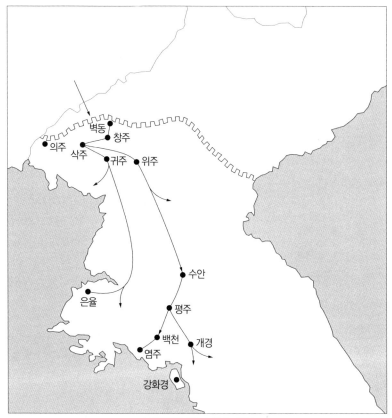

제4차 몽골침입(1247, 몽장: 아무칸)

음에 철군 여부를 결정하겠다."

　그래서 아무칸은 두오케(Duoke, 多哥) 울라오순(Wulaosun, 無老孫) 등의 사신 62명을 김수정과 함께 강도로 보내면서 말했다.

　"우리 사신이 가면 고려 국왕이 갑곶 강을 건너와 통진(通津, 김포시 통진면)에 와서 영접해야 하오. 그래야만 출륙의 의지가 있다는 증표가 될 것이오."

　김수정은 몽골의 사신들을 안내해서 통진에 이르렀다. 사신들은 그곳에 머물고, 김수정이 강화로 건너와서 최우에게 아무칸의 뜻을 전했다.

최우의 입장은 단호했다.

"임금이 어떻게 밖에 나가 적국 장수의 사신을 맞는단 말인가? 몽골 사신들에게 그대로 돌아가라 하시오."

"영공, 그것은 너무하지 않습니까. 저들은 군사를 끌고 들어와 있습니다. 우리 군사와 백성들은 저들을 두려워하고 있습니다."

"몽골 군사를 두려워할 시기는 지났소. 벌써 몇 번째인가. 이젠 누구도 그들을 두려워하지 않소."

"그러면 임금 대신 종실의 누구를 보내면 어떻습니까?"

"종실?"

"예."

"종실 중에서 누가 좋겠소?"

"신안공은 왕족에다가 몇 차례 몽골에 다녀와서 저들에게 익숙한 분입니다. 게다가 임금의 사돈입니다."

"좋소. 신안공을 보내오."

최우와 몽골은 종친인 신안공 왕전(王侁, 세자의 장인)이 갑곶에서 배를 타고 통진으로 건너가 사절을 맞는 것으로 서로 양보해 일이 성사됐다.

그때부터 여몽 사이에 실무교섭이 시작됐다.

신안공의 설명이었다.

"우리 고려의 입장은 이렇소. 우리가 몽골에 조공을 바치는 조건만으로 몽골군이 철수하면 적절한 시기에 출륙 환도와 국왕 입조를 단계적으로 실행해 나가겠다는 것이오."

그러자 두오케가 말했다.

"우리 몽골은 고려를 믿을 수가 없소. 우리는 고려의 출륙을 확인한 다음에야 철군할 수 있소."

고려의 '선철군 후출륙'과 몽골의 '선출륙 후철군'이 맞섰다. 결국 실무협상은 결렬됐다. 그러나 전투는 재개되지 않고 있었다. 그 대신 몽골군에 의한 양민학대와 재산약탈은 계속됐다.

이번 아무칸의 군사는 전투보다는 주로 약탈을 일삼으면서, 겉으로는 종전의 출륙 환도를 내걸고 외교적 압력을 계속하는데 그쳤다.

쿠유크에 의한 정벌전쟁인 몽골의 제4차 침공은 종전과는 성격이 좀 달랐다. 몽골은 이렇다 할 침공의 이유나 명분을 내놓지 않았을 뿐만 아니라 군사력도 그리 많지 않았다. 쿠유크의 성격이 나약한 데다 바투와의 경쟁으로 경황이 없었기 때문에 원정원칙을 제대로 세우지 못한 탓인 듯하다.

아무칸 몽골군의 침공은 고려의 정벌보다는 몽골 귀족들의 사욕을 채워주기 위한 물자 탈취를 목적으로 한 약탈전쟁이었다.

황제의 횡사

카라코럼에서 황가의 갈등관계가 전파되자 러시아에 있는 칭기스의 장손 바투(Batu, 拔都, 조치의 맏아들)가 분개했다.

"쿠유크는 원래 그럴 놈이다. 다칸이 됐으면 나라를 단결시켜 제국을 발전시켜 나갈 일이지 고작 사적인 보복전을 일삼아 황실까지 쪼개 없애자는 것인가."

이런 비난은 바투와 쿠유크(Kuyuk, 貴田) 사이에 황위(皇位)를 둘러싼 권력투쟁으로 발전됐다.

"그럴 줄 알았다. 그러나 내가 승인하지 않는 한, 누구도 대 몽골제국의 다칸이 될 수는 없다. 쿠유크 따위가 무슨 다칸이란 말인가. 더구나 앞으로 오고데이 가(家)의 계통이 아니면 황제가 될 수 없다고 했다는데, 이런 결의는 전체 몽골 황족과 귀족들에 대한 모욕이다. 그건 쿠릴타이의 권한을 제한하는 도전이다. 그것은 당연히 불법이고 무효다."

그러면서 바투는 킵차크의 초원에다 자신의 조정을 세웠다. 그리고는 계속 군사력을 강화하면서, 그 지역과 러시아 그리고 유럽의 점령지에 대한 정치적인 지배권을 확립해 나갔다.

바투의 킵차크는 이제 하나의 거대한 국가였다. 쿠유크의 몽골에 대항할 강대한 제국의 탄생이었다.

러시아로부터의 소식을 듣고 황제 쿠유크는 화가 났다.

"메르키트 계의 피가 우리 황실에 들어와 섞이더니, 드디어 그들이 이젠 조정을 꾸미고 나라를 세운다고? 바투가 제국에 대해 반역을 범하고 있구나. 짐은 러시아와 함께 바투를 쳐서 아주 없앨 것이다."

그러면서 쿠유크는 러시아의 왕자 네프스키(Alexander Nevsky)를 카라코럼으로 초청했다. 네프스키는 쿠유크의 즉위식에 왔던 야로슬라프 2세의 아들이다. 몽골의 황권투쟁의 내막을 알 길이 없는 네프스키는 카라코럼을 향해 떠났다.

네프스키는 도중에 바투 조정이 있는 킵차크의 도읍지 사라이(Sarai)로 갔다. 사라이는 카스피아 해 북쪽의 볼가강 동안 초원에 자리 잡고 있었다. 그는 사라이의 거대한 천막도시를 보고 감탄했다.

"이 초원에 어떻게 이런 거대하고 번성한 도시가……"

네프스키는 바투의 게르로 들어갔다. 네프스키는 바투에게 자기가 몽골에 가는 배경을 설명했다.

바투가 대뜸 말했다.

"갈 필요 없소. 쿠유크가 나를 치려하고 있어요. 러시아의 힘을 빌려 나를 동서에서 협공하려는 것이니, 가지 말고 바로 돌아가시오."

러시아에게 바투는 가깝고 쿠유크는 멀었다. 네프스키는 재빨리 판단했다.

"알겠습니다. 바투 공의 의견에 따르겠습니다."

네프스키는 발길을 돌렸다.

그 과정을 전해 듣고 쿠유크도 분노했다.

"이 같은 바투의 언행은 우리 대 몽골제국에 대한 반역이고 다칸 쿠유크에 대한 도전이다. 바투는 절대로 용서할 수 없다."

쿠유크는 바투와의 일전을 결심했다. 그는 전쟁준비를 갖추어 1248년(고종 35년) 드디어 군사를 이끌고 서쪽으로 떠나면서 말했다.

"나는 피곤하다. 서쪽 휴양소로 가서 쉬다 오겠다."

쿠유크는 겉으로는 휴양 차 자신의 속지인 에밀(Emil, 지금의 중국 신강성)로 가는 것으로 했다. 바투를 불의에 기습하기 위한 위장이었다.

그러나 쿠유크와 경쟁관계에 있던 소르칵타니(Sorqoqtani Beki)가 이를 알고 바투에게 밀사를 보냈다.

소르칵타니는 케레이트 임금 옹칸의 조카딸이다. 바투의 어머니인 조치의 아내 차우르 베키는 소르칵타니와는 4촌간이었다.

게다가 소르칵타니와 차우르는 프레스터 존(Prester John, 옹칸) 집안의 아녀자들답게 독실한 기독교 신자였다. 이런 혈족관계와 종교의식으로 소르칵타니와 바투 집안은 서로 가까워질 수밖에 없었다.

칭기스의 막내 아들 톨루이(Tolui, 拖雷)가 1233년 금나라 원정 중에 사망한 뒤로 소르칵타니는 미망인이 되어있었다.

소르칵타니는 항상 목표가 분명했고, 목표 달성을 위한 치밀한 계획도 준비되어 있었다. 그 때문에 나이가 들수록 그녀의 영향력은 증대됐다.

몽골비사는 소르칵타니를 '실로 지성이 넘치고 유능하며 세상의 여성 중에서 머리 위에 높이 솟아나 있는 인물이었다'고 소개한다.

그 때문에 남편 톨루이가 사망했을 때, 오고데이는 소르칵타니를 자기 아들 쿠유크와 결혼시키려 했다. 숙모와 조카를 결합시키려 한 것이다. 오고데이의 꿈은 자기 집안과 톨루이 집안이 정치적 연합동맹을 체결하는 것이었다.

"황은에 감사합니다. 그러나 저는 제 아이들을 키워야 하기 때문에 결혼을 받아들일 수가 없습니다."

소르칵타니는 이런 말로 오고데이의 제의를 거절했다. 그러나 그것은 자식 교육이라는 어미로서의 본능보다는 정치적 타산에 의한 판단이었다.

그때 칭기스의 네 아들 중 맏이인 조치와 막내인 톨루이는 이미 죽었고, 둘째 차가타이와 셋째 오고데이는 아직 살아서 제국의 실권을 쥐고 있었다. 소르칵타니는 차가타이와 오고데이 형제가 연합하여 제국을 자기네 뜻대로 이끌어 가면서 국가의 관직과 특권을 자기네끼리 나눠 가지고 있는 데 대해 불만이 컸다.

더구나 소르칵타니는 남편 톨루이가 금나라 원정 때 황제 오고데이에 의해 독살된 것으로 생각하고 오고데이 일가에 대한 원한을 가지고 있었다.

그러나 미망인으로서 어린 아들들을 거느리고 있는 소르칵타니로서는 아들들이 성장할 때까지 죽어지내는 것이 현명하다고 생각하고 조용히 참으며 살아왔다.

톨루이-소르칵타니 사이에는 몽케·쿠빌라이·홀레구·아릭부케 등 아들이 네 명이었다. 그 아들들이 모두 성장해서 이제는 당당히 자리 잡고 있었다. 그중 맏아들 몽케는 쿠유크·바투 등과 함께 유럽전선에 출정했었다.

소르칵타니는 함께 소외돼 있던 조치 가(家)의 바투에게 심정적으로 기울고 있었다. 바투도 그런 점에서는 마찬가지였다.

바투는 숙부인 차가타이-오고데이 형제를 미워하면서 톨루이 가에 대해서는 연민의 정을 느끼고 있었다. 바투(조치)-톨루이 두 집안은 외가가 같은 씨족이라는 점과 기독교 신자라는 점, 집권자들에 의한 공동의 피해자라는 생각으로 서로 가까이 지내왔다.

이런 황가의 전횡과 정치적인 유대관계는 쿠유크에 의해 상속되어 계속되고 있었다.

소르칵타니는 자기에게 적대적인 쿠유크가 바투를 치러 떠나자 사람을 보내 이를 바투에게 알려주려 했다.

소르칵타니의 밀사가 급히 말을 달려 킵차크 초원의 바투 군막으로 달려갔다. 바투가 그를 맞아들여 따뜻이 대접했다.

"어쩐 일인가?"

"톨루이가(家)의 소르칵타니 마님께서는 오고데이 폐하와 토레게네(脫

列픔邢) 섭정, 그리고 지금의 쿠유크 다칸에 이르기까지 많은 피해와 말할 수 없는 고통을 당해오셨습니다."

"나도 잘 안다. 다 차가타이-오고데이 가계(家系)의 동맹관계에서 오는 황실의 분란이자 분열이다. 그들은 국권을 독천하여 중요한 자리와 권익을 독점했다. 그런 점에선 우리 조치 가도 톨루이 가와 마찬가지로 피해자다."

"그래서 마님께서는 저를 특별히 보냈습니다. 쿠유크 황제는 본국에 있는 군사를 동원하여 이쪽으로 출발했습니다. 황제는 휴양 떠난다고 내걸었지만 실은 휴양이 아니고 사마르칸트(Samarkant, 지금의 Uzbekistan 고도)로 우회하여 이쪽으로 와서 킵차크와 바투 전하를 공격하려는 것입니다."

"그런가? 고맙네. 소르칵타니 숙모께 감사드린다. 가서 염려 마시라고 전하게."

바투는 소르칵타니의 전갈을 받고는 즉시 날래고 용감한 전사 20명을 뽑아 자객단을 조직해서 사마르칸트로 보냈다. 바투의 군단에서 가장 능하다는 검객·궁사·씨름꾼 등으로 구성된 정예집단이었다.

자객단을 보내면서 바투가 말했다.

"실패하는 날이면 동족끼리 큰 전쟁이 벌어지고, 우리는 어디에고 설자리가 없다. 오늘의 제국도 분열되고 킵차크 울쿠스도 잃고 만다. 한치의 실수도 없도록 치밀하게 번개 치듯이 해치워라!"

"예, 전하. 염려하지 마십시오. 저희를 믿고 편히 계십시오."

"너희들을 믿는다. 임무를 성공적으로 수행하라."

자객단을 보내놓고 바투는 만일의 사태를 고려하여 군사를 동원해서 동쪽으로 나갔다. 아랄해(Aral sea, 호수) 북쪽의 초원지대에 주력 군사를 주둔시키고 그 남쪽으로는 정예부대를 전위대로 삼아 매복시켜 쿠유크가 도착하기를 기다렸다. 바투는 자신의 생사와 조치 가의 운명, 킵차크의 생존, 몽골의 흥멸을 걸어놓고 일대 회전을 각오하고 있었다.

쿠유크는 1248년 4월에 사마르칸트에 도착했다. 그는 휴양하는 것으로 위장하고는 킵차크를 공격할 작전계획을 세워 장수들과 협의하면서 군사 훈련을 계속하고 있었다. 그러나 쿠유크는 며칠 뒤 거기서 사망했다. 바투의 자객단이 도착하기 며칠 전이었다. 재위 1년 8개월이었던 쿠유크는 그때 43세. 그의 사망은 극비에 부쳐졌다.

고려에서는 몽골 황제 정종이 죽었다는 사실을 9개월 뒤인 이듬해 정월에 알았다. 고종 36년(1249) 1월 5일에 북계병마사 노연(盧演)이 쿠유크가 사망했다는 급보를 강도로 보내와서 알 수 있었다.

쿠유크의 사인은 부친인 오고데이와 똑같이 과음으로 알려졌다. 그러나 바투가 보낸 자객에 의한 것이라는 주장도 유력하게 전해지고 있다. 어쨌든 쿠유크가 급사함으로써, 바투와 쿠유크 사이에 벌어질 뻔했던 내전은 방지됐다. 4촌간의 치열한 권력 투쟁도 거기서 끝났다.

그러나 분쟁의 소지가 소멸된 것은 아니었다. 쿠유크가 사망함으로써 몽골은 또 한 차례 황위를 둘러싼 권력투쟁의 소용돌이에 말려든 것이다.

1241년(고종 28년) 12월, 몽골의 제2대 황제 오고데이가 사망했을 때는 황후 토레게네가 섭정이 되어 황권을 대행했었다. 1248년 4월 쿠유크가 서거하자, 이번에는 그의 부인인 황후 카이미쉬(Qaimish, 海迷失)가 선례에 따라 섭정이 되어 황권을 대행했다. 카이미쉬는 메르키트 족 출신이다.

쿠유크가 살아있는 동안 몽골의 모든 귀족·장수·대신들은 일사불란(一絲不亂)하게 다칸과 황후에게 충성을 바쳤다. 그러나 쿠유크가 죽자 충성의 대상을 잃은 부하들은 제각기 자기 파벌과 연고에 따라 충성을 바쳤다.

그 때문에 황후 카이미쉬가 비록 섭정이 됐지만 그 힘은 약할 수밖에 없었다. 게다가 카이미쉬는 시어머니 토레게네처럼 현명하거나 술책이 뛰어나지도 않았다. 그는 과감하지만 무모한 편이었다.

어머니 힘으로 무난히 황위에 오를 수 있었던 쿠유크는 후계문제에 손을 쓰지 못하고 단명했다. 그 때문에 그가 죽은 뒤 누가 그의 뒤를 이어 다칸이 될 것인가를 둘러싸고 다시 황위분쟁이 일어났다.

이번 권력싸움은 황후 카이미쉬와 황모가 되려는 소르칵타니 사이에 일어났다. 동서들의 '여성전쟁'이었다.

몽골의 사태가 이렇게 되자, 몽골의 제4차 고려침공군 사령관인 아무칸은 고려가 제시한 조건을 그대로 받아들인다고 통고하고 서둘러서 군사를 이끌고 철수했다. 이로써 제4차 몽골 침공도 끝났다. 몽골군들이 고종 34년(1247) 7월 압록강을 건너온 지 1년 만이었다.

제 5 장
고려의 권력교체

최우의 죽음

몽골 황제가 죽어 권력투쟁이 치열하게 벌어지고 있을 때, 고려에서는 집정자 최우가 병으로 죽어가고 있었다.

그때 최우는 진양부(晉陽府)에 머물러 있었다. 진양부는 진양공이라는 작위를 받은 최우의 관부(官府)로서, 강화성 동쪽의 견자산(見子山) 기슭에 있었다.

임종이 가까워 오자 최우는 충성과 의리로 자기를 섬겨 온 가신들을 들게 했다. 그때 진양부에서 최우를 지키고 있던 가신 이공주와 최양백·김준이 들어섰다. 최우가 힘이 빠진 눈빛으로 그들을 맞아들이면서 힘겨운 목소리로 말했다.

"그 동안 그대들의 수고가 많았소. 나는 아무래도 오래 견디지 못할 것 같소. 나의 마지막 부탁이오. 최항(崔沆)을 잘 보살펴서 나라가 안정되게 해 주시오."

셋은 눈물을 글썽거리면서 대답했다.

"예, 어르신. 심려하지 마십시오."

"당연히 그리 할 것입니다."

"힘을 내십시오, 영공 어르신."

최우가 다시 입을 열었다.

"고맙소. 최항은 이곳에 오지 말고 집에 머물러 있게 하시오. 선친께서 돌아가실 때 나도 그리 해서 임종을 못했소."

"예, 영공."

그때 최우의 임종이 가까워졌다는 말을 듣고 추밀원 지주사(知奏事, 정3품)로 올라 있는 아들 최항이 군대를 인솔하고 진양부로 갔다.

최양백(崔良伯)이 나서서 말렸다.

"지금 진양공의 병이 매우 위독하여 사람을 면대할 수 없습니다. 여기는 우리에게 맡기시고 지주사께서는 자택에 머물러 계시면서 신변 안전을 도모하십시오."

최항이 머뭇거리자 이공주(李公柱)가 말했다.

"지금은 비상시기입니다. 지금으로서는 그렇게 하심이 좋겠습니다. 우리에게는 앞으로 이삼일이 중요합니다."

최항이 말했다.

"부친이 위독하신 줄 알면서 자식으로서 어떻게 병문안을 안 할 수 있겠소."

김준(金俊)이 나섰다.

"진양공 어르신께서 저희들에게 지주사의 후사를 당부하시면서 문병을 오지 못하게 하라고 말씀하셨습니다. 그리 하십시오."

김준의 말을 듣고서야 최항은 자기 집으로 돌아갔다.

집으로 돌아온 최항은 자택 경비를 강화하고 꼼짝 않고 집에 들어앉아 있었다. 최우가 최항의 권력 승계에 걸림돌이 될 방해세력을 많이 제거했지만 최항의 세력기반은 아직도 취약했다.

최우의 부인들에겐 아들이 없었다. 그의 기생첩인 서련(瑞蓮)의 몸에서 태어난 최항은 천계(賤系) 출신인 데다 오랫동안 승려로 나가 있어서 정치와는 거리가 있었다. 정계에는 아는 사람이 없고 믿을 사람은 더욱 없었다. 게다가 승려로 있는 동안은 행패가 심해서 인심도 잃었다. 그의 경쟁자였던 김약선·김미 부자를 지지하는 세력이 아직도 뿌리 깊었다.

이래서 도성에서의 세력이 약할 수밖에 없었던 최항은 최우가 죽게 되자 몹시 불안했다.

최우가 병석에 누워있을 때, 최우를 떠받쳐 온 도방과 정방·도감의 최씨 측근 세력들은 둘로 나뉘어 있었다. 하나는 왕권통치를 지지하는 왕정파이고, 다른 하나는 무인통치의 지속을 희망하는 군정파였다.

왕정파(王政派)는 온건파 중심의 '왕정복고파' 다. 지이부사(知吏部事)로 있는 주숙(周肅, 상장군)을 우두머리로 하여 김효정(金孝精, 장군), 이윤(李昀, 나주부사), 주숙의 사위인 최종필(崔宗弼, 장군) 등이 왕정파의 중심 세력이었다.

왕정파들은 최우의 후계자 최항을 불신했다. 최항은 자질이나 혈통으로 보아 국가의 집정자가 될 수 없다고 그들은 생각했다. 그래서 무인정권을 최우에서 끝내고 국권을 임금에게 돌려줌으로써 국정을 정상화해야 한다는 주장이었다.

군정파(軍政派)는 강경파 무인중심의 '최항옹립파' 였다. 중심인물은 최우로부터 후사를 부탁 받은 이공주와 최양백·김준 등이었다. 이들도 모두가 천민출신의 최씨 가신들이다.

그들은 최우의 권력을 최항에게 승계시켜 무인정권을 지속하고, 몽골과의 항쟁을 계속해 나가야 한다는 입장이었다.

최우의 병이 깊어져서 죽음이 임박해 오자 왕당파 영수인 주숙은 군정 종식의 때가 왔다고 생각하고 있었다.

최우의 동서인 주숙은 김효정과 최종필을 거느리고 야별초와 내외 도방(都房)을 영솔하여 사태를 장악한 다음, 일체의 국권을 고종에게 되돌려 줌으로써 왕정복고를 실현할 생각이었다.

조정의 많은 문신들이 주숙의 생각에 동조했다.

사태가 이렇게 급박하게 움직이고 있는 가운데 최우가 마지막 힘을 내어 말했다. 들릴까 말까한 희미한 목소리였다.

"대장경 판각은 어떻게 되었는가?"

"수기를 비롯한 여러 승려들과 경상도의 현지 수령들이 잘 진행하여 지금 절반 정도 이뤄졌다고 합니다."

"그 완성을 보지 못하고 죽는 것이 안타깝구나."

그렇게 말하면서도 최우는 아주 담담했고 표정은 고요했다.

"장경의 판각은 적군을 쫓아내고 나라를 지키기 위한 중요 국가사업이오. 그 사업을 위해 이미 나는 재산을 충분히 내놓았소. 아무쪼록 잘 돼야할 텐데. 대장경 재조가 잘 끝나도록 지원하시오."

소실된 대장경 재조에 남다른 집념을 가지고 있던 무인정권 집정자 최우는 그 말을 남기고 고종 36년(1249) 11월 5일 임신일에 강화경 진양부에서 숨을 거두었다. 고종 6년(1219) 9월 최충헌으로부터 그 권력을 승계한지 30년 만이었다.

몽골에서 쿠유크가 죽은 지 1년 뒤였다. 그때 몽골의 황족들 사이에서는 황위를 둘러싼 권력투쟁이 치열하게 전개되고 있었다.

최우는 최충헌으로부터 권력을 승계 받아 지도력을 발휘하여 이를 확고하게 지켜왔다. 그 때문에 국내에서는 최씨권력에 도전해서 이길 만한 세력은 존재하지 않았다.

몽골의 잇단 침공을 맞자, 최우는 장기항전 전략을 세워 수도를 강화로 옮기고 입보와 유격전으로 몽골에 맞서 나라를 지켜오면서, 한편으로는 외교협상을 계속했다.

최충헌이 최씨 권력의 창업자라면 최우는 그것을 성공적으로 수성해왔다. 그는 최충헌에 못지 않는 능력과 경륜·지략을 갖춘 권력자였다.

최우의 죽음에 대해 고종은 이렇게 논평했다.

최우의 죽음에 대한 고종의 칙지

짐이 즉위한 이후 병자년(고종 3년, 1216. 거란족의 침공)과 신묘년(고종 18년, 1231. 몽골의 제1차 침공) 이래 이웃의 적이 침입하여 환란이 계속됐다. 그 환란 가운데서, 짐은 전적으로 진양공 최우의 힘에 의존해서 유지해 왔다.

최우는 충성을 다하여 사직을 보위하고, 전략을 세워 사변을 제어했으며, 심지어는 몸소 승여(乘輿, 어가)를 받들고 바다를 건너 국도(國都)를 강화도로 옮겼다. 그리고 수년 사이에 궁궐과 관아를 모두 건설하고, 국법을 진흥시켜 우리 삼한을 다시 짜임새 있게 만들었다.

또 역대로 전하여 내려오던 진병대장경(鎭兵大藏經) 판각이 몽골의 적병에 의해 모두 불타버리고, 나라에서는 사고가 많아서 다시 만들 겨를이 없었다. 그런데 최우는 장경도감(藏經都監)을 따로 두고 자기 재산을 바쳐서 판각 조각을 거의 절반이나 완료하여 나라에 복을 주었다.

최우는 그 공로와 업적으로 사직을 편안하게 모시게 되었으니, 그 공훈은 자손만대에 걸쳐 결코 잊지 않을 것이다.[62]

최우가 죽은 지 2년 뒤였다.

기쁜 소식 하나가 고종에게 보고됐다.

"기뻐하십시오, 폐하. 이 강도와 저 남해에서 진행되어 온 대장경 판각 작업이 완료된다 합니다."

"오, 최우가 그렇게도 공을 기울이고 갈망하던 판각이 그가 가고 없는 이제야 끝나는구나. 몽골의 황권투쟁이 끝나 전운(戰雲)이 다시 움직이고 있는 이때, 대장경재조의 판각이 끝난다니 참으로 다행한 일이다."

고종은 대장경이 몽골의 침입을 막아줄 것이라고 확신하는 것처럼 기뻐하면서 물었다.

---

62) 이것은 최우가 사망한 지 4년 뒤인 고종 40년(1253), 최항을 문하시중 판이부사 어사대사 등에 임명하면서 발표한 표문과 이듬해 최우의 관작을 추증하면서 발표한 표문의 요약임.

"그 동안 세월이 얼마나 흘렀소?"

"16년입니다."

"오, 벌써 그리 됐는가. 어쨌든 사재를 내어 이 사업을 벌인 최우의 공이 크다."

"그렇습니다, 폐하."

"분량은 얼마나 되는가?"

"예, 총 1천 5백 38종에 6천 8백 44권으로 되어 있고, 경판의 수는 8만 1천 2백 40매라고 합니다."

"오, 과연 방대한 장경이다. 이 사업을 주관한 대장도감의 수기(守其) 이하 도감 승려들의 노고가 많았다."

"대장도감의 보고에 의하면 이만한 장경은 아직 세상의 어떤 나라에서도 나오지 않았다고 합니다."

"오, 그래? 과인이 당초에 천하제일의 장경을 만들라고 당부했었다."

"도장에서 폐하의 명을 잘 받들어 노력한 결과입니다. 더구나 자형(字型)은 구양순(歐陽詢) 필체로 통일했는데, 수많은 판각수들이 남해와 강화의 여러 판각장에 흩어져서 장경판을 판각했습니다. 그럼에도 모두 한 사람이 쓴 것같이 필체가 똑같을 뿐만 아니라, 구양순이 직접 쓴 것같이 구양순 필체를 꼭 빼어 닮았고, 한 자 한 자가 모두 신기가 아니면 쓸 수 없는 명필이라고 합니다."

"음, 우리 고려 백성들. 참으로 대단하구나."

"글자와 내용에 착오가 없도록 하기 위해 장경도감의 도승통(都僧統) 수기(守其)는 스스로 밤을 새워가며 수십 차례를 읽으며 고치고 바로잡았다고 합니다. 그 때문에 마지막으로 그 장경을 교열한 다른 학승들이 세밀히 읽고도 내용이나 자구 어느 한 군데도 잘못을 찾아내지 못했다고 합니다. 이 장경은 세계에서 으뜸가는 우리 고려의 자랑입니다."

"음, 그래? 과연 훌륭하다. 이 장경 재조가 그렇게 성공적으로 끝난 것은 최우와 수기 이하 승려들의 노력과 불력이 도와서 그리된 것이다."

"그렇습니다, 폐하."

"허면, 부처에게 감사하고 최우의 공로와 수기의 노고를 치하하기 위해 곧 성대하게 재를 올릴 것이니 빨리 법회 준비를 서두르도록 하라."

고종 38년(1251) 9월 5일, 날씨마저 청명하고 좋은 날이었다. 고종 임금을 비롯해서 왕족·양반·군신들과 수많은 승려들, 그리고 다수의 백성들이 모인 가운데 대장도감에서 성대하고도 화려한 기념법회를 가졌다.

이 신조 대장경판은 대장도감이 있는 강화군 선원면의 선원사(禪源寺)에 보관됐다. 지금 해인사에 소장돼 있는 팔만대장경이다.[63]

---

63) 팔만대장경의 글씨에 대해 후일 조선조의 명필이자 문장가·실학자인 추사 김정희(金正喜, 1786-1856)는 "어찌 사람이 이같이 쓸 수 있겠는가. 이것은 사람이 쓴 것이 아니고, 마치 선인들이 쓴 것 같다"고 찬탄했다.

권력은 최항으로

주숙이나 그의 왕정파들은 이론가들일 뿐이었다. 생각만 있고 실천이 없었다. 최우가 죽었음에도 그들은 아무런 행동도 취하지 못했다.

왕정복고파가 이렇게 결단을 내리지 못하고 주저하는 것과는 반대로, 군정파는 최항 지지세력을 결속해서 최항을 최우의 후계자로 추대할 태세를 갖춰놓고 실천해 나가고 있었다. 최우가 죽자 최항 옹립파 70여명은 곧바로 최항의 집으로 가서 최항을 호위하기 시작했다.

이런 군정파의 움직임을 전해 듣고서야, 주숙이 김효정과 최종필을 불렀다.

"빨리 군사를 동원하라. 저들이 최항을 추대하려 한다. 나는 임금에게 가서 수권(授權)을 발표하도록 할 것이다."

그러나 김효정이 주저하며 말했다.

"우리는 아직 준비가 안 되어 있으나 저들은 이미 군사들을 동원해 놓고 있습니다. 우리가 군사를 움직이면 유혈을 피할 수 없습니다."

"그러면 왕정복고를 그만 두겠다는 것인가?"

"현재로는 불가능합니다."

최종필도 나섰다.

"그렇습니다, 장인어른. 군정파가 이미 자기네 군사를 동원해 놓았는데, 우리가 그걸 알고 뒤늦게 군사를 동원한다면 명분도 약하고 저들에게 도전하는 것이 됩니다. 그렇게 되면 도방끼리 서로 피를 보게 될 것이 명약관화(明若觀火)합니다."

왕정파는 군정파의 반대를 힘으로 극복해야만 왕정복고라는 그들의 뜻을 실현할 수 있었다. 그러나 주숙 이하 대부분의 왕정파 인물들은 명분은 뚜렷했으나 행동력이 없었다.

더구나 그 중심인물인 주숙은 동서인 최우의 우대를 받았다. 평소에 최항에 대한 최우의 부탁도 있었다.

주숙은 천성이 경박하여 덜렁대기를 잘 했다. 거기에 허풍도 심했다. 그 때문에 그의 주변에는 쓸 만한 사람들이 모여들지 않았다. 그런 것이 왕정파의 행동을 제약했다.

최씨 진영 안에서 서로 피를 흘려서는 안 된다는 사위 최종필의 말을 듣고, 주숙은 쉽게 단념했다.

"알았다. 그러면 도방이 분열되지 않고 하나로 뭉치도록 하라. 이럴 때 우리 도방이 분열돼서는 안 된다."

선수를 빼앗긴 주숙은 왕정복고를 단념하고, 최씨정권 안에서 이미 누려온 기존의 도방중심 권력체제에 안주키로 했다. 결국 왕정파들은 최항 옹립파에 합류했다. 기득권세력 내부에서의 체제개혁은 결국 물거품이 됐다.

이렇게 해서 최우에서 최항으로의 권력계승은 큰 혼란없이 이뤄졌다. 남은 것은 임금에 의한 공식적인 승계절차뿐이었다.

최항은 도방 군사들의 옹위를 받으며 복상(服喪)한 지 이틀만에 장례를 끝내고 상복을 벗었다. 그러나 임금의 승인이 나올 때까지 방안에 계속 들어앉아 있었다.

최항은 집에 머물러 있는 동안 최우의 젊은 첩들을 차례로 불러 간음하고 있었다. 많은 여인들이 방에 들어가기를 피했다.

"우리는 최우 공의 여자지, 그 아들의 여자는 아니다."

"엄격히 따지면 최항은 그의 아버지 최우 공을 모셔온 우리의 아들이 아닌가."

"우린 비록 첩실이지만 아들 격인 최항의 방에 들어가 옷을 벗을 수는 없다."

이들 수절과 여인들은 몸이 불편하다거나 자리에 없다는 핑계를 대고 최항의 수청을 피했다. 그렇게 최항의 부름을 거부한 최우의 첩실은 삼십 명이 넘었다.

최항이 대노했다.

"아니, 이것들이 내 말을 거역해? 세상이 바뀌는 줄을 모르는 어리석은 것들이구나."

측근 한 사람이 변명하고 나섰다.

"여자들은 달마다 앓는 병이 있습니다."

"그런 자들도 있을 테지. 그러나 내가 부르면 불문곡직(不問曲直)하고 일단 들어와서 처분을 기다려야 옳지 않겠는가."

"또 그 동안 섬겨오던 영공께서 승하하셨으니 첩실인들 어이 가슴에 슬픔이 없겠습니까?"

"저들의 슬픔이 아무리 크다 한들 자식인 내 슬픔보다야 더 하겠는가."

"때가 때인지라 저들도 지금 일이 많고 바쁩니다. 너그러이 혜량하여 주십시오."

"할 일이 많고 바쁘다니? 저들이 아무리 바쁘다한들 후계자인 나보다야 더 하겠는가."

"영공이 영면하셨으니 첩실들도 각자 정리할 신변의 일이 있지 않겠습니까? 남이 보면 그것이 하찮은 일 같을지 모르나, 저들에게는 운명에 관한 문제들입니다."

"저들의 운명은 내가 정할 일이 아닌가. 듣기 싫다. 물러가라."

고종은 최항에게 추밀원 부사·이부상서·병부상서·어사대부·태자빈객 등의 벼슬을 주었다. 며칠 후 고종은 다시 최항에게 동서 양계의 병마사와 교정별감의 벼슬을 추가해 겸직토록 했다.

최항은 국경방어군 총책을 담당함으로써 병권을 완전히 장악했고, 행정부서의 차관직을 담당함으로써 행정통제권을 쥐었다. 여기에 감찰원차장직을 받아 국정 전반을 감시·견제할 수 있었다. 그 위에 태자빈객이 됨으로써 차기 임금을 보호 육성할 수 있게 됐다.

더구나 당시의 국가권력의 장악기관인 교정별감이 됨으로써 국정 전반에 걸친 결정권을 행사할 수 있었다. 이로써 최항의 권력은 이제 정권과 군권 모두가 확고하게 굳어졌다.[64]

고종은 다시 칙지(勅旨)를 내려 최항의 입지를 확고히 해 주었다. 칙지의 요지는 이러했다.

최항에 대한 고종의 칙지

황고(皇考, 고종의 부왕인 강종)께서 임금의 자리에 계실 때와 과인이 즉위한 이후로, 진양공 최우가 좌우에서 왕실을 보필했기 때문에, 자기 부모를 우러러보는 것처럼 삼한에서 우리 왕실을 우러러보게 하였다. 그러나 이제 최우가 갑자기 세상을 떠나서 의뢰할 곳이 없게 되었다. 그의 아들 추밀원 부사 최항이 대를 이어 진정(鎭定)하니, 품계를 건너뛰어 그에게 정승의 직위를 제수한다.

이로써 최우로부터 최항으로의 권력승계 절차는 공식적으로도 완전히 종료됐다. 최항은 이제 최씨 정권의 제3대 집정자로서 최충헌-최우 부자가 행사했던 권력을 합법적으로 물려받았다.

---

64) 최항이 맡은 직권을 현대의 정부직계와 비교하면 대충 다음과 같다. 추밀원부사-청와대비서실장장, 이부상서-내무차관, 병부상서-국방차관, 어사대부-감사원차장, 동계병마사-1군사령관, 서계(북계)병마사-3군사령관, 교정별감-무인정권 집정관.

권력승계를 마친 최항의 제2단계 과제는 반대파의 숙청이었다. 굳이 반대파만 숙청한 것은 아니다. 최항은 너무 유명해서 부담스럽게 생각되는 나라의 공신들까지도 제거했다.

그가 제일 먼저 제거한 것은 민희(閔曦, 지추밀원사)와 김미의 숙부인 김경손(金慶孫)이다. 최항은 전국적으로 존경 받던 이들을 먼 섬에 유배했다. 최환(崔峘, 좌승선)·김안(金安, 장군)·정홍유(鄭洪裕, 지유)도 이때 유배됐다. 그중 김경손은 고종 36년(1249) 11월 백령도로 귀양 보냈다. 이들은 모두 최우의 신임을 받던 국가의 공신들이다.

최항은 부친 최우의 시첩들 중에서 자기의 수청을 회피한 30명도 이때 귀양보냈다.

최항의 두 번째 제거 대상은 왕정파들이었다. 그 첫 목표는 왕정파의 수령인 주숙이다. 주숙은 최우의 동서이기 때문에 최항에게는 이모부가 된다. 그러나 주숙이 왕정복고를 시도했다는 이유로 최항은 그를 웅천(熊川, 지금의 충남 공주)에 유배했다. 주숙은 자기를 모함한 것은 같은 왕정파였던 김효정(金孝精, 장군)일 것이라고 생각했다. 그래서 '김효정이 나와 마음을 같이하여 왕에게 복정(復政)시키려 했었다' 고 발설했다.

김효정이 당황하여 변명했다.

"무슨 소리야. 내가 나서서 왕정복고를 반대하고 주숙 상장군과 그 사위 최종필 장군을 데리고 최항 장군 댁으로 가서 합류했는데……"

그러나 최항은 그 말을 받아들이지 않았다.

"당초 왕정복고를 생각한 것 자체가 죄다. 김효정·최종필·이윤도 용서할 수 없다."

김효정도 멀리 유배했다. 화가 난 최항은 그래도 직성이 풀리지 않아서 유배중인 주숙과 김효정에게 다시 사람을 보내 그들을 물에 던져 죽였다. 그러나 주숙의 사위인 최종필(崔宗弼, 장군)과 이윤(李昀, 나주부사)은 유배하는데 그쳤다.

권력자 최우의 사위와 아들들

최우의 정실부인 하동 정씨에게는 아들이 없었다. 그러나 기생출신의 첩실인 서련(瑞蓮)과의 사이에는 최만종(崔萬宗)·최만전(崔萬全) 형제가 있었다. 최우는 그들이 천인출신이라 후계자로 삼을 수가 없었다. 그래서 그는 사위인 김약선(金若先)을 후계자로 삼아, 높은 지위와 넓은 권한을 주었다. 김약선은 귀주성에서 몽골군을 격퇴한 명장 김경손의 형이다.

김약선이 후계자가 되자, 최우는 두 아들을 절로 보내 중으로 만들었다. 그 무렵 고종은 김약선의 딸을 태자비로 삼았다. 김약선의 권력이 강해지자, 최우가 이를 경계하기 시작했다. 이때 최우의 두 아들은 백성을 탄압하여 재물을 끌어 모아 지방 수령들이 진정서를 올렸다. 관료들은 진상을 조사했다. 아들들은 김약선이 자기들을 견제하기 위해 하는 짓이라고 하면서 구해 달라고 최우에게 호소했다.

김약선의 처 최씨는 성격이 괄괄하고 성욕이 강했다. 그는 하인들을 불러 수시로 잠자리를 같이했다. 그 현장을 들키는 일이 생겼다. 그러나 김약선은 이것을 문제 삼지 않고 넘겼다. 그러다가 어느 날 김약선이 최우가 거느리고 있는 기녀들을 불러 술판을 벌이고 음행을 저지른 적이 있었다. 부인 최씨가 이것을 최우에게 일러바쳤다. 남편 김약선이 태자를 믿고 정변을 일으켜 최우를 제거할 계획을 세우고 있다고 말했다. 최우는 김약선을 처형했다. 최우는 둘째아들 최만전을 후계자로 삼았다. 최만전이 개명하여 최항이 됐다.

그러나 김약선의 정변 음모가 사실이 아님이 뒤에 밝혀졌다. 최우는 혐의 사실을 철저히 가리지 않고 사위를 처형한 것을 후회하고, 딸을 멀리하여 만나지 않는 한편, 김약선에게 장익공(莊翼公)이라는 시호를 추서했다.

피를 부른 권력교체

　최항은 계모인 대씨 부인이 권력강화를 기도하던 김미를 돕고 자기를 편들어주지 않았다는 이유로 그의 택주작호(宅主爵號)를 삭탈하고 재산도 빼앗았다. 대씨는 최우시대의 권세가였던 대집성의 딸로 최우의 후실이 되어 있었다.

　최항은 대씨의 전실 남편 소생인 오승적(吳承績, 장군)을 죽이려고 측근을 불렀다.

　"오승적도 살려둬서는 안 된다. 그는 모친 대씨나 김미와 함께 반역을 음모했다. 그놈을 잡아다가 어복장(魚腹葬)[65]을 지내라."

　어복장은 '물고기 뱃속에 장사 지낸다'는 말로, 강이나 바다에 빠뜨려 죽인다는 뜻이다. 이 수장(水葬)은 고려에서 널리 행해지던 형벌이다.

　최항의 명령에 따라 황포창준(皇甫昌俊)이 이끄는 군사들이 오승적을 강화도 남쪽의 마리산(摩利山) 앞 바다로 끌고 가서 바다 물속에 던졌다.

　그러나 마침 그해 겨울이었고 밤이 어두운 데다 조수도 밀려나가 물이

---

65) 어복장(魚腹葬); 고기 뱃속에 장사지낸다는 뜻. 수장(水葬) 익사(溺死) 등과 동의어로 쓰인다. 우리 속담 '어복에 장사지내다'는 바로 이 어복장이다. 허장어복(虛葬魚腹, 헛되이 고기 뱃속에 장사지냄)이라고도 한다.

얕았다. 날씨마저 몹시 추웠기 때문에 개펄이 얼어붙어서 오승적은 걸어서 살아나올 수 있었다.

오승적은 그 길로 몰래 개골산(皆骨山, 금강산)[66]에 들어갔다. 오승적은 금강산의 어느 절로 들어가 머리를 깎아 승려로 변장하고 있으면서, 그의 모친 대씨에게 편지를 보냈다. 그러나 이 편지를 대씨집의 노비가 보고 사람들에게 말하여 누설됐다.

최항은 사람을 금강산으로 보내 오승적을 다시 잡아다가 강물에 던져 죽였다. 이때 최항은 오승적을 바다에 던져 살해하는데 실패했다는 이유로 황보창준 등 6명도 목을 베어 죽였다.

최항은 자기의 계모이자 오승적의 생모인 대씨도 유배했다가 아주 살해했다. 이때 대씨의 족친과 노비 등 70여 명도 살해되거나 유배되어 대씨는 멸문의 화를 당했다.

최항이 백령도로 유배한 김경손(金慶孫)은 몽골군과 싸워 귀주성을 지키고, 그 후 나주의 초적들인 이연년(李延年) 형제의 백제재건 반란을 진압한 전쟁 영웅이었다.

김경손은 최우의 사위 김약선의 동생이고 김미의 숙부다. 그런 점에서 최씨가와는 사돈이었다. 그러나 그들은 모두 최항의 미움을 샀다. 김약선과 김미가 모두 최항의 권력 경쟁자였기 때문이다.

그러나 김경손은 김미가 정변을 기도할 때, 오히려 자기 집안을 지키기 위해 이를 최우에게 알려서 정변을 저지시켰다. 그것은 결과적으로 최항의 집권을 가능케 한 것으로 최항은 오히려 김경손에게는 감사해야 할 처지였다.

그러나 최항은 대씨 부인 일족을 숙청하면서 김경손이 오승적의 인척이 된다는 사실을 알았다.

"그런 줄을 미처 몰랐구나. 엎친 데 덮친 격이다. 잘 됐다. 이런 기회에

---

66) 개골산; 겨울 금강산의 별칭. 금강산은 계절마다 별칭을 가지고 있다. 봄에는 원명대로 금강산(金剛山)이고, 여름에는 봉래산(蓬萊山), 가을에는 풍악산(楓嶽山), 겨울에는 개골산(皆骨山)이라 했다.

과거의 공로만 믿고 기득권을 누리려는 자들은 모두 없애야 한다. 송길유 장군, 그대가 김경손에게 가시오."

"예, 장군."

"나는 송 장군의 능력을 믿소. 알아서 하시오."

이래서 최항은 고종 38년(1251) 3월 어느 날 악명 높은 고문의 명수 송길유(宋吉儒, 장군)를 백령도로 보냈다.

송길유가 왔다는 말을 듣고 김경손이 말했다.

"오늘 나는 죽는구나. 사람이 아무리 공이 커도 시대가 바뀌고 사람(집권자)이 바뀌면 그 운명도 바뀌게 돼있다. 오늘은 나의 운명의 날이다."

송길유는 김경손을 잡아다 소용돌이치는 그곳 바다에 던져 넣어 죽였다. 김경손이 죽은 곳은 심청(沈淸)이 제물로 바쳐졌다는 백령도 앞바다의 인당수(印塘水)다.

최항은 또 자기가 승려로 있을 때 형부상서로 있으면서 최우에게 자기의 비행을 보고한 박훤(朴暄)을 다음 목표로 정했다.

박훤은 기지가 있고 영민하며 언변이 좋아서 최우의 신임과 총애를 받던 측신이었다. 김창·송국첨과 함께 최우의 정방 3인방의 한 사람인 박훤은 최항의 비행을 말했다가 집안일에 간섭하여 내분을 일으켰다는 이유로 최우에 의해 멀리 흑산도(黑山島)로 유배돼 있었다.

말년에 최우가 '더불어 국정을 논할 상대로는 박훤만한 사람이 없다'고 해서, 그의 유배를 풀어서 강화도로 소환했다. 그러나 그가 돌아오기 전에 최우가 죽었다. 그 바람에 박훤은 강화로 돌아오지 않고 있었다.

그때 최항이 박훤에게 사람을 보내면서 말했다.

"박훤은 아버지의 총애와 신임을 믿고 우리 형제를 모함한 자다. 그 때문에 유배됐다가 얼마 전에 유배가 풀렸다. 그러나 내가 집권하자 그는 나를 꺼려하여 돌아오지 않고 있다. 이런 사악하고 괘씸한 자는 용서할 수 없다. 그런 자를 수고롭게 이 강화도까지 끌고 올 필요도 없다. 가서 없애도록 하라."

이래서 최항은 자기 무리를 보내 박훤도 바다에 처넣어 죽였다.

최항이 이렇게 사람을 무더기로 죽이자, 백성들 사이에 여론이 나빴다.

"바탕이 천하니까 성품도 천한 거야."

"천하게 자라서 정이 없는 모양이야."

하루는 최우의 처남인 정안(鄭晏, 참지정사)이 자기가 시관(試官, 과거시험 주관자)으로 있을 때 과거에 급제한 임보(林葆, 낭장)와 이덕영(李德英, 내시)·석연분(石演芬, 위주부사) 등과 모여서 시국 얘기를 한 적이 있었다.

그 자리에서 정안은 문생들에게 말했다.

"사람의 목숨이란 지극히 소중한 것인데, 지금의 최항은 합당한 이유도 없이 왜 이렇게 사람을 함부로 많이 죽이는지 도무지 이해할 수가 없어."

며칠 뒤 그들 정안의 문생들은 따로 임보의 집에 모여서 술을 마시며 역시 시국 얘기를 나눴다.

"영공이 새로 들어선 뒤로 아까운 사람들이 너무 많이 허망하게 죽었어."

"글쎄 말이야. 벌써 몇 명 째였나."

"죄를 지은 사람도 아니고, 국가를 다스리고 개혁을 해 나가는데 방해되는 사람들도 아니잖아."

"그뿐인가. 국가 공로자도 마구 죽였어."

"최항의 행위는 지극히 감정적이지. 자기에게 부담이 되는 원로 공신들과 자기 비위에 거슬리거나 개인적으로 원한이 있는 사람들을 함부로 죽이고 있어."

"지난번에 하신 은문(恩門)의 말씀은 과연 옳은 말이었어."

은문이란 자기가 급제할 때 과거를 주관했던 시관을 일컫는 말이다. 그들이 말한 은문은 정안이었다.

그때 술심부름하던 임보의 처형 집의 종이 최항에게 가서 술자리에서 오고 간 얘기들을 밀고했다.

최항이 듣고 말했다.

"그게 틀림없겠지?"

"틀림없구 말구요. 모두 제가 직접 들은 얘기들입니다."

"그래, 고맙다."

최항은 원래 정안을 좋아하지 않았다. 그러나 집권 후 인망을 얻기 위해 자기의 피 다른 외숙이자 사회적으로 존경을 받고 있던 정안의 자리는 그냥 보전해 주고 있던 터였다.

밀고를 받자, 최항은 '너 잘 걸려들었다' 는 기분으로 수하들을 불러놓고 말했다.

"정공(鄭公)이 본시 딴 마음이 있어 내가 하는 일을 비방하더니, 결국 그자가 무슨 일을 꾸미려 하고 했다."

최항은 즉시 수졸들을 보내 정안을 잡아 백령도로 귀양 보내고 그 재산을 적몰(籍沒)했다. 얼마 후 다시 사람을 보내 정안을 바다에 빠뜨려 죽였다. 고종 38년(1251) 5월이다.

정안은 최우의 정실인 정씨부인의 남동생, 즉 최우의 장인인 정숙첨의 아들이다. 최항은 정씨 부인의 소생이 아니기 때문에, 정안이 친외숙은 아니다. 그러나 부계로 따지면 아버지의 처남인 정안은 엄연히 최항의 외삼촌이다.

정안은 최우의 도움을 받아 진양의 수령으로 나가있었다. 그러나 모친이 연로하다 해서 중간에 벼슬을 버리고 고향인 하동으로 돌아가 모친 봉양에 전념했다.

정안은 총명하고 영리해서 젊은 시절 과거에 합격했다. 그는 학문과 문장에 능란했고 산술과 의약, 음양과 음률에까지 정통했다. 그런 박학다식을 지적인 권력자 최우는 사랑했다.

매부인 최우는 정안의 재능을 높이 평가해서 그를 국자제주(國子祭酒, 국자감의 종3품)에 임명하여 서울로 오게 했다. 국자제주는 선비들에게는 어울리는 벼슬이다. 그러나 정안은 이를 사양하여 강화로 올라가지 않았다.

정안은 최우의 총애를 받았지만 최우가 권세를 독점하고 남을 무자비하게 처단하는 것을 보고 겁이 났다. 그는 최우를 피해 남해(南海)로 퇴거해서 혼자 살았다.

그는 남해에 머물면서 불교에 심취하여 사비를 들여 불경 간행에 열을 올렸다. 그때 남해에는 대장도감 분사가 설치되어 대장경 재조를 위한 작업이 한창 진행 중이었다. 정안은 그곳에서 대장경 재조를 도왔다.

그 보고를 받고 최우가 말했다.

"음, 처남이 내 뜻을 알아 어려운 일을 돕고 있구나."

그것은 선의에서 우러나온 말이었다. 하지만 정안은 최우가 두려워서 최우의 외손자인 김미를 양아들로까지 삼았다. 최우의 호감을 사기 위해서였다.

최항은 오히려 이런 정안을 불리한 세력으로 생각했다. 인망이 높은 정안을 달래야겠다는 생각으로 지문하성사를 삼았다. 정안은 더 이상 고집하지 않고 강화로 올라갔다. 최항은 다시 그의 직위를 올려 참지정사로 삼았다. 지문하성사와 참지정사는 순위는 다르지만, 모두 종2품의 재상급 대신이다.

그러나 매사에 올바르고 비판적인 정안은 정적에 대한 최항의 잇단 살상을 보면서, 제자들과 만나서 최우와 다를 바 없는 그를 비판했다. 최항은 이것을 이유로 그를 유배했다가 처치했다.

최항에 의해 계모 대씨나 오승적·박훤·정안·김경손과 같이 수장된 사람이 유배자의 절반을 넘었다.

최항이 최씨 무인정권의 새로운 집정자가 된 뒤로 이렇게 숙청된 세력은 모두 선친인 최우의 세력이었다.

이들은 크게 네 부류였다. 첫째는 김약선과 김미에 연결돼 있는 명문가 경주김씨들이다. 이들은 바로 태자비(김약선의 딸)의 일족이다. 둘째는 최우의 후실인 대씨세력이고, 셋째는 최우 본처의 처족인 하동정씨 일족,

넷째는 최우의 측근 관료세력이었다.

최항은 비록 천민계이지만 권력의 슬하에서 자랐다. 게다가 성격이 과감하고 행동이 적극적인 데다 두뇌 회전은 빨랐고 자기 식의 철학이 분명했다.

최항의 섣부르고 무자비한 숙청으로 정적은 늘어났고 그럴수록 그의 신변은 더욱 위태해졌다.

살인은 공포를 부른다. 그 공포심 때문에 최항은 강화성 동문 밖의 장봉(長峰)에 있는 자기 집에서 말을 타고 2천여 보 떨어져 있는 견자산(見子山)의 진양부로 들어갈 때도 옷 속에 갑옷을 껴입고 병졸들을 거느리고 다녔다. 진양부에 이르러서도 공포 때문에 정문으로 들어가지 못하고, 항상 뒷문으로만 출입했다.

기골장군 김경손(2)

고려의 장군으로, 평장사 김태서(金台瑞)의 아들이다. 경주 김씨. 원래 이름은 김운래(金雲來)였다. 김태서의 아내는 오색찬란한 구름 속에서 많은 사람들이 푸른 옷을 입은 동자 하나를 둘러싸고 옹위하며 내려와서 자기 품에 안겨주는 꿈을 꾸고 나서, 김경손(金慶孫)을 낳았다. '구름에서 온 아들' 이라 해서 김경손의 이름을 '운래' 라고 했다.[67]

김경손은 음관(蔭官)[68]으로 관리가 되어, 1231년 평안북도 의주군에 있는 정주(靜州)의 분견장군(分遣將軍)으로 있다가, 몽골군의 침공을 당했다. 몽골군이 정주로 진격하자, 김경손은 힘을 다해 싸웠으나 패하여 정주가 점령됐다. 김경손은 박서(朴犀)가 지키고 있는 귀주로 가서 합류했다. 거기서 그는 박서를 도와 귀주성을 지키며, 몽골군을 격퇴하는 데 공이 컸다.

---

67) 김경손의 탄생에 관한 일화는 제1권의 '기골장군 김경손' 참조.
68) 고위 관직자의 후손들에게 과거시험을 거치지 않고 관직에 임명하는 제도.

김경손은 1233년 대장군이 되어 지어대사로 올라갔다가, 1237년에는 전라도 지휘사가 되어 전라도의 담양·해양과 경상도의 사천 등을 휩쓸던 이연년(李延年) 형제의 반란을 평정했다. 김경손의 머리에는 뼈가 튀어나와 있어, 사람들은 그를 기골장군(起骨將軍)이라 불렀다.

김경손은 성품이 온화 관대하고, 담력이 크며, 지혜와 용기가 뛰어났다. 평소 집에 있으면서도 항상 조삼(皁衫)을 입어 정장했고, 가족들에게도 모든 태도를 손님에게 대하듯이 정중했다. 이런 그의 성품은 전쟁터에서도 나타나, 부하 군사와 백성들을 아끼고 존중하여 그들의 마음을 크게 얻었다.

1249년 최항이 집권하여 최우의 측근세력들을 제거했다. 그때 최항은 김경손이 최항의 경쟁자였던 이복 생질 김미(김약선의 아들)의 숙부로서, 자기를 제치고 집권을 기도하던 김미를 도왔다고 하여, 사돈격인 그를 백령도에 유배했다. 그 후 최항은 최우의 후처였던 대씨(대집성의 딸)를 죽이고, 다시 대씨의 전실 아들 오승적(吳承績)을 죽였다. 그때 최항은 김경손이 그들의 인척이 된다는 이유로, 송길유(宋吉儒)를 보내 김경손을 죽이게 했다.

김경손은 최씨정권의 창설자인 최충헌의 신임을 얻어 출세하고, 그 아들 최우에 기용되어 많은 전공을 세워 '전쟁의 영웅'이 됐다. 그러나 최씨정권의 제3대 권력자 최항에 의해서는 정적 비호자로 몰려 유배되고, 결국은 백령도에서 인당수 바다에 수장(水葬)되어 죽임을 당하는 등 그의 종말은 '비운의 장수'로 끝났다.

측근들의 발호

최충헌이 이의민을 살해하고 정변을 일으켜 집권할 때 내건 명분의 하나는 귀족사회인 고려에서 천민이 집권할 수 없다는 것이었다. 최충헌은 집권한 후, 그런 논거에 따라 양반 출신의 문무관을 거느리고 정사를 펴왔다. 그런 최충헌의 뜻이 2대인 최우까지는 잘 계승됐다. 그러나 3대인 최항부터는 그 전통이 무너졌다. 최항은 기녀출신 첩실의 소생인 때문이었다.

최항은 자기가 서출(庶出)이라는 데 대해 항상 큰 열등감을 가지고 있었다.

고종 43년(1256)이었다.

하동현의 감무(監務, 현감)[69]인 노성(盧成)이 고을 사람인 이규(李珪)·이창(李昌) 등과 형제를 맺고는, 설인검(薛仁儉, 합주부사)·정고(鄭皐, 남해현령)·유여해(兪汝諧, 급제)·명취(明就, 승려) 등을 불러서 항상 술자리를 마련하여 즐겼다.

노성은 자기 집에 '천자의 문' (天子之門)이라는 한자간판을 써 붙여 다

---

69) 감무(監務); 작은 현의 책임자를 말한다. 큰 현의 책임자는 현령(縣令). 대현과 소현을 구별하지 않고 그 책임자를 말할 때는 현감(縣監)이라 했다. 따라서 현감은 감무와 현령의 통칭.

른 사람들은 얼씬 못하게 하고는, 그 안에서 친구들과 함께 술을 마시면서 시를 짓고 시국을 비판하는 일이 많았다.

그들이 써서 함께 노래한 글 중에 이런 것이 있었다.

賢士搥胸日
倡雛得意秋
(어진 선비는 가슴을 치는 시절이요
창기의 자식은 성공을 뽐내는 세월일세)

이 글귀가 어떻게 해서 정감(鄭瑊, 학록)[70]의 손에 들어갔다. 출세욕이 강한 정감은 즉시 그 내용을 상소문 형식으로 써서 최항에게 보냈다.

최항은 대노해서 도방의 사졸들을 풀어서 명령했다.

"이놈들을 당장 잡아들여라!"

도방의 군사들은 즉시 흩어져 나가서 노성과 그의 벗들을 잡아들였다. 최항의 수졸들은 되는 대로 지껄이면서 그들을 고문했다.

"이놈들아, 그래 네놈들이 무리를 지어 '천자의 문' 안에서 노는 천자란 말야!"

"천자라면 황제다. 너희는 황제를 자칭한 대역죄를 범했어, 이 못된 놈들아!"

"양반으로 태어난 부모 덕분에 밥술이나 먹는다고, 그래 네 놈들이 우리 영공을 창기 자식 천출이라고 험담해?"

결국 노성과 이규·이창 등 세 의형제는 목이 베이고, 나머지는 먼 섬으로 유배됐다.

최항이 집권하고 있는 동안은 이런 신분 문제가 모함의 핵심이었다. 상대를 제거하려는 생각이 있으면, 곧 최항에게 가서 그 사람들의 이름을 대면서 이렇게 고했다.

---

70) 학록(學錄): 국자감·국학·성균관 등 학문연구 담당 기관의 정9품 벼슬 이름.

"그자들은 모여서 영공이 미천한 신분 출신이라고 헐뜯으며 마구 험담했다 합니다."

그러면 최항은 진상을 알아보려고는 하지 않고 한 차례 고문부터 하고는 처형했다.

이러한 '천출험담론'의 수법은 최항을 둘러싼 권력배들에게는 그들이 휘두를 수 있는 최강의 무기였다. 최항 주변의 유경이나 김준은 이런 방식으로 정적을 제거하고 권력을 유지했다. 그런 정적 제거의 앞잡이가 되어 성장한 사람이 고문의 귀재 송길유(宋吉儒, 장군)다.

송길유는 천민출신의 사졸(士卒)이었다. 그는 성품이 탐욕스럽고 잔혹했다. 그러나 최항을 열심히 섬기고 아첨을 잘해서 야별초의 지유(指諭)가 되어 죄수를 국문하는 일을 맡았다. 최항은 자기를 천예 출신이라고 흉을 보거나 자기의 권력에 도전한다는 정보가 입수되면 항상 송길유를 보내 혐의자들을 잡아다 국문(鞫問)케 했다.

송길유는 야별초 군사들을 풀어서 당사자를 잡아와서는 고문부터 시작했다.

"저놈의 두 발을 모아 엄지발가락을 단단히 묶어 풀어지지 않도록 하라."

부하들이 그렇게 하면, 송길유가 다시 명령했다.

"저 자의 양손 엄지손가락을 단단히 묶어라. 그리고 제 맘대로 몸뚱이를 놀릴 수 없도록 두 팔을 허리에 묶어라."

부하들이 명령대로 묶고 나서 말했다.

"예, 말씀대로 묶었습니다."

"그러면 시렁에 매달아라."

그렇게 해서 잡혀온 사람은 시렁에 거꾸로 매달려 흔들거렸다. 손발의 엄지가락들이 뽑아져 나올 것처럼 아팠다. 그렇게 한차례 고문부터 한 뒤에야 송길유가 나서서 심문을 시작했다.

"네 놈이 우리 최항 공을 천출(賤出)이라고 비하했다는데 그게 사실이겠지?"

"천만의 말씀이오. 나는 꿈에도 최 공을 흉보거나 비난한 적이 없소. 그
것은 최 공이 더 잘 알 것이오."

"이 놈이 아직 정신을 못 차리고 있구나. 저놈의 머리 밑에 숯불을 피
워라."

시뻘건 숯불화로가 그의 머리 밑에 놓여졌다. 그는 뜨거워서 견딜 수가
없었다. 몸을 아무리 흔들고 돌려도 숯불에서 나오는 뜨거운 열을 피할
수는 없었다.

머리카락이 타들어 오고 얼굴과 머리의 피부에 화상이 시작되기를 기
다려서 송길유는 숯불을 치우고 다시 국문했다.

"어떠냐? 그래도 아니라고 거짓말 할 테냐? 바른 대로 말하기 전에는
절대로 풀어줄 수 없다."

그러면 혐의자는 더 이상 견딜 수 없어서 송길유가 묻고 말한 대로 시
인하고 만다.

"당신 말이 모두 맞소. 내가 어리석어 최 공을 비난했소이다."

"누구와 같이 했느냐?"

"예?"

"네가 말할 때 누구와 같이 있었느냐, 그 말이다."

"나 혼자 했소이다."

"미친놈이 아닌 바에야 말을 혼자서 하는 놈이 어디 있어! 같이 영공을
혐담한 자들이 있을 게 아냐?"

"……"

"이 놈이 아직도 정신을 못 차리고 있구나. 숯불을 바꿔서 더욱 뜨겁게
하라!"

그리고는 사람들을 번갈아 시켜가며 몽둥이로 허리를 때리게 했다. 흔
들리는 몸이 앞으로 다가올 때 쳐서 더욱 아프게 때렸다. 나중에는 움직
이는 양쪽에 서서 매질을 계속하게 했다.

그런 다음에 송길유는 자기네 일당이 만들어준 정적들의 명단을 죽 읽어주고는 물었다.

"네가 이자들과 같이 영공을 험담했다고 하는데 그게 사실이 아니란 말인가? 다시 몽둥이를 맞고 숯불 맛을 안 보려면 빨리 바른 대로 말해!"

이쯤 되면 누구도 더 견딜 수가 없다. 양심이나 지성, 인격이나 명예, 의리나 용기 같은 것은 송길유의 고문 앞에서는 아무런 힘이 없었다.

"맞소. 그들과 같이 그랬소이다."

그러면 송길유는 다시 사람을 풀어서 그 연루자(連累者)들을 모두 잡아들였다. 새로 잡혀 온 사람들도 같은 방법으로 고문하면서 다그쳤다.

이래서 유경과 김준은 그들의 정적들을 자기네 마음대로 처형하고 귀양 보냈다. 송길유는 그런 공로로 대장군에까지 진급할 수 있었다.

몽골 사신이 강화로 오다

　고려에서 최우가 죽고 최항이 들어선 것은, 몽골에서 제3대 황제 정종 쿠유크가 죽은 지 1년 뒤인 고종 36년(1249) 11월이었다. 그때 몽골에서는 한창 황권 투쟁을 벌이고 있었다.

　고려와 몽골에서 거의 동시에 생긴 이런 권력변동은 여몽전쟁(麗蒙戰爭) 국면을 전환시키는데 중요할 계기가 될 수 있는 상황변화였다. 국면 전환의 징조는 고려에서 먼저 일어났다.

　대몽 강경파의 핵심 인물이었던 최우의 권력을 최항이 승계하면서 고려의 왕실과 문관들 사이에서는 화친론이 다시 대두됐다.

　고려는 '환도를 준비하기 위해서' 라는 명분을 내걸고, 이듬해인 고종 37년(1250) 정월에 강화도의 북쪽 바다 건너편인 개성 쪽 승천부의 임해원(臨海院) 옛터에 새로 궁궐을 짓기 시작했다. 실제로 이것은 출륙 환도를 위한 것이기보다는 몽골에 그렇게 인식시키기 위한 조치였다.

　이 공사를 맡은 이세재(李世材, 대장군)와 신지평(愼執平, 장군)이 군사와 인부를 동원해서 얼어붙은 땅을 파내어 공사를 시작했다. 비록 표면적인 조치이기는 하지만 권력 변동이 가져온 하나의 변화였다.

그해 1250년(고종 37년) 8월에 강화에서는 두 개의 중요한 일이 생겼다. 하나는 항몽전쟁의 영웅 최춘명(崔椿命)의 사망이고, 다른 하나는 강화도 중성의 축성이다.

최춘명은 몽골의 제1차 고려 침공 때 자주성에서 몽골군을 격퇴하여, 귀주성의 박서와 함께 항몽전쟁의 영웅이었다.

그는 조정이 항복한 뒤에도 항복을 거부하고 있다가 항명죄로 사형선고까지 받았었다. 그러나 처형장에서 몽골 다루가치의 만류로 겨우 목숨을 건진 그는 관직에서 물러나 있다가, 추밀원 부사가 되어 이해 8월 11일 사망했던 것이다.

고려 무장의 충성스럽고 올곧은 일평생이었다.

한편 최항은 최춘명이 사망한 직후인 8월 15일 추석날에 강화도에 중성(中城)을 쌓기 시작했다. 최우는 강화도 천도 직후 내성과 외성을 쌓았는데, 최항은 그 내성과 외성의 중간에 중성을 축성키로 한 것이다.

도성은 보통 내성과 외성으로 되어있다. 내성은 궁궐을 둘러싼 궁성이다. 이것은 임금과 왕실을 보호하기 위한 성벽이다. 외성은 도시 외곽에 쌓은 성이다. 이것은 그 안에 살고 있는 지배층인 귀족들과 백성을 보호하기 위한 것이다. 그 중간에 새로 쌓는 중성은 집권자인 최씨 일족을 보호하기 위한 성이었다.

최항이 쌓은 강도의 중성은 착공 1년 만인 고종 37년(1250)에 완성됐다. 그 둘레는 3천 칸이 됐고, 성문이 17개였다.

이 강화 중성이 빠른 기간 안에 완공되기까지 전국의 산성과 섬에 입보돼 있던 백성과 토목공·목수들이 강화로 몰려와서 공사를 벌였다. 강화에 거주하는 백성들도 대거 동원됐다. 그들에게 몽골의 야만성과 고려의 항몽정신에 대한 교육도 함께 진행했다.

그해 1250년(고종 37년) 12월. 몽골에서는 황제 쿠유크가 사망했지만, 아직 후임을 선임하지는 못해 황후 카이미쉬가 섭정하고 있었다. 몽골 지도부는 고려의 내정을 떠보기 위해 사절단 48명을 고려에 보냈다. 12월 15일에는 홍까오이(Honggaoyi, 洪高伊) 등 몽골 사신들이 강화도에 들어와 승천관에 머무르고 있었다.

대표격인 홍까오이가 말했다.

"우리는 이번에는 무슨 일이 있어도 고려의 임금이 직접 나와서 영접해야만 강도로 들어갈 것이오."

그러면서 그들은 한 발자국도 움직이려 하지 않고, 연일 우리 접반사들의 대접만 받고 있었다. 접반 비용도 고려로서는 부담스러웠다. 그러나 고종은 나가지 않았다.

고려 조정에서는 고종의 영사(迎使) 문제를 놓고 강온파 사이에 논쟁이 벌어졌다.

"저들의 요구를 들어주어 전쟁을 막아야 합니다."

"그렇습니다. 우리 강화 안에서 무슨 일이 있겠습니까? 승천포까지 나가서서 그들을 맞이해 주는 것이, 오히려 국왕의 안전을 지키고 국가 보호에 도움이 될 것입니다."

온건파 문신들의 주장이었다.

그러나 강경파 무인들은 고종의 몽사출영(蒙使出迎)에 반대하고 나섰다.

"그건 안 됩니다. 폐하가 적국 사절의 요구에 응해서 그들을 맞기 위해 바닷가에 나가시다니오?"

"그렇습니다. 지금 몽골에는 아직 황제가 없습니다. 그 때문에 고려에 대한 몽골의 차기 정책도 정해져 있지 않았습니다."

"옳은 말씀입니다. 따라서 지금 강화에 들어와 있는 사절들의 힘은 약합니다. 저들의 말을 액면대로 받아들여 폐하가 궁궐을 나서실 필요는 없습니다."

국왕의 몽사출영에 대한 찬반논쟁을 지켜보다가 최항이 나섰다.

"몽골의 요구는 우리 황제의 친조와 개경으로의 환도입니다. 그러나 우린 그것을 받아들일 수 없습니다. 다만 이런 우리 목표를 달성키 위해서는 폐하께서 강도 안에 있는 제포의 승천관까지는 나가셔도 될 것입니다.”

이래서 고종은 열흘을 버티다가 결국 8월 25일 몽골 사신들을 맞기 위해 백관들의 호종을 받으며 강화성을 나서서 제포궁으로 갔다.

그날은 몹시 추웠다. 바람도 심했다. 나이 든 신료들은 모두 얼어서 몸을 웅크리고 벌벌 떨고있어 그야말로 체면이 말이 아니었다.

고종이 그것을 보고 말했다.

“날씨가 추우니 노신들이 견디지 못하는구나. 이 보련 위에 둘러 친 휘장을 거두어라.”

그러나 주변에서 모두 말렸다.

“보통 추위가 아닙니다. 휘장을 치워서는 옥체에 누가 됩니다. 어명을 거두어주십시오.”

“아니다. 시종하는 백관들이 저렇게 추워하는데, 임금인 과인 혼자서만 편히 갈 수가 있겠느냐. 빨리 거두라.”

그래서 고종도 휘장이 없는 가마를 타고 제포궁으로 갔다.

몽골 사신들도 가마에서 내리는 고종을 맞아 인사를 했다.

“고맙습니다, 전하. 추운 날에 이렇게 나와주시니 참으로 감사합니다.”

“예. 먼길에 고생이 많소.”

고종은 그들을 데리고 방으로 들어가 차를 대접하면서 가벼운 얘기들을 나누었다.

홍까오이 등 몽골 사신들은 고종의 영접을 받고서야 강화성으로 들어갔다.

이듬해 정월 초하루였다. 고종은 제포궁에 나가서 몽골 사신들을 위한 연회를 베풀었다.

그 자리에서 이장용이 말했다.

“이 자리는 새해 초하루를 맞아 두 나라의 장래를 위해 고생하는 그대들을 위해 우리 전하께서 특별히 마련한 잔치입니다. 즐겁게 노십시오.”

홍까오이가 대답했다.

"고맙소이다. 아직 전시 중인데 적국 사절에게 이렇게 호의를 베풀다니, 고려 임금은 참으로 좋은 분이십니다."

고종이 연회석에 들어오자 키는 낮았지만 몸이 뚱뚱한 홍까오이는 고종에게 다가가서 말했다.

"고맙습니다, 전하. 저희 정종(쿠유크) 황제께서 서거하신 지 2년 반이 되었습니다. 그러나 아직 새 황제를 뽑지 못해, 지금은 카이미쉬 황후께서 섭정을 맡아 제국을 다스리고 있습니다."

"대충 들었소. 정종 황제의 명복을 비오."

"고맙습니다, 전하."

"헌데, 후계 황제 선임은 어떻게 되어가고 있소?"

"그 문제로 지금 우리가 소란을 겪고 있습니다. 그러나 곧 결판이 날 것입니다."

"다시 시끄러워진 모양이구료. 빨리 안정돼야 할 터인데."

고종은 몽골 사정이 걱정스럽다는 표정으로 말했다.

홍까오이가 다시 말했다.

"저희가 고려 땅에 들어오면서 보니 고려의 북쪽 변경이 혹심하게 파괴되어 마치 울타리 없는 집과도 같았습니다."

"벌써 20년 째 전란과 내란을 겪다보니 우리 강토가 다 그리 되었소이다."

"내란도 있었습니까?"

"그렇소. 그쪽 북계와 서경 지방의 반란은 특히 심했지요."

"나라가 이런 판국에 고려가 어떻게 다시 개경으로 도읍을 옮기겠습니까. 지금은 오히려 강을 의지해서 국방을 튼튼히 하고 있어야 할 것입니다. 제가 돌아가서 우리 카이미쉬 황후께 아뢰어, 몽골이 다시는 동방을 괴롭게 하지 않도록 하겠습니다."

환도를 꺼리던 고종은 기뻤다.

"고맙소. 그리 해주시오."

그러면서 고종은 홍까오이 등 몽골 사절들을 후히 대접해주도록 명했다. 고종은 제포에서 이틀을 머문 뒤 초사흘 날에 몽골 사람들과 함께 강도성으로 들어왔다.

그런데 그때 고종의 어가(御駕)가 너무 빨리 달리는 바람에 몽골 사신들이 미처 따라오지 못했다. 허겁지겁 뛰다가 홍까오이가 마침내 화가 난 것이다.

"임금이 우리를 기다리지 않고 혼자 달리는 걸 보니, 이는 우리를 반기지 않는 것이 틀림없소. 우리는 여기서 그냥 돌아가겠소."

하면서 땅에 주저앉는 웃지 못할 춘사도 벌어졌다.

다시 사흘 뒤인 정월 엿새 날. 고종은 몽골 사신들에게 연회를 베풀어주도록 했다.

잔치가 열렸다. 그 자리에서 홍까오이가 관반사에게 말했다.

"고려는 이미 우리에게 항복했고, 곧 이 강도에서 육지로 나가려 하고 있소. 그런데 왜 그렇게 성을 쌓고 있소?"

그들은 강화도로 들어와 강도성과 제포궁을 왕래하면서 강화의 중성을 쌓고 있는 것을 보았다. 이것을 주의 깊게 살피던 홍까오이가 관반사가 베푼 연회 자리에서 이를 문제 삼은 것이다.

관반사가 말했다.

"우리 고려에는 예로부터 일본·중국의 해적들이 해안과 도서 지방에 수시로 출몰하였소. 이 강화도 마찬가지였소. 그런데, 요즘 들어 남송 해적선들의 횡포가 더욱 심해져서 중성을 쌓는 것이오. 다른 이유는 없소."

"그러나 우리로서는 고려의 행위를 그냥 넘어갈 수 없소. 전쟁이 끝나면 성을 허물어야 할 것인데 오히려 더 쌓다니, 이해할 수 있겠소? 지금 고려가 다시 성을 강화하는 것은 임금이 몽골에 친조하거나 개경으로 환도할 생각이 없다는 얘기가 아니오? 이것은 우리 몽골에 대한 도전이오."

"도전이라니오. 섬에 들어와 있는데 도전이 무슨 도전이겠소. 도적을 막기 위한 것이니 달리 생각하지 마시오."

"그러나 몽골로서는 기쁜 일이 아닙니다."

"홍 대인이 말하기를, 몽골이 다시 고려를 괴롭히지 않게 하겠다고 한 말 믿어도 되겠소이까."

"내 말대로 믿으시오. 내가 그리 진정할 것이오."

"홍 대인을 믿겠소. 고맙소이다."

홍까오이 등 몽사 일행 48명은 사흘 뒤인 1월 9일 강화를 떠났다.

사흘 뒤인 12일 최항이 술과 안주를 기름지게 장만해서 고종에게 바쳤다.

"아니, 국사에 바쁜 영공이 어떻게 이리 좋은 상을 다 차려 보냈소?"

고종이 웃으며 말했다.

최항은 고종으로부터 여러 가지 직위를 부여받은 은혜를 갚고 싶었고 마침 몽골 사신들이 좋은 말을 하고 떠난 후라 겸사로 요리상을 바친 것이다.

고종은 종친과 공후들을 불러서 주연을 즐겼다.

당시 고려의 조야에서는 당분간은 몽골의 침입이 없을 것으로 생각되어 안도의 분위기가 팽만했다.

연회는 그런 분위기 속에서 즐겁게 진행됐다.

제 6 장

몽골의 유혈황권

초원의 황권투쟁

쿠유크의 사후 섭정 카이미쉬(Oghul Qaimish)는 자기의 아들을 후계 황제로 즉위시키려 했다.

그때 황실의 원로이자 몽골제국에서 가장 강한 실력자는 킵차크에 나가 있는 바투였다. 그가 카이미쉬의 생각에 동조할 리가 없었다.

쿠유크는 재임 중에 자기네 오고데이 가계에 속하는 왕자들을 특별히 승급시켜 다른 가계에 속하는 왕자들이나 황족들로부터 불만이 컸다. 쿠유크가 사망하자 이런 불만들이 뭉쳐서 킵차크의 바투(Batu) 진영이 민심 이반을 보였다.

바투가 말했다.

"지난 19년간 몽골제국은 병들어왔다. 칭기스 다칸이 이룩해 놓은 몽골 울루스는 발전이 정지되고 황권이 약화된 반면에 분권적 경향은 강화됐다. 이것은 오고데이 다칸 이후 실정이 계속돼 왔기 때문이다. 그런데 이제 와서 다시 오고데이 가에서 제국의 황권을 계승해야 하겠는가."

오고데이 집안의 황권계승을 반대하는 바투의 선전포고였다. 그러자 몽골의 황족과 귀족들 사이에서 광범한 지지가 모아졌다.

당시 몽골 황실은 황권이 약화되고 신권이 강화됐기 때문에 이것이 몽골의 내부 단결을 위협하고 전반적으로 제국을 약화시켰다.

칭기스는 귀족이나 공신들에게 영지는 주되 통치권을 주지 않았다. 따라서 지방 영주들은 영내에서 조세를 거둬 들이고 그중 일부를 중앙에 바치면 됐다. 일종의 봉건적 식읍제도(食邑制度)였다.

그러나 오고데이 이후에는 영주들에게 식읍권에다 행정권마저 부여했다. 영주는 단순한 식읍자에 그치지 않고 정치력을 갖는 권력자가 됐다. 몽골의 지방지배 방식이 이렇게 식읍제도에서 영주제도(領主制度)로 바뀌었다. 이것은 몽골의 국가체제가 봉건제에서 영주제로 바뀌었음을 의미한다.

이런 분권화 현상은 오고데이가 말년에 과도한 향락과 음주에 빠지면서 국가통제를 게을리 했기 때문에 생겨났다. 게다가 오고데이의 황후 토레게네의 섭정 5년 동안 이런 경향이 한층 현저해져서 중앙집권적 통치체제는 실질적으로 붕괴됐다. 그 대신 지방의 자치제가 광범하게 행해졌다.

각 지방에 주둔해 있는 군 지휘관들은 자치정부를 구성하고 스스로 명령을 하달하고 세금을 징수했다. 그들은 중앙정부에 보내야 할 지분도 보내지 않았다.

그 결과 쿠유크가 즉위했을 때는 제국의 결속력과 재정 상태가 심각한 위기를 맞았다. 쿠유크는 이런 분열화·분권화 경향을 되돌리기 위해 노력했으나 아무 소용이 없었다.

가장 앞서서 그런 분화경향을 주도한 것은 킵차크 왕국을 세워 카라코름 황실과 적대 관계에 있던 바투였다. 그러나 바투는 그 책임을 오고데이 가에 돌려 그들로부터 황권을 빼앗으려 했다.

바투는 쿠릴타이에 참석하여 표결할 수 있는 전국의 황족과 귀족들을 찾아다니거나 사절을 보내 설득했다.

"칭기스 다칸께서는 맨 처음에 나의 선친인 조치를, 그 다음에는 톨루이 숙부를 후계자로 삼기를 원했습니다. 그러나 차가타이 숙부가 저의 부친인 조치 공을 메르키드의 사생아라고 모함하고, 자기는 황위를 양보하는 대신 오고데이 숙부를 추천하여 그가 제2대 황제가 됐습니다."

그것은 이미 세상에 널리 알려진 얘기다. 이는 곧 오고데이가의 정통성을 부정하기에는 적절한 내용이었다.

바투의 얘기를 듣고 많은 사람들이 고개를 끄덕였다.

"오고데이 가계에서 제국 경영을 맡은 결과 나라가 어떻게 됐습니까. 황제는 없는 것이나 다름없고, 황권은 아무 일도 해내지 못했습니다. 암탉이 울고 있으니 나라가 되겠소이까."

바투가 그렇게 말하자 듣는 사람들은 바투가 황위를 노리는 것이라고 짐작했다.

"그러나 나는 다칸 자리에 욕심이 없습니다. 나는 황위를 톨루이 집안으로 돌려야 한다고 생각합니다. 톨루이 가계에서도 특히 몽케(Mongke) 공은 무예가 출중하고 통치력을 갖춘 인물입니다. 그는 나와 함께 러시아 원정에 나서서 혁혁한 공을 세워 그의 능력과 충성심을 보였습니다. 다음의 다칸으로는 톨루이 가의 몽케 공이 적임입니다."

차가타이가 자기는 스스로 제위를 양보하고 만만한 자기 아우 오고데이를 추대하여 성공한 것과 같은 방식으로, 바투도 스스로 제위를 양보하면서 톨루이-소르칵타니 사이에서 태어난 4촌 동생 몽케를 추천했다.

그러나 다른 귀족들은 바투의 일방적인 주장에 선뜻 동의하지 않았다.

바투의 활동이 심해지자 섭정인 황후 카이미쉬가 나섰다.

"거 무슨 말씀인가. 지난번 쿠릴타이에서 향후의 황제는 오고데이-쿠유크 가계에서만 내기로 결의됐습니다. 바투 공의 말은 쿠릴타이를 경시하여 국법을 어긴 것이오."

그때 카이미쉬는 남편 오고데이가 후계자로 생각하고 있던 손자 쉬라멘(Shiramen)을 새 황제로 앉힐 생각이었다.

그러나 바투는 물러서지 않았다.

"우리 몽골은 전통적으로 사나이들의 사회입니다. 우리 사회에서 언제부터 이렇게 암탉들이 판을 치게 되었소이까."

"암탉이라니? 난 몽골제국의 공식 국감(國監)이오. 황제 없는 나라를 이끌고 나갈 책임은 국감에게 있소."

그 반격에 바투는 아무런 대답도 못했다. 그러나 그는 계속 몽케 추대에 응하지 않고 있는 황족과 귀족들을 개별적으로 만나서 설득하고 위협했다. 바투는 황실의 원로이자 제국 최강 실력자의 위치에서 그런 행동을 4년간 계속했다. 그 결과 몽케 지지세력이 확대됐다.

사태가 이렇게 호전되자 바투가 소르칵타니에게 말했다.

"숙모님, 우리가 먼저 쿠릴타이를 소집해서 몽케를 다칸으로 추대하십시다. 카이미쉬가 먼저 카라코룸에 쿠릴타이를 소집해서 쉬레문을 추대하면, 우리는 대세를 돌리기 어렵습니다."

"좋소. 그리 합시다. 사람들이 제대로 참석하여 성원이 될지가 문제요."

"일단 소집부터 해놓고 참석을 요구해야지요."

1250년 겨울이었다. 바투와 소르칵타니는 천산산맥의 이시쿨(Issykul) 호수 근처에 있는 알라 카마크(Ala-qamaq) 산기슭에서 쿠릴타이를 소집키로 했다. 이곳은 바투의 킵차크 영지다.

바투는 몽골의 왕족과 귀족·장수 그리고 지방 군주와 영주들에게 사절들을 보내 쿠릴타이 소집을 통보하고 참석을 당부했다. 몽케를 다칸으로 선출해 달라는 호소도 함께 했다.

바투와 소르칵타니는 한편으로는 몽골의 중요정책을 결정하는 중심기구인 황족회의(皇族會議)를 열었다. 몽케를 차기 다칸 후보로 쿠릴타이에 천거키 휘한 예비회의였다.

곧 칭기스의 후손들과 가까운 친척들로 구성된 황족회의가 열렸다. 참석한 황족들은 주로 조치가와 툴루이가의 유력자들이었다.

황족회의가 열리자 바투가 나서서 오고데이-쿠유크 시대의 제국의 황폐를 설명하고 다시는 그들 가문에서 다칸을 뽑아서는 제국에 해롭다고 강조하면서, 몽케를 추천하자고 제의했다.

몇 사람의 동의 연설이 있은 다음 황족들은 만장일치로 몽케를 추천키로 합의했다. 합의를 마친 황족회의 참석자들은 연회를 베풀면서 쿠릴타이 회원들이 모이기를 기다렸다.

그러나 참석률이 좋지 않았다. 몽골 각지에 흩어져 있는 황족과 귀족·장수·영주들은 쿠릴타이 통보를 받고도 냉담했다. 몽케를 지지해 달라는 설명을 듣고는 반대는 하지 않으면서 쿠유크-카이미쉬 계가 장악하고 있는 카라코럼 궁의 눈치를 살피고 있었다.

참석자들의 방문이 늦어지자 황족회의 참석자들은 풍성하고 즐거운 잔치를 연일 베풀며 연말이 되도록 기다렸다. 그때가지 그곳에 모인 사람들은 톨루이 계와 바투 계 사람들, 그리고 그 휘하의 왕후와 장수들뿐이었다.

오고데이-쿠유크 계의 사람 몇 명이 참석했지만 그 수가 많지는 않았다. 바투-소르칵타니는 참석자 수가 늘고 있고 반대 진영도 참석했다고 생각하여 흡족하게 여기고 있었다.

"더 이상 시간을 끌 수는 없습니다. 불참자는 기권으로 인정하고 모인 사람들로 회의를 열어 차기 다칸을 추대합시다."

바투의 제의였다.

"그럴 수밖에 없겠군요. 그리 합시다."

소르칵타니는 주저하면서 동의했다.

이래서 이시쿨의 알라 카마크에서 쿠릴타이가 열렸다. 바투는 예정대로 몽케를 차기 다칸으로 추대하면서 말했다.

"몽케 전하는 부친 톨루이 대왕을 수행하여 중국전선에서 싸웠고, 나와 함께 유럽전선에도 종군하여 빛나는 전공을 세웠습니다. 그의 정신과 용기는 우리 대몽골제국의 다칸이 되기에 충분합니다."

그러자 잘라이 부족출신의 장수 일치기데이(Ilchigidei)가 나섰다. 그는 오래 전부터 오고데이의 측근이고 쿠유크의 심복이었다. 의외의 인물이 나타나 발언대에 올라서자 장내는 긴장하기 시작했다. 가장 당황한 것은 제안자인 바투와 몽케의 어머니 소르칵타니였다.

일치기데이가 말했다.

"우리는 오고데이 다칸의 즉위에 즈음해서 오고데이 자손 중에서 다칸을 뽑기로 합의했습니다. 쿠유크 다칸의 즉위 때는 오고데이-쿠유크의 후손 중에서 다칸을 뽑기로 서명했습니다. 이것은 이미 우리가 합의하여 결정한 법입니다. 그러나 바투 공은 지금 몽케 전하를 차기 다칸으로 추천하고 있습니다. 이것은 우리의 과거 약속에 대한 위반입니다."

황권을 탈취하려는 바투-소르칵타니의 구상에 대한 오고데이 집안의 정면 거부였다.

몽케의 아우 쿠빌라이가 일어섰다.

"일치기데이 장군의 말은 맞습니다. 우리는 그렇게 약속하고 서명했습니다. 그러나 먼저 법을 어긴 것은 쿠유크 측입니다. 첫째, 그들은 칭기스 다칸의 법전인 야사를 위반하여, 재판도 하지 않고 함부로 황족을 처형했습니다. 야사에는 황실의 일족을 처벌하려면 친족-왕후 회의에서 재판하도록 되어 있습니다. 그러나 쿠유크 다칸은 그런 절차를 밟지 않고 황족들을 처형했습니다."

모두들 '이제 양쪽 사이에 싸움이 붙는구나' 하면서, 긴장 속에서 사태를 주시하고 있었다.

쿠빌라이의 말이 계속됐다.

"둘째, 그들은 쉬라멘을 자기 후계자로 지명해 놓은 오고데이 다칸의 의지에 반해서 쿠유크 공을 제위에 추대하지 않았습니까. 이것은 약속의 위반 정도가 아니라 바로 우리 법과 황제의 칙령을 위반한 것입니다."

장내는 조용해졌다. 쿠유크 쪽의 반대론은 사라졌다.

바투를 지지하는 쪽에서 발언이 나왔다.

"황실의 원로이고 러시아 정벌에서 공이 크신 바투 공을 차기 다칸으로 추대합시다. 바투 공은 공로와 지휘력이 뛰어나고 영토를 넓히라는 칭기스 다칸의 유지를 충분히 실현했습니다. 그런 분이라면 우리 대제국을 홀

룡히 발전시켜 나갈 것입니다."

"아닙니다. 나, 바투는 땅이 넓고 우리에게 미숙한 킵차크를 정벌하고 개발하기에도 바쁩니다. 그곳 사람들은 우리 몽골인이 아닙니다. 저는 앞으로도 할 일이 많습니다. 따라서 저는 제국의 다칸이 될 수가 없습니다."

바투가 나서서 바로 사양하고 예정대로 회의를 진행하며 말했다.

"세계를 지배하는 대몽골제국을 통치하려면 칭기스칸의 야사법전에 정통한 유능한 인물이 다칸이 돼야 합니다. 그런 점에서 몽케 공을 차기 다칸으로 추대합시다."

우렁찬 박수가 터져 나왔다. 지지한다는 표시였다. 그러나 관례에 따라 몽케는 황위를 사양했다.

"나보다 훌륭한 인재가 많습니다. 그 분들 중에서 다칸을 추천해야 합니다."

속마음과는 관계 없는 지극히 의례적인 양보였다. 그것은 모두가 인정하는 당연한 관례였다.

몽케의 배다른 아우 모게(Moge)가 일어났다.

"바투 공의 의사에 동의합니다. 황실의 가장 위 어른인 바투 공은 국가의 원로입니다. 우리가 이런 분의 뜻을 어긴다면 제국의 미래가 불안해집니다. 바투 공의 뜻에 따릅시다."

바투가 나섰다.

"모게 공이 적절하게 말했습니다. 우리 대몽골제국의 앞날을 위해 그렇게 합시다. 몽케 공, 우리의 뜻을 받아들여, 다칸이 되어주십시오."

몽케도 더 이상 사양할 수 없었다. 사양할 필요도 없었다. 몽케는 다칸 즉위를 받아들여 일어섰다.

"여러분, 진심으로 감사합니다. 제가 다칸이 되면, 황족과 귀족들의 권리를 증진하고 제국의 발전을 위해 혼신의 힘을 다하겠습니다. 오고데이 쿠유크 다칸시대에 침체됐던 제국을 다시 일으켜 모든 몽골인이 자랑스럽게 여기고 행운을 누리는 국가로 만들겠습니다."

함성이 울렸다.

"만세!"

"몽케 다칸 만세!"

우렁찬 박수가 계속 이어져 나왔다.

황족회의는 곧 쿠릴타이 회의를 개막하고 이 결의안을 제안했다. 언제나 그러했듯이 쿠릴타이는 황족회의 제안을 지지하는 몇 사람의 연설을 듣고, 몽케 안을 통과시켰다.

이리하여 1250년 이시쿨 쿠릴타이는 몽케를 다칸으로 선출했다. 몽케는 참석자를 향하여 손을 흔들어 감사를 표하고 자기 어머니 소르칵타니와 4촌형 바투를 찾아가 경의를 표했다.

그러나 소르칵타니-몽케 모자는 이시쿨 쿠릴타이의 참석자가 너무 적고 외지에서 연 것이 마음에 걸렸다. 쿠릴타이 주도자 바투도 생각은 같았다. 그래서 몽케의 다칸 취임식은 보류하고 잠시 사태를 보아가면서 적절한 시기에 열기로 했다.

그 대신 바투가 제공하는 연회가 알라 카마크 초원에서 여러 날 계속됐다.

몽케의 피 흘린 등극

몽케가 외지에서 쿠릴타이를 급조해서 황위에 올랐다는 얘기를 전해 듣고, 카이미쉬가 분노해서 말했다.

"몽골제국의 국감은 나다. 나만이 쿠릴타이를 소집할 수 있다. 누구 맘대로 먼 외지에서 쿠릴타이를 열어 제국의 다칸을 뽑는단 말인가. 더구나 참석자도 자기네 집안 식구들뿐이었다. 그건 정변이 아닌가. 바투와 몽케는 법을 어기고 국가에 반역했다. 나는 이시쿨 쿨리타이를 인정하지 않는다."

오고데이와 차가타이 가문에서도 들고일어나 카이미쉬를 지지했다.

"그렇다. 제국의 수도 카라코럼을 놓아두고 왜 바투의 땅에서 쿠릴타이를 열었는가. 그것은 사적인 욕심이 있기 때문이다. 다칸 선출은 우리 몽골 본토에서 이뤄져야 한다."

"우리가 아무리 세계 국가들을 지배하여 다스리고 있지만 중요한 것은 우리 본향인 몽골 땅이다. 수도도 정해져 있고 황궁도 카라코럼에 세워져 있다. 쿠릴타이는 당연히 이 카라코럼에서 열려야 한다."

"그렇다. 이 몽골 땅에서 열어야 한다. 칭기스 다칸께서는 외국땅 서하에서 돌아가셨지만 우리 땅에 돌아와서 묻히셨다. 외지에서의 쿠릴타이는 불법이고 무효다."

이렇게 되자 몽골 지배층들이 카이미쉬 파를 지지하고 나섰다. 바투의 행동은 불법이고 정변이라는 주장이 몽골의 여론이 되어 많은 사람들의 동의를 모았다.

한편 쿠유크의 두 아들 카자(Qaja)와 오굴(Oghul)은 자기네의 황위를 몽케에게 빼앗겼다고 생각했다. 그들은 이시쿨 쿠릴타이와 몽케 선출에 항의하는 서한을 바투에게 보내 황족이고 쿠릴타이 회원인 자기들은 바투의 불법행위를 받아들이지 않겠다고 통보했다.

대담하고 과단성 있는 바투는 일부로 이를 경시하는 자세를 보여 다음 쿠릴타이에 참석해서 그런 뜻을 밝히라고 회신하는 정도로 끝냈다.

소르칵타니가 나섰다.

"그렇게 반대가 많다면 별 수 없소. 외지의 쿠릴타이가 불법이라면 몽골 안에서 다시 소집하겠습니다. 그러나 장소는 카라코럼이 아니고 우리 황실의 본향인 동부에서 열기로 합시다."

외지에서 쿠릴타이를 열었고 참석자가 적어 만족치 않게 생각하기는 바투나 몽케도 마찬가지였다.

상황이 이렇게 진전되자 바투가 선언했다.

"당선된 몽케 다칸의 취임식은 본토에 돌아가 더 많은 사람들이 모인 쿠릴타이에서 거행하겠습니다."

바투와 소르칵타니는 협의 끝에 쿠릴타이 장소를 코디아랄(Khodee Aral)로 정하고, 1251년 다시 쿠릴타이를 열기로 했다. 코디아랄은 칭기스의 대본영이 있었고, 오고데이가 다칸에 취임했던 대초원이다. 울란바타르 동남쪽에 있다.

결국 1251년(고종 38년) 6월, 그들의 계획대로 케를렌 강변의 코디아랄에서 쿠릴타이가 소집됐다. 조치 가의 바투와 톨루이 가의 몽케가 합세해서 실력으로 강행한 집회였다.

오고데이 가에서도 장소가 잘못됐다고 항변할 수는 없었다. 코디아랄은 칭기스와 오고데이가 중요시한 몽골 최초의 수도이고 본영이었기 때문이다.

그러나 오고데이 가계의 귀족들은 서로 약속하여 대부분 코디아랄 쿠릴타이에 참석하지 않았다. 차가타이 가계에서도 다수가 불참했다.

바투는 킵차크를 두고 멀리 떠날 수가 없어 참석하지 않았다. 그러나 자기 친위대 3만 명을 몽케에게 보내면서, 그 지휘는 아우인 베르케 (Berke)와 청년이 된 손자 티무르(Timur)에게 맡겼다.

바투는 본국으로 출정하는 친위군을 불러놓고 명령했다.

"나는 코디아랄 쿠릴타이에 참석하지 못한다. 그러나 이번 회의는 무난히 치러져서 반드시 성공시켜야 한다. 사태는 심각하다. 거기서 어떤 사건이 발생할지 아직은 알 수 없다."

군사들은 조용히 경청했다.

"너희들의 임무는 소르칵타니-몽케 모자와 우리 집안사람들 및 지지자들을 보호하고, 소르칵타니 숙모가 쿠릴타이를 예정대로 원만히 추진할 수 있도록 도와서 몽케를 다칸으로 추대하게 하는 것이다. 군사들은 베르케의 명령에 따르고, 베르케는 몽케와 소르칵타니의 요청에 따르라. 그리고 티무르, 너는 아직 어리다. 베르케 공을 적극 보좌하고, 항상 군사들과 모든 행동을 같이 하라."

"예, 전하."

"많은 사람을 체포하고 처형하게 될 것이다. 필요하다면 일전(一戰)을 각오하라. 반대파의 도전이 있으면 전투도 사양하지 말라. 싸우면 반드시 이겨야 한다."

베르케의 3만 군사는 완전무장을 갖추고 초원을 가로질러 동쪽으로 진군했다. 그들은 알타이 산맥을 넘어 울란바타르 동남쪽의 코디아랄로 가서 진을 쳤다.

나라 안팎에서 귀족과 장수·대공(大公)들이 쿠릴타이에 참석하기 위해 모여들었다. 그 넓은 코디아랄 초원이 말과 사람들로 뒤덮였다. 몽골인의 습관대로 연일 잔치가 벌어졌다. 소르칵타니는 참석자들을 찾아다니며 안부를 전하고, 몽케 지지를 부탁했다.

한 달 동안 계속된 이 코디아랄 쿠릴타이에서 몽케가 차기 다칸 후보로 추천됐다. 1251년 7월 1일, 톨루이의 맏아들 몽케가 다시 다칸으로 선출됐다. 그가 몽골제국의 제4대 황제 헌종(憲宗)이다. 그때 몽케는 43세였다. 이래서 칭기스의 막내아들인 톨루이 집안이 몽골제국의 황권을 잡았다.

"나는 조상들의 법을 따를 것입니다. 다른 나라의 법을 흉내내는 일은 절대 없을 것입니다."

두 번의 쿠릴타이를 여는 산고 끝에 황제의 자리에 오른 몽케의 첫 소리였다.

"몽케 다칸 만세!"

"땅을 넓히고 황권을 강화하라는 칭기스 다칸의 유언을 성실히 수행하여, 나는 대외정벌을 계속하고 국내질서를 확립하겠습니다."

다시 함성이 터져 나왔다.

"몽골제국 만세!"

"몽케 다칸 만세!"

다칸 선출이 끝나자 다칸 몽케가 단상으로 올라가 선언했다.

"돼지의 해(1251, 辛亥年) 7월 1일은 나와 여러분, 그리고 우리 몽골제국에 다 같이 기쁜 날입니다. 하늘이 내려준 이 기쁨을 함께 나누기 위해 열리는 축제의 첫날입니다. 오늘 하루만은 우리 모두가 아무 일도 하지 말고 쉬면서 놀기로 합시다. 이곳은 우리 조상들이 자리 잡은 우리의 본향입니다. 칭기스 다칸이 태어나고 자라나고 싸워서 이긴 신성한 대지입니다."

몽케는 손을 들어 북쪽을 가리키며 말했다.

"우리의 성산인 부루칸 칼둔이 저쪽에 높이 보입니다. 칭기스 다칸께서는 이 코디아랄 초원을 중히 여겨, 여기에 대궁(aurag ordu, 大宮)을 짓고 몽골의 수도로 사용했습니다. 신성하고 역사적인 이 평원에서 다칸에 선출되어 취임하게 된 것은 저로서는 더없는 영광입니다."

우렁찬 박수가 부루칸 칼둔을 흔들 정도로 크게 터져 코디아랄 평원을 덮었다.

"오늘은 참으로 성스러운 날입니다. 오늘 하루는 우리의 이 신성한 대지를 청결히 받들기로 합시다. 오늘만은 짐승들에게도 일을 시키거나 짐을 지우지 맙시다. 천막을 친다고 땅에다 말뚝을 박지 말고 물도 더럽히지 맙시다. 사냥 나가서 야생 동물을 잡아서도 안 됩니다. 잔치에 쓸 짐승을 잡을 때도 그 피가 떨어져 땅을 더럽히지 않게 조심합시다. 오늘 7월 초하루만은 그렇게 합시다."

다시 박수가 터져 나왔다.

칭기스 사망을 계기로 몽골 황실은 차가타이-오고데이 가계와 조치-톨루이 가계의 진영으로 나뉘어 대립했다. 황제가 사망할 때마다 그들은 권력투쟁을 벌여왔다. 그 싸움에서 이번에는 재야파 황족인 조치가의 바투와 톨루이가의 몽케의 연합세력이 이겼다.

황권투쟁이 4년간 계속됐으나 끝난 것은 아니었다. 카라코럼 황궁에 머물면서 코디아랄의 소식을 지켜보던 오고데이 가에서 쿠릴타이의 무효를 외치며 반발했다. 문제는 장소가 아니고, 회의 결과가 위법이라는 것이었다.

쿠유크의 미망인인 황후 카이미쉬가 나서서 선언했다.

"나는 황권을 대리하는 섭정의 자격으로 몽케의 다칸 등극을 거부한다. 섭정인 내가 동의하지 않은 쿠릴타이 소집 자체가 무효일 뿐만 아니라, 오고데이 가 이외에서 황제를 선출한 것은 1229년과 1241년의 쿠릴타이 결의에 위배되기 때문이다. 이 모든 것이 바투의 군사적 위협에서 이뤄졌기 때문에 코디아랄 쿠릴타이는 원천적으로 무효다."

그러나 카이미쉬의 힘은 너무 약했다. 바투의 목소리가 하늘을 울리는 사자후(獅子吼)라면 카이미쉬의 외침은 귓가에서 앵앵대는 모기소리였다. 카이미쉬 섭정의 발언에 관계없이 코디아랄에서는 축제가 계속됐다.

일주일간 계속된 축제에서 매일 소 3백 마리, 양 3천 마리와 수레 2천대의 술이 소모됐다. 그들이 마신 술은 몽골의 막걸리 아이락과 외국에서 실어온 포도주였다.

축제가 끝나갈 무렵, 몽케에게 카라코럼으로부터 정보가 하나 들어왔다.

"오고데이 자손들이 이번 쿠릴타이를 승인하고, 몽케 다칸의 취임을 축하하기 위해 이곳으로 떠났다고 합니다."

"그런가. 그렇다면 다행이다."

소르칵타니도 기뻐했다.

그러나 뒤이어 몽케의 군사 하나가 다른 보고를 가지고 왔다.

"오고데이 가의 왕자 3명이 가까이 와 있다고 합니다. 그러나 그들은 몽케 다칸의 취임을 축하하기 위해 오는 것이 아니라, 자객으로 온다고 합니다. 그들은 우리가 술에 취해있는 틈을 타서 다칸과 황모를 시해하고, 이번 쿠릴타이를 무효로 선언할 것이라 합니다. 그들은 반역을 기도하여 정변을 일으키려는 모양입니다."

정보를 가져온 몽케의 군사는 없어진 말을 찾으려고 사흘 거리 밖으로 나갔다가 일단의 군대가 오는 것을 보았다. 그 군대는 카이미쉬 쪽의 군대였다. 마차에 무기들이 들어있는 것을 보고, 그 중 알고 있는 군사를 만나 물었다.

"마차들에 무슨 무기가 이렇게 들어있나?"

"내 마차에만 있는 것이 아니다. 다른 마차에도 무기가 있다. 우리는 쿠릴타이를 습격하러 간다."

"지휘관은 누구인가."

"쉬라멘(Shiremen) · 나구(Nagou) · 쿠도쿠(Qudoqu) 등 오고데이 가의 왕자 3명이 맡고 있다."

몽케의 군사는 사흘 거리를 하루 사이에 달려와서 보고했다.

소르칵타니가 말했다.

"정변설이 맞는 정보다. 철저히 준비하여 저들이 도착하면 바로 체포하여 없애라."

몽케는 즉시 원로 장수인 만케사르(Manqessar, 忙哥撒兒)에게 군사 3천을 주어 나가서 지키게 했다.

만케사르는 다음날 새벽 군사를 이끌고 나갔다. 이틀 거리에 나가보니 과연 군사들이 오고 있었다. 만케사르는 밤이 되어 그들이 설영하기를 기다렸다. 날이 어두워지자, 카이미쉬의 군사들은 게르를 치고 숙영에 들어갔다. 만케사르의 군사들은 밤을 이용하여, 잠자고 있는 군사들을 포위했다.

만케사르가 지휘부 천막에 가서 외쳤다.

"그대들이 나쁜 뜻을 품고 왔다고 몽케 다칸에게 보고한 사람이 있다. 혹시 이 보고가 잘못된 것이라면, 즉시 다칸의 막영(幕營)으로 가서 죄가 없음을 증명하라. 불응한다면 황제의 명에 따라, 그대들을 체포하여 황제에게 끌고 갈 것이다."

그 소리를 듣고 왕후(王侯)들이 천막에서 나왔다. 그제서야 그들은 자기네가 포위된 것을 알았다.

"우리는 나쁜 뜻이 없다. 카이미쉬 섭정이 보낸 축하단이다. 새로 다칸이 된 몽케 공에게 인사를 드리러 가는 길이다. 우리를 다칸에게 안내하라."

"그러면 저들 마차 안의 무기는 무엇이오?"

"우리는 군대다. 군대가 가는 곳에 무기가 없을 수 있는가."

"그렇소이까. 그러면 우리를 따라오시오."

그들은 안내를 받아 코디아랄 초원으로 갔다. 몽케의 게르 정문에 가까이 이를 무렵, 몽케의 지시를 받은 바투 진영의 군사책임자 베르케가 집합령을 내렸다.

이와 함께 바투의 친위대 군사들이 나타나 카라코룸 군사들을 모두 체포하여 묶었다. 몽케는 세 왕자들을 다른 게르에 연금시켜 놓고 주로 중국인과 아랍인들로 구성된 수행자 20명을 고문하기 시작했다.

만케사르가 이끌고 있는 조사관들은 수행원들에게 매질을 계속하면서 진상을 자백하도록 고문했다. 결국 그들은 몽케와 소르칵타니를 살해하기 위해 왔다고 자백했다.

보고를 받고 몽케는 혼자서 고민했다.

같은 황족인데 저들을 어떻게 처리해야 하는가.

몽케는 나이든 아랍인 선비 야와라츄(Muhamad Yawarachiu)를 불렀다. 코라슴에서 포로로 잡혀와 있는 그는 평소 말수가 적은 현인(賢人)이었다.

야와라츄가 몽케의 게르로 들어섰다.

"앉으시오."

몽케가 진상을 설명하고 물었다.

"저들과 나는 같은 피를 나눈 칭기스 다칸의 후손들이다. 그러나 반역을 시도하여 우리를 해하려고 군사를 끌고 왔다. 어떻게 처리해야 하겠는가."

"뿌리 깊은 나무들을 뽑아내고, 새 나무를 심으십시오."

몽케는 야와라츄가 더 자세히 얘기할 것으로 알고 기다리고 있었다. 그러나 그는 입을 열지 않았다.

몽케가 입을 열었다.

"알겠소. 뿌리를 뽑고 새 나무를 심겠소."

몽케가 나가서 잡혀온 사람을 끌어내어 말했다.

"너희들은 나라의 중심을 파괴하려한 반역자들이다. 몽골제국의 장래를 위해 그런 반역자들은 용서할 수 없다."

장내가 쥐죽은 듯이 고요했다.

"반역자들의 입을 돌과 흙으로 메워라."

이래서 오고데이 가의 장군들과 군관들은 입이 틀어 막힌 채 모두 숨을 거두었다. 다른 수행자들은 스스로 자결했다. 미처 자결하지 못한 사람들은 처형됐다.

"나의 6촌이 되는 왕자들은 우리 일가를 살해하고 정변을 일으키기 위해 이곳에 왔다. 이것은 동행자들의 고백으로 밝혀졌다. 그들은 분명히

반역죄를 범했다. 그러나 그들 모두 칭기스 다칸의 후손이기 때문에 나는
그들에게 고문하거나 피를 흘리지 않게 하려 한다. 그들에게 징계는 하되
처형하진 않을 것이다."

몽케는 그들을 석방하여 일정 지역에서만 살도록 연금했다.

사태가 진압되자 몽케는 반역을 진압한 만케사르 장군을 최고재판관인
단사관(斷事官, 지금의 대법관)에 임명하고, 카이미쉬의 논리를 반박한 아
우 쿠빌라이(Kubilai, 忽必烈)는 고비사막 이남의 몽골 점령지를 통치하는
막남총독(漠南總督)에 임명했다.

황후의 옷을 벗겨 몸을 꿰매라

몽케의 당선축제가 벌어지고 있는 동안 황모가 된 소르칵타니는 카이미쉬의 단죄를 추진하고 있었다.

"이번 반역의 주범은 카이미쉬 카툰이다. 당장 그를 체포하라."

소르칵타니의 명령에 따라 몽케의 사절이 바투의 군사들과 함께 카라코룸으로 달려갔다. 카이미쉬는 코디아랄의 상황을 초조하게 기다리며 긴장해 있었다. 몽케의 군사들이 카이미쉬 궁으로 들어갔다.

사절이 말했다.

"그대는 황후이고 섭정이었습니다. 그러나 반역죄를 지었소. 지금이라도 몽케 새 황제에 충성을 서약하면 관대히 처리하겠소."

"몽케와 다른 왕후들도 오고데이 황제의 자손이 아니면 황제로 인정하지 않겠다고 서약하지 않았는가."

그 말을 전해 듣고 몽케는 분개했다.

"그녀의 두 손을 가죽부대에 넣어 꿰매어 끌고 오라."

군사들이 카이미쉬를 묶었다. 그러나 차마 가죽부대에 넣을 수는 없었다. 카이미쉬는 궁전에서 입고 있던 섭정의 궁복들을 그대로 입고 실려 갔다. 카이미쉬는 쿠추의 아내인 며느리와 함께 코디아랄로 운반되어 소르칵타니 궁으로 옮겨졌다.

"카이미쉬의 죄를 내가 물을 수는 없다. 단사관이 직접 심문하여 단죄 (斷罪)토록 하겠소. 단사관을 들게 하라."

새로 단사관 자리에 오른 만케사르가 들어왔다.

소르칵타니가 말했다.

"카이미쉬는 아랍인 포로 파티마(Fatima)를 시켜 악행을 일삼아온 악마입니다. 그를 파티마처럼 가혹하게 다뤄 처형하시오."

"예, 황모님."

소르칵타니의 명령에 따라, 단사관 만케사르가 카이미쉬를 심문했다.

"카이미쉬의 옷을 벗겨라."

"야, 이놈아! 거, 무슨 소린가! 쿠유크 다칸 외에는 아무도 내 몸을 보지 못했다. 네가 그런 나를 이렇게 할 수가 있는가. 이건 소르칵타니가 시킨 짓이지!"

그러나 군사들이 아랑곳하지 않고 달려들어 카이미쉬가 입고 있던 비단 궁복과 금모자를 벗겼다. 카이미쉬는 발버둥을 쳤으나 그녀의 몸은 곧 속옷 하나 없는 완전한 알몸으로 드러났다.

만케사르가 명령했다.

"죄인의 몸에 있는 모든 구멍을 쇠바늘로 꿰매어 막아라!"

몹시 무더운 여름날이었다. 몽케의 군사들은 나체가 된 카이미쉬의 두 손을 생가죽으로 묶어놓고, 입이며 코와 눈·귀 그리고 아래 부분까지 몸의 구멍들을 모두 쇠바늘로 꿰매어 막았다. 카이미쉬는 발악하듯 소리를 질렀지만 군사들의 꿰매기는 아무 것도 달라지지 않았다.

만케사르의 심판은 계속됐다.

"카이미쉬를 게르들에 돌려 사람들이 보게 하라."

조리돌림이었다. 소르칵타니는 법관을 시켜 카이미쉬를 게르마다 돌려 사람들이 보게 한 뒤 담요로 싸서 발로 밟게 했다.

쿠유크의 황후로서 남편의 사후 국감이 되어 2년 3개월 동안 몽골의 대권을 휘둘러온 카이미쉬는 결국 뭇 사람들의 발길에 채여 담요 안에서 죽었다. 그의 시신도 강물에 던져졌다.

소르칵타니가 카이미쉬를 처형한 방법은 쿠유크가 파티마를 처형한 방법과 같았다. 차이가 있다면 파티마는 혼자 몽골 중부 카라코럼 교외의 오르콘 강에 수장됐지만, 카이미쉬는 다른 친척과 함께 동부 코디아랄의 케를렌 강에 수장된 점이었다.

몽케는 차가타이의 손자 부리에게 손을 댔다.

"부리는 유럽 전선에서 연회를 벌일 때 바투 공을 모욕한 적이 있다. 그때 나는 그의 처리를 차가타이에게 맡기도록 건의했다. 그러나 부리는 처벌받지 않고 아직 살아있다. 이제 나는 그를 바투 공에게 보내 처리케 하겠다."

러시아 원정에 승리한 뒤 벌어진 연회장에서 바투와 쿠유크 사이에 언쟁이 벌어졌을 때, 부리는 바투에게 욕을 하면서 쿠유크와 함께 퇴장하여 귀국한 적이 있었다. 그때 오고데이는 바투의 보고서를 읽고 그를 처벌하려 했다. 그러나 몽케의 권고를 받아들여 부리를 차가타이에게 보내 처리케 했다. 차가타이는 엄한 꾸중만 하고는 부리를 용서해 줬다.

"보기 싫다. 그 자를 베어 없애라!"

부리를 인도받은 바투는 그 일을 생각하며 부리를 베어 처형했다.

바투의 군사력을 배경으로 다칸이 된 몽케는 강력한 황권을 행사하여 오고데이 차가타이 가의 남녀 77명을 체포하여 즉결에 처했다.

사람의 국(局)은 크지만 과격한 몽케는 자신의 직접적인 정적들을 처형한 다음, 숙청을 확대하여 중립적인 정적들의 징벌에 나섰다.

"오고데이-차가타이 양가의 2대에 걸친 상처와 불법이 너무나 넓고 깊구나. 이것을 모두 도려내어 말끔히 청소해야 한다. 오염된 우리 대몽제국을 새롭고 활기차게 만들기 위해서는 숙청을 멈출 수는 없다."

몽케는 차가타이와 오고데이 가문을 지지하는 사람들을 조금이라도 의

심되면 모두 해직하거나 처벌했다.

몽케는 다시 심문관들을 제국의 전 영역에 파견하여 자기 계파에 충성하지 않는 사람들은 모두 잡아다 재판하고 처벌했다. 위구르의 임금도 이때 처형됐다.

운이 좋아서 죽음을 면한 사람들도 카라코럼으로 몽케를 찾아가서 충성을 서약하고 용서를 받아야 살아갈 수 있었다. 그러나 그 과정에서 처벌된 사람도 많았다.

보복과 숙청은 이만 하면 됐다. 이젠 관용의 차례다. 선심을 베풀어 국민을 단결하고 제국을 강화해야 한다.

정적에 대한 대규모의 유혈 숙청을 마친 다음, 몽케는 한숨을 돌려 비정치적인 일반 사범의 죄인들에게는 사면령을 내려 충성할 기회를 주었다.

정변에 개입하지 않고 카라코럼에 남아있던 쿠유크의 다른 아들 카자(Qaja)는 일족의 몰살에 분개하여 반란을 계획하고 있었다.

카자의 부인이 그것을 알고 말했다.

"세상엔 운명이라는 것이 있습니다. 이것은 하늘이 정한 것이어서 사람이 바꿀 수는 없습니다. 지금은 세상의 운이 우리를 떠나 몽케 쪽으로 옮아가 있어요. 이 운명의 흐름을 받아들여야 합니다."

"그럴 수는 없소. 저들은 우리의 법도를 무시하고 힘으로 무리를 범하여 황족과 죄 없는 신하들을 마구 죽이고 처벌했소. 이런 것을 두고 볼 수는 없소. 이미 일은 시작됐어요. 계획이 끝났소. 이제 곧 일어설 것이오."

카자는 평소 비판적이고 행동력이 강했다. 바투와 소르칵타니가 이시쿨 쿠릴타이를 열어 몽케를 다칸으로 추대하자 그 불법성을 들어 항의서한을 보냈던 사람이다.

부인이 말했다.

"고정하십시오, 카자 저하. 생각과 현실은 다릅니다. 힘이 저쪽에 가 있어요. 그게 현실입니다. 당신의 생각은 좋으나 힘이 없으면 생각은 그냥 생각일 뿐입니다. 남아 있는 혈족과 후손들을 생각하여 이 현실을 받아들입시다."

그 말에 카자는 누그러지기 시작했다. 그는 부인의 간곡한 만류로 마음을 바꾸어 반격을 단념하고 스스로 몽케에게 가서 사죄하고 용서를 빌었다.

몽케가 말했다.

"마음에 어려움이 많았을 것이다. 그러나 일족의 불행을 모두 잊고 앞으로 나에게 충성할 수 있겠는가."

"예, 다칸 폐하. 저는 어느 대신이나 장수보다도 앞서서 다칸에게 충성하고 제국에 헌신하겠습니다."

"네 말을 믿겠다. 칭기스 다칸의 후손답게 네가 한 말을 지키도록 하라. 그럼 돌아가라."

카자는 몽케의 용서를 받아 생명이 보장됐다.

몽케는 황족들에 대해서는 관용을 베풀었다. 정변을 계획했던 오고데이 가의 왕자인 호자는 카라코룸 서쪽 게르에서 살도록 하고, 나구(Nagou, 惱忽)와 쉬레멘은 군에 입대하라고 명령했다.

쿠빌라이는 코라슴 전투에서 독화살을 맞고 전사한 무투겐의 아들인 쉬라멘을 아껴서 그를 중국정벌에 데려갔다.

톨루이-소르칵타니의 장남인 몽케는 진지한 사람이었다. 그의 품성은 칭기스와 닮은 데가 많았다. 몽골인들에게서는 좀처럼 찾아보기 힘든 절제력과 온건함을 몽케는 넉넉히 갖추고 있었다.

몽케는 오고데이처럼 경박하지 않았다. 쿠유크처럼 무모하지도 않았다. 말은 적은 편이고, 술을 마시거나 사치스런 생활을 하지도 않았다. 몽케는 황족들 가운데서 거의 유일하게 술을 즐기지 않았다. 그의 일상생활도 칭기스나 톨루이를 닮아서 항상 간소하면서도 철저했다.

그는 황실의 중추라는 권위가 있는 데다 전쟁터에서 쌓은 군공이 컸고,

기하학에도 남다른 재주가 있는 몽골의 귀재였다. 그의 명망과 실력은 오고데이나 쿠유크의 부자들로서는 도저히 따를 수 없는, 대범하면서도 탁월한 역량이었다.

오고데이를 추대한 차가타이가 오고데이 황제의 강력한 후원자였듯이, 몽케를 추대한 바투는 몽케 황제의 든든한 후원자였다. 오고데이-차가타이 양가가 누리던 몽골제국의 관직과 특혜는 이제 조치-톨루이 양가가 누리게 됐다.

몽골 황실의 이런 변화는 모두 몽골 황실의 수재 여성 소르칵타니의 오래되고 치밀했던 꿈의 실현을 의미한다. 그러나 소르칵타니는 황모가 되어 평생 소망의 극치를 이룬 지 7개월 뒤인 이듬해 1252년 2월, 음력 설날을 즈음해서 사망했다.

소르칵타니는 아들을 모두 잘 키워서 역사상 뚜렷한 인물로 성공시킨, 인류사에서 찾아보기 드문 훌륭한 여자였다. 그녀의 네 아들들은 모두 몽골의 칸이 됐다.

장자 몽케와 3남 쿠빌라이(Khubilai)는 제국의 황제인 다칸이 됐다. 차자 알릭부케(Arik Buke)도 다칸이 됐으나 아우 쿠빌라이와의 경쟁 끝에 패하여 실각됐다. 4남 훌레구는 중동 일 한국(Il Khanate)의 임금이 됐다. 유라시아 대륙을 차지한 그 후의 몽골제국은 톨루이-소르칵타니 부부의 후손들이 대를 이어 지배했다.

여성을 경시하기로 유명한 회교지역인 출신으로서, 특히 여성천시의 사학자로 유명한 헤부래우스(Hebraeus)는 소르칵타니의 능력에 감탄한 나머지 이렇게 적었다.

'만약 내가 여성들 가운데 소르칵타니와 같은 여자 한 명만 더 볼 수 있었다면, 나는 여자가 남자보다 훨씬 더 우월하다고 인정하겠다.'

역사의 기록상 소르칵타니에 관한 찬사는 많다. 그러나 헤부래우스의 찬사가 최상의 격찬으로 평가되고 있다.

몽케는 즉위 초에 여러 왕공들의 권한을 다시 배정했다. 우선 몽골 제국을 다섯 개의 지역으로 나누어 한국(汗國, khanate)이라 하고 각 지역의 책임자를 임명했다. 이 책임자들이 황제권한대행의 총독이었다.

5명의 총독은 몽케의 세 동생과 조치 집안의 바투(Batu), 차가타이 집안의 카라 훌레구(Qara Hulegu) 등이었다. 그 5명의 총독 위에 몽케가 다칸으로 군림해 있었다.

카라코룸을 포함한 몽골의 본토는 풍습에 따라 자기의 4형제 중 막내인 아리크부게(Ariqbuge)에게 주었다. 중동지방의 총독으로는 셋째 아우인 훌레구(Hulegu)를 임명했다. 몽골의 지배지역 안에서 가장 물산이 풍요한 중국은 둘째인 쿠빌라이(Qubilai)에게 돌아갔다. 몽골의 바로 서쪽 지역은 차가타이 가에 주어 그의 장손인 카라 훌레구[71]에 맡겼다. 킵차크 지역은 조치 가에 주었다. 이 지역은 조치의 둘째 아들 바투(Batu)에게 맡겨 간섭하지 않았다. 바투가 죽은 뒤에는 바투의 후손들이 킵차크 한국의 왕위를 승계해 나갔다.

그 후 몽케는 이런 권한 재배정에서 소외된 오고데이 가에 속하는 황실 귀족들로부터 심한 반발을 받았다. 오고데이의 손자들인 쉬라멘과 나구가 반란을 주동했다. 조사 결과 이들은 유죄가 인정되어 모두 처형됐다. 이미 황후인 카이미쉬와 두 손자가 처형되어 오고데이 가계는 크게 훼손됐다.

이런 유혈의 과정을 거친 다음에 몽케의 권력은 다시 안정됐다. 몽케는 선대 황제들이 수행하다가 쿠유크 때 중단되거나 소홀했던 정복전쟁을 재개했다. 평화를 맞았던 고려도 몽케 시대에 와서 다시 침공을 받는다.

---

71) 카라 훌레구는 코라슴 전선에서 전사한 무투겐(Mutugen)의 아들로, 칭기스의 증손이고 차가타이의 장손이다.

제 7 장

최악의 전쟁

과격파 몽케, 고려를 쳐라

반대파의 숙청이 끝나자, 몽골의 제4대 황제인 헌종 몽케는 대외문제를 논의키 위해 신료와 장수들을 불러들였다. 특히 고려에서 최우가 죽고 최항이 들어선 것을 계기로 몽골 측에서도 고려의 대몽정책에 변화가 있기를 기대하고 있었다.

몽케가 말했다.

"최우는 강경하고도 유능한 고려의 지도자였다. 고려에 나가있던 장수들의 보고에 의하면, 최우가 고려 반몽세력의 중심에 서서 강력한 지도력과 우수한 전략으로 우리 몽골에 대한 항전을 주도해 왔다고 했다. 그런데 그 최우가 작년에 죽었다. 앞으로 고려에 어떤 변화가 올 것인가?"

몽케가 문제를 던지자 고려에 경험이 많은 참모들이 돌아가면서 한마디씩 자기 생각을 말했다.

"최우의 후계자 최항이 어떤 자인지는 아직 정확히 알 수가 없으나, 아무래도 우리에 대한 고려의 태도는 한층 누그러들 것입니다. 저들도 힘의 한계를 드러내어 더 이상 싸울 역량이 없고, 최우가 죽었으니 그 동안 눌려 있던 문신 중심의 온건 화친파들이 고개를 들 것입니다."

"그렇습니다. 최항이 아무리 유능하다 해도 최우만은 못할 것입니다.

따라서 고려의 국가 지도력에 문제가 생길 것입니다. 최항은 선대가 튼튼히 다져놓은 권력기반을 그대로 승계했기 때문에 수년간 더 버틸 수는 있습니다. 그러나 시일이 흐르면서 고려와 최씨 무인정권은 약화될 것입니다."

"최씨정권이 무너지면 그 권력승계를 놓고 세력들 간에 서로 싸움이 벌어져 고려는 결국 우리에게 항복할 것이고, 출륙환도와 국왕입조를 거부하지 못할 것입니다."

그런 말을 듣고 있던 몽케가 말했다.

"그렇다고 그때까지 우리가 기다릴 수는 없지 않은가?"

"물론입니다. 고려의 지도부 안에 균열이 생기기 시작하면 그때 다시 군사를 출동시키면 됩니다."

"지금 우리 몽골에는 정벌해야 할 목표가 세 개 남아있다. 완전 항복을 거부하고 있는 동방의 고려와 완강히 항전을 계속하고 있는 남방의 송나라(南宋), 그리고 서방의 칼리프 지배지역 코라슴(Khorasm)이 그런 미정복 지역이다."

"그 동안 외정이 중지된 지 3년이 넘었습니다. 군사들이 나태하고 몸이 무거워지기 전에 전쟁을 다시 시작해야 합니다."

"그렇다. 그러나 바로 쳐들어가기 전에 우선 사절을 보내 새로운 집권자들의 면모를 알아보고 저들의 항전 태도도 떠보면서 달래보는 것도 한 방법이다. 저들의 항복도 권고해 보겠다. 그들이 쉽게 투항하지는 않을 것이다. 그러면 그때 우리 원정군이 떠날 것이다. 그 동안은 출정준비를 서두르도록 하라."

그러면서 몽케는 고려 정벌 장수로 칭기스의 조카인 황숙 야쿠(Yaku 또는 Yeku, 也窟)나 아우뻘인 쑹주(Songzhu, 松柱)를 임명하고, 중동지역 정벌은 그 지역의 총독으로 임명된 자기 동생 훌레구에게 맡겼다.

금나라가 정복된 뒤 중국에서 몽케가 가장 역점을 둔 곳은 남송이었다. 남송 정벌은 몽케 자신이 감독하고 아우인 쿠빌라이의 지휘로 수행됐다.

"지난 해 홍까오이를 고려에 보냈으나, 그때 우리는 내부 사정이 복잡해서 홍까오이도 임무를 제대로 수행하지 못한 채 돌아왔다고 합니다. 그래서 이번에 정식으로 사절을 보내 저들의 내막을 알아보고 투항을 권해 보는 것이 좋을 것입니다."

"그래. 그러면 다시 고려에 대해 회유책을 써보도록 하겠다."

그래서 몽골 새 황제 몽케는 강화도를 다녀온 쟝쿤(Jiangkun, 將困)과 홍까오이(Honggaoyi, 洪高伊) 등의 사신단 48명을 다시 고려에 보냈다.

몽골 사신들이 고종 38년(1251) 10월 18일 강화도로 와서, 개경과 송악산이 건너다 보이는 승천관에 머무르고 있었다. 홍까오이는 연초에 다녀간 지 열 달 만에 다시 고려에 왔다.

홍까오이가 말했다.

"우리는 새로 즉위하신 우리 헌종 다칸의 사신으로 왔소. 이번에도 고려 임금이 여기까지 나와서 직접 우리를 맞아야 할 것이오."

그러나 고려에서는 이에 응하지 않았다. 몽골 사신들은 사흘을 버텼다. 고종은 그때서야 21일 제포궁으로 가서 몽골 사신들을 맞았다.

단장격인 쟝쿤이 말했다.

"우리 몽케 공께서 새로 황제로 등극하셨소이다. 정종 황제께서 돌아가시는 바람에 그 4촌 아우이신 몽케 전하가 황위에 오르셨습니다. 칭기스 다칸의 손자분이십니다."

"얘기는 대충 들었소이다. 새 황제의 등극을 축하합니다."

"고맙습니다. 고려에 보내는 우리 새 황제 폐하의 조서를 드리겠습니다."

쟝쿤은 몽케의 조서를 고종 앞에 내놓았다. 고종이 그것을 받아서 읽었다.

쟝쿤이 말했다.

"황제께서는 고려의 '조기 출륙환도'와 국왕의 '몽골 황도입조'를 희망하고 계십니다. 빨리 응해 주서야 하겠습니다."

"같은 말을 반복하지 않을 수가 없구료. 나는 나이 들고 병이 깊은데다 나라의 왕위는 잠시도 비울 수가 없어, 먼 곳까지 갈 수가 없소. 대단히 미안하오."

장쿤·홍까오이 등은 국왕 고종의 출영(出迎)을 받아낸 이틀 뒤인 23일 강도성으로 들어왔다. 다음날 고종은 수창궁에서 몽골 사신들에게 연회를 베풀어주었다.

홍까오이가 신료들에게 물었다.

"새로 집정이 됐다는 최항 공은 왜 나오지 않았습니까? 그는 우리를 반기지 않는 겁니까?"

"아니오. 그는 새로 일을 맡아서 요즘 바쁩니다. 오늘도 여러 가지 중요 일을 하느라 이 자리에는 나오지 못했소."

"그분은 어떤 사람이오."

고려 측에서 여러 가지를 말해 주었어도 홍까오이는 계속 물어왔다. 몽골에 대한 최항의 정책과 태도, 그의 권한, 임금과의 관계 등에 대해 계속 물었다.

그해 10월 29일 고종은 4품 이상의 관원들에게 몽골의 요구에 대해 어떻게 답하는 것이 좋을지에 대해 의논해보라고 명했다.

"폐하께서 연로하신 데다 병환이 있으시니 절대로 몽도(蒙都, 카라코럼)에 가실 수는 없습니다."

"그렇습니다. 국왕 입조를 단호히 배격해야 합니다."

조정 신료들 사이에서는 다시 화친파와 항몽파 사이에 의견이 갈려 논쟁이 일었다.

"몽골 새 황제 몽케의 요구입니다. 그는 성격이 포악하고 무서움을 모르는 사람이라 합니다. 들어주지 않으면 그가 다시 쳐들어올 것입니다. 임금이 가실 수 없으면 태자라도 가야 합니다."

"그럴 필요가 없습니다. 폐하께서는 버틸 만큼 버티다가 그때 가서 태자가 간다 해도 늦지는 않습니다."

백관회의에서는 항몽파와 화친파가 이렇게 결론 없는 논쟁만 계속하고 있었다. 그들은 장시간의 논의 끝에 내년(1252) 6월중에 출륙 환도한다고 통고하여 몽골의 재침을 연기시키고, 고종이 와병중임을 들어 임금 대신 태자를 입조시킨다는 대안을 제시하여 협상과정에서 시간을 끌기로 결정했다.

그래서 고려는 이현(李峴, 추밀원 부사)과 이지위(李之葳, 시랑)를 몽골에 보내기로 했다.

그해 윤 시월이었다. 여몽전쟁 기간 중 몽골군 격퇴와 반란 진압에 투입되어 용전분투한 이자성(李子晟, 문하평장사)과 채송년(蔡松年, 중서시랑 평장사)이 세상을 떠났다.

이현과 이지위는 1252년(고종 39년) 정월 21일 고려에 왔던 쟝쿤 홍까오이 등 몽골 사신들과 함께 몽골로 갔다. 그때 장일(張鎰)이 이현의 서장관(書狀官)으로 따라갔다.

아시아 내륙의 겨울은 추웠다. 강은 얼어붙고 초원엔 눈이 높이 쌓여 있었다. 그들은 내륙의 추위를 견디며 부지런히 달려서 중국 대륙과 몽골 초원을 지나 한달이 지난 2월 하순 몽골 수도에 이르렀다.

고려 사신들이 카라코룸에 도착하자 몽골 황제 몽케는 먼저 고려에서 돌아온 자기네 사신들을 불러서 물었다.

"고려의 집정자가 바뀐 이후 고려의 정세는 어떻더냐?"

쟝쿤이 말했다.

"죽은 최우의 아들 최항이 권력을 승계했는데, 이 최항이란 자는 최우에 못지않은 항몽 강경파라 합니다. 따라서 저들이 쉽게 국왕입조나 출륙 환도를 받아들이지는 않을 것입니다."

"고려의 정파들 사이에 국론이 아직도 최우 때처럼 항몽으로 일치되어 있더냐?"

홍까오이가 대답했다.

"그 동안 잠자고 있던 문신 중심의 화평파들이 다시 고개를 들고 있는 것 같았습니다. 그러나 항전파 최항이 고려군의 정예인 삼별초(三別抄) 군사를 장악하고 무인정권의 권력이 강력하게 유지되고 있는 한 기대할 것이 별로 없을 것입니다."

"그럴 것이다."

몽케는 실망했다는 표정을 지으면서 다시 고려에서 들어간 이현을 불러 물었다.

"너희 고려는 육지로 나왔느냐, 아직 안 나왔느냐?"

이현은 출발 전에 최항이 일러준 대로 말했다.

"신이 정월에 강화도를 출발할 때 개경 외곽인 승천부의 백마산에 출륙을 위한 궁궐을 짓고 있었습니다."

"그러면 언제 나온다는 것이냐?"

"금년 6월에 출륙할 예정입니다."

"그러냐. 그리만 된다면 출륙환도문제는 해결되겠구나."

"그렇게 믿어주십시오, 폐하."

"그러면 너희 임금의 입조문제는 어찌 하려느냐?"

"저희 고종 임금은 이미 육십의 고령에다 지금 와병 중이어서 몸소 상국에 입조할 수는 없습니다. 황제 폐하께서 혜량하여 주신다면 태자의 입조는 가능합니다."

"국왕입조는 계속 거부하겠다는 말이구나."

"거부라기보다도 사정이 그러하니 대안을 생각하고 있습니다."

"짐이 사신을 고려에 파견해서 고려 임금이 출륙환도할 의사가 있는지, 그 준비는 어느 정도나 되어 있는지 등을 다시 한 번 확인한 다음에 그 결과에 따라서 정벌군의 출병 여부를 결정토록 하겠다. 그 동안 너는 이곳에 머물러 있도록 하라."

몽케는 이현을 억류해 놓고 두오케(Duoke, 多哥)와 아투(Atu, 阿土)를 다시 고려로 보내면서, 이현의 서장관인 장일로 하여금 사신들을 안내토록 했다.

그때 몽케는 고려로 떠나는 몽골 사신들을 불렀다.

"너희가 고려에 도착했을 때 고려의 왕이 강을 건너 육지로 나와서 너희를 맞아들이면 비록 백성들이 육지로 나오지 않는다 해도 저들의 출륙을 믿을 수 있다. 그렇지 않거든 고려가 출국할 의사가 없는 것이니 너희는 지체하지 말고 속히 돌아오라. 너희가 돌아오는 때를 기다려서 나는 군사를 출동시켜 고려를 칠 것이다."

강화에 농성항거 중인 고려에 대한 몽케의 외교밀지다.

장일이 귀국 길에 오랫동안 몽골 사신들과 숙식을 같이하는 동안 이런 몽케의 밀지를 알아냈다. 그가 고려에 돌아와서는 고종에게 그 내용을 알려주었다.

"몽케가 임금의 출륙영접과 몽군의 고려재침을 내놓고, 우리 보고 선택하도록 강요하고 있구나."

고종은 최항을 비롯한 재신들과 의논했다.

"몽골은 짐이 뭍으로 나가서 자기네 사절을 맞으면 출륙할 의사가 있는 것으로 알겠지만, 그리 하지 않는다면 다시 군사를 보내 침공해 오겠다고 하고 있소. 과인이 조강(粗江)을 건너 승천부(昇天府)로 가면 몽골의 재침을 예방할 수 있을 것 같은데 어떻게 함이 좋겠는가?"

최항이 나섰다.

"몽골의 사신을 맞기 위해 대가(大駕, 어가)가 가볍게 강 밖으로 나가는 것은 당치 않습니다. 고정하십시오, 폐하."

최항은 최우와 마찬가지로 항몽 강경파였다. 그는 교정별감으로서 무인정권의 집정이어서 병권과 인사권 등 국권을 혼자서 장악하고 있었다.

최항의 말을 듣고 다른 신하들도 말했다.

"그렇습니다. 어가(御駕)가 출륙하여 폐하께서 친히 몽골 사신을 영접하는 것은 불가한 일입니다."

"지난번처럼 제포궁 정도라면 몰라도 강을 건너 강화를 벗어나서는 안 됩니다."

항몽파 신하들의 반대가 잇따르자 다시 고종이 나섰다.

"보아하니, 저들은 지금 재침의 구실을 찾고 있는 것 같소. 그대들의 의견을 따른다면 우리가 저들의 술수에 말려드는 것이 아니겠는가?"

재추들은 '그럴 것'이라고 생각하고 있었다. 그러면서도 최항의 눈치만 살필 뿐 고종의 말에 동조하고 나서지는 않았다. 그들이 고작 하는 소리는 이러했다.

"몽골 황제의 밀지가 저렇다면 무슨 대안을 내서라도 저들을 강도로 맞아들여야 합니다."

고종이 물었다.

"그러면 저들을 어떻게 이곳으로 오게 할 것인가?"

"폐하를 대신할 인물이 가야 합니다."

"그럼, 그리 하겠다."

고종은 몽골에 두 차례나 다녀온 사돈인 왕전(王佺, 신안공)으로 하여금 강을 건너가 승천부에서 몽골 사신들을 맞아들이게 했다.

태자 왕전(王倎)의 장인인 왕전이 고종의 특별사절이 되어 승천부로 갔다. 그는 몽케의 몽골 사신 두오케와 아투를 만나서 권유했다.

"우리 임금께서는 노환이 겹쳐 움직일 수가 없기 때문에 내가 대신 왔소이다. 배가 마련돼 있으니 같이 강화도로 건너갑시다."

"우리는 임금이 나오기 전에는 절대로 이 강을 건널 수가 없소이다."

몽골 사신들이 완강히 버티며 승선을 거부했다.

"나는 임금은 아니지만 임금의 근친이오. 종친이며 태자의 장인이외다. 그만하면 연로하고 병약한 임금을 대신할 수는 있지 않겠소이까. 그대들이 멀리 여기까지 왔으니, 일단 우리 임금이 있는 강도(江都)로 들어갑시다. 좋은 일이 있을 것이오."

"좋은 일이라 했소이까?"

"그렇소. 우리 임금께서 그대들을 기다리고 계시오."

신안공은 몽골 사신들을 그렇게 달래서 일단 강화도로 건너가 승천포(昇天浦)에 있는 제포(梯浦)의 객관에 들게 했다.

고종 39년(1252) 7월 16일 몽골 사신들이 강도 땅에 들어서자, 고종은 제포로 나가서 몽골 사신들을 접견했다.

"먼 길을 오느라 고생이 크셨겠소."

아투가 말했다.

"저희야 원래 말 위에서 사는 사람들로서 말을 타고 왔으니까 고생 같은 것을 모르고 왔습니다."

아투는 제1차 침공 때 살리타이의 사자로서 평주성에 왔다가 구류된 적이 있는 자다. 말하자면 그는 여몽 간에 왕래가 많았던 최초의 사절이다.

"오, 그래요?"

고종은 통상적인 얘기만 할 뿐 몽골의 요구에 대해서는 가타부타 말이 없었다.

두오케가 말했다.

"우리 몽케 다칸의 의지는 확고하십니다. 이번에는 고려가 국왕입조와 출륙환도 문제에 대해 분명히 답해 주셔야 합니다. 대답이 어떤 것인가에 대해서 우리는 상관하지 않습니다. 다만 가부를 분명히 해 주시면 됩니다."

그들의 태도는 공손했지만, 내용은 위압적이었다.

"그 문제는 우리 조정에서 논의하고 있소이다. 내가 그대들을 위해 연회를 마련토록 했으니 오늘은 즐거이 노고를 덜도록 하시오."

고종은 그날 밤 몽골 사신들을 위해 제포관에서 성대하게 연회를 베풀어 주었다. 산해진미(山海珍味)에 각종의 좋은 술들이 등장했다. 대규모의 가무단도 동원되어 가악을 연주했다. 고려의 조정 신료들도 많이 참석했다.

그러나 몽골 사신들은 기뻐하는 내색조차 보이지 않았다. 그들은 자기네들끼리 숙덕거렸다.

"고려 조정이 이번에도 명확한 답변 없이 얼버무려 넘기려 하고 있소. 이러다간 몽케 폐하에게 문책 당할 것이오."

두오케의 말이었다.

아투가 말을 이었다.

"그렇소이다. 오고데이나 쿠유크 황제들과는 달리, 몽케 폐하는 그 성격이 엄격하고 과단합니다. 폐하께선 고려왕이 강을 건너와서 우리를 맞지 않으면 그대로 돌아오라 명하셨는데, 우리는 고려인들의 감언이설(甘言利說)에 넘어가 이미 그 명을 어긴 것이오. 성과만 좋았다면 문제가 아닌데 결과가 이 모양이니 무슨 대책이 있어야만 우리가 책벌을 면할 수 있소."

"그럼 우리 전원이 퇴장합시다."

두오케의 말이 떨어지자 몽골 사신단 일행은 연회가 끝나기도 전에 자리에서 일어섰다.

아투가 말했다.

"고려 국왕이 우리 황제의 뜻을 따르지 않는데 우리가 어떻게 여기에 끝까지 남아서 술이나 마시고 가무를 즐기고 있겠는가. 우린 물러가오."

고려 측은 당황했다.

"무슨 말씀이오?"

두오케가 말했다.

"우리는 국왕이 뭍으로 나와 우리를 맞아 줄 것을 요구했소. 그러나 임금은 이를 이행치 않았소. 우리가 임금을 뵈었지만 출륙문제에 대해서 이렇다 할 얘기가 없었소. 이런 것은 다 우리 황제 폐하의 뜻을 따르지 않은 것이오."

아투도 말했다.

"강도로 건너가면 좋은 일이 있을 것이라고 해서 우리가 뜻을 바꿔 배를 탔소. 그 좋은 일이라는 것이 고작 이런 연회입니까!"

그러면서 몽골 사절들은 그냥 나가버렸다. 그날의 연회는 그렇게 해서 파해졌다.

사태가 이렇게 되자 사람들은 강경책을 고수하고 있는 최항을 탓해서 비난했다.

"최항이 천박한 지혜로 자기 고집만 부려 나라의 대사를 그르쳤다. 이제 필시 몽골 대군이 다시 쳐들어올 것이다."

이것은 새로 집권한 최항에 대한 당시 고려 백성들의 일반적인 인식이었다. 최충헌이나 최우에 대해서는 두려워할 뿐, 그렇게 멸시하지는 않았다.

몽골사절들은 잔치를 파하고 나와 다음날 강화도에서 나와 귀국했다. 그들은 능숙한 기마 솜씨로 8천리 길을 달려 카라코럼으로 갔다. 몽케는 사절들을 접하고 고려 국왕이 강을 건너 뭍으로 나와서 자기의 사신을 맞으라고 한 자기의 권유를 거절한 것이 불쾌했다.

"고려가 오고데이나 쿠유크처럼 몽골의 나약한 황제만 알았지 이 몽케의 무서움은 아직 모르고 있구나. 이번에는 짐의 명령을 거역한 저들을 쳐서 완전히 정벌하여, 이 몽케의 두려움을 보여주고 말 것이다."

몽케는 다음 날 당숙인 야쿠(Yaku, 也窟)와 동생뻘 되는 쑹주(Sougghu, 松柱)를 불렀다.

"고려 임금이 짐의 명령을 거역하여 우리 사절을 나와서 맞지 않았소. 이번에 다시 고려를 원정할 것이니 그대들 황족들이 군사를 지휘하시오. 야쿠 장군은 주력을 맡아 서부방면으로 진격하고, 쑹주는 별동대를 맡아 동부방면으로 들어가시오."

"예, 폐하."

야쿠와 쑹주는 즉시 고려침공 준비를 서둘러 시작했다.

이것을 계기로 몽골은 고려와 남송·중동에 대해 일제 공격을 재개했다. 과격과 다칸 몽케의 정벌전쟁이다. 몽케시대의 몽골 점령군은 더욱 철저하고 잔인했다.

중동지역을 맡은 훌레구는 카라코럼에서 원정준비를 마친 뒤 출정하여 1253년 1월에는 아무다리야(Amudarya) 강을 건넜다. 훌레구는 8년 동안 고전한 끝에 중동 전역을 평정하여 그곳에 일한국(Il-khanate)을 세웠다.

그러나 몽케가 친정한 남송의 반격은 의외로 저조했다. 1258년 5월에는 몽골군이 남송에 대해 세 방향으로 총공격을 개시했다. 몽골군은 남송의 저항군을 하나하나 깨뜨리며 전진했다. 하지만 송나라의 저항을 쉽사리 꺾지 못해 송나라 정벌은 한정 없이 지연되고 있었다.

야쿠와 쑹주가 고려원정 준비에 한창 바쁠 때였다. 그때 몽골에 볼모로 가 있던 왕준(王綧, 영녕공)이 고종 40년(1253) 5월 그믐날 몽골 황궁으로 몽케를 찾아갔다.

"어서 오시오, 영녕공."

"폐하, 원컨대 신이 황제의 명령을 가지고 본국에 가서 고려를 타일러 도읍을 옛 서울로 회복하여 먼 후대의 자손에까지 영원토록 번신(藩臣)의 직분을 닦도록 하겠습니다. 허락하여 주십시오, 다칸 폐하."

"그런가. 그러면 몽골의 재신(宰臣)[72]과 함께 그대 나라에 돌아가서 고려 임금을 타일러 육지로 나오도록 하라. 만약 국왕이 나와서 짐의 명령을 받는다면 짐은 즉시 군사를 퇴거시킬 것이다."

몽케는 그렇게 말하면서 왕준을 몽골의 고려담당 강화사(講和使)로 임명했다. 다음날 6월 1일 왕준은 야쿠를 찾아가서 몽케의 뜻을 전했다.

"오, 그렇습니까? 잘 됐습니다. 함께 출정하십시다. 고려의 왕족이 우리와 함께 가서 고려 정부와의 외교 교섭을 맡아주신다면 일이 훨씬 쉬워질 것입니다."

"고맙소이다, 장군."

---

72) 원문에는 本國宰臣(본국재신)으로 되어 있어, 고려와 몽골 중에서 어느 나라 재신인지 분명치 않다. 그러나 몽케는 영녕공에게 말하면서 고려를 爾國(너희 나라)이라고 표현하고 있는 것으로 보아 '본국 재신'은 몽골재신인 것으로 보인다. 몽골의 고려원정군 장수들은 모두 재신 급이다.

야쿠가 출정 준비를 서두르고 있을 무렵이었다. 몽골에 사신으로 갔다가 그곳에 억류되어 돌아오지 못하고 있던 이현(李峴, 추밀원 부사)이 야쿠를 찾아갔다.

"지금 고려 조정이 강화도에 도읍하고 있으나 조세나 공물은 모두 본토의 각지에서 거둬들이고 있습니다. 6월인 지금 고려의 감자·옥수수는 이미 익어가고 있습니다. 가장 중요하고 많은 곡식인 벼는 지금 한창 자라고 있어 두달 뒤에는 추수가 시작됩니다."

"오, 그래요?"

"따라서 추수가 시작되기 전에 대병을 동원해서 고려를 친다면 강화도 조정은 곤경에 처하여 뭍으로 나와 항복하지 않을 수 없습니다."

이현은 고려의 조기정벌론을 제시했다.

"고맙소이다. 그러면 그대가 이번에 우리 군의 향도가 되어줄 수 있겠소?"

"상국의 요청인데 신이 어떻게 마다할 수 있겠습니까?"

그래서 이현은 침입군의 앞잡이로 종군했다.

이현은 몽골에 들어간 지 2년이나 됐어도 몽골에서는 그를 돌려 보내줄 생각을 하지 않았다. 고국에 대한 향수와 출세를 위한 야심을 견디다 못해 이렇게 반역의 뜻을 품었다.

제5차 몽골 침공

몽골 사신들이 고종의 연회를 파하고 돌아간 지 꼭 1년 뒤인 고종 40년 (1253) 7월. 몽케는 고려에 무력 압력을 가하기 위해 다시 고려를 침공했다.

이번 침공은 양면공격이었다. 야쿠가 주력군으로 한반도 서쪽의 평야지대로 남진했고, 쑹주는 별동군으로 동쪽 산악지대를 맡아 진격했다. 따라서 야쿠의 군사가 고려 원정군의 '서로군'이라면, 쑹주의 군사는 '동로군'이다. 동로군의 병력은 1만 명이었다.

야쿠와 쑹주의 군사들은 고종 40년(1253) 7월 압록강을 건너 고려 땅에 들어섰다. 이것이 몽골의 제5차 고려 침입이다. 몽골은 아무칸의 제4차 고려 침공군이 철수한 지 5년 만에 다시 고려에 침입했다.

야쿠와 쑹주가 모두 몽케와 가까운 황족일 뿐만 아니라, 야쿠의 부장인 아무칸은 제4차 몽골 침공 때의 총사령관이었다. 따라서 이번 5차 침공은 과거의 침공보다 격이 높고 강했다. 이것은 새로 몽골의 황제가 된 몽케의 개성을 그대로 반영한 것이었다.

칭기스의 네 아들 중에서 부친을 닮아 과격하고 단호한 사람은 둘째 차가타이와 넷째 톨루이였다. 칭기스는 아들 중에서 톨루이를 가장 사랑하여 대외전쟁 중에도 항상 그를 거느리고 다녔다.

칭기스의 손자들 중에서는 맏아들인 조치의 아들 바투와 톨루이의 맏아들 몽케가 조부를 가장 많이 닮았다. 그들도 칭기스처럼 과격하고 단호했다. 원정에 나가서는 철저하고 잔인했다.

몽케의 제5차 고려침공은 그의 성격만큼 철저하고 잔인하게 이뤄져 몽골군의 살상과 방화·약탈·학대가 어느 때보다도 심했다.

몽케는 야쿠(Yaku, 也窟)[73]를 동로군의 원수로 삼고, 제4차 침공을 주도한 아무칸(Amuqan, 阿母侃)과 고려의 반역장 홍복원(洪福源)을 부장으로하여 고려를 침공케 했다.

몽케의 출정명령에 따라 야쿠의 서로군은 이현을 앞세우고 북계지방을 유린했다. 그들은 텅 빈 평안도 지역을 파죽지세로 남하하여 7월 15일 평양에 이르렀다.

야쿠는 여기서 분견대를 만들어 동쪽으로 보냈다. 서로 주력군의 분견대는 평양 동북쪽으로 가서 성주(成州, 평남 성천)를 공략했다.

야쿠 자신은 본대를 이끌고 황주-봉주-개경에 이르는 남로를 따라 내려왔다. 이때 야쿠의 서로군에는 왕준을 비롯해서 홍복원·이현 등 고려 상류층 출신의 부몽자들이 합류해 있었다.

고려인 종군자들의 업무도 분화되어 왕준은 외교협상, 홍복원은 전투지휘, 이현은 항복권유를 맡았다.

권항사(勸降使)가 된 이현은 몽골군의 선봉에 서서 안내를 맡아, 몽골군을 이끌고 고려의 여러 성에 이르러서는 적극적으로 투항을 권유하여 몽골군이 고려의 많은 성과 진을 무혈점령하는데 크게 기여했다.

---

73) 야쿠는 '고려사'에는 야굴(也窟), '원사'(元史)에는 야고(野苫), 기타의 한서에는 야고(也古) 야호(耶虎) 야홀(也忽), 구미서에는 예구(Yegu) 등 여러 가지로 표기돼 있다. 태조 칭기스의 동생 카사르(Qasar, 哈撒兒)의 맏아들이어서 황족에 속한다. 활의 명수인 카사르는 키자 작고 얼굴이 추했지만, 부인이 많아서 아들이 40여 명이었다. 그 중 기록에 남을 만큼 유명한 사람은 야쿠(Yaku)와 칭기스를 임종한 예숭게(Yesungge, 也松格, 也先哥), 형제 중에서 카사르 처럼 키가 가장 작은 토쿠(Toqu, 禿忽 脫虎) 등이다.

몽골군의 주력인 야쿠의 서로군은 전투를 강행하여 서해안의 평야지대와 내륙지방을 공격하면서, 다른 한편으로는 고려 정부와의 외교협상을 벌여나갔다.

이 방침에 따라 참전한 왕준(王綧)은 야쿠의 몽골 군영에 있으면서 최항에게 서신을 보냈다. 강화사의 자격으로 참전한 그는 이 서신에서 자기가 몽골 황제 몽케를 만나서 나눈 얘기를 전하고 이렇게 권했다.

영녕공 왕준이 최항에게 보낸 서신

이번의 몽골군 진주는 작년 가을에 몽골의 헌종 황제가 '고려의 임금이 강을 건너와서 몽골 사신을 영접하지 않았다'고 성을 내어 군사를 출발시켜 죄를 묻고 있는 것입니다.

나는 이것을 막을 길이 없어 황제께 '신은 원컨대 황제의 명을 받들어 본국을 일깨워 다시 구경에 도읍하고 자손 만세에 길이 번직(藩職)을 닦도록 하겠다'고 아뢰었던 바, 이번에 황제가 내게 신칙(申飭)하기를 '그대가 본국(몽골) 재신과 함께 그대 나라(고려)에 돌아가서 짐의 명령으로 타일러 육지로 나오도록 하라'고 했습니다.

나는 6월 1일 야쿠 대왕에게 가서 황제의 뜻을 전하여, 이번에 몽골 군사와 함께 출발하게 되었습니다. 이에 야쿠 등 몽골의 대왕과 태자 등 17명이 병마를 거느리고 몽골인·중국인·여진인·고려인을 뽑아서 남북에 둔전하며, 몽골 정병(精兵)으로 섬과 산성을 나누어 공격케 됐습니다.

또 헌종 황제 몽케는 나와 몽골의 대관인들에게 명하기를 '그대들이 고려에 갔을 때, 만약 국왕이 나와서 짐의 명을 맞는다면 당연히 군사를 즉시 퇴거시키겠다'고 했습니다.

지금 나라의 안위가 이 조치 하나에 달렸습니다. 만약 임금께서 나와서 황명을 맞을 수 없다면, 태자나 안경공(安慶公, 고종의 차자)이라도 나와서 맞이하게 하십시오. 그러면 몽골은 반드시 군사를 돌려 철수할 것입니다. 그리되면 고려의 사직이 그 터전을 연장하고 만백성도 사는 곳에서 편안히 지낼 것이며, 공도 역시 길이 부귀를 누리게 될 것이니, 이것이 상책입니다.

이렇게 하는데도 만약 몽골이 군사를 철수시키지 않는다면, 나의 일문(一門, 일족)을 멸해도 좋습니다. 원컨대, 의심을 버리고 잘 도모하여 이 시기를 놓치지 말아서, 뒤에 뉘우치고 한탄하는 일이 없도록 하십시오.

그 편지들을 받아보고 최항은 몹시 화를 냈다.

"아니, 이것은 영녕공 자신이 몽골 황제의 사신으로 우리나라에 들어와 있으니 임금이나 태자 또는 대군이 와서 자기를 맞아들이라는 얘기가 아닌가."

그때 최항은 재상인 문하시중(門下侍中)으로 올라서 권력이나 지위에서 명실 공히 최강 최고의 신하가 되어 있었다.

최항의 얘기를 듣고 신료들이 말했다.

"그렇습니다. 새로 몽골 황제가 된 몽케는 자기가 보내는 사신을 우리의 임금이나 태자 또는 왕자가 바다를 건너 뭍에 나가서 맞아들이기를 원한다는 것입니다. 그렇게만 한다면 군사를 돌리겠다는 것이지요."

"지금의 몽케 황제에 들어와서는 몽골의 입장이 과거보다 한층 구체적이고 까다로워졌습니다."

"그런 것 같구만."

다음날이었다. 이현이 보낸 서찰이 최항에게 전달됐다. 권항사의 역할을 맡은 이현도 야쿠의 군영에 머물러 있으면서 왕준의 서찰과 비슷한 내용을 적어 최항에게 보냈다.

이현이 최항에게 보낸 서신
내가 2년간 몽도(蒙都)에 억류되어 몽골이 행하는 일을 보았으나, 몽골은 전에 듣던 것과는 판이하게 달랐습니다. 실제로는 그들은 사람 죽이기를 좋아하지 않습니다.

작년과 금년에 몽골 황제가 조서로써 요구한 조건은 실로 어려운 것이 아니었는데, 어째서 임금이 뭍에 건너와서 몽골 사신을 맞이하지 않았습니까. 국가의 기업(基業)을 연장시키려 한다면, 한 두 사람을 보내어 그들이 몽골에 가서 항복하게 해야 할 것입니다.

지금 동궁(태자)이나 안경공이 나와서 몽골군을 맞이하며 진정(陳情)하여 빌면, 몽골은 거의 틀림없이 군사를 돌려 물러갈 것입니다. 원컨대 공은 잘 도모하십시오.

이현의 서찰을 받아보고 최항은 더욱 화를 냈다.

"이현, 이놈은 완전히 몽골 놈이 다 돼서 저들에 빌붙어, 우리 고려를 몽골에 잡아 넘기려는 속셈을 가지고 있어. 이걸 말이라고 써 보내?"

"편지 내용으로 보아 영녕공은 그런 대로 고민한 흔적이 있으나, 이현은 자기 일신의 영달을 도모하고 있는 것이 분명합니다."

두 사람 모두 부여받은 역할에 따라 왕준은 여몽의 강화에 노력했고, 이현은 고려의 투항을 권하는데 주력한 것으로 판단됐다.

"나라의 종실과 고관인 자들을 뽑아 몽골에 심부름을 보냈더니 그들이 오히려 몽골에 붙어서 침공군을 안내하여 들어와서는, 몽골이 시키는 대로 이따위 편지나 써 보내고 있으니 괘씸한 짓거리들이다. 그렇다면 몽골군에 투항해서 고려군에 항복을 권고하고 다닌 조숙창과 무슨 차이가 있겠는가? 왕준이나 이현의 권고는 일고의 가치도 없다."

최항이 묵살할 뜻을 보이자 참모들은 긍정적으로 고려하자고 제의했다.

"그러나 그들이 밝힌 문제들은 워낙 중요한 사안이니 재추회의에 부쳐 논의케 하십시오."

"그렇습니다. 몽골의 황제가 벌써 두 번째 이런 조건을 우리에게 제시했습니다."

"알겠다."

최항은 할 수 없이 물러섰다.

왕준과 이현이 말한 몽골의 조건이란 도강영사(渡江迎使), 곧 고종이 강화에서 강을 건너 육지로 가서 몽골의 사절을 맞아들이라는 것이다. 지난해 두오케와 아투가 왔을 때의 조건과 같다. 이것은 고려를 다루는 몽케의 새로운 외교 방식이다.

임금이 강을 건너가서 영녕공을 맞는 문제를 놓고 최항은 다음날 열린 재추회의를 소집했다. 거기서 영녕공과 이현의 서찰에 대해 그 내용을 소상히 설명했다.

최항의 설명을 듣고 유경이 먼저 나섰다.

"영녕공과 이현의 말을 따라야 할 것입니다."

무인출신 김보정도 나섰다.

"영녕공이 비록 고려인이지만 몽골 황제의 사신으로 왔다면 나가서 그를 맞이하는 것이 좋습니다. 영녕공이 고려 왕족이기 때문에 몽골인 사절보다 우리에겐 더 유리할 것입니다."

최린이 말했다.

"그래서 야쿠의 몽골 침공군이 물러간다면 그것도 '싸우지 않고 이기는'(不戰而勝) 전략이 됩니다."

김보정이 다시 나섰다.

"그러나 폐하보다는 태자나 다른 왕자가 나가서 맞는 것이 좋을 것입니다."

재추들은 대체로 몽골의 도강영사 요구를 들어주자는 의견들이었다. 그들은 대부분이 몽골과의 정면대결을 가능한 한 피해보자는 온건 화친파들이었다.

그러자 강경 항몽파인 최항이 나섰다.

"우리가 봄·가을로 끊이지 않고 몽골에 공물을 바쳤고, 전에 보낸 세 차례의 우리 사신 3백여 명이 몽골에 억류되어 아직 돌아오지 않고 있는

데도, 저들의 태도가 이러합니다. 따라서 지금 나가서 저들을 맞이한다 해도, 우리에게는 유익함이 없을 것이오. 만일 저들이 동궁이나 안경공을 붙잡아두고 성 밑에 이르러 항복을 요구하면 그때는 어떻게 할 작정이오? 더구나 이현은 적의 향도를 자청하고 나선 반역배가 아닙니까?"

최항으로부터 비관적인 견해와 위협적인 언사를 듣고 조정의 언로(言路)가 차단됐다.

재추들이 듣고 있다가 조용히 말했다.

"시중의 말이 옳습니다."

이래서 재추들의 자유토론이 봉쇄된 채 최항 주도 하에 무인정권의 항몽 태세는 계속돼 나갔다.

야쿠는 할 수 없이 사람을 통해서 몽케가 고려에 보내는 조서를 고려 조정에 전달했다. 이것은 고려의 임금이나 왕자가 강을 건너와서 출륙영사할 때 건네주려고 가지고 있던 문서였다.

그 내용은 이러했다.

몽케가 고종에게 보낸 조서

짐은 해가 뜨는 곳에서부터 해가 지는 곳에 이르기까지 모든 백성들을 편안하고 즐겁게 하려고 노력했다. 그러나 그대의 무리가 짐의 명령을 거역한 까닭에, 황숙(皇叔)인 야쿠와 황제(皇弟)인 쑹주에게 명하여 군사를 거느리고 가서 고려를 치게 했다. 만약 짐의 명을 맞아서 정성을 다 바친다면, 군사를 파하여 돌아올 것이다. 그러나 계속 명을 거역한다면, 짐은 반드시 용서하지 않을 것이다.

그러나 최항은 몽케의 친서를 받고도 요지부동(搖之不動)이었다. 그는 수도 일원에 계엄령을 내리고, 8월 2일에는 갑곶강에서 대규모의 수전 연습을 시행했다. 고려와 몽골의 외교적 국면은 사라지고 다시 치열한 무력 대결이 벌어지게 됐다.

참담한 패배들

몽골 침략군의 본대인 서로군을 이끄는 야쿠는 몽케의 조서를 강화경 조정에 보내놓고는 회답도 기다리지 않고 군사행동에 나섰다. 그것은 야쿠가 고려의 태도를 이미 간파하고 다시 강도 높은 황제의 요구를 고려 조정에 보내 압력을 가하려는 뜻이었다.

그때 황해도 우봉(牛峯)⁷⁴⁾의 별초부대 소대장 격인 대금취(大金就, 교위)는 군사 30여 명을 이끌고 나섰다. 그는 몽골군 척후대의 진로를 막기 위해 앞질러 가서 황해도 금천군의 금교(金郊)와 흥의(興義)사이 지점에 매복했다.

예상대로 몽골 기병대가 선봉군으로 달려오고 있었다. 우봉별초군은 그들을 기습하여 여러 명의 목을 벴다. 일격을 당하여 당황한 몽골군은 곧 후퇴하여 도망했다.

대금취는 몽골군의 말과 화살 등 병장기들을 노획하여 개선했다. 그해 고종 40년(1253) 8월 7일이다. 멋진 승리였다. 그러나 이 한 번의 작은 승리가 몽골 대군의 흐름을 바꿔놓을 수는 없었다.

---

74) 우봉(牛峯); 황해도 금천군 현내면 우봉리. 최충헌-최우-최항은 우봉최씨.

그 무렵 야쿠는 본진과 주력군을 이끌고 토산(土山, 평남 상원)을 거쳐 황해도 황주에 도착했다. 거기서 그는 별동대를 보내서 양산(椋山 또는 楊山, 황해도 안악군)을 치게 했다.

그때 양산성에서는 방호별감 권세후(權世侯)가 인근 지역에서 들어온 군민을 이끌고 성을 지키고 있었다. 양산성은 주변이 우뚝한 절벽으로 둘러싸이고 접근로는 계곡을 따라 들어오는 길 하나 뿐이어서 방어하기에는 아주 유리한 지형이었다.

양산성에 도착한 몽골군은 그들의 수법대로 먼저 사자를 고려군의 성에 보내 항복을 권했다.

"싸우지도 않고 항복하라니? 미친놈들이구나. 무릇 산성이나 군대, 방호별감은 모두 적과 싸우라고 있는 것이다. 더구나 이 양산성은 난공불락의 철옹성이 아닌가."

그러면서 권세후는 일언지하(一言之下)에 야쿠의 항복권고를 거절했다. 그 후 권세후는 지세의 험준함만 믿고 방심한 채 매일 술타령을 벌였다.

몽골군은 그해 8월 12일 성의 사방에 발석차(發石車)를 설치하고 일제히 포석(砲石) 사격을 벌였다. 고려군이 피하여 숨자 몽골군은 석벽에다 운제(雲梯)를 걸치고 기어 올라와 화전(火箭)을 쏘아댔다.

성안은 금세 불바다가 됐다. 성안의 군대 막사와 시설을 태웠다. 민가도 모조리 타버렸다. 성안은 수습할 수 없는 혼란에 빠졌다.

그 틈을 타고 몽골군사들은 성의 문에 이르러 포를 설치하고 다시 쏘아 성문을 부수고 돌입했다. 몽골의 갑병(甲兵)들이 사방에서 성을 넘어 들어왔다. 양군 사이에 혼전이 벌어졌으나 곧 대세는 결정 났다.

몽골군의 도륙이 시작됐다. 고려군의 패배가 확실해지자 권세후는 목을 매어 자결했다.

그때 양산에서 도륙 당한 고려인은 4천 7백 명이었다. 몽골군은 열 살 이상의 남자는 모두 살해하고 부녀자와 어린아이들은 사로잡아서 지기네 군사들에게 나누어주었다.

고종은 그 패전 보고를 듣고 몹시 놀랐다.

"아니 몽골군이 아직도 그렇게 우리 백성들을 도륙한단 말이냐. 철주를 비롯해서 벌써 몇 번째인가."

고종은 다급하게 서둘러 서찰을 써서 최동식(崔東植, 낭장)을 보내 야쿠에게 전달케 했다. 그 내용은 이러했다.

고종이 몽장 야쿠에게 보낸 서신

작은 나라 고려가 상국 몽골의 신하로서 복종한 이후 한결같은 마음으로 두 뜻이 없이 힘을 내어 상국을 섬겨왔소. 그래서 상국의 비호를 받아 만세토록 걱정 없을 것을 바랐는데, 생각지도 않던 몽골의 군대가 갑자기 들어오니, 우리나라에서는 그 이유를 알지 못하며, 온 나라가 두려워서 떨고 있을 뿐이오. 대왕께서는 나의 간곡한 정성을 양찰하여 굽어 불쌍히 여김을 내리시오.

임금으로서는 치욕적인 문서였다.

고종의 서찰이 도착했을 때 야쿠는 토산에 있었다. 야쿠는 거기서 서찰을 전해 받아 읽고는 사람을 보내서 최동식을 불렀다.

야쿠가 말했다.

"고려 임금이 늙고 병들었다고 하면서 우리 몽골에 입조하지 않고 있는데, 우리 황제 폐하께서는 그것을 의심하여 믿지 않고 계시다. 그래서 내가 그 진부를 알아보려 한다. 그대의 왕이 내게 오겠는가, 못 오겠는가? 6일 간의 기일을 줄 터이니 그 안에 다시 와서 대답하라."

"지금 군사들이 서로 싸우고 있는데 우리 주상께서 어떻게 이곳에 그리 빨리 임하실 수 있겠습니까?"

"그러면 그대는 어떻게 여기에 올 수 있었는가?"

"나야 젊고 군사이니까 위험을 무릅쓰고 왔으나 우리 임금께서는 노약하신 데다 귀하신 분인데, 어찌 나의 처지와 같겠소? 그 말은 거두시오."

"고려 임금이 그리 대단한가? 칭기스 대제 이래 우리 대몽골제국의 역대 황제들은 말을 타고 전지를 전전하며 전쟁과 정사를 돌보았다. 그러면서도 성공적으로 동정서벌(東征西伐)하여 세계를 휘하에 넣었다. 지금 고려의 운명이 풍전등화(風前燈火)인데도 임금이라는 사람이 몸만 사리고 섬 속에 들어앉아 꼼짝 않고 있으니, 이래가지고 나라가 제대로 되겠는가. 나라의 수장인 임금은 나라와 백성을 위해서는 언제든지 죽을 각오가 되어 있어야 한다. 우리 칭기스 다칸께서도 서하 전쟁터에서 돌아가셨다. 전사이고 순국이셨다. 하물며, 이 고려는 참으로 한심한 나라로구나. 너희는 알아서 하라."

도처에서 약탈과 살육을 벌인 야쿠의 몽골군은 다시 강원도의 동주(東州, 철원) 방면으로 갔다.

철원 동남방 30리에 있는 동주성(지금의 孤石城)에는 그때 새로 방호별감 백돈명(白敦明)이 중앙에서 파견되어 인근의 현지 수령들과 함께 지키고 있었다.

당시 이 동주성은 성의 부사와 판관 및 동주의 백성들뿐만 아니라 주변의 김화(金化) 금성(金城, 김화군 금성면) 등지에서 현령과 감무 등이 이족(吏族)들과 백성들을 거느리고 입보해 있었다. 백돈명이 이들을 맞아 행정권과 작전권을 장악하여 총괄적으로 지휘하고 있었다.

그때는 마침 8월. 추수철이었다. 추수하기에는 아직 일렀지만 전쟁이 벌어지게 되자 추수문제가 제기됐다.

조기추수 여부를 둘러싸고 지휘부에서 양론이 벌어졌다.

"아직 벼를 수확하지 못했으니 적군이 성에 이르기 전에 백성들을 내보내어 추수를 서둘러야 합니다. 지금 식량을 거둬들여 성안에 비축해 두지 않으면 장기항전이 불가능합니다."

현지의 수령이나 도령들은 모두가 한가지로 '추수강행론'을 폈다. 그러나 강도 정부에서 새로 파견온 백돈명이 혼자서 '추수포기론'을 주장했다.

"몽골군이 이미 가까이 와 있소. 이 판에 성민을 내보내어 한 사람이라도 적군에 붙잡힌다면 성의 비밀이 모두 탄로되어 저들의 공격에 도움이 될 것이오."

그러자 동주의 아전 하나가 나서서 말했다.

"백성들을 나누어 윤번으로 나가 수확하게 하고 군사들로 성을 지키게 하면 곡식도 거두고 안전도 기할 수 있습니다. 몽골군이 가까이 오면 추수를 멈추고 입성하면 됩니다. 백성들도 추수하기를 간절히 원하고 있으니 현지 실정을 배려해서 추수할 수 있도록 해주십시오."

그러자 백돈명이 버럭 소리를 질렀다.

"뭐라고? 그대는 방호사의 명령에 불복하겠다는 것인가?"

"불복이 아니라 헌책(獻策)입니다."

"헌책이라? 그렇지 않다. 내가 이미 추수 단념을 말한 다음에 네가 내 말에 반대했다. 따라서 너의 말은 분명히 항명이다."

"조정에서는 처음부터 입보와 동시에 청야를 명령하여 모든 식량과 기물을 가지고 들어가고, 가져가지 못할 것은 파괴하거나 숨겨놓은 다음에 입보토록 했습니다. 익어가는 곡식을 그대로 놓아두면 입보는 되겠지만 청야명령에는 반하게 됩니다."

아전이 최우의 청야를 들고 나오자 백돈명도 최우를 들어 칼을 뽑았다.

"적이 가까이 와있는데도 너는 계속 방호사의 명령을 거부하고 있다. 최우 공도 강화천도에 반대하는 야별초 장수 김세충(金世冲)을 처형하고 천도를 강행했다. 나도 네놈의 항명을 군령으로 다스릴 것이다."

백돈명은 그 아전을 끌어내어 항명죄로 목을 벴다. 아전은 말없이 쓰러져 다시 일어나지 못했다. 그 처형 장면을 보고 성안의 인심이 모두 분개하고 백돈명을 원망했다. 결국 백돈명의 고집으로 그해 추수는 포기했다.

야쿠의 몽골 서로군이 동주성에 닥친 것은 그해 고종 40년(1253) 8월말이 가까워서였다. 몽골군에 대한 대응전략을 놓고 동주성의 고려군 지휘부 사이에는 다시 논쟁이 벌어졌다.

"우리는 수성작전(守成作戰)을 하고 있으니 서두를 필요는 없습니다. 동주성은 지세가 험하고 산성이 견고하니 수세로 시간을 끌면서 저들이 지치고 예기가 꺾이기를 기다렸다가 나가서 치면 우리가 이길 수 있습니다."

현지의 도령들이 지구전론(持久戰論)을 주장했다.

그러나 백돈명은 속전론(速戰論)을 펴며 반대했다.

"아니오. 몽골군이 포위망을 굳히기 전에 우리가 선제공격을 펴서 적의 예기(銳氣)를 꺾어야 하오. 시간을 끌면 저들에게 휴식을 주고 대비태세를 갖출 여유를 주는 것뿐이오."

백돈명은 속전속결(速戰速決)을 주장하면서 8월 27일 정예 6백 명을 뽑아서 성 밖으로 출진시켰다. 그러나 평소 백돈명의 독선적인 지휘에 불만을 품어온 군사들은 성 밖으로 나오자 몽골군과의 접전을 피하고 뿔뿔이 헤어져 도망했다.

김화(金華)의 감무는 성이 함락될 것으로 판단하고, 그가 이끌고 들어온 김화의 군사와 백성들을 데리고 성을 빠져나가 자취를 감췄다.

동주성이 혼란에 빠지자 그 틈을 타서 몽골군들이 성의 4대문을 부수고 일제히 성안으로 돌입했다. 동주군은 저항할 사이도 없이 함락됐다. 그 판에 백돈명과 동주·금성의 판관·현령 등이 전사하고 성은 도륙되어 많은 사람들이 살해됐다.[75]

---

75) 동주(東州)를 공격한 몽골군이 야쿠의 서로군이 아니고, 쏭주의 동로군이라고 국사학계 일부에서는 추측하고 있다. 백두대간 동쪽으로 들어간 쏭주의 동군이 철령을 넘어 태백산맥(백두대간) 서쪽의 동주로 들어갔다는 추정이다. 그러나 이것은 무리한 추정이다. 그때 야쿠의 서군은 평남 중화군의 토산, 경기도의 양평과 용인, 충청도의 충주 등에 이른 것이 기록에 명기돼 있다. 한편 쏭주의 동군은 그해 8월에 함남의 고원과 영흥을 거쳐 9월에는 안변과 강원도의 통천, 10월에는 양양에 이르렀다. 이런 몽골군의 행로를 고려할 때, 쏭주가 태백산맥 서쪽에 야굴의 군사가 있는 것을 알면서도 군사를 둘로 나누어 산맥 양쪽으로 진군시켰으리라고는 용병의 원칙상 생각하기 어렵다. 따라서 여기서는 동주를 공격한 몽골군은 태백산맥 서쪽 지방을 맡은 야쿠의 서로군으로 추정했다.

춘천성의 비극

고려의 여러 성이 이렇게 계속 도륙되거나 투항하자, 고종은 그해 9월 다시 고열(高悅, 대장군)과 최동식(崔東植, 낭장)·이송무(李松茂) 등을 야쿠에게 보내어 문서를 전했다.

몽골의 침략에 항의를 표하고 속히 철군해 달라는 내용이었다.

고종이 야쿠 원수에게 보낸 서찰

소방이 감히 성지를 거스르지 못하여, 이미 승천부의 백마산 아래에 성곽을 쌓고 궁실을 지었지만, 수달을 잡는다고 들어온 사람들을 두려워하여 건축을 끝내고도 아직 나가서 새 궁궐에 들지 못하고 있었소. 헌데, 지금 몽골 대군이 우리 경내에 들어와 백성들이 놀라서 어찌할 바를 모르고 있소. 대왕은 이를 가엾게 여겨서 빨리 군사를 돌려, 우리 동방의 백성들을 모두 편히 지내게 한다면, 나는 마땅히 내년에 몸소 신료를 이끌고 나가서 황제의 명을 맞이할 것이오. 이 나의 말의 허실을 알아보려면, 한 두 명의 사신을 보내어 살펴보면 알 수 있을 것이오.

'대왕'은 야쿠, '수달을 잡는다고 들어온 사람들'(捕獺人)이란 그런 평계를 대고 침입했던 몽골군 정찰병을 말한다.

조정에서는 이 서찰을 전하면서 금은으로 만든 주전자·술잔 등의 주기(酒器)와 비단·수달피 등의 물품을 보내어 야쿠와 여러 장수들에게 전해 주었다.

야쿠가 서신을 읽고 말했다.

"고려왕은 우리가 먼저 철군하면 그 후에 나와서 항복하겠다고 한다. 그러나 고려왕이 먼저 나와서 항복하라. 그러면 우리는 즉시 군대를 돌려 철수하겠다. 고려왕이 먼저 나와서 항복하지 않으면 우리는 그가 나와서 항복할 때까지 계속 싸울 것이다."

야쿠는 고열과 최동식을 억류해 놓고 이송무만을 보내면서 말했다.

"너는 돌아가서 우리에게 저항하고 있는 고려의 여러 성진의 항첩(降牒)을 받아 오라."

항첩이란 항복서약서다.

이송무가 돌아와 보고하자 최항은 재추회의를 소집했다. 논의 끝에 이렇게 답변하기로 했다.

"몽골군이 돌아간다면 우리 임금과 신하가 모두 육지로 나갈 것인데 그때 가면 항전하는 주현(州縣)이나 성진(城鎭)이 어디 있겠는가. 항첩을 받아서 보낼 이유가 없다."

역시 '선철군, 후출륙'이었다.

이송무가 야쿠에게 가서 조정의 답변을 전했다.

"고려의 뜻을 알겠다."

그러면서 야쿠는 다시 출동령을 내렸다.

고종 40년(1253) 8월 하순 동주를 함락시킨 야쿠의 몽골군은 다시 춘주(春州, 강원도 춘천)를 향해서 남진했다.

춘주성의 둘레는 7백 미터, 높이는 4미터 내외여서 그리 크지는 않았다. 그러나 돌로 튼튼히 쌓여 있었다. 이 성은 춘천 시내의 봉의산(鳳儀山)

에 있어 봉의산성이라 불렀다. 또는 봉산성이라고도 한다.

그 무렵 춘주성은 관찰사 박천기(朴天器)와 조효립(曹孝立, 문학)[76]이 그 밑에서 관찰사를 돕고 있었다.

그해 9월 몽골군이 춘주성으로 몰려와 여러 겹으로 성을 에워쌌다. 춘주성은 북쪽과 서쪽이 북한강으로 둘러싸여 있어서, 그들은 주로 동쪽과 남쪽으로 와서 성을 포위했다.

몽골군은 먼저 성 밑에 목책을 이중으로 세웠다. 목책 뒤에다 한 길이 넘게 참호를 팠다. 이 작업에 동원된 것은 그 동안 포로로 잡힌 고려인들이었다. 몽골의 이런 전술은 춘주성을 완전히 봉쇄하여 섬멸하겠다는 것임을 의미했다.

몽골군은 목책 설치와 참호 파기를 다 마치고도 공격은 하지 않고 여러 날 성을 포위한 채 지키기만 했다. 기습전법 대신 점진전법을 써서 포위망을 강화하는데 주력했다.

며칠이 안 되어 성안에는 우물이 모두 말랐다. 사람들은 소와 말을 잡아 그 피로 목을 축였다. 비위가 약한 사람들은 피에 입을 댔다가는 토했다. 군사들은 지쳐 쓰러져 갔다.

당시 유명한 선비였던 조효립은 관찰사 휘하의 속관(屬官)이었다. 그때 그는 박천기를 도와 방어전을 지휘하고 있었으나, 성을 지키지 못할 것으로 알고 혼자 고민하기 시작했다.

군사력이 약하니 나가 싸울 수가 없고 성안에 물과 식량이 떨어졌으니 결국 우리는 모두 죽을 수밖에 없겠구나.

조효립은 아내를 불렀다.

"지금 형편으로 보아 우리가 살길은 없소. 몽골은 이 성을 함락하면 그들의 방법대로 완전히 도륙할 것이오. 적의 손에 수치스러운 죽음을 당하느니 차라리 우리가 스스로 명예로운 죽음을 택하는 것이 어떻겠소?"

부인은 말없이 울기만 했다. 잠시 후에 말했다.

---

76) 문학(文學); 지방 방어진의 한 벼슬.

"나는 아녀자입니다. 남편이 결정하면 따를 뿐입니다."

그러면서 다시 눈물을 흘렸다.

그들 조효립 부부는 그날 불을 지르고 함께 그 불에 뛰어들어 죽었다. 이것을 보고 성안의 백성들과 군사들 사이에 공포와 좌절의 폭풍이 휘몰아쳤다.

박천기도 마찬가지였다.

"계책이 궁하고 힘이 다했으니 참으로 막막하구나. 이제는 마지막 필사의 탈출이 있을 뿐이다."

완전히 포위된 상태에서 보름 정도 견뎌낸 뒤, 박천기는 성안의 남아있는 곡물과 물자를 모두 불태운 다음 결사대를 만들어 성문을 열고 나가 돌진했다.

그들은 몽골군의 목책을 무난히 돌파했다. 그러나 그 뒤에 있는 참호는 건널 수가 없었다. 결국 한 사람도 탈출하지 못하고 모두가 그 자리에서 전사하거나 도륙 당했다.

몽골 군사들이 성안으로 들어가서 남아있는 사람들을 모두 죽이고, 재산과 가축을 약탈하고, 집들을 불태웠다. '그때 성 아래 쌓인 시체가 산과 같았다'고 한다. 고종 40년(1253) 9월 20일이었다.

벼슬하여 강도에 들어가 있던 춘주 출신의 박항(朴恒, 동지밀직사)은 춘주성의 비보를 듣고 모친의 안부를 알 수가 없어 걱정이었다. 그러나 이런 전시에 관리가 조정을 떠날 수도 없었다.

박항은 밤새 잠을 이루지 못하다가 다음 날 아침 직접 대전(大殿)으로 들어가 고종에게 말했다.

"폐하, 소신의 가향(家鄕, 자기 집이 있는 고향)인 춘주가 도륙되었다고 합니다. 춘주에는 소신의 늙은 아미(阿彌, 어미의 겸칭)가 살고 있습니다. 신은 아미의 생사조차 알 수가 없어 일을 하려해도 일이 손에 잡히지 않고, 잠을 자려해도 잠을 잘 수가 없고, 밥을 먹으려 해도 넘어가지 않습니다. 그러나 벼슬한 자가 요즘같이 위급한 전시에 조정을 떠나는 것은 중죄입니다. 아뢰옵기 황송하오나 폐하께서 윤허해 주신다면 급히 춘주에 다녀올까 합니다.”

“오, 그런가. 걱정이 크겠구나. 예로부터 군자는 수신제가(修身齊家)한 연후에 치국평천하(治國平天下)라고 했다. 따라서 군자의 덕에서 국가보다는 가정이 먼저요, 충(忠)보다는 효(孝)가 먼저다. 빨리 다녀오도록 하라.”

“성은이 망극합니다, 폐하.”

박항은 큰절을 하고 물러 나와 바로 강도를 떠났다. 그는 강을 건너 사흘 동안 달려서 춘주로 달려가 시신들을 뒤지기 시작했다.

그러나 상처가 심해 얼굴을 분간할 수가 없었다. 몽골군의 창과 칼에 베이고 찔려 피범벅이 되어 있었다. 그나마 불에 그을려서 시커멓게 되어 있어 도무지 누가 누군지 분간할 수가 없었다.

박항은 수많은 시신 중에서 자기 어머니로 짐작되는 사람을 모두 가려냈다. 그 시신들을 세어 보니 3백 구가 넘었다. 그는 그 3백 구 모두를 부모의 예로 장례를 치렀다.

그러나 결국 그의 모친은 금나라의 수도였던 중도(中都, 연경 또는 북경)에 잡혀가 있음이 확인됐다.

박항은 두 번이나 중도에 가서 몽골 당국에 구명을 청하면서 모친을 만나보려 했다.

“우리 몽골은 세계를 정복하고 수백 수천의 포로를 데려왔소. 누가 어디에 있는지 알기도 어려울 뿐만 아니라, 포로는 외부와 접촉시키지 말라는 국명이 내려져 있소. 미안하오. 돌아가시오.”

끝내 허락되지 않았다.

박항은 몽골 관리의 퉁명스런 말투를 뒤에 두고 돌아와야 했다.

추한 귀족들

야쿠가 친솔하는 몽골 침공군이 양산·동주·춘주를 도륙하고 있을 때, 왕준·홍복원·이현 등 반역세력들은 몽골군에 종군하여 야쿠와 붙어 다녔다.

몽골군이 양근성을 포위하고 이현이 항복을 권할 때도 왕족인 영녕공 왕준은 야쿠와 함께 이를 지켜보고만 있었다. 왕준은 고려인에 대한 몽골군의 만행을 보고도 이를 방관할 뿐 아니라 오히려 몽골군의 정벌작전에 계속 협조하며 따라다녔다.

왕준이 몽골에 인질로 갈 때 함께 들어간 고려인 군사들도 왕준을 수행하여 몽골군의 고려정벌에 종군하고 있었다. 그 중의 한 사람이 채취화(蔡取和, 낭장)다.

채취화가 어느 날 함께 왕준을 수행하는 몇몇 고려인들과 모인 자리에서 의분을 토했다.

"내가 처자를 버리고 영녕공을 따라 먼 외국에까지 간 것은 우리 고려를 편안하게 하기 위해서였다. 그러나 지금 공의 행실을 보라. 오히려 몽골을 도와 고려에 해를 입히고 있지 않는가. 나는 왕실의 어른인 공에게 실망했다."

채취화의 말에 자리가 갑자기 조용해졌다.

그의 의분은 계속되고 있었다.

"몽골인이 고려인을 도륙하는 현장을 두 눈으로 보면서도 영녕공은 한 마디 말이 없었다. 그가 야쿠를 만류했다면 고려인의 비참한 희생을 얼마간은 줄일 수도 있었을 텐데, 그런데 그는 어떻게 했는가. 자기 보신(保身)을 위해 철저히 침묵하고 방관만 했다."

그러자 그 말을 자세히 듣고 있던 정자명(鄭子明)이 가로막고 나섰다.

"그렇게 말을 함부로 해도 되는가. 조심하라."

"너도 고려인이라면 알 것이다. 영녕공은 왕실의 종친이다. 나라의 혜택과 임금의 은총을 누가 그만큼 받았겠는가. 더구나 우리 임금과는 할머니 쪽으로 5촌 숙질간이다. 그러나 공이 몽골에 와서 국가를 이롭게 하고 임금을 편하게 한 것이 조금이라도 있는가. 홍복원이나 이현 같은 반신(叛臣)의 무리들과 다를 것이 무엇인가."

채취화는 스스로 술을 따라 마시면서 계속 의분을 토했다.

"그렇다면 우리가 이렇게 고생하며 따라 다니는 것이 무슨 의미가 있겠는가. 우리도 고려에 반역하는 것이 아닌가."

다음 날 아침 정자명이 일어나 채취화에게로 가보니 그는 자리에 없었다. 정자명은 즉시 왕준에게 찾아가서 어제 밤에 있었던 얘기들을 고했다.

"아니, 채취화 따위가 감히 내게 반신이라 했단 말이냐?"

"그렇습니다, 저하."

왕준이 왕자로 되어 있기 때문에 그를 수종하는 사람들은 그를 저하(邸下)라고 불렀다.

"뿐만이 아니옵고 채취화는 저하를 홍복원·이현과 같은 열에 놓고 그렇게 말했습니다."

"뭣이라? 왕실 종친인 나를 반역자 홍복원·이현과 동렬에? 이놈은 도저히 용서할 수 없다. 가서 그놈을 잡아 오라. 아니, 잡아서 데려올 필요가 없다. 그냥 없애버려라."

왕준은 화가 치밀어 정자명 등을 보내 채취화를 추격해서 살해케 했다.

"내가 말을 내줄 터이니 타고 쫓아가 치도록 해라."

정자명은 왕준의 수졸들과 함께 칼을 품고 말을 달려 채취화를 쫓아갔다. 한참을 달려 고개를 넘자 저 앞에 채취화가 빠른 걸음으로 달려가는 모습이 보였다.

정자명이 그를 보고 외쳤다.

"채취화!"

채취화는 정자명을 돌아보고 불안했다. 도망하다 걸린 데다 그가 왕준의 말을 타고 있었기 때문에 왕준의 명을 받고 추격해 온 것이 분명했다. 결국 채취화는 정자명의 무리들에 잡히고 말았다.

"영녕공이 보내서 왔다. 너는 어제 왕실을 모욕했다."

그러면서 정자명은 말을 탄 채로 칼을 뽑아 채취화를 쳤다. 채취화는 저항 한 번 못하고 그 자리에서 쓰러져 다시 일어나지 못했다. 고려군의 장교 채취화는 왕준의 명에 의해 처단되고 말았다.

정자명은 고려군의 군관이면서도 그의 의식 속에는 인간의 도리라든가 국가에 대한 사명 같은 개념은 조금도 없었다. 국가의 급료를 받으면서도 나라에 반하는 일도 서슴지 않는 무뢰한이었다.

그래서 사서(史書)에서는 정자명을 '역수'(逆豎)라고 표현했다. 역수란 '도리에서 벗어난 일을 함부로 하는 고약한 사람'이라는 뜻이다.

전쟁은 충신과 역적, 영웅과 졸부를 함께 만들어낸다.

고려가 몽골의 침공을 받아 나라 전체가 핍박을 당하고 있을 때 많은 사람들이 나라를 위해 생명을 바쳐 용감히 싸운 반면, 나라의 은혜를 입고도 나라를 버리고 백성을 배반한 사람도 많았다.

몽골군은 고종 40년(1253) 10월 경기도의 양근성(梁根城, 양평)에 이르렀다. 그때 양근성에는 윤춘(尹椿, 낭장)이 방호별감으로 성을 지키고 있었다.

몽골군이 몰려와서 양근성을 에워쌌다. 잠시 후 이현이 나서서 성안에 대고 외쳤다.

"양산과 동주·춘주가 모두 항복을 거부하다가 도륙 당했다. 양근성도 도륙을 면하려면 속히 나와 항복하라. 기회가 왔을 때 주저하면 영원히 후회할 것이다."

윤춘은 고민하기 시작했다.

그렇다. 몽골군과 싸운다면 우리는 어차피 진다. 그러면 성이 함락되어 도륙되고 군인과 백성들은 모두 죽거나 노예로 끌려간다. 그것이 과연 국가와 임금에게 충성이 되겠는가. 또 나라와 백성들에게 이익이 되겠는가.

윤춘은 고개를 저었다.

아니다. 그건 누구에게도 이익이 아니다. 힘이 약하면 질 수밖에 없고, 질 싸움은 하지 말아야 한다. 지금은 전시다. 난세엔 명분 따위는 버리고 실리를 택해야 한다. 이럴 때는 후일을 도모하여 피해를 줄이는 것이 애국이고 충성이다.

그렇게 생각한 윤춘은 싸움을 포기한 채 군사들을 이끌고 성문을 활짝 열어놓고 나가서 항복했다.

"양근은 투항하고 있소. 다행입니다."

윤춘이 군사들을 이끌고 성을 나오자 왕준은 야쿠를 바라보면서 만족해하는 모습으로 웃었다.

몽골군은 양근성으로 들어가 젊고 튼튼하게 보이는 장정 6백 명을 뽑아서 군대를 만들어 몽골군에 편입하고 윤춘으로 하여금 그들을 영솔하게 했다. 양근성에는 몽골군 3백 명을 남겨서 주둔시켰다.

몽골측은 윤춘으로 하여금 고려인 군사와 포로들을 데리고 들판에 나가서 여물어있는 벼를 베어 추수케 했다. 그때 거둔 쌀은 몽골군의 군량미가 됐다.

야쿠는 항복한 윤춘의 양근성 군대를 앞세워 몽골군과 함께 남진케 했다. 윤춘이 맡은 임무는 저항하는 고려의 성을 회유하여 항복케 하는 일이었다.

몽골군은 그해 10월 6일 강원도 원주성(原州城)에 이르렀다. 그때 원주성은 강도 조정에서 파견한 방호별감 정지린(鄭至麟)이 지키고 있었다.

"윤춘 별감. 원주성은 당신이 도모하시오."

야쿠는 윤춘을 시켜 항복을 권하도록 했다.

윤춘은 항복 권고문을 써서 원주성 방호별감에게 들여보냈다.

"아니, 윤춘 이 자가?"

정지린은 윤춘의 권항서(勸降書)를 받고는 그 자리에서 찢어 불태웠다. 그는 항복을 거부하고 오히려 방비를 더욱 튼튼히 하도록 지시했다. 정지린이 성루에 올라가 보니 윤춘이 몽골군들과 함께 성 밖에 와 있었다.

정지린이 외쳤다.

"야, 윤춘! 내 말을 들어라. 우리는 조정에서 특별히 뽑아 보낸 방호별감이다. 우리는 같은 배를 타고 강화를 떠나, 너는 양근으로 가고 나는 이원주로 왔다. 방호별감으로서 반역배 이현의 협박 한 마디에 싸우지도 않고 항복한 것도 부끄러운 일이거늘, 어찌 너는 자결하지도 않고 지금껏 살아서 적군의 주구 노릇을 한단 말이냐?"

그 말에 윤춘은 기가 죽었지만 목소리를 크게 하여 말했다.

"빨리 항복하시오. 그래서 자신과 백성을 살리시오."

정지린이 더 큰 소리로 외쳤다.

"너는 고려의 군관이다. 아직도 백성과 하늘에 대해서 부끄러운 줄을 모르는가. 그래 가지고도 너와 네 가족이 무사할 줄 아느냐. 너의 죄는 하늘과 백성이 용서치 않을 것이다."

그러자 몽골군은 성에 대해 일제 사격을 퍼부었다. 원주성에서도 맞 사격을 폈다. 그렇게 한 나절을 싸웠으나 원주성의 공격은 더욱 가열해질 뿐이었다. 몽골군 시신이 성 둘레에 쌓이기 시작했다. 결국 몽골군은 원주성을 포기하고 서쪽으로 방향을 바꾸어 퇴각했다.

그해 10월 9일 이현은 몽골병을 안내하여 경기도 여주의 천룡산성(天

龍山城)으로 갔다. 그때 천룡산성에는 황려현(黃驪縣, 지금의 여주군)의 현령 정신단(鄭臣旦)과 방호별감 조방언(趙邦彦)이 들어가서 성을 지키고 있었다.

그런 정보를 입수해 놓고 있던 이현이 천룡으로 가서 성에다 대고 외쳤다.

"나는 이현이다. 정신단과 조방언은 항복하라. 만약 저항한다면 성은 도륙되고 백성들은 섬멸된다. 명분을 버리고 함께 사는 실리를 택하라. 투항하라. 항전을 그치고 빨리 항복해서 살길을 찾아라."

백성과 군사들이 그 말을 듣고 흔들리기 시작했다.

정신단이 성루로 올라가서 내려다보니 과연 이현이었다. 그는 이현과 안면이 익은 사이였다.

"아니, 그대가 어떻게 여기에 와있는가? 그대는 몽골에 가지 않았는가?"

이현이 맞받았다.

"긴 말할 시간이 없다. 빨리 나와서 항복하라. 모든 것을 내가 보장한다. 나를 믿고 빨리 성을 나와라."

정신단은 조방언과 의논한 뒤에 군사와 백성들을 이끌고 성을 나와 몽골군에 항복했다.

명분이냐, 실리냐. 지더라도 명분을 지켜 오늘 적군과 싸울 것인가, 질바에는 실리를 위해 항복해서 내일을 기약할 것인가. 당시 책임 있는 사람들은 이 상반된 두 개의 명제를 놓고 고민했다.

그러나 이 둘은 사실 여부를 따지는 진부(眞否)의 문제가 아니라, 어느 것이 옳고 어느 것이 그른가하는 인식(認識)의 문제다. 따라서 역사에서는 정답이 없는 숙제로 남아 영원히 반복돼 왔다.

충성심이 강하고 원리주의적인 사람들은 명분과 오늘을 택했다. 그러나 정신이 약하고 현실주의적인 사람들은 실리와 후일을 취했다. 윤춘과 정신단·조방언은 명분과 오늘과 국가를 버리고, 실리와 후일과 자신을 선택한 사람들이었다.

누가 인질로 갈 것인가

    고려 각지에서 몽골군의 야만적인 살인 방화 약탈이 자행되고 고려군
의 연패가 계속되자, 고종 40년(1253) 10월 강화경의 고려 조정에서 대규
모 회의가 열렸다.

    벼슬을 마치고 물러나 있는 기로회(耆老會)[77] 소속의 구신(舊臣)과 4품
이상의 현직 관리들까지도 모두 모였다. 고려의 지배사회를 이루고 있는
고급두뇌와 고위관직의 총 집합이었다. 여기서 몽골군을 물리칠 대책을
의논했다.

    의제가 제기되자 최린(崔璘, 참지정사)이 맨 먼저 나섰다.

    "우리가 지금 몽골을 물리치기는 어렵습니다. 따라서 하루라도 빨리 전
쟁을 끝내야 합니다. 이곳 강도에 들어와 있는 우리는 잘 모릅니다. 그러
나 저 본토에서는 매일 수많은 백성이 죽고 끌려갑니다. 날마다 도처에서
가옥과 재산이 불타고 약탈되고 있습니다. 이것은 모두 우리 고려의 살을

---

77) 기로회(耆老會); 나이가 많아 벼슬에서 물러난 고려시대 선비들의 모임. 상서좌복야로 퇴직한 유자량
(庾資諒)과 중서문하평장사를 지낸 최당(崔讜)이 물러난 재신(宰臣)들과 더불어 조직해서 불교에 관
해 토론하고 시를 짓던 모임에서 비롯됐다. 최초의 회원은 유자량·최당 외에도 최당의 아우 최선(崔
詵)과 장백목(張百牧)·고영중(高瑩中)·백광신(白光臣)·이준창(李俊昌)·현덕수(玄德守)·이세장(李世
長)·조통(趙通) 등이 있다.

베고 피를 뽑는 뼈아픈 고통입니다. 특히 지금의 몽골 황제 몽케는 역대의 어느 황제보다도 더 침략적이고 가혹한 전쟁광입니다. 야쿠라는 자는 그 어느 몽골 장수보다도 잔인하고 냉혹한 살인마입니다."

절대권력자인 항몽파 최항도 참석해 있었지만, 최린은 자기의 평소 소신을 거침없이 말했다. 고려군의 연패와 백성들의 참화가 계속되자 화친파 문신들도 힘이 생겨 있었다.

무인 출신의 김보정(金寶鼎, 복야)도 나섰다.

"옳은 말씀입니다. 야쿠가 침공한 이후 그 어느 때보다도 우리 인명과 재산의 피해가 크고 잔혹합니다. 우리는 언제까지 이런 뼈저린 고통과 수모를 견뎌내야 합니까. 우리가 맘먹기에 따라서는 언제든지 전쟁을 종결시킬 수도 있습니다."

김보정은 장수이면서도 다른 무인들과는 달리 화친파에 속해 있었다. 그는 여몽외교 접촉을 맡아 몽골의 군영과 수도를 몇 차례 오가면서 대몽강화가 절실히 필요하다고 생각해 왔다.

다시 최린이 말했다.

"그렇습니다. 저들의 요구를 들어줄 수 있는 것은 들어주면서 저들을 철수토록 해야 합니다."

최린을 필두로 하는 대몽 화친파 신료들은 강화(講和)의 원칙문제를 거론했다. 항전파 쪽에서는 침묵으로 일관했다. 별다른 이론이 나오지 않자 모두 강화가 불가피하다는 데 합의한 것으로 인정됐다.

다음으로 강화 방법의 문제로 넘어갔다. 항전파 무신과 화친파 문신들이 함께 입을 열었다.

"저들의 요구는 국왕입조와 출륙환도입니다."

"그러나 폐하께서 나아가 항복할 수는 없겠지요."

"연세도 연세려니와 지금 와병 중이시니 국왕입조는 절대로 안 됩니다."

"그렇다면 어쩌자는 겁니까?"

"차선책을 택해야지요."

"차선책이라면?"

듣고만 있던 최린이 말했다.

"임금께서 가실 수가 없다면 임금을 대신할 인물은 태자밖에 또 있습니까? 지금으로선 태자가 야쿠가 있는 몽골군 부대로 가서 항복하는 것이 최상입니다."

그러나 항몽파 쪽에서 무인들이 말했다.

"우리가 먼저 태자입조와 대안을 제시할 필요는 없습니다. 저들이 임금의 친조를 요구하고 있으니, 임금이 노쇠하고 병들어 입조할 수 없다고 거절하고, 나중에 문제가 되면 그때 가서 태자 입조를 대안으로 제시해도 됩니다."

시간을 끌어보자는 항몽파의 점진론이다.

김보정이 다시 나섰다.

"그러나 지금의 피해를 생각할 때 이 문제를 무한정 천연할 수는 없습니다. 하루가 급합니다. 몽골의 침공 목적 중에서 재산강탈과 인력징발이 아주 중요합니다. 저들은 우리가 항복하지 않는 동안 계속 우리 백성들을 죽이고, 재산을 강탈하고, 부녀자와 어린아이들을 잡아다 노예로 쓰자는 심산입니다. 이 점을 인정하고 시작해야 합니다."

이것은 화친파의 급진론이었다.

"문제는 폐하께서 동궁(東宮, 태자 또는 세자)의 출행을 허락하지 않는 데 있습니다."

"태자가 몽골에 입조하면 몽골은 태자를 바로 인질로 삼을 것입니다. 그러니 폐하께서는 태자입조를 반대할 것입니다."

국왕친조 대신 태자입조를 놓고 항몽파 무인과 화친파 문신들 사이에 공방이 오고 가자 최린이 다시 나섰다.

"태자입조는 여기서 된다 안 된다고 할 일이 아닙니다. 조정의 뜻을 모아서 일단 폐하에게 태자의 몽골 군중(軍中, 부대본부) 방문을 상주해서 폐하의 성지(聖志)를 타진해 보도록 하십시다."

최후의 결정을 임금에 맡기자는 상소론(上疏論)이다.

"그리 하십시다."

최항도 최린의 상소론에 동조했다.

그 동안 간간히 온건론을 펴온 최린이 이때부터는 본격적으로 문신을 대표해서 화친파에 앞장서기 시작했다.

화친파 최린은 강화 천도 당시 평장사를 지낸 항몽파 최종준(崔宗俊)의 당질(5촌 조카)이다. 그들은 모두 당대 고려를 주름잡아 온 최유청(崔惟淸, 의종 때 중서시랑평장사겸 판병무사 역임)의 직계 후손들이다.

최린은 국량(局量) 넓고 재주가 뛰어나며 속이 깊은 사람이었다. 어려서부터 그는 사소한 일에 구애되지 않았고, 호협(豪俠)한 무리들과 친하게 사귀면서 도박판과 술집에서 살다시피 했다.

그러나 삼십이 되면서 철이 들어 글을 읽기 시작하여 강종(康宗) 때에 과거에 합격했다. 대간과 나주부사·우부승선을 거쳐, 이때 참지정사로 올라와 있었다.

최린은 김보정과 함께 신안공 왕전을 수행하여 몽골에 다녀오면서 화친노선을 분명히 했다. 국제정세의 흐름과 몽골의 힘을 현장에서 확인한 뒤로는 항몽노선은 위험하고 소모적일 뿐이라고 확신했다.

최린의 등장으로 유승단 이후 자취를 감추었던 화친론이 20여년 만에 다시 조정안에서 머리를 들기 시작했다. 그때의 화친론을 주도한 것이 바로 문신 최린과 무인 김보정이었다.

고종이 대전(大殿)[78]에 있다가, 내관(內官)[79]으로부터 조정논의에 관한 내용을 전해 듣고 화를 냈다.

"태자를 적진에 보내다니? 나라 벼슬을 사는 사람들이 나라를 위해 싸워 이길 방책을 내지 못하고 고작 항복할 궁리만 하고 있다는 말인가."

---

78) 대전; 임금전용의 궁전.
79) 내관; 궁궐 안에서 임금을 가까이 보좌하는 관료. 요즘의 비서다.

고종은 몽골의 침공이 시작되자 처음부터 주전론자였다. 자기 혈육, 그것도 맏아들이자 태자인 아들을 적진에 보내라는 소리가 신하들 사이에서 나오자 더욱 화가 났다. 공적인 소신에 사적인 감정이 겹쳐 고종의 진노는 더욱 심했다.

"조정 신하들 사이에서는 주전론보다는 화의론, 강경(江京) 고수론보다는 출륙(出陸) 환도론이 우세하다고 합니다."

"태자를 저들의 군중(軍中)에 보낸다면 태자는 곧 인질이 되어 몽골로 끌려가 연금되고 만다. 그렇지 않겠느냐?"

"필시 그렇게 될 것입니다."

"그걸 알면서도 신하라는 자들이 태자를 적국의 군중에 넘겨주겠다는 게냐? 태자를 보낸다면 후환이 없을 것이라고 보장할 수 있겠느냐? 짐은 이미 늙었고 병이 심하다. 이럴 때 태자는 곧 임금이요, 나라다. 대체 어느 누가 태자를 적진에 보내라고 했는가?"

"화친파 신료들의 입에서 그런 말이 나왔습니다."

"화친파 신료들이라? 허면, 여러 사람이 그런 말을 한 모양이로구나."

환관인 민양선(閔陽宣)이 말했다.

"화친파뿐이 아니옵니다. 최항 시중도 태자 전하를 보내는 것이 옳다고 했습니다, 폐하."

"뭐? 시중도 그랬어?"

집권자 최항도 같은 생각이라는 말을 듣고, 고종은 의아해 하면서도 금세 누그러졌다. 노여움도 조금은 풀렸다. 잠시 후에 고종이 다시 물었다.

"최 시중은 그동안 항몽을 주장해 오지 않았느냐?"

"예, 그랬습니다. 그러나 항몽의 입장에 변화가 있는 것은 아닙니다. 다만 전쟁이 길어지고 고려군이 잇달아 패하여 백성들의 참화가 계속되는데다, 조신들이 몽골과의 강화와 개경으로의 환도를 계속 주장하니까 항몽의 방법에 관한 생각을 좀 바꿔 태자 저하의 파견에 동의한 것 같습니다."

"최항이 항몽하면서 태자를 몽골에 보내겠다고 했다니 도대체 그게 무슨 소리냐?"

"몽골에 항복하지는 않더라도 강화협상의 길을 열어놓아 시일을 끌면서, 저들이 지쳐 물러나기를 기다려 보자는 입장인 것 같습니다. 시간을 끌기 위해서는 그럴 미끼를 줘야 하는데, 태자 전하가 폐하를 대신해서 입조할 수도 있지 않겠느냐 하는 생각입니다."

"음, 그런가? 사람이 바뀌었으니까 조정의 태도도 바뀔 수가 있겠지. 그러나 태자를 적진에 보낼 수는 없다."

고종은 이세재(李世材, 승선)를 보면서 말했다.

"최항에게 가서 누구를 적진에 보내는 것이 좋겠는지, 그의 진의를 확실히 물어오도록 하라."

이세재가 최항을 찾아갔다.

"폐하가 특별히 보내서 왔습니다. 시중께서는 누구를 몽골 군중에 보내면 좋겠다고 생각하십니까?"

"이것은 신이 결정할 바가 아니오. 주상(主上)께서 정하여 재가하도록 하시오."

이래서 고려 조정에서는 오랜 시간 대규모 회의를 열었지만 아무런 결정도 내리지 못했다. 신하들은 혀를 차면서 헤어졌다.

당시 문신들은 대부분 몽골과의 조기 강화를 희망하는 화친파였다. 그들은 빨리 전쟁을 종결하고 바다 속의 강화경을 떠나 구도인 개경으로 환도할 것을 바라고 있었다.

반면에 무신들은 거의 대부분이 최항과 함께 항몽파를 이루고 있었다. 그들은 투항을 거부하고 저항을 계속하면, 결국 바다를 건널 수 없는 몽골이 제물에 물러날 것이라고 믿고 있었다.

항몽파는 삼별초 중심의 강력한 무력을 장악하고 있을 뿐만 아니라 정부 안에서 확고한 지위와 권력을 쥐고 있었다. 그래서 문신들은 무인정권을 구성하고 있는 무신들의 위압에 눌려 제대로 말하거나 힘을 쓰지 못했다.

최씨정권 주변의 무인들은 자기들끼리 만나면 몽골과의 외교협상 문제에 대해서 이런 말을 주고받았다.

"몽골과 강화가 이뤄지는 경우 외교교섭은 문신들이 맡게 될 터인데, 그리되면 문신의 지위가 향상됩니다."

"문신의 지위 격상은 곧 왕권 강화와 직결됩니다. 그러면 우리 무인정권은 그만큼 약화될 것이고 무인들의 지위도 격하됩니다."

"그렇지요. 더구나 협상이 성공하면 우리 고려는 몽골의 영향을 받게 됩니다. 그것은 곧 내정간섭으로 이어집니다. 그리되면 그 동안 항몽을 주도해온 무인정권을 몽골이 그대로 두겠습니까."

그 말을 듣고 최항이 말했다.

"옳은 말씀들이오. 따라서 우리는 몽골과의 화친은 거절해야 하오. 설사 강화교섭을 벌이더라도 그것을 성사시킬 것이 아니라 시간을 끌고 몽골의 무력사용을 정지시키는 방편으로만 외교를 벌여야 하오."

궐내에서도 국왕 고종이 처음부터 항몽 의지를 가지고 있었다. 그런 점에서 고종은 최우-최항을 비롯한 무인들의 항몽노선과 일치돼 있었다. 자식을 아끼는 고종의 특별한 부정(父情)이 그런 항몽입장과 결합되어 태자를 인질로 보내는 데는 극력 반대했다.

그러나 태자 왕전(王倎) 자신은 생각을 달리하고 있었다. 그는 고종과 무인들의 항몽에 오래 전부터 회의를 품어왔다.

우리가 몇몇 성에서 어쩌다 몽골군을 물리쳤다고 해서 그것이 무슨 의미가 있겠는가. 국토의 대부분 촌락에서는 백성들이 매일 적군에 살해되고, 재산을 빼앗기고, 집이 불타고 있다. 그런 상황에서 지방의 성 몇 개를 지켰다고 해서 승리라고 할 수 있겠는가. 몽골군을 물리쳐 국경 밖으로 내몰고 다시는 재침하지 못하게 하지 못할 바에는 이런 장기소모전은 무의미하다.

이것이 태자 왕전의 생각이었다.

그런 점에서 왕전은 자주론과 항전론을 신봉하는 부왕 고종이나 무신들과는 달리, 화평론과 종전론을 신봉하는 문신들과 입장을 같이하고 있었다.

이래서 궁중에서는 임금과 태자의 견해가 다르고 조정에서는 무신과 문신의 입장이 대립했다. 이런 상태에서는 현상변화는 기대할 수 없었다.

몽골과의 조기화친을 희망하는 왕전은 대외접촉을 끊고 동궁에 들어앉아 정체된 전쟁국면에서 벗어날 길을 찾아보려고 고민하고 있었다.

몽골군의 패배와 내분

　몽골의 본진이 남경(南京, 서울)을 거쳐 여주에 이르렀을 때였다. 야쿠는 척후 기병대 3백기를 충주 쪽으로 향하게 하고, 자신은 본대와 함께 그 뒤를 따라 남하했다. 야쿠의 몽골군이 충주 방면으로 남진하던 그해 고종 40년(1253) 9월 초순의 어느 날 오후였다.

　충주의 창정(倉正, 향직)으로 있는 최수(崔守)는 야쿠의 몽골군이 충주 쪽으로 방향을 잡았다는 정보를 입수하고 급히 별초군을 조직했다. 고려 때 지방의 향리는 9등급으로 나뉘어 있었다. 창정은 그 중 호장과 부호장에 이어 세 번째 등급이다.

　몽골군 척후대가 여주 동쪽으로 십리쯤 되는 금당(金堂) 계곡에 이르렀을 때였다. 최수는 그가 조직해 놓은 별초군의 정예군사들을 불러 모았다.

　"지금 몽골군이 이쪽으로 오고 있다. 우리가 몽골군을 맞아서 정면으로 맞서 싸울 수는 없다. 우리가 이길 수 있는 방법은 단 하나다. 미리 나가서 매복하고 있다가 불시에 기습하는 것이다."

　별초들은 긴장해서 듣고 있었다.

　"이제 우리는 매복 나갈 것이다. 매복병이 꼭 지켜야 할 수칙이 있다. 첫째, 이동할 때는 바람같이 빨라야 한다. 둘째, 숨어 있을 때는 산과 같이

고요해야 한다. 셋째, 공격신호가 떨어지면 벼락 치듯 적을 쳐서 소탕해야 한다. 알겠나?"

"예."

최수는 군사들을 이끌고 출발했다. 모두 30명이었다. 그들은 산길을 따라 정말 바람같이 빠르게 북상하다가 금당 못미처 계곡에 이르러 매복에 들어갔다.

최수와 그의 별초들은 길을 주시하고 있었다. 그때 과연 일단의 몽골군들이 충주를 향해서 남진하고 있었다. 몽골군 척후대였다. 그 뒤에는 많은 고려의 민간인들이 따르고 있었다.

최수가 말했다.

"적군이 온다. 산처럼 고요하게 잠복하여 기다리자."

별초들이 흩어져 매복할 장소를 찾아 움직이면서 나무들을 건드렸다. 주변을 살펴보던 몽골군 한 명이 나무가 흔들리는 것을 보고 대장에게 말했다.

"저기를 보십시오. 지금은 바람이 별로 불지 않는데도 숲 속에선 나무가 흔들리고 있습니다. 아무래도 복병이 오고있는 것 같습니다."

그러나 대장은 대수롭지 않게 말했다.

"저 정도로 흔들리는 것은 산골짜기에서는 흔히 있는 일이다. 지금 바람이 전혀 없는 것도 아니지 않나."

"그래도 바람에 비해 흔들림이 심한 것 같습니다."

"그러냐? 그럼 잘 살피면서 가자."

몽골 군사들은 겁먹은 표정을 하고 긴장해서 사방을 경계하면서도 같은 속도를 유지하며 계속 남진했다. 흔들리던 나무도 정지되어 어디쯤이었는지도 알 수가 없었다. 주변은 온통 조용하고 다람쥐 한 마리 얼씬거리지 않았다.

"기분 나쁠 정도로 조용하구나."

몽골군 척후대의 지휘관이 그렇게 말하고 있을 때였다.

최수가 조용히 말했다.

"저들이 사격권 안에 들어왔다. 벼락치듯 기습한다. 공격!"

갑자기 시위 소리와 함께 몽골군 쪽으로 화살이 날아갔다. 몽골의 군사와 말이 쓰러져 뒹굴었다.

기습당한 몽골군은 극도의 혼란에 빠져 이리저리 헤매고 있었다. 아무리 둘러봐도 적은 보이지 않았다. 자기들은 완전히 노출돼 있으나, 상대가 없으니 대응할 수도 없었다.

"전군 철수!"

몽골 선봉대장의 후퇴명령이었다.

"와아!"

그때 고함소리가 계곡과 산을 뒤흔들었다. 고려 군사들이 칼과 창을 꼬나 잡고 계곡 속에서 튀어나왔다. 고려군의 일방적인 기습이었다. 백병전이 벌어졌다. 몽골군은 대항하지 못하고 말을 탄 채 도주했다. 10분도 될까 말까한 사이였다.

거기서 몽골군 15명이 전사했다. 고려 군사들은 몽골군이 끌고 다니던 고려인 남녀 포로 2백여 명을 빼앗아 석방했다. 몽골군에서 빼앗았거나 그들이 버리고 간 말과 마구·칼·창 등의 노획물도 거두어 돌아왔다.

고려측의 일방적인 대승이었다. 고종 40년(1253) 9월 9일이다. 조정에서는 최수의 공을 표창하여 그를 대정(소위 또는 준위)으로 삼았다.

금당에서 패주한 몽골군은 여주와 양평 일대에서 분풀이를 벌였다. 그들은 부락이 보이기만 하면 들어가서 보이는 대로 사람을 죽이고 재산을 취하고 집에는 불을 질렀다. 이런 일은 고려 전역에서 계속되고 있었다.

그러나 금당 계곡에서의 패배로 몽골군의 충주 진출은 예정보다 한 달 이상 지연되고 충주성 공격은 석 달이나 늦어졌다.

야쿠의 몽골군 본진인 서군은 정예부대로 편성된 그들의 척후대가 금당에서 참패하여 일단 기가 꺾였다. 야쿠군이 성을 치다가 함락시키지 못하고 다음 목표지로 이동한 경우는 있었지만 맞붙어 싸워서 패퇴한 적은 이번이 처음이었다.

야쿠는 다시 부대를 정비해서 남진을 계속했다. 그들은 패전 한 달 뒤인 그해 고종 40년(1253) 10월 10일 쯤 충주에 이르렀다.

충주는 중부에서 영남 지역으로 바로 관통되는 전략적 요지다. 중요한 길들이 지나고 강이 흘렀다. 따라서 강화경 정부는 충주를 고수하기 위해 수성작전(守城作戰) 능력이 입증된 처인성의 승장 김윤후(金允侯, 낭장)를 방호별감으로 삼아 충주로 보냈다.

한편 야쿠도 충주성을 영남진출의 전진기지로 삼을 생각이었다. 이번에는 무슨 일이 있어도 이 성을 꼭 함락시키기 위해 직접 군대를 지휘했다. 야쿠는 부장 아무칸과 고려의 반역자 홍복원·이현 등도 대동하여 지휘체계를 단단히 갖췄다. 길 안내는 이현이 맡았다.

야쿠는 충주성을 포위한 다음 참모와 지휘관들을 불렀다.

"이 충주성은 12년 전에 살리타이 원수의 선발부대가 빼앗으려다 고려의 노비와 평민들로 구성된 잡류별초들의 저항으로 실패하고 돌아간 곳이다. 그러나 이 야쿠에게는 그런 치욕은 없다. 다시는 실패가 없도록 철저히 준비하고 경계하라. 기어코 정복하고 말 것이다. 서두를 필요는 없다. 시간은 우리 편이다. 성이 완전히 포위된 이상 오래 끌수록 우리에게 유리하고 고려에는 불리하다."

공성작전에서 몇 차례 실패를 거듭한 야쿠는 충주성에 대해 바로 공격하지 않고 포위만 계속하고 있었다. 장기지구전을 통한 일종의 고사작전(枯死作戰)이었다.

그렇게 한 달이 훨씬 넘자 야쿠의 소극적인 전법을 참다못해 예하 지휘관 탈라얼(Talaol, 塔剌兒)이 항의했다.

"타국에 원정 와서 성 하나를 포위해 놓고도 시일을 끌고 있는 것은 결코 좋은 방법이 아닙니다. 장군은 무엇이 두려워서 충주성 공격을 주저하는 겁니까? 살리타이는 충주성 공격에서 실패했으나 우리는 성공할 수 있습니다. 빨리 공성명령을 내리시오!"

탈라얼은 황족은 아니었지만 몽골의 귀족으로 작위를 받고 있었다. 그러나 성급하고 오만하며 자부심이 강한 장수였다.

그의 항의를 받고 야쿠가 화가 나서 말했다.

"충주성은 포위되어 있고, 성안에는 많은 사람들이 들어가 있다. 성안으로는 지금 아무 것도 들어가지 못하게 막았다. 이렇게 포위를 계속하고 있는데 저들이 얼마나 버티겠는가. 충주성은 머지않아 식량이 바닥나고 군사들은 지쳐서 제 발로 투항해 나올 것이다. 우리 군사를 쉬게 하면서 적을 고사(枯死)시키는 전법이다. 나는 싸우지 않고도 저들을 말려 죽일 수 있다."

"그것은 패배주의 전법이오. 장군은 겁이 너무 많소이다. 과거에는 어떠했는지 모르나 지금의 충주성은 세력이 커보이지도 않습니다. 우리 군사들은 휴식이 지나쳐 몸이 둔해지고 게을러지기 시작했어요. 빨리 공격하지 않으면 나는 이 이상 장군의 지휘를 따를 수 없소. 앞으로 나의 부대는 단독으로 행동할 것이니 장군은 그리 아시오."

"야, 탈라얼! 너는 정녕 군율을 어기겠다는 것이냐? 알아서 하라. 지휘계통을 벗어나 단독행동을 한다면 군법에 따른 처단이 있을 뿐이다. 빨리 물러가지 못할까!"

"장군 맘대로 해 보시오!"

그러면서 탈라얼은 문을 박차고 나갔다.

그러나 야쿠는 화가 나서 견딜 수가 없었다.

그는 참모들을 불렀다.

"탈라얼이 나를 위협했다. 내가 지구전을 한다고 비판하고 빨리 공격하자면서 자기는 단독행동을 하겠다는 것이야. 만약 단독행동을 하면 군법으로 처단하겠다고 꾸짖어 보냈다."

"탈라얼은 항상 자기가 제일이라고 생각하여 교만을 부리며 남을 경멸해 왔습니다. 그래서 다른 장수들로부터 미움을 사고 있습니다."

"그렇습니다. 탈라얼이 원수의 지휘를 벗어나겠다고 말했다면, 실제로 부대 이탈을 실행하지 않았다 해도 그 말 자체가 이미 군법을 어긴 것입니다. 장수는 부대이탈을 사전에 방지할 책임이 있습니다. 먼저 탈라얼을 잡아다 처단하십시오."

"그러면 군이 시끄러워지지 않겠는가?"

"부대가 이탈하는 사태보다 시끄럽기야 하겠습니까?"

"그래. 그 말이 옳겠다. 정병을 뽑아서 밤을 기다려 탈라얼을 잡아오도록 하라."

"그럴 것이 아니라 전술협의를 하자고 부르십시오. 그가 오면 그때 체포해서 처단해도 됩니다."

"그 자가 오겠는가?"

"오지 않을 것에 대비해서 정병을 대기시켜 놓겠습니다. 원수의 명령을 거역하여 오지 않으면 그것 자체로 체포사유가 됩니다. 그때 가서 잡아오도록 하겠습니다."

"그렇게 하라."

야쿠는 전령을 탈라얼에게 보냈다.

"탈라얼 장군. 야쿠 원수께서 작전협의를 하자고 하십니다."

그러나 탈라얼은 코웃음을 쳤다.

"흥, 야쿠 원수가 나를 보잔다고? 나와 함께 작전을 협의하자고? 무슨 소리야! 내 얘기는 이미 야쿠 원수에게 다 했다. 거기에는 한마디도 더 보탤 것도 없고 뺄 것도 없다. 그대로 하면 된다. 나는 갈 수가 없다. 내가 그렇게 한가한 사람인 줄 아는가."

그 얘기를 듣고 야쿠는 더욱 화가 났다.

"이 자가 정말 교만하기 그지없구나. 군의 기강을 위해서도 이런 자를 그냥 놔둘 수는 없다. 가서 탈라얼을 잡아오라!"

그러나 탈라얼은 이미 체포대가 올 것으로 예상하고 방비를 튼튼히 하고 있었다. 야쿠의 정병은 부대출입을 거절당했다. 그들이 공격해 쳐들어 갔지만 결국 희생자만 내고 쫓겨 왔다.

"야쿠는 무장이 아니다. 비겁한 자는 군을 지휘할 수 없다."

탈라얼은 이런 진상을 적어 급히 카라코럼 황도로 보냈다.

탈라얼이 몽케에게 보낸 서찰

존경하는 다칸 폐하. 고려 원정군 원수인 야쿠 장군은 몇 차례 고려군에 패한 뒤 고려군을 겁내어 몸을 사리고 있습니다. 그는 충주성을 에 워싸고 공성을 하지 않고 있어 소장 탈라얼이 공성을 촉구했으나 듣지 않고, 오히려 수하 정병을 보내 소장을 체포하려 했습니다.

다행이 그가 그렇게 할 것으로 짐작되어 대비하고 있었기 때문에 소장은 화를 면했습니다만, 야쿠 원수로서는 고려를 응징할 수 없고 오히려 우리 군사들의 피해만 증대될 것입니다. 이는 우리 대몽골제국과 지엄하신 다칸 폐하의 위엄을 해치는 행위입니다. 원수 교체는 시급한 일이라 생각됩니다.

탈라얼이 이런 서찰을 황제에게 올렸다는 사실을 야쿠는 까맣게 모르고 있었다. 그는 탈라얼의 진영을 공격했다가 패퇴한 다음 마음이 편치 않았다. 그는 참모 장수들을 불러 명령했다.

"더 이상 지연할 수 없다. 빨리 충주성을 함락시키고 계속 남진해야 하겠다. 공성작전을 준비하라."

곧 공성준비가 시작됐다.

그러나 야쿠의 그런 의욕에도 불구하고 야쿠는 탈라얼을 공격한 며칠 후 갑자기 병을 얻어 누웠다. 아무리 기운을 차리려 해도 일어서는 것조차 맘대로 되지 않았다.

"이것 참 이상한 일이다. 어제까지도 성하던 내가 오늘은 기동조차 못하다니……"

그는 할 수 없이 종군하고 있는 점쟁이를 불렀다.

"야전에서 평생을 살아온 내 몸이 성치 않다. 도무지 말을 안 들어. 전투가 곧 시작인데 어찌하면 좋겠는가?"

점장이는 야쿠의 얼굴을 세심히 살피고 몸의 여기저기를 짚어보다가 말했다.

"이곳에 오래 머물러 계시면 몽골로 되돌아가기가 어렵겠습니다."

"돌아가기 어렵다고?"

"충주는 지기(地氣)가 흉험한 곳입니다. 이곳 지기는 장군의 체질과는 상극입니다."

"그럼 죽는다는 말이구나."

"빨리 돌아가시지요."

"나는 칭기스 다칸의 친조카다. 대몽골제국의 황족으로서 이번 고려 원정을 총괄하고 있는 몽골 동정군(東征軍)의 원수인 내가 어찌 이런 개인적인 신상의 일로 전선에서 빠져나가 돌아갈 수 있겠는가?"

"전번의 살리타이 원수의 불운을 상고하십시오. 살리타이 원수는 강을 건너 남쪽으로 가면 불행할 것이라는 고려 역술인의 말을 무시했다가 처인성에서 화살에 맞아 전사했습니다."

"이 고려는 땅마저 지독하구나."

야쿠는 그렇게 말하면서 어찌 할 바를 몰라 고민하고 있었다. 그 무렵 황제 몽케로부터 전령이 왔다.

"폐하께서 원수에게 급히 돌아오라고 명하셨습니다. 함께 가시지요."

"나는 전쟁터의 원수다. 갑자기 그게 무슨 얘긴가?"

"다칸께서 탈라얼 장군으로부터 무슨 보고를 받고 이런 명을 내리셨습니다."

"그래? 그러면 알겠다. 탈라얼이 나를 모함했다. 그렇지 않아도 몸에 병이 깊어 지휘할 수 없는 처지다."

야쿠는 부장(副將)인 아무칸과 홍복원에게 부대 지휘를 맡겨 충주성을 치도록 하고, 자기는 1천여 기의 기병을 이끌고 서둘러서 북상했다. 그 후로는 아무칸이 야쿠를 대신하여 다시 고려침공군의 원수가 됐다.

싸우며 협상하다

고종은 야쿠가 북상하고 있다는 얘기를 듣고 다시 협상을 시도했다. 고종은 6촌인 영안백(永安伯) 왕희(王僖, 신종의 손자)와 화친파 무인 김보정(金寶鼎, 복야)을 왕의 특사로 삼아 야쿠에게 보냈다.

충주를 떠난 야쿠가 개경에 이르자, 왕희가 조정에서 보내는 예물을 가지고 그를 찾아갔다. 왕희는 개경의 보정문 밖의 몽골군 진영에서 야쿠를 만나 예물을 전하고 군사를 퇴각시켜 줄 것을 요구했다.

"임금이 강 밖으로 나와서 우리 사신을 맞으면 일은 간단히 끝날 터인데, 고려 임금은 뭘 그리 주저하시오?"

"우리 임금께서는 노령에다 몸이 불편하십니다."

"이건 국가 존망의 문제요. 수많은 백성의 생사가 또한 여기에 걸려 있소. 우리 요구가 그렇게 감당키 어렵단 말인가? 고려 임금이 너무 의심 많고 겁이 많아 몸을 사리고 있어요. 임금이라면 백성을 생각해야지요, 백성을!"

야쿠는 퉁명스럽게 내뱉으며 말했다.

"사신을 보낼 터이니 고려 임금으로 하여금 강을 건너와서 우리 사신들을 맞도록 하시오. 그것이 임금이 살고 고려가 사는 길이오."

야쿠가 보낸 몽케다이(Mongkedai, 蒙古大) 등 사신 열 명이 개경 쪽 승천부에 도착했다. 그들은 거기에 버티고 있으면서 고종이 나와서 맞아들여야 한다고 고집했다.

임금의 출륙영사 문제를 놓고 고려 조정에서는 다시 화친파와 자주파 사이에 논쟁이 벌어졌다.

"무슨 소린가? 폐하께서 어떻게 일개 장수가 보낸 사절을 맞기 위해 대가를 움직인단 말인가?"

"지금은 그런 사소한 문제를 얘기할 때가 아니오. 백성과 나라를 생각해야 합니다. 저 야쿠란 자를 우습게 보아서는 안 됩니다."

"사소한 문제라니? 만일 폐하께서 불측(不測)의 변이라도 당하신다면 어쩔 것이오?"

"그런 변이 없도록 군사들이 미리 대비하고 경호를 잘 해야지요."

양파 사이의 논쟁을 듣고만 있던 최항이 말했다.

"정예한 경호원을 수행케 하여 폐하로 하여금 강을 건너가서 저들은 맞도록 주청(奏請)합시다."

강경 항몽파로 출발한 최항의 생각도 많이 현실화하고 있었다. 최항의 말이 나오자, 다른 항몽파 무인들도 그 이상 반대하지 않았다.

조정의 주청을 받고 고종이 말했다.

"조정 논의가 그렇게 됐다면 과인이 강을 건너가겠소."

결국 온건파의 주장대로 고종이 강을 건너가서 승천부의 새 궁궐에서 몽골의 사신들을 맞기로 했다. 몽골에서 오랫동안 주장해온 고려 국왕의 출륙영사(出陸迎使)가 드디어 받아들여졌다.

당초부터 항몽파였던 고종은 강화도 안에서의 몽사영접에 이어 강화도 밖에서의 몽사영접으로 후퇴했다. 이것은 최우 사망 이후 고려의 항몽정책이 바뀌기 시작했음을 의미한다.

조정에서는 고종의 도강준비에 바빴다. 크고 튼튼한 전함 30척을 동원키로 하고 오색 정기로 화려하게 장식하여 호화선단을 꾸미기로 했다. 고종이 강도성을 나서서 승천포에서 배를 타고 건너간 것은 40년(1253) 11월 중순이었다. 고종은 강화로 들어간 지 22년만에 처음으로 강화를 벗어났다.

그때 야별초의 정예 80명이 경호원으로 선발되어 옷 안에 갑옷을 입고 갑옷 안에 칼을 숨긴 채 고종을 뒤따랐다. 그들은 일당백의 무예를 갖춘 전사들이었다. 신료들 여러 명도 고종을 수행했다.

고종의 선단이 강화의 승천포를 떠나 개경 쪽 승천부에 접근하자 몽골의 사신들과 장수 군졸들까지 나와서 호화찬란한 대선단을 보고 넋을 잃고 있었다. 고종은 고려군 의장대의 민활하고 정예한 의례를 받으며 배에서 내렸다.

고종은 새 궁궐로 옮겨가서 몽골 사절들을 접견했다.

몽케다이(蒙古大)가 말했다.

"몽골 대군이 고려 경내에 들어온 이후 매일 수천 수만의 고려인이 죽어 가고 있습니다. 임금께서는 어찌 한 몸만을 아끼고 만백성의 생명을 돌보지 않습니까. 왕께서 일찍 우리 사신을 출영했다면 어찌 무고한 백성들이 참혹하게 죽음을 당해 땅바닥에 버려지고 마을이 불타고 백성들이 붙잡혀 갔겠습니까."

고종의 말은 간단했다.

"그것은 대단히 불행한 일이오."

몽케다이가 이어나갔다.

"야쿠 대왕은 우리 칭기스 다칸의 조카이고 몽케 다칸의 당숙입니다. 황실의 중요한 일원이시지요. 야쿠 대왕의 말은 곧 우리 황제의 말이고, 내 말은 곧 야쿠 대왕의 말입니다. 내 말을 믿고 앞으로 양국이 만세토록 화친하여 사이좋게 지낸다면 어찌 좋은 일이 아니겠습니까?"

야쿠는 칭기스의 조카다. 그는 칭기스의 둘째 아우인 카사르(Kasar)의 맏아들이다. 카사르는 몽골의 명궁으로 배짱이 세고 힘이 장사였다. 그는 칭기스의 황권에 도전했던 교권의 강자인 술사 테브 텡거리의 모함에 걸려 살해될 뻔했다가 모친 호엘룬의 개입으로 겨우 살아남았다.

그들 카사르 야쿠 부자는 일찍부터 칭기스의 통일전쟁에 참여하고 다시 대외정벌 전쟁에 나섰다.

몽케다이의 말을 듣고 고종이 말했다.

"그렇게 합시다. 출륙환도하지요."

"약속을 지키셔야 합니다."

"이 전각을 보시오. 이것은 우리가 출륙을 준비하는 조치의 하나로 새로 지은 궁궐입니다. 장차 우리는 몽골이 원하는 대로 개경으로 환도할 것이오."

"고맙습니다."

그날 고종은 몽골 사신들을 위해 후하게 잔치를 베풀었다. 몽골 사신들은 즐거이 취하도록 마셨다.

몽골 사절들에 대한 고종의 도강영접은 끝났지만 항몽파 무인들은 왕이 강화를 떠나 도강한 것과 몽골사신들을 접견한 일에 불만이었다. 최항의 권력 승계를 주도하여 실세로 등장한 김준(金俊, 별장)이 나섰다.

"태자나 왕자 수준이라면 묵인할 수도 있소. 그러나 임금이 친히 강을 건너가서 저들을 만나다니, 이건 20여 년간 성공적으로 지켜 온 국가정책의 기본을 바꾼 것이오."

박송비(朴松庇, 장군)가 김준을 지지하고 나섰다.

"그렇소이다. 나라의 마지막 위치에 있는 국왕이 늙고 병든 몸으로 배를 타고 바다를 건너가서 몽골사신들에게 잔치까지 베푼 것은 마땅치 않습니다."

그때 교동별초(喬桐別抄) 도령으로 있으면서 공무로 강화에 건너와 있던 장자방(張子邦)이 나섰다.

"말로만 할 것이 아니라 행동으로 옮겨야 합니다. 우리가 말로써야 문신들을 당할 수 있겠습니까. 내가 우리 별초들을 데리고 나가서 일을 벌일 것입니다."

김준이 반가운 표정으로 말했다.

"장 도령(都領)이 그리만 해 준다면 문신들이 추진하려는 여몽협상을 파탄시킬 수 있소. 그리되면 영공도 기뻐할 것이오."

"내가 반드시 해낼 것입니다."

그러면서 장자방은 바로 최항에게 가서 말했다.

"영공, 지금 문신들이 다시 일어나 친몽화친(親蒙和親)을 국론으로 만들어가고 있습니다. 이럴 때일수록 몽골군에 따끔한 맛을 보여줘야 합니다. 이십 명 정도의 별초만 주시면 나아가 몽골군을 쳐서 반드시 장군을 위해 공을 세우고 돌아오겠습니다."

"그래, 좋다. 임금이 저렇게 저들의 요구를 들어주며 대화하는 반면에 군사들은 적을 쳐야 협상에 임하는 우리 고려의 입장이 유리해진다. 한쪽에서는 문신들이 나서서 대화하고(談談), 다른 한쪽에서는 군사들이 나서서 싸운다(打打)는 것이지. 전쟁 중에도 이렇게 대화와 전투를 병행한다고 해서 이것을 담담타타 또는 타타담담이라고 말한다."

장자방은 바로 교동으로 돌아가서 별초 20명을 이끌고 조강을 건너 황해도 연안(延安)으로 갔다. 거기서 다시 북쪽으로 올라가 황해도 평주(平州, 평산)로 가서 몽골군의 둔진(屯陣)을 기습했다.

힘이 장사이고 용기와 지략을 갖춘 장자방은 직접 단검을 가지고 몽골군의 둔장(屯長) 이십여 명을 살해했다. 몽골의 둔장은 군사 5명을 거느린 최하위의 분대급 지휘자다. 고려군의 오장(伍長)과 같다.

몽골군이 도망하자 장자방의 교동별초는 기마와 병기 등의 장비들을 가지고 개선했다. 특공작전의 대성공이었다.

그 보고를 받고 야쿠는 크게 분노했다.

"아니, 이건 고려가 우리의 뒤통수를 친 것이다. 그냥 넘어가선 안 된다. 나는 절대로 이대로는 회군하지는 않을 것이야."

그러면서 그는 사람을 강화로 보내서 말했다.

"아니, 임금이 우리 요구대로 처음으로 강을 건너 우리 사신을 맞이하고 화친하자고 약속하여 우리는 그것을 믿고 양국 관계를 낙관하고 있었소. 헌데, 뒤로 군사를 보내 우리 부대를 공격하여 군관들을 살해하다니, 이러면서 어떻게 평화협상을 하자는 것이오? 우리는 고려를 믿을 수 없소이다."

"그건 유감스런 일이오. 몽골군이 돌아간다면 앞으로 그런 일은 없을 것이외다."

몽골 사신이 조정을 조여 나갔다.

"우리는 다루가치를 고려에 둘 것이니 그들의 일에 고려 정부가 협력해 주기 바라오."

"다루가치를 두는 것은 점령국을 지배하는 방식이지 어디 화친이라 할 수 있겠소이까?"

"아울러 군사 1만도 남겨둘 것이오."

"군사 1만을 잔류시키다니? 그렇다면 그것은 회군이 아니지 않소? 군대를 남겨 둔다면 우리 백성들은 안심하고 개경으로 돌아갈 수 없소. 그리되면 출륙환도가 이뤄지지 않을 것이오. 뿐만 아니라 몽골군의 안전을 걱정하지 않을 수 없소."

"몽골군의 안전이라 했소?"

"그렇소이다. 우리 백성 중에 전쟁에 시달리다 몽골을 원망하는 사람들이 떼를 지어 몽골군을 습격한다면 어찌할 것이오? 우리가 그걸 힘으로 막을 수는 없소이다."

그때 몽골 사절들의 얼굴엔 알 듯 모를 듯한 표정이 떠올랐다.

그러나 곧 정색을 해서 다시 말했다.

"우리 군의 안전은 염려하지 마시오. 그건 우리가 알아서 하겠소. 그리고 또 있소. 강화의 성도 헐어야 하오. 그래야 우리가 고려를 믿고 회군할 수 있소이다.”

“우리 백성들은 본래 방비시설 없이 밖으로 노출되어 살지는 않았소이다. 그런 노거(露居)를 피해온 것은 일본 해적의 무리가 수시로 침범해 오기 때문이오. 우리의 성들은 그런 해적을 막기 위한 것이니 성을 철거할 수는 없소이다.”

이래서 그 이상 대화는 진전되지 않았다.

협상이 이렇게 좌초하게 되자, 고종은 서신을 써서 야쿠에게 보냈다.

고종이 야쿠에게 보낸 서신

앞서 김보정이 돌아올 때 그대 야쿠 대왕이 말하기를, 만약 고려 임금이 강을 건너와서 몽골 사신을 맞는다면 즉시 회군하겠다고 하고, 몽케다이를 보내 왔소. 그렇게 하는 것은 전례에 없는 일이오. 더구나 날씨가 춥고 바람이 강할 때를 당해서, 이 늙고 병든 몸이 도저히 도강(渡江)할 수 없었으나, 대왕의 말을 어길 수 없어 내가 신료들을 이끌고 건너가서 사신들을 맞은 것이오.

나는 마음속으로 대왕이 전번의 약속을 어기지 않고 곧 군사를 돌릴 것으로 여겼는데, 이제 군사 1만을 남겨두고 다루가치를 설치한다하니, 과연 이렇게 된다면 우리가 어찌 후환이 없다고 생각하여 옛 서울로 환도할 수 있겠소? 청하건대 다루가치 주둔을 중지해 주시오.

또 성을 헐라고 하는데, 이 나라는 원래 백성들이 성 밖에 드러나게 살지 않고, 또한 해적이 일정한 때가 없이 수시로 들어와서 노략질하기 때문에, 곧바로 성을 무너뜨릴 수가 없소이다. 따라서 성은 차후에 헐도록 하겠소.

다시 김윤후가 이겼다

　야쿠가 부하 장수 탈라얼과의 불화 끝에 몽케의 소환을 받아 떠난 이후, 부장(副將)인 아무칸과 홍복원이 몽골군을 지휘했다. 그들은 충주읍성에 군사들이 없는 것을 확인하고 충주의 백성과 군인들이 입보하고 있다는 충주산성(忠州山城)을 찾아갔다.

　몽골군이 충주에 접근하자 아무칸이 참모들을 불러놓고 말했다.

　"충주는 고려의 전략적인 요충지일 뿐만 아니라 공격하기 어려운 곳이다. 만반의 준비를 갖춰 철저히 응징해야 한다."

　정보와 지리를 주로 맡고 있는 홍복원이 말했다.

　"그러나 충주의 군사와 백성들이 강화도의 고려정부 명령에 따라 주변의 다른 산성으로 들어가 있다고 합니다."

　"이 지역은 산이 많은데, 그중 어떤 산성이오."

　"충주 주변의 산들엔 성도 많습니다. 충주 사람들은 여러 성에 분산돼 있다고 합니다. 그러나 이 일대에서 대표적인 성은 대림산성입니다. 그곳에 충주의 주력이 들어가 있는 것 같습니다."

　당시 충주는 승장 김윤후가 방호별감(防護別監)으로 배치되어 지역의 방어와 시정을 맡아 백성들을 충주산성[80]으로 입보시켰다.

충주 주변의 남산(南山)·봉황산(鳳凰山)·장미산(薔薇山)·한훤령(寒喧嶺)·월악산(月嶽山) 등에도 산성이 있었다. 김윤후는 그 중 대림산성(大林山城)[81]을 중심기지로 삼아 방어전 준비에 들어갔다.

김윤후는 주변의 여러 산성과 몽골군이 지날 것으로 예상되는 계곡·언덕 일대의 요지에도 군사를 배치하여 전투가 벌어지면 배후에서 몽골군을 교란토록 했다.

대림산성은 충주읍성의 남쪽 20여 리에 있는 대림산(489.3m) 정상에 쌓은 석성이다. 둘레는 5킬로가 조금 안 되는 비교적 큰 성이다.

이 산성은 자연적으로 생긴 험한 절벽 위에 위치해 입구인 서쪽 골짜기에는 달천강(達川江, 달내강)이 천연의 해자(垓字)가 되어 막고 있었다. 그 때문에 성을 치기는 어렵고 방어하기에는 유리했다.

충주의 주력군이 대림산성으로 들어갔다는 이현의 얘기를 듣고 아무칸이 말했다.

"그러면 주력부터 쳐야지. 대림산성으로 갑시다."

"대림산은 주변이 절벽으로 둘러싸여 있고 절벽 밑은 강이 놓여 있어 해자를 이루고 있습니다. 공격해 들어갈 수 있는 골짜기가 하나 있으나 입구가 좁고 험해서 공격하기가 쉽지는 않습니다."

"그렇겠지. 그런 곳을 골라서 들어가 포진하고 있을 것이오. 그러나 저항하는 적을 두고 응징치 않을 수는 없지. 자, 갑시다!"

1253년 12월. 몽골군은 대림산성 입구로 가서 공격했다. 산의 주변을 깎아 세운 듯한 절벽이었다. 절벽위에 올라서면 주변 전체가 내려다보여

---

80) 고려사나 고려사절요·동국통감 등은 김윤후의 방어진지를 막연하게 충주성(忠州城)으로 기록하고 있다. 충주읍성을 포함하여 주변의 여러 산성도 모두 충주성으로 통칭돼 왔다. 따라서 김윤후가 주둔한 산성이 어느 것인지가 기록상 분명치 않다. 과거엔 남산성이 김윤후의 충주산성으로 인정돼 왔으나, 현지조사를 마친 전문가들은 남산성보다는 대림산성일 가능성이 높다고 판단하고 있다. 여기서는 상명대박물관·충주시 발행의 대림산성 조사보고서 '충주 대림산성- 정밀지표조사 보고서' (1997)에 따라 대림산성을 김윤후의 방어산성으로 수용했다.

81) 「신증 동국여지승람」에는 성의 둘레가 9,638척으로 기록돼 있다. 1척은 46.7cm이므로 약 4.5km가 된다. 현지 조사반의 측정 결과 성의 둘레는 4.6km로 나와 있다. 이것은 9,638척과 비슷한 길이다.

몰래 공격할 수도 없게 돼있다.

몽골군은 수많은 군사력으로 산성의 입구를 포위하고, 잠시도 늦추지 않은 채 강력한 공세를 계속하고 있었다.

몽골군들은 낮은 곳에서 성을 향해서 활을 쏘았다. 그러나 산성에서 내려쏘는 고려군의 화살을 견뎌낼 수 없었다. 싸움은 그칠 날 없이 계속됐다. 승부 없는 공격과 방어가 매일 계속되고 있었다.

여러 날 몽골군의 포위가 계속되자 대림산성은 물자와 사람의 출입이 완전히 끊인 고성(孤城)으로 변했다. 몽골군 배후에 배치한 고려 군사들이 몽골군을 계속 교란하고 있었지만 대림산성을 구원하기에는 역부족이었다.

그렇게 하기 70여 일이나 됐다. 충주성에는 식량과 물자가 떨어져가고 있어 더 버티기가 어려웠다. 이제는 기력을 잃어 성이 곧 함락될 판이었다.

방호별감 김윤후는 비상한 방책이 없으면 이런 난국을 헤쳐 나갈 수가 없겠다고 생각했다.

전쟁은 궁극적으로는 백성들이 하는 것이고 그래야만 이길 수 있다. 따라서 전쟁 승리의 요체는 백성들의 힘을 결집해서 동원하는 것이다. 그러나 이젠 물자도 체력도 다 됐다. 백성들은 기진맥진해 있다. 그러면 어떻게 할 것인가.

김윤후는 자신에게 물었다. 해답이 쉽게 나오지 않았다. 한참을 그렇게 고민하고 있었다.

그렇다. 정신력이다. 모든 힘의 기본은 정신이다. 모든 힘은 바로 이 정신에서 나온다. 물자와 체력 같은 것은 물리적인 힘이다. 모든 것이 떨어진 지금 물리적인 힘은 복원할 수 없다. 그러나 심리적인 힘, 정신력만은 복구할 수 있다. 정신력만 되살린다면 체력도 살아날 것이야.

방호별감 김윤후가 이렇게 혼자서 궁리하고 있을 때, 덩치가 큰 사람 하나가 문을 열고 들어왔다. 힘이 세고 체구가 남달리 커서 황소라고 불리는 관노였다. 황소는 충주 대림산성에서 취사 책임을 맡고 있었다.

그는 문안에 들어서자 다짜고짜 김윤후에게 말했다.

"군량이 사흘 치 밖에 남지 않았습니다. 두 끼로 줄인 지가 이미 한 달이 넘었습니다. 이 이상 더 줄이면 활동할 수 없을 뿐만 아니라 소란이 일어날 것입니다. 방호별감께서 무슨 대책을 세워 주셔야 하겠습니다."

"적군에 두 달 이상 포위돼 있는 이런 비상시국에 우리가 살아날 방도는 없겠느냐?"

"이왕 죽을 바엔 적과 싸우다 죽는 것이 낫습지요. 다른 방도가 없습니다."

"허면, 허기진 백성들이 싸우려 하겠느냐? 또 싸운들 성을 지켜낼 수가 있겠느냐?"

"없지요. 그러니까 죽을 바엔 싸우다가 죽자는 것이죠."

"그래 우리 모두가 어차피 죽게 됐으니 죽기 위해 싸운다고 하자. 지금 우리는 체력으로는 적을 이길 수 없다. 정신력으로 싸워야 한다. 설사 그렇게 한다 해도 이긴다는 보장은 없다. 죽기 전에 소원이라도 들어주겠다고 해야 힘을 다해 싸울 것이다. 방호별감인 내가 무슨 약속을 하면 백성들이 죽기를 각오하고 적과 싸우겠느냐?"

황소는 말을 못하고 한참 동안 눈알을 굴리다가 무슨 생각이 집혔는지 침을 한 번 삼키고는 말했다.

"이런 것은 어떻겠습니까. 여기 있는 사람들은 대부분 나 같은 천민들입니다. 천민들의 평생소원은 천민신분에서 벗어나는 것입니다. 이 싸움에서 이긴다면 천민에서 풀어준다고 약속하는 것입니다."

"그래, 그것이다. 이 충주에서는 과거에도 평민과 천민 노비들이 만든 잡류별초가 뭉쳐 싸워서 몽골군을 물리친 공로가 있다. 노비들을 풀어줄 바에는 미리 풀어주어야 힘껏 싸울 것이다."

"그렇게 하시겠습니까, 별감님?"

"무릇 사람이란 사애(死愛)라고 했다. 자기를 아껴주는 은혜에 감사하여 생명을 바칠 수도 있다는 말이다. 또 사람들은 사리(死利)라고 했다. 자기 개인의 이익을 위해서라면 목숨을 바칠 수도 있다는 얘기다. 그래서 나는 방호별감으로서 백성과 군사들에게 은혜와 이익을 베풀어 그들의 마지막 분전을 기대해 보려 한다. 내 당장 노비문서를 불사르고 백성들과 함께 적과 일전을 벌일 것이다. 죽지 않으면 살 것이다. 그리고 이긴다면 벼슬을 주겠다고 방호별감으로서 약속할 것이다."

"고맙습니다, 별감님. 별감님께서 약속하시면 그들의 마음을 살 수 있습니다. 그러면 백성들은 힘이 솟아나 잘 싸울 겁니다."

"그래. 네 말이 맞다."

황소는 만족한 표정으로 큰 덩치를 이끌고 물러갔다.

그때 충주 대림산성에는 일반 노비나 부곡인 등 천민들과 일반 백성들이 많이 들어와 있었다.

김윤후가 사졸과 성민들이 모여 있는 광장으로 나가서 말했다.

"장병들이여, 그리고 백성들이여! 얼마나 지치고 고생이 많소이까?"

지치고 절망적인 백성들은 모두 시무룩해서 김윤후를 바라보고 있었다.

"그대들은 식사도 제대로 못하면서 저 강대한 적군과 맞서서 용감히 싸워 70일 동안 이 성을 지켜왔소. 그 동안 그대들은 신분이라는 장애 때문에 벼슬을 못하고 천대만 받아왔음을 나는 알고 있소."

김윤후가 큰소리로 열심히 말하고 있었지만 지치고 굶주린 백성이나 군사들은 아무런 반응을 보이지 않은 채 묵묵히 듣고만 있었다.

"그러나 이제부터는 달라질 것이오. 만일 그대들이 힘을 다 바쳐 싸운다면, 귀천을 가리지 않고 모두 벼슬을 내리도록 하겠소. 모두 나를 따르겠는가?"

그래도 그들은 아무 대답도 하지 않고 김윤후의 얼굴만 쳐다보고 있었다.

"내 말을 의심하지 마시오. 내가 이제 그대들에게 내 진의를 징표로 보여줄 것이오."

김윤후는 군사들을 불러 노비문건을 전부 가져오게 했다.

"한 건도 남기지 말고 모두 가져오라."

잠시 후 문건을 한 아름씩 안은 군사들이 도착했다. 김윤후는 그것을 한 곳에 쌓아놓고 말했다.

"남은 문서가 또 있는가?"

"없습니다. 이것이 전부입니다."

김윤후가 다시 대중들을 향해서 큰소리로 말했다.

"누구든지 와서 이 문서가 무엇인지 살펴보시오."

글자를 읽을 줄 아는 노비 세 명이 나와서 문건들을 집어들고 펴 보았다.

김윤후가 물었다.

"무슨 문서인가?"

"노비문건입니다."

"저 뒤까지 들리게 크게 말하라."

"노비문건이 맞습니다."

"틀림없는가?"

"예, 틀림없이 노비문서입니다."

군사가 큰 소리로 그렇게 외쳤다.

김윤후가 대중들을 향해서 큰 소리로 물었다.

"모두들 들었는가?"

"예, 들었습니다."

"이 문서들을 모두 태워버리겠소."

김윤후는 근엄한 목소리로 명령했다.

"그 문서더미에 불을 질러라!"

노비와 천민들이 나와서 불을 질렀다. 해묵은 문서들이 불길을 뿜으며 시커멓게 타올랐다.

"와아……"

노비들이 환성을 올렸다.

김윤후가 다시 말했다.

"그대들은 저 불길을 보았는가?"

"예, 보았소이다."

"이제 여러분은 천민도 노비도 아니다. 이 고려국의 당당한 백성들이다. 이번 싸움에서 이겨 성을 지켜낸다면 나는 여러분 모두에게 벼슬을 내릴 것이다. 내 말을 믿으라."

단하에서 한 사람이 물었다.

"그래도 임금님이 들어주지 않으시면 어찌할 것입니까?"

"그럴 리가 없다. 그러나 만에 하나, 폐하께서 나의 주청을 들어주지 않으시면, 나는 여러분과 함께 강도의 대궐로 가서 시위를 벌일 것이고, 그래도 안 되면 임금님 앞에서 내 목을 쳐서 자결할 것이다. 그래도 믿어지지 않는가?"

그러자 군중들이 제각기 외쳐댔다.

"와아……"

"방호별감을 믿겠소이다."

"김윤후! 김윤후! 김윤후!"

백성들은 어디서 그런 힘이 솟아났는지 성이 무너질 듯한 목소리로 환성을 질렀다.

"고맙소이다, 여러분. 몽골 적군이 아직도 우릴 포위하고 있소. 힘을 합쳐 적과 싸웁시다. 저 말과 소도 그대들에게 줄 것이오."

김윤후는 그 동안 노획한 몽골군의 말을 군사들에게, 소는 백성들에게 나눠주었다.

"지금 우리 충주성에는 하루 두 끼씩 먹어도 사흘 분의 식량밖에는 없소. 세끼 다 먹으면 이틀 분이오. 우선 밥을 많이 지어 배불리 먹읍시다. 우리 운명은 쌀이 다 떨어지기 전에 결판날 것이오. 아니, 오늘 중에 몽골군을 쳐서 물리칠 수가 있소. 여러분, 그리 할 수 있겠소?"

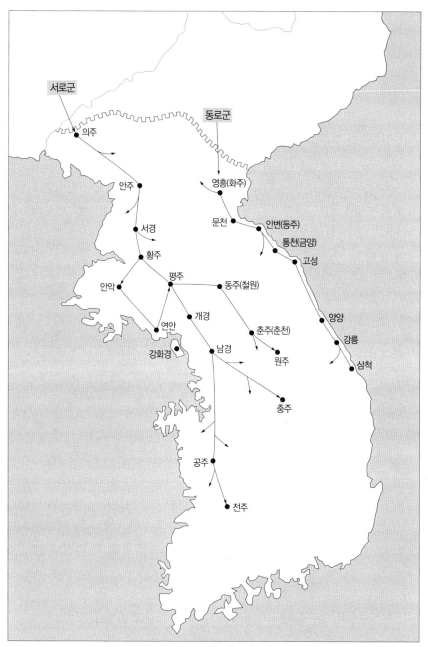

제5차 몽골침입(1252~1254, 몽장: 야쿠)

"예! 있습니다."

"물론입니다."

그때부터 충주 대림산성의 모든 군민이 한 덩어리가 되어 김윤후의 명령에 따랐다.

김윤후는 성루로 올라갔다. 몽골군 정찰대가 그 밑에 와있었다. 그들이 외쳤다.

"양산과 동주·춘주·양근이 항복하지 않고 저항하다가 모두 성이 함락되어 도륙 당했다. 충주성도 항복하지 않으면 도륙을 면치 못할 것이다. 속히 나와 항복하라. 만일 수장(守將)이 허락하지 않거든 즉시 그의 머리를 베어 가져오라. 크게 상을 내릴 것이다."

유창한 우리말이었다. 김윤후가 자세히 살펴보니 이현이었다.

김윤후가 외쳤다.

"너는 이현이구나. 나라의 사신으로 몽골에 보냈더니 몽골군의 침입을 말리지는 못할망정, 고작 몽골 침략군의 앞잡이가 되어 나라를 망치려 하는구나. 나는 이미 네가 지은 죄를 소상히 알고 있다. 그래도 너와 네 일족이 무사할 줄 아느냐."

그러자 이현이 성에다 대고 외쳤다.

"누구든지 저 김윤후의 목을 가져오라. 그러면 큰 벼슬에 많은 상을 받을 것이다."

이번엔 충주성의 군사들이 외쳤다.

"야, 이 반역자 이현아!"

군사들이 그렇게 외치면서 이현을 향해서 일제히 활을 쏘아댔다. 이현은 몽골 정찰병들과 함께 말을 달려 돌아갔다.

투항권고는 몽골군 공성작전의 첫 단계다. 선발대가 쫓겨 가면 뒤이어 본대가 오는 것이 몽골군 작전의 수순이다. 과연 얼마 후에 몽골 군사들이 몰려왔다. 대부대였다. 대림산성에 대해 공성작전을 펴려는 야쿠의 주력군이었다.

김윤후가 급보를 받고 성루로 올라갔다. 성 밑에 몽골 장수들이 와 있었다. 자세히 살펴보니 그 중에 홍복원도 끼어 있었다.

김윤후가 큰소리로 꾸짖었다.

"반적 홍복원은 들으라. 그대는 언제까지 이렇게 적군의 앞잡이가 되어 조국과 동족을 해치려 하는가?"

홍복원은 아무 말도 못하고 군사들에게 명령했다.

"자, 공격개시!"

양측 사이에 사격전이 벌어졌다. 충주 사람들이 활을 쏘아댔다. 그렇게 한 시간 가까이 화살을 퍼붓자 몽골인들은 많은 사상자를 내고 물러섰다.

사기가 충천해진 대림산성 주민들은 성문을 열고 나가 몽골군들을 추격했다. 그때는 김윤후가 몽골군 배후에 미리 배치해 두었던 고려 군사들도 일제히 나서서 공격을 퍼부었다.

앞과 뒤에서 협공 당한 몽골군은 당황해서 우왕좌왕하다가 많은 희생자를 내고 뿔뿔이 헤어져 말을 타고 도망했다. 그들은 급한 내리막길을 미끄러지듯이 내려가 계곡 입구의 숲 속으로 들어갔다. 그해 12월 18일이었다.

백성들의 힘이 컸습니다

　몽골군을 물리친 다음날 아침. 김윤후는 부하들과 함께 성루로 올라갔
다. 그는 몽골군이 주둔하고 있던 아래쪽 골짜기의 숲을 바라보다가 말
했다.

　"밤새 어둠을 타고 몽골군사들이 철수했구나."

　"예?"

　"이제 몽골군은 없다."

　"그걸 어떻게 아십니까?"

　"저걸 봐라. 몽골군 숙영지 위로 새들이 날아들지 않느냐?"

　"예, 그렇습니다만."

　"그건 군사가 없다는 증거다. 굶주린 새들이 먹을 것을 찾아 날아드는
것이야. 군사들이 있다면 새들이 날아들겠느냐?"

　그때서야 참모들은 고개를 끄덕이기 시작했다.

　"우리가 내려가 확인해 보자."

　김윤후는 부하 간부들을 데리고 몽골군이 주둔하고 있던 골짜기 입구
의 숙영지로 갔다. 과연 몽골군은 모두 철수하고 숙영지는 텅 비어 조용
했다. 그들은 그 안으로 들어가 여기저기를 돌아보았다. 한쪽 구석에 말

의 뼈가 쌓여있었다.

그걸 보고 김윤후가 말했다.

"몽골군은 이 땅에서 곧 철수한다."

"예? 몽골군이 철수한다고 하셨습니까?"

"기병들이 전장에서 말을 잡아먹는다는 것은 식량이 떨어졌다는 증거다. 절량과 기근의 정도가 극심할 때라야 말을 잡는다. 하긴 우리가 산성에 입보하면서 식량을 모두 가지고 들어왔으니 저들은 군량을 구할 수가 없었겠지."

김윤후는 의기양양해서 장담하듯 다시 말했다.

"두고 봐라. 몽골군은 곧 우리 땅에서 철수할 것이야. 몽골군의 본진이 이 지경이니 다른 부대들은 어떠하겠느냐. 그들은 우리 땅에 오래 머물러 있지 못할 것이다."

충주 대림산성에서 패배함으로써 몽골군은 사기가 꺾여 그 이상 남진을 멈추고, 그해 고종 40년(1253) 12월 18일 군사를 돌려 북으로 향했다. 야쿠가 소환되어 돌아간 지 한 달 뒤였다.

이것을 계기로 전반적인 전황이 고려에 유리하게 전환됐다. 최항에게는 이때 매일 승전보가 날아 들었다.

전장개념(戰場概念)은 무기의 성능에 따라 결정된다. 그러나 몽골침입 때만 해도 무기는 활과 창·도검 등 전근대적 전통 무기의 수준을 벗어나지 못했다.

따라서 이때의 전장은 특정지점을 중심으로 형성된다. 즉 중요한 성채나 요새, 특정 계곡과 들판 등을 중심으로 전쟁이 전개됐다.

그때까지도 각 전장이 서로 연결되어 전선을 이루지 못했다. 그 때문에 일정 구역으로 한정된 전장은 있었지만, 줄처럼 이어진 전선은 없었다. 분산된 전장은 있었지만 연결되고 통일된 전선은 없었던 것이다.[82]

결전장(決戰場)도 그런 지점의 범위를 벗어나지 못했다. 김윤후도 성채에서 전쟁을 종결시켰다. 몽골의 제2차 침입 때는 처인성, 제5차 침입 때는 충주 대림산성이 각각 여몽전쟁의 결전장이 됐다.

김윤후는 이 두 성에서 몽골과의 전쟁을 결정지었다. 그는 처인성에 이어 다시 충주성에서 승첩을 올려 고려 제일의 항몽장수(抗蒙將帥)로 떠올랐다.

이 싸움에서 패배하자 몽골군은 그 이상 남으로 내려가지 못하고 북쪽으로 철수했다.

강도의 고려 조정에서는 충주성의 전공을 높이 평가하여 다음 해(1254, 고종 41년) 2월 승려출신의 방호별감 김윤후(金允候, 낭장)를 강화경으로 불렀다. 고종은 김윤후에게 네 계급 특진시켜 섭상장군(攝上將軍)으로 올려서 감문위(監門衛)를 맡겼다. 감문위는 고려 중앙군인 2군 6위의 하나로 궁성 문의 안과 밖을 지키는 수도방위 부대다. 병력은 1천이었다.

고종은 김윤후를 승진시키면서 이렇게 말했다.

"그대는 장수로서 마음을 언제나 인(仁)에 두어 군사와 백성을 사랑하고, 행동에서는 항상 의(義)를 따랐다. 정황을 판단함에는 지(智)로써 하고, 싸움에 임해서는 용(勇)을 바탕으로 하여 극악한 상황에서도 물러서거나 좌절하지 않았다. 부하를 통솔하고 백성을 다스림에는 항상 신(信)을 바탕으로 했다. 이처럼 그대는 훌륭한 장수의 기본에 철저했다."

"아닙니다, 폐하. 신은 그런 위인이 못 됩니다."

"그대는 지난 번 처인성에서도 적장을 살해하여 적군을 물러가게 한 공을 세우고도 포상을 사양했다. 장수가 자신의 공을 자랑하면 교만해져서 적을 가벼이 여기고 다른 군사들과 공을 다투게 되어 결국 이기지 못하고

---

82) 전장(戰場); 전장개념은 전점-전선-전역으로 확대 발전돼 나왔다. 유럽에서도 19세기 나폴레옹 전쟁 때까지 싸움은 한정된 지점의 전장을 중심으로 수행됐다. 따라서 전장이 있었을 뿐, 전선은 없었다. 유럽에서 전선이 형성된 것은 그 후 훨씬 뒤의 일이다. 그 후 무기체계가 발전하면서 전장이 하나의 선으로 연결되어 전선이 형성되고, 미사일과 항공기, 핵무기의 발달로 전선의 폭이 넓어져서 이제는 전역(全域)이 형성되어 있다.

패하게 되어있다. 허나, 그대는 대첩을 올리고도 공을 사양했으니 그런 겸양으로 하여 다시 승첩을 올리게 된 것이다."

"불초한 신은 성은이 망극할 따름입니다."

"그대는 승려로서 종군하여 이미 두 번째 몽골군을 철수케 하는 대첩을 올렸다. 국가 비상시기에 이는 참으로 가상한 공로다. 짐은 이런 공로를 포상하고 아울러 충주의 백성들에게도 그 공을 표창하는 바이다."

"과분한 어명이십니다, 폐하."

김윤후는 일어나서 고종에게 큰절을 하면서 다시 말했다.

"신은 전쟁에서는 백성들의 힘이 가장 중요함을 깨달았습니다. 전투력을 형성하는 것은 소수의 양반이 아니라 다수를 이루고 있는 백성들입니다. 위기에 처했을 때는 양반들은 보이지 않았지만, 백성들은 떼를 지어 앞으로 나섰습니다. 특히 천민들이 더 용감히 잘 싸웠습니다. 전번에 신이 처인성에서 살리타이를 치고 이번에 충주에서 아무칸 홍복원의 몽골군을 칠 때도, 모두 천민들이 앞장서서 잘 싸워주었습니다. 전시에는 천민이고 양반이고를 따져서는 안 될 것입니다, 폐하."

"그럴 것이야. 그래서 옛날부터 백성은 나라의 근본이라 했지. 따라서 과인은 비록 천민이라 해도 공이 크면 포상과 벼슬을 아끼지 않을 것이다."

"폐하의 허락 없이 충주성에서 노비문서를 폐기한 것을 벌하여 주십시오."

"아니다. 그대의 처사는 현명했다. 전쟁에서 적과 싸워야 하는 판에 무슨 일인들 못하겠는가. 잘 한 일이다. 노비문서를 태운 그런 과감한 결단이 없었다면 충주의 천민들이 어떻게 그렇게 용감히 싸워 이길 수 있었겠는가. 백성을 아끼는 그대의 착한 마음을 가납하겠다."

"성은이 망극합니다, 폐하."

조정에서는 참전한 충주의 사졸로부터 관노와 일반 백성들에게도 공로에 따라 모두 관직을 주었다. 그해 4월에는 충주를 국원경(國原京)으로 승격시켰다. 어느 지역을 승격시키는 것은 그 지역 백성들의 집단적인 공적을 인정하는 조치다. 결전을 앞두고 김윤후가 백성들에게 공언한 약속은 모두 지켜졌다.

그 자리에 배석해 있던 최항도 김윤후에 대한 칭찬을 아끼지 않았다.

"그대의 공훈은 천추에 빛날 것이오."

"모두 폐하와 영공의 탁월한 전쟁지도 덕분입니다. 몽골군은 양식이 떨어져 말까지 잡아먹었습니다. 우리 백성들이 식량과 가축, 기타 소용되는 물자를 모두 가지고 산성으로 들어갔기 때문입니다. 돌아가신 최우 공께서 정해 놓은 입보전략과 청야전술, 유격전술은 아주 훌륭한 전법이었습니다. 영공께선 선친의 전략을 계승하여 전쟁을 잘 지도하고 계시기 때문에 그 동안 고려군이 도처에서 승리할 수 있었습니다."

"오, 그래요?"

최항은 만족스럽게 웃었다.

그해 고종 41년(1254) 12월 고려 정부는 종묘와 산천의 신령들에게 합제를 지내면서 고한 신기문(神祇文)[83]에서 충주성 전투에 대해 이렇게 묘사했다.

충주승첩에 대한 신기문

작년에는 적이 대군을 일으켜 동쪽으로 침입하여 며칠 안에 변경의 여러 성을 모두 도륙하고, 승승장구한 기세로 곧 정예부대를 중원(中原)으로 옮겨 여러 달을 두고 화살을 빗발치듯 퍼부어, 고립무원(孤立無援)의 성이 거의 위태롭게 되었나이다. 이때를 당하여 만일 이 성이 함락됐다면, 그 밖의 다른 성들은 반드시 걷잡을 수 없이 무너졌을 것이옵니다. 다행히 월악산 신령이 큰 위력을 나타내어 은밀히 도와주어 이 성을 지켜내어 마침내 만세의 공을 이루었나이다.

---

83) 신기문(神祇文); 신기는 천신지기, 곧 하늘의 신인 천신(天神)과 땅의 신인 지기(地祇)의 합성약어. 천신지기를 황천후토라고도 한다. 황천(皇天)은 천신 곧 하느님이고, 후토(后土)는 토지의 신인 지신 또는 지기를 말한다. 신기문은 하늘과 땅의 신에게 제사를 지낼 때 신에게 고하는 글.

전쟁영웅이 된 승려 김윤후(金允侯)

항몽전쟁에서 두 번이나 대승을 거둔 고려의 승장. 그는 일찍 중이 되어 백현원(白峴院)에 있다가, 1232년 몽골군의 제2차 침공을 맞았다. 김윤후는 경기도 용인의 처인성에 피난해 있다가, 몽장 살리타이가 공격해 오자 특공대를 거느리고 나가 매복했다. 몽골군이 진격해 오자, 그의 특공대는 살리타이를 활로 쏘아 죽였다. 고종이 김윤후를 불러 공을 치하하고 상장군에 임명했으나, 그는 살리타이를 죽인 것은 자기가 아니고 병사였다고 하면서 사양했다. 고종은 그에게 섭랑장(攝郎將) 계급을 주어 군관으로 삼았다.

김윤후가 충주산성의 방호별감이 되어있을 때인 1253년, 몽골군의 제5차 고려침공이 있었다. 몽골군의 총수 야쿠는 충주 대림산성을 포위하고 있다가 병이 들어 후송됐다. 그 후임으로 아무칸과 홍복원이 충주성 침공을 맡았다. 김윤후가 노비문서를 불태우고 그들을 동원하여 방어전에 나섰다. 결국 몽골군은 패전하여 물러섰다. 처인성에 이어 김윤후의 두 번째 대첩이다. 그 공로로 김윤후는 상장군이 됐다.

고려 항몽전의 전쟁영웅이 된 김윤후는 1258년 동북면 병마사라는 요직을 맡았으나, 그 지역이 이미 몽골군의 수중에 있어 부임하지는 못했다. 1262년 원종에 의해 추밀원부사·예부상서가 되고, 이듬해 수사공우복야(守司公右僕射)의 벼슬을 받았으나 사양하고 은퇴했다. 언제 태어났는지 알려지지 않은 그는 그 후 어떻게 살다 죽었는지도 전해지지 않는, 생몰미상(生沒未詳)의 위대한 전쟁영웅이다.

동해안의 전란

한편, 동계지역으로 침공하여 동해안 정벌에 나선 별동군인 쑹주(Songghu, 松注)의 동로군 군사들의 공격도 파죽지세(破竹之勢)였다. 그들은 문주(文州, 함남 문천)를 거쳐 등주(登州, 함남 안변)를 공격했다.

동군인 쑹주의 부대는 동해안을 따라 동부해안의 강원도 영동지방을 유린했다. 그들은 고종 40년(1253) 8월에 군사 3천으로 동계(함남)로 가서 고주(高州, 고원군)와 화주(和州, 영흥군)를 지나, 9월에는 등주(登州, 안변군)를 포위했다.

등주는 동북 국경을 담당한 안변도호부가 있고, 거기에 도호부의 수장인 동계 병마사가 머물러 있는 군사 요지다.

몽골군이 침공하자 등주에서는 학성산성(鶴城山城)으로 입보했다. 쑹주의 몽골군이 학성산성을 포위하고 연일 공격을 폈으나 고려군은 이를 막아 격퇴했다.

몽골군은 성을 그대로 남겨둔 채 남으로 진격해서 금양(金壤, 강원 통천)을 거쳐 10월 21일에는 양주(襄州, 강원 양양)에 이르렀다.

그때 양주의 낙산사(洛山寺)에는 관음(觀音)·정취(正趣) 등 불교의 두 성인의 화상(畵像)과 수정염주(水精念珠)·여의보주(如意寶珠) 등 두 개의 보물이 보관돼 있었다.

양주성이 함락되려 하자 낙산사의 주지승인 아행(阿行) 선사가 두 보물을 은 함지에 담아 가지고 피하려 했다. 그것을 이 절의 노비 걸승(乞升)이 보고 달려갔다.

"스님, 그 보물을 어디로 가져 가시렵니까? 이리 주십시오."

그러면서 걸승은 그 함지를 빼앗으려 했다. 아행은 뺏기지 않으려고 기를 쓰며 말했다.

"이놈, 세상이 험해지니 네놈의 마음이 변했구나. 네놈이 왜 이걸 빼앗아 가려 하느냐?"

"빼앗아 가는 것이 아니라 잘 간수하려는 겁니다. 이리 주십시오."

"이놈아, 이것이 어떤 것인 줄을 네가 아느냐? 널 어떻게 믿고 이 신성한 보물을 내준단 말이냐."

"저는 스님을 믿을 수가 없습니다. 제게 주세요."

"뭐, 이놈아. 날 못 믿어? 나는 이 절의 주지다."

"스님은 연로하시고 몸이 약하십니다."

하면서 걸승은 아행으로부터 은 함지를 빼앗아 달아났다. 그러자 아행은 외쳤다.

"저놈이, 저 도적놈이……"

하면서 아행은 그를 쫓아가다가 그 자리에 주저앉고 말았다.

걸승은 그것들을 껴안고 속초로 올라가서 설악산 권금성(權金城)의 깊은 숲 속으로 들어가 땅을 파고 묻었다. 그는 그것을 묻으면서 하늘을 향해 맹세했다.

"이 보주는 대단히 귀중한 것이오니 이것을 잘 보전하여 다시 찾을 수 있게 하여 주십시오. 내가 만일 병란에 죽는다면 두 보주는 끝내 세상에 나타나지 못하여 아는 사람이 없을 것이요, 만일 죽지 않는다면 당연히 이 두 보물을 받들어 나라에 바칠 것입니다."

이 보주의 전설은 신라의 고승 의상(義湘)으로 소급된다.

일찍이 당나라에 유학 갔다가 돌아온 의상은 귀국해서 관세음보살의 진신(眞身)이 강원도 낙산의 동쪽 바닷가 어느 동굴 속에 있다는 말을 들었다.

의상은 그 진신을 직접 보기 위해 곧 낙산으로 떠났다. 그는 낙산을 헤매다가 굴을 발견하고, 그 입구에서 7일 동안 재계하고 좌구(坐具)를 새벽 물위에 띄웠다.

그러자 용중(龍衆)과 천중(天衆) 등 8부 신장이 나타나서 의상을 굴속으로 인도했다.

의상이 공중을 향해서 예배를 했더니 그들이 수정 염주 한 꾸러미를 주었다. 의상이 그것을 받아서 나오자 동해에서 용이 나타나 의상에게 여의 보주 하나를 주었다.

의상이 이것을 받아 가지고 다시 7일 동안 재계하고 나자 관세음보살이 그의 앞에 나타났다. 의상이 관세음보살의 진신을 바라보고 있자 관세음보살이 말했다.

"이제 곧 좌상의 산꼭대기에 한 쌍의 대나무가 솟아날 것이다. 그 자리에 마땅히 불전을 지어야 한다."

의상이 산꼭대기로 올라가 보았다. 그곳에서 과연 두 그루의 대나무가 솟아 나왔다. 의상은 그 자리에 금당을 짓고 관음상을 만들어 모신 뒤에 다시 여의보주와 수정염주를 모시고, 그 절 이름을 낙산사라 했다고 전한다.

그해 1253년 10월 23일 양주성은 드디어 몽골군에 의해 함락됐다. 몽골 군들은 성에 들어와 한 차례 도륙을 자행하고는 물러갔다. 그러나 이 병란 중에 주지승 아행 선사는 목숨을 잃었다. 그러나 노비 걸승은 살아서 돌아왔다.

걸승은 권금성으로 가서 수정염주와 여의보주를 파내어 명주도(溟州道, 강원도)의 감창사(監倉使) 이녹수(李祿綏, 낭중)를 찾아가서 은 함지와 함께 바쳤다.[84] 이녹수는 이 보주들을 받아 창고 속에 깊이 간직했다. 창고 임무를 교대할 때마다, 그는 보주의 인수인계를 철저히 해서 잘 보관해 왔다.

난리가 끝나고 이듬해 낙산사에서 주지승 아행 선사의 재를 올릴 때였다. 걸승은 선사의 영전 앞에 나가서 사죄했다.

"스님, 그때 저는 스님의 인격을 믿지 않은 것이 아닙니다. 연로하신 스님의 노구를 믿을 수가 없었습니다. 적군이 눈앞에 닥친 그 난리 통에 저는 스님의 노구보다는 젊고 튼튼한 제 몸을 더 믿었습니다. 어쨌든 그 보주들을 지금 조정에서 잘 보관하게 되었습니다. 안심하시고 눈을 감으십시오."

그 후 고종 45년(1258) 10월 불교의 고승인 지림사(祇林寺)의 주지승 각유(覺猷, 대선사)가 임금에게 말했다.

"낙산의 두 구슬은 국가의 신성한 보물입니다. 명주성에 옮겨져 있는데 지금 명주성이 위태로우니 지켜낼 수 없습니다. 이를 옮겨서 대궐 창고에 모시는 것이 좋겠습니다."

"오, 그런가? 그리 하지."

고종은 즉시 군사 열 명을 보내서 걸승을 데리고 명주성에 들어가 그 보주들을 가져오게 하여 궁궐 안에 모셔두었다.[85]

그때 보주를 잘 보관하고 운반해 온 관원 열 명에게는 각각 은 1근과 쌀 다섯 섬씩을 주었다. 그러나 전란 중에 그것을 잘 보전해서 나라에 바친 걸승에게는 아무 것도 없었다. 그러나 걸승은 아무 불평이나 불만 없이 계속 낙산사 노비로 있었다.

---

84) 이것은 삼국유사 탑상조에 실린 얘기다. 이 보주문제에 대해 신증동국여지승람 양양도호부 불우조(佛宇條)에는 '성이 함락되자 사노(寺奴)가 수정염주와 여의주를 땅에 묻고 도망하여 조정에 보고하므로, 침입군이 물러간 후 사람을 보내 가져다가 내전에 간수했다'고 돼있다. 여기서는 보주문제는 고려 때 사찰 안에서 일어난 일이기 때문에, 고려 때의 승려인 일연이 쓴 삼국유사를 따랐다.

85) 후일 몽골 제5대 황제 쿠빌라이의 후비가 낙산사의 여의보주를 보고싶다고 하여, 원종 14년(1273) 2월 대장군 송분(宋玢)이 몽골에 사절로 갈 때 이 보주를 몽골로 보냈다.

동해안 쪽으로 침입한 몽골군이 속초를 거쳐 삼척을 향해 남진하고 있을 때였다. 조정에서 입보령을 강력히 추진하고 있었지만 강원지역 산간 지방에선 백성들이 입보를 기피하고 있었다. 특히 삼척(三陟) 사람들이 심했다.

"몽골군이 이 산골 지방에서 뭘 찾아먹겠다고 오겠는가. 나는 절대로 산성으로 가지 않을 것이야."

"글쎄 말이야. 입보란 적군이 들어오는 곳에서나 할 일이지, 왜 이 외진 곳의 우리를 입보하라는 겐지, 원."

"아무리 전시라지만 농사를 짓고 밭을 갈아야 먹고 살 것이 아닌가. 그렇게 해서 군량미를 제때에 보내야 군사들도 전쟁을 할 것이구."

삼척의 민심은 그러했다. 그러나 조정의 명령에 따라 관리들이 입보를 독촉하면서 말했다.

"정해진 기간이 되면 마을을 모두 불태울 것이니 지체하지 말고 떠나시오. 필요한 물건, 적군이 쓸 물건을 모두 가져가거나 묻어놓고 가시오."

사람들은 고집만 부릴 수가 없다고 생각해서 방안을 짜냈다. 조정에 뇌물을 쓰기로 한 것이다.

"지금 최항의 정방에서 발언권이 강한 사람은 유경(柳璥)이라 하오. 최항은 유경을 신뢰하여 유경의 말이면 다 들어준다고 하니 유경에게 은병을 보내 청탁하기로 합시다."

이래서 삼척 사람들은 은병 30개를 마련해서 강도(江都, 강화경)로 들어가 유경에게 전했다.

그러나 유경이 호통을 쳤다.

"산성입보는 최우 공 이래의 우리 고려의 기본전략이다. 이 전략은 이미 많은 성과를 올려 이를 더욱 강화하고 있는데 이를 기피하다니? 모두 붙잡아 처벌하기 전에 돌아가서 빨리 산성에 입보하라."

유경은 은병을 받지 않고 그들을 내몰았다. 삼척의 대표로 강화도에 올라온 사람들은 물러 나와서 다시 궁리했다.

"그러면 유천우(俞千遇)에게 갑시다. 유천우는 유경처럼 깐깐하지 않아서 말이 통할 사람입니다."

"그게 좋겠소. 유천우도 최항에 대한 발언권이 강할 뿐만 아니라 뇌물을 좋아한다 하오."

"그리 합시다. 최항을 직접 찾아가 뇌물을 쓸 수가 없으니 유천우에게 갑시다."

유천우는 삼척 사람들의 얘기를 듣고는 은병 30개를 덥석 받으면서 말했다.

"산간 지방인 삼척의 사정이 그렇고 백성들이 또한 그렇게 원한다니 내가 최 영공에게 말씀드려보지요."

유천우는 다음 날 최항에게 들어가서 말했다.

"영동의 교주도(交州道, 동해안지역) 사정을 알아보니 그곳까지는 몽골군이 이를 것 같지 않고, 만약에라도 몽골군이 닥치면 산이 가깝기 때문에 백성들이 바로 뒷산으로 올라가 숨으면 된다고 합니다. 괜히 미리 산성에 입보해서 백성들의 농사를 그르칠 필요가 없습니다. 특히 삼척의 백성들이 입보를 유보해 달라고 진정하고 있다하니 이를 허락하셔도 좋을 듯합니다."

"그렇소이까? 그리 하도록 하시오."

이래서 삼척은 입보를 면제받았다.

유경은 뒤에 최항이 삼척의 입보를 면죄해 줬다는 말을 듣고 발끈했다.

"어허, 영공이 은병을 먹었나?"

그는 당장 최항에게 들어가서 항의했다.

"육지의 백성을 산성으로 옮기는 것은 나라의 오랜 정책일 뿐만 아니라, 실로 국가적으로 이해관계가 많은 일입니다. 삼척의 백성들을 입보시키는 것도 정책상 당연히 해야 할 일입니다. 그 고을 사람들이 현재 살고 있는 땅에 안착하고 있어서 옮기는 것을 싫어하기 때문에 일찍이 나에게 은화를 선물로 보내어 청탁했습니다. 그러나 나는 감히 받지 않고 빨리 돌아가 입보하라고 일러 쫓아냈습니다. 지금에 와서 삼척 사람들에게 입보를 유보해주는 것은 어인 일입니까?"

"그런 일이 있었소이까? 뇌물을 썼군요. 알았소이다. 내 결정을 취소하겠습니다."

최항은 유천우가 자기를 팔아서 뇌물을 받고 있다고 생각하고, 즉각 유천우를 불러들였다.

"그대는 글 읽는 선비이기 때문에 의리가 무엇인지 알 것이오. 헌데, 어찌 뇌물을 받고 이미 정해진 나라의 정책을 위반하여 탐오한 행동을 한단 말인가."

유천우는 자기의 수뢰행위가 발각된 것을 알고 바닥에 엎드려 사죄했다.

"제가 생각을 잘 못했습니다, 영공. 저를 벌하여 주십시오."

"그리 하겠소. 삼척의 백성들은 즉각 산성입보토록 하고, 그대에게는 멀리 해도입보를 명하오."

그러면서 최항은 유천우를 먼 섬으로 유배했다.

최우의 집권 이래 최씨가(崔氏家)의 정방 안에서 쌍벽을 이루어 같이 집정자들을 보좌해온 유경과 유천우의 사이가 그 후로는 틀어지게 됐다.

그들은 모두 고종 때 과거에 합격하여 벼슬을 시작했다. 모두 남다른 우수한 점이 있어서 최우에게 추천되어 정방에 배치돼서 최우의 문객이 됐다.

키는 작으나 뚱뚱했던 유경은 원칙을 중시하는 선비로서 성격이 칼날 같았다. 그러면서도 국량(局量)이 커서 여유가 있고 웃음과 말도 풍부한 편이었다.

반면에 유천우는 몸집과 키는 작았으나 기지가 뛰어나고 총명하며 민활하기는 유경과 흡사했다. 그러나 그는 덕성과 도량에서 유경에 미치지 못했다. 그래서 뇌물 같은 것에 꺼림이 없고 탐오했다. 말과 행동이 일치되지 않을 때도 많았다. 겉으로는 공손하고 부지런한 듯했으나 실제적으로는 그렇지 않았다.

유경과 유천우는 능력은 비슷했지만 그 인격과 자질이 달라 두 사람의 운명은 달라진 것이다.

제 8 장

고려·몽골의 협상

폐하, 어찌 한 아들을 그리 아끼십니까

고려 조정에서는 몽골에 보낼 사신 문제를 다시 논의했다. 최항이 문제를 내놓았다.

"임금께서는 태자도 안 된다고 하시니, 어떻게 하면 좋겠소이까?"

"그렇다면 차선책을 써야지요. 태자가 아닌, 다른 왕자를 보내면 되지 않겠습니까."

"안경공(安慶公) 말입니까?"

"대군이 두 명뿐이니까 태자가 안 된다면 안경공밖에 없지 않습니까."

이래서 고종의 제2자인 안경공 왕창(王淐)을 몽골군에 인질로 보내고 그 조건으로 몽골군을 철군시키도록 하자고 조정논의가 결정됐다.

이런 내용이 곧 고종에게 올라갔다.

그러나 고종이 이를 허락하지 않았다.

"대군(大君)을 적국에 보낼 수는 없다. 대군이 가면 곧 몽골의 포로가 되는 것이고, 저들은 그것을 미끼로 많은 요구를 내놓을 것이다. 그것은 굶은 호랑이 앞에 사슴을 놓아주는 것과 같다. 안경공을 그런 사슴이 되게 할 수는 없다."

최우 사망 이후 화친파로 표면에 등장하기 시작한 최린(崔璘, 참지정사)

은 임금이 너무 아들을 아낀다고 생각했다.

결국 화친파의 수장(首長)이 돼있는 최린이 대전으로 들어갔다. 최항과 다른 대신들도 함께 갔다.

최린이 고종 앞에 엎드려 힘을 다해 말했다.

"폐하, 아뢰옵기 황송하오나, 나라의 안위와 백성의 운명에 관한 일이니 아뢰지 않을 수 없습니다. 자식을 사랑하는 사람의 정은 귀천의 구별 없이 똑 같습니다. 그러나 부자 사이에도 불행하게 사별하는 일이 있는데, 폐하께서는 어찌하여 한 분의 자식을 그리 아끼십니까?"

고종은 '그럼 나는 평범한 필부에 지나지 않는단 말인가' 하는 생각이 스쳤다.

"그간 전국에서 많은 백성이 죽고 잡혀가 지금 백성들 가운데 살아남아 있는 자가 열에 두셋 정도입니다. 몽골병이 돌아가지 않는다면 이런 상태는 계속됩니다. 살아남은 백성들도 삼농(三農)을 실패하여 모두 저들에게 투항할 것입니다. 그리 되면 비록 여기 강화 한 곳을 지킨다한들 어떻게 나라꼴이 되겠습니까, 폐하?"

삼농이란 봄에 밭을 갈고(春耕, 춘경) 여름에는 김매며(夏耘, 하운) 가을에 거둬들이는(秋收, 추수) 세가지 농사 일을 말한다. 여기에 겨울의 식량을 저장하는 동장(冬藏)을 더하여 농가사계(農家四季) 또는 농가사사(農家四事)라 한다.

최린의 진지한 호소조의 말을 들으면서도 고종은 아무 응답이 없었다.

최린은 목숨을 건다는 자세로 다시 말했다.

"폐하, 우리의 적국인 몽골의 경우 칭기스와 오고데이는 자기 아들을 데리고 직접 전장을 누비며 적과 싸웠다고 합니다. 그래서 칭기스 자신도 전선의 군막에서 죽었고, 그의 막내아들 툴루이는 금나라를 정벌하다가 전쟁터에서 죽었습니다. 오고데이의 맏아들로 태자였던 코추(Kochu, 曲出)도 송나라를 치다가 역시 전쟁터에서 죽었다 합니다. 황제와 황자들의 전사입니다. 군주의 자리는 본래 그러한 것입니다. 통촉하십시오, 폐하."

최린의 말을 듣고 고종은 모욕감을 느끼면서, '그것은 몽골 같은 야만 족속의 추장들이나 하는 짓이야' 하고 말해주고 싶었다. 그러나 고종은 아무 말 없이 참고 있었다.

최린은 절절하고도 논리적인 말로 계속 호소를 토해냈다.

"폐하, 지금의 몽골 황제 몽케는 성격이 거칠고 과단성이 있으면서도 말과 행동이 대범하다고 합니다. 그는 사람됨이 커서 사소한 일에 연연하지 않지만, 일단 성이 나면 무자비할 정도로 사납고 난폭하다고 합니다. 따라서 우리가 저들의 요구를 계속 거절만 하고 있다면 왕실의 평안과 나라의 안전, 백성들의 삶에 위험이 따를 것 같아 걱정입니다. 이제 더 이상 입조를 늦출 수는 없습니다. 속히 결단을 내려주십시오, 폐하."

그때 최린이 흘리는 눈물이 마루 바닥에 점을 찍고 있었다. 고종은 그것을 보면서 마지못해 떨리는 목소리로 말했다.

"다른 대신들의 생각은 어떤가."

함께 간 신하들이 엎드려 말했다.

"저희도 왕창 대군의 몽골 입조가 불가피하다고 생각합니다. 폐하."

"그렇습니다, 폐하. 폐하와 태자를 대신하여 대군이 가는 것이 왕실과 나라에 도움이 됩니다."

"그렇습니다, 폐하."

고종이 무겁게 입을 열었다.

"그렇다면 안경공을 보내도록 하라."

고종은 아들을 몽골에 보내기로 마음을 정했다. 신하들이 놀랐다.

최린은 엎드린 채로 통곡하면서 외쳤다.

"폐하, 성은이 망극하옵니다."

"한 번 떠나면 돌아올 수 있을지도 기약하기 어렵다. 몽골에 보낼 국신과 일행의 노자, 그리고 여정에 불편이 없도록 충분히 준비를 갖춰 안경공의 노고를 덜어주도록 하라."

최린의 눈물은 계속 방울져 떨어지고 있었다. 다른 신하들도 따라서 외쳤다.

"성은이 망극하옵니다, 폐하"

거기 있던 모든 신하들은 바닥에 엎드려 눈물을 흘리면서 고종에게 사례했다.

고종도 눈시울이 벌겋게 물들어 있었다.

"안경공이 떠나거든 각 사찰과 신소(神所)에 명하여 안경공의 무사 귀환을 부처와 천신에 빌도록 하라."

시중인 최항이 나섰다.

"예, 폐하. 심려 마십시오. 즉시 거행하겠습니다."

"그러면 누가 안경공을 수종(隨從)하여 몽골에 갈 것인가?"

"복야 김보정이 좋을 듯하옵니다."

재추들이 김보정을 추천했다.

고종이 듣고 있다가 말했다.

"최린이 가도록 하라."

고종은 왕자 파견을 힘써 주청한 화친파의 선봉장 최린을 수종자로 정했다. 고종은 최린이 섭섭했지만 그의 충공과 능력은 믿었다.

최린이 나섰다.

"폐하, 성은이 망극하옵니다. 비록 적지에 가지만 이 한 몸을 아끼지 않고 대군을 보필하겠습니다."

"허나, 고생이 클 것이다."

조정에서는 정부의 창고에 있는 금은과 포백을 모두 꺼냈다. 그래도 모자라서 백관들에게서 은과 비단을 거둬서 실려 보냈다. 그것은 몽골의 황제와 대신들, 그곳에 가있는 영녕공 내외와 그의 모친, 그리고 아무칸과 그의 장수들, 심지어 홍복원에게도 나눠줄 나라의 선물(國贐, 국신)들이다.

고종은 그동안 몽골의 국왕입조(國王入朝)나 몽사친영(蒙使親迎) 요구에 대해 계속 불응하면서 왕실의 종친들만을 보내고 있었다. 그것은 일종의 타협안이었다.

그래서 처음 강화사절로는 회안공 왕정(王侹)을 살리타이의 군문에 보냈고, 이어서 영안공 왕희(王僖), 신안공 왕전(王佺)과 영녕공 왕준(王綧)을 몽골측에 보냈다. 모두가 지체 높고 가까운 왕족들이다.

그러나 이제 그것이 한 단계 더 후퇴하여 왕자인 안경공 왕창(王淐)을 인질로 몽골 황도인 카라코롬으로 보내기로 했다. 이것은 전적으로 최린으로 대표되는 화친파 문신세력의 주청을 고종이 거부할 수 없었기 때문에 취해진 변화요, 모험이었다.

몽골 침공을 맞은 고려에서 자주론과 화평론의 대결은 1232년 강화천도를 둘러싼 최우-유승단의 논쟁 이래 자주론이 독주해 왔다.

그러나 항몽 자주파인 최우가 사망한 뒤로는 화평론이 새로이 힘을 얻어 다시 머리를 들기 시작했다. 그것을 선도해 온 최린이 이젠 고려 화평파의 지도자로 전면에 떠올라 있었다.

그런 점에서 최린은 유승단에 이어 20여 년만에 다시 탄생한 화평론의 제2세대 지도자였다.

조신들이 배열하여 예를 표하는 가운데 왕창 대군은 그해 고종 40년 (1253) 12월 28일 강도성을 나섰다. 최린이 다른 수행원들을 이끌고 그 뒤를 따랐다. 수행원들은 대부분 왕창의 관부인 안경부(安慶府)의 전첨(典籤, 종8품) 민인해(閔仁海)를 비롯해서 안경부에 속해있는 속료들이었다. 왕창 일행은 강화도 승천포로 가서 거기서 배를 타고 건너편 승천부로 갔다. 왕창은 승천부에 내려 곧바로 몽골군 둔소에 가서 몽골의 장수들을 만났다. 몽골군 진영에서는 경사라도 만난 듯이 들떠 있었다. 큰 승리 뒤에 볼 수 있는 그런 분위기였다.

아무칸이 나서서 말했다.

"잘 오셨습니다, 안경공 대군."

"벌써 왔어야 하는데 이리 늦었소이다."

"고생은 되시겠으나 저희가 잘 모실 터이니 안심하십시오."

"고맙소이다."

왕창은 그가 준비해 간 국신들을 아무칸과 홍복원 등에게 전달했다. 밤에는 연회를 크게 열고 풍악을 베풀어 술과 음식을 대접하여 몽골군들을 즐겁게 해 주었다.

패배와 피습으로 쫓기고 있던 몽골군은 왕자를 인질로 잡았다는 것에 만족하여 고려를 떠났다.

아들을 적진으로 보낸 고종은 매일 왕창의 안부를 걱정하며 잠도 자지 못했다. 가족에 대한 정이 남달리 강했던 고종은 왕창이 생각날 때마다 견자산으로 가서 북쪽을 바라보았다.

왕창이 고생하고 수모를 당하지는 않을까. 왕자가 야만국에 가서 생활을 하다니……

그후 고종은 그런 일이 잦았다. 산으로 가서 북녘을 바라보는 날이 많았다. 임금이 '아들을 보는 산'이라 해서 견자산(見子山)이라는 이름이 붙었다고 강화 사람들은 말하고 있다.

왕창을 인질로 보내는 것을 조건으로 전쟁도 끝났다. 그와 함께 몽골군사들도 고려에서 모두 철수했다. 고종 41년(1254) 1월 3일이었다.

고종 40년(1253) 7월에 시작된 몽골군의 제5차 고려침공은 이렇게 6개월 만에 끝났다. 고려에서는 전시계엄을 1월 10일 자로 해제했다.

몽골군은 이 다섯 번째 침입 때 강원도의 강릉과 원주, 충청도의 충주, 전라도의 전주에까지 이르렀었다.

몽골군이 모두 철수하고 전시 계엄령을 해제한 그날부터 최항은 전후 처리에 나섰다.

최항은 우선 몽골에 붙어서 침략군을 안내하고 고려군의 항복을 권하고 다닌 이현(李峴)부터 잡아서 목을 베어 그 머리를 강화경의 한 복판 거리에 효수했다. 그의 집도 빼앗았다. 이현의 다섯 아들도 모두 잡아서 바다 물에 처넣어 죽였다. 그러나 그의 아내와 누이·딸·사위 등은 섬으로 유배하는데 그쳤다.

최항은 다시 이현의 설유에 빠져 싸우지도 않고 몽골군에 항복한 천룡산성의 방어별감 조방언(趙邦彦)과 황려현의 현령 정신단(鄭臣旦) 등도 섬으로 유배했다.

고려 왕자를 데려가다

　　몽골로 떠난 고종의 제2왕자 왕창(王倡, 안경공)은 제5차 고려 침공 때의 몽골군 사령관 아무칸(Amuqan, 阿毋侃)을 따라 몽골 수도 카라코럼으로 가서 황궁으로 이송됐다.

　　그러나 몽골 황제 몽케는 왕창을 데려왔다는 보고를 받고도 시큰둥했다.

　　"우리가 바라는 것은 고려 국왕의 황도입조와 구도로의 출륙환도다. 야쿠와 아무칸이 그렇게 많은 군사력을 가지고 가서 치면서 고작 태자도 아닌 왕자 하나를 잡아왔단 말이냐! 특히 아무칸은 두 차례나 고려원정군 원수를 맡고서도 부대 안에서 내분을 일으키고 결국은 패하여 돌아온 것이 아닌가."

　　몽케는 고려가 몽골에 조공은 하면서도 아직 완전하게 항복하기를 거부하고 있다고 생각하여 괘씸하게 여기면서, 그 책임을 아무칸에게 돌리고 있었다.

　　몽케가 말했다.

　　"왕창은 고려의 왕자다. 그 개인이야 무슨 죄가 있겠는가. 왕창은 정책 결정권도 없고 전쟁에 참여하지도 않았다. 그가 비록 인질로 들어왔지만 죄인은 아니다. 그가 상국에 와있으니 대국답게 그에게 불편함이 없도록 잘 보살펴 주어라. 더구나 그가 영녕공 왕준의 형제라니 더욱 신경을 써서 대접에 소홀함이 없도록 하고, 형제가 서로 만날 수 있게 하라."

역시 몽케는 아버지 톨루이를 닮아서 언행의 반경이 컸다.

며칠 후 몽케가 말했다.

"고려의 왕자가 왔으니 내가 만나 보겠다."

몽케는 왕창을 황궁으로 불러 접견했다. 왕창이 그의 앞에 나가 우리 식의 큰절을 하고 말했다.

"대몽골제국의 황제이신 다칸 폐하. 그간 관후한 보살핌을 내리시어 소신은 만리 객지에 인질로 잡혀와 있는 몸이면서도 편안히 지내면서 많은 것을 배우고 있습니다. 더구나 이렇게 폐하를 직접 뵙도록 불러주시니 실로 성은이 망극할 따름입니다, 폐하."

"그래도 고생이 많을 것이야. 물산이 다양하고 문화가 높은 동쪽 나라에서 임금의 아들로 귀하게 자라온 그대가 언제 고생을 해 보았겠는가. 더구나 그대는 농경국가의 왕자인데, 우리는 초원의 유목국가다. 어찌 고생이 심하지 않겠는가."

"감사합니다, 폐하."

"짐은 그대의 부왕이 참으로 답답하다. 왜 짐의 말을 듣지 않는지 이해할 수가 없다. 뭍으로 나와서 짐의 사절을 직접 맞는 것이 그렇게 어려운 문제인가. 우리가 요구하는 국왕친조와 출륙환도를 이행한다면, 고려는 우리 대몽골제국의 보호 하에 나라가 태평하고 왕실은 안전할 것이며 백성들도 평화롭게 살 수가 있다. 그런데도 고려왕이 우리를 의심하고 소수의 무인들에 휘둘려서 나라는 황폐해지고 백성들은 고생이 막심하고 임금은 항상 불안해 하고 있다."

"죄송합니다, 폐하."

"고려왕이 어떻게 하든지 우리 몽골제국은 앞으로도 칭기스 대제 이래 정해놓고 추진하고 있는 우리의 세계정책에 따라서 고려를 대할 것이다."

몽케는 거기서 말을 끊고 잠시 왕창의 눈을 보고 있었다. 그리고 다시 말을 계속했다.

"우리의 세계정책이란 우리의 힘과 명령으로 세계를 우리의 판도 안에 넣어서, 만방의 백성들이 편안하고 넉넉하게 살 수 있게 하는 것이다. 따라서 누구든지 우리 명에 따르면 평화와 안전을 누리게 되지만, 따르지 않으면 짐은 반드시 힘을 행사해서 따르게 하고야 말 것이다."

이것은 위협이었다.

왕창은 겁먹은 얼굴을 깊숙이 숙이고 숨을 죽인 채 경청하고 있었다.

"고려에 대한 우리의 요구는 타국에 비해서는 대단히 관대한 편이다. 그대는 이 점을 양지하고 앞으로 몇 달 동안 여기에 더 머물면서 많은 외국인을 만나 듣고 배워서 세계에 대한 안목과 견문을 넓히도록 하라."

왕창은 눈물을 흘리면서 말했다.

"소방의 일개 왕자를 이렇게 따뜻이 혜량하여 주시니 성은이 망극합니다, 폐하."

"이곳 카라코럼은 그대의 고려보다 나라가 클 뿐만 아니라 만국의 인사들이 이합(離合)하고 만방의 문물이 집산(集散)하는 곳이니, 고려 안에서는 볼 수 없는 것들도 많이 견문할 수 있을 것이다. 잠시 참고서 여기에 머무는 동안 동서의 많은 사람을 만나서 넓은 세계를 공부하도록 하라."

몽케는 왕창에게 겁을 주거나 무례가 되는 언행을 하지 않으려고 애쓰는 것 같았다.

"예, 폐하. 황은이 망극합니다."

"이미 신하들에게 그대를 잘 보살피도록 하명해 놓았다. 허나 혹시라도 불편하거나 부족한 점이 있으면 언제든지 짐에게 고하거나, 형인 왕준 공을 통해 짐에게 알리도록 하라. 그대를 위해 짐은 항상 문을 열어놓고 있을 것이다."

왕창의 두렵고 불안하던 마음은 몽케를 만나보고 나서 말끔히 가셔졌다. 더구나 몇 달 동안만 여기에 머물러 있으면 다시 고국에 돌아가게 될 것이라 생각하니 마음은 더욱 가벼워졌다.

그때 먼저 몽골에 가 있던 왕준(王綧, 영녕공)은 예절이 바르고 지식이 풍부한 데다 인품이 좋아서 몽골 황제로부터 총애를 받고 있었다. 헌종인 몽케에 이르러 왕준에 대한 황실의 신뢰는 한층 더했다. 그때 왕준은 그곳에서 몽골 황실의 여인을 부인으로 맞아 살고 있었다.

새로 왕창이 몽골의 수도에 도착했을 때, 몽케는 왕창이 왕준과 동모 형제로 알고 극진히 예우해 주었다.

이것을 보고 몽골에 투항하여 그곳에 가있는 경기도 황려(黃驪, 지금의 여주) 사람 민칭(閔偁)이 몽케에게 가서 말했다.

"고려가 폐하를 속이고 있습니다. 고려의 왕자라 하여 이곳에 인질로 와있는 왕준은 고종의 아들이 아닙니다. 그러나 이번에 온 왕창은 틀림없이 고종의 친자입니다."

"그런가? 나는 왕창이 왕준의 친동생으로 알고 각별히 배려해 주었는데 고려가 나를 기만하고 있다. 심히 불쾌하구나."

"뿐만이 아닙니다, 폐하. 몽골군이 철군한 이후 고려에서는 몽골의 다루가치가 되어 공이 큰 이현을 잡아 처형하고 그 일족을 멸했습니다."

"이현이 죽었단 말인가?"

"그렇습니다, 폐하. 그 뿐만이 아니고 고려는 몽골군에 항복한 황려현의 현령 정신단과 천룡성의 방호별감 조방언 등도 모두 주살했습니다."

그러나 이것은 민칭의 오해이거나 과장이다. 몽골에 투항한 정신단과 조방언은 처단되지 않고 유배 시켰을 뿐이다.

몽케가 말했다.

"짐은 일찍부터 고려인이 외세에 굴하지 않는 끈질긴 애국심을 가지고 있음은 들어왔다. 그 말이 틀림없구나. 그러나 이것은 짐에 대한 도전이요, 배반이다."

그때 몽골에 투항해 있던 고려 사람들은 그곳에서 제대로 대접받고 출세하기 위해서는 무슨 수를 써서라도 몽골의 신임을 얻어야 했다.

정보를 제공하고 고려를 모함하는 것은 몽골에 대한 충성의 표시이자 신임을 얻는 첩경이었다. 그래서 그들은 무슨 꼬투리라도 있으면 그것을 과장하고 덧붙여서 몽골 황제나 조정 또는 몽골의 유력자들에게 보고했다.

홍복원이 그랬고, 이현이 또한 그러했다. 민칭도 지금 그렇게 하고 있다.

민칭의 말을 듣고 몽케가 언짢은 표정으로 다시 말했다.

"고려가 우리의 뒤를 쳤다. 그냥 넘어갈 수는 없다. 가서 왕준을 불러오너라."

곧 왕준이 달려왔다.

"짐이 들은 바로는, 그대는 왕의 아들이 아니면서도 왕자라고 일컬었다. 무엇 때문인가?"

"무슨 말씀이십니까, 다칸 폐하? 신은 어려서부터 궁중에서 길러져 왕을 아버지로 여기고 왕후를 어머니로 여기며 살아왔습니다. 아직도 신은 왕자가 아니라는 것을 알지 못합니다. 신과 함께 이 상국에 들어왔던 최린(崔璘)이 다시 사신으로 왕창과 함께 이곳에 와 있습니다. 신에 대해서는 최린이 잘 알고 있을 것이니 그에게 하문하십시오."

"그러냐? 짐은 이 문제를 철저히 가릴 것이다. 최린을 불러들여라."

몽케가 노기를 띠며 말했다.

잠시 후 최린이 불려왔다. 몽케가 최린에게 그런 내막을 물었다. 최린은 두려워하거나 동요하지 않고 차분하게 말했다.

"왕준 공은 고려 임금의 애자(愛子)이지 진자(眞子)는 아닙니다. 전에 고려에서 올린 표문이 있으니, 그걸 보시면 고려가 폐하께 거짓을 아뢰지 않았음을 아실 수가 있습니다."

"애자와 진자가 다른가?"

"애자란 남의 아들을 자기 아들로 삼아 사랑해서 키운 양자(義子)를 말합니다. 자기 소생의 아들이라면 굳이 애자라 할 필요가 있겠습니까?"

"그런가. 고려 임금이 보낸 표문을 모두 가져오게 하라."

고려에서 보낸 문서들이 도착했다. 살펴보니 왕준에 대해서는 모두 왕의 애자라고 기술돼 있었다.

"음, 과연 그대로구나. 듣던 대로 고려 사람들은 정말 현간(賢奸)하구나."

몽케는 노기를 풀고 웃으면서 그렇게 말했다.

현간. 몽골 사람들은 고려와 접하면서 고려 사람들은 몹시 현명하면서도 간사하다고 여기고 있었다.

몽케는 더 이상 묻지 않았다. 그리고 왕준을 향해서 말했다.

"그대는 비록 왕자는 아니나 본시 왕의 친족이고, 또 우리 땅에 들어와서 살은 지가 오래되어 이미 우리 사람이 됐다. 이제 다시 어디로 가겠는가. 다른 생각 말고 계속 여기에 머물러 살도록 하라."

"제가 어떻게 여기서……"

"아니다. 그대는 여기에 살면서 나를 돕도록 하라."

몽케는 아무칸의 말 3백 필을 빼앗아 왕준에게 주고 왕준을 몽골에서 살게 했다. 그때부터 왕준은 아주 몽골인이 되어 몽케의 충실한 신하가 됐다.

몽케는 더 나아가서 자랄타이(Jaraltai, 車羅大 또는 札剌台)로 하여금 아무칸을 대신해서 고려를 관리하게 했다. 아무칸이 비록 왕자 왕창을 데리고 왔지만, 그가 고려군과의 전투에서 크게 패하고 돌아온 데 대해 몽케가 문책한 것이다.

제6차 몽골 침공

몽케는 고려의 왕자를 인질로 잡아들였으나 어쩐지 만족스럽지 못했다.

"지금 동서 세계의 이렇다 할 대국들이 속속 점령되어 우리에게 복속돼 있는데, 아직 저항하며 버티고 있는 것은 중국의 송나라와 동방의 고려뿐이다. 이런 상태를 내버려 둘 수는 없다. 이들에 대한 원정준비를 갖추라."

대외정벌에 나선 몽골이 외국에 대해 요구하는 것은 무조건 굴복과 신복(臣服)이었다. 그것은 일방적인 복종이었다.

몽골은 모든 나라들이 굴복하고 나서 몽골 황제의 처분을 기다리기를 요구했다. 많은 나라들이 그렇게 했다.

그러나 지금까지 몽골에 굴복하지 않으면서 국체를 유지하고 있는 나라는 고려와 송나라뿐이라고 몽케는 생각하고 있었다. 그것은 세계의 정복자 몽골제국의 위신에 대한 도전이며, 몽골황제에 대한 무례였다.

"이것은 용납할 수 없는 일이다. 다른 나라들은 스스로 찾아와서 우리에게 자기들의 항복을 받아주기를 구걸하고 있는데, 저 동방의 소국 고려는 항복하기를 거부하고 오히려 우리가 고려에 대해서 제발 항복하라고 구걸해 오지 않았는가."

세계를 호령하고 있는 몽골 황제로서는 개탄스런 일이었다.

"고려의 임금과 조정은 강도 섬에 들어앉아 조공은 하면서도 항복을 거부하고, 몽골군이 들어가면 백성들은 산성과 해도로 입보하고 군민이 결속해서 대항하고 있다. 이런 고려에 대해서 우리 유목민족의 기마군단으로서는 속수무책이었다."

몽케는 계속 말했다.

"더구나 고려는 우리가 요구하는 출륙환도와 국왕친조를 계속 거부하면서 우리의 명을 충실히 따른 이현과 투항한 장수들을 처단했다. 내 고려를 심히 응징할 것이다."

조방언과 정신단이 처형됐다는 민칭의 거짓 보고는 고려에 대한 재침의 구실이 되고 있었다.

몽케는 임금의 출륙영사와 왕자의 몽도입조에 만족하지 않았다. 그는 고려의 완전 항복을 요구하고 있으나 고려는 계속 거부하고 있었다.

무력행사에 앞서 무저항 투항을 요구하는 것은 칭기스 이래 역대 몽골 황제의 기본 전략이었다.

이런 전략에 따라 몽케는 그해 고종 41년(1254) 7월 먼저 두오케(Duoke, 多哥)등 50명의 사신단을 고려에 보냈다. 몽케는 그들을 보내면서 말했다.

"고려는 어차피 아픈 맛을 보아야 말을 들을 것 같다. 가서 국왕입조와 출륙환도를 요구하되 애써 설득하거나 윽박지를 것은 없다. 너희들의 뒤를 따라서 자랄타이의 군사를 보낼 것이니 그리 알고 처신하라."

"예, 폐하."

"알고 보니, 고려왕은 아무 힘이 없는 허수아비다. 고려의 실세는 최항이라는 무인정권 지배자다. 그를 움직여야 고려 문제는 해결될 것 같다. 임금과 함께 최항도 나와서 너희 사절들을 맞게 하라."

"알겠습니다, 폐하."

"어차피 우린 다시 고려를 쳐야한다. 최항이 바다를 건너 너희를 맞으러 나올 리는 없다. 그가 나오지 않는 것이 좋다. 우리가 고려를 침공할 구실이 하나 추가되는 것이니까."

왕창(王淐, 안경공)을 수행해서 몽골에 가있던 민인해(閔仁解)가 몽골 사
신을 안내해서 7개 월만에 강도로 돌아왔다. 민인해는 왕창의 관부인 안
경부(安慶府)의 전첨(典籤, 종8품)이었다.

몽골 사신들은 승천부에 와서 머물러 있고 민인해가 먼저 강도로 돌아
왔다. 고종이 그를 불러들였다.

"안경공은 어떠하냐?"

민인해는 왕창이 그 동안 해온 일과 자신이 보고 들은 사실들을 소상히
설명해 준 다음 이렇게 말했다.

"몽골은 다시 고려를 공격할 준비가 되어 있습니다. 신이 소문으로 들
은 얘기이긴 하나 몽골에서는 그런 소문이 파다하게 퍼져 있는 것으로 보
아 몽케가 이미 침공 명령을 내린 것이 분명합니다, 폐하."

"오, 그래?"

"몽골 황제 몽케가 자랄타이라는 장수에게 고려를 경략하라는 책임을
맡겼다고 합니다. 자랄타이는 지금 홍복원과 함께 요동지방으로 와서 고
려를 다시 침공할 준비를 하고 있다고 들었습니다. 이번에 오는 사절들은
침공을 앞두고 우리 고려의 사정과 태세를 알아보고 침공의 명분을 찾기
위한 것인 듯합니다."

"자랄타이는 어떤 사람이냐?"

"자세히는 듣지 못했으나 유능하고 끈질긴 데가 있는 장수라고 합니다."

"유능하고 끈질기다? 전쟁이 다시 일어나고 백성들의 고난이 끝없이
계속되겠구나."

고종의 피로한 얼굴은 다시 어두워졌다.

몽골 사절단이 온다는 소식을 듣고 고종이 그들을 맞기 위해 그해
(1254) 7월 18일 다시 강을 건너 승천부의 새 궁궐로 갔다.

이때도 화려하게 장식한 고려의 전함 30척이 동원되고 정예 야별초가

호위를 맡아 고종을 수행했다.

두오케는 고종을 만난 자리에서 몽골이 고려에 보낸 몽케의 표문을 건네주고 말했다.

"국왕이 비록 이렇게 육지로 나와서 우리 몽골의 사신을 맞고 있으나, 시중 최항(崔沆)과 상서인 이응렬(李應烈)·주영규(周永珪)·유경(柳璥) 등이 나오지 않고 있으니, 고려가 참으로 몽골에 항복한 것이라 할 수 있겠습니까?"

두오케는 고려 조정의 유력자들을 정확히 짚어서 따졌다. 몽케의 지시에 따라 몽골 중서성에서 준 자료를 토대로 마련한 내용이었다.

고종은 차분하지만 준엄하게 말했다.

"우리나라는 임금의 나라요. 그대의 몽골이 몽골 황제의 나라인 것과 같이 우리 고려는 고려 군주의 나라라는 말이외다. 군주의 나라에서 임금이 나왔는데 신하들이 무슨 문제가 된단 말이오?"

"알겠습니다. 그러나 문제는 또 있습니다. 우리 몽골군이 철수한 뒤로 우리에게 항복한 장수들을 고려가 주살했습니다. 그것은 고려가 몽골의 뒤를 친 것이라고 우리 황제께서 진노하고 계십니다."

"그럴 리가 없을 것이오. 우리는 스스로 나라에 반역한 자는 처단하지만 싸우다 힘이 부족하여 항복한 자를 처단하지는 않고 있소."

"그렇다면, 천룡성의 방어별감 조방언과 황려현의 현령 정신단을 주멸하지 않았다는 말씀입니까?"

"임금인 내가 아직 그들을 처단했다는 말을 듣지 못했는데 주멸됐을 리가 있겠소? 아무래도 몽골이 무엇을 잘못 알고 있는 것 같구료. 몽골에서 어떤 무리가 우리를 모함하고 있는 모양이오."

"그 말씀을 믿어도 되겠습니까?"

"나는 고려의 임금이오. 한 나라의 임금이 어떻게 두 가지 말을 하겠소."

"그러면 우리가 그들을 만나볼 수 있습니까?"

"좋소. 그리 하시오."

고종은 조방언과 정신단을 데려오게 했다. 섬에 귀양 가있던 그들이 수일 뒤 배를 타고 역마에 실려 승천부로 왔다. 두오케 등이 그들을 직접 만났다. 그들의 얼굴을 모르는 두오케는 먼저 조방언에게 물었다.

"당신의 이름은 무엇입니까?"

"조방언이요. 천룡성의 방어별감을 지냈소. 이현의 투항권고를 받고 몽골에 항복했소."

두오케는 정신단을 향해서 물었다.

"당신은 누구입니까."

"나는 정신단이요. 황려현의 현령을 지냈소. 우리 고려 관인은 거짓말을 하지 않습니다."

두오케는 그들을 심문해 보고 그들이 살아있음을 확인했다.

"여러분의 생존을 걱정했는데 살아 계시니 다행입니다. 그러나 고려의 관인이면서 거짓말하는 사람이 있습니다. 민칭입니다. 민칭 때문에 이런 일이 생겼습니다."

두오케는 궁궐로 들어가 고종을 만나서 계면쩍은 표정으로 말했다.

"임금의 말씀대로 우리가 잘못 알고 있었습니다. 우리는 민칭의 말을 듣고 그렇게 믿고 있었습니다."

고종은 잠자코 듣기만 했다.

두오케가 다시 말했다.

"그러나 시중인 최항(崔沆)과 상서인 유경(柳璥)·이응렬(李應烈)·주영규(周永珪) 등의 권신들이 출륙하지 않는 한, 우리는 고려가 몽골에 항복했다고 인정하지 않을 것입니다."

"임금인 내가 그대들을 이렇게 직접 만나 모든 얘기를 다 하고 있는데도 그들을 꼭 불러내라고 하니 몽골은 참으로 답답하구료."

"그러나 항몽의 입장을 분명히 하고 강화로 수도를 옮기어 몽골에 대항하는 세력은 바로 최항의 무리입니다. 임금께선 그들에 얹혀있는 것이 아닙니까?"

순간 고종의 얼굴이 일그러졌다.

"분명히 내가 고려 최고의 결정권자요. 임금이란 말이외다."

"최항과 유경·이응렬·주영규 등 고려 조정의 권신들을 불러내라는 것은 우리 황제 폐하의 뜻입니다."

두오케의 말은 마치 최후통첩 같았다.

"지금 몽골의 황제는 천하를 호령하는 황제 중의 황제로 알고 있소. 그런 분이 어떻게 이 먼 고려의 신료 문제에까지 세세히 신경을 쓰겠소. 가서 황제께 잘 말씀 드리시오."

"그건 안 됩니다. 이미 황제의 말씀이 계셨습니다. 무슨 일이든지 일단 우리 황제 폐하의 말씀이 나오면, 그것은 곧 법입니다. 따라서 온 천하가 다칸의 그 말씀에 복종해야 합니다. 복종하지 않으면 힘으로 응징하는 것이 우리 몽골의 방침입니다."

고종은 속으로 '몽골군이 다시 침공할 것이라는 민인해의 말이 맞는구나' 하면서, 더 이상 대꾸하지 않았다.

그의 얼굴은 다시 우울해졌다.

만약에 지금이라도 최항 등을 불러낸다면 몽골이 재침하지 않는다고 믿을 수 있을까. 그럴지도 모른다. 그러나 지금 여기서 내가 최항을 부른다고 해서, 그들이 내 명을 따를까. 다른 사람은 몰라도 최항은 건너오지 않을 것이다. 그래, 그들은 불러낼 필요가 없다.

고종은 확신이 서지 않았다. 최항은 임금이 불러도 강을 건너서 몽골 사신들 앞에 나서지 않을 것이고, 설사 그렇게 한다 해도 몽골군이 쳐들어오지 않는다고 믿어지지가 않았다.

최항 등의 권신들은 끝내 승천부로 가지 않았다. 고려 조정은 몽골군의 침공에 대비한 방어태세 갖추기를 서둘렀다.

몽골 황제 몽케는 두오케를 고려에 보내면서, 자랄타이(Jaraltai, 車羅大)에게 밀명을 내려놓고 있었다.

"어차피 고려는 우리 요구를 받아들이지 않는다. 따라서 그들의 대응을 기다릴 필요도 없다. 자랄타이, 그대에게 기병 5천기를 줄 터이니, 사신들이 고려에 들어가거든 바로 뒤따라 고려로 들어가라. 이번에는 반드시 항복을 받아내라."

두오케 일행의 몽골 사신들은 결국 협상사절이 아니고, 고려에 대한 몽케의 선전포고 사절인 셈이었다.

고종이 몽골 사절을 접견한 지 나흘 뒤인 고종 41년(1254) 7월 22일. 사절들이 아직 강화경에 있을 때였다.

고려 조정은 서북면 병마사로부터 긴급 장계 하나를 받았다.

"소수의 몽골 기병들이 다시 압록강을 건너와서 우리 성진들을 공격했습니다. 우리 성진에서 성을 막고 저항하면 몽골 기병들은 굳이 성을 쳐서 함락하지 않고 바로 남으로 향하고 있습니다. 몽골군의 기병은 계속 증파되고 있습니다."

아무칸이 패하고 물러간 지 7개월 뒤에 몽골이 다시 공격해 왔다. 이것이 몽골의 제6차 고려 침공이다.

자랄타이의 몽골군은 그 후 6년간 고려에 머물면서, 오랜 전란으로 황무지처럼 피폐돼 있던 고려 땅을 다시 한 번 철저히 짓이겨 놓았다.

왕창을 돌려보내라

고려 조정이 몽골군 침공 보고를 받은 다음 날, 두오케가 돌아가겠다고 말했다. 고종은 두오케에게 표문을 써주면서 황제에게 전하도록 하면서, 글의 내용을 간단히 설명해 주었다.

표문 내용은 이러했다.

고종이 몽골 황제 몽케에게 보낸 표문

상국의 사신이 갑자기 와서 폐하의 조서를 전한 뒤로는 온 백성들이 두려워하여 어찌할 바를 모르고 있습니다. 폐하의 사신들이 아직 우리 서울에 있는데, 몽골군이 다시 국경을 넘어왔다는 보고를 받고 다시 놀랐습니다. 노여움을 진정하시고, 남을 헐뜯는 사람들의 허튼 소리도 고명한 통찰력으로 배척하시어, 우리 국경을 넘어온 몽골군을 빨리 회군케 함으로써, 우리 백성들로 하여금 마음 놓고 살도록 해주시기 바랍니다.

고종의 표문을 받아들면서 두오케가 말했다.

"염려 마십시오. 내가 돌아가면 몽골군은 곧 철수하게 될 것입니다."

"고맙소. 꼭 그렇게 해주시오."

고종은 두오케의 말을 믿고 서북의 각 주현들에 대해 두오케 일행을 극진히 대접해서 호송하라고 통첩했다. 그러나 두오케는 간사하고 탐욕이 심한 자였다. 몽골 사신들은 고종의 통첩을 빙자해서 돌아가는 길에 각 고을을 쏘다니며 수탈과 약탈을 일삼았다.

몽골군이 한창 압록강을 건너고 있던 고종 41년(1254) 7월 중순. 몽골 황제 몽케는 중서성 사람들을 불렀다.

"인질로 카라코럼에 머물러 있는 고려의 왕창을 보내려 한다. 한 점 소홀함이 없도록 준비하라."

"하오나 다칸 폐하. 왕창은 비록 세자는 아닐지라도 고려왕의 친아들입니다. 고려가 항복해 올 때까지 충분히 인질로 잡아둘 만한 사람입니다."

"아니다. 일국의 왕자를 그렇게 한다면 고려가 어떻게 임금을 보내며 세자를 보내겠는가. 내가 그 동안 왕창에게 선의를 보여 잘 대해 주었으니, 계속 잘 해서 돌려보내는 것이 고려 왕실을 안심시켜 우리 요구를 관철시킬 수 있는 길이다."

중서성 사람들은 물러 나와 왕창의 귀국을 준비하면서 왕창을 불렀다. 왕창이 들어가자 몽골 관리가 말했다.

"황제께서 그대를 방면하셨소. 이제 고려로 돌아가도 됩니다."

"그렇소이까? 황은이 망극하오이다."

"그러나 우리 황군(皇軍)이 이미 고려 땅에 들어가 정벌작전을 계속하고 있으니 너무 놀라지는 마시오."

"그게 참말이군요. 소문으로 이미 듣고 있었소."

"돌아갈 때는 우리 사신들이 동행할 것이니 그들의 안내를 받도록 하시오."

왕창이 귀국준비를 서두르고 있던 그해 8월 7일이었다. 이번에는 몽케가 왕창을 불렀다.

"네 부왕이 우리 요구를 거부하고 있어 우리 몽골군이 고려에 들어가 있다. 너는 이제 고려로 들어가라. 가서 고려왕에게 전하라. 몽골이 요구하는 국왕친조와 출륙환도를 받아들이면 몽골군은 즉시 철군할 것이라고 말이다. 네가 데려온 신하들도 모두 방면할 것이니 함께 돌아가라."

"폐하에게 심려를 끼쳐드려 죄송합니다. 폐하의 성은으로 많이 배우고 돌아갑니다."

"고려는 우리 군대가 들어가면 화친을 요구하며 철군을 주장한다. 그 요구를 받아들여 우리 몽골군이 철수하면 약속을 어기고 복속을 거부한다. 이래서 몽골과 고려 간의 문제가 해결되지 않고 있다. 돌아가거든 부왕에게 이런 짐의 뜻을 올바로 알리도록 하라."

"예, 폐하. 안녕히 계십시오."

왕창은 일어나서 큰절을 한 다음 물러났다.

그렇게 해서 왕창은 8월 초순 몽골 사신 10명과 함께 카라코럼을 떠나 말을 달려 고려로 향했다.

그해(고종 41년, 1254) 8월 19일이었다. 지난해 섣달 말에 강도를 떠나 이듬해 정월 초에 압록강을 건너 몽골에 갔던 왕창이 고려로 왔다. 그해 6월에 윤달이 끼었으니 9개월만의 귀국이었다. 최린 등 수행했던 신하들도 함께 돌아왔다.

왕창은 몽골군이 이미 경기도 일대를 휩쓸고 있던 무렵에 강화도 승천포에 도착했다.

"아버님은 몽골을 더럽게 여기고 싫어하신다. 이대로 강화경 왕궁으로 들어갈 수는 없다."

왕창은 카라코럼에서 비록 몽골 황실의 후대를 받았지만 고종의 그런 심정을 무시할 수 없었다. 그는 도성으로 돌아오지 않고 사람을 보내어 고종에게 자기의 귀국을 전하게 했다.

"안경공께서 돌아와 승천부에 도착하셨습니다."

"오, 왕창이?"

"예, 폐하. 안경공께서는 '신이 오랫동안 오랑캐의 비리고 누린 냄새에 물들었으므로, 여기서 하룻밤을 자고 내일 들어가 뵙겠습니다' 라고 전해 올리라 하셨습니다."

고종은 펄쩍 뛰었다.

"거 무슨 소리냐? 왕자가 떠난 후로 짐은 매일 하늘과 부처에 기도하며 어느 날에나 서로 볼까 기다렸다. 이제 다행히 그런 아들이 돌아왔는데 어찌 밖에서 유숙할 수 있겠느냐. 입고 있는 옷을 모두 태워버리고 새 옷으로 갈아입은 다음에, 즉시 도성으로 들어오라고 일러라."

왕창은 목욕하여 몸을 씻고 새 옷으로 갈아입은 다음, 그날 밤 늦게야 강도성으로 들어가 부왕을 만났다.

"창아, 네가 돌아왔구나."

공적인 대의보다는 사적인 정분이 더 강했던 고종은 왕창을 보자 눈물부터 흘렸다. 부자가 얼싸안고 함께 울었다. 왕과 왕자가 아니었다. 사사로운 부자의 정이 만났을 뿐이었다. 그 장면을 보면서 좌우의 모두가 함께 울었다.

반가운 부자상봉의 강화궁 분위기와는 달리 국경지방에서는 연일 몽골 증원군이 압록강을 건너 속속 고려로 들어오고 있었다.

이때 영녕공 왕준과 홍복원도 후속으로 들어온 몽골장수 예수투(Yesutu, 余速禿), 푸보타이(Fubotai, 甫波大) 그리고 동경총관인 쑹샨(Songshan, 松山) 등과 함께 고려 침공에 합류하여, 정벌군 원수 자랄타이 휘하로 들어갔다.

자랄타이는 선공부대를 보내 남으로 진격하게 했다. 기병으로 구성된 이 선봉군은 파죽지세로 남하하여 평안도의 안주와 평양을 거쳐, 7월 24일에는 황해도에 이르렀다.

몽골군 선봉대는 그해 7월 28일 황해도 협계(峽溪, 신계군)의 관산역(冠山驛, 봉산군)에 들어가 주둔했다가 다시 남으로 질주했다. 그들은 개경을 지나 남경(南京, 지금의 서울)에 이르렀다가, 8월 6일에는 경기도 광주에 도달했다.

선봉군은 다시 경기의 양평·여주·안성을 휩쓸고, 8월 20일에는 충북 괴산에 이르렀다.

이들 몽골 선봉군은 도시나 산성을 공격하여 항복 받기보다는 방비가 별로 없는 읍촌들을 지나면서 대충 약탈을 벌이고는 빠른 속도로 남쪽으로 진격해 내려가는 방식이었다.

자랄타이는 동경총관인 쑹샨을 후방 지원책임자로 삼아 고려의 북계 도호부 자리인 안북(안주)에 남겨 북계 지역을 평정하여 방어케 하면서, 자기는 선봉군이 지나간 서로(西路)를 따라 본군을 이끌고 남으로 진군했다.

자랄타이는 팔월 중순께 개경에 이르러 장단 남쪽 보현원에 본부를 차려 주둔하고 있었다. 보현원은 1170년 정중부-이의방-이고의 무인정변이 일어난 바로 그 현장이다.

왕창이 강도에 돌아온 지 사흘 뒤인 8월 22일 고종은 이장(李長, 대장군)을 보현원의 몽골군 본영으로 보냈다.

이장은 자랄타이 뿐만 아니라 그의 부장인 예수투와 푸보타이는 물론, 고려 출신의 왕준과 홍복원에게까지 고종이 보낸 금은과 견포를 선물하고 잔치를 베풀었다.

자랄타이가 이장에게 말했다.

"고려의 임금과 신하·백성들이 모두 육지로 나와야 하오. 육지로 나오면 모두 머리를 우리 몽골식으로 깎아야 하오. 만약 그렇게 하지 않는다면 우리는 고종 국왕을 데리고 몽골로 돌아갈 것이오. 그중 어느 하나라도 따르지 않는다면 우리는 군사를 철수하지 않을 것이니, 이 점 명심하기 바라오."

이것은 출륙환도와 입보해제·몽골식 삭발이라는 엄한 요구였다. 몽골식 삭발은 과거에 없었던 새로운 조건이었다. 그것은 생활 관습을 바꾸는 문화적 침해라는 점에서 고려인들의 충격이 컸다.

국왕친조의 조건이 빠진 대신 그런 전제조건들을 고려가 받아들여야 한다는 강요였다. 받아들이지 않으면 국왕친조를 강요한다는 내용이다.

이장이 말했다.

"몽골군이 이렇게 들어와 있는 한 우리 조정이 강화도에서 나올 수는 없소이다. 백성들도 몽골군을 피해 산성과 해도로 입보해 있는데, 그들이 몽골군이 들어와 있는 것을 알면서 산성이나 섬에서 나올 리가 있겠소이까. 더구나 우리보고 몽골식으로 머리를 깎으라고 하는데 이 말은 고려에서는 절대로 먹혀들지 않을 것이오."

고려는 결국 몽골의 이런 요구를 모두 거절하여 항몽전쟁을 계속할 태세임을 전달했다.

"고려가 계속 다칸 폐하의 황명을 거부하고 우리 몽골에 계속 대항하는 것으로 이해하겠소."

"우리 고려는 절대로 그럴 생각이 없소. 몽골 황제의 뜻을 거부하거나 항몽전쟁을 계속할 생각은 없소. 이건 분명하오. 문제는 몽골이 우리가 받아들일 수 없는 조건들을 계속 요구하는 데 있소. 장군의 말을 들으니, 몽골은 우리와 화해하여 전쟁을 끝낼 생각이 없는 것 같소이다."

"거 무슨 말이오? 우리는 우리와 접촉하는 세계 도처의 모든 국가들에게 그런 요구를 하고 있고, 모든 나라들이 그 조건을 받아들여 우리에게 신복해 왔소. 오직 고려와 저 건너 남송만이 우리 요구를 거부하고 지금까지 항전을 계속하고 있소."

이래서 이장과 자랄타이의 담판은 결렬됐다.

고려의 집권층은 몽골에 항복할 생각이 전혀 없었고 몽골의 과격파 황제 몽케는 오고데이나 쿠유크가 받아내지 못한 고려의 항복을 반드시 받아내고 말겠다는 의지였기 때문에, 협상은 깨지고 말았다.

몽장 자랄타이

몽장 자랄타이(Jaraltai, 車羅大 또는 札剌台)[86]는 그해 고종 41년(1254) 9월 보현원에서 나와서 친히 중군을 영솔하고 남정(南征) 길에 나섰다. 이것이 자랄타이의 첫번째 출격이다.

몽골 침공군의 본대인 자랄타이의 군대는 큰 저항을 받지 않고 남진했다.

악독한 장수였던 자랄타이의 몽골 군단은 그 달 하순에는 충북 진주(鎭州, 진천)에 이르렀다. 그때 진주 백성들은 지방 관리들의 인도에 따라 시내의 평지 야산인 걸미산성(樑尾山城)[87]으로 들어가 입보해 있었다.

그들을 지휘한 것은 진주의 이족(吏族) 출신으로 무예가 출중했던 임연(林衍)이다. 임연은 귀주와 죽주에서 몽골군을 물리친 진주 출신의 대장군 송언상(宋彦庠)[88]의 문하에 들어가 있다가 귀향한 인물이어서, 어느 정

---

86) 자랄타이에 대해 한국의 고려사는 차라대(車羅大), 중국의 원사(元史)나 몽올아사기(蒙兀兒史記, 몽골사기) 등 한문서에는 찰랄태(札剌台)로 기록돼 있으나, 모두 동일인물이다.

87) 여기서 진주성을 걸미산성이라 한 것은 현재 진천 지역에서 전해 오는 인식에 근거한 것이다. 이에 대해 윤용혁(尹龍爀)은 「고려대몽항쟁사연구」에서 이의를 제기하여, 항몽 진주성을 만노산성(萬弩山城), 일명 만뢰산성(萬賴山城)으로 비정하고 있다.

88) 송언상은 죽주 방호별감으로 있으면서 죽주에 침입한 몽골군을 격퇴한 송문주(宋文冑)와 동일 인물.

도의 군사 경험도 가지고 있었다.

임연은 급하게 의병을 편성하여 낮이면 성 안에서 훈련을 시키고, 밤이면 그들을 이끌고 성 밖으로 나가 몽골군 둔소(屯所)를 급습했다. 임연은 인병출격(引兵出擊) 작전을 계속해서 비록 대승은 아니었지만 작은 승리를 축적하여 착실하게 전과를 올려 나갔다.

임연의 야간기습으로 피해가 늘어나자 자랄타이는 군사를 몰아 진주읍성을 공격했다. 그러나 임연은 걸마산 숲 속에 매복시켜 놓은 특공대로 다시 몽골을 쳤다.

몽골군이 배후에서 공격을 받아 혼란에 빠지면 진주성 군사들이 성문을 열고 나가 공격했다. 앞뒤에서의 협공이었다.

"이 보잘것없는 작은 성에 매달려 시간을 허비할 필요가 있겠습니까? 그대로 가시지요."

참모로부터 이런 건의를 받고 자랄타이는 진주성을 그대로 둔 채 남하하여 충주로 향했다.

이래서 몽골군의 진주성 공격은 임연에 의해 격퇴됐다. 진주성의 승리는 민간인들만으로 쟁취한 승첩이었다는 점에서 현지 진천에서는 '걸미산 의병'[89]으로 부르고 있다.

이 승리를 이끌어 낸 임연은 그 공으로 대정에 임용되어 중앙군에 편입됐다. 군관이 된 그는 가족을 데리고 곧 강화도로 올라갔다. 임연의 강화도 상경은 임연 개인의 운명과 고려의 역사에 중대한 영향을 미치게 된다.

진천에서 임연이 자랄타이의 몽골군을 물리쳤을 무렵, 강화의 고려정부는 몽골과의 강화를 교섭하기 위해 박인기(朴仁基)를 어사로 삼아 자랄타이에게 보냈다.

박인기는 이동하며 전투를 벌이고 있는 자랄타이의 몽골군의 행방을

---

89) 걸미산에 지어져 있는 진천고등학교는 진천의 향토축제에서 임연의 항몽승첩을 기념하는 '걸미산 의병' 가장행사를 하고 있다.

물어 물어서 남쪽으로 갔다.

그때 자랄타이는 정병을 뽑아서 만든 척후대를 충주 서남쪽 오십 리 지점에 있는 괴주(槐州, 충북 괴산)로 보냈다. 그것은 다인철소(多仁鐵所)와 충주성을 공격할 때, 남과 북에서 협공하기 위한 전략배치였다.

그러나 괴산을 지키던 장자방(張子邦, 산원)은 몽골군이 접근하고 있다는 것을 알아냈다. 그는 자기의 별초군을 전진 배치하여 몽골군이 올 것으로 보이는 지점에 잠복시켰다.

이것을 모르고 괴산에 접근하던 몽골의 척후 기병대는 장자방의 매복군에 의해 섬멸됐다. 교동별초 출신인 장자방은 이미 별초군으로 특공대를 조직하여 전국을 누비면서 몽골군을 찾아 격파한 전공을 세운 별초군의 정예군관이었다.

괴주에서 패한 몽골군은 평지를 따라 동북쪽으로 가면서 먼저 다인철소를 공격키로 했다. 다인철소는 충주 서쪽 삼십 리 지점의 중원군 이류면(利柳面)[90] 본리의 노계(老溪) 마을에 있었다.

고종 41년(1254) 9월 초순. 몽골 군사들이 출정하기에 앞서 자랄타이가 지휘관과 참모들을 불러 지시했다.

"이번 공격은 아주 중요하다. 고려군의 칼과 창·화살이 만들어지는 철소의 공격이다. 따라서 이 지역의 고려군 방비는 철저할 것이고 군사들은 자기들이 만든 예리하고 풍부한 무기로 무장돼 있을 것이다. 함부로 덤비지 말되, 무슨 일이 있어도 점령하지 않으면 안 될 중요 공격목표라는 것을 잊지 말라."

"예, 원수."

"이 제철소를 점령하면 우리에게 필요한 각종 무기와 말발굽·편자도 만들어 낼 수 있다. 따라서 이번 고려 원정의 성패는 이 싸움에 달려있다.

---

90) 노계마을이 속해 있는 면의 원래 이름은 이안면(利安面)이었다. 이안면은 후에 유등면(柳等面)과 통합되어 이름이 이류면(利柳面)으로 바뀌었다.

반드시 점령하되, 그곳에서 일하는 기술자들을 죽여서는 안 된다. 그들을
사로잡아 계속 일을 시켜야 한다."

자랄타이는 다인제철소 전투의 중요성을 정확히 알고 있었다.

다인철소는 철광석을 가져다 녹여서 쇠를 만들어 내는 제철소였다. 그
쇠로 창과 칼·화살촉·갑옷 등의 군사무기를 만들고, 낫과 괭이·호미 등
각종 농사기구도 만들어냈다. 그런 점에서 당시 다인철소는 군사와 산업
의 요지였다.

이 철소는 천민구역인 일종의 부곡(部曲)이었다. 따라서 천민신분의 사
람들이 모여서 제철을 하고 철제품을 만들어 생계를 유지하고 있었다. 행
정적으로는 충주 아전들이 관할했다. 다인철소의 방어는 철소 사람들이
자체적으로 준비하고 있었다.

자랄타이의 얘기를 전해 듣고 몽골 군사들은 긴장했다. 더구나 몇 번
패전을 거듭하면서 그들은 지치고 사기도 크게 떨어져 있었다.

다인철소 주변엔 낮은 산이 많았다. 나지막한 구름들이 내려앉아 있어
서 다인철소는 산 속에 들어있는 것 같았다.

몽골군이 접근해 오자, 다인부곡 사람들은 남녀와 노소를 가리지 않고
무기를 들고 나섰다. 그들의 전술은 야산에서의 매복공격이었다. 날쌔고
강건한 청년들을 요소요소에 배치하여 철소에 들어오기 전에 격퇴하는
방식이었다.

이 전술은 적중했다. 자랄타이는 정병을 앞세워 다인철소를 향했으나
숲 속에서 아무런 소리도 없이 날아드는 예리한 화살촉에 맞아 살아남지
못했다. 다인부곡 사람들은 자기들이 만든 칼이나 창은 써보지도 못하고
화살촉만으로 적을 격퇴했다.

이렇게 몇 번을 당하자 자랄타이는 다인철소 공격을 포기하고 바로 충
주로 향했다.

강도 정부에서는 다인철소의 승첩을 보고 받고 이를 가상히 여겨 이듬
해 소(所)를 현(縣)으로 승격시켰다. 그 후 다인철소는 익안현(翼安縣)이

되어 중앙에서 현령과 관리들이 파견됐다. 특수행정구역이었던 천민들의 다인철소는 공식 행정계통으로 들어갔다.[91]

자랄타이는 9월 14일 몽골의 주력군을 투입해서 자신이 직접 지휘하여 충주성(읍성)을 공격했다.

충주의 주민들은 여러 차례 몽골군을 물리친 경험이 있기 때문에 그들 스스로 평소부터 전력을 비축하고 방어조직을 편성하여 대비하고 있었다.

고려정부가 강화사신으로 파견한 박인기가 자랄타이를 찾아 충주에 도착한 것은 바로 그런 전투의 와중에 있을 때였다. 자랄타이는 작전지휘를 홍복원 등의 부장(副將)들에게 맡기고 박인기와 마주 앉아 얘기를 나누고 있었다.

"또 전쟁을 끝내고 철수하라고 요구할 것이오?"

"그렇소이다. 언제까지 이런 전쟁을 계속해야 하오?"

"당신네 고려와는 말로는 해결이 안돼요. 우리 다칸께서는 고려가 우리 요구에 응하지 않을 것으로 믿고, 군사력으로 전쟁을 벌여 이겨서 고려의 항복을 받기로 했소. 나는 그런 명령을 듣고 왔소."

때마침 태풍이 불어 닥쳤다. 의외의 기상변화가 심한 지역이라 몽골군은 정신을 차리지 못하고 당황해 하고 있었다.

자랄타이가 말했다.

"그대가 강화교섭을 하러 왔다더니 이런 몹쓸 태풍을 몰고 왔군."

그러나 그때는 자랄타이가 그렇게 여유있게 농담하고 있을 때가 아니었다. 충주의 군사들이 바로 4대문을 모두 열고 나와 몽골군을 습격하고 있었다.

몽골군은 태풍 속에서 말을 타고 물러섰다. 자랄타이는 박인기에게 인

---

91) 다인철소 항전시기에 대해 보통 고종 42년(1255)으로 알려져 있다. 그것은 고려사 지리지의 충주목 (忠州牧) 부분에 '高宗四十二年 以多仁鐵所人 禦蒙兵有功 陞所爲翼安縣'(고종 42년 다인철소 사람들이 몽골군을 막은 공이 있으므로, 소를 올려 익안현으로 승격시켰다)고 기록돼 있기 때문이다. 그러나 고종 42년은 다인철소의 항전시기가 아니고, 현으로 승격시킨 시기를 가리킨다.

사도 나누지 않고 도망하듯 말을 타고 가버렸다. 박인기 일행도 다시 북상하여 강화경으로 올라갔다.

이래서 몽골군은 충주성에서 다시 한 번 패했다.[92]

충주에서도 크게 패한 자랄타이의 몽골군은 충주읍성을 그대로 남겨둔 채 새재를 넘어서 문경, 점촌을 거쳐 다음 달인 고종 41년(1254) 10월 상주로 갔다.

몽골군이 침공하자 상주 사람들은 두 개의 성으로 나누어 입보했다. 일반 백성들은 일찌감치 떠나 상주 서쪽 70리에 있는 백화산성(白華山城, 일명 尙州山城)으로 들어갔지만, 관리와 양반들은 막판에 상주 서쪽 십여 리 지점에 있는 병풍산성(屏風山城)으로 피난했다.

백화산성에서는 몽골군이 충주를 지나 남진하고 있다는 소식을 듣고 일전을 준비하고 있었다.

이 산성은 높고 험할 뿐만 아니라 이중의 성곽으로 되어 있었다. 성채의 길이는 총 20킬로나 되고 성 안에는 계곡이 흐르고 우물이 다섯이나 있어서 식수도 충분했다. 창고 시설도 있어서 상주산성은 방어에 아주 유리했다.

그때 상주에서 멀지 않은 황령사(黃嶺寺)[93]의 승려 홍지(洪之)가 승군들을 이끌고 백화산성으로 들어갔다. 그는 산성에 입보해 있는 상주 사람들을 규합하여 자체 방어를 지휘하고 있었다.

홍지는 요로에 복병을 배치했다. 이 복병들의 임무는 몽골군의 산성 접근을 중도에서 저지하고 유사시에는 배후에서 몽골군을 쳐서 협공하는 일이었다.

몽골군은 자랄타이의 지휘 하에 10월19일 상주 지역에 들어와 둔영을

---

92) 윤용혁은 전투 중에 갑작스레 몰아닥친 기상 돌변을 근거로 해서, 이때의 충주산성은 기상이변이 심한 월악산 덕주산성(德周山城)일 것으로 비정하고 있다.

93) 황령사; 경북 상주군 은척면 황령리 칠봉산(七峰山, 일명 황령산)에 있는 절.

치고는 사람을 상주성에 보내어 투항을 권유했다. 그러나 상주성은 이를 거부하고 몽골군이 공격해 오기를 기다리면서 수성작전(守城作戰)을 계속하고 있었다.

전쟁터의 마상외교

　박인기를 보내 자랄타이와 강화교섭을 시도했다가 유산되자, 고려정부는 다시 화친파의 중심인물 최린(崔璘, 문하평장사)을 강화교섭 사절로 자랄타이에게 보냈다.

　최린은 왕자인 안경공 왕창을 따라 몽골에 갔다가 왕창이 귀국할 때 함께 돌아와 강도에 머물러 있었다.

　최린은 충주를 거쳐 남쪽으로 가면서 자랄타이의 행방을 찾아 나섰다. 그가 자랄타이를 만난 곳이 바로 상주였다. 최린이 접근했을 때 자랄타이는 몽골군의 백화산성 포위작전을 지휘하고 있었다.

　최린이 자랄타이에게 안내됐다.

　"장군, 수고가 많소이다."

　"이렇게 한창 싸움이 벌어지고 있는데 또 강화교섭(講和交涉)을 하자는 것이오?"

　"그렇습니다. 박인기가 일을 끝내지 못해서 내가 이렇게 다시 왔소이다."

　"참 고려는 끈질긴 사람들이오."

　"이렇게 고생하지 말고 빨리 회군하시오, 장군."

"사정이 그렇게 됐으면 얼마나 좋겠소."

마침 그때였다.

어디선가 화살이 빗발치듯 날아왔다. 서쪽이었다. 그러나 아무도 보이지 않았다. 보일 리가 없었다. 홍지가 배치해 놓은 복병들이 숲 속에 몸을 감추고 활을 쏘아대기 때문이었다.

몽골군은 이리저리 흩어졌다. 그러나 지리에 미숙한 그들은 험한 산 속에서 어디로 갈지 모르고 갈팡질팡했다. 홍지가 상주산성에서 이것을 보고 있다가 군사를 거느리고 일제히 성문을 열고 나와 몽골군을 쳤다.

앞과 뒤에서 협공 당한 몽골 군사들은 우왕좌왕하다가 많은 피해를 당했다. 우선 제4위 관인이 죽고 사졸의 절반 가량이 이 유격전으로 목숨을 잃었다. 지금의 백화산(白華山) 기슭에 있는 이 골짜기는 몽골군이 많이 죽었다 해서 그 후 '저승골'로 불려왔다.

불의에 기습당한 몽골군은 어쩔 줄을 모르고 방황하고 있었다. 도망하려 해도 길을 알 수가 없었다. 당황하고 있던 자랄타이가 최린을 바라보았다.

최린은 사실대로 알려주었다.

"이쪽이 북쪽이고, 저쪽은 남쪽이오."

자랄타이는 최린을 응시하며 말했다.

"당신 말을 믿어도 되겠소?"

최린이 너그럽게 웃으며 말했다.

"믿으시오. 나는 고려국 대신이오. 더구나 임금께서 국왕의 사절로 적장에게 보낸 특사가 아니오이까."

자랄타이는 그때서야 방향감각을 찾은 듯이 패잔군들을 수습하기 시작했다. 그리고는 다시 서둘러 남쪽으로 빠져나가면서 말했다.

"고맙소, 최 공."

최린이 그것을 바라보다가 말했다.

"아니오. 같이 갑시다."

최린이 자랄타이를 따라갔다.

"대감이 우리 길 안내라도 되어주겠다는 것이오?"

"그렇소이다. 당신은 아직도 나를 의심하는 모양이오. 내가 함께 가면 믿을 것이 아니오이까?"

최린이 그렇게 말하며 껄껄 웃었다. 많은 군사를 잃고 패하여 당황하던 자랄타이도 웃었다.

"고려인은 참으로 알 수 없는 사람들이오. 적군에게 방향을 가리켜주고 길까지 안내하다니?"

"우리 속언에 '아는 길도 물어가라' 했소. 그러나 그대들 몽골군이 고려인들에게 길을 묻는다면, 우리 백성들이 적군에게 제대로 길을 가리켜 줄 리가 없소. 오히려 반대 방향으로 가라고 일러줄지도 모르지요. 그래서 내가 길 안내를 하려는 것입니다. 내가 고려국을 대표해서 왔는데 거짓을 할 수는 없지요."

"정말 고맙소이다."

"우리는 다 같은 사람이오. 세상에서 가장 귀한 것이 인간이외다. 우리는 인간의 생명을 중시합니다. 사람이 죽게 됐는데 비록 적군이라 한들 어찌 돕지 않을 수 있겠소이까."

"위기에 처한 적군인 우릴 도와주니 참으로 고맙소. 그러나 우리가 철군하면 대감도 반역으로 몰려 처단되려고 그러시오?"

"장수들은 칼과 활로 하는 전쟁을 맡은 무신이지만, 나는 글과 말로 하는 외교를 맡은 문신이외다."

"오, 그렇군요."

그들은 다시 함께 웃으며 말머리를 나란히 해서 남쪽으로 향했다.

고려와 몽골과의 강화교섭은 이렇게 마상에서 시작됐다. 그들은 많은 말을 나누었다. 최린은 자랄타이를 따라가며 마상협상을 벌이다가 대구를 거쳐 합천까지 갔다.

그 기간 중에도 몽골군은 가는 곳마다 방화와 약탈을 일삼았다. 사람들은 포로로 잡아서 끌고 갔다. 특히 대구에서 많은 사람들이 잡혔다. 남녀와 노소의 구별이 없었다. 죽음을 면한 고려인들은 포로가 됐다.

이런 일은 몽골군이 침입해 올 때마다 반복됐다.

해마다 많은 백성들이 몽골군에 붙잡혀, 그들의 부대에 갇혀 있으면서 사역군이 되어 몽골군의 부역과 잡일을 해주어야 했다. 이런 사람들을 '붙잡힌 백성들'이라 해서 피로민(被虜民)이라 불렀다.

최린은 도중에 묵을 때에는 자랄타이의 막사에서 그와 술상을 마주하며 얘기를 나누었다. 그들은 개인적인 신상 얘기로부터 각기 자기 국내의 정치 군사적인 문제들을 얘기하는 경우가 많았다. 최린도 그랬다. 왕창을 따라 몽골에 다녀오면서 보고 들은 이야기, 또 중국에서 보고 들은 최근의 사정들에 대해서도 얘기했다.

그러다가 최린은 밖에서 떨면서 일하고 있는 고려인 피로민들을 바라보며 말했다.

"그런데, 자랄타이 장군. 장군은 왜 아무 죄도 없는 백성들을 저렇게 많이 잡아다 고생을 시킵니까? 그러니까 우리 백성들이 무서워서 몽골군만 들어오면 산으로 섬으로 피하는 것이 아니오?"

"저들이 일해서 도와주지 않으면 우리가 어떻게 이 외국 땅에서 전쟁을 할 수 있겠소."

"저 사람들 중에서 젊은이들은 쓰더라도 노약자나 부녀자·어린이들은 풀어주시오."

"그게 그리 안스럽소이까?"

"안스럽다마다요. 나는 고려의 고관이오. 어찌 백성들의 저런 모습이 불쌍하지 않겠소. 장군은 큰 분이시니까, 내가 이리 부탁하는 것이오."

자랄타이는 '큰 분'이라는 최린의 말에 기분이 좋은 모양이었다.

최린이 계속했다.

"나는 강화를 떠나 장군이 지나온 길을 따라서 여기까지 왔소이다. 오면서 보니까 몽골군은 어린아이들까지 마구 죽여서 길에 버렸습디다. 여기서도 마찬가지였소. 그 어린것들이 무슨 죄가 있어 죽이고, 무슨 쓸모가 있다고 저렇게 잡아왔소? 전해오는 말에 봄이 되어 '경칩에 동면에서 깨어나 막 움직이는 벌레는 죽이지 말고'(啓蟄不殺, 계칩불살), '바야흐로 막 자라나는 가지는 꺾지 말라'(方長不折, 방장부절)고 했소이다. 하찮은 벌레나 나무 가지도 이렇게 약하고 어린것은 보호하는 법인데, 몽골은 어떻게 사람에 대해서 그리 학대할 수가 있단 말이오?"

"어허, 이 몽골의 원수 자랄타이가 공의 말을 듣고는 자꾸 약해지는구료."

"고맙소이다, 자랄타이 장군. 장군과는 말이 통해서 좋소이다. 그런데 말이외다. 몽골군들의 행동을 보건대 필요 없는 방화와 살인이 너무 많소. 군사적으로 꼭 필요하지 않는데도 사람을 죽이고 집에 불을 지르고 있으니, 이걸 좀 막아주시오."

"그 일이 마음에 아팠소이까?"

"사람이 사람들한테 그런 비참한 핍박을 마구 해대는 것을 보면서, 같은 사람인 내가 어떻게 마음이 편안했겠소? 더구나 나는 이 고려국의 지도층입니다. 외국군이 들어와 우리 백성들을 학살하고 약탈하고 방화를 일삼는 것을 보면서, 어찌 마음이 아프지 않았겠소. 마음이 아픈 정도가 아니고 찢어지는 것 같소이다."

"대감은 참으로 인자하고 현명한 고관입니다."

그 말을 듣고 최린은 기회가 됐다고 생각했다.

"자랄타이 장군. 장군은 참으로 자랑스런 부친을 두셨습니다."

최린이 그 말을 꺼내자, 자랄타이는 놀라면서 물었다.

"예? 무슨 말씀이오?"

"나는 장군의 선친이신 카치운 장군의 공로와 인품을 잘 알고 있소. 카치운 장군은 칭기스칸에게 큰 공을 세웠고, 고려에 와서도 좋은 일을 잘하고 돌아갔지요. 참으로 훌륭한 분이었습니다."

"아니, 최 대감. 당신이 어떻게……"

카치운(Qachiun, 蛤眞 또는 合赤溫)은 1218년 동진군과 몽골군을 이끌고 고려에 들어와서, 여몽 합동작전을 벌여 강동성의 거란적을 물리친 몽골군의 원수다.

몽골이 만주에서 거란족의 반란을 추격하다가 그들이 고려를 침공했을 때, 카치운은 고려로 들어와 고려군과 연합하여 강동성에 들어가 농성하던 거란인들을 섬멸하고 고려와 형제조약을 맺어 고려를 속국화하고 돌아간 칭기스의 장수다.

카치운은 온화한 모습으로 고려를 다녀갔지만, 그의 아들 자랄타이는 고려 침공군 원수가 되어 고려에 6년간 주둔하면서 혹독한 전쟁을 벌였다.

"아니, 최 대감. 내가 카치운 장군의 아들임을 당신이 어떻게 알고 계시오."

"나는 우리 왕자를 모시고 몽골에 다녀왔습니다. 카라코럼에 머물러 있으면서 몽골의 역사와 칭기스칸의 전쟁, 장수들의 공로에 대해 많이 듣고 배울 기회가 있었지요. 장군도 선친의 덕행을 이어받아, 그분의 명예를 지켜주길 바랍니다."

"……"

"더구나 장군 집안은 중국 정벌에 애쓰다가 돌아간 무칼리(Muqali) 국왕과 같이 우리 고려인 계열의 후손입니다. 그래서 칭기스칸이 무칼리 원수와 카치운 장군을 이 동쪽으로 보낸 것입니다. 고려에 대해서 장군도 선친처럼 관인(寬仁)을 베풀어 주시오. 카치운 원수의 선행이 장군의 출세를 가져온 것입니다. 장군도 후손들을 위해서 선행을 베푸시기 바랍니다."

최린의 카치운 발언이 있은 뒤로 자랄타이의 태도가 눈에 띌 정도로 누그러졌다.

"대감의 청을 받아들여 내일 날이 밝는 대로 고려의 피로민 일부를 석방하겠소이다."

"고맙소이다, 장군."

자랄타이가 겸손한 음성으로 말했다.

"내가 최린 대감에게 졌습니다."

다음날 아침 최린은 일찍 일어나 고려인들이 모여 있는 곳으로 갔다.

"고생이 많소. 나는 강화에서 온 참지정사 최린이오. 몽골군 원수와 만나 그대들 중에서 부녀자와 노약자 등 일부를 석방해 주기로 합의했으니, 그리들 아시오."

"고맙습니다, 대감."

"남자들은 몽골군의 부역을 해야 하니까 그대로 더 남아있게 될 것이오. 그리 알고 저들의 말을 잘 들으며 참으시오. 난세에는 참고 견디는 것이 약자의 살 길이오."

"알겠습니다, 대감."

백성들은 구세주를 만난 듯이 기쁘고 고마워하고 있었다.

자랄타이가 부하 장수들과 함께 말을 타고 나타나 말했다.

"여기 최린 공의 청탁이 있어, 너희들 중에서 부녀자와 노약자들을 석방한다. 석방된 자는 집으로 돌아가 생업에 종사하라."

자랄타이는 약속대로 노약자와 부녀자, 어린이들을 모두 풀어주었다. 몽골군은 젊은 장정들만 데리고 다시 남쪽으로 떠났다.

몽골군이 고려인 포로들 일부를 석방한 다음, 최린과 자랄타이는 말머리를 가지런히 해서 남진하는 몽골군의 선두에 서서 산청 쪽으로 향했다.

최린이 말했다.

"포로들을 풀어주어 정말 고맙소이다, 장군."

"모두 당신의 진지한 부탁 때문이었소."

"예로부터 '착한 일을 많이 한 집에는 반드시 경사가 많이 난다' (積善之家 必有餘慶)고 했습니다. 장군이 그렇게 선한 일을 베푸시니 앞으로 장군의 집 후손들은 그 덕택에 많은 복을 누리게 될 것이오."

"문신인 최 대감이 내게 들려주는 논리적인 병법 설명에는 장수인 내가 참으로 감복하고 있소이다."

최린의 마상 설득은 이날도 계속됐다.

"몽골도 이제 세계를 다스리는 대국이 되었으니 사람을 귀하게 생각하고 불쌍하게 여겨서, 죄 없는 사람들이나 약한 사람들 그리고 어린아이들은 건드리지 말아 주시오."

"전쟁이 벌어지면 그 정도의 희생은 어쩔 수 없는 일이오."

"살생을 가려서 하면 됩니다. 전쟁에서 이기는데 아무 필요가 없는데도 사람을 죽이고 집을 불태우면 되겠소이까. '악한 일을 많이 한 집에는 반드시 재앙이 많이 생긴다'(積惡之家 必有餘殃)했으니, 장군의 집안에 그런 일이 있어서야 되겠습니까. 앞으로는 군사들에게 살생과 방화를 하지 않도록 타일러 주십시오. 길게 보면 어차피 우리 고려와 몽골은 앞으로 화해해서 서로 협력하며 살아가게 되지 않겠소이까?"

"어허, 이 천하의 용장 자랄타이가 대감의 말을 듣고 자꾸 약해지고 물러져서 앞으로 전쟁을 못하겠군요. 그러나 살상이든 방화든 모두 고려가 항복하지 않기 때문에 생기는 일들이니, 고려는 빨리 항복하고 강화도에서 나오시오."

"우리를 보고 자꾸 항복하라 항복하라 하는데, 그것은 우리에겐 계풍포영(繫風捕影)일 뿐이오. '바람을 잡아매고 그림자를 붙잡으려 하는' 것처럼 부질없다는 말이외다. 나라를 세웠으면 지켜나가야 하는 것이 마땅한 일이요, 외군이 쳐들어왔으면 싸워서 쫓아내는 것이 당연하지 않소이까? 몽골군이 우리나라에 들어와 있는 한, 우리는 나라를 지키기 위해 저항을 멈출 수 없소이다."

"병법에 능한 최 대감. 질 싸움은 하는 것이 아니오."

"당신네 몽골 사람들은 그런지 몰라도 우리 고려인들은 그렇지 않소이다. 상대에게 잘못이 있으면 비록 질 싸움임을 알면서도 우리는 싸워왔소. 고려인들은 싸울 명분이 있으면 끝까지 싸우는 사람들이오. 몽골군이 쳐들어와서 나라를 짓밟고 백성들을 죽이고 있으니, 우리 군사들과 백성들은 싸워야 한다고 믿고 있어요."

"그러나 고려가 어떻게 우리 몽골과 싸워 이기겠소."

"비록 힘이 약해도 끈질긴 정신으로 싸우면 강한 적을 물리칠 수도 있습니다. 역사엔 그런 예가 많아요. 칭기스칸도 약한 군사력으로 메르키트·타타르·케레이트·나이만 등 강한 국가들과 싸워 초원을 통일하지 않았습니까. 작고 약한 몽골이 크고 강한 금나라와 코라슴을 쳐서 이기지 않았습니까. 고려는 약해도 고려인은 강합니다. 강한 적과 싸워 이길 수 있는 백성들입니다."

그 말에 자랄타이는 기가 차다는 표정을 지으며 말했다.

"고려인들은 참으로 대단한 민족이오."

"그래서 몽골군이 물러나가지 않으면 고려와 몽골의 전쟁은 끝이 없는 만년전쟁(萬年戰爭)이 될 것이오. 이 전쟁은 결국 끝나지 않고 계속될 무한전쟁이 됩니다."

"만년전쟁·무한전쟁이라니, 왜 그렇소이까?"

"무릇 전쟁에서 이기려면 육지의 길목이나 물가의 나루터 등 수륙교통의 요지가 되는 상대방의 관진(關津)을 장악해서 상대방의 기동을 봉쇄하고 목줄을 끊어야 하오. 그런데 지금 당신네 몽골은 어디 그렇소이까? 몽골군은 병력이 적고 험산에 미숙해서 우리나라의 관(關)들을 장악하지 못하고, 수전에 또한 약하니 바다와 하천의 진(津)을 통제할 수가 없습니다. 그러니 전쟁이 끝날 리가 없지요"

"아니, 최 공은 문신인데 어찌 그렇게 병법에도 무인 이상으로 소상한 부분에까지 훤히 통하고 있소이까?"

"나라에서 벼슬하려면 문신도 병학을 알아야 하고 무장도 경사(經史, 경학과 역사)를 배워야지요. 고려에선 경사와 병학을 알지 못하면 문무 모두가 고급의 반열에 오를 수 없습니다."

최린은 과장해서 말해 두었다.

자랄타이는 놀라 말했다.

"그렇소이까? 우리와는 많이 다르군요. 우린 무인들이 문무의 관직을 맡고 있지요. 그래서 병학에 대해서는 어느 정도 알고 있으나 경사에는 전혀 어둡습니다. 그러나 최근 들어 나라가 커지고 중국인들이 많이 들어와 고위직을 맡으면서, 몽골의 고위 인사들 중에 경사를 아는 사람이 좀 늘었을 뿐이지요."

"어쨌든 몽골군은 우리 고려에서 관진을 장악하지 못한 채 절대로 끝날 수 없는 만년전쟁에 묶여있을 것이 아니라, 이만 빨리 전쟁을 멈추고 물러가는 것이 현명할 것이오."

"나는 도무지 이해되지 않는 일이 하나 있소. 고려의 임금과 귀족들은 자기들만 살겠다고 백성들은 팽개친 채 섬으로 피해 들어가 나오지 않으면서 저항을 계속하고 있습니다. 그래가지고도 나라가 지켜지겠소이까."

"우리가 몽골이 말하는 조정의 출륙과 임금의 친조를 거부하는 것은 몽골이 이 전쟁에서 결코 이길 수 없으리라는 것을 확신하고 있기 때문이오."

"최 공. 전쟁이란 상하가 하나가 되어야만 할 수가 있고, 그래야만 이길 수 있소. 그런데, 지금 고려는 그렇지 못하오. 조정과 백성의 생각이 다르니 지방에서는 반역과 민란이 잇달아 일어나고, 문신과 장수의 생각이 서로 틀리니 조정에서는 문무간의 시비가 그치지 않고 있소. 그래 가지고서야 어떻게 나라를 지키고 전쟁을 치른단 말이오?"

이번에는 최린이 잠자코 있었다.

자랄타이가 계속했다.

"우리의 요구는 간단하오. 국왕입조와 출륙환도. 그것이 뭐 그리 어려운 일이오? 출륙환도는 고려의 임금과 조정에서도 바라는 바일 것이니, 고려왕이 최항을 데리고 우리 황도(皇都)에 한 번 다녀오면 일은 다 해결됩니다. 이렇게 많은 백성들이 죽고 잡혀오고 재산을 태우고 있는데 임금된 사람이 신하들을 거느리고 섬 속에 들어가 숨어서 나오지 않고 있으니, 우리로서는 도무지 이해되지 않는 일이오. 중국이나 고려에 와서 들으니, 그대들은 백성이 정치의 근본이라고 하면서 민본정치(民本政治)를 강조하고 있던데, 최 공은 그래 지금 고려가 그런 백성 위주의 민본정치를 하고 있다고 보시오?"

"우리 임금은 몽골의 황도에 가실 수가 없습니다. 연로하고 병약하셔서 먼 길을 떠나실 수 없는 데다 외군이 들어와 있는 국가 비상시기에 나라를 비울 수는 없습니다. 임금과 조정은 나라를 지켜야 하는데 그들이 모두 몽골에 잡혀가면 나라가 어떻게 부지될 수 있겠소?"

"잡혀 가다니오? 그런 오해는 하지 않아도 됩니다. 항복하면 나라가 보전되고 임금이 자기 자리를 지킬 수 있소. 이것이 칭기스 다칸 이래 계속되어 온 우리 몽골의 일관된 정책이오. 그리되면 백성들도 전쟁 없이 잘 살 수가 있는데, 고려왕은 무엇이 두려워서 섬에 들어앉아 있단 말이오."

"몽골의 정복전쟁을 지켜보니, 멀리는 서하와 서요·코라슴을 멸망시켰어요. 가까이는 금나라, 동진국, 대수요국도 멸했더이다. 그런 것을 본 우리가 어떻게 마음을 놓을 수 있겠소?"

"그렇지 않소이다. 저 서역의 위구르(回紇) 왕국이나 카를루크(葛邏祿) 왕국을 보시오. 그들은 스스로 항복을 청해왔기 때문에 우리 황실의 부마국(駙馬國)이 되어 나라와 왕위를 보전하고, 우리 제국의 보호 하에 잘 지내고 있소."

"그러나 우리 고려는 이렇게 저항하며 몽골에 피해도 많이 주었소. 그런 고려를 몽골이 그냥 두겠소이까?"

"사실 고려 때문에 우리는 유능한 장수와 많은 군사를 잃었소. 우리가 아직 송나라를 멸하지 못해서 고려와의 전쟁이 이렇게 오래가는 것이오. 다른 나라에 대해서는 임금을 내쫓고 나라를 취했지만 고려에 대해서는 그리 하지는 않을 것 같소."

"그리하지 않는다니, 그게 무슨 소리요? 좀 자세히 말해 주시오."

"그야 우리 황제께서 하시는 일인데, 내가 어떻게 알겠소. 허나, 우리 황제의 심중과 그간 우리 중서성 사람들의 얘기를 전해들은 바에 의하면,

고려는 항복해도 임금의 자리와 나라의 명맥은 유지되지 않을까 하는 느낌을 받았소이다."

최린은 이런 기회를 놓치지 않겠다는 자세였다.

"그 느낌이라는 것을 몽골이 확실하게 보장해 준다면, 우리 고려는 출륙환도는 물론 그 밖의 요구에도 인색하지 않을 것이오. 그리 해줄 수 있겠소?"

최린은 기대어린 눈으로 자랄타이를 바라보았다.

"미안하오. 나는 그것을 확실히 보장할 수 있는 입장에 있질 않소이다. 그러나 임금이 최항과 함께 출륙하면 고려정벌군의 원수인 나는 우리 군사를 돌려 철수할 것이오."

자랄타이는 진정으로 미안해 하고 있었다.

임금은 문제가 아니지만 최항이 응할 리가 없다. 최항이 문제였다.

최린이 그렇게 생각하면서 지리산 계곡을 지날 무렵, 자랄타이가 말했다.

"산세가 무척 험하군요."

"이것은 지리산 자락입니다. 우리 고려엔 이렇게 크고 험한 산이 많습니다."

"우리 몽골은 초원을 이루고 있는 나지막한 야산의 풀밭과 사막이 대부분입니다."

"우리나라 산들은 험하고 깊을 뿐만 아니라, 그 안에는 맑은 물이 흐르고 야생의 각종 과일과 사람이 먹을 수 있는 풀들이 많습니다. 몸에 좋은 약초도 많구요. 저 울창한 숲 속에는 각종 산짐승도 많습니다. 그 과일과 풀과 짐승으로도 백성들은 무난히 해를 넘길 수 있습니다."

"그래요? 그렇다면 우리가 아무리 쳐도 고려군이 이 산 속에 들어가 계속 항전할 수도 있겠군요."

"몽골군이 계속 우릴 친다면 우리는 그렇게 할 수밖에 없지요. 우리 산천과 육해는 은산철벽(銀山鐵壁)과 같아서 몽골이 고려를 군사력으로 정복할 수는 없을 것이오. 물을 건너서 섬으로 들어가 둔취(屯聚)하거나 산에 들어가 산채에서 농성(籠城)하면서 버틸 것이니까요."

은산철벽이란 '넘기 어려운 은산과 뚫기 어려운 철벽을 합친 것'으로, 도저히 파할 수 없는 험지를 의미한다.

"최 공의 말을 액면대로 믿어도 되겠소이까?"

"지금까지의 전쟁 상황으로 보면 장군이 더 잘 알 수 있는 일이 아니오?"

이런 말들을 주고받으면서 그들은 경남의 단계현(丹溪縣, 산청군 단성면)에 이르렀다.

12월 들어 헤어질 때가 됐다. 아침을 같이하는 자리에서 최린이 말했다.

"헤어지기 서운하군요."

"여기까지 오면서 대감과 정이 많이 들었소이다."

"나도 마찬가지입니다. 그 동안 신세 많았습니다. 좋은 술과 특이한 음식들이 아주 인상 깊었습니다."

"고맙습니다. 그러면 우리 몽골의 입장을 정리해서 말씀 드리지요. 집정인 최항이 임금을 모시고 출륙하면, 나는 즉시 고려에서 회군하겠소. 됐소이까?"

최린은 고종이 몽골의 황도로 가야한다는 지금까지의 국왕친조가 아닌 것에 안도하면서도, 씁쓰름한 표정으로 말했다.

"알았소이다. 그러나 대단히 어려운 일일 것이오. 허나 몽골이 우리 임금과 국가의 보전만 약속해 준다면, 우리는 그 조건을 받아들일 수도 있을 것이외다. 아무쪼록 몸조심하였다가 후에 다시 만납시다."

이것이 상주에서 산청까지 오면서 최린이 자랄타이를 상대로 벌인 마상외교(馬上外交)의 결론이었다. 몽골의 입장은 좀 명확해졌지만 진전된 것은 없었다.

최린은 몽골인들이 도처에서 벌이고 있는 살상·방화·약탈이 걱정되어 다시 말했다.

"거듭 부탁컨대 제발 사람을 죽이거나 집에 불을 지르지 마시오. 더구나 죄 없고 약한 여자나 노인·어린아이들을 건드리지 말게 해 주시오."

"같은 말을 계속 하는군요."

"장군의 약속이 없기 때문이오."

"내가 그대의 요청대로 많이 석방하지 않았소이까?"

"앞으로는 아예 잡지도 말아야 합니다. 장군도 선친인 카치운 원수처럼 인자하게 행동하여 가문과 후손에 복이 오기를 바라겠습니다."

최린은 그 말을 남기고 산청에서 자랄타이와 헤어져 다시 강화로 돌아왔다. 그러나 몽골의 철군조건은 분명해졌다. 그것은 최항이 고종을 데리고 강도에서 나와 개성으로 나오라는 것이었다. 문제는 고려가 그 조건을 받아들이느냐 여부였다.

몽케 식의 잔혹한 전쟁

상주의 백화산성에서 패하여 성을 포기한 채 군사를 이끌고 남진을 계속한 자랄타이(車羅大, 차라대)는 최린과 헤어진 뒤, 산청을 거쳐 진주 쪽으로 가다가 지리산 기슭에 이르러 둔영을 쳤다.

자랄타이는 거기에 머물러 있으면서 수시로 말을 타고 나가서 사냥을 즐기기도 하고 주변을 정찰하며 다니기도 했다.

언젠가는 기병들의 호위를 받으며 남으로 내려가 바닷가에 이르렀다. 그는 거기서 바다를 감개무량하게 바라보면서 부하들에게 물었다.

"이 바다는 무엇인가?"

"고려의 남쪽 끝에 있는 바다입니다. 고려인들은 이것을 남해라고 부릅니다."

"이 바다는 섬도 많고 경관도 아주 좋구나. 참으로 평화스런 모습이야."

"섬이 많아 고려인들은 이 바다를 다도해(多島海)라 합니다. 경관이 아름답고 해산물도 많아서 고려인들이 해상낙원이라고 자랑하는 바다입니다."

"저기 보이는 섬들을 지나 계속 가면 어떻게 되는가?"

"일본국이 나옵니다."

"우리와 비슷한 사람들이 산다는 그 섬나라 말인가?"

"그렇습니다, 원수."

"일본은 어떤 나라인가?"

"국토가 여러 개의 섬으로 된 도국(島國)입니다. 오래전에 고려에서 건너간 사람들이 황실을 만들고 조정을 꾸며, 지배하고 있는 나라입니다. 지금의 일본 군주는 바로 고려계 사람입니다."

"일본과 고려는 같은 종족인데, 고려계 사람들이 건너가서 그곳에 있던 백성들을 지배하고 있다는 말이군."

"그렇습니다, 원수."

나도 고려계라고 하는데……

자랄타이는 자기네 선조들이 고려쪽에서 서쪽으로 이주하여 자무카 (Jamuqa) 부족에 속해 있다가 칭기스 진영으로 옮긴 고려계 혈통이라는 사실을 떠올렸다. 바로 자랄타이의 선친 카치운은 무칼리와 함께 칭기스에 투항하여 공을 세운 몽골의 훈신이다.

"그러면 일본도 우리 몽골인과 같은 종족이 아닌가?"

"그렇습니다. 우리와 고려·일본·여진·거란이 민족(民族)은 서로 다르지만, 모두 같은 종족(種族)입니다. 그래서 말은 다르지만 비슷한 단어가 많고, 어순이 같아서 서로 배우기가 쉽습니다. 우리 몽골인과 고려인이 같은 종족이면서 분화해서 각기 다른 민족, 다른 나라가 되어있지 않습니까. 마찬가지로 일본도 원래 이 고려 땅에 살던 사람들이 오래 전에 이 바다를 건너가서 고려와는 다른 민족, 나른 나라가 됐습니다."

"일본에서 고려인의 지배를 받고 있는 백성들은 어떤 사람들인가?"

"그곳 원주민과 남방에서 건너간 사람들입니다. 그러나 중국이나 고려에서 나중에 건너간 사람들이 더 많습니다."

"음, 일본이라. 고려 다음엔 일본이 우리의 목표가 되겠구나."

자랄타이는 오랫동안 그 자리에 서서 남해를 바라보다가 자기 군영으로 돌아갔다.

이듬해 고종 42년(1255) 정월이었다. 평안도 지역의 몽골군 부대에서 피로민 하나가 도망하여 강도로 들어왔다. 그가 조정에 들어가서 말했다.

"남쪽으로 내려가 있는 몽골군이 몽골 황제 몽케의 철수명령을 받아 모두 북계 방면으로 철수한다고 합니다. 그들은 압록강 양편에 주둔하여 다시 준비를 갖추고 있다가, 여름에 다시 남쪽을 공격할 것이라고 합니다."

경상도 남쪽 깊숙이 내려갔다가 고려인의 끈질긴 유격전에 부딪쳐 피해가 많아지자, 자랄타이는 군대를 북으로 철수시키고 있었다. 겨울이 온 때문이었다.

한반도 남단까지 갔던 자랄타이가 북상하기 시작하여 선공부대를 이끌고 개경에 도착한 것은 그해 정월 20일이었다. 그는 개경의 보정문 밖에다 둔영을 치고 몽골군의 활동을 지휘하고 있었다.

자랄타이는 병력의 대부분을 강화도의 대안인 개풍군의 승천부와 파주의 교하 등 이른바 삼강지역(三江地域)[94]에 배치해 놓고 있었다. 갑곶강 건너편의 통진과 개경 외곽의 승천부에도 기병을 보내 시위했다. 그때 그는 영녕공 왕준과 홍복원을 데리고 다녔다.

몽골군은 강화도를 위협하는 한편 민간인을 상대로 살육·강탈·방화를 일삼았다. 그러던 중 다시 북상하여 북계 지방의 여러 곳을 약탈 방화하던 몽골군이 그해 고종 42년(1255) 2월 초순 일단의 군사를 철령(鐵嶺)에 주둔시켰는데, 그때 등주(登州, 함남 안변)의 고려군 별초가 이들을 협공하여 섬멸시킨 일이 있었다.

고려군에 일격을 당한 자랄타이는 그해 2월 하순에 군사를 다시 북으로 철수시켰다. 북으로 올라간 몽골군은 대부분 압록강 하안인 의주·정주와 청천강 남안의 안주 일대에 머물러 휴식케 하면서, 다음 공격을 위한 준비를 해 나가고 있었다. 그때의 몽골군의 천막은 형제산(兄弟山)에서 압록 강에 있는 대부성(大府城, 대부영)에 이르기까지 의주 일대의 온 벌판을 가득 메웠다.

---

94) 삼강지역; 한강·임진강·예성강 등 세 개의 강의 입구 유역. 지금의 풍덕·파주·김포가 이에 해당된다.

일반 유목민들과 마찬가지로 몽골인들도 목초가 돋아나는 봄이면 초원을 찾아다니며 방목하여 가축을 먹이고, 남자들은 떼를 지어 사냥을 나간다.

가을이 되어 날씨가 추워지면 흩어졌던 사람들이 다시 마을로 모여든다. 그들은 씨족·부족 단위로 집단을 이루어, 여름에 쌓아 놓은 먹거리를 먹으며 잔치도 베풀면서 추위와 싸우며 살아간다. 그 먹거리를 노리고 쳐들어오는 적이 있으면 그들과도 싸워서 이겨야 생존할 수 있다.

유목인들은 평생 동안 이런 이합집산(離合集散)의 생활 방식을 계속하고 있다. 여름이면 몸을 단련시켜 능률을 올리고, 겨울이면 내년을 위해 준비하는 것이다. 이런 방식은 전쟁 때에도 계속됐다.

고려에 들어온 몽골군들이 늦가을이면 북으로 올라가 압록강 주변에서 겨울을 나고, 봄이 되면 다시 출격하여 남쪽으로 내려오는 것도 그런 유목생활 방식의 재현이었다.

1255년 겨울, 자랄타이의 북방이동은 그런 유목민 특유의 생활방식에 유래된 전술이었다. 당연히 본국의 황제에게 건의해서 사전에 허락을 받아 시행했다.

몽골군이 북으로 철수하자 고려 조정에서는 강도 일대에 폈던 계엄을 해제했다. 자랄타이의 첫번째 출격이 끝난 것이다.

5월이 되어 말이 뜯어먹을 수 있는 풀이 돋자 몽골 기병 30여 기가 평양 서남쪽인 평남의 용강(龍江)과 함종(咸從, 강서군 함종면) 일대에서 말과 소를 약탈해 가더니, 8월 18일에는 청천강 남쪽을 다시 약탈했다.

이런 자랄타이군의 남진 약탈은 재공격의 서막이었다. 그들은 본격적인 출격에 앞서 고려의 사정을 정찰하면서 군사작전에 필요한 물자를 조달했다. 자랄타이의 두번째 출격이 시작된 것이다.

8월 24일에는 몽골군 선공부대가 강화도 북쪽 건너편의 승천부에 와서 무력시위를 벌였다. 강도조정에서는 풀었던 계엄을 다시 선포했다.

그해 10월에는 충주의 정예군사들이 대원령(大院嶺)[95]에서 영남으로 가던 몽골군을 습격했다. 일대 접전이 벌어졌다. 그 싸움에서 몽골군 1천 여 명을 살해하여 또 한 번 대첩을 올렸다. 대원령은 충주와 문경 사이에 있는 군사적인 요충이었다. 이것을 넘으면 바로 경상도다. 적군이 일단 경상도에 들어서면 물리치기 어렵기 때문에 충주의 중요성이 컸다. 충주는 그런 기능을 충분히 해냈다.

여섯 번의 몽골군 침공 중에서도 자랄타이군의 행패가 가장 심했다. 여러 도의 군현에서는 난리를 겪느라 먹을 것이 떨어져 비참한 일들이 수없이 반복됐다.

대구 팔공산의 공산성(公山城)에 입보한 백성들 중에 굶어 죽는 사람이 특히 많았다. 어쩌다 먹을 것을 조금 찾으면 자기부터 먹어야 했다. 늙은 부모나 어린 자식들이 있지만 그들을 생각할 겨를이 없는, 동물과 하등 다를 바 없는 삶이었다.

'기근이 드는 해에는 육친(六親, 부모 형제 처자)도 없다'(荒年無六親)고 했다. 이런 일이 이때 고려 전역에서 일어나고 있었다.

그래서 '노인과 어린아이들의 시체가 구렁을 메웠다. 심지어 아이를 나무에 잡아매고 떠나는 자도 있었다'[96]고 전한다. '하나가 죽으면 다수가 산다'(一死多生)는 말은 그때 어른들이 어린아이들을 방치해서 죽게 하는 명분이 됐다.

몽골군은 그 후 6년 동안 고려에서 아주 철수하지 않고, 겨울이면 북계 지방에 주둔하면서 강화도 조정에 대해 외교적 압력을 가하고, 응하지 않

---

95) 대원령; 충북 중원군 상모면 미륵리와 경북 문경읍 관음리 사이에서 영남과 중부 호남을 매개하는 한 헌령(寒暄嶺, 하늘재)으로 추정되고 있다. 그러나 그 부근의 계립령(鷄立嶺, 지릅재)이라는 주장도 있다. 지릅재는 중원군 대사리에서 미륵리로 넘어가는 고갯길을 말한다. 대원령과 계립령 사이의 분지에 고려시대 이룩된 미륵대원사가 있다. 한편 한훤령과 계립령은 같은 것이고, 시대에 따라 명칭이 바뀌었을 뿐이라는 주장도 있다. 즉 한훤령이 신라 때는 계립령, 고려때는 대원령으로 불렸다는 것이다.
96) 원문은 老弱斃至有繫兒於樹而去者(노약폐지우계아어수이거자); 고려사 고종 42년 3월.

으면 봄을 기다려 군대를 풀어 남쪽 지방에 출격하곤 했다.

그러는 동안 고려의 피해는 늘어만 갔다. 몽골에 의한 고려의 피해는 역대 여섯 차례의 침공 중에서 과격파 황제 몽케와 끈질기고 잔혹한 자랄타이가 치른 제6차 침공 때가 가장 심했다.

고려사의 기록은 몽골의 제6차 고려침입 첫 해인 고종 41년(1254) 7월부터 연말까지 6개월 동안 몽골군에 포로된 자가 20만 6천 8백 명이고, '살륙된 자는 수를 헤아릴 수가 없다'(殺戮者不可勝計)고 밝히고 있다.

그해 조정에서는 고려의 역대 왕들을 모신 태묘에 제사를 올렸다. 그때의 기고문(祈告文)은 전란으로 인한 나라 사정을 이렇게 쓰고 있다.

몽골 침공에 대한 태묘 기고문

지난 신묘(고종 18년, 1231)년부터 불측한 오랑캐(몽골)가 북방을 유린하기 시작하여 차츰 남방에까지 기어들음으로써, 우리로 하여금 아름답고 큰 서울을 버리고, 자그마한 바다 섬으로 들어오게 했습니다.

강약이 같지 않아서 서로 겨루지 못하여, 우리는 공납을 깍듯이 하고 겸손한 말로 신이라 가칭하며 예절을 갖추어 볼모를 보내고 자제를 뽑아서 그 나라 정부에 보냈으며 관원들을 거느리고 나가서 그들의 군사를 영접했습니다. 지칠 대로 지친 백성들에게 물품을 거두어서 바쳐야 했고, 원래 약한 우리나라에서 군사를 강제로 징발하게 되었습니다. 화친을 교섭하기 위한 사절이 도로에 잇대었건만, 적의 침입은 멎을 사이가 없습니다. 불시에 갔다가 불시에 오더니, 지금은 우리 영토에 깊이 들어와 있습니다.

더구나 우리나라에서 죄를 짓고 달아나서 저들에게 투항한 자들이 우리 내부 사정을 낱낱이 고해바치기 때문에, 적들은 유리하게 되고 우리 백성들의 형편은 궁하게 됩니다. 백성은 힘이 궁해서 죽은 자는 해골을 묻지 못하고, 살아남은 자는 노예가 되었습니다. 그 때문에 부자가 서로 의지하지 못하고, 처자는 서로 만나보지 못하고 있습니다.

그때 고려의 모습은 '사람의 눈으로는 차마 볼 수가 없는' 목불인견(目不忍見)의 참상이었다.

그러나 시중이면서 교정별감을 맡아 국권을 독단(獨斷)하고 있던 최씨 정권의 제3대 집정자 최항은 끝내 항복을 거부하면서 피난지 강도(江都)에서 수시로 대규모의 호화 연회를 베풀었다.

일식만전(一食萬錢). 그들은 '한 끼 식사에 만금을 소비하는 정도'의 호화판 연회를 수시로 열었다. 그 중에서도 고종 42년(1255) 2월 17일에 있었던 연회는 특히 사치스럽고 호화로웠다.

이날 최항이 내전에서 베푼 연회에는 최항의 초청을 거역할 수가 없어서 임금인 고종과 태자 왕전, 많은 귀족이 참석했다. 최항은 악사들을 불러 밤이 깊도록 음악을 연주하고 노래를 부르게 하면서 주연을 벌였다.

몽골군의 패퇴

몽골군의 행패가 심하기는 했지만, 그들의 피해도 늘어갔다. 자랄타이는 충주에서 대패한 이후 여러 곳에서 고려인들의 습격을 받아 그 이남으로의 전진이 저지되고 군사들의 희생이 잇달았다.

이렇게 몽골군의 피해가 계속 늘어나자 몽골 군영에서 참모 장수들이 자랄타이에게 건의했다.

"고려군의 저항이 완강합니다. 멀리 이곳 남쪽에 내려와 있을 것이 아니라, 서경으로 철수해서 그곳 북계지역에 둔영을 치는 것이 어떻겠습니까?"

"이제는 북으로의 이동 자체도 위험하게 됐다. 우리가 이긴 것이 없는데 다시 군사마저 북상시킨다면 쫓겨 가는 것이 아니겠는가?"

"우리는 계절에 따라 부대를 이동해 왔습니다. 그런 관행대로 해도 될 것입니다."

"황제의 철수명령이 없는데 어떻게 철수하겠는가. 고려의 항복이 없는 한, 나는 차라리 죽을지언정 여기서 물러날 수는 없다."

그러면서 자랄타이는 군사를 전라도 쪽으로 진출시켰다. 그는 무등산(無等山)에 둔영을 치고 군사 1천 명을 풀어서 전라도 일대를 심하게 약탈했다.

자랄타이는 어느 날 장수와 참모들을 불러놓고 말했다.

"고려가 강화 섬에 고립되어 있으면서도 저렇게 버티는 것은 해로가 트여있기 때문이다. 우리가 수전에 약한 것을 저들이 알고, 뭍에서 사람과 물자를 징발해서 해로를 통해 강화로 들여가고 있다. 고려를 항복 받으려면 강화도로 통하고 있는 수로를 차단해서 강도 조정의 생명선인 조운체계를 없애야 한다."

고려의 수로조운 체계는 크게 바다에서의 해로조운(海路漕運)과 육지에서의 하천조운(河川漕運)으로 되어 있었다.

그러나 육지에서는 이미 몽골 기병대가 자유롭게 기동하고 있었기 때문에 하천 조운은 파괴된 지 오래였다. 그때의 고려 조운체계는 주로 해로에 의존하고 있었다. 경상도와 전라도, 충청도에서 생산되는 식량과 특산물들을 가까운 항구로 옮겨놓았다가 배로 실어서 서해의 항로를 통해 강화로 실어 갔다.

몽골군의 참모와 장수들이 자랄타이의 고려 조운체계(漕運體系) 파괴 전략에 동조하고 나섰다.

푸보타이(Fubotai, 甫波大)가 말했다.

"그렇습니다. 서해안 앞 바다를 운항하고 있는 뱃길을 끊어야 합니다."

예수투(Yesutu, 余速禿)가 나섰다.

"우리가 섬을 정벌할 수 있다면 고려는 더 이상 버틸 수 없습니다. 그리되면 그들의 항복은 기정사실입니다. 언제 항복하느냐 하는 시간문제일 뿐입니다."

자랄타이는 확신을 얻은 듯이 말했다.

"그래, 그럴 것이야. 우리가 저들의 뱃길을 끊어 강화도를 봉쇄하고, 저들이 입보해 있는 섬들을 공격하려면 수군을 길러야 한다."

예수투가 말했다.

"쉬운 일은 아닙니다. 그러나 우선 고려인들을 시켜 배를 만들게 하고,

우리 군사들에게 수전 훈련을 시킨 뒤에, 저들이 입보하고 있는 섬들을 하나하나 정벌하면 될 것입니다."

"그리 하도록 하자. 우리 힘만으로는 안 된다. 고려인들을 동원해야 해. 우리 군에 와있는 윤춘을 잘 활용토록 하라."

윤춘(尹椿)은 양근성(陽根城, 경기 양평) 방호별장으로 나가 있다가 성이 몽골군에 포위되자 싸우지도 않고 부하들을 이끌고 항복한 자다.

그 후 윤춘은 원주성에 가서 방호별감 정지린(鄭至麟)에게 항복을 권유하는 등 몽골군의 앞잡이로 협력하고 있다가, 자랄타이의 몽골군 본진을 따라 전라도 지역에 내려와 있었다.

몽골군은 지금까지 연말이나 이듬해 정월에는 정벌작전을 일단락 짓고 북으로 철수했다가, 여름이 되면 다시 공격을 시작하는 것이 일반적인 관례였다. 그러나 이때에 이르러서는 남쪽에 머물러 전쟁을 계속해 나갔다.

고종 42년 10월 충북 대원령 전투에서 패하여 그대로 남진해 온 자랄타이는 북상하지 않고 있었다.

자랄타이는 이듬해 고종 43년(1256)에 들어서는 진을 전남 무안군의 다경포(多慶浦)로 옮겼다. 다경포는 무안의 운남면 성내리에 있는 지금의 다경진(多慶鎭)이다.

자랄타이는 우선 압해도(押海島, 전남 신안군 압해면)부터 치려는 계획이었다. 그래서 전라·충청 일대에서 고려인 기술자들을 잡아다가 조선에 착수해서 배 70척을 마련했다. 압해는 전남 무안과 마주보고 있는 섬이다. 육지에서 멀지 않기 때문에 함평·무안·나주·영암 등의 인근 사람들이 많이 입보해 있었다. 이 섬을 점령하면 고려에 대해 몽골군의 수전 능력을 과시하면서, 그 앞바다로 통과하는 조운선을 차단할 수 있게 된다.

고려가 몽골군에 항복하지 않고 바다를 방패로 항전을 계속하자, 몽골은 이미 오래 전부터 수전을 생각해 왔다. 이 오랜 시도가 자랄타이에 이르러 실천단계에 들어서게 된 것이다.

자랄타이의 움직임에 대한 정보는 속속 강도 정부에 들어갔다. 항몽파 장수들이 최항에게 달려갔다.

먼저 송군비(宋君斐, 장군)가 말했다.

"근년 들어 몽골군이 서해안 일대에서 수전을 계획하고, 고려 조운선을 차단하려는 시도가 있습니다. 몽골의 수공작전(水攻作戰)은 우리의 기본 전략인 해도입보를 위협하게 됩니다."

최항이 말했다.

"허용해서는 안 된다. 그건 우리의 생명을 끊는 일이다. 그것은 꼭 막아야 한다."

함께 간 이광(李廣, 장군)이 나섰다.

"저들의 도서정벌 준비가 끝나기 전에 손을 써야 합니다."

"그렇다. 그대들이 이 일을 맡아라."

그래서 고종 43년(1256) 정월 고려 조정에서는 이광과 송군비에게 수군 3백 명을 주어 남쪽으로 내려가게 했다.

그 무렵 자랄타이는 고려 출신의 왕준·홍복원 등과 함께 전남의 해양(海陽, 지금의 광주)과 담양(潭陽) 일대에 포진하면서, 주변 지역을 약탈하여 수전 준비를 계속하고 있었다.

강도를 떠난 이광과 송군비는 그해 3월 영광(靈光)에 이르렀다. 그들은 그 일대에서 배를 만들고 있는 몽골군을 습격키로 하고, 길을 나누어 전진했다. 이광은 수군으로 해상에서 공격하고, 송군비는 보군으로 육지에서 협공하기로 했다. 그러나 고려군의 도착을 몽골 군사들이 미리 알고 방비를 엄하게 하고 있었다.

몽골군의 반격에 쫓겨 이광은 강화로 돌아가고, 송군비는 전남 장성으로 가서 입암산성(笠巖山城)으로 들어갔다.

입암산성은 전북의 정읍군 입암면 하부리와 전남의 장성군 북하면 신성리에 걸쳐있는 둘레 15킬로미터의 큰 석성이다. 주변의 입암산은 높고 험했다. 성안에서는 밖이 훤하게 내다보였지만, 밖에서는 전혀 안을 들여다볼 수가 없는 요새였다.

성안에는 못과 우물이 많아서 물이 마르지 않고, 말 1만 마리를 충분히 키울 수 있다는 산성이다. 성안에는 절도 다섯이나 지어져 있었다.

그러나 송군비가 입암산성에 들어가 보니 말이 아니었다. 젊은이들은 모두 적군에 투항하여 성을 나가고, 노인과 어린아이들만 남아 있었다. 그러나 송군비는 거기서 입보한 사람들을 수습하고 경계를 강화하면서 몽골군과 대치하고 있었다.

약 한 달이 지났을 때였다. 하루는 송군비가 거짓으로 수척하고 약한 사람 몇 명만을 성 밖에 내 보내어 주변에서 서성거리게 했다. 몽골 군사들이 그들을 보고 말했다.

"입암산성의 양식이 떨어졌다. 이젠 공격해도 되겠다."

몽골군 장수가 군사들을 이끌고 성으로 접근해 왔다. 그들이 성 밑에 이르러 외쳤다.

"항복하라. 항복하면 살고, 대항하면 죽는다."

그런 권항소리가 계속되고 있을 때였다.

"야앗, 돌격!"

송군비가 정예병들을 이끌고 성문을 열고 소리를 지르며 뛰쳐나갔다. 곧 육박전이 벌어졌다. 느닷없이 기습당한 몽골군은 대패하여 다수의 시체를 버려둔 채로 도망했다. 송군비는 몽골군 관인 4명도 생포했다.

닭이 먼저냐, 계란이 먼저냐

그 무렵인 고종 43년(1256) 4월이었다. 전라도의 몽골군 둔영에 갔던 신집평(愼執平, 대장군)이 강도로 돌아왔다.

그는 최항을 찾아가서 말했다.

"지금 영녕공은 자랄타이와 함께 담양(潭陽)에, 홍복원은 해양(海陽)에 둔영을 치고 있습니다."

"그 반역자들이 몽골 놈들보다 더 우리를 괴롭히고 있다."

"자랄타이와 영녕공은 저에게 '국왕이 뭍으로 나와서 몽골의 사신을 맞고, 태자가 몽골로 가서 황제에게 입조하도록 하라. 그러면 돌아가겠지만, 그렇게 하지 않는다면 우리가 무슨 말로써 물러가겠는가' 라고 했습니다."

"임금의 출륙영사(出陸迎使)와 태자의 몽도입조(蒙都入朝)가 철군 조건이라, 그 말이군."

"그렇습니다. 저들의 요구는 원래 '출륙환도'와 '국왕입조'였는데, 지금은 전보다 많이 후퇴했습니다."

"그렇다. 우리가 이렇게 버티니까, 결국 저들은 지쳐서 제물에 물러가려는 것이다. 더 두고 보자."

신집평은 물러갔다.

최항은 고종에게 가서 신집평의 발언 내용을 보고했다.

고종이 언짢다는 표정으로 말했다.

"홍복원은 반역의 피가 있는 자이니까 그렇다합시다. 그러나 왕준은 명색이 왕족이면서 몽골군을 따라다니며 그런 짓을 계속하고 있다니, 임금인 나로서도 신료나 백성 보기가 부끄럽소. 허나, 몽골이 철군조건을 완화했다면 그 또한 왕준의 노력인 것 같소. 이젠 왕준에 대한 미움이 다소 덜해지는군."

"그렇습니다, 폐하. 우리가 완강히 저항을 계속하니까, 저들도 그렇게 물러설 수밖에 없었던 모양입니다."

"그럴 것이오."

항몽론을 고수해 온 고종과 최항은 항몽으로 인한 피해가 크기는 하지만 몽골과 접촉이 잦아지면서 몽골이 과거처럼 그렇게 두렵기만 한 상대는 아니라고 생각하기 시작했다.

최항이 물러가자, 고종이 신집평을 불러들였다.

"그래, 양녕공이 아직도 몽골군에 붙어 다니며 저들의 입이 되어 그런 말을 하고 있단 말이냐?"

"그렇습니다, 폐하."

"짐이 뭍에 나가 몽사를 맞이하고 태자가 몽도에 입조한다면 몽골이 군사를 철수시킨단 말이지?"

"그들이 분명히 그렇게 말했습니다."

고종은 슬픈 표정으로 다시 말했다.

"만일 몽골 군사를 퇴각시킬 수만 있다면 짐이 어찌 한 아들과 함께 나아가기를 아끼겠는가. 나는 승천부에 건너가 저들의 사신을 맞고 태자를 몽골에 입조시킬 수도 있다."

신집평은 편전에서 물러 나와 다시 최항에게 갔다.

최항이 고종의 말을 전해 듣고 말했다.

"왕자의 몽골 입조마저 완강히 반대하던 폐하였다. 그러나 지금은 태자의 입조마저 허락하겠다하니 폐하의 입장은 상당히 후퇴했다. 국면을 타개하기 위해서 어차피 그런 과정을 한 번은 거쳐야 한다."

그러면서 최항은 바로 고종이 있는 편전으로 들어갔다.

"어서 오시오, 영공."

"폐하, 힘든 결단을 내리셨습니다. 폐하께서 뭍으로 나가시어 몽사를 맞고 태자 전하를 몽골 황도에 입조케 하신다면 몽골과의 관계에 새로운 국면이 열릴 수도 있습니다."

"그렇게만 된다면 짐이 어찌 그만한 일을 마다하겠소."

"망극합니다, 폐하. 그러시면 그것을 표문으로 써 주십시오. 몽골측과 접촉해 보겠습니다."

"그리 하시오."

고종은 그 자리에서 표문을 썼다. 몽골군이 철군한다면 고종 자신의 출륙영사와 태자의 몽도입조도 주저하지 않겠다는 내용이었다.

최항은 고종의 글을 받아 가지고 가서 신집평에게 주었다.

"폐하의 표문이다. 그대가 이 표문을 가지고 나주로 내려가 자랄타이에게 전해주고 답변을 받아 오라."

신집평은 그 길로 나주로 가서 자랄타이에게 말했다.

"몽골군이 철수하여 돌아간다면 고려의 임금과 조정에서는 장군의 명령대로 따르겠다고 했습니다. 여기 우리 임금의 표문에 그런 내용이 담겨 있습니다."

그러면서 신집평은 고종의 표문을 건네주었다. 자랄타이가 그것을 읽어보고 말했다.

"닭이 먼저인가, 계란이 먼저인가?"

"예?"

신집평은 대답을 못하고 있었다.

"우리는 고려가 먼저 강도에서 나오면 철수하겠다하고, 고려는 몽골군이 먼저 철수하면 나오겠다고 하고 있으니, 문제가 해결되긴 틀렸다!"

"그렇다면 몽골이 먼저 철수해야 합니다. 몽골이 먼저 고려를 침공했기 때문에 고려가 강화로 천도한 것이니까요."

"아니다. 처음에 우리가 들어왔으나 문제가 잘 해결되어 우리는 철수했다. 거기서 문제는 끝났다. 그런데, 그 후에 고려가 조정을 강화로 옮겼다. 그래서 우리 군사가 다시 들어왔다. 고려가 다시 강화에서 개경으로 도읍을 옮기면 우리가 그것을 확인한 다음 철군하겠다. 그리되면 모든 문제는 끝난다. 따라서 고려가 먼저 우리 요구에 응해야 우리는 고려의 요구에 따라 군사를 철수하겠다."

"장군이 해결됐다고 하는 몽골의 제1차 침공은 해결된 것이 아닙니다. 그때는 양국이 합의한 것이 아니고, 고려가 감당할 수 없는 문제를 몽골이 힘으로 강요해서 할 수없이 받아들였습니다. 그 후 본래의 약속 이상으로 사절이 많이 오고, 요구하는 물량도 감당할 수 없을 정도로 많아서 우리가 견딜 수가 없어 강화로 들어갔습니다. 따라서 몽골이 먼저 군사를 돌리고 어려운 요구를 거두어들인다면, 우리는 다시 개경으로 돌아가고 모든 문제는 저절로 풀립니다."

"야, 이 간사한 사람아. 고려 속담에 '개미 쳇바퀴 돌 듯 한다' 는 말이 있다더라. 과연 그대가 쳇바퀴를 도는 개미다."

자랄타이는 몹시 화를 내며 말을 계속했다.

"고려가 말로는 항상 우리와 화친하려 한다면서 왜 우리 군사를 많이 죽이는가? 이미 죽은 자야 할 수 없겠지만 사로잡은 군사들은 돌려보내 줘야 하지 않겠는가?"

그때 고려는 몽골군인 수 백 명을 포로로 잡아 강화에 데려다 연금해 놓고 있었다.

"알겠소이다. 포로석방은 그리 어려운 일은 아닐 것이오."

신집평은 그렇게 말하고 강도로 돌아왔다.

신집평이 떠나자, 자랄타이는 참모들을 불러 지시했다.

"항복을 거부하고 저항을 계속하고 있는 고려의 성과 고을을 철저히 파괴하라!"

고려정부에 대한 몽골군의 압력이었다. 이래서 호남지역에 대한 몽골군의 약탈과 방화는 또 한 차례 파도쳐 나갔다. 몽골군의 학살과 파괴도 시작됐다. 이와 함께 고려인 포로의 숫자도 늘어났다.

자랄타이가 몽골 포로병의 송환을 요구하고 있다는 신집평의 보고를 받고, 최항이 지시했다.

"몽골 장수가 그렇게 말했다고 하니 들어줘야지. 몽골 포로 중에서 우선 30명을 풀어주도록 하라. 신집평 장군, 그대가 그들을 인솔해서 자랄타이 군영으로 가서 돌려주고 그를 만나보라."

그래서 신집평이 강도에 와있는 몽골군 포로 서른 명을 데리고 자랄타이의 몽골군 군영으로 가기로 했다.

고종은 포로들이 떠나기 전날 승천부 궁궐에서 잔치를 베풀어주었다. 자랄타이에게 보내는 금은과 비단·주기 등의 선물도 그들 귀환 포로들에게 주어 전하도록 했다.

한편 최항은 신집평이 강도로 돌아온 뒤 자랄타이가 전라도 지방을 도륙하고 있다는 보고를 받았다.

최항은 병부 사람들을 불렀다.

"남부지방에서 자랄타이 몽골군의 도륙이 다시 거세졌다. 칼에는 칼, 피에는 피다. 우리도 정예군사를 풀어서 유격전을 더욱 가열 차게 계속하라!"

이래서 고려 전국에서도 몽골군에 대한 야간기습 등의 유격전이 다시 본격화했다. 서북면 병마사는 별초 3백 명으로 특공대를 조직하여 의주에 둔영을 치고 있는 몽골군 부대를 기습했다. 그때 죽은 몽골군은 1천 명이 넘었다.

서해의 대부도(大府島) 별초는 인천으로 나와서 소래산(蘇來山)으로 갔다. 거기 산 밑에는 몽골군 진수군이 주둔하고 있었다. 대부별초는 그들을 기습하여 몽골군 1백 여 명을 살해했다.

충주도(忠州道, 충청도)에서는 백성들을 거느리고 서해안 섬들에 입보해 있던 충주도 순무사 한취(韓就)가 배 9척을 몰고 나가 아주(牙州, 충남 아산) 앞 바다의 섬에서 몽골 군사를 습격했다. 양측 사이의 치열한 백병전 끝에 몽골군을 섬멸했다.

고려군의 공격이 도처에서 강화되어 몽골군의 피해가 늘어나자, 몽골군의 반격 또한 만만치 않았다. 수전에서 크게 패한 몽골 군사들은 내륙지방에서 육전으로 보복키 위해 군사를 충주성(읍성)으로 몰아 갔다.

충주성은 몽골군을 상대로 여러 번 격전을 치르면서 승리했으나 그와 함께 전력이 많이 소모돼 있었다. 몇 차례의 승리로 몽골군을 경시하는 풍조까지 생겨 고려군의 전력은 사실상 약화되어 있었다.

몽골군이 진격했을 때, 충주성에는 유능한 지휘관이 없었고 군사들은 틈이 있으면 도망했다. 반면 몽골군의 공격은 철저하고 강력했다.

결국 충주읍성은 몽골군에 함락됐다. 몽골 군사들은 충주성을 도륙했다. 성을 맘대로 불 지르고 살육했다. 보복심리까지 곁들여져 그들은 닥치는 대로 찌르고, 베고, 부녀자들을 겁탈했다.

살아남은 사람들은 이를 피해서 동남쪽에 있는 월악산(月岳山 또는 月嶽山, 1093미터)으로 피난했다. 그들은 사람들을 아끼고 보호해 준다는 월악산 산신(山神)에게 안전을 의탁하기 위해 계곡 안 깊숙한 곳에 있는 월악신사(月岳神祠)로 들어갔다.

몽골군이 그들을 추적하여 월악산 몽골 추격군이 월악 신사에 거의 접근하려 했을 때였다. 갑자기 안개와 구름이 짙게 내려 한치 앞을 분간하기 어렵게 되더니, 곧 비가 오고 바람이 불어치기 시작했다. 이어서 천둥이 치며 우박이 쏟아졌다.

"아니, 갑자기 이게 무슨 변고야. 이건 분명 산신이 고려인을 돕는 것이다. 군을 철수시켜라."

몽골군 지휘관이 그렇게 말하자 앞서가던 독전 군관이 외쳤다.

"전원 퇴각!"

이래서 월악산 신사로 들어갔던 충주인들은 난을 면할 수가 있었다. 몽골군은 충주읍성을 점령했지만 월악신사 공격에는 실패하고 돌아갔다.

고종 43년(1256) 4월의 일이었다.

그해 여름 6월이 됐다. 몽골군은 전라도의 서해안 지방에 머물러 지방 부락들을 노략질하고 있었다.

이천(李阡, 장군)이 최항에게 말했다.

"요즘 몽골군이 우리 조선(造船) 기술자들을 잡아들이고 있다고 합니다. 아마도 저들이 배를 만들어 수전으로 나오려는 것이 분명합니다.

"그럴 모양이구나. 서남의 호남지역 해안에서 몽골군의 행패가 심해졌다. 이것은 우리의 조운선이 지나는 수로를 차단할 위험이 있고, 저들이 수전으로 나와 승리하게 되면 우리의 해도입보 전략이 무너지게 된다."

"무슨 일이 있어도 이것을 막아야 합니다. 저를 보내주시면 나아가 저들을 치겠습니다."

"그래라, 이천 장군. 그대가 수군을 이끌고 남도로 가서 충청·전라 해안지방에서 몽골병을 방어하라."

"고맙습니다, 영공."

이천은 정예한 수병과 주사(舟師, 선장) 2백 명을 거느리고 충남 온수현(溫水縣, 온양)으로 갔다. 그는 거기서 몽골군을 습격하여 수 십 명을 베고, 포로가 돼있던 고려인 1백여 명을 빼앗아 풀어주었다.

최항의 시대에 들어와 몽골과의 싸움은 한층 활기를 띠고 있었다. 몽골군도 이제는 기력을 잃은 것 같았다.

청야작전으로 겪는 자랄타이의 수난

고려군의 기습으로 몽골군 피해가 늘어나자 다경포에서 수전(水戰)을 준비해온 자랄타이는 압해도(壓海島) 공격을 서두르고 있었다.

몽골군은 새로 지은 70척의 배에 각종 색깔의 깃발을 무성하게 달아 바람에 펄럭이게 했다. 일종의 무력시위였다. 그 기세는 가공할 정도였다. 자랄타이는 그 모습을 흡족한 듯이 바라보면서 그곳에 가있던 고려군의 윤춘(尹椿, 낭장)을 불렀다.

"이제 우리는 압해도를 쳐야겠다. 우리 몽골군도 수전을 할 수 있다는 것을 보여주면서, 고려인들이 입보하고 있는 섬들을 공략하고, 조운체계를 마비시킬 것이다."

"예?"

"남부 지방의 산물에 의지해서 연명하고 있는 고려의 강도정부(江都政府)는 조운이 끊겨 굶어서 메말라 죽을 날이 곧 오게 될 것이다. 그래도 강도정부가 항복하지 않으면 우리가 수군으로 직접 강도에 쳐들어 갈 것이다."

"아, 그러시겠습니까?"

"압해도 공격은 그대가 지휘하라."

"허나, 몽골군은 수전경험이 전혀 없는 데다 훈련도 하지 않았습니다. 그런 상태에서 섬을 공격할 수 있겠습니까?"

"훈련이 무슨 훈련인가. 지금 우리에겐 그럴 시간이 없다."

"배를 타고 물위에서 싸우는 수전은 말을 타고 육지에서 싸우는 육전과는 전혀 다릅니다."

"그러니까 그대가 우리 몽골군관과 함께 배를 타고 지휘하라는 것 아닌가? 왜 그리 말이 많나!"

"알겠습니다."

"저 압해도는 코앞에 있는 가까운 섬이다. 배를 어느 쪽으로 갖다 댈 것인가?"

"몽골군은 수전경험이 없으니까 항해거리는 짧을수록 좋습니다. 그래서 여기서 가장 가까운 가룡포(駕龍浦)로 상륙하겠습니다. 저 건너편으로 보이는 바로 저쪽입니다."

자랄타이가 손을 이마에 얹으면서 그쪽을 바라보았다. 가룡포가 바로 눈앞으로 건너다 보였다.

"음, 아주 가깝군. 공격작전은 그대가 알아서 하라."

가룡은 압해도의 최북단의 조그마한 포구였다. 그때 자랄타이는 지금의 전남 무안군 운남면 성내리에 있는 다경포에 진을 치고 있었다.

며칠 후 이윽고 윤춘이 탄 기함(旗艦)이 선단을 이끌고 무안의 다경포를 떠나는 날이었다.

몽골군의 이런 움직임을 샅샅이 보고 있던 압해도 사람들은 큰 배에 대포 2대를 걸어서는 몽골군 함대 쪽을 향해 겨냥해 놓고 있었다.

출격하던 날 아침 자랄타이가 휘하 군관들과 함께 다경포의 해안가 언덕에 올라가서 윤춘 선단의 출발 모습과 압해도의 포함을 바라보다가 말했다.

"압해도 연안의 저것들이 무엇인가?"

"고려인들이 설치해 놓은 대포입니다."

"대포? 그러면 안 되겠구나. 저들이 저렇게 큰 대포를 걸어 놓았으니, 저 대포에 맞으면 우리 배가 반드시 분쇄되고 말 것이다. 그리되면 너희들 고려인들이야 헤엄을 쳐서 나올 수 있겠지만, 우리 몽골 군사들은 모두 물에 빠져 고기밥이 되고 만다."

"수전에선 그런 것을 각오해야 합니다."

"우리는 어차피 저들을 당해내지 못한다. 우리 수군이 싸움도 해보기 전에 배들이 침몰하고 군사들이 수장되면, 고려군이 기고만장할 것이다."

자랄타이는 조금 전 출항한 윤춘을 불러들이게 했다. 푸보타이가 징을 크게 쳤다. 그 소리를 듣고 윤춘이 뱃머리를 돌렸다.

윤춘이 돌아오자 자랄타이가 말했다.

"저 대포를 피하지 않으면 함대가 풍비박산이 되고 말 것이다."

윤춘은 다시 배를 몰고 나가 섬 주변을 돌았다. 그러나 압해도 주변 모든 곳에는 큰 대포들이 놓여있었다. 윤춘은 돌아가 자랄타이에게 보고했다.

"가룡포 뿐이 아닙니다. 압해도 섬 전체 해안에 저런 대포를 배치해 놓고 있습니다."

"그런가. 지독한 놈들이구나. 그러면 할 수 없지. 해상공격은 포기한다."

"몽골측에서 배를 건조하고 있다는 말을 듣고 고려 조정에서는 수로주변의 도서에 무장을 강화했다고 합니다."

"그런가? 지독한 고려 놈들이구나."

이래서 몽골군은 압해도에 대한 공격을 포기했다. 고려의 수운체계를 파괴하고 고려인들이 입보해 있는 섬들을 공격하려던 자랄타이의 계획도 중단됐다.

그 후 윤춘은 혼자서 생각했다.

몽골이 고려와의 싸움에서 이길 수는 있으나 고려를 정복할 수는 없다. 고려의 저항은 멈추지 않는 반면 몽골의 장졸들은 모두 자신을 잃고 있다. 이 기회에 다시 강도로 가서 최항에게 죄를 빌어 살길을 마련해야 하겠다.

며칠 뒤인 고종 43년(1256) 6월 어느 날, 윤춘은 몽골군에서 탈출하여 강도로 돌아갔다. 그는 곧바로 최항에게 갔다.

"영공, 저는 백 번 죽어 마땅한 죄를 범했습니다. 불가항력으로 그리 된 것이지만, 그렇다고 어찌 죄를 면할 수 있겠습니까?"

"과연 네 죄는 크다. 솔직히 말해보라. 그 동안 어떻게 지내왔는가?"

윤춘은 그 동안 자기가 지내온 과정과 자랄타이 진영에 있었던 함선건조와 압해도 공격 미수에 대해 소상하게 보고했다.

"그런 일이 있었는가?"

"저들은 수전이나 수운에는 아주 약합니다. 지금의 우리 계책으로는 섬 안에 둔전(屯田)을 만들어 경작하고 지키면서 청야작전(淸野作戰)으로 기다리는 것이 마땅한 상책이 될 것입니다."

"좋은 생각이다. 이제부터의 입보는 산으로의 입성(入城)을 피하고, 바다로의 입도(入島)를 확충하겠다. 고생이 많았겠다. 네 죄를 사해 준다."

최항은 윤춘에게 집 한 채와 쌀 2백 가마, 팥 1백 가마를 주고, 친종장군(親從將軍)[97]으로 특진시켜 강도를 수비케 했다.

그러자 도방의 장군들이 몰려와서 항의했다.

"영공, 그건 잘못입니다. 윤춘은 몽골군을 격퇴하라는 명령을 받고 양근성에 나간 방호별감이었습니다. 그러면서도 몽골군이 와서 성을 포위하자 적에 부전투항(不戰投降)한 반역자입니다."

"윤춘 같은 자를 용서하시면 안됩니다, 영공. 윤춘은 반역자 이현의 투항권고를 받고는 화살 하나 쏘지 않고 항복하고는 원주성에 가서는 정지린(鄭至麟) 방호별감에게 투항을 권고한 반역자입니다."

"윤춘은 항복한 뒤에도 적군에 부역한 자입니다. 윤춘은 당장 목을 베어 강도 거리에 효수해야 합니다. 최우 장군이시라면, 벌써 그리했을 것

---

97) 친종장군(親從將軍); 임금 친위군인 2군(응양군과 용호군) 소속의 장군.

입니다."

최항은 성난 목소리로 말했다.

"아버지는 아버지고, 나는 나다. 윤춘은 몽골을 잘 안다. 새로 항몽정신
도 생겼다. 만일 윤춘을 처단한다면, 다시 누가 몽골군에서 돌아와 충성
하겠는가. 내버려둬라."

윤춘의 말에 고무된 최항은 심복 송길유(宋吉儒, 장군)를 불러 지시했다.

"청야작전을 강화해야겠다. 각 도에 내려가서 백성들을 섬으로 옮기도
록 하라. 산성입보보다는 가능한 한 해도에 입보시키도록 하라."

"내륙 백성들은 산성으로 옮기지 않았습니까?"

"산성에는 땅이 없지 않느냐. 그래서 입보했던 사람들이 굶다 못해 내
려와 집으로 돌아갔다. 그들을 모두 섬으로 보내서 평지는 논으로 개간하
고 야산은 밭으로 일구게 하라. 이 기회에 나라의 곡물 생산을 올려야 한
다. 섬에서 지은 농사라야 조운을 통해 이 강화로 올려올 수 있다. 그래야
우리가 몽골에 오래 버틸 수 있다. 강화에서 오래 버티는 것, 이것이 몽골
에 이기는 길이다."

"예, 철저히 입보시켜 놓겠습니다."

"백성들로 하여금 물자를 모두 거둬 가지고 입보케 하라. 그러나 남겨
두고 가는 사람들도 있을 것이다. 그러면 그런 물건을 남김없이 불 태워
없애라."

송길유는 잔혹하고 특히 아첨과 고문의 명수였다. 송길유는 일단의 군
사들을 데리고 청주로 달려갔다. 청주는 바다에서 멀리 떨어져 있는 오지
다. 그는 지방의 문무 관리들을 불러서 말했다.

"이 청주의 백성들은 모두 해도로 들어가야 한다. 산성이 아니라, 바다
로 가는 것이다."

그러나 백성들과 같이 살아온 현지 관리들의 생각은 달랐다.

"여기서 바다는 멀고 산은 가깝습니다. 산으로 입성시킴이 편합니다.

그리 해 주십시오."

"산성에서는 농사를 할 수가 없지 않은가."

"몽골군이 항상 와 있는 것은 아니니까, 농사를 짓고 있다가 몽골군이 내습하면 산성으로 올라가 피할 수 있습니다."

"안 된다. 해도입보라야 한다. 이건 중앙의 명령이다."

송길유는 그렇게 우기면서 강제로 입도포고령(入島布告令)을 내렸다. 그러나 사람들은 움직이려 하지 않았다. 송길유는 다시 명령했다.

"이것은 필시 재물을 아끼면서 편하게 살려는 짓일 것이다. 저들의 집과 재물에 불을 질러라!"

그러나 현지 관리들은 움직이려 하지 않았다.

"아니, 어렵게 만든 이 집들과 재물까지를 말입니까?"

"명령이다! 이 송길유의 명령이 아니라, 조정의 명령이고 최항 별감의 명령이다."

그러면서 송길유는 자기가 데리고 간 군사들에게 말했다.

"빨리 시행하라!"

송길유의 군사들은 횃불을 치켜들고 미친 듯이 돌아다니면서 불을 질렀다. 집과 재물이 불탔다. 이래서 청주는 불바다가 되어 하루아침에 잿더미로 변했다.

백성들은 할 수 없이 빈 몸으로 충남 해안의 여러 섬으로 들어갔다. 그러나 전곡(錢穀)을 모두 잃었기 때문에, '굶어 죽은 자가 열에 팔구 명이었다'(餓死者十八九)고 전한다.

고종 43년(1256) 8월이었다.

압해도 수전을 기도했다가 실패한 뒤 몽골의 군사들이 북으로 철수하면서, 강화도의 갑곶진 건너편의 통진(通津)과 광성진의 손돌목 건너편의 착량(窄梁, 지금의 김포시 德浦)에 이르렀다.

그들은 수시로 그곳 해안가 들판에 출몰하여 강화를 건너다보며 대규모 기병 시위를 벌이면서, 고려 정부의 태도 변화를 기다리고 있었다.

그러나 협상에서 별다른 진전을 보이지 않자, 자랄타이는 다시 수도(강화) 건너편에 와서 양녕공 왕준과 홍복원 등 고려인들을 앞세우고 군사시위를 반복했다.

8월 23일에는 그들이 통진의 들판에다 군사를 크게 벌여 세우고 시위를 벌였다. 그때 몽골군의 진용은 위용을 갖춘 거대한 규모에다 오색 깃발로 뒤덮여 마치 화려한 꽃 벌판을 이룬 것 같았다. 그들은 그 벌판과 밭에다 말을 풀어놓고 풀을 먹이기도 했다.

그날 자랄타이는 수하 장수들과 함께 통진산(通津山, 지금의 문수산)에 올라가서 강도를 바라보다가 오후 늦게야 물러갔다.

몽케를 설득한 김수강

지난 해(1255) 6월에 유자필(庾資弼, 낭장)과 함께 토산물을 싣고 몽골에 가 있던 김수강(金守剛, 시어사)은 몽골 황제 몽케(헌종)의 마음에 들었다.

"그대들은 참으로 훌륭한 고려 관원들이다. 나는 그대들의 도움이 필요하다. 여기 남아서 나를 돕도록 하라."

이래서 그들은 고려에 오지 못하고 계속 몽골에 머물러 있었다.

유자필은 정6품으로 지금의 중령급이고, 김수강은 어사대의 종5품으로 지금의 과장급 벼슬이었다. 그들의 직급으로 보아 고려에서는 큰 기대를 걸지 않고 국신 전달사절 정도로 보냈지만, 그들에 대한 몽케의 인상은 달랐다.

몽케는 김수강을 한 번 만나보고, 그의 깨끗한 용모와 폭넓은 지식, 예의 바른 태도가 마음에 들어 그를 몹시 총애했다.

김수강은 지금의 몽골 수도 울란바타르의 서남부 9백리(365km) 지점에 있는 당시의 수도 카라코룸에 머물면서, 어느 날 외부 순시에 나선 몽케를 따라 궁성 밖에 있는 도성(都城)에 나간 적이 있었다. 몽골 수도를 둘러싸고 있는 아름다운 성이었다.

김수강이 마침 몽케와 눈이 마주치자, 몽케가 먼저 웃음을 띠고 말을 붙였다.

"오, 고려의 시어사 김수강이 아닌가?"

"예, 폐하."

몽케를 만나면 고려원정군의 철수를 요구하려고 기회를 살펴온 김수강은 '이 때다' 하고, 몽케에게 다가가서 말했다.

"이 화림성(和林城)은 크지는 않으나 몹시 견고하고 아름답습니다, 폐하."

"오, 그런가."

"특히 폐하의 투멘 암갈란(Tumen Amgalan) 황궁의 출입구에 서있는 은(銀)나무가 너무나 장대하고 화려하여, 세계의 황제이신 폐하의 위광을 잘 표현하고 있습니다."

"음, 그래? 그건 프랑스의 예술가 바우처(Guilaume Boucher)가 와서 만든 작품이다. 바우처는 50여 명의 인부를 데리고 은나무 작업에 착수해서 재작년(1254)에 완성했지. 그것을 보는 모든 사람이 감탄하고 있어."

"제가 보기에도 마치 천당의 궁전에 온 느낌입니다. 다칸의 부름을 받아 우리가 처음 황궁에 들어갔을 때, 그 은나무가 햇볕을 받아 대낮에도 마치 밤하늘의 별처럼 반짝이는 것을 보고 정말 놀랐습니다. 더구나 줄기와 가지, 잎사귀, 열매도 모두 은으로 되어 있어 황홀하기 이를 데 없었습니다."

"오, 그랬나."

당시 몽골의 황궁 입구에는 은으로 만든 거대한 나무를 만들어 세워놓았다. 그 은나무는 거대하고 항상 반짝거려 꽃처럼 아름다웠다. 가지 끝에는 구멍을 내어 나무속에서 물이 흘러나오게 했다. 연회가 열릴 때는 나무에 각종 술을 부어 참석자들이 각각 다른 술이 나오는 가지에서 자기 기호에 따라 좋아하는 술을 받아 마시게 했었다. 그것은 세계를 정복한 몽골제국의 권위와 화려한 사치를 자랑하는 상징이었다.

"나무의 전후좌우에 뻗어있는 네 개의 가지는 사자 모양을 하고서 앞을

노려보고 있습니다. 그것은 마치 폐하가 지대한 위력으로 동서남북 4방의
세계를 내려다보는 위엄과도 같았습니다. 참으로 경하드립니다, 폐하."

몽케가 만족한 듯이 웃으며 말했다.

"김수강, 그대가 그렇게 보았다면 옳을 것이다."

"망극합니다, 폐하. 하온데……"

김수강은 그렇게 말하고는 주저하는 자세로 잠자코 서있었다.

몽케가 물었다.

"짐에게 무슨 할 말이 있는가?"

"예, 폐하. 하오나……"

"괜찮다. 주저하지 말고 말해 보라."

"예, 말씀 올리겠습니다. 자랄타이 원수의 보고에 의하면 지금 고려에
원정 중인 몽골군의 피해가 크다고 합니다. 고려에 원정하고 있는 군사를
회군시키는 것이 어떻겠습니까, 다칸 폐하?"

"고려 조정이 아직 강도에서 출륙하지 않고 있는데 어떻게 군사를 빼겠
는가. 원정 목적이 달성되지 않는 한 절대로 철군할 수 없다."

"저희 고려에서는 폐하와 제국 몽골을 잘 받들고 있습니다. 우리 고려
의 백성들도 이미 폐하의 백성이 되어 있습니다. 그러나 지금 많은 고려
의 백성들이 죄 없이 몽골 군사들에 의해 죽어가고 있습니다. 집은 불타
고 재산을 강탈당하고 있습니다. 그들도 모두 폐하의 백성이고, 그들의
물건은 몽골의 재산입니다. 관용을 베풀어주십시오, 폐하."

"전쟁이 벌어지면 그런 일도 당연히 벌어지게 되어 있다."

"지엄하신 다칸 폐하. 폐하의 대몽골제국이 하나의 큰 바위라면, 우리
고려는 작은 달걀에 불과합니다. 그런데 지금 그 바위가 '계란을 누르고'
(壓卵, 압란)[98] 있습니다. 거대한 제국 몽골이 소방(小邦) 고려에 대해 강대
한 군사력으로 압란하고 있습니다. 지금 고려가 강도로 들어가 있는 것은

---

98) 압란(壓卵); 계란을 누른다는 뜻. 이것은 큰 세력이 작은 세력에 압력을 가해서 눌러 덮는 것을 표현
하는 말이다.

계란이 깨지지 않기 위해 옆으로 비켜가 있는 것입니다."

김수강의 얘기를 듣고 몽케가 말했다.

"음, 우리 몽골이 바위라면 고려는 계란이라?"

"그렇습니다, 폐하."

"우리가 계란과 같이 작고 약한 고려를 크고 무거운 바위로 깨려고 한다?"

"그렇지 않습니까, 폐하?"

"거 참 재미있구나. 그러나 강화 섬으로 들어간 그대 나라 임금이 뭍으로 나오면 다 될 일이다. 그런데 고려에서는 왜 마음을 정하지 못하고 주저하고 있는가."

김수강은 일찍이 문과에 급제하여 사관(史官)을 거친 문관이었다. 그는 직사관(直史官)을 거쳐 시어사(侍御使)가 되어, 그때 진헌사(進獻使)로 몽골에 들어가 있었다. 그는 매사에 관심이 많아서 모든 사물에 정통했다. 의리를 알고 지켜서 지조가 탁월한 사람이었다.

"김수강, 그대는 쥐를 아는가?"

김수강은 몽케가 무슨 말을 하려는지 알지 못해 의아해 하면서 대답했다.

"저희 나라에도 쥐가 많습니다."

"그 쥐는 말이다, 본디 의심이 많아서 부스럭 소리만 들어도 잽싸게 제 구멍으로 들어가 나오려 하지 않는다. 밖에 아무도 없는데도 구멍에서 머리만 내밀고 바깥 형편을 엿보아 나갈까 말까 결정을 못 내리고 시간을 많이 허비하고 있지. 한문을 쓰고 있는 그대의 나라 고려에서는 이것을 수서양절(首鼠兩截)이라 한다는 말을 우리 장수들로부터 들었다."

수서양절이란 '쥐가 구멍에서 머리만 내밀고 밖을 엿보면서 나갈까 말까를 결정하지 못하는 것'을 말한다. 진퇴나 거취를 놓고 이럴까 저럴까 재기만 하면서 양단간에 결정을 내리지 못하고 관망만 하고 있다는 것을 표현한 말이다. 이것을 수서양단(首鼠兩端)이라고도 한다.

자존심이 강한 김수강은 자신의 얼굴이 뻘겋게 뜨거워지고 있음을 느졌다. 그것은 모욕이었다. 우리 고려가 고작 쥐 정도란 말인가.

그러나 상대는 고려의 생사를 여탈(與奪)할 수 있는 몽골의 황제다. 김수강은 자세를 낮추고 미소를 띠면서 말했다.

"하오나, 타칸 폐하. 신이 보기에는 지금 몽골의 고려 원정은 비유컨대 이렇습니다."

"말해보라."

"말을 타고 활을 가진 사람이 사슴을 쫓으면, 사슴은 깊은 동굴로 피할 수밖에 없지 않습니까. 저희 고려는 바로 사슴이고, 강화도는 바로 산 속의 그런 동굴입니다, 폐하."

고려를 쥐에서 사슴으로 승격시킨 것이다.

사냥을 즐기는 유목민족 출신의 몽케는 김수강의 비유를 흥미 있게 들으면서 말했다.

"음, 강화도는 사냥에 쫓긴 사슴이 피해 들어간 동굴이라?"

"그렇습니다, 다칸 폐하. 쫓긴 사슴이 잡혀 먹히지 않기 위해 동굴에 깊이 들어가 숨어있는데, 사냥꾼이 그 앞을 막아 서있게 되면 곤경에 빠진 사슴이 어떻게 나올 수 있겠습니까. 엽사가 피해 주지 않으면, 그 사슴은 절대로 나오지 않을 것입니다."

"고려에 나가있는 우리 몽골군은 사냥꾼이고, 고려는 그 엽사에 쫓기고 있는 사슴이란 말이지?"

"예, 다칸 폐하."

몽케는 김수강의 말이 듣기에 좋았다. 그는 자기가 고려를 쥐에 비유한 것이 좀 지나쳤다고 생각하고, 웃으면서 다시 말했다.

"그대가 진실로 훌륭한 고려의 사신(使臣)답구나. 그대의 충성심과 총명함이 놀랍다. 그래, 좋다. 짐은 그대의 충정을 기특하게 여겨 고려에서 몽골 군사를 철수시켜 두 나라의 호의(好誼)를 맺게 할 것이다."

"망극합니다, 폐하."

헌종은 수행 중인 대신들을 불러 말했다.

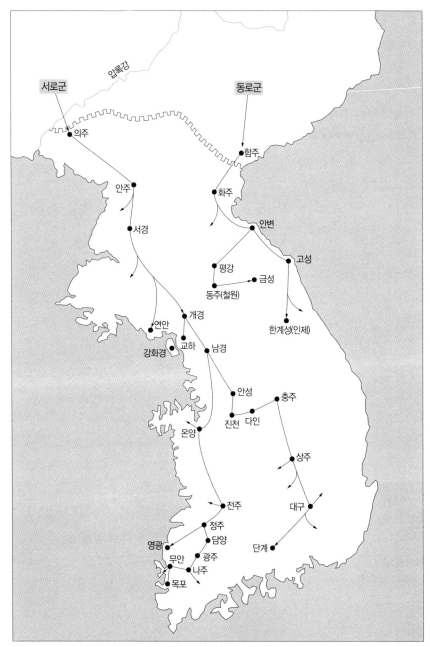

압록강

동로군

의주

함주

안주

화주

서경

안변

고성

평강

금성

동주(철원)

한계성(인제)

개경

연안

교하

남경

강화경

안성

충주

진천 다인

온양

상주

전주

대구

정주

담양

영광

무안

광주

단계

나주

목포

제6차 몽골침입(1254~1259, 몽장: 자랄타이)

"즉시 사람을 고려에 보내 자랄타이로 하여금 군사를 물리도록 하라!"

몽케는 몽골의 관리가 되어 있는 중국인 쑤지(Xuzhi, 徐趾)에게 철군명령서를 써주고, 김수강과 함께 고려로 가게 했다.

그래서 김수강은 강도를 떠난 지 15개월 만인 고종 43년(1258) 9월 2일에 쑤지와 함께 귀국했다.

쑤지는 개경으로 가서 자랄타이 군영을 찾아갔다.

"장군, 수고가 많소이다. 황제 폐하의 명령을 가지고 왔습니다."

"무슨 명령인가?"

"여기 있습니다. 잠시 뒤로 물러나 있으면서, 다음 명령이 있을 때까지 군사를 쉬게 하라는 내용입니다"

쑤지는 자랄타이에게 헌종의 철군명령서를 건네주었다.

"알겠소."

자랄타이는 그해(1258) 9월 23일 몽골군들을 이끌고 황해도를 거쳐 평안도의 안북으로 물러갔다.

자랄타이의 몽골군이 북부로 철수하자, 고려는 10월 14일 강화의 계엄을 해제했다. 자랄타이의 두번째 출격이 여기서 종결된 것이다. 몽골군이 고려에서 아주 철수한 것은 아니지만 주력군 대부분이 북부 변경지대에 주둔함으로써 몽골군의 탄압은 그만큼 줄어들었다.

자랄타이가 북으로 물러가기 며칠 전인 고종 43년(1256) 9월 16일, 제2세대 화친론자인 최린(崔璘, 평장사)이 죽었다.

창원 최씨인 최린은 젊어서 책을 읽지 않고 방일한 시일을 보내다가 철이 들어 벼슬한 뒤에는 잠시도 쉬는 시간이 없었다. 항상 사람을 만나고 조정 일을 보거나 책을 읽었다.

그런 최린을 보고 어느 날 부인이 말했다.

"가장이 항상 그렇게 책을 보거나 나라 일만 하시면 어찌합니까? 가끔은 한적한 시간을 가지고 가족들과 함께 종고지락(鐘鼓之樂)하는 일도 있어야지요."

종고지락이란 가족들이 화목하고 부부 사이에 금슬이 좋아서 음악을 즐기듯이 서로 즐기며 재미있게 살아가는 것을 의미한다.

부인의 말을 듣고 최린이 웃으면서 물었다.

"부인이 보시기에 내가 항상 그리 일만 하는 것 같소?"

"예, 영감님."

"그러면 이 최린도 군자가 된 모양이오. 예로부터 군자는 종일건건(終日乾乾)이라 했소."

종일건건이란 '종일토록 쉬지 않고 일하는 것'을 의미한다. 주역에 나오는 말이다.

"부인, 미안하오. 그러나 국록을 받는 사람이 어떻게 사사로운 일에 한가한 시간을 보낼 수가 있겠소. 나라 일을 맡은 사람이 놀지 않고 고생하며 열심히 일해야 일반 백성들이 편안하게 맘 놓고 살 수 있지 않겠소이까. 그래서 관리는 백성들의 파수꾼이요, 나라의 불침번이라 하는 거외다."

유능한 문신이었던 최린은 전대지재(專對之才) 곧 '남의 물음에 즉시 지혜롭게 대답하고 신속하게 대처하는 임기응변의 재주'가 뛰어나, 외국 사절로서도 적격이었다. 그래서 그는 여러 번 몽골을 다녀오고 자랄타이와의 협상을 맡기도 했다.

최린은 고종을 설득하여 그가 반대하던 왕자의 몽골입조를 관철해냈다.

최린이 죽음에 이르렀을 때, 임종하던 처자들이 울면서 그에게 물었다.

"장차 우리는 어디에 의지해야 하겠습니까?"

"너희는 모두 오랑캐의 지배를 받게 될 것이다. 그러나 두려워하지 말고 처신을 무겁게 해서, 잘 적응하여 참고 견뎌야 할 것이야. 오랑캐가 영구히 이 땅에 있지는 못할 것이다."

역시 현실주의자다운 말이었다. 최린의 이 마지막 말은 후에 그대로 들어맞았다.

화평파 지도자 최린(崔璘)

고려의 문관으로 창원 최씨. 평장사를 지낸 최당(崔讜)의 손자다. 그는 우수한 두뇌를 가지고 있으면서도, 성격이 호탕하여 술과 놀이로 소일하다가, 30세가 되어 과거에 합격했다. 그가 비록 글공부를 뒤늦게 시작했지만, 그는 책을 읽는데 비범한 데가 있었다. 그가 한창 책을 읽을 때는 '여러 줄을 한꺼번에 줄줄 읽어 내려가는' 수행구하(數行俱下)[99]의 재주가 있었다.

나주부사로 나가 있을 때 이연년(李延年)이 백적도 원수를 칭하며 반란을 일으켜 주군(州郡)을 점령하므로, 김경손과 함께 이를 진압했다. 뒤에 참지정사를 거쳐 문하시랑에 이르렀다.

최린은 화평론자로 왕자를 몽골에 보내자고 주장했고, 고종이 이를 받아들여 아들 왕창(王淐)을 고려에 보냈다. 그때 최린은 보호자로 왕창을 수행하여 몽골로 갔다. 몽골의 사정을 알고 돌아온 최린은 화평의 필요성을 절감하여, 여러 문신들로 구성된 화평론의 지도자가 됐다. 포악한 몽장 자랄타이를 찾아가 마상에서 그를 설득하면서 몽골군의 철수와 포로석방을 요구한 외교는 특히 유명하다.

---

99) 수행구하(數行俱下)를 수행병하(數行竝下)라고도 한다.

몽골장수의 투항

　고종 43년(1256) 10월이었다. 자랄타이와 함께 고려전선에 종군하고 있던 몽골의 동경총관 쑹샨(Songshan, 松山)이 부인과 자녀들 그리고 부하 5명을 이끌고 고려로 귀순해 왔다. 쑹샨 일행은 고려측의 안내로 강도에 이르렀다.

　최항이 쑹샨을 불렀다.

　"정말 반갑소. 우리 고려는 그대를 따뜻이 맞아 편히 살게 할 것이오."

　"감사합니다, 영공 어른."

　"허나, 몽골이 장차 세계의 패자가 될 터인데, 어인 일로 우리 같은 소방을 찾아왔소."

　"내가 온 것은 고려가 강대하거나 몽골이 위태해서가 아닙니다. 나는 몽골에서 살아남을 수 없는 세 가지 큰 죄가 있어서 왔습니다."

　"세 가지 큰 죄라니오?"

　"자랄타이가 고려의 남계로 내려가면서 나더러 남아서 의주를 지키게 했습니다. 그러나 고려군의 습격을 막을 수가 없어 의주를 다시 고려군에 빼앗기고 말았습니다. 그 죄가 하나입니다."

　"아, 그때 그대가 의주를 맡고 있었군요."

　"그렇습니다. 그 후 나는 농사를 장려하고 양식을 저축할 책임을 맡고 있었는데, 농사가 잘 되지 않아서 지금 식량창고가 비어 있습니다. 이것이 두 번째의 죄입니다."

"군량 사정이 어렵습니까?"

"십여 일분이 있을 뿐입니다. 벌써 절식령(節食令)이 떨어져 전투가 없을 때는 식사를 절반으로 줄이고 있습니다."

"음, 그렇군요."

"고려 군사가 의주로 쳐들어온다는 말을 듣고 우리 군사 70명을 보내 정탐하게 했는데, 한 명도 돌아오지 못했습니다. 별초로 구성된 고려군도 강했지만 이 지역 토민들이 뒤에서 치는 바람에 우리 몽골군이 꼼짝 못하고 전멸했습니다."

"예, 그런 일이 있었지요."

"헌데, 자랄타이 원수가 다칸의 철군령을 받고 철수하여 북으로 올라왔습니다. 그는 고려 정벌에 실패하고 있기 때문에, 지금 기분이 좋지 않습니다. 그는 나에게 모든 책임을 물어 분풀이 할 것이 자명합니다. 그래서 나는 고려에 귀순할 것을 결심했습니다."

"오, 그래요?"

"그뿐이 아닙니다. 나는 고려의 순후한 민심에 감동하고 높은 문화에 매료됐습니다. 끈질긴 근성과 백성들의 애국심, 외적에 대한 불굴의 저항 정신에도 감탄했습니다. 허락해 주신다면 나는 고려에 머물러 살고 싶습니다."

최항은 흡족했다. 그는 망명해 온 쑹샨에게 집 한 채와 곡식·그릇·포백, 그리고 남녀 노비 세 명을 주어서 강화도 별립산 동남쪽 사갓추리(하점면 이강리) 동네에서 살도록 해주었다.

최항은 쑹샨이 데리고 온 몽골병들에게도 논과 밭을 주어 쑹샨과 함께 강화에서 살게 했다. 사졸들에게는 고려식의 이름을 지어주고, 군의 별장 계급을 주어 강도에서 고려군에 복무케 했다.

그들은 그런 대로 잘 살고 있었다. 귀순한 사람들이라 해서 고려 조정은 물론이지만 이웃 주민들도 그들을 잘 대해 주었다. 고려인들은 그들에게 농사를 가르치고 도왔다. 밭 갈고 씨 뿌리며 김매는 법까지 가르쳐 주었다.

그러나 드넓은 초원에서 말을 타고 달리며 사냥을 하고 양떼를 몰며 살던 유목민이 한 마을에 고정되어 살고 있는 농경사회에 적응하기는 그리 쉽지 않았다.

특히 쑹산을 따라온 병사들은 도무지 답답해서 살 수가 없다고 느끼기 시작했다. 그중 이성의(李成義)와 유거(劉巨) 등은 끝내 농경사회인 고려의 생활에 적응치 못해, 강도에서 탈출하여 몽골로 되돌아갈 생각을 하고 있었다.

이듬해 고종 44년(1257) 봄, 어느 날 이성의가 유거를 불러서 말했다.

"어디 이 고려의 섬 안에서 살 수가 있나. 정말 난 답답해서 못살겠어. 넓은 초원에서 마음대로 말달리며 살던 그때가 그리워 죽겠어."

사정은 유거도 같았다.

"나도 마찬가지야. 정말 못 견디겠어. 저 넓은 대륙의 초원을 말을 타고 누비며, 하루 수백 수천 리 씩 달리던 탁 트인 그 대지가 그리워."

"말을 탄 지가 벌써 얼마인가. 여기서는 말을 탄다고 했자, 고작 수십 리를 달리면 더 달릴 수가 없으니 답답할 뿐이야. 말을 타지 못하니까 엉덩이가 근질근질하고 허리는 뻑뻑해지고 허벅지에 살만 가득해. 답답해서 숨이 막힐 지경이야. 이 강화 땅에서는 도무지 살 수가 없어."

"고려 조정에서 우리를 넉넉히 살게 해주고 백성들도 친절해서 고맙기는 하지. 우리 마을의 고려인들은 우리가 자기네와 어쩌면 그렇게 똑같은데, 왜 몽골이 쳐들어와서 고려인들을 마구 죽이고 빼앗고 불태우느냐고 원망하고 있어. 그 말을 들을 때마다 죄를 지은 것만 같아."

유거가 다시 말했다.

"우린 이미 몽골에 죄를 지었으니, 돌아간들 어디 살 수가 있겠나."

"그렇게 낙담만 하고 있을 필요는 없어."

"무슨 방법이라도 있는가?"

"있지."

"어떻게?"

이성의는 경계하는 눈으로 주변을 둘러보고 작은 목소리로 말했다.

"쑹샨의 목을 베어 자랄타이 원수에게 가져다 바치면 돼."

유거의 눈이 둥그래졌다.

"쑹샨 장군의 목을?"

"그렇지. 그리하면 거물급 배반자를 잡아간 공로가 인정되어 우리 같은 하졸들의 배반죄 정도는 면할 수 있을 것이야. 우리야 쑹샨의 명에 따라 그를 따라온 죄밖에 없지 않은가."

"음."

유거는 이성의의 말을 듣고 생각이 정리되지 않았다. 그는 잠시 이성의를 바라보며 눈알을 굴리다가 말했다.

"그거 좋은 생각이군."

"우리 그렇게 하지."

"헌데, 여기는 섬이야. 어떻게 그를 죽여서 머리를 가져갈 수 있겠나?"

"일단 그를 물 밖으로 유인해서 적당한 기회를 틈타 처치하면 될 것이야."

"그래. 그렇게 하지."

이래서 그들은 다음 날 쑹샨을 찾아갔다. 이성의가 말했다.

"이 고려군부에서는 쑹샨 총관을 의심하여 살해할 계획을 은밀히 추진하고 있습니다."

"뭐, 나를? 그게 사실인가?"

쑹샨은 얼굴에 두려운 기색을 나타내며 물었다.

"틀림없습니다. 우리가 군에서 들은 얘깁니다."

"아, 조국을 배반한 자는 발붙일 곳이 없구나."

쑹산이 실망하여 그렇게 말하자, 이성의가 나섰다.

"도망하시지요. 배편은 우리가 마련해 놓겠습니다. 우리도 여기서는 더 이상 살 수가 없습니다."

"그래 그렇게 하지. 그러나 이런 일을 하자면 철저히 비밀로 추진해야 하네."

"함께 온 다른 아이들도 모두 가기로 하겠습니다."

"좋다. 그러나 일을 추진하는 단계에선 여러 사람에게 알릴 필요가 없다. 사람의 마음은 각기 다를 수가 있고, 여러 사람이 알면 비밀이 탄로될 수가 있다."

"모두 믿어도 될 사람들입니다."

"사람을 못 믿어서가 아니다. 극한적인 상황이 되면 사람들은 자기 본성으로 돌아간다. 사람의 그런 본성은 변하지도 않고 아무도 건드릴 수가 없어. 그 본성과 상황을 믿을 수가 없는 것이다."

"그 점은 제게 맡겨 주십시오."

이성의는 함께 고려에 귀순해 와있는 이양(李陽) 등 4명과 상의해 가면서 계획을 추진해 나갔다.

그렇게 며칠이 지나가고 있을 때였다. 이양은 혼자서 회의에 빠져 있었다.

물에 미숙한 우리가 이 강도 섬에서 어떻게 빠져나갈 수가 있단 말인가? 더구나 배를 빌린다면 어차피 고려인들이 배를 몰 터인데, 그래 가지고서도 비밀이 유지될 수 있을까. 안될 것이야. 그건 도저히 불가능한 일이야.

그는 상급자이고 성격이 표독한 이성의가 두려워 동의는 했지만 가고 싶은 생각이 없었다.

더구나 이 고려가 좋다. 이성의처럼 말을 못타고 땅이 좁아 좀 답답하기는 하지만 고려인들이 친절하고 성심껏 도와주지 않는가. 나도 이젠 이 사회에 적응되어 농사일이 재미있고 안정돼 가고 있다.

이렇게 생각한 이양은 다음날 교정소(敎政所)에 가서 귀순자들의 탈출 계획을 고발했다. 교정소에서는 이를 조정에 보고했다.

"아니, 쑹샨이 그런 생각을 했단 말이냐?"

"조사를 더 해보아야 하겠지만, 이양의 말로는 그렇다고 합니다."

"철없는 젊은 것들이야 그렇다 치자. 그러나 쑹샨은 몽골에서는 살 수 가 없어 제 발로 귀순했고, 나도 섭섭지 않게 대접해 주었다. 야만인들은 할 수 없다. 쑹샨을 유배하라. 먼 섬에 유배해서 나오지 못하게 하라. 주범 자 두 놈은 즉각 처단하라."

교정소에서는 조정의 명에 따라 이성의와 유거를 잡아 죽이고, 쑹샨은 전라도 먼 섬에 유배했다.

그러나 나머지 사람들을 상대로 더 조사한 결과 쑹샨은 이성의와 유거 의 꼬임수에 빠졌던 것이 밝혀졌다. 최항은 쑹샨을 다시 불러다 위로해 주고, 전처럼 강도에서 살게 했다.

제 9 장

최씨 천하의 종말

후계자 최의

　최씨 무인 정권의 제3대 집정 최항은 처음에 최온(崔昷, 대경)의 딸과 결혼했다. 그녀가 병에 들어 오래 앓으면서 병이 낫지 않자, 최항은 다시 조계순(趙季珣, 좌승선)의 딸을 아내로 맞아들였다.

　그러나 두 부인 모두 아들이 없었다. 아버지 최우와 마찬가지로 정실의 아들이 없는 최항은 중으로 있을 때 매부인 송서의 집 노비를 간통해서 낳은 아들 최의(崔竩)를 후계자로 키워나갔다.

　최의는 미남에다 내성적이고 과묵했다. 용모가 수려하고 두 손에서는 희미한 금색이 보였다. 최의는 천성이 침묵을 좋아하고 수줍음이 컸다고 고려사는 전하고 있다.

　저런 최의가 우리 집의 권력을 유지할 수 있을까.

　최항은 최의가 믿음직하지는 않았지만 다른 대안이 없었다.

　별수 없다. 가르쳐야지. 아버지가 나를 가르쳐서 키웠듯이 나도 최의를 가르쳐서 힘을 실어주어야 한다.

　최의가 성장하자 최항은 외아들 최의에 대한 교육에 힘을 기울였다. 경학과 병법에 능한 권위(權韙)와 임익(任翊)에게 정사(政事)를 가르치게 하고 경림사(景琳師)와 예기(芮起)는 시와 글씨(詩書)를, 예도(禮度)에 능한 정세신(鄭世臣)은 예의와 법률·행정을 맡아 가르치게 했다.

고종 44년(1257), 최항이 병들어 눕게 되었다. 그는 다시 일어날 것 같지 않았다. 그러나 최의의 나이는 기록된 것이 없지만 아직 어렸다. 최항은 그가 신임해 온 가신 선인렬(宣仁烈)과 유능(柳能)·최양백(崔良白) 등을 불러서 의논했다.

"내게는 정실의 아들이 없고 최의는 아직 어리오. 나의 후사를 어떻게 하면 좋겠소?"

선인렬이 먼저 말했다.

"저희는 영공께서 최의 님을 후사로 정해 놓은 것으로 알고 있습니다."

최양백이 자기도 같은 생각이라는 뜻으로 말했다.

"그렇습니다. 우리 모두는 이미 그렇게 알고 일을 도모해 왔습니다."

최항이 진지한 표정을 지으며 말했다.

"그러나 최의는 정치와 권력이 어떤 것인지 아직 몰라. 더구나 정실 소생이 아닌 데다 아직 너무 어려요. 그게 걱정이오."

유능이 나섰다.

"정실이 아닌 것은 문제가 안 됩니다. 연세가 어린 것은 우리가 보필하면 됩니다."

"그렇게 할 수 있겠소?"

선인렬이 힘주어 말했다.

"그 무슨 말씀입니까? 당연한 일입니다. 후사문제는 저희에게 맡기십시오."

최항은 안도하는 모습으로 말했다.

"고맙소."

최항은 정말로 고마웠다.

그런 식으로 후계문제에 대해서 일단 가신단 핵심들의 동의를 얻어놓았다. 그 후로도 최항은 수시로 그들을 함께 또는 개별적으로 불러서 최의를 부탁하며 말했다.

"만일 최의를 잘 돕고 이끌어서 선대로부터 창업하여 키워온 우리 가업을 계승시켜 준다면, 이것은 모두 그대들의 시혜(施惠)요. 잘 부탁하오."

"저희를 믿고 아무 염려 마십시오, 영공."

그들이 물러가자 최항은 최의를 불렀다.

"권력승계는 어렵지 않을 것 같다. 내가 힘 있는 가신들에게 단단히 일렀고, 너를 돕겠다는 약조도 받아놓았다. 문제는 네가 정권을 잡은 뒤에 어떻게 하느냐에 달려있다. 이 점을 명심해서 한 점 허술함이 없어야 한다."

"예, 아버님."

"김준과 임연을 조심해라. 그들의 충성심을 의심하는 것은 아니다. 그러나 그들은 문제를 일으킬 수 있는 힘과 그럴 성품을 가진 자들이다. 그들을 가까이 두고 자리를 주어 매어두되, 힘이 그쪽으로 몰리지 않도록 해야 한다. 어떻게 할 것인지는 그때그때의 상황에 따라 네가 판단하고 결정해야 한다."

"알겠습니다, 아버님."

"권력의 쟁취는 목숨이 걸린 어려운 일이다. 그러나 권력을 유지하는 것도 결코 쉬운 일이 아니다. 오늘의 우리 가업은 증조부이신 최충헌 할아버님과 조부이신 최우 할아버님 그리고 아비인 내가 3대에 걸쳐 쌓아올린 아성(牙城)이야. 아주 튼튼하고 안정된 철옹성이다. 이 성은 지금 빈 곳이 없이 가득 차있다. 이것을 지영수성(持盈守成)해야 한다. '가득 차있는 것을 유지하여 선대들이 쌓아온 가업을 잘 지켜 나가야 한다' 그 말이다."

이것이 최의에 대한 최항의 유언이었다.

그해 고종 44년(1257) 윤4월. 나뭇가지에서 새잎이 돋아 제법 녹음이 이뤄져 갈 무렵이었다. 그때 이미 무인들의 단결은 이완되고, 무인정권의 위력도 많이 약화되어 있었다. 반면에 화친파 문신들의 발언권은 커지고 항몽 의지는 계속 퇴화해 가고 있었다.

최항은 병든 몸을 일으켜 가병들의 부축을 받아가며 강화성 동부 견자산(見子山) 후원의 작은 정자로 올라갔다.

나는 병들어 죽어가지만 나무들은 아랑곳없이 살아 움트는구나.

최항은 새싹이 돋아나는 나무들을 유심히 바라보고, 다시 견자산의 나무숲과 벌판의 군영들을 둘러보았다.

시절은 바야흐로 봄이어서 복사꽃이 만발했고, 강화성 밖의 벌판에선 수많은 군막의 오색찬란한 깃발들이 바람에 나부껴 휘날리고 있었다. 보기에도 아름답고 웅장한 광경이었다. 그러나 그때 광풍이 난데없이 모질게 불어 닥쳐 꽃잎이 마치 빗발처럼 날려서 사라졌다.

그런 모습을 바라보면서 최항이 시를 읊었다.

> 도화 향기는 수천 호 집을 감싸 돌고
> 비단 장막은 십리 벌판에 기운차게 펄럭이네
> 이 좋은 곳에 모진 광풍이 불어 닥쳐
> 붉은 꽃잎 빗발처럼 휘몰아 장강을 건너가네[100]

대륙에서는 몽골군의 광풍이 몰아치는데 약하고 어린 아들을 남겨두고 떠나야 하는 자신을 생각하면서, 최항은 그런 시를 써서 몇 번을 읽었다.

최항은 그런 심정을 시에 담아 읊고는 침실로 들어가 쉬다가 조용히 숨을 거두었다. 그해(1257) 음력 윤4월 2일 정해일(丁亥日) 고종 36년(1249), 최우로부터 권력을 이어받은 지 8년만이었다.

최항은 비록 천인신분으로 태어났지만 매사에 분명하고 단호했다. 유혈 숙청을 여러번 거듭했지만 그는 시를 읊을 정도로 다감한 면도 있었

---

100) 최항의 시의 원문;
　桃花香裏 幾千家(도화향리 기천가)
　錦幄氤氳 十里斜(금악인온 십리사)
　無賴狂風 吹好事(무뢰경풍 취호사)
　亂驅紅雨 過長河(난구홍우 과장하)

다. 최항은 부친 최우에 준하는 능력과 신념으로 선대의 권력과 정책을 고수하는데 성공했다.

최항의 공로에 대해서 고종은 이렇게 평했다.

최항의 죽음에 대한 고종의 칙지

시중 최항은 가업을 이어 임금을 돕고 국난을 제어했으며, 대장경에 대해서는 재물을 내놓고 역사를 감독해서 완성하고 봉납의 식전을 거행함으로써 온 나라가 복을 받게 했다. 또 수도인 강도의 요해지에 병선을 배치했고, 강 밖의 승천부에는 궁궐을 건설했으며, 강화 도읍의 중성을 축성함으로써 견고한 요새를 더욱 견고히 하였으니, 만대에 그 힘을 입게 될 것이다. 최항은 문객 박성자(朴成梓)를 시켜 태묘 건축을 감역했고, 모든 비용을 다 자기 재산에서 지출하여 며칠 사이에 준공되니, 그 제도가 적절했다. 이것은 실로 세상에 드문 큰 공이다.[101]

최항이 죽자 최양백(崔良白, 殿前)은 모든 것을 비밀에 붙여 발상(發喪)하지 않고 있었다. 곡을 하려는 시비(侍婢)들을 질책하여 일체 소리를 내지 못하게 했다. 가족들에게도 마찬가지였다. 절대 권력자가 죽었음에도 강화경에서는 울음소리 하나 없었다.

최항의 측근 가신 중에서도 남달리 적극적이고 충성심이 큰 최양백은 칼자루에 손을 얹어놓고 남모르게 동분서주했다.

다음날 4월 3일 최양백은 선인렬과 의논한 뒤, 최항 주변의 핵심 고위층 몇 사람들에게 최항의 죽음을 알렸다. 곧 조문객들이 견자산의 진양부(晉陽府) 저택으로 모여들었다. 선인렬이 무거운 어조로 말했다.

"여러분께 슬픈 소식을 전하게 되었음을 몹시 가슴 아프게 생각합니다. 우리 영공께서 어제 영민하셨습니다."

"예? 그게 사실이오이까?"

---

101) 고종 41년(1254)에 발표된 고종의 표문의 일부.

"좀 더 자세히 말해주시오."

최씨가의 오랜 가인(家人)들이었던 그들은 훌쩍거리며 울기 시작했다. 손을 계속 칼집에 얹어놓고 있던 최양백이 말했다.

"여러분, 조용히 하셔야 합니다. 지금은 우리에게는 비상시기입니다. 우는 소리를 내거나, 오늘의 일을 일체 밖으로 발설하지 마십시오. 그래서는 절대로 안 됩니다."

그렇게 말하면서 최양백은 눈을 부라리며 사람들을 한 번 둘러보고는 다시 말했다.

"그러면 이제 선인렬 공께서 영공의 유언을 말씀드리겠습니다."

선인렬이 나서서 낮고도 무거운 목소리로 말했다.

"예. 영공께서 평소 주변 몇몇 사람들에게 하신 유언을 낭독해 드리겠습니다. '후사를 아들 최의에게 넘긴다. 그러나 최의는 정실이 아니고 어리므로, 문객 모두가 하나로 뭉쳐서 최의를 잘 보살펴 우리의 가업을 승계하는데 허술함이 없도록 하라.' 이상이 최항 공께서 남기고 가신 당부입니다."

그러자 가신들이 말했다.

"당연한 말씀입니다. 우리는 영공의 유언과 두 분의 말씀대로 따를 뿐입니다."

"그렇습니다. 우리 모두도 같은 생각입니다."

"그렇습니다."

"고맙소이다."

최양백이 그렇게 확약하고, 마침내 최항의 부음을 고지했다. 최항의 장례가 시작된 것이다. 이에 백관이 모두 최항의 집으로 가서 조문하고, 최의에게 하례했다.

선인렬이 최영(崔瑛, 대장군)과 채정(蔡楨, 대장군)이 이끄는 야별초와 신의군, 그리고 정무소인 서방(書房) 3번의 문객과 경호대인 도방(都房) 36번의 가병을 모두 동원하여 최의를 옹위한 가운데 발상했다.

최항의 장례가 끝나자, 고종은 최의를 차장군(借將軍)으로 삼았다가 곧 교정별감(敎定別監)으로 발령했다. 교정별감은 무인정권의 권력 중심인 교정도감의 수장이다.

최항의 권력은 순조롭게 최의에게 승계됐다.

이제 최의에게는 최충헌·최우·최항의 3대 권력자가 누린 독재권력을 합법적으로 행사할 수 있는 자리가 주어졌다.

최항에게는 심경(心鏡)이라는 애첩이 있었다. 심경은 용모가 아름답고 고우며 아주 총명하고 또한 재빨라서 최항이 가장 귀여워 하고 사랑한 여인이었다. 최의가 이 심경을 일찍부터 탐내다가, 최항이 죽던 날 드디어 그녀를 불러들여 사통했다.

최양백과 선인렬이 최의에게 권력을 승계시키기 위해 손에 땀을 쥐고 이리 뛰고 저리 뛰며 분주하게 돌아가고 있던 그 시간에, 정작 본인인 최의는 일체 바깥출입을 하지 않고 심경을 뒷방으로 불러들여 함께 뒹굴고 있었다.

최우가 죽던 날, 최항이 최우의 첩실들을 불러들여 간음한 것과 너무나 같았다.

태자를 입조시키겠소

　고종 44년(1257) 윤 4월 최항이 병으로 사망하고 그의 아들 최의가 집권한 얼마 뒤였다.

　그 전해 몽골 황제 몽케의 명을 받고 북으로 철수하여 북계에 머물러 있던 자랄타이가 고려의 권력교체에 대한 보고를 받고 휘하 장수들을 자기 막사로 불러들였다.

　"고려가 강도에 들어가 있는 한 저들을 군사적으로 점령하기는 어렵다. 그러나 우리의 요구인 태자입조에 응하도록 해야 한다. 마침 강경파 권신 최항이 죽고 그의 아들 최의가 집권했다. 정권이 교체된 것은 아니지만, 권력은 분명히 바뀌었다. 새로 집정자가 된 최의는 심약하고 세력도 약하다. 이때를 기해서 다시 군사압력을 강화해야 하겠다."

　그리하여 다음 달 5월 북녘에 주둔해 있던 몽골군이 다시 행동을 개시하여 남진했다. 이것이 제6차 몽골침공군의 세번째 출격이다.

　자랄타이는 군사를 동서 양군으로 나눠 동계와 서계 양쪽 지역에서 공격했다. 그는 5월 11일 푸보타이(甫波大)가 이끄는 서로군의 선봉군을 평남의 용강과 함종에 침투시켰다. 이 선봉대가 6월초에는 개경에 이르렀다.

자랄타이가 직접 영솔하는 서로군 본진은 푸보타이의 선봉군을 뒤따라가서 먼저 태주(泰州, 평북 대천)를 함락시키고, 안주(안북)로 가서 머물러 있었다.

몽골군의 침공이 개시되자, 강도 조정은 6월 5일 이응(李凝, 장작감[102])을 푸보타이에게 보내 그의 선봉부대를 호궤하고 퇴군을 종용했다.

"당신들은 몽케 황제의 명령을 받고 북으로 철수했소. 그런데 다시 전쟁을 개시했으니, 황제가 명령한 것이오? 다시 물러가시오."

푸보타이가 말했다.

"다칸의 공격명령은 없었소. 자랄타이 원수가 남진을 명령했소. 전선의 일은 정벌군 원수가 판단하여 하는 것이오. 물러갈 수는 없소."

고려의 철수 요구는 아무 소용이 없었다.

푸보타이는 호궤를 받고는 남진을 재개했다. 그의 군사는 그 달 10일에는 남경을 통과하고, 12일에는 직산(稷山, 충남 천안시 직산면)에 도달했다.

푸보타이의 선봉군은 직산에서 서남방으로 남진을 계속하여 전라도 지역으로 내려갔다. 그들은 거기서 석 달 동안 약탈을 벌였다. 호남지역은 지난해에 이어 다시 수난을 겪었다.

이와 때를 같이해서 동계에서는, 몽골 동로군이 동쪽 변경의 옛 동진 땅에서 여진병 3천 명을 앞세워 공격을 개시했다.

동로군의 선봉군은 문주(文州, 함남 문천군)·영풍(永豊, 함남 문천군 풍하면 고읍리)에 대해서 대대적인 공략전을 펴고, 13일에는 다시 등주(登州, 함남 안변)를 공격했다. 그들은 성을 함락시키기보다는 손쉬운 마을의 인가에 들어가 약탈과 방화로 위협한 뒤에 바로 다음 목표 지역으로 떠나는 전술을 유지했다.

고려 조정에서는 그 달 6월 29일 다시 김식(金軾, 시어사)을 안북에 있는 자랄타이에게 보냈다.

---

102) 장작감(將作監); 토목 영선 등을 맡아보던 고려시대의 관아.

김식은 자랄타이를 만나 따졌다.

"당신네 헌종 황제께서는 그대의 군사들을 철수시키겠다고 우리에게 약속한 바 있소. 그래서 그대가 작년 9월 북으로 철수한 것인데, 왜 다시 내려온 것이오?"

"그 이유는 자명하오. 우리의 조건이 수락되지 않았기 때문이오. 우리의 기본적인 철군조건이란 고려 임금의 입조요. 이 기본조건을 고려가 거부하고 있기 때문에, 권신이 나오라 또는 태자가 입조하라 등등 철군조건의 모양을 바꾸고 수정이 있어왔지만, 핵심은 바로 국왕친조요. 국왕친조만 이뤄진다면 출륙환도는 고려의 자율사항이 되고, 권신이나 태자는 오지 않아도 되오."

자랄타이는 철수조건을 다시 국왕친조로 강화해서 말했다.

"임금이 나와서 항복하라는 그 국왕친조가 우리에게 부담이 된단 말씀이오."

"고려왕은 작년에 나에게 문서로 태자의 입조를 언급한 적이 있소. 그런데도 그것은 한낱 붓놀림이었을 뿐 아직 실행되지 않았소. 지난해 우리가 군사를 북으로 철수시켰는데도 고려는 아무런 조치를 취한 것이 없지 않소?"

"우리 폐하의 말씀은 몽골이 먼저 군사를 회군했을 때 태자를 입조시키겠다는 뜻이었소."

"또 닭과 계란 얘기가 되는군. 고려는 왜 우리를 믿지 못하오. 우리 몽골은 지금 만국을 다스리고 있는 세계제국이고, 나는 그 몽골제국의 장수요. 장수가 어떻게 거짓말을 하겠소. 그대가 강도로 가서 임금에게 이렇게 전하시오."

"말씀해 보시오."

"고려왕이 친히 내게 온다면 내가 즉시 군사를 국경 밖으로 돌릴 것이고, 태자를 입조시킨다면 고려에 다시는 후환이 없을 것이라고. 고려가 이것을 또 거부한다면 그때는 반드시 참화가 따를 것이오. 이걸 분명히 임금에게 전하시오."

"알겠소이다. 그러나 지금 푸보타이 장군의 몽골군이 남쪽에 내려가 다시 살상과 분탕질을 일삼고 있소. 더구나 호남은 우리의 곡창지대요. 지금 몽골 군사들이 거기서 말을 몰아 우리 백성들의 논밭을 유린하여 농사를 버려놓고 있소. 이래 가지고서야 어떻게 외교교섭이 진전될 수 있겠소이까?"

"알겠소. 그것은 내가 조처하리다. 그러나 고려 임금이 이곳으로 나오지 않을 것이 뻔하니, 그 대신 태자입조라도 이행토록 하시오."

국왕친조가 최선의 철수조건이지만, 고려가 응하지 않기 때문에 태자입조라는 차선의 조건으로 물러섰다.

김식이 돌아가자 자랄타이는 호남 지역에 내려가 있는 푸보타이에 명령해서 살상을 금지하고 논밭을 침범하지 말도록 했다.

김식은 강도로 돌아와서 조정에 들어가 자랄타이의 말을 그대로 전했다. 이런 얘기를 듣고 조정에서 태자입조 문제를 논의했다. 그러나 낙관론보다는 비관론이 더 많았다.

"국왕친조에서 태자입조로 바뀐 것은 몽골이 후퇴한 것이오. 그것은 우리의 끈질긴 항전 때문이오. 그러나 폐하께서 태자를 보낼 생각을 않고 있으니 몽골군이 철수할 리가 없소."

이것은 무신 강경파의 말이 아니고 화평파 문신석에서 나온 한탄이었다. 고려 조정의 안팎은 쓸쓸하고 우울하기만 했다.

"지금 우리가 할 일은 불신(佛神)에 기도하는 것뿐입니다."

어느 대신이 자조 어린 말투로 중얼거렸다.

이때는 조정이 한없이 약해져 있었다. 강력한 권신 최항이 죽고, 대쪽 같은 재상 최린도 평장사로 있다가 1년 전인 고종 43년 9월에 세상을 떠났기 때문이었다.

조정에서 자랄타이의 제안을 논의한 끝에 태자입조를 수용키로 하여 고종에게 건의키로 했다. 태자입조 건의는 평장사에 이부판사(판이부사)를 겸하고 있는 최자(崔滋)와 몇몇 대신들이 맡기로 했다.

고려 조정에서는 몽골군이 철수하면 다시 김식을 보내 주과와 은폐, 수달피 등을 전하고 자랄타이의 철군을 전송키로 하자고 미리 결정해 놓았다. 이것은 약세에 눌려있던 화평론의 승리였다.

최자는 문신 중심의 화평론의 대표주자로 나서서 무인 중심의 자주론과 대결해 나가고 있었다. 최자는 유승단-최린에 이어 제3세대 화친론의 영수로 자리를 굳혀가고 있었다.

항몽파의 자주론은 이제 거의 한계에 부딪쳐 있었다.

최항의 사망으로 항몽파를 이루고 있는 무권(武權)이 약화되고 온건파 문신들의 발언권이 강화됐다. 그러나 항몽파와 대결해온 화평파의 문권(文權)보다는 임금 고종의 왕권(王權)이 더 강해졌다. 그 때문에 임금에 대한 조정의 태도가 전처럼 강하지는 못했다.

태자 입조를 고종에게 건의할 책임을 떠맡은 최자는 김보정(金寶鼎) 등 온건파 신료들과 함께 편전으로 들어갔다.

최자가 먼저 말했다.

"몽골이 국왕친조 대신 태자전하의 입조를 요구하고 있습니다. 자랄타이는 태자가 입조하면 다시는 우리 고려에 후환이 없을 것이라고 하면서, 자기 말을 믿으라고 했습니다."

고종이 우려를 표하며 말했다.

"태자를 보내란 말인가? 태자를 보내면 나라의 안전이 보장될 수 있겠는가?"

"그것은 너무 우려할 일이 아닙니다, 폐하. 일국의 태자를 저들이 어찌하겠습니까? 우리는 이미 왕창 대군을 몽골에 인질로 보낸 적이 있으나 저들은 대군을 안전하게 돌려보냈습니다."

"태자와 대군은 다르다."

몽골을 몇 차례 다녀온 김보정이 나섰다.

"태자 전하가 몽골에 입조한다 해도 안전을 우려하실 것은 없습니다, 폐하. 지금 우리가 적절히 대응하지 않으면 국면타개를 기대할 수 없습니다."

고종은 묵묵부답이었다.

최자가 다시 말했다.

"폐하께서는 이미 태자전하를 몽골에 입조시킬 수도 있다는 언질을 내리신 바 있습니다. 몽골은 지금 문서로 된 그 언질을 이행하라고 요구하고 있습니다. 이를 유념해 주십시오, 폐하."

그러나 고종은 불안감을 씻지 못하고 있었다.

최자가 한발 물러서서 다시 말했다.

"태자입조가 그렇게 우려되신다면, 우선은 시간을 끄는 것도 하나의 방법입니다."

고종의 귀가 번쩍 띄었다.

"어떻게 시간을 끄는가?"

"먼저 다른 종친을 자랄타이에게 보내어 사태의 변동을 알아본 다음에, 태자를 보내면 시간을 끌 수가 있습니다."

화친파의 선봉에 서있는 최자나 김보정은 앞 세대의 화친파 영수였던 최린만큼 강력하지는 못했다.

그들이 제시한 대안을 듣고 고종이 말했다.

"그렇게 하라. 그러면 영안공(永安公) 왕희(王僖)를 자랄타이 둔소에 보내, 저들의 동정과 진의를 알아오도록 하라."

화친파들은 고종 앞에서 태자입조라는 초지를 관철하지 못하고 다시 편전에서 물러 나왔다.

왕희는 은병 1백 개와 주과(酒果) 등의 물품을 준비해 가지고 태자를 대신해서 자랄타이에게 갔다.

자랄타이가 왕희를 보고 퉁명스럽게 말했다.

"그대는 무엇 하러 왔소?"

"대인(大人)께서 남쪽으로 간 몽골 군병을 소환하고 또 곡식을 침노해 짓밟는 것을 금하였기에, 우리 국왕께서 심히 기뻐하시어 신을 보내 술을 올리도록 명하셨습니다."

"태자가 여기에 도착하면, 나는 그날로 강을 건너 봉주(鳳州)로 물러나겠소이다."

자랄타이가 말한 봉주는 황해도의 봉산(鳳山)이 아니고, 압록강 건너 만주 땅에 있는 지금의 봉성(鳳城)이다.

몽골의 이런 반응을 전해 듣고 조정에서는 논의 끝에 고종에게 태자 입조를 다시 건의키로 했다. 이번에도 화친파의 거두 최자와 김보정이 편전으로 갔다.

최자가 말했다.

"폐하, 아뢰옵기 황송하오나 태자를 저들에 보내어 백성들의 목숨을 살리는 것이 좋겠습니다."

"글쎄, 그것이 좋은 방법일지 의문이오."

"저들이 태자입조를 요구하고 있으니 그 요구를 들어준다면, 그들이 우리 요구를 들어주지 않겠습니까."

"계책을 바로 세워야 하오. 지난번에 종친을 보내면 시간을 지연시킬 수 있다고 그대들이 올려 그대로 한 것인데, 일이 제대로 되지 않았소. 이번에 태자를 보낸다 해도 헛일이 되는 것이 아니오?"

고종은 궁색한 얘기를 하면서 계속 주저했다. 그것은 반대의 표현이었다. 최자와 김보정은 그 이상 아무 말도 못하고 다시 물러 나왔다.

궁문을 나서며 최자가 말했다.

"지금 생각해보니, 앞서 화친론을 주장한 유승단 공이나 최린 공은 모두 대단한 분들이었소. 나라 일이라면 목숨을 내놓고 나섰지요. 유승단 공은 그 막강한 최우를 상대로 조금도 굽히지 않고 자기 주장과 고집을 폈소. 최린 공도 전쟁하는 적장 자랄타이를 찾아가서 협상을 벌여 공을 세웠고, 임금 앞에서도 왕자를 적국에 인질로 보내라고 주장하여 관철했소. 그들의 기개와 의지에 경의를 표할 뿐이오."

최자와 김보정은 자조 섞인 웃음을 웃으며 돌아갔다.

조정에서는 할 수 없이 다시 의논해서 사신을 자랄타이에 보냈다. 김식이 다시 안북으로 그를 찾아가서 말했다.

"우리 고려에서는 몽골의 대군이 돌아가는 것을 기다려, 태자가 친히 몽골 황제가 있는 곳으로 가서 입조하기로 결정했소이다. 이것은 우리의 최종 방침이오."

"또 닭과 계란의 선후 논쟁이오? 참으로 고려는 못 당할 나라로군. 그래, 우리가 졌소. 그렇게 하시오."

"고맙습니다, 장군."

"그러나 태자가 올 때는 우리를 배반하여 탈출한 쑹산과 함께 오는 것이 좋겠소."

선철수 후입조의 원칙이 합의되자, 자랄타이는 이미 전라도에 내려가 있는 푸보타이에게 군사를 이끌고 올라오도록 소환했다. 강도 주변 승천부와 김포 일대에서 행해지고 있던 몽골군의 시위와 약탈도 중지시켰다. 몽골군이 고려에서 떠난 것은 아니지만, 전선에서는 철수하여 다시 북으로 갔다.

자랄타이는 약속을 지켜 남북의 군사들을 철수시켰으나 고려에서는 아무런 후속 조치도 취하지 않았다.

"고려는 참으로 골치 아픈 나라다. 우리가 철수하면 태자를 쑹산과 함께 보낸다더니, 또 약속을 어겼다."

고려의 반응이 없자, 자랄타이는 평남의 안북(安北, 안주)에서 나와 소수의 기병대를 이끌고 서해도의 염주(鹽州, 황해 연안군)로 내려왔다. 그러나 전투를 벌이지는 않은 채 사태를 관망하고 있었다.

자랄타이의 거동을 보고 고려는 그해 8월초에 다시 김식을 그에게 보내, 몽골군이 철수하면 태자를 입조시킬 것이라고 확인했다.

자랄타이가 따지듯이 물었다.

"우리는 북으로 철수해서 고려 조정의 반응을 기다려 왔소. 그런데 고려는 왜 아무런 조치없이 자꾸 철수하라고 하는가."

"너무 서두르지 마시오. 차차 태자가 몽골 황도에 들어가게 될 것이오. 삼십 년의 전쟁문제를 청산하는데, 왜 그리 서두르시오?"

"서두르지 말라? 그러면 고려는 왜 우리 군사를 철수시키려고 서두르고 있소?"

그러나 자랄타이도 지쳤다. 일보도 진전 없는 고려의 제의를 다시 받고, 그가 말했다.

"그러면 태자의 입조를 믿어도 되겠소?"

"고려국 국왕인 우리 폐하의 말씀입니다."

"다시 왕실의 종친 따위를 내보내는 것은 아니오?"

"그렇지 않을 것이오."

"그럼 다시 속는 셈치고 믿어 보겠소 우리는 다시 북으로 철수하겠소."

고려의 끈질긴 지연전술에 성질이 급한 자랄타이가 결국은 지쳐서 물러섰다. 그는 그해 고종 44년(1257) 9월, 남진해 있던 몽골군을 이끌고 북쪽으로 철수했다. 자랄타이는 남쪽 지역에 가있는 푸보타이의 몽골군에 대해서도 북으로 철수하도록 명령했다.

그때 철수하던 몽골군 60여 명이 대오를 벗어나 평북 서남해에 있는 애도(艾島, 정주군 소속)를 침범했다. 그러나 이들은 북계 별초군의 공격을 받아 전원이 몰살됐다.

여기서 자랄타이의 세번째 출격은 끝났다.

권력의 내분

　최의가 집권했을 때, 송길유(宋吉儒, 대장군)는 경상주도(慶尙州道)의 수로방호별감(水路防護別監)으로 육지에 나가 있었다. 그의 임무는 주로 몽골군에 유린당하고 있는 경상도 지역의 인물들을 심사하여, 섬으로 들여보내 피신시키는 것이었다.

　성품이 잔혹한 송길유는 고문으로 악명이 높았다. 수로방호별감으로 나가서도 그는 사람을 대할 때는 항상 폭력과 고문으로 임했다. 자기 명령에 따르지 않으면 반드시 죽였다. 덤벼들면 그 자리에서 바로 처형하고, 말없이 불복하면 잡아다 고문으로 죽였다.

　말을 듣지 않는 사람이 많으면 긴 새끼줄로 목을 연이어 엮은 다음 깊은 물에 밀어 넣었다. 그들이 물속에서 거의 죽게 되면 꺼냈다가, 조금 깨어나면 다시 처음과 같이 물속에 처넣었다.

　송길유는 이렇게 여러 차례 반복하여 사람들을 다뤘다.

　"죽지 않으려면, 내놓아! 자식을 살리려면 땅문서를 가져와!"

　탐욕스러운 송길유는 강제입도(强制入島)를 내걸어 고문을 일삼으면서, 토지와 재물을 제 마음대로 빼앗았다. 이런 박탈과 착취가 심했어도, 최항의 심복인 그를 건드리는 사람은 없었다.

최항이 죽고 최의가 들어서자, 이를 보다 못한 경상주도 안찰사 송언상(宋彦庠, 대장군)이 송길유를 탄핵하여, 그 죄상을 모두 적어 도병마(都兵馬)[103]에 올렸다.

송언상은 충북 진천 출신으로 성품이 강직하고 공사가 분명한 사람이었다. 그는 몽골군의 침공이 있었을 때 귀주성에서 박서를 도우면서 몽골의 전술을 익혔다. 그 전술로 안성에서 '죽주의 승첩'을 올려 고려 만백성의 존경을 받는 전쟁 영웅 송문주(宋文胄)다. 그 송문주가 이름을 송언상으로 바꾸고 있었을 뿐이다.

송길유에 대한 송언상의 탄핵을 알고, 송길유와 한 패거리인 김준(金俊, 별장)이 유경(柳璥, 대사성)[104]과 유능(柳能, 대제)[105]을 찾아갔다.

모두 송길유와 한통속인 사람들이다.

"송길유는 내가 본시 좋게 여긴 자이고, 최우 공도 그를 아꼈습니다. 그는 우리를 위해 공이 컸습니다. 그를 살려야 하지 않겠소이까?"

유경이 말했다.

"물론 살려야지요. 허나 죄상이 크다면 어떻게?"

그러나 김준은 집요했다.

"지금 영공의 술책은 돌아가신 최항 시중과 다릅니다. 최의는 벌써 다른 사람들을 끌어들여 구신인 우리를 멀리하고 있지 않습니까. 이럴 때 우리에게는 송길유 같은 사람이 있어야 합니다. 그를 살려내지 않으면 우리는 언제 당할지 모릅니다."

"어떻게 하면 송길유를 살려낼 수 있겠소."

"듣건대, 송언상이 송길유의 잘못을 적어 올린 탄핵문이 고려 최고의

---

103) 도병마; 도병마사(都兵馬使)의 약칭. 도병마사는 동북면(동계)과 서북면(북계 또는 서계)의 병마사를 지휘 감독하고 변경의 군사문제를 논의 처리하기 위해 중앙에 설치한 기관. 그 구성원은 문하시중과 평장사, 참지정사 등의 재상급과 추밀원의 6추밀을 비롯한 조정의 고위 조신들이었다. 후에 도평의사사(都評議使司)로 됐다.

104) 대사성(大司成); 성균관의 정3품 벼슬.

105) 대제(待制); 보문각(普門閣)의 정5품 벼슬.

관청인 도당(都堂, 의정부 격)에 도착했다 합니다. 송길유의 과격 행위 등이 지금 발설되면 그를 구제하기 어렵게 될 것입니다. 내가 장차 기회를 보아서 영공에게 말씀 드릴 터이니, 그리되면 죄를 면할 수 있습니다. 공들은 이런 사정을 알고, 송길유를 살릴 수 있도록 각자 일을 도모해 주십시오."

이 말을 듣고 유경과 유능은 도당의 관리에게 은밀히 부탁해서 안찰사 송언상의 탄핵서가 위로 올라가지 못하게 했다.

그러나 이런 사실은 감춰질 수 없었다. 그것은 곧 최의의 외숙(舅)[106]인 거성원발(巨成元拔)에게 알려졌다.

거성원발은 최항의 첩실이던 서련의 남동생이다. 따라서 그는 최항의 처남이자, 최의의 외숙이다. 최의(崔竩)가 집권하자 거성원발은 당시 최의에 가장 가까운 실세로 세칭 신세력의 대표자였다.

거성은 거구에다 힘이 장사였다. 최항에서 최의로 정권이 교체된 뒤, 그는 누이의 아들이자 생질인 최의의 경호 책임을 떠맡고 나서서 쉽게 최의의 측근이 됐다.

특히 거성은 최의의 애첩이 된 심경(心鏡)과 결탁하여, 밖으로는 위력과 은혜를 베풀어 사람들을 복종시키고, 안으로는 남을 헐뜯어 없는 죄를 있는 것처럼 꾸며대고 재물을 탐내기에 한이 없었다.

천예 출신인 최의에게는 이렇다 할 피붙이가 없었다. 모두가 자기와는 거리가 먼, 선대로부터 세력을 키워온 구신(舊臣)들 뿐이었다. 이래서 최의는 권력을 잡자 구세력을 멀리하고 신세력을 주변에 배치했다.

자기를 추대해준 가신들을 뿌리치고, 자기 생모의 동생인 거성원발과 자기에게 충실한 최양백 등을 가까이 하여 부리고 있었다. 이렇게 해서

---

106) 구(舅); 여러 가지 의미가 있다. 외삼촌(母之兄弟), 시아버지(夫之父), 장인(妻父), 처남(妻之兄弟) 혹은 할머니의 형제(祖母之兄弟) 등으로 함께 쓰인다. 여기서는 『국역 동국통감』(세종대왕기념사업회)의 번역에 따라, 거성원발을 최의의 '외숙'으로 했다.

최항을 떠받들던 세력이 최의에 와서는 신구파의 둘로 나뉘었다.

최의에 가까운 친위세력은 심경·거성원발·최양백 등의 신세력이고, 밖으로 밀려나간 주변세력은 유경·유능·김준 등의 구세력이었다.

거성원발은 송길유 문제에 대한 얘기를 듣고는 바로 최의에게 달려가서 말했다.

"선대 최항 시중의 측근이었던 유경·유능·김준 등 구세력의 무리들은 선대의 신임만을 믿고 새 영공을 가벼이 여기면서, 선대로부터 키워온 자기들의 권력과 이익을 계속 누리려 하고 있습니다."

"그래요?"

"더구나 저들은 영공을 오늘의 지위에 앉게 한 것은 자기들의 공이라고 하면서 방자하기 이를 데 없어, 조야에서 평이 나쁘고 민심도 잃고 있습니다."

"그렇습니까?"

"저들은 같은 구세력인 송길유 같은 포악하고 탐욕한 자를 살려서, 자기네 기존 권익을 지키는 사냥개로 부리려 합니다. 이런 책모를 분쇄하지 않으면 그 악한 평판이 영공에게 돌아와서 후환이 생길지도 모릅니다."

"송길유 같은 자를 살리려 하다니? 그런 짓은 그냥 놔둘 수 없지요."

"그들은 공신이지만 이 기회에 정리해 놓아야 합니다."

"그들 중에서 송길유를 살리려고 한 주동자는 누구입니까."

"김준이 앞장 서서 뛰고 있다고 합니다."

"김준은 아직 별장(別將, 지금의 소령)인 주제에, 영공의 집안에 오래 있으면서 선대들의 총애를 받았다는 것만 믿고 자만하고 있습니다."

세상물정에 어둡고 권력의 생리에 미숙했던 최의는 흔들리기 시작했다. 거성원발은 무인정권의 집정자 최의가 지금 자기 손안에 들어있다는 자신감을 가지고 말했다.

"어차피 잘 된 일입니다. 저들은 선대 이래 세력을 키워온 자들입니다.

이런 기회가 아니면 저들의 막강한 세력을 내칠 수 없습니다. 이 기회에 저들 구세력의 뿌리를 아주 뽑아버려야 영공의 시대를 열어갈 수 있습니다."

"옳은 말씀이오."

거성원발은 우쭐해서 다시 말했다.

"김준·유경·유능 등 관련자들을 불러서 혼을 내시고, 그들의 태도를 보아가며 처단하면 됩니다. 만약 말을 듣지 않으면 멀리 유배해서 내쳐야 합니다. 그리되면 거세되어 다시는 도전하지 못할 것입니다."

"알았어요. 내 그리 하지요."

최의가 노해서 김준과 유경·유능을 불렀다. 그들이 견자산 기슭의 진양부로 들어가 최의 앞에 섰다.

나이 어린 최의가 원로들을 놓고 근엄하게 꾸짖었다.

"그대들은 아버님의 중신(重臣)으로 이 나라와 체제를 유지해 온 공로가 크오. 따라서 나는 그대들을 우리 심복으로 알고 의심치 않았소. 헌데, 어찌하여 이제 와서 제멋대로 하기를 이렇게 방자할 수 있단 말이오?"

그들은 놀랐다.

아니, 최의가 우리에게 이럴 수가 있어?

속으로 그렇게 생각했지만, 권력변동 후에는 항상 새로운 권력에 맞는 새로운 인맥과 질서가 형성된다는 것을 그들이 모를 리가 없었다.

아직 대들 수는 없다. 우선 허리를 바싹 숙여야 한다.

그렇게 생각하고, 그들 세 명은 최의에게 복종과 충성의 예를 표하는 자세로 엎드려 고개를 깊이 숙인 채 대죄(待罪)했다.

김준이 먼저 말했다.

"저희가 사사로운 정분에 이끌려 이와 같은 어리석은 일을 저질렀습니다. 저희를 처벌하여 주십시오."

유경도 나섰다.

"죄를 졌으면 벌을 받아야 합니다. 우리를 벌하여 세상에 본을 보여주십시오."

유능이 같은 자세로 말했다.

"그리하여 주십시오, 영공. 선대 최항 시중을 받들어온 우리는 그분의 유언을 엄숙히 받아들여, 새로 대임을 맡은 영공에게 복종과 충성을 다할 것입니다."

그들이 읍소하듯 조아리는 태도로 보아서, 최의는 그 세 명이 거성원발의 말처럼 자기에게 덤벼드는 것은 아니라고 생각했다.

복종과 충성. 그래야지. 내가 선대의 권력을 이어받았으면 구신을 너무 박대해서는 안 된다.

아직 순수함을 유지하고 있는 최의는 그들의 잘못을 일단 불문에 붙이기로 하고 말했다.

"그대들이 그간 나의 선대들과 나를 위해 세운 공로를 인정해서 더 이상 책임을 묻지는 않겠소. 그러나 앞으로 다시 이런 일이 있으면 방관하지는 않을 것이오. 송길유는 악행과 비위가 많았소. 마침 현지 경상주도의 안찰사 송언상 장군의 탄핵이 올라왔으니, 그런 자는 벌을 받아야 합니다. 그리 알고 오늘은 이만 물러들 가시오."

최의는 그들을 물리치고는 송길유를 제주도의 추자도(楸子島)로 유배했다. 고종 45년(1258) 정월 3일이었다.

구세력 중에서 현실적이고 기회주의적인 유능은 권력변동의 행방을 알아채고, 재빨리 거성원발과 최양백에 접근했다. 최의는 그 후로 유능은 계속 가까이에 두었으나, 유경과 김준 등은 만나주지 않았다.

새로 형성된 거성원발과 최양백·유능 등 신세력은 최의를 싸고돌면서 너욱 기세등등해 있었다. 최의는 조정과 구신을 무시하고, 오로지 그들 친위세력들과만 상의하여 국사를 처결해 나갔다.

그리하여 최의는 대권을 이어받았으나 최우-최항 이래의 원로파 구세력과 그 원로들이 키워놓은 소장파 구세력은 반최의파(反崔竩派)가 됐다.

구세력 중에서 유경·김준과 일부 고위 장군들이 반최의 세력의 노장파
라면, 젊은 군관인 신의군 도령 박희실(朴希實, 낭장)과 지유 이연소(李延
紹, 섭낭장)·도령인 임연(林衍, 낭장)·이공주(李公柱, 섭낭장)·박천식(朴天
湜, 대정)·차송우(車松祐, 별장동정)·김홍취(金洪就, 낭장) 등은 반최의 세
력의 소장파다.

이들은 연조나 경력은 달랐지만 모두가 '최의로는 안 된다'는 데 뜻을
같이 하여, 이를 갈면서 때가 오기를 기다렸다.

신세력이 된 최양백은 구세력으로 전락한 김준의 사돈이었다. 김준은
최양백의 딸을 맏며느리로 맞아들이고 있었다. 그러나 권력이 바뀌면서
가까웠던 이들간의 사이도 벌어져 갔다.

유경은 혼자서 생각했다.

앞으로 신세력 일당에게 한 번만 더 걸리면 나는 살아남기 어렵겠다.
이제부터는 근신에 근신이 있을 뿐이다.

그러면서 유경은 좀처럼 나다니거나 사람을 만나려 하지 않았다.

김준도 마찬가지 심경이었다.

최씨의 가군(家軍)을 이끌어온 나는 이제 끝장이다. 이대로 있으면 최
의와 그 무리의 손에 죽고 만다.

그때는 몇 년째 흉년이 계속되고 있었다. 강화경의 도성 사람들도 하루
한 끼를 제대로 먹을 수 있는 사람이 드물었다. 거리에는 비쩍 마른 백성
들이 해골처럼 거닐고 있었다.

수도인 강화는 그래도 나은 편이었다. 강화도 이외의 본토 땅에선 더욱
기근이 심했다. 전국의 거리에는 굶어죽은 시신들이 널려 있었다.

김준은 이 비참한 현상을 심각하게 생각하고 있었다. 최의에게 불만을
가지고 있던 그는 그 책임을 집정자인 최의에게 돌리고, 이것을 빌미삼아
최의에게 도전할 생각이었다.

"새파란 철부지 최의가 공신과 원로에게 이럴 수가 있어? 거성에 놀아나고 있는 최의가 원로공신인 우리를 업신여기고 있다. 이건 이소능장(以少凌長)이다. '젊은애가 어른을 능멸한 것' 이야."

김준은 유경의 집을 찾아갔다. 최의로부터 소외당한 두 사람은 동병상련(同病相憐)의 관계에 있었다.

김준이 말했다.

"유 공과 같은 어른이 새파란 젊은 아이에게 푸대접받고 있으니 걱정입니다. 국가의 공신과 원로가 이렇게 취급돼서야 나라가 제대로 되겠습니까?"

김준이 유경을 부추겼다. 최의에 대한 유경의 뜻을 떠보려는 의도에서였다. 그러나 유경은 웃기만 할 뿐, 말이 없었다.

김준이 다그치듯이 다시 말했다.

"백성들이 죽어가고 있습니다. 길거리의 사람들을 보셨지요? 굶어서 피골이 상접돼 있습니다. 강화 거리는 마치 해골바가지들이 걸어 다니는 모습입니다. 최의는 최충헌이나 최우·최항 등 선친들에 미치지 못합니다. 그는 이런 난국에 전쟁을 수행하고 백성을 돌볼 만한 사람이 못됩니다."

그래도 유경은 고개만 끄덕이며 웃을 뿐 말이 없었다.

"지금 우리 도성인 이 강화경마저 살아있는 해골들이 서성대는 거리로 변하고 말았습니다. 이것은 집정인 최의가 책임지고 해결해야 할 문제입니다. 유 공께서는 이런 굶어 몸이 파리해져서 '뼈만 앙상하게 남은 백성들'(骨立之衆)을 두 눈으로 보면서도 계속 이렇게 앉아 있으시려는 겁니까? 최의를 갈아치워야 합니다."

김준이 그렇게 다그쳐 따져도, 유경은 웃기만 했다.

"왜 말은 안 하시고 웃기만 하십니까? 본토에는 '굶어죽은 백성'(餓莩, 아부)이 들을 덮고 있다는데, 나라의 대신이 어찌 이러고만 계시는 게오?"

"소이부답(笑而不答)일 뿐이외다. 대답할 말이 없으니 웃을 수밖에요. 나로서는 김 별장에게 행자(杏子)밖에는 달리 대접할 것이 없습니다. 잘 익은 행자가 있으니 그거나 드십시다."

그러면서 유경은 하인을 불렀다.

"귀한 손님이 오셨다. 잘 익은 행자를 골라서 하나 가득히 가져오너라."

행자란 살구다.

잠시 후 하인이 과연 통통하게 살찌고 잘 익은 살구를 깨끗이 씻어서 한 대접 가득히 담아왔다.

"자, 드시지요."

김준이 행자를 먹으면서 말했다.

"행자 맛이 일품입니다."

"계절에 맞으니 더욱 맛이 있겠지요. 때를 놓치면 맛이 없어집니다. 지금이 바야흐로 제철이지요."

김준은 유경이 자기에게 거사하라는 뜻으로 알고 말했다.

"지금 바야흐로 때가 익었으니, 이때를 놓치지 말고 지금 하라는 말씀이군요?"

유경은 계속 소이부답이었다.

김준은 혼자서 유경의 말과 행동을 되씹어 보았다.

행자밖에는 대접할 게 없으니, 소이부답할 수밖에 없다? 응, 알겠다. 행자의 행은 곧 행운의 행(幸)이지. 행운을 빌겠다는 뜻이 있구나. 그러면 유경도 나와 뜻이 같은 것이다. 그러면 됐다. 그래, 최의. 이놈은 용서할 수 없다. 제가 어떻게 그 자리에 올랐나. 우리가 아니었다면, 그 젊은 철부지가 지금의 자리에 오를 수 있었겠어? 능력도 경륜도 없으면서 겨우 선대의 권력만 이어받은 최의가 자기를 올려준 우릴 박대해? 어디 두고 보자.

김준은 살구만 대접하면서 소이부답하고 있는 유경이 자기의 거사제의를 지지하는 것으로 해석하고 다짐했다.

"유 공, 저희를 도와주십시오. 혈육같이 지내온 우리가 아닙니까? 계속 골육지친(骨肉之親)으로 모시겠습니다."

그래도 유경은 소이부답. 그는 김준의 얼굴을 바라보며 계속 웃기만 할 뿐 말이 없었다. 김준은 물러갔다.

그의 뒷모습을 바라보면서 유경이 속으로 중얼거렸다.

"김준이 드디어 칼을 뽑겠구나. 최씨정권도 이젠 모연추초(暮煙秋草)다. '저녁 연기와 가을의 풀' 처럼, 60년 최씨정권이 이제 끝장나는 것이야. 김준이 나서면 일은 된다."

유경은 다시 웃었다.

유경과 김준은 같은 반최의파 세력으로 인식은 같았지만 대응방식은 달랐다. 양반신분의 문신인 유경은 소극적·방어적이었지만, 천민신분의 무인인 김준은 적극적·공격적이었다.

그러나 행동에 나서지 않은 점은 둘이 같았다. 노장파인 그들이 아직은 인식과 토론의 단계에 있을 뿐 실행에는 나서지 않고 있었다.

며칠 후 김준은 최의를 찾아갔다. 그는 백성들이 굶어죽고 있는 상황을 상세히 설명하면서 말했다.

"영공, 지금 우리나라는 삼공(三空)의 땅이 되었습니다."

"삼공이라니오?"

김준은 그것도 모르느냐는 투로 설명했다.

"지금이라도 당장 나가서 살펴보십시오. 사당에는 제사를 지내는 사람이 없습니다. 서당에는 글 배우는 학생이 없습니다. 뜰에는 집을 지키는 개가 없습니다. 항상 북적거려야 할 그 세 곳이 텅 비어있으니, 그것이 삼공입니다. 이것은 모두 식량이 떨어져 백성들이 굶어죽게 됐기 때문입니다."

"그래서요?"

최의는 '그래서 어쩌란 말이냐' 는 투였다.

"백성은 나라의 근본이라 했습니다. 백성 없이 어떻게 나라가 있겠습니까? 더구나 지금은 몽골의 침략을 받고 있는 국가 비상시국입니다. 백성을 동원하지 않으면 이런 외환을 이겨낼 수 없습니다. 당장 나라의 창고를 모두 열어 백성들부터 살려내야 합니다."

"그렇지 않아요. 예로부터 '옷과 식량이 넉넉하면 사람들은 영예와 치욕을 안다'(衣食足則知榮辱)고 했어요. 지금 민심이 어떤지 알고 계시오?"

"어떻습니까?"

최의가 설명했다.

"백성들이 요즘 우리 조정에 대해서 불만이 아주 많아요. 저렇게 굶주리고 있으면서도 불만이 많은데, 배가 부르면 영예와 치욕을 구분할 줄 알기 때문에 불만을 밖으로 터트릴 것이 아니오? 그런 백성들은 굶주리게 내버려 둬야 해요. 그래야 통치하기가 쉽습니다."

"아니, 그러면 영공은 백성들을 굶어죽게 이대로 내버려두겠다는 말씀입니까?"

"흉년이 들고 전쟁 때문에 농사를 지을 수 없어 그리 된 것을, 나보고 어떻게 하란 말이오?"

"창고의 쌀을 풀면 되지 않습니까? 창고에 쌀을 쌓아두는 것은 이런 때에 쓰기 위한 것입니다. 당장 창고를 열어 백성들을 먹여야 합니다."

최의는 말이 막혔다. 그는 그 이상 김준을 상대하고 싶지 않았다. 김준이 무슨 말을 하더라도 귀담아 듣지 않겠다는 것이 최의의 뜻이었다.

"알았소이다. 그 문제는 내가 조정 신하들과 의논해서 하겠으니, 이만 돌아가시오."

김준은 쫓겨나오듯이 물러났다.

최의는 말뿐이었다. 그는 그 후 백성들의 구휼문제를 조정논의에 붙이지 않았을 뿐만 아니라, 쌀 한 톨도 풀지 않았다.

김준은 이를 갈면서 속으로 외쳤다.

공신이 백성들을 위해서 제기한 충정어린 상소를 외면해! 그래 가지고도 집정자라 할 수 있어!

그때의 기근은 극심했다. 사서(史書)들은 '해마다 흉년이 들고 황폐하여 굶어죽은 백성들이 서로 베개를 삼아 드러눕게 되었다'(連歲凶荒餓莩相枕)고 기록하고 있다. '눈으로는 차마 볼 수 없는' 목불인견(目不忍見)의 참상이었다.

잘 난 아버지에 못난 아들을 비유해서 호부견자(虎父犬子)라더니, 최의야말로 정말 '호랑이 아비를 둔 개의 새끼' 야. 선친 최항은 얼마나 당당하고 폭이 큰 호걸이었는가. 그런데 그 아들 최의는 왜 저리 못나고 어리석고 무능한가. 이래서는 나라가 되지 않는다. 나라를 제대로 꾸려나가지 못할 무능한 자를 계속 영공으로 받들 수 있겠는가. 아니다. 그건 안 된다.

김준은 '이래서는 나라가 안 된다' '최의는 받들 수 없다' 고 몇 번이고 되씹었다. 그것이 반복될수록 최의에 대한 김준의 살기는 더욱 강해졌다. 김준은 최씨일가의 4대 60년 왕국의 종말을 마음과 머리로 그려나가기 시작했다.

소장파의 등장

고종 45년(1258) 3월이었다. 반최의파에 속해 있던 구세력의 노장파들이 행동을 주저하고 있을 때, 소장파인 신의군 도령 박희실(朴希實, 낭장)과 지유 이연소(李延紹, 섭낭장)가 행동을 개시했다.

최의로는 나라가 안 된다. 최의를 이대로 두면 역대 공신과 충신들도 희생되고 만다.

이렇게 생각하며 그들은 밤이면 동분서주하며 사람들을 만나고 있었다. 권력변동을 생각해온 박희실과 이연소가 맨 먼저 찾아 간 곳은 김준(金俊, 별장)[107]이었다. 그들은 처음부터 김준을 중요시하여 반최의 정변군을 지휘할 주병자(主兵者)는 김준뿐이라고 생각했다.

김준이 자기들보다 아래 계급인데도 박희실-이연소가 김준을 주병자로 추대하기 위해 먼저 찾아가는 데는 이유가 있었다.

김준은 최씨 가병(家兵, 일종의 私軍)의 지휘관 출신으로 야별초의 실력자이고, 최씨정권의 핵심이다. 그는 천민출신이어서 계급은 낮지만 나이가 많았고, 일찍부터 최항의 측근으로 권력세계에서 살아온 구세력 노장

---

107) 원래의 이름은 김인준(金仁俊)이었으나 후에 개명했다. 여기서는 혼란을 막기 위해 처음부터 김준으로 통일해서 썼다.

파다. 게다가 김준은 근년 들어 최의에 대해 불만을 노골화하고 있다.

박희실과 이연소는 반최의파 원로급인 김준이 아직 행동에는 나서지 않았지만, 정변을 꿈꾸고 있는 자기들과 생각이 같다고 확신했기 때문에 우선 그를 표면으로 끌어내기 위해 찾아갔다.

박희실이 말했다.

"지금의 영공 최의(崔竩)는 소인배들을 친근히 하여 그들이 참소하는 말만 믿고 있소. 일찌감치 그를 도모하지 않는다면 우리들도 화를 면치 못할 것이오."

김준이 물었다.

"어떻게 할 생각이오?"

이연소가 나섰다.

"우리는 힘이 있소. 군사들이 우리 수중에 있지 않소이까. 날짜를 잡아서 먼저 치면 됩니다."

김준은 때가 오고 있다고 생각하면서 물었다.

"날을 언제로 정할 것이오?"

이연소가 대답했다.

"4월 초파일의 관등행사를 기회로 삼으려 하오."

"좋소. 나는 그대들에 따르겠소. 최충헌 공이 이의민을 쳐서 없애고 집권에 성공한 것도 4월 초파일이었소. 반드시 성공할 것이오."

김준이 쾌락하자, 박희실이 말했다.

"고맙소이다, 김 별장. 앞으로 김 별장이 중요한 역할을 맡아주셔야 하겠소."

"그러면 내 아우와 아들들과도 상의해 보시오."

박희실과 이연소는 물러 나왔다.

그들은 그 길로 김준의 동생인 김승준(金承俊)과 김준의 아들 3형제인 김대재(金大材)·김용재(金用材)·김식재(金式材)을 찾아가서 만났다.

"김준 형님의 의사가 그러시다면 나는 적극 가담하겠소이다."

김승준의 말이었다.

"우리 삼 형제도 아버님과 숙부님의 뜻에 따르겠습니다."

김준의 아들들도 같은 태도였다.

"여러분, 정말 고맙소이다."

박희실과 이연소는 그렇게 말하고, 급히 나와서 다시 반최의 세력의 노장파인 유경(柳璥, 대사성)·박송비(朴松庇, 장군)와 소장파인 임연(林衍, 낭장)·이공주(李公柱, 섭랑장)와 박천식(朴天湜, 대정)·차송우(車松祐, 별장동정)·김홍취(金洪就, 낭장)도 만나서 설득했다.

그들 모두가 김준의 형제부자와 같은 태도로 즉석에서 동의했다. 그 중에서 특히 이공주는 최씨가의 가노로 있다가 한 달 전에 노비들의 집단건의를 최의가 받아들여 특별히 섭랑장이 된 사람이었다.

박희실-이연소의 주동은 구세력의 노장파와 소장파를 연결시켜 반최의파 세력의 단일전선이 형성됐다.

정변모의는 소수가 극비에 기획해서 속결 처리해야 한다. 그러나 반최의파 세력들은 너무 많은 사람을 만나면서 여러 날을 보냈다. 그 때문에 이 계획이 누설되어 이주(李柱, 중랑장)에게 알려졌다.

이주는 가까운 동료인 견룡부대의 행수 최문본(崔文本, 산원)·유태(庾泰, 산원)와 하급 군관인 박선(朴瑄, 교위)·유보(兪甫, 대정) 등과 의논한 끝에 그 사실을 서찰로 써서 최의에게 알렸다.

한편 김준의 맏아들인 김대재는 자기 장인인 친최의파 최양백을 의심하지 않고 그에게 가서 최의 제거 계획을 알리며 말했다.

"장인 어른께서도 이번 일에 꼭 참여해 주셔야 하겠습니다. 이번 일은 반드시 성공하게 되어 있습니다."

"그런가. 알았네."

최양백은 김대재의 말에 따를 듯이 하여 돌려보낸 뒤 이를 은밀히 최의에게 알렸다. 사위를 역모죄로 밀고한 것이다.

최의는 눈이 둥그래져서 말했다.

"그게 틀림없구만. 다른 데서도 그런 얘기를 들었소."

"저는 이것을 방금 김준 쪽에서 직접 들었습니다. 틀림없습니다."

"유능을 불러다 같이 대책을 논의합시다."

최의는 책사 유능(柳能)을 불렀다. 곧 유능이 왔다. 최의로부터 얘기를 듣고 유능이 말했다.

"지금은 벌써 밤이 어두워졌습니다. 사월초파일이라면 아직도 며칠 남았습니다."

"그러나 그때까지 앉아서 기다릴 수는 없지 않은가?"

"물론이죠. 청컨대 간단한 편지로 야별초의 한종궤(韓宗軌, 지유)에게 말해서, 날이 밝을 때쯤 이일휴(李日休) 등을 불러 군사를 정돈해서 김준을 치도록 하십시오. 그렇게 해도 늦지는 않습니다."

최의는 유능의 말을 받아들여 그렇게 했다.

그날 밤 최양백의 딸인 김대재의 아내 최씨가 아버지로부터 이런 최의 진영의 움직임에 대한 말을 들었다.

"너희 시가 사람들이 정변을 일으켜 최의 공을 몰아내려 하는데 그들은 반드시 실패할 것이다. 벌써 최의 측에서 그 전모를 알고 있다. 곧 검거선풍이 불 것이야. 너는 꼼짝하지 말고 여기에 피해 있어라."

"아버지는 어떻게 하실 작정이십니까?"

"목숨을 걸고 역적이 될 수는 없지 않느냐. 나는 최씨가(崔氏家)에서 입신한 몸이다. 남자가 의리를 지켜야지. 죽으나 사나 나는 최씨가의 편이다."

"그들이 성공할 수도 있습니다. 그 점도 염두에 두십시오, 아버지."

"아니다. 저들은 절대로 성공하지 못한다. 두고 뵈라. 저들은 곧 멸문의 화를 당할 것이야."

그녀는 소름이 끼치는 두려움을 느끼면서 물러 나왔다. 그리고 고민하기 시작했다.

부친과 남편, 친정과 시가가 서로 적이 되어 피를 보는구나. 이걸 어떻게 해야 하나. 아버지냐, 남편이냐. 친정이냐, 시가냐.

그러나 그렇게 한가히 고민하고 앉아 있을 시간이 없었다. 그녀는 색다른 결정을 내렸다.

남편부터 살려야 한다. 시아버님과 시숙, 도련님들을 내가 살려내야 한다.

그는 즉시 자기 시복을 남편 김대재에게 보내서 내용을 알려주었다.

"뭐? 장인이?"

"그런 줄 알고 빨리 대책을 세우시랍니다. 마님은 '늦추면 우린 다 죽는다' 고 전하라고 하셨습니다."

"그래, 고맙다."

김대재는 즉시 부친인 김준에게 가서 사실을 고했다.

김준이 놀라서 말했다.

"뭐? 최양백이? 그 자가 우리에게 가담하지 않고 최의 편에 서리라고 짐작하고 있었지만, 결국 최의 편에 섰구나. 최양백이 우릴 적대했어. 우리가 일을 꾸미고 있음을 알고도, 그가 저쪽 편에 서서 우리를 치겠다는 것이구나. 네 처, 내 며느리가 정말 고맙다. 그 아이는 정말 어려운 결정을 내려 우리를 도왔다."

"그렇습니다. 그러나 일이 급하게 됐으니, 서둘러 나서야 하겠습니다."

"그렇다. 빨리 너의 형제들을 다 불러라."

곧 김준의 세 아들이 모였다. 김준은 아들들을 이끌고 신의군으로 갔다. 거기에 박희실과 이연소가 있었다.

김준이 말했다.

"일이 이미 누설되어 최의가 알고 있소. 시일을 잠시라도 더 늦출 수가 없소이다. 즉시 실행합시다."

"알았습니다. 고맙소이다. 헌데, 이번 거사에선 김 별장이 주병을 맡아

쥐야 합니다."

"내가 주병을?"

"그렇소이다. 이번 일은 야별초가 주력이 돼야 합니다. 우리는 신의군입니다. 야별초에 속해있는 김 별장이 주병을 맡아야 합니다."

"아니, 유능하고 믿을 만한 상급자들도 많은데 내가 어떻게 주병을?"

김준이 사양하자 박희실이 다시 말했다.

"경인년의 무인정변은 산원(散員, 정8품 무관벼슬)인 이의방과 이고가해냈습니다. 김 별장이 뭘 주저하고 계십니까?"

이연소도 나섰다.

"김 별장의 능력과 경륜으로는 이미 장군이 됐어야 합니다. 다만 최씨들이 김 별장의 능력을 두려워하여 홀대해서 이리 된 것입니다. 이번이기회입니다."

김준은 기분이 좋았다. 그리고 최의에 대해 분함을 다시 느꼈다.

이연소의 말이 계속됐다.

"우리가 이왕 칼을 뽑으면 반드시 성공해야 합니다. 성공치 못하면 우린 다 죽습니다. 김 별장은 유능한 형제자제 분들을 거느리고 있습니다. 김 별장 일가의 힘과 무예, 인덕과 통솔력이 아니면 우리는 성공할 수 없습니다. 주병을 맡아 주셔야 합니다."

"그렇게 보아주시니 고맙기는 하오만……"

이연소가 붙들 듯이 김준을 향해서 말했다.

"아닙니다. 이건 사양할 일이 아닙니다."

박희실과 이연소는 이번 일을 기획할 때부터 생각한 대로 김준을 거사의 중심인물로 추대했다.

김준의 별장 계급은 지금의 소령급이다. 그러나 낭장인 박희실과 섭랑장인 이연소는 중령급이었다. 그러나 나이는 김준이 훨씬 위였다. 김준은 천민 신분인 데다 최씨 가병의 군관이었기 때문에 최항이 가능한 한 김준의 진급을 자제했다.

상급자인 박희실과 이연소는 힘을 갖추고 있는 김준에 의지하려 하고 있었다. 김준이 주병을 수락하지 않자 옆에 있던 그의 동생과 아들들이 나섰다.

"형님이 맡으시지요."

"아버님, 그리 하십시오. 저희가 앞서겠습니다."

박희실이 다그치듯이 말했다.

"지금 이런 일로 시간을 끌 때가 아닙니다. 선제공격을 가해야만 이길 수 있습니다. 빨리 수락하십시오, 김 별장."

"그래요? 알겠소이다. 중론이 그렇다면 주병을 맡겠습니다. 우리가 살기 위해서라도 각자 최선을 다 합시다."

김준은 마지못해 하는 척 하면서 주병자의 역할을 수락했다. 박희실과 이연소의 얼굴이 환해졌다.

"고맙소이다, 김 별장."

이런 과정을 통해서 김준은 사실상 주병자가 되어 행동의 중심인물로 굳어졌다. 그때 김준의 표정에는 이미 상당한 힘이 붙어있었다.

김준은 원래 체격이 장대하고 용모가 뛰어났다. 담력이 크고 활쏘기와 말타기를 잘하는 등 무예도 출중했다. 남에게 베풀기를 좋아해서 인심을 크게 모아, 그의 주위에는 항상 따르는 사람이 많았다. 게다가 아우와 아들 3형제와 함께 일가족 5명이 모두 군관이어서, 각기 군사력을 거느리고 있는 실력파였다.

김준이 비록 천예 출신이고 계급도 낮지만 아무도 그를 경시하지 못하는 것은 그런 점들 때문이었다. 정변 기획자인 박희실과 이연소가 일을 꾸미면서 이 점을 중하게 여겼다.

박희실과 이연소는 일찍부터 그 능력과 수완이 인정되어온 신의군의 정예군관이었다. 그러나 최의가 선대인 최우나 최항과는 달리 무능하고 인물됨이 작아서 어려운 고려의 난국을 이끌어나갈 수 없다고 생각하여 그의 타도에 나섰다.

거사는 박희실-이연소 중심의 신의군(神義軍) 세력과 김준 중심 야별초 (夜別抄) 세력의 연합으로 추진되고 있었다. 그러나 신의군은 정변의 선공 대일 뿐 주병은 야별초이고, 총사령(주병관)은 야별초의 별장 김준이었다.

김준의 아버지 김윤성(金允成)은 본래 천예(賤隸)였다. 그러나 그는 주 인을 배반하고 최충헌에 몸을 투탁(投託)해서 최충헌의 친시(親侍)가 됐 다. 김윤성에게는 두 아들이 있었다. 맏아들이 바로 김준이고, 둘째가 김 승준이다. 김준에게는 아들이 셋이었다. 김대재·김용재·김식재가 그들 이다.

김준의 아내는 내료(內僚)인 김연(金衍)의 딸이었다. 내료는 남반의 7품 이상으로는 올라갈 수 없는 신분이었다. 김준의 처삼촌은 환관 김인선(金 仁宣)이고, 환관인 박문기(朴文琪)도 그의 처족이었다.

따라서 김준의 가계는 천하고 한미했다.

사람됨이 크고 호방한 김준은 날마다 의협심 있는 청년들과 떼를 지어 쏘다니며 술 마시기를 일삼았다. 그 때문에 집에는 재산이 모이지 않았다.

최우의 심복으로 있던 박송비와 송길유가 좋은 말로 그를 최우에게 추 천해서, 김준은 최우의 수하로 들어갔다. 김준은 최우를 충실히 받들었다.

최우는 김준의 외모와 체격, 무예와 태도가 마음에 들었다. 시원시원하 고 통이 크게 생긴 김준이 믿음직했다. 김준은 곧 최우의 신임을 얻어 최 우가 밖을 출입할 때는 매양 김준을 데리고 다녔다.

최우는 얼마 후 김준에게 전전승지(殿前承旨) 벼슬도 주었다.

그때 김준은 최우가 총애하는 첩실 안심(安心)을 유혹해서 사통한 적이 있었다. 그것이 발각되어 경남 고성의 한 섬으로 유배된 적이 있었다.

최우는 몇 해 후에 그를 불러 올려 다시 곁에 두고 부렸다. 그러나 승진 은 시켜주지 않았다. 그 때문에 김준은 능력이나 경력·나이 등에 비해 직 위나 계급이 낮을 수밖에 없었다.

최우는 임종을 앞두고 김준에게 최항을 부탁했다. 김준은 최항의 권력 승계에 결정적인 공로를 세웠다. 최항은 집권하자 곧 김준을 별장으로 올려주고, 김준의 동생 김승준에게는 대정을 주었다.

최항 권력의 기둥이었던 김준은 최항으로부터 최의로의 권력승계에도 공을 이루었다.

그러나 최의는 집권 후 김준을 권력의 핵심에서 소외시켰다. 그래서 김준은 최의 타도의 정변을 지휘하기에 이르렀다.

최씨왕국의 붕괴

    신의군 영내에서 김준이 상급자들을 제쳐놓고 정변 주병자로 추대될 때, 김준의 주변에는 자기 동생과 세 아들 그리고 한 계급 위인 박희실과 이연소가 있었다.

    김준이 주병자로서 일을 시작하려 할 때 이연소가 말했다.

    "김 별장은 이제부터 주병자입니다. 계급 같은 것은 전혀 염두에 두지 말고 행동하십시오. 이번 거사에 참여하는 모든 사람들의 웃어른으로서 그들 누구에게나 명령할 수 있고, 불복하면 처벌할 수 있습니다. 일을 성공시키기 위해서는 주병자의 권위와 권력이 강해야 합니다. 이점을 잠시도 잊지 마십시오."

    "고맙소이다, 김 낭장."

    김준은 그때부터 정변의 주병자답게 상급자들에게도 반말로 명령하기 시작했다.

    김준은 사람들을 시켜 지난번에 박희실·이연소의 정변 제의에 동의했던 유경·박송비·임연·이공주·박천식·차송우·김홍취를 불러오게 했다. 평소 가깝고 뜻을 같이해 온 서균한(徐均漢, 지유)·백영정(白永貞, 별장)·서정(徐挺, 대정)·이제(李悌, 대정) 등을 새로이 정변에 참여시키기 위해 소집했다.

소환 받은 사람 중에서 문신들보다는 군인들이 먼저 도착했다. 사람들이 모이기 시작하자 김준이 말했다.

"이제 행동을 개시하겠소. 나의 명령에 한 치의 오차라도 생기면 우리 모두가 끝장이오. 이 점을 명심해서 잘 협력해 주기 바랍니다."

"예, 김 별장."

김준은 우선 임연을 바라보며 말했다.

"임연 낭장, 그대는 평소 한중궤와 이일휴를 잘 알고 지내온 사이요. 조문주(趙文柱)와 오수산(吳壽山)을 데리고 가서 그들 두 사람을 처단하시오."

"알았소이다."

임연은 즉시 출발했다.

김준은 모든 것을 미리 생각하고 계획해 놓았던 것처럼 민첩하고 침착하게 작전을 지시하고 처리해 나갔다.

"그리고 서균한, 그대는 삼별초를 사청(射廳)에 집합시켜라. 그런 다음에는 그들을 데리고 거리로 나가서 '영공 최의는 이미 죽었다'고 외쳐라. 알겠나!"

"예. 그대로 하겠습니다."

밤이었다. 하지만 서균한이 사람들을 모아서 길에 나가 그렇게 외치고 다녔다. 그 말을 듣고 사람들이 주변에 가득 모여들었다.

"그게 사실이오?"

"어떻게 죽었소이까?"

서균한이 답했다.

"그렇습니다. 영공 최의는 죽었습니다. 무능하고 비행이 많아 우리 군사들이 그를 참했습니다."

"그러면, 다음엔 누가 나오는 겁니까?"

"왕정이 복구됩니다. 이젠 고종 황제폐하께서 모든 국정을 친람(親覽)

하시게 됩니다."

서균한은 거리마다 돌아다니며 그런 식으로 외치고 있었다.

곧 이어 유경과 박송비가 신의군 군영에 도착했다.

김준이 말했다.

"이 같은 대사를 추진하려면 주도하는 사람이 있어야 합니다. 지금까지는 내가 우선 군사적으로 필요한 조치를 취했으나 앞으로는 문제가 다릅니다. 대신 중에서 위세와 인망이 있는 분을 추대해서 군중을 통솔하도록 하는 것이 좋겠습니다."

"그리 합시다."

유경이 그렇게 말하자 김준이 물었다.

"누가 좋겠습니까?"

"지금 누구라고 말 할 수는 없습니다. 몇 분을 오도록 해서, 오는 분 중에서 뽑아 추대합시다."

"그게 좋겠습니다."

김준은 사람들을 풀어서 대신들의 집에 보내 모셔오게 했다. 최온(崔昷, 추밀사)과 응양군의 지휘관인 박성재(朴成梓, 상장군)가 먼저 이르렀다. 김준은 그들에게 상황을 설명하고 일을 의논했다. 그들은 기꺼이 김준의 의견에 동의하겠다고 말했다.

한편 김준은 다시 사람을 보내 최양백을 오게 했다.

"김준 별장이 나를?"

"예, 빨리 가셔야 합니다."

"알았소."

최양백이 서둘러 신의군으로 갔다. 자기는 사위 김대재에게 최의 타도에 합류할 것으로 말해 놓았고, 김준이 최의의 움직임을 알지 못할 것으로 믿어서 김준의 부름에 응했던 것이다.

최양백이 이르러보니 분위기는 삼엄했다. 벌써 군사들이 출동태세를 갖추고 경계를 엄히 하고 있었다. 최양백은 당황했다. 그러나 이미 자신은 덫 안에 들어와 있어 어떻게 할 수가 없었다.

신의군의 구정(球庭) 단상에 올라서서 그런 최양백의 모습을 지켜보고 있던 김준이 말했다.

"나의 사돈인 최양백 공은 이 단상으로 올라오시오."

최양백이 계단으로 갔다. 그러나 최양백이 첫 계단을 밟기도 전에 별초 군사가 외쳤다.

"최의에 붙은 이 간신배야! 네 입이 문제다."

그러면서 그 별초 군사는 횃불로 최양백의 입을 지졌다. 최양백은 놀라서 쓰러졌다. 그의 입술은 화상을 입어 진물이 흘러내렸다. 군사가 칼로 그의 목과 가슴을 찔렀다. 최양백은 그 자리에서 숨을 거두었다.

한편 군사들 몇 명을 데리고 간 임연은 한중궤의 집으로 가서 잠들어 있던 그를 끌어내 처단하고, 다시 이일휴의 집으로 가서 그를 불러냈다.

이일휴가 나오자 임연이 말했다.

"최의 영공이 그대를 불러 오라 하신다. 빨리 가자."

"이 깊은 밤에 영공이 왜 나를 부르는가?"

"그대에게 큰일을 맡기지 않았는가?"

이일휴는 임연을 한 번 바라보고 말했다.

"그 일 때문인가. 알았다."

이일휴가 복장을 갖추고 대문을 나서자 임연이 말했다.

"이 못난 놈아. '그 일'이라니! 그 바보 같은 최의에게 붙어서 어쩌겠다는 거냐. 너희 놈들 때문에 나라가 이렇게 멍들고 있어!"

임연이 칼로 이일휴의 목을 쳤다. 이일휴는 그 자리에 고꾸라져서 다시 일어나지 못했다.

한편 신의군의 넓은 마당에 군사들을 집합시킨 김준은 대오를 나누어 관솔불을 피워서 대낮같이 밝게 했다. 사람들이 많이 모여 주변이 떠들썩했다.

그때는 마침 안개가 짙게 끼어있었다. 그 때문인지 최의의 집 숙위병들은 이런 사실을 전혀 눈치채지 못하고 있었다.

날이 밝을 무렵 김준이 거기 모인 야별초와 신의군 군사들에게 명령했다.

"자, 시간이 됐다. 최의의 집으로 가자!"

그때 최의는 최우와 최항이 살던 강화도 견자산 기슭의 대궐 같은 진양부(晉陽府)의 큰집에서 살고 있었다.

김준이 말을 타고 앞장섰다. 그 뒤를 횃불을 든 그의 동생과 세 아들이 따랐다. 김준은 자기 아들 삼형제와 함께 야별초를 영솔하여 달려갔다. 별초 군사들의 호위를 받으면서 김준의 일족이 최의에 집에 이르렀으나 대문이 굳게 닫혀져 있었다.

김준이 말했다.

"이 집의 담이 이렇게 높으니 담을 넘어서 들어갈 수는 없겠구나."

아들 김대재가 말했다.

"담을 부숴 버리면 됩니다."

"그래. 담벽을 헐어 무너뜨리고 들어가서 최의를 잡아라!"

군사들은 최의의 집 장벽을 무너뜨렸다. 그리고는 집안으로 몰려들었다.

그때 최의의 집안에서 자고 있던 경호대장 거성원발이 소란스런 소리에 깨어 일어나 주위를 살폈다. 야별초 군사들이 담장을 무너뜨리고 들어오고 있었다. 왼손엔 횃불, 오른 손엔 칼을 잡고 있다.

거성이 어둠 속에서 칼을 뽑아들고 그들을 막아섰다.

"너희는 누구냐! 웬 놈들이 밤중에 영공의 집에 들어오는가!"

야별초들이 우뚝선 거구에 걸려 나가지 못하고 멈춰 섰다. 거성은 야별초의 군사가 많은 것을 보고 놀랐다. 겁이 난 거성은 물러서서 재빨리 안으로 들어갔다.

최의는 막 잠에서 깨어난 듯 눈을 비비고 있다가 거성이 들어서자 물었다.

"밖에 무슨 일이 있소?"

"사태가 심상치 않습니다. 반란입니다."

"뭐? 반란?"

"예, 반군들이 벌써 담을 헐고 쳐들어 왔습니다."

최의는 부들부들 떨면서 물었다.

"어떤 작자들인가?"

"야별초입니다."

"야별초? 지휘자는 누구야?"

"아직 모르겠으나, 김준일 것 같습니다. 그러나 시간이 없습니다. 속히 피해야 합니다. 자, 빨리 제 등에 업히십시오."

거성원발은 그의 높고 널찍한 등을 최의에게 갖다 댔다. 최의가 그의 등에 업혔다. 거성은 최의를 업은 채 뒤뜰로 나갔다. 그들은 뒷담을 넘어 가려고 달렸다.

그러나 최의는 몸이 살찌고 무거워서 힘이 장사인 거성으로서도 더 이상 달릴 수가 없었다.

그때 야별초의 오수산이 뛰어 들어가 칼로 거성을 쳐서 이마를 맞추었다. 거성의 이마에서 피가 꺼멓게 흘러내렸다. 거성은 최의를 풀숲 속에 던지듯이 내려놓은 채 피를 줄줄 흘리면서 대항했다. 그 틈을 타서 최의는 혼자서 어둠 속으로 몸을 숨겼다.

거성은 잠시 응전하다가 도저히 오수산을 당해 낼 수가 없어 담을 넘어서 도망했다. 삼별초의 병사들이 거성을 뒤쫓아 갔다.

거성은 강도성 중심부를 관통해서 갑곶으로 흐르고 있는 동락천(東洛川)을 따라 도망했다. 군사들은 동락천의 동쪽 제방 언덕에 이르러서 거성을 잡아 그의 목을 쳐서 죽였다.

한편 남아 있던 야별초 군사들은 최의의 집을 뒤져서 숲 속에 숨어있던 최의와 유능을 찾아내어 모두 참수했다. 고종 45년(1258) 무오년 3월 26일 병사일이었다. 이것이 최씨정권을 끝장낸 무오정변(戊午政變)이다.

이래서 최의정권은 지난 해 고종 44년(1257) 윤4월 2일 정해일에 닻을 올린 지 만 11개월 남짓해서 끝났다.

최의정권이 붕괴됨으로써, 명종 26년(1196) 4월 최충헌이 신해정변(辛亥政變)을 일으켜 이의민 정권을 타도하고 집권하여 수립된 최씨정권은 결국 4대 62년만에 종말을 고했다.

강권(强權)과 유혈(流血)로 유지되어 온 최씨왕국은 화려하면서도 파란만장했던 시대를 비극으로 막을 내렸다.

최씨정권의 형성과 붕괴 과정(4대 62년)

초대; 최충헌(1196-1219). 23년. 창업기

-1196: 신해정변에 성공하여 집권, 다수의 문무대신을 처형.

-1197: 명종을 폐하고 신종을 세움.

-1211: 희종을 폐하고 강종을 세움.

-1216: 거란족의 침공

-1219: 몽골군의 지원을 받아 거란족 격멸. 최충헌 사망, 최우 집권.

2 대; 최우(1219-1249). 20년. 확장기

-1225: 몽골 사신 저구유 피살. 여몽 단교.

-1231: 몽골의 제1차 고려 침공(살리타이).

-1232: 강화로 천도. 몽골의 제2차 침공(살리타이). 김윤후가 처인성에서 살리타이 사살.

-1235: 몽골의 제3차 침공(탕구).

-1247: 몽골의 제4차 침공(아무칸).

-1249: 최우 사망, 최항 집권.

3 대; 최항(1249-1257). 8년. 수성기

-1252: 산성에 방호별감 배치

-1253: 몽골의 제5차 침공(야쿠). 충주·상주에서 몽골군 격퇴.

-1254: 몽골의 제6차 침공(자랄타이).

-1257: 최항 사망, 최의 집권.

4 대; 최의(1257-1258). 1년. 멸망기

-1258: 무오정변으로 피살. 최씨정권 종말.

항몽전쟁, 그 상세한 기록 _❷ 참혹한 산하

초판 인쇄 | 2007년 7월 20일
초판 발행 | 2007년 7월 25일

지은이 | 구종서
펴낸이 | 심만수
펴낸곳 | (주)살림출판사
출판등록 | 1989년 11월 1일 제9-210호

주소 | 413-756 경기도 파주시 교하읍 문발리 파주출판도시 522-2
전화 | 영업부 031)955-1350 기획편집부 031)955-1369
팩스 | 031)955-1355
이메일 | salleem@chol.com
홈페이지 | http://www.sallimbooks.com

ISBN 978-89-522-0669-5 04810
       978-89-522-0671-8 04810 (세트)

값 15,000원